Doris Riedel

Die Sarazenin

Historischer Roman

Doris Riedel

Die Sarazenin

Historischer Roman

2. Auflage 2003

TRIGA\VERLAG

Bibliografische Information Der Deutschen Bibliothek
Die Deutsche Bibliothek verzeichnet diese Publikation in der Deutschen Nationalbibliografie;
detaillierte bibliografische Daten sind im Internet über http://dnb.ddb.de abrufbar.

2. Auflage 2003

Herzbachweg 2, D-63571 Gelnhausen
www.trigaverlag.de

Druck: Hubert & Co., Göttingen
Printed in Germany
ISBN 3-89774-309-4

Für
Helmut, Marion und Heike
aus ganzem Herzen
und mit Liebe für alles,
was ihr seid und tut
und was ihr mir bedeutet.

Inhalt

Prolog

Dicke schwarze Wolken ziehen über das Kinzigtal am Rande des südlichen Spessarts. Ich, Sadi Konrad von Ortenberg, stehe am offenen Fenster meines Hauses und schaue über die Stadt hinweg, die mir in den letzten Jahren so viel bedeutet hat. Donar, der Gott der alten Germanen, wirft wieder einmal grelle Blitze über das Tal und schickt krachend den Donner hinterher.

Überall in der Stadt werden die Menschen kleine Wetterkerzen anzünden und zu dem einen wahren Gott beten. Sie werden ihre Gebete wie einen Schild gegen Donar stellen und hoffen, dass dieser Kelch an ihnen vorübergeht. Manchmal hilft es, doch oft überschwemmt das Wasser der Kinzig die Ufer und dringt hinter der Stadtmauer in Keller und Vorratsräume ein.

Blitze entzünden Wohnhäuser und Scheunen; keine Sense, die verkehrt im Heuhaufen steckt, wird ihn abhalten. Während die Eimer und Schüsseln der Helfer von Hand zu Hand gehen, werden die Betroffenen sich fragen, warum Donar gerade sie strafen will, hat doch der Nachbar in seinem Leben viel mehr gesündigt.

Oh, ich kenne sie alle, mit ihren kleinlichen, gehässigen Gedanken. Es sind eben Menschen mit all ihren guten und schlechten Seiten. Wenn man so alt ist wie ich und die Hälfte des Lebens in dieser Stadt verbracht hat, ist man vor Illusionen gefeit.

Vor Jahren habe ich alle Spiegel aus meinem Haus entfernen lassen. Ich weiß, wie alt ich bin, und wenn meine von Altersflecken gesprenkelten Hände über mein Gesicht streichen, kann ich meine Falten fühlen.

Vergangenes Jahr am achten August habe ich mein sechzigstes Lebensjahr vollendet. Ich bin krank und schwach, kann ohne Hilfe mein Haus nicht mehr verlassen, und da sich nach langer Zeit mein zweites Gesicht wieder gezeigt hat, habe ich mit dem Leben abgeschlossen.
Vielleicht ist es mir noch vergönnt, meinen Sohn Hubert zu sehen, denn ich bin sicher, dass dieser Kreuzzug abgebrochen wird, in den er mit so viel Freude gezogen ist. Ich war nicht damit einverstanden, als er letztes Jahr das Kreuz nahm. Ich kenne den Weg und auch die Gefahren.
Denn es war mein Weg, auch ich wollte Jerusalem einmal befreien, wenn ich auch nicht dieselben Motive hatte wie Hubert. Aber ich kann nicht verstehen, dass sich der Kaiser in seinem Alter noch einmal in diese Gefahr begibt. Mit beinahe siebzig Jahren gehört ein Mann in den Lehnstuhl und nicht auf den Rücken eines Pferdes.
Friedrich hätte ruhig auf mich hören können, doch das hat er ja nie getan. Weder in jungen Jahren noch später, als er glücklich mit Beatrix von Savoyen verheiratet und zum Kaiser des römischen Reiches gekrönt war.
Zwei Stöße von Briefen stapeln sich auf meinem Sekretär: die Kaiserbriefe im blauen Band und die Briefe der Königin von England mit einem roten Band. Sie werden das Vermächtnis an meine Kinder sein, und ich hoffe, sie werden es zu schätzen wissen.

Aufgewachsen bin ich wie eine Wildpflanze im Garten, die man vergessen hatte zu gießen und die dagegen ankämpfte, einfach herausgerissen und weggeworfen zu werden. So wie damals, als ich Friedrich das erste Mal traf. Mit der Zeit hatte ich mich der Sonne zugewandt und war aufgeblüht. Aber ich war immer noch die kleine Hirtin, die sich nicht anpassen konnte und ihre eigenen Wege gehen wollte. Wie kam ich dazu, Könige, Fürsten und Bischöfe als Menschen anzusehen, mit all den Fehlern, die Menschen nun einmal haben?
Das Wort des Königs war unantastbar; gleichgültig was er anord-

nete, es hatte seine Richtigkeit und war über jede Kritik erhaben. Die Fürsten waren die Einzigen, die näheren Umgang mit dem König hatten. Sie durften ihn beraten und, wenn nötig, auch aufklären. Danach wurde entschieden. Die Bischöfe waren heilig, sie waren die Kirche, die alles beherrschende Kirche.
Eigentlich gebe ich Burkhard von Straßburg die moralische Schuld, dass Friedrich noch einmal das Kreuz genommen hat. Den Bericht seiner Reisen hatte der Kaiser verschlungen und sie dann später mir zukommen lassen. Die Beschreibung des großen Hafens von Alexandrien mit seinem Verkehr und seinen eindrucksvollen Ruinen, des breiten Nils, den mit Gewürzen beladene Schiffe aus Indien hinauffuhren – die herrlichen Gärten, die Höflichkeit der Bewohner, die ganze faszinierende Erlesenheit des Landes – und selbstverständlich die Pyramiden. Er beschreibt Krokodile und seltene Vögel. Man kann in diesem Bericht das Morgenland riechen und schmecken. Die ganze Fauna und Flora des Orients brachte er in mein einsames Leben.
Diese Beschreibung hat im Kaiser die Sehnsucht geweckt, noch einmal an die Stätte der Jugend zurückzukehren. Das tun, was damals misslungen war: das Heilige Grab von den Muselmanen befreien!
Der Brief, den er an Saladin geschrieben hatte, wurde nie beantwortet. Seine Bitte, das Heilige Land zu verlassen, seine Hinweise auf die vielen Schlachten und Siege – alles zwecklos. Seine Drohungen, die Ungläubigen mögen sich vor den Krallen des kaiserlichen Adlers in Acht nehmen. Saladin solle darauf vorbereitet sein, das Heilige Land von seiner Anwesenheit zu befreien oder aber sich dem Gericht Gottes zu unterwerfen.
Der Bericht Burkhards lässt ganz klar Friedrichs Rechtsbegriffe und den tiefen Zusammenhang zwischen diesem Brief und der Kreuzzugsidee durchscheinen.
Die Entschlossenheit des Kaisers, das Kreuz zu nehmen und nach dem Orient aufzubrechen, hatte also weder etwas mit romantischem Rittertum noch mit seniler Ergriffenheit zu tun, und auch die Sehnsucht, sein Unternehmen der Jugendzeit noch einmal zu erleben, wies er als Grund weit von sich.

»Der Kreuzzug ist ein Friedenswerk, Sadi, und ich will ihn als Friedensfürst anführen.«

Bezeichnenderweise ordnete er vor seiner Abreise alle Staatsgeschäfte, wollte er doch nicht, dass in seiner Abwesenheit die Früchte von sechsunddreißig Jahren steuerlos dahintrieben. Er übertrug seinem Sohn Heinrich die Regentschaft und festigte die Reichsgrenzen, indem er Fürsten einsetzte, die ihm gut gesinnt waren. Dass er seit dem Tod von Beatrix tief religiös geworden war, wunderte mich nicht, denn auch in jungen Jahren war der Glaube ein wichtiger Bestandteil seines Lebens. Er hatte an alles gedacht. Er bestand darauf, dass die Pilger und Krieger vor der Abfahrt ihr Testament machten, so als sollte es ein endgültiger Abschied sein.

Als ich das hörte, fragte ich mich: Hat der Kaiser eine Vorahnung? Denkt er an mein zweites Gesicht vor vielen Jahren? Oder zweifelte er daran, dass es einen Sinn hatte zurückzukehren, nachdem er seine Schritte nach Osten zum Hause des Vaters gelenkt hatte?

Das Heer brach genau wie damals von Regensburg auf, die Glocken läuteten, und überall wurden Messen gefeiert. Mit meinen Gedanken war ich dabei, und Hubert, mein Sohn, der mir so ähnlich sieht, war diesmal der Knappe des Kaisers und hoffte auf den Ritterschlag.

Sie hatten wieder den Landweg gewählt, denselben wie beim ersten Kreuzzug. Der Seeweg wäre zu kostspielig gewesen, und bei einer so großen Flotte hätten die Vorbereitungen zu lange gedauert. Auch kontrollierten die Byzantiner und die Sarazenen das östliche Mittelmeer, während die Häfen Syriens, bis auf Tyrus, in Saladins Hand lagen.

Vorsorglich hatte der Kaiser Friedensbotschaften an die Fürsten gesandt, durch deren Gebiete er ziehen würde: an den König von Ungarn, an den Fürsten von Serbien. An Isaak Angelos, den Sultan von Ikonium, der einen Kreuzzug nicht für übel hielt, weil er auf die Macht Saladins eifersüchtig war und ihm nicht traute.

Der Kaiser hatte angeordnet, dass an dem Unternehmen nur

teilnehmen durfte, wer sich für zwei Jahre auf eigene Kosten ausrüsten und ernähren konnte. Doch lauern, wie ich aus eigener Erfahrung weiß, überall Gefahren, die man trotz aller Vorsicht nicht einplanen kann.

Nun waren sie auf dem Weg nach Jerusalem; zu uns in die Heimat drangen die Botschaften nur spärlich, und wenn eine Nachricht kam, war sie schon Wochen alt.

Anfang Juni zeigte sich nach vielen Jahren wieder mein zweites Gesicht. Friedrich hatte das nie ernst genommen; nur Eleonore, meine königliche Freundin, hatte daran geglaubt.

Es war ein herrlicher Sommertag, dieser achte August. Ich saß genau an derselben Stelle wie jetzt, am Fenster meines Hauses in Gelnhausen. Plötzlich verschwand die Stadt, und wo Hausdächer in der Sonne glänzten, sah ich Wasser. Kein ruhiges Wasser wie unsere Kinzig, nein, einen reißenden, kalten, klaren Fluss, und unter dem Wasser sah ich das Gesicht des Kaisers. Sein grauer Bart und seine grauen Haare umrahmten das blasse Gesicht mit den geschlossenen Augen. Ich beugte mich über ihn und hielt ihn in meinen Armen. Merkwürdigerweise war ich jung, so wie damals vor vielen Jahren. Doch dann sah ich, dass es mein Sohn Hubert war, der sich über Friedrich beugte und ihn aus dem eisigen Wasser zog.

Damals dachte ich, mein Tod sei nahe.

Mein Blick wurde wieder klar. Die Dächer der Stadt tauchten wieder auf, und das Wasser verschwand.

Meine Tochter, die etwas später den Minztee brachte, den ich seit meinem Kreuzzug so gern mag, dachte, ich hätte einen Schlagfluss, brachte mich ins Bett und rief den Priester. Unbeweglich lag ich da, und da sie glaubten, meine letzte Stunde sei gekommen, gab mir der Priester die letzte Ölung. Gott sei Dank dauerte diese Prozedur nicht zu lange, denn sich schlafend zu stellen und auf nichts zu reagieren ist in meinem Alter anstrengend.

Auch ohne den offiziellen Bericht, den man mir wegen meiner Gebrechlichkeit wahrscheinlich vorenthält, weiß ich, dass der Kaiser tot ist. Ich könnte ihnen genau sagen, wie und wann das geschehen ist, doch sie würden mich für verrückt halten und mir nicht glauben.

Traurig über seinen Tod bin ich eigentlich nicht. Wir alle müssen sterben; er ist nur ein paar Tage oder Wochen vor mir gegangen.

Ich weiß genau, wo ich ihn finden werde – nicht im Himmel zur Rechten oder Linken Gottes sitzend, wie sich das viele wünschen. Ich werde ihn in Walhall finden. Wir beide werden auf unserem Jagdwagen durch die Wälder des Spessarts, Odenwaldes und Vogelsberges ziehen. Vielleicht werden wir Roller und all die anderen tapferen Pferde wiederfinden und auch die Männer, die ihr Leben auf dem Kreuzzug verloren haben.

Sagen, Gedichte, Balladen und Lieder werden sie um seine Gestalt weben – Friedrich Barbarossa, der größte Kaiser seit Karl dem Großen. Ich liebe dich, Majestät, ich liebe dich noch immer.

Und wie die Märchen der Scheherazade aus Tausendundeinernacht kommt meine Erinnerung zurück, die Erinnerung an eine große unerfüllte Liebe. Sie hat mein ganzes Leben begleitet. Mein Gatte wusste davon; er konnte schlecht und recht damit leben.

Er wusste, dass ich diese Liebe immer in mir getragen habe. Doch er wusste auch, dass diese Liebe keine Erfüllung finden konnte. Vielleicht war er zufrieden mit dem, was ich ihm an Liebe geben konnte, und ich bin überzeugt, dass es genug war. Genug, um uns beide zufrieden und glücklich zu machen.

Annas Lüge

Das Gedächtnis ist eine merkwürdige Sache. Was gestern, vor einer Woche oder vor einem Jahr passierte, hat sich längst verflüchtigt. Doch was vor vielen, vielen Jahren geschah, das ist noch so gegenwärtig, als wäre es gestern passiert.

Mein Name ist Sadi Konrad von Ortenberg, doch das wusste ich damals noch nicht. Ich war zehn Jahre alt; jeder, der mich kannte, rief mich Sadi, was vollkommen ausreichte.

Es war das Jahr 1130, und den ganzen Frühsommer hatte ich in Nans' Hütte am See verbracht. Nans war ein alter Hirte, der eines Tages, lange vor meiner Geburt, die Heerstraße verlassen hatte, auf der er von einem Kriegsschauplatz zum anderen gezogen war, und sich hier von meinem Großvater anwerben ließ.

Gelnhausen, wie das nächste Dorf hieß, war damals noch ein kleiner, verschlafener Ort. Zwischen unserem Hof, der im Volksmund Schlosshof hieß, und dem Ort lag ein Gebäude, das mein Großvater instand hielt, da öfters adelige Jäger anreisten, um in den umliegenden Wäldern zu jagen. Nicht weit vom Schlosshof lag ein See, der keinen Namen trug, weil er ein Teil der Kinzig war, die den Talraum ungebärdig in wilden Schleifen und ineinander fließenden Seitenarmen durchzog.

Auch Nans hatte dieses wilde Tal damals gefallen, schon des Klimas wegen, das gemäßigt und gut für alte Knochen ist, wie er immer sagte. Nur der Schlosshof hat ihn zu sehr eingeengt. Das lag an der Mauer, die das Wohnhaus und die Stallungen umschloss. Der hohe Turm, der das Ganze wie ein Schloss wirken ließ, war der älteste Teil. Gertrud, unsere Köchin, behauptete, er stamme aus der Zeit Karls des Großen, doch die Muhme Anna meinte, das sei nicht wahr, denn damals sei das ganze Kinzigtal noch ein einziges Sumpfgebiet gewesen. Mir war das egal. Für mich war der alte Turm das wichtigste Gebäude auf dem Schlosshof, denn er gehörte mir ganz allein. Die hohe, schmale Wendeltreppe schreckte jeden ab, der über zehn Jahre alt war, und das war gut so. Denn ganz oben, unter dem spitzen Dach, befand sich ein kleiner Raum, mein ganz persönliches Reich, mit all den Schätzen, die ich gesammelt hatte.

Seit meinem zehnten Lebensjahr weiß ich, dass mich meine Mutter in diesem Raum geboren hat, und das macht mir den Turm noch viel kostbarer. Vorher war mir gar nicht bewusst, dass auch ich einmal eine Mutter hatte, denn was man nicht kennt, vermisst man auch nicht. Doch seit ich um ihr Schicksal weiß, sinne ich darüber nach, was sie gedacht haben mag, wenn sie aus dem winzigen Turmfenster über die Baumwipfel schaute, ob sie Heimweh hatte, ob sie fröhlich oder traurig war. Nach den Worten der Muhme hatte mein Vater meine Mutter aus der Lombardei mitgebracht. Sie lebte nur ein Jahr auf dem Schlosshof. Ich soll ihr ähnlich sehen; sie war genauso dunkel wie ich: schwarzes Haar, schwarze Augen und eine Haut, die so braun ist, dass man den Schmutz so schnell nicht sieht, wenn man sich nicht gewaschen hat, was eine sehr praktische Sache ist, wie mein Milchbruder Albert behauptete.

Die Kinder im Dorf Gelnhausen riefen »Schwarzer« oder »Sarazene« hinter mir her, wenn sie mich ärgern wollten; aber da ich sehr selten ins Dorf kam und mich lieber bei Nans am See herumtrieb, war das halb so schlimm. Obwohl man seit den ersten Kreuzzügen wusste, dass weder die Sarazenen noch die Türken Hörner unter ihren Helmen tragen und auch keine Menschenfresser sind, ärgerte ich mich doch über diese Schimpfwörter, mit denen man mein dunkles Aussehen aufs Korn nahm.

Um noch einmal auf meine Mutter zurückzukommen, sie starb bei meiner Geburt. Schon Wochen zuvor hatte sie den Turm nicht mehr verlassen, um dem alten Herrn, meinem Großvater, aus dem Weg zu gehen. Die Mägde brachten ihr das Essen,

und da meine Mutter der deutschen Sprache nicht mächtig war, wusste niemand genau, wann sie niederkommen würde.
Die Muhme Anna hatte damals höllische Angst, denn im Nebengebäude siechte der Bruder meines Vaters dahin. Er war am Aussatz erkrankt, und es gab nur eine Medizin, die helfen konnte: Man musste das Blut eines neugeborenen Kindes auf die Wunden streichen. Da mein Vater im Krieg war und meine Mutter sich nicht wehren konnte, befürchtete sie, dass mein Großvater mich als Opfer wählen könnte.
War es eine Ahnung oder war es Vorsehung, als die Muhme an diesem Morgen die vielen Treppenstufen hinaufstieg und meine Mutter in den Wehen fand? Sie half ihr, so gut sie konnte, und als ich endlich das Licht der Welt erblickte, musste mich die Muhme nottaufen, denn ich war schon blau angelaufen und weigerte mich zu atmen.
»Wie soll es heißen?«, fragte sie die dunkle fremde Frau.
»Sadi«, klang es durch den Raum.
Die Muhme drehte sich um, doch da war nichts zu sehen, und als sie meine Mutter nochmals fragen wollte, war diese ohnmächtig geworden und starb, ohne dass sie noch einmal zu sich kam.
Voller Angst wickelte mich die Muhme in feste Binden und trug mich hinunter in den Raum meines Großvaters. Er saß in seinem Lehnstuhl und studierte ein Buch. Ärgerlich über die Störung schaute er vorwurfsvoll auf die Frau mit dem Bündel, das – als hätte es eine Ahnung – in diesem Moment aus vollen Lungen schrie.
Obwohl die Muhme Anna Großvaters Milchschwester und ein Jahr älter war, hatte sie in diesem Augenblick höllische Angst. Sie hielt ihm das Kind unter die Nase, und er zuckte angewidert zurück.
»Euer Enkelkind, Johannes.«
»Was hat es für ein Geschlecht?«
Die Muhme schluckte hart; die Angst um das Kind ließ sie erzittern. Sie wusste, wie sehr dieser Mann an seinem letzten, erkrankten Sohn hing; mit ihm würde dieser Zweig der Orten-

bergs aussterben. Ein Mädchen, auch wenn es ehelich geboren war, bedeutete nichts. Um Zeit zu schinden, sagte sie: »Ich musste es nottaufen. Seine Mutter ist bei der Geburt gestorben.«
»Hast du ihm einen Namen gegeben?«
»Ja, Herr.« Unsicher sah sie ihn an.
»Na, was ist? Sprich schon, ich habe meine Zeit nicht gestohlen!«
»Sadi Konrad von Ortenberg«, sagte sie trotzig und reckte ihr spitzes Kinn herausfordernd dem Mann entgegen.
»Sadi – was soll das denn für ein Name sein?«
»Seine Mutter wollte es so. Es war ihr letzter Wille, und der Wille einer Sterbenden ist heilig.«
»Na gut, hol mir die Bibel, ich werde ihn eintragen. Dann verschwinde mit dem Schreihals, ich hab zu arbeiten. Und sieh zu, dass die Fremde unter die Erde kommt.«
»Wir müssen erst einen Priester holen.«
»Woher willst du wissen, dass sie eine Christin war?«
Die Muhme schwieg. Er trug das Kind in die Bibel ein, ich war gerettet.
Ein großer Stein war ihr vom Herzen gefallen, als sie das kleine schreiende Bündel in die Küche trug, wo die Köchin ihren dreivierteljährigen Buben Albert stillte. Mit einem Griff riss sie den dicken Jungen der Köchin von der Brust und legte der sprachlosen Frau das kleine, dunkle Kind in die Arme.
»Was soll das?«
»Wenn du schon keine Lust zum Arbeiten hast, dann säuge wenigstens das Kind, das deine Milch notwendiger braucht. Albert hat schon Zähne und kann anderes essen.«
Es war so, wie die Muhme vermutet hatte: Gertrud hatte das Stillen hinausgezogen, um sich auszuruhen und vor der Arbeit zu drücken. Doch mir rettete die Faulheit der Köchin das Leben. Gertrud nahm mich zufrieden an die Brust, denn nun konnte sie die Stillzeit noch ein paar Monate ausdehnen, was ihr weiterhin einige Stunden Ruhe am Tag verschaffte.

Irgendwann nach meiner Geburt starb mein Vater im Dienste des Königs als Held, und nicht lange darauf starb auch der Aussätzige im Nebengebäude. Der alte Herr hatte in diesem Jahr seine beiden Söhne verloren. Eigentlich hätte er sich über ein gesundes Enkelkind freuen müssen; dem war aber nicht so. Die Muhme Anna war die Milchschwester meines Großvaters, wie ich die Milchschwester Alberts war. Sie war eine groß gewachsene Frau, die einmal blond gewesen war, aber ich kannte sie nur grauhaarig, denn sie war schon sehr alt. Sie hatte nie geheiratet, denn dazu reichte ihre Aussteuer nicht; möglicherweise hatte sie gehofft, sie könnte die zweite Frau des Herrn werden, als meine Großmutter starb. Sie sprach nie über ihr früheres Leben, und als sie mir von meiner Geburt erzählte, war es, als wäre auch sie an diesem Tag erst geboren worden, denn all ihre Erzählungen fingen mit diesem Tag an. Viel später, als ich erwachsen wurde, merkte ich, dass ihr Leben tatsächlich mit meiner Geburt anfing, denn nun hatte sie etwas, das sie lieben konnte: Nur wer liebt, lebt auch. Doch mit meiner Rettung hatte sie die Lüge in ihr Leben gelassen, ein Leben, das bis zu meiner Geburt ruhig und friedlich verlaufen war. Von nun an begleiteten sie Aufregung und Angst vor der Enthüllung ihres Geheimnisses ihr ganzes Leben.

Anna hatte die Aufsicht über das Gesinde, und sie führte ein strenges Regiment. Außer der Köchin Gertrud, ihrem Mann August und später meinem Milchbruder Albert wusste niemand von diesem Betrug. Die Köchin und ihre Familie konnten sich vielleicht darauf herausreden, sie hätten nichts davon gewusst. Aber für die Muhme, die ihr ganzes Leben in diesen Mauern verbracht und mich entbunden hatte, wäre die Strafe hoch gewesen: Man hätte sie mit Schimpf und Schande davongejagt.

Zum Glück existierte ich für meinen Großvater nicht; vielleicht dachte er, wenn er mich sah, dass ich zur öfter wechselnden Dienerschaft gehörte wie die anderen Kinder, die auf dem Hof spielten. Er verbrachte die meiste Zeit im Jagdhaus, und jeder im Haus war froh, wenn er abwesend war. War er mehrere Tage im Haus, lag die Bedrückung wie eine schwarze Wolke über

dem Anwesen, und ich wurde zu Nans auf die Hütte geschickt. »Sie will kein Risiko eingehen«, sagte die Köchin und sah ihrem Mann bedeutungsvoll in die Augen.
Ich war ein Junge und hoffte es auch zu bleiben. Solange ich klein war, wollte ich Hirte wie Nans werden, um, wenn Nans es nicht mehr konnte, mit den Schafen auf die Hügel zu klettern. Ich hatte einen starken Willen und konnte mich durchsetzen, und niemand in meiner Umgebung zweifelte daran, dass ich das schaffen würde, was ich mir vornahm.
Mit Albert konnte ich um die Wette reiten, im See schwimmen und tauchen, mit Pfeil und Bogen schießen, und bis auf den Schwertkampf, den wir mit Holzschwertern ausfochten, war ich Albert überlegen. Mit bösen Worten beschimpfte ich ihn nach meiner Niederlage, denn ich wusste nicht zu verlieren. Ein Wort gab das andere, wir gingen mit Fäusten aufeinander los, was damit endete, dass wir uns im Staub wälzten. Den alten Herrn, der am Fenster stand und zusah, bemerkten wir nicht.
Dieser kindliche Streit hatte eine einschneidende Änderung in unserem Leben zur Folge. Schon am nächsten Tag pochte ein dünner Mann, ganz in Schwarz gekleidet, an unser Tor. Der Herr Studiosus, wie wir ihn nennen mussten, war gewillt, den unwissenden Kindern im Schlosshof ein paar Stunden am Tag zu widmen, denn Religion, Lesen und Schreiben hatte man nach seinen Worten zu lange schleifen lassen, wenn er auch der Ansicht war, dass weder das eine noch das andere bei Kindern von geringem Stand Früchte tragen könnte.
Seit Albert und ich fünf Jahre alt waren, wurden wir von der Muhme unterrichtet. Da sie selber weder schreiben noch lesen konnte, erzählte sie uns das, was sie einst in ihrer Kindheit von ihrer Mutter gehört hatte. Sie war Christin und rief bei jeder Gelegenheit alle Heiligen zu Hilfe, um zum Ausgleich den germanischen Gottheiten zu huldigen – ein bunter Salat, ein Gemisch von Heiligen und Göttern, die weder wir Kinder noch die Muhme selbst auseinander halten konnten.
Wie alle abenteuerlustigen Kinder zog es uns mehr zu den heidnischen Göttern hin. Ein kleines, unschuldiges Kind, das in

einem Stall zur Welt gekommen war, um später am Kreuz zu sterben, hatte unser ganzes Mitleid. Doch was war das Jesuskind gegen Wotan, der als thronender Fürst der Asen in Walhall sitzt? Gegen den Altvater, den Menschenvater, die an der Spitze stehende Gottheit, zur Seite seine Gattin Frigg, Göttin des häuslichen Herdes. Oder gegen Donar, die mächtige, hoch verehrte Gottheit, den Herrn des Gewitters? Was waren die Apostel auf ihrem Wege, das Christentum zu verbreiten, gegen Wotan, wie er mit seinem Hengst Sleipnir in die Schlacht zog, unterwegs mit den Seelen, begleitet von zwei Wölfen und zwei Raben, während seine Botinnen, die Walküren, die Gefallenen auf dem Schlachtfeld sammelten und nach Walhall geleiteten? Nur das Ende der Götter gefiel uns Kindern nicht, denn auch sie sind dem Schicksal unterworfen und werden beim Weltuntergang vom Fenriswolf verschlungen.

Diese Prügelei mit Albert war es, nach der mein Großvater das zweite Mal in mein Leben eingriff. Von nun an saßen wir die schönsten Stunden des Tages in einer dunklen Kammer, die als Studierzimmer ausersehen war, und hörten diesem dünnen Männchen mit den langen fettigen Haaren zu, wie er unsere geliebten germanischen Götter in Grund und Boden verdammte. Er war der Meinung, nachdem Bonifazius vor sechshundert Jahren die Donareiche hatte fällen lassen, solle man endlich den Aberglauben vergessen.

Doch das war leichter gesagt als getan, denn die germanischen Götter waren fest im Glauben der ländlichen Bevölkerung verankert; hatten nicht die Bauern tagtäglich mit ihnen zu tun? Regen, Schnee, Hagel, Dürre und Hochwasser – das alles hatte man ihnen zu verdanken. Es war nicht immer das Schlechteste, was sie für die Landwirtschaft taten. Wie segensreich war ein regengesättigter Boden im heißen Sommer, und wie wurde der Schnee begrüßt, der sich wie ein warmes Tuch über die Wintersaat legt!

Außer der christlichen Lehre lernten wir anständig zu essen, lernten, dass man nicht auf den Boden spuckt und den Erwachsenen ohne Murren zur Hand zu gehen hat. Nach ein paar Tagen konnten wir unseren Namen schreiben und ein paar Gebete sprechen. Die Heuernte kam; wir mussten mit auf die Wiesen, denn wir waren Arbeitskräfte, die man nicht missen wollte. Der Herr Studiosus hatte viel Zeit und verbrachte sie, indem er mit der Hilfsköchin anbandelte. Dass die Romanze so jäh ihr Ende fand, daran waren wir Kinder nicht ganz unschuldig.

In den Jahren, als ich heranwuchs, wurde in hellen Mondnächten öfters eine weiße Gestalt hinter dem Turmfenster gesehen. Man verschwieg mir, dass es sich, wie man glaubte, um meine tote Mutter handelte, und ich dachte, es wäre ein uraltes Gespenst, wie es in jeder Ruine und jedem alten Turm eines gab. Das Getuschel der Dienerschaft konnte mich nicht bremsen, als ich eines Tages bemerkte, dass der Turm nur mit einem Querbalken verschlossen war.

Mit einer kurzen Eisenstange, die ich im Hof fand, konnte ich den Balken anheben und war mehr als erstaunt, als er tatsächlich nachgab.

Es war, als hätte ich ein Märchenland entdeckt. Langsam und ehrfurchtsvoll kletterte ich die schmale, wurmstichige Wendeltreppe empor. Spinnfäden hingen wie graue Schleier von den Wänden, Mäuse raschelten zwischen hereingewehten dürren Blättern, und als ich mit meinem Fuß an eine alte Schüssel stieß, stoben Käfer in alle Richtungen davon. Die Tür zum Turmzimmer hing lose in den Angeln, und als ich sie zur Seite schob, stand ich mit verklärtem Blick in meinem Paradies.

Eine alte Bettstelle und eine verschlossene Holzkiste, auf der ein Kerzenhalter mit herabgebrannter Kerze stand, waren die ganze Einrichtung. Jeder meiner Schritte wirbelte eine Staubwolke auf, die sich in den schmalen Fensterschlitzen niederließ. Die sechs Fuß dicken Steinwände mit ihrem groben Verputz strahlten eine nie gekannte Geborgenheit aus, und ich war mir sicher, dass unser Gespenst gegen mein Eindringen nichts einzuwenden hatte.

Alle Freizeit, die ich hatte, verbrachte ich diesen Sommer auf dem Turm. Ich putzte und werkelte, holte Arme voll Wildblumen,

die ich überall verteilte, um sie am nächsten Tag verwelkt durch das Südfenster zu werfen, wo mich niemand sehen konnte.
Später, als ich vom Schicksal meiner Mutter erfuhr, war es zu spät; ich hatte den Turm in Besitz genommen und ließ mich auch von den schauerlichsten Gespenstergeschichten nicht vertreiben. Viel mehr machte mir zu schaffen, dass der alte Herr mein leiblicher Großvater war; doch wie es aussah, hatte er diesen Umstand zu meinem Glück vergessen. Ihm aus dem Weg zu gehen war nicht schwer, und wenn er nach Hause kam, flüchtete ich mich zu Nans.
Die Heuernte hatte Albert und mich aus der dunklen Studierkammer befreit, doch die Heuernte dauerte nicht ewig. Also mussten wir den Lehrer auf unsere Art aus dem Wege schaffen. Die schmachtenden Blicke des Herrn Studiosus brachten uns auf die Idee, es mit der weißen Frau auf dem Turm zu versuchen.
Wir besorgten uns aus der Wäschekammer ein großes Laken und warteten die nächste Vollmondnacht ab, in der ich mit Hilfe einer Kerze hinter den Turmschlitzen umherwandelte. Es war eine stürmische Nacht, der Wind blies, und ich fror zum Gotterbarmen, sodass mein schauriges Wimmern immer echter klang und ich fast vor mir selber Angst bekam.
Ein Schrei fuhr durch die Nacht, und das Echo hallte von Mauer zu Mauer. Zitternd blies ich die Kerze aus, und fast hätte ich mir den Hals gebrochen, als ich die Wendeltreppe hinabstolperte.
Im Hof herrschte furchtbare Aufregung. Die Küchenmagd war in Ohnmacht gefallen, und der Herr Studiosus verließ noch in der gleichen Nacht den Schlosshof. Albert bekam von seinem Vater eine Tracht Prügel, und ich rettete mich wieder einmal zu Nans an den See.

Der Mann im Wasser

Der 11. Juni 1140 hatte genauso angefangen wie viele andere Tage zuvor; vielleicht war es etwas schwüler gewesen als sonst. Und doch war es ein Tag, den ich in meinem ganzen Leben nie vergessen habe.
Im August wurde ich zehn Jahre und war nun fast erwachsen. Immer seltener war ich auf dem Schlosshof zu sehen, denn ich hatte den Haushalt in der Hütte am See übernommen; das hieß kochen, waschen, die Stalltiere versorgen und die Schafe hüten.
An jenem Sommermorgen war ich früh aufgestanden. Den Schlaf hatte ich mit einem Sprung in den kalten See vertrieben, und als ich zurück zur Hütte kam, merkte ich, dass kein Brot im Kasten war.
Bevor ich mich zum Schlosshof aufmachte, ging ich in den Stall. Die Ziege an ihrer Kette kam mir entgegen und sah mich starr an, drehte sich um und stellte sich breitbeinig hin; sie wollte gemolken werden, und ich sah, dass ihr Euter schwer herabhing. Er war hart und so voll, dass das Tier Schmerzen hatte und traurig meckerte. Mit einer Hand fasste ich in das Hühnernest, fünf Eier waren darin, doch ich nahm sie nicht fort und warf den Hühnern keine Körner hin. Die Kaninchen hatten kein Futter mehr, die trockene Kruste rings um die alte Schüssel stammte noch vom Vortag, und ich machte die Schüssel nicht sauber. Als ich die Hütte verließ, liefen mir die Hühner mit langen Hälsen nach und gackerten verstört. Der warme Wind schlug mit trockenem Geräusch, das wie eine Ohrfeige klang, die Haustür gegen die Mauer und warf sie ächzend in den Rahmen zurück. Abgerissene Blätter wirbelten in die Hütte, dürr und braun wie Insektenleichen.
Es war überhaupt nicht meine Art, so gedankenlos die Hütte

zu verlassen. Heute rannte ich ohne einen Blick zurück zum Schlosshof, als erwarte mich dort etwas Besonderes.

Atemlos betrat ich den Hof, meine Lungen brannten. Im Hof dampfte der Misthaufen, im Stall hörte ich August und die Knechte arbeiten. Eine Küchenmagd schüttete im hohen Bogen schmutziges Wasser vor meinen Füßen aus und hätte mich fast getroffen.

Ella, eine Stute, die ich manchmal reiten durfte, hatte vor kurzem gefohlt, ein hässliches kleines Pferdemädchen, dem wir den Namen Roller gaben, weil es sich immerzu wie ein Hund auf dem Boden wälzte. Ella machte einen langen Hals und wieherte mir freudig entgegen. Ich spürte, sie wollte aus dem Stall, öffnete die Tür, hielt mich an ihrer Mähne fest und schwang mich auf ihren Rücken. Mit meinen nackten Füßen trieb ich sie an. Sie ließ ein freudiges Schnauben hören, und schon trabten wir auf das Jagdhaus zu.

Trotz der Schwüle war es ein herrlicher Morgen. Der Wind hatte sich gelegt, die Sonne schien vom Himmel, und Vögel zwitscherten im Gebüsch. Ruhig und klar floss die Kinzig in ihrem Bett, und nicht einmal ich konnte mir vorstellen, dass sie am Abend zu einem reißenden Strom werden sollte.

Eben wurde am Jagdhaus eine Standarte hochgezogen, ein Zeichen, dass Besuch im Anmarsch war. Neugierig schlug ich mich durch die Büsche und versuchte die zerfallene Mauer zu erklimmen. An den spitzen Steinen schürfte ich mir Knie und Ellenbogen auf, doch es lohnte sich: Der Hof war voller Männer und Pferde, und die Dienerschaft rannte umher wie ein Haufen aufgescheuchter Hühner.

Drei Männern galt meine Aufmerksamkeit. Sie waren so schön gekleidet, wie ich es in meinem ganzen Leben noch nie gesehen hatte. Alle Farben des Regenbogens waren vertreten. Sie lachten und unterhielten sich, tätschelten liebevoll den Hals ihrer edlen Rösser und fingen einen Kampf mit unsichtbaren Schwertern an. Sie fuchtelten mit den Armen wie Albert und ich mit unseren Holzschwertern, und ich wartete gespannt, wer von ihnen gewinnen würde.

Ella lenkte mich ab, sie stieß mir ihr weiches Maul in den Rücken, und während ich sie auf den Pfad zurücktrieb, war der freundschaftliche Kampf zu Ende. Das laute Lachen der Fremden schallte zu mir herüber, und plötzlich sah ich anstatt der Kappen, die sie trugen, drei Kronen. Sie glichen einander nicht, sie waren so verschieden wie die Farben der Kleider, und als ich mir verstört die Augen rieb, waren sie verschwunden, und die Männer hatten den Hof verlassen.
Was war das? Hatte ich Halluzinationen? Träumte ich am hellen Morgen?
Nachdenklich schwang ich mich auf mein Pferd und ritt zurück zum Schlosshof. Das Brot, das ich eigentlich holen wollte, hatte ich vergessen. Die Sonne stand hoch, als ich zum See zurückkam. Nans hatte die Schafe schon auf den Hügel getrieben.
»Wo treibst du dich den ganzen Morgen herum?«, brummte er ärgerlich. »Es wird ein Gewitter geben, und ich will noch zur dicken Tanne, bevor die Tannenzapfen nass werden.« Er schulterte einen großen Sack und schlug die nördliche Richtung ein. Die dicke Tanne war der einzige Nadelbaum weit und breit; ein voller Sack mit nassen Zapfen darin wäre für Nans eine große Plage gewesen. In diesem Moment tat ich zum zweiten Mal an diesem Tag etwas, was ich selber nicht verstehen konnte. Mit großen Schritten holte ich Nans ein und hinderte ihn am Weitergehen.
»Du kannst nicht zur Tanne! Die Muhme braucht dich. Der Herr hat alle Knechte zum Jagdhaus bestellt. Dort sind Fremde angekommen.«
Nans überlegte kurz, schob seine speckige Mütze ins Genick, brummte etwas Unverständliches und machte sich auf den Weg zum Schlosshof.
Mit schlechtem Gewissen trabte ich zurück zur Herde. Es war das erste Mal, dass ich Nans absichtlich belogen hatte, und dieser Umstand lag mir wie ein Stein auf der Seele.
Im Westen ließ sich ein tiefes Donnergrollen vernehmen, und das Blau des Himmels verblasste zu einem hellen Grau. Gewitterwolken waren keine zu sehen; der Himmel schien einfach

seine Farbe zu verlieren. Wieder grollte der Donner, diesmal schon viel näher, und das Grau verwandelte sich in ein Schwarz, das sich wie ein riesiger Tintenfleck ausbreitete. Ein vielfach verästelter Blitz zuckte über das Firmament und schlug mit ohrenbetäubendem Krachen ein. Die Schafe fraßen, als wären sie das letzte Mal auf der Weide. Lustlos trieb ich sie den Berg hinab; auch die beiden Wolfshunde spürten, dass ein Unwetter in der Luft lag. Beim nächsten Donnerschlag rannten die Hühner kopflos umher, und ich musste die Schafe allein in den Pferch treiben, denn die beiden Wolfshunde hatten sich schon im Haus verkrochen.

Den ganzen Nachmittag sah ich zu, wie Donar wütete. Er warf seine Blitze kreuz und quer über den Himmel, und sein Poltern und Grollen nahm kein Ende. Mit einem letzten lauten Knall zog er sich zurück; danach öffnete er alle Schleusen des Himmels und wollte uns, wie es aussah, ertränken.

Am Fenster sitzend, wartete ich auf Nans und dachte darüber nach, was mich dazu getrieben hatte, den Hirten von seinem Weg abzubringen. Im Norden musste ein Wolkenbruch niedergegangen sein, denn noch nie war der See so voller Wasser. Es hatte sich abgekühlt, und frierend legte ich mir eine Decke um die Schultern. Der See war über die Ufer getreten. Fußhoch umspülte er den Eingang der Hütte, als ich Nans' Schritte hörte. Nass bis auf die Haut trat er ein, und ich wartete auf seine Vorwürfe.

»Es tut mir Leid, Nans, dass ich dich auf den Schlosshof geschickt habe.«

»Was sagst du da? Die Muhme war froh, als sie mich sah. Die Knechte waren wirklich alle fort, und die Pferde standen noch auf der Kinzigwiese. Es war höchste Zeit, denn die ganze Wiese steht acht Fuß hoch unter Wasser. Die Muhme hat sich gewundert, als ich ankam, und ich wundere mich immer noch. Woher hast du gewusst, dass ich auf dem Hof gebraucht wurde?«

Verlegen erzählte ich Nans, was ich am Jagdhaus gesehen hatte und dass die Männer wie die drei Könige aus dem Morgenland ausgesehen hätten.

»Kronen«, sagte Nans, »tragen nur Könige. Diese drei, die du gesehen hast, waren keine Könige und werden auch niemals eine Krone tragen. Der eine war der Herzog von Schwaben, der andere Heinrich der Löwe und der dritte ein Dänenprinz. Also keine Könige und keine Kronen. Du hast am helllichten Tag geträumt, Sadi. Allerdings hat sich die Muhme gewundert, als ich ihr erzählte, dass du mich geschickt hast. Du konntest doch nicht wissen, dass sie mich brauchen würde, denn die Knechte wurden erst fortgeholt, als du längst wieder am See warst. Die Muhme meint, du hättest das zweite Gesicht, Sadi.«

Ich schwieg, denn ich konnte mir gut vorstellen, wie sie sagte: Es ist das Blut der Fremden – hoffentlich verwächst sich das wieder. Das waren ihre Worte, wann immer ich etwas tat, was sie nicht verstehen konnte. Das Blut meiner armen Mutter musste für alles herhalten. Manchmal ging es so weit, dass sie mich für nichts verantwortlich machte; ich konnte ja nichts dafür, es war das Blut der Fremden, das mich die unmöglichsten Dinge tun ließ. Das war der Grund, weshalb ich in meiner Kindheit tun und lassen konnte, was ich wollte, was ich natürlich auszunutzen verstand. Zu ihrem eigenen Trost setzte sie hinzu, das würde sich verwachsen.

Am nächsten Tag ging ich mit Nans zur dicken Tanne. Ein Blitz war eingeschlagen und hatte den hohen, einzeln stehenden Baum gespalten. Nans sah mich an, und ich bekam eine Gänsehaut.

»Hast mir wohl das Leben gerettet! Na komm, mach den Sack voll, es werden wohl die letzten Tannenzapfen sein.«

Zweimal also an diesem Tag hatte ich ein ungewöhnliches Erlebnis gehabt. Erst hatte ich Söhne von Fürsten gesehen, in ihrer ganzen Pracht, mit Kronen auf dem Kopf, die es nicht gab. Dies hatte einen größeren Eindruck in mir hinterlassen als Nans' Rettung. Ich wollte nicht mehr Nans' Nachfolger werden, sondern ein Ritter, um eines Tages an der Seite dieser schönen Männer in den Kampf zu ziehen.

Jede Gelegenheit nutzte ich, um mit Pfeil und Bogen in den Wald zu ziehen und zu üben. Roller, das kleine Fohlen, wurde älter, aber nicht schöner, und es bedurfte keiner Überredungskünste, um mir das Tier anzueignen. Roller war schlau wie ein Fuchs: Auf einen bestimmten Pfiff knickte er mit den Vorderbeinen ein und spielte totes Pferd. Nicht einmal Albert konnte ihn reiten, wenn ich nicht einverstanden war. Ich liebte mein Pferd heiß und innig, denn es war eine Stute, und doch sprach jeder von »er« oder »ihm«, genau wie bei mir.

Mit viel Mühe brachte mir Nans mit seinem alten Schwert das Kämpfen bei. Er ließ mir in Gelnhausen für meine zarten Gelenke Ledermanschetten anfertigen und gab ein kleineres, leichteres Schwert in Auftrag. Für den Hirten war das alles nur Spaß; er hatte seine Freude daran, dass er mir beibringen konnte, was er vor langer Zeit auf den Schlachtfeldern gelernt hatte. Doch für mich war das kein Spiel. In meinen Träumen sah ich mich als schwarzen Ritter mit silbernen Schnallen, der sich in einer Schlacht behaupten konnte; aber wie ich meine Träume jemals verwirklichen sollte, war mir schleierhaft.

Mit Roller war ich genauso auffallend wie die Fürsten. »Sieh dich vor, dass sie euch beide nicht zum Abdecker bringen«, wurde mir zugerufen, wenn ich mich einmal im Ort sehen ließ. Selbst Nans sagte lachend, als ich ihm von dem Spott der Leute erzählte, dass sie nicht ganz Unrecht hätten. Roller war nun mal keine edle Stute; mit seinen krummen Beinen, dem hohlen Kreuz und dem pelzigen Fell war er alles andere als schön. Und ich trug immer noch die abgelegten Kleider von Albert und fühlte mich wohl darin. Was waren schon Äußerlichkeiten! Ich wusste, was ich konnte und wozu Roller fähig war, und das allein zählte.

Meine Kinderjahre gingen zu Ende, von meinen Jugendjahren gibt es nichts zu berichten. Unser Leben wurde nur durch die wechselnden Jahreszeiten bestimmt. Es gab weder Krieg noch Hungersnöte, mal fiel die Ernte gut und mal weniger gut aus. Ich hatte Nans' Arbeit übernommen, ohne meine Träume zu vergessen. Mein zweites Gesicht hatte sich nicht mehr gezeigt, und ich dachte immer seltener an jenen Tag zurück.

Das Einzige, was sich in dieser Zeit verändert hatte, war Gelnhausen.
Seit ich denken konnte, war Gelnhausen ein kleiner Ort mit Dächern aus Stroh, eine Ansammlung kleiner Bauernhöfe mit Scheunen und Stallungen. Die Bauern waren treue Untertanen ihres Herrn, die ihre Lehen bewirtschafteten. Viele Adelige, die auf der Jagd oder mit den Fürsten zu uns kamen, waren von der waldreichen Gegend so begeistert, dass sie blieben und sich feste Häuser in Gelnhausen bauen ließen. Es kamen umherwandernde Maurer, Steinmetze und Zimmerleute, es kamen Kaufleute, um ihre Ware loszuschlagen. Sie blieben und wurden Ladenbesitzer, denn in einem Ort, der sich ständig vergrößerte, wurde alles gebraucht. Der Marktplatz wurde erweitert, und auf dem kleinen Dorffriedhof durften keine Toten mehr begraben werden, denn ein fremder Baumeister war eingetroffen, der eine größere Kirche plante.
Auch mein Großvater besaß eine Wiese oberhalb des Dorfes. Wie oft hatten wir bei der Heuernte auf der Wiese hinab auf das Dorf geschaut! Nun wurde ein Kloster gebaut, und in Zukunft würden die frommen Choräle der Mönche erschallen, wo früher nur der Ruf des Kuckucks zu hören war. Mit den Händlern und Arbeitern kamen auch Diebe und Landstreicher in den Ort. Ein Rat wurde gewählt, der für Ordnung sorgen sollte.
Die Grundlage der Herrschaft war vor allem der Besitz an Boden mit den daran haftenden Rechten; dazu gehörten nicht zuletzt auch die leibeigenen Bauern, wichtigste Erwerbspersonen der Agrar- und Naturalwirtschaft. Das Kinzigtal gehört genau wie die Wetterau, die sich weiter nördlich dahinzieht, zur Königslandschaft zwischen Rhein und Main.
Der Ort Gelnhausen spielte eine bedeutende Rolle, denn er liegt an einer strategisch wichtigen Stelle der Fernstraße. Überdies wird die Kinzig seit kurzer Zeit bis zum Main von kleinen Schiffen befahren, und nicht zu unterschätzen ist der Wildreichtum des Spessarts und des Büdinger Königsforstes.
In dieser Zeit hatte sich auch Nans verändert. Zog er früher seine guten Kleider nur zum sonntäglichen Kirchgang an, war

das in letzter Zeit anders geworden; denn der Hirte hatte die Schänken entdeckt, die neuerdings in Gelnhausen eröffnet hatten. Zwei Abende in der Woche ging er in den Ort, um zu würfeln, Karten zu spielen, mit anderen Männer zu trinken und sich zu unterhalten.
Erzählte er mir früher von seiner Kindheit mit seinen Eltern oder der Zeit im Heerlager, so sprach er jetzt von Gelnhausen, den Veränderungen des Ortes oder der Politik im Lande. Allzu viel verstand ich nicht davon, doch hörte ich zu und lernte auf diese Art, was ich in meiner Kindheit versäumt hatte.

Der achte August 1146 war nach einer regenreichen Woche wieder ein Sommertag.
Ich hatte mein sechzehntes Lebensjahr vollendet und dachte, dass es immer so weitergehen würde. Am Morgen hatte ich die Schafe weit in den Wald getrieben, damit die nah gelegenen Weiden Zeit hatten, sich zu erholen. Der Regen der vergangenen Woche hatte gut getan; die Blätter an den Bäumen sahen wie frisch gewaschen aus, was auch die Vögel erfreute: Nie sangen sie lieblicher als an diesem Morgen.
Ich träumte in den Tag hinein, spielte mit den Hunden und übte mich im Pfeil- und Bogen-Schießen. Am Nachmittag wurde ich von einer Wildbiene in den Arm gestochen, und während ich zusah, wie die Stelle anschwoll und hart wurde, fragte ich mich, ob das ein gutes oder ein böses Zeichen war.
Gegen Abend trieb ich die Schafe zurück und ließ die Hunde als Bewacher bei ihnen. Der See lockte mich wie nie, sodass ich das letzte Stück rannte. Eben noch rechtzeitig konnte ich mich im Gebüsch verbergen, denn am Seeufer lagerten fremde Männer.
Ihr Lachen und Rufen schallte zu mir herüber, und ich sah, wie sie sich nackt auszogen und ins Wasser sprangen. Bis auf einen Mann blieben sie in der Nähe des Ufers; wie es aussah, hatte der Fremde vor, den See zu durchschwimmen.
Wie gebannt blickte ich auf den Schwimmer, der mit kraftvollen Stößen das Wasser teilte. Als er in der Mitte des Sees anlangte,

hörte ich seinen gurgelnden Schrei und sah, wie er um sich schlagend versank. Ohne lange zu überlegen, riss ich mir die Kleider vom Leib und sprang mit einem Kopfsprung in den See. Es kostete mich keine Kraftanstrengung, denn oft genug hatte ich Tiere aus dem See herausgeholt, die am Ertrinken waren.
Die Männer am anderen Ufer hatten nichts von dem Drama bemerkt, das sich im Wasser abspielte, denn ein Felsen, der in den See hineinragte, versperrte ihnen die Sicht. Ich zog den Mann ans Ufer, das von niederen Sträuchern und Gras bewachsen war. Neugierig sah ich ihn an. Seine Haut war kalt und blass; nur da, wo die Sonne hinschien, schimmerte sie dunkler. Ein weicher rötlicher Flaum bedeckte Arme und Beine; Brust- und Kopfhaar waren stark gekräuselt. Meine Augen wanderten tiefer. Noch nie hatte ich einen nackten Mann gesehen, und aufmerksam beobachtete ich, wie sich sein Glied zwischen den Beinen regte.
Sein Niesen schreckte mich auf, und ich sah in zwei spöttische blaue Augen, die sich nun im Schmerz verengten. Er stöhnte und wies auf sein linkes Bein, wo der Muskel in einem Wadenkrampf zuckte. Nun wusste ich, was ihn im Wasser fast das Leben gekostet hatte. Ich nahm seinen Fuß zwischen meine Schenkel und knetete seine Wade, bis sie weich und warm in meinen Händen lag.
»Ich danke dir, Mädchen! Du hast mir das Leben gerettet. Wie ist dein Name?«
Ohne meine Antwort abzuwarten, strich er mein nasses Haar aus dem Gesicht, fuhr mir zärtlich über die Schultern und streichelte meine nackten Brüste, dass mir der Atem stockte. Von ferne hörte ich Nans rufen. Wie aus einem Traum erwachend, stand ich auf, nahm meine Kleider und schlug mich in die Büsche.

Warum war ich davongelaufen, jetzt, da endlich einmal etwas in meinem Leben geschah?
Den ganzen nächsten Tag trieb ich mich am See herum, in der Hoffnung, der Fremde würde zurückkommen. Alles blieb ruhig, als wären der Hirte und ich die einzigen Menschen auf der Welt.

Doch noch lag der Abend vor mir, und ich spürte, dass etwas geschehen würde.
Die merkwürdigsten Dinge dachte ich mir aus, damit der Hirte nach Gelnhausen ging; doch er machte nicht die geringsten Anstalten fortzugehen.
»Nans«, fragte ich, »was sind das für Fremde, die im Jagdhaus abgestiegen sind?«
»Warum? Hast du sie gesehen, Sadi?«
»Ja, sie waren drüben am Ufer des Sees.«
»Ich habe keine Ahnung, doch wenn du willst, werde ich mich erkundigen.«
Endlich hatte ich ihn so weit, und er verschwand in Richtung Gelnhausen.
Lange musste ich warten. Als ich schon aufgeben wollte, hörte ich das Gebüsch brechen, und er stand vor mir.
Er war viel größer, als ich gedacht hatte, und sein Haar hing ihm wirr und zerzaust in die Stirn. Lachend drückte er mich an seine Brust, als würden wir uns schon ewig kennen. »Da bist du ja, meine kleine Sarazenin! Hast du auf mich gewartet?«
Ich nickte stumm und ärgerte mich im Stillen, dass ich so hölzern dastand. Was für schöne Worte hatte ich mir den ganzen Tag für diesen Augenblick ausgedacht! Alles war bei seiner Berührung wie weggeblasen.
»Bist du stumm?« Aufmerksam sah er mich an.
»Nein, ich weiß nur nicht, was ich sagen soll.«
»Sag mir endlich deinen Namen und warum du so schnell verschwunden bist.«
»Mein Name ist Sadi von Ortenberg, und der Jagdaufseher ist mein Großvater.«
Zweifelnd sah er mich an; er glaubte mir nicht, doch er beließ es dabei. Ich führte ihn in die Hütte und bot ihm Nans' Stuhl an. »Ich weiß noch nicht einmal, wie du heißt und wer du bist«, getraute ich mich zu sagen.
»Mein Name ist Friedrich. Alles andere ist uninteressant. Komm her zu mir, Sadi, ich möchte von deiner weichen, samtenen Haut kosten.«

»Bist du ein Menschenfresser?«
»Aber nein, dann hätte ich ja nur einmal Vergnügen an dir«, lachte er.
Ich konnte nicht anders – wie eine reife Frucht fiel ich ihm in die Arme. Wie stark er war! Mit seinem kleinen Bart kitzelte er meinen Hals, und von seinen weichen Lippen konnte ich nicht genug haben. Er küsste mich am ganzen Körper, sodass es den Anschein hatte, als wollte er mich wirklich verschlingen.
Ich begriff nicht, was in mich gefahren war: Ich konnte nicht genug davon bekommen, und das Verlangen, das ich in mir spürte, schwemmte alle Hemmungen fort. Wie oft hatte ich den Tieren zugesehen, wie sie sich paarten. So ähnlich, hatte ich gedacht, wird es auch bei den Menschen sein. Ich hatte mich geirrt, es war alles ganz anders.
Er ließ sich viel Zeit, in der er mich zur Raserei brachte; immer wenn ich dachte, nichts Schöneres auf der Welt könnte es geben, zog er sich von mir zurück, und mir war, als hätte er mir etwas sehr Kostbares weggenommen. Wir kannten schon jede intimste Stelle unserer Körper, und ich konnte mir nicht vorstellen, dass es noch etwas anderes gab – bis er in mich eindrang und der Schmerz bis in mein Gehirn ausstrahlte. Ich stieß ihn zurück, wehrte mich, als hätte ich hundert Teufel vor mir, doch er ließ mir keine Zeit. Und als er sich nun langsam auf mir bewegte, kam das wohlige Gefühl zurück.
Nun war ich es, die ihm Laute von Verlangen und Lust entreißen konnte. Ich beobachtete ihn und spürte, dass ich ihm gut tat. Es war eine Offenbarung für mich, dass es mein Körper war, der ihm das Stöhnen entlockte, und ich empfand es als ausgleichende Gerechtigkeit, dass auch ich ihm wehtun konnte, denn warum sonst stöhnte er so? Ich hatte keine Zeit mehr, ihn zu beobachten, denn eine Welle von herrlichen Gefühlen der Lust stürzte uns in einen Wirbel der Leidenschaft, aus dem wir erst lange Zeit später schweißgebadet zu uns kamen.
Es war dunkel geworden, und ich fror. Friedrich stand auf und wollte zum See, und mir war, als nähme er alles mit, was mein Leben lebenswert gemacht hatte.

»Ich muss zurück, Sadi, mein Vetter Heinrich wartet. Doch ich werde wiederkommen und dich hier finden, versprichst du mir das?«

»Was soll ich denn sonst tun als auf dich warten?« Meine Worte hörten sich kläglich an, und genauso war mir zumute. In diesem Augenblick konnte ich mir nicht vorstellen, wie ich ohne ihn weiterleben sollte. Aber er würde ja wiederkommen – morgen oder übermorgen, er hatte es mir versprochen, und glücklich schlief ich ein.

Sadi, der Ritter

Am Morgen hörte ich jemanden in die Hütte treten, und bevor ich noch meine Augen öffnete, streckte ich sehnsuchtsvoll meine Arme aus; doch es war nur Nans, der zurückgekommen war.

Wie immer wollte ich schnell aus meinem Bett springen, doch ein Schwindel erfasste mich. Der Raum verschwamm vor meinen Augen – ich stehe im Wasser und halte Friedrich in meinen Armen; sein Kopf hängt herab, und seine Augenlider sind geschlossen. Ein neuer Wasserschwall kommt auf mich zu und trennt mich von meinem Geliebten. Panik überfällt mich, denn ich kann ihn nicht finden. Nach einer Weile, die mir wie eine Ewigkeit erscheint, greife ich in seine Haare und kann ihn zu mir ziehen. Erst jetzt merke ich, wie eisig das Wasser ist und wie schwer der leblose Körper in meinen Armen hängt. Sein Gesicht ist von einem grauen Bart eingerahmt, aus dem in winzigen Bächen das Wasser läuft. Ich sehe mich über ihn gebeugt, als sei ich aus meinem eigenen Körper herausgetreten. Männer kommen und tragen ihn fort. Auch das Wasser ist verschwunden – ich saß benommen auf meinem Bett in der Hütte.

»Was ist mit dir, Sadi? Du bist so blass. Hast du schlecht geschlafen?«

Es war mir unmöglich, in diesem Moment mit Nans zu reden. Das zweite Gesicht hatte mich wieder eingeholt, und ich wusste, was es zu bedeuten hatte: Der Mann, den ich liebte, war in Gefahr. Nur ich wusste davon, und nur ich konnte ihn retten. Hatte ich nicht auch Nans gerettet?

Nans war in Gelnhausen gewesen, und als ich wieder normal denken konnte, erzählte er mir, was er gehört und gesehen hatte.

Im Jagdhaus waren drei Fürsten abgestiegen, die auf dem Weg zu König Konrad waren. Der Rothaarige war Friedrich Herzog von Schwaben, der zweite sein Vetter Heinrich der Löwe und der dritte ein Dänenprinz. »Ich habe gesehen, wie sie heute Morgen fortgeritten sind. Sadi, glaub mir, nie habe ich schönere Pferde gesehen!«
»Sie sind fort?«
»Sag ich doch. Sie waren auf dem Weg zum König und haben nur einen Abstecher ins Kinzigtal gemacht.«
Es war ein furchtbarer Schlag für mich, und ich meinte, sterben zu müssen.

Tage vergingen, und ich löcherte Nans mit Fragen nach dem Herzog und seiner Familie. Merkwürdigerweise wusste er viel zu erzählen. Er wusste, dass Friedrich auf der Burg Hohenstaufen geboren war und von seinem unglücklichen Vater das Herzogtum geerbt hatte.
»Warum unglücklich, Nans?«, fragte ich.
»Nun, sein Vater Friedrich war Herzog über ein ziemlich großes Land. Es umfasste das Gebiet zwischen den Alpen, den Vogesen, dem Oberlauf des Rheins und den Flüssen Neckar und Lech, und er hatte immer gehofft, König zu werden. Die Mutter des jetzigen Herzogs ist eine Edelfrau aus dem Geschlecht der Welfen von Bayern; sein Onkel mütterlicherseits war Heinrich der Stolze, der mächtigste Fürst Deutschlands, sein Onkel väterlicherseits hingegen ist der amtierende König. Seit dem Tod Kaiser Heinrichs, dem Bruder seiner Großmutter Agnes, war Friedrich als Kind und heranwachsender Jüngling gewohnt, Könige und Kronanwärter in der Familie zu haben. Zuerst Lothar von Supplinburg, den Vater seiner Tante Gertrud, der mit Hilfe seines Onkels, Heinrichs des Stolzen, den Thron bestiegen hatte, womit er den Zorn von Friedrichs Vaters erregte, der vor der Wahl als königlicher Favorit gegolten hatte.«
»Du meine Güte, Nans, mir schwirrt der Kopf vor lauter Königen und Thronanwärtern! Warum sind sie nicht zufrieden, wo sie doch schon so viel Land besitzen?«

»Ja, Sadi, so ist das mit den Großen, die können nie genug bekommen. Aber hör weiter zu, damit du was lernst.
Seine Kindheit hat Friedrich in den Jahren des Krieges 1125 bis 1135 zwischen den Sachsen und Stauferherzögen verbracht, bis sein Vater Friedrich und sein Onkel Konrad sich König Lothar unterwarfen. Seine Jugend fiel mitten in den Krieg der Jahre 1139 bis 1142, das war vor vier Jahren. Da war er neunzehn Jahre, in der Blüte des Ritteralters und, wie jeder junge Mann, heiß auf Kampf und Freiheit. In den Burgen westlich des Rheins wurden damals schon die Taten Rolands und die Erlebnisse des ersten Kreuzzuges erzählt und besungen. Ganz anders, Sadi, als hier bei uns, die wir bis vor einiger Zeit dumpf dahindösten und von den Geschehnissen in der großen Welt nichts wussten. Friedrichs Vater hatte sich damals aus der Politik und auch von seiner Familie zurückgezogen in dem Bewusstsein, dass seine Gelegenheit, den Thron zu erlangen, unwiederbringlich vorbei war. Und verbittert darüber, dass die Königskrone, die 1125 um Nasenlänge an ihm vorbeigegangen und dann für immer entschwunden war, hatte er die Führung der Staufer-Geschicke endgültig Konrad überlassen. Nun musste sich also der junge Friedrich um die Familie und das Herzogtum kümmern.«
»Woher weiß man das alles, Nans? Ich weiß nicht einmal etwas von meinen Eltern!«
»Du stammst auch nicht aus einem fürstlichen Geschlecht, wo man jeden Furz registriert und aufschreibt. In den Schänken von Gelnhausen wurde viel über das Fürstenhaus geredet.«
Dieser Mann, den mir Nans beschrieben hatte, konnte unmöglich der Mann sein, den ich liebte. Niemals hätte der sich mit einem Hirtenmädchen abgegeben – nein, das wollte und konnte ich nicht glauben.

Die nächsten Wochen lebte ich wie in einer Luftblase unter Wasser und wartete; doch mit der Zeit musste ich einsehen, dass Friedrich nicht zurückkommen würde, und versuchte, in ihm den Mann zu sehen, den mir Nans beschrieben hatte; doch das war unmöglich. Meine weltfremde Erziehung, meine Einsamkeit machten es undenkbar. Mein Herz und mein Körper riefen Tag und Nacht nach ihm, und ich suchte nach einem Ausweg, nach einem Fingerzeig, was ich tun sollte. Wäre ich gläubig gewesen wie Nans, hätte ich Zuflucht im Gebet gesucht und vielleicht meinen Frieden gefunden. Aber ich war nicht gläubig, und die alten germanischen Gottheiten waren für die Liebe nicht zuständig.

Der Herbst verging, es wurde Winter – ein langer, trauriger, kalter Winter. Nicht die Natur war es, die mich langsam erfrieren ließ, sondern mein Herz, das tot und kalt in meiner Brust lag.

Ende Januar fanden wir zwei Kaninchen erfroren in ihrem Stall, und Nans beschloss, dass wir besser wieder auf den Schlosshof zogen, bevor es uns genauso erging. Ein Teil der Schafe und Hühner wurde geschlachtet, was nicht ganz einfach war, denn die Kinzig war zugefroren, und wir hatten große Mühe, an Wasser zu kommen.

Es war ungewohnt, wieder mit so vielen Menschen zusammenzuwohnen, und doch war ich froh, in das warme Bett zur Muhme kriechen zu können.

Auch in Gelnhausen ruhten die Arbeiten. Immer wieder brachen in den Schänken Schlägereien aus, da sich die Handwerker langweilten und ihren schwer verdienten Lohn vertranken und verspielten. Wegen dieser Vorkommnisse ließ mein Großvater eine große Treibjagd ausrufen, und tagelang kannten wir kein anderes Thema. Albert half mir, meinen Bogen neu zu spannen, denn ich hatte vor, mitzureiten und den größten Rehbock zu schießen.

Am Tag der Jagd versammelten sich alle Jäger und Treiber im Hof. Ich hörte sie lachen und rufen, die Bluthunde bellten aufgeregt dazwischen, und die Frauen schenkten heiße Getränke aus. Ich lag todunglücklich im Bett und brütete eine schlimme Erkältung aus. Das Fieber hatte mich gepackt, und wehmütig hörte ich, wie sich die große Jagdgesellschaft entfernte. Bis auf einen krähenden Hahn war der Hof wie ausgestorben. Vorsichtig

lehnte ich mich zurück und versank in meinen Fieberträumen.
Es war dunkel, als ich erwachte. Aus der Küche erklangen Stimmen. Durst quälte mich, doch der Krug, den mir die fürsorglichen Frauen ans Bett gestellt hatten, war leer. Barfuß tappte ich über die eisigen Steinplatten; irgendwo draußen in der kalten Winternacht jaulte erbärmlich ein Hund. Die Küchentür war nur angelehnt, und ich sah den hellen Schein von brennenden Kerzen. Viele Männer waren in der Küche, so viele, dass sie nicht einmal Platz fanden, um sich zu setzen.
»Sadi! Willst du dir den Tod holen?«, rief die Muhme mir zu und sprang von ihrem Stuhl auf.
»Draußen vor dem Tor ist ein Hund. Er ist verletzt und wird erfrieren.« Das war alles, was ich von mir geben konnte, dann wurde ich ohnmächtig.
Alles andere wurde mir später erzählt.

Die Jagd war ein großer Erfolg gewesen. Doch gegen Mittag setzte ein Schneesturm ein, und die Männer mussten zurück. Der beste Bluthund meines Großvaters war und blieb verschwunden. Trotz des scheußlichen Wetters machten sich die Männer auf, den Hund zu suchen, bis die Dunkelheit hereinbrach und man die eigene Hand nicht mehr vor den Augen sah. Viele gingen nach Hause; sie gaben den Hund verloren. Ein paar blieben und wärmten sich in der Küche auf. Es war ihnen, als stünde ein Gespenst in der Küchentür, als die Männer mich sahen. Kein Mensch glaubte daran, dass ich etwas hinter dem Tor gehört hatte, denn meine Kammer lag am anderen Ende des Hofes. Nur Nans und die Muhme drängten darauf, dass sie nachsahen. Vom Schnee zugeweht und schwer verletzt lag der Hund hinter der Hoftür.
»Wie konnte er das wissen?«, fragten die Männer.
»Es ist das Blut der Fremden.« Nur vergaß die Muhme diesmal zu sagen: Es verwächst sich wieder. Vielleicht wurde sie alt.
In diesen Wintertagen war ich das Gesprächsthema von Gelnhausen. Die Einheimischen wussten von der fremden dunklen Frau im alten Turm; die Neuangesiedelten ließen es sich erzäh-

len, und viele meinten, mir fehle ein Zacken in der Krone, was so viel heißt wie: ein Irrer, oder von Dämonen besessen.
Der Winter nahm seinen Fortgang, und ich wurde wieder gesund. In der abendlichen Küche wurde viel erzählt. Immer waren ein paar Fremde auf dem Hof, und so drangen viele Neuigkeiten auch zu uns. Doch eines Abends geschah etwas, was mein ganzes Leben verändern sollte.

Die Menschen in der Küche sprachen von der großen Politik, vom König und davon, was in der weiten Welt geschehen war. Die Nachrichten brauchten Wochen, bis sie uns erreichten. Die Wärme in der Küche hatte mich schläfrig gemacht, und erst als Friedrichs Name fiel, horchte ich auf.
»Was meinst du zu dem Aufruf des Kirchenmannes, Nans?«, wollte ein kleines, mickriges Männchen wissen.
Das Spinnrad der Muhme hielt inne.
»Was für ein Aufruf?« Nans steckte sich eben genüsslich seine Pfeife an und hüllte sich und seinen Nachbarn in dicke Rauchwolken.
»Nun, die Fürsten sind aufgerufen, das Kreuz zu nehmen.«
»Was bedeutet das, Nans?«
»Jerusalem ist wieder in der Hand der Türken, und der Papst bittet alle um Geldspenden, damit die verarmten Fürsten dem Aufruf nachkommen können.«
»Ich finde«, sagte der Fremde, »die Kirche ist reich genug. Warum nehmen sie nicht das Gold und die Diamanten, die sie den Armen abluchsen?«
»Du schwätzt dummes Zeug«, sagte Nans. »Seit wann haben arme Leute Gold und Diamanten?«
»Nein, so ist das nicht. Der Papst hat schon Recht: Wenn jeder sein Scherflein beiträgt, dann wird das Heilige Grab in Jerusalem gerettet.«
»Ob der König auch reiten wird?«, fragte die Muhme.
»Nein, König Konrad will davon nichts wissen. Zu viel Unruhe ist im Königreich. Er kann es einfach nicht wagen, ein oder zwei Jahre abwesend zu sein«, sagte der andere Mann.

»Was glaubst du, Nans, wie wird sich der König entscheiden?«, wollte August wissen.
»Das kann ich dir sagen, August: Er kann sich dem Kreuz nicht entziehen. Das Heilige Grab ist wichtiger als die kleinlichen Streitereien der Fürsten. Um das zu wissen, brauche ich nicht einmal Sadis zweites Gesicht.«
»Ob unser Herzog auch das Kreuz nimmt, was meint ihr?«, mischte sich Gertrud ein und brachte einen neuen Krug Bier.
»Ja«, sagte Nans, »ich glaube schon. Das würde genau zu ihm passen. Ich bin überzeugt, dass er seinen Onkel umstimmen wird. Er ist jung, leidenschaftlich und fromm erzogen. Er hat das Charisma, um das Kreuz zu nehmen, und ich glaube nicht, dass er es sich ausreden lässt.«
Genau wie ich. Auch ich war jung und leidenschaftlich. Bis auf die Frömmigkeit, die mir fehlte, besaß ich dieselben Anlagen wie der Herzog; nur wollte keiner das glauben. In mir reifte in diesem Moment der Entschluss, ebenfalls das Kreuz zu nehmen. An diesem kalten, frostigen Abend setzte ich mir ein Ziel, und dieses Ziel hieß Jerusalem.
Am nächsten Tag unterbreitete ich Nans meinen Wunsch, und es hätte mich gewundert, wenn er damit einverstanden gewesen wäre.

Der strenge Winter ging in ein nasskaltes Frühjahr über. Wir waren wieder in der Hütte am See, und es herrschte Krieg zwischen uns beiden. Das ging von Bitten und Schmeicheln bis zum zornigen Anschreien. Die Fetzen flogen, und keiner von uns gab nach. Danach versöhnten wir uns wieder für kurze Zeit, um noch heftiger mit dem alten Streit fortzufahren. Ostern kam, und in der Kirche wurde verkündet, dass der König das Kreuz genommen hatte.
Ich spielte meine letzte Karte aus.
»Eines Tages, Nans, eines Tages werde ich mit Roller verschwinden, und wenn du mich suchen willst, musst auch du das Kreuz nehmen.« Es war unser letzter Streit, wir wussten es beide, und es war mein Sieg. Ich hatte den Krieg gewonnen und konnte

triumphieren. Immer würde ich gewinnen; es war dumm von Nans, dass er das bisher noch nicht bemerkt hatte.
Nachdem der Hirte eingesehen hatte, dass nichts mich zurückhalten konnte, half er mir mehr, als ich es mir je hätte vorstellen können. Er ging zu meinem Großvater, was ihn große Überwindung kostete, und unterbreitete ihm unseren Plan.
Der sträubte sich, nicht aus Angst um mein Leben wie Nans, sondern aus Angst um seine Geldkatze. Doch als Nans mich als fromm, demütig und gut beschrieb, wollte er mich erst einmal kennen lernen und prüfen.
Es war das erste Mal, dass ich meinem Großvater von Angesicht zu Angesicht gegenüberstand. In meinen Augen wirkte er hässlich und alt. Sein ungepflegter Bart hing ihm über eine fleckige Weste von rötlicher Farbe, und große Haarbüschel wuchsen ihm aus den Ohren. Ich mochte weder seine wässrig blauen Augen, die von schwer herabhängenden Lidern bedeckt wurden, noch seine Stimme, die für einen alten Mann zu hoch klang. Der Raum, in den er mich geführt hatte, war ungemütlich mit hohen schwarzen Schränken ausgestattet, und nur die kleinen bunten Glasfenster ließen vermuten, dass draußen die Sonne schien.
»Du bist also Konrad, mein Enkelsohn, der fromm und voller Demut das Kreuz nehmen will.«
Ich nickte beklommen, und das Herz schlug mir mit wildem Pochen bis zum Hals.
»Ich habe dich aber noch nie sonntags in der Kirche gesehen –?«
›Kannst du auch nicht‹, dachte ich im Stillen, ›denn schließlich müssen auch sonntags die Tiere versorgt werden‹ – oder glaubte der alte Bastard, die Ziege würde sich selber melken? »Verzeiht, Herr! Aber ich stehe immer ganz hinten«, sagte ich scheinheilig.
Er nahm es wortlos zur Kenntnis und schlug zu meinem Schrecken die Bibel auf. »Kannst du mir sagen, mein Junge, wo die wunderbare Brotvermehrung stattgefunden hat?«
Ich überlegte. War es in einem Tal, oder war es auf einem Berg oder gar an einem See? Ich hatte nicht die geringste Ahnung.

Hätte er mich nach den germanischen Göttern gefragt, hätte ich ihm aus dem Stegreif all die Sagen herunterrasseln können. Aber eine Brotvermehrung? So sagte ich aufs Geratewohl »Berg« und sah ihn zweifelnd an.
Er nickte wohlwollend. »Was weißt du über das Wunder von Kana?«
»Ich hängte mich an seinen letzten Satz an und platzte mit dem Wort »Weinvermehrung« heraus.
»Na ja«, grunzte er. »Wenn man es genau nimmt ...« Was er damit meinte, verstand ich nicht, doch schien mir, als wäre meine Antwort in Ordnung. »Du wirst alle diese Stätten im Heiligen Land besuchen können, wenn Gott es will. Das ist eine große Gnade. Die wenigsten Menschen können am Heiligen Grab beten, Konrad. Du kannst die Straßen gehen, auf denen unser Herr gewandelt ist, und hast das Glück, für ihn zu kämpfen und dein Leben einzusetzen. Deine Sünden werden dir alle vergeben durch den vollkommenen Ablass, den unser Papst allen Kreuzfahrern gewährt.« Seine Augen hatte er zur Decke erhoben; langsam machte er das Kreuzzeichen und sah dabei aus wie Lazarus auf dem Bild in der kleinen Kirche zu Gelnhausen.
Ich unterbrach seine Ekstase und sagte scheinheilig: »O Herr, ich hoffe, ich bin würdig genug, für den Herrn Jesus zu kämpfen und zu sterben.«
Wieder hatte er seine wässrigen Augen auf mich gerichtet und sprach nun im Brustton der Überzeugung: »Du bist mein Enkel, Junge. In dir fließt das Blut deines Vaters, der ein guter Kämpfer war und auf dem Felde der Ehre gefallen ist.« Er nahm mich beim Arm und führte mich zu einem Gemälde an der Wand. Mit spitzem Finger zeigte er auf das Porträt: »Das ist dein Vater, Konrad.«
Unter einem Eisenhut sah mich ein nichts sagendes Gesicht an. Die schweren Augenlider erinnerten an den Mann, der neben mir stand, doch mit mir konnte ich keine Ähnlichkeit feststellen.
Übergangslos ging er zum Fenster und öffnete einen Flügel. »Du wirst eine Rüstung brauchen, Kleider, Stiefel und Waffen. August wird dir Benjamin geben, der wird ein gutes Schlacht-

ross werden. Versuche dich mit ihm anzufreunden, denn das Pferd ist das Wichtigste, wenn du in den Kampf ziehst.«

»Ja, Herr, das werde ich tun.«

»Der Pilgerzug bricht im Herbst von Regensburg auf; sieh zu, dass du bereit bist. Ich werde dir fünf Männer als Begleiter aussuchen: Doch denke daran, du bist der Führer, und halte die Fahne mit dem Wappen der Ortenbergs hoch.«

Hoheitsvoll reichte er mir seine von blauen Adern durchzogene alte Männerhand, und ich küsste sie voller Demut, obwohl ich am liebsten hineingebissen hätte. Damit war ich entlassen und stolperte überwältigt hinaus in die Frühlingssonne.

Auf dem Heimweg schwärmte ich Nans vor, wie großartig ich alles gemeistert, ja, dass der Alte mir fast aus der Hand gefressen hätte.

»Ach, hör auf, Sadi! Nicht mal ein winziges Silberstück hätte er dir gegeben, wenn ich ihm nicht das Maul wässrig gemacht hätte. Ich habe ihn darauf gebracht, dass die Hälfte des Ablasses auf ihn übergeht und dass es eine große Ehre weit über seinen Tod hinaus wäre, wenn er seinen einzigen Enkel auf die Pilgerfahrt nach Jerusalem schickt.«

Schweigsam ging ich neben Nans her und wirbelte mit meinen bloßen Füßen den Staub auf. Der Teufel sollte den Alten und seinen dummen Ablass holen. Die Hälfte davon – von mir aus konnte er den ganzen haben. Sollte er sich damit den Hintern wischen. Ich wollte nicht in den Himmel, wo all die Langweiler saßen und Halleluja sangen.

Ich hatte ein ganz anderes Ziel: Ich wollte zu meinem Herzog, ihn aus der Gefahr retten, als Ritter an seiner Seite kämpfen und, wenn ich zu Tode kam, in Walhall einziehen. Doch das konnte und durfte ich Nans nicht erzählen. Wie wenig er mich kannte! Nans war ein guter Christ. Er dachte, ich nähme das Kreuz, um das Grab Jesu zu befreien und ein paar Abenteuer zu erleben. Armer alter Freund, die Haare hätten ihm zu Berge gestanden, wenn er von der Nacht mit Friedrich gewusst hätte und von dem, was seit dieser Zeit in meinem Kopf vorging.

Die nächste Zeit war ausgefüllt mit Waffenübungen und dem Zureiten von Benjamin. Was für ein Name für ein Schlachtross! Viel lieber hätte ich es Sleipnir genannt. Es war zwar ein rassiges schwarzes Pferd, doch sehr nervös und längst nicht so gescheit wie Roller. Wie schwer es war, in voller Rüstung das Pferd zu besteigen, und schwerer noch, wieder hinunterzugelangen.

»Weiche dem Schwertkampf aus, wenn du kannst; dein Schlag ist nicht kräftig genug. Wenn du gezwungen wirst, mit dem Schwert zu kämpfen, musst du deinen Feind mit dem ersten Schlag töten. Deine Flinkheit ist deine Stärke, Sadi. Wenn du zum Heer kommst, lass dich zu den Bogenschützen einteilen, denn da bist du gut. Am allerbesten, du bleibst bei den Pilgern und lässt dich von denen beschützen, die es besser können. Du bist eine Frau, Sadi, und denke daran, Jerusalem liegt nicht hinter Regensburg.«

Noch im Schlaf hörte ich Nans' Stimme.

Ich sehnte den Tag herbei, an dem ich endlich aufbrechen konnte, um alles hinter mir zurückzulassen.

Immer handelte ich zu meinem eigenen Nutzen, bedauerte meine Handlungsweise selten und empfand so gut wie niemals Schuldgefühle oder Gewissensbisse. Auch meinem Großvater gegenüber empfand ich keinerlei Bedauern. Er hatte nichts anderes verdient, davon war ich überzeugt. Wenn man mir den Vorwurf machte, kalt und berechnend zu sein, und mein Verhalten missbilligte, dann geschah das meiner Meinung nach nicht, weil ich etwas falsch gemacht hatte, sondern weil man die Wahrheit nicht kannte.

Ende Mai war es so weit. Aus Angst, nicht rechtzeitig in Regensburg zu sein, brachen wir früher auf als geplant. Ich musste mich von dem alten Herrn verabschieden und bemerkte zum ersten Mal Stolz in seinen Augen, als er mich in meiner Ritterrüstung sah. Auf meinen schwarzen Reisekleidern prunkte das rote Kreuz. Die silbernen Spangen, auf denen ich bestanden hatte, glänzten in der Sonne, und mein Streitross warf hektisch den Kopf auf. Die vielen Leute, die mich verabschieden wollten, machten es nervös. Kettenhemd, Helm und Kampfschabracken lagen in einer Kiste, die Roller trug. Einer meiner Begleiter trug die Standarte mit dem Wappen der Ortenbergs und des Herzogs von Schwaben. Mit Gold und Silber waren wir dank meines Großvaters reichlich ausgestattet, und Nans hatte mir das Haar nach Männerart geschnitten. Außer meinem bartlosen Gesicht, an dem ich nichts ändern konnte, sah ich aus wie ein Mann.

Der alte Herr hatte sich an diesem Tag unter die Zuschauer gemischt. Obwohl ich mich schon von ihm verabschiedet hatte, warnte er mich noch einmal vor Unkeuschheit und Sodomie, erinnerte mich daran, ihn des Öfteren in meine Gebete einzuschließen, und an den Ablass, der mir nur zu Hälfte gehörte.

Demütig neigte ich meinen Kopf, und er gab mir seinen großväterlichen Segen, was mich nicht daran hinderte zu denken: ›Du alter, scheinheiliger Bock! Von mir aus kannst du dir den Ablass an den Hut stecken. Ich hoffe nur, dass dich in meiner Abwesenheit der Teufel holt.‹ Ich war ein undankbarer Mensch, und ich schämte mich nicht, so schlecht zu denken. Doch daran war er nicht ganz unschuldig.

Die ganzen Jahre hatte er sich nicht um mich gekümmert. Hundertmal hätte ich zu Tode kommen können, und er wäre mit einem Achselzucken darüber hinweggegangen. Er konnte mir nicht verzeihen, dass das Blut der Fremden in meinen Adern floss. Erst jetzt, als ich ihn kennen lernte und merkte, wie dekadent, scheinheilig und korrupt er war, fing ich an, ihn zu hassen.

Das Schlimme an der ganzen Sache war: Ich konnte ihm meine Meinung nicht ins Gesicht schleudern, wie ich es bei Nans gewohnt war, denn ich brauchte ihn und sein Geld.

Ich zog Roller näher zu mir; an seinen Ohren sah ich, dass er beleidigt war, als Packpferd zu fungieren, und flüsterte ihm liebe Worte zu, worauf er versuchte, mich mit den Zähnen in den Arm zu kneifen. Was mir zuletzt ins Auge fiel, waren Nans in seiner gelben Sonntagsweste und die weißen Hauben der Muhme und Gertruds, die mit nass geweinten Brusttüchern winkten. ›Gott behüte sie‹, dachte ich und war selbst erstaunt über diesen frommen Wunsch.

Aufbruch

Die Straßen – immer und überall die Straßen.
Sie schlängeln sich wie Adern durch das ganze Land. Wichtiger sind sie als die Burgen der Feudalherren, wichtiger als die großen Abteien, als die entstehenden dicht besiedelten Städte mit ihren reichen Kathedralen und blühenden Schulen.
Diese Straßen – es sind nie außer Gebrauch gekommene, mehr oder minder instand gesetzte alte römische Trassen. Sei es ein Alpen-, Apenninen- oder Pyrenäenpass, sei es ein Weg, der Wälder oder Sümpfe durchschneidet oder am Rande der Äcker und Wiesen verläuft: Die Straßen sind der Lebensnerv des Reiches. Auf ihnen wandern die Pilger, die umherziehenden Kleriker; der Bauer auf der Suche nach neuer Heimat, die Kaufleute mit ihren voll bepackten Wagen; der Ritter in seiner Rüstung auf dem Weg in die Schlacht; der Verbrecher und all jene, die am Rande der Gesellschaft dahinvegetieren – an den Steinkreuzen und gekennzeichneten hundertjährigen Bäumen vorbei, über kühn errichtete Brücken, die der Teufel persönlich gebaut hat.
Sitzt man an den Lagerfeuern, hört man die Geschichten, die Lieder und Legenden von Kriegern, Heiligen und Reliquien. Eine seltsame Zeit. So viele neue Städte entstehen. Woher kommen die vielen Reisenden auf den Straßen? Es scheint, als seien wir ein Kontinent von Nomaden. Treibt sie das Abenteuer, das Wissen, der Reichtum oder die Freiheit?
Alle reiten, fahren oder laufen sie auf dem grasbewachsenen staubigen Band der Straßen entlang.
Auch dem Verwunderlichen kann man auf ihnen begegnen.

Wehe dem späten Wanderer! Ihm kann es widerfahren, dass er in die wilde Jagd der germanischen Götter gerät und die Toten seiner Familie vorbeiziehen sieht, auch Engel und Heilige, Dämonen und Hexen, Riesen und Zwerge, die sich anbieten, ihn zu begleiten, ihm den rechten Weg zu zeigen und ihn dann ins Moor führen, aus dem es kein Entrinnen gibt.
Auf der Straße begegnet man auch der Macht: den Bischöfen mit ihrem Gefolge. Kaiser, Könige und Fürsten mit ihren waffenklirrenden Heerscharen sind auf die Straßen angewiesen – *Rex ambulans,* der umherziehende König.
Das Königtum ist eine Wandereinrichtung, denn der König kann überall sein. Wo der König ist, ist auch der Hof. Er zieht von Burg zu Burg, von Abtei zu Abtei. Er schlägt sein Lager auf, wo immer er es für nötig hält. Ob im Wald oder auf einer großen Wiese am Fluss; dieser Platz ist ein Königsplatz, und über den Fluss hört man das Waffengeklirr der Turniere.

Der erste Tag war der schlimmste Tag der Reise: von Gelnhausen nach Regensburg. Es war ein heißer Sommertag. Der Staub setzte sich in Nase, Mund und Kleidern fest und machte aus dem stolzen Ritter eine schmutzige graue Maus.
Der ungewohnte Abschied von meinen Leuten gab viel Anlass zu Hänseleien: »Bartloses Milchbübchen«, »Fräulein Konrad« oder »Ritter vom goldenen Gral« war noch das Harmloseste, was ich über mich ergehen lassen musste.
Natürlich geriet ich jedes Mal ins Hintertreffen, wenn es darum ging, mich mit meinen Begleitern in eine Reihe zu stellen und zielgenau auf eine Schnecke oder auf ein Blatt zu pinkeln. Es war schon sehr peinlich, immer wieder hinter den Büschen zu verschwinden. Auf die erstaunten Blicke erklärte ich, dass es mit meinem bartlosen Gesicht zusammenhinge, was ja auch in gewissem Sinn der Wahrheit entsprach, und schob das alles auf eine frühkindliche Krankheit.
Am Abend lagerten wir an einem Bach, von dem aus man die Straße weit überblicken konnte. Ich schüttelte den Staub aus meinen schwarzen Kleidern, legte sie in den Kasten und holte

meine alten Sachen heraus. Da wir uns alle auf den harten Sätteln wund gerieben hatten, liefen wir ziemlich breitbeinig, was wieder zum Anlass wurde, mich aufzuziehen.
»Was ist, Konrad? Haste den Wolf?«
»Was soll ich haben?«
»Den Wolf! Noch nie was vom Wolf gehört? Den holt man sich als Ritter auf einem harten Sattel. Hättest dir ein Kissen unterlegen sollen, eins mit Daunen!«
Doch dieses Mal half mir Wilhelm der Schmied, ein großer, breiter Mann. »Lass den Jungen jetzt zufrieden, Gotthilf. Du läufst genauso krummbeinig. Und gib ihm deine Salbe.«
Gotthilf war der Koch, klein und dünn, als verschmähte er sein eigenes Essen, was nicht stimmte, denn wie ich im Laufe der Zeit herausfand, kochte er hervorragend. Er gab mir ein Töpfchen grüner Salbe, mit der ich mich einrieb, und das Brennen an der Innenseite meiner Schenkel hörte auf. Von den drei anderen waren zwei Brüder, Otto und Karl, die sich recht ähnlich sahen, alles taten, was der Schmied befahl, und sich die meiste Zeit in Schweigen hüllten.
Der fünfte im Bunde war ein Pferdeknecht namens Xaver, der von sich behauptete, mit jedem Pferd umgehen zu können. Den ganzen Tag hatte er schon versucht, Roller wegen seines Aussehens madig zu machen.
»Wenn du so gut mit Rössern umgehen kannst, versuche doch mal, Roller zu reiten«, sagte ich zu ihm.
»Diese alte Schindmähre?« Misstrauisch sah er mich an, als wollte ich mich lustig über ihn machen.
Alle anderen stachelten ihn auf, bis er sich auf Roller schwang, ihm grob in die Weichen trat und sich an der Mähne festhielt. Im hohen Bogen fiel er ins Gras. Roller schüttelte verärgert seine zerzauste Mähne und trabte zurück zu seinen Gefährten. Ein schriller Pfiff von mir, und Roller drehte sich um, kam zurück, blieb fünf Fuß vor mir stehen, knickte mit den vorderen Beinen ein und gab einen Laut von sich, als wäre er schwer verletzt. Mit gebrochenen Augen spielte er totes Pferd.
Es war herrlich zu sehen, wie staunend und begeistert sie das

Kunststück aufnahmen. Das Eis war gebrochen, und fortan waren wir Kameraden in allen Lebenslagen. Dass ich mich auf sie verlassen konnte, haben sie mir von nun an immer wieder bewiesen.

Todmüde setzten wir uns zum Essen. Schweigsam kratzten wir die Schüssel sauber, als wir eine Staubwolke sahen, die langsam näher kam. Die Männer sprangen auf und griffen nach ihren Schwertern. Doch die Staubwolke entpuppte sich als einzelner Reiter, der kurze Zeit später vor uns zum Stehen kam.

»Sadi! Sadi, dem Himmel sei Dank, dass ich euch endlich eingeholt habe!«

Das erste Mal seit unserem Aufbruch hörte ich meinen gewohnten Namen. Es war ein Junge vom Schlosshof, der mir eine Nachricht von meinem Großvater brachte, barfuß und in zerrissenen Kleidern voller Schmutz. Er grinste übers ganze Gesicht und reichte mir die sehr in Mitleidenschaft gezogene Rolle. Das Siegel zerbröselte schon, und an einer Ecke fehlte ein Stück.

»Nur um mir diese Nachricht zu bringen, bist du uns nachgeritten?«

»Aber nein, was denkst du! Auch ich habe das Kreuz genommen.«

»Du bist verrückt – ein Junge in deinem Alter«, sagte der Schmied. »Du hast kein Geld und keine Ausrüstung. Was hast du dir dabei gedacht?«

Wortlos ließ ich die Männer stehen und ging zu meinem Sattel, hüllte mich in eine Decke ein und starrte in den Abendhimmel, der ohne die kleinste Wolke in Dunkelheit überging. Kein Mond zu sehen, nur Myriaden von Sternen. Überall um mich herum blinkten Glühwürmchen auf und ließen, wenn sie wieder verschwanden, eine verblassende Leuchtspur zurück. Langsam dämmerte ich hinüber, bis mich die Stimme des Jungen unsanft aus dem ersten Schlaf riss: »Sadi!«

»Zum Teufel, was willst du? Nenne mich nicht mit diesem Namen! Was sollen die Männer von mir denken?«

»Sie haben mich schon danach gefragt, und ich habe gesagt, dass es dein Spitzname ist.«

»Und was hast du ihnen noch alles erzählt?«
»Nur dass ich mit euch reiten werde.«
»Was?!«
»Schau, Sadi, das ganze Frühjahr bin ich dir nachgeschlichen und habe dir beim Kämpfen zugeschaut. Als ich hörte, du ziehst nach Jerusalem, wusste ich, dass ich dich begleiten werde. Ich kann nicht mehr zurück, denn ich habe meinem Vater den Sparstrumpf gestohlen.«
»Das ist eine Sünde, Junge, weißt du das?«
»Ach was! Er bekommt meinen halben Ablass dafür, und das ist mehr wert als diese paar Kröten.«
»Wie heißt du eigentlich, und warum habe ich dich nie auf dem Hof gesehen?«
»Hans-Martin heiße ich. Du hast mich nur übersehen; das ist etwas anderes.«
Stimmt, dachte ich und war hellwach. Er war das älteste von sieben Kindern, die August letzten Sommer als Tagelöhner eingestellt hatte. Irgendwie schmeichelte es mir, dass er mich heimlich beobachtet hatte. Ich war sein Vorbild, aber das war noch lange kein Grund, ihn nicht wieder nach Hause zu schicken.
»Was sagen denn die anderen zu deiner Schnapsidee mitzureiten, als vierzehnjähriger Bengel?«
»Sie überlassen die Entscheidung dir. Komm, Sadi, ich lese dir die Nachricht vor.«
»Was, lesen kannst du auch?«
»Ich kann auch schreiben und ganz gut rechnen und vieles mehr.« Ohne ein weiteres Wort nahm er das Dokument, befreite es von dem beschädigten Siegel und las es mir vor. »Du sollst das Schreiben dem Herzog von Schwaben geben, wenn du in Regensburg angekommen bist. Der Herzog möchte die Güte haben und dich einem Ritter als Pagen geben. Das ist alles.«
Ich hatte mich zurückgelehnt und die Augen geschlossen. Am liebsten hätte ich laut gelacht. ›Und ob ich dem Herzog diesen Brief überreichen werde! Doch ich werde Page bei Friedrich selber sein und nicht bei irgendeinem Ritter.‹ Den Jungen hatte ich in diesem Moment vollkommen vergessen.

»Sadi, du nimmst mich doch mit zu diesem Ritter?«

»Er schreibt von einem Enkel und nicht von zweien. Lege dich jetzt schlafen. Morgen reden wir weiter.«

Am nächsten Morgen machte er sich unentbehrlich; überall im Lager sah ich seinen Flachskopf und sein sommersprossiges Gesicht auftauchen. Wilhelm hatte angeordnet, die schönen Pferde mit Schlamm einzureiben, die Holzkisten mit den glänzenden Beschlägen wurden in grobe Säcke gehüllt, und jeder zog seine alten Kleider an. Ich musste mich entscheiden, was den Jungen betraf. Und ich entschied zu seinen Gunsten. Viel zu sehr erinnerte er mich an meine Jugend, und genau wie er hätte auch ich mich nicht zurückschicken lassen.

Wir brachen auf, kamen aber nur langsam vorwärts, da wir die meiste Zeit neben den Pferden herlaufen mussten. Benjamin mit seinem harten Sattel hatte ich dem Jungen überlassen, der von uns der Einzige war, der ohne Schmerzen reiten konnte. »Natürlich wird sich das bis zum Abend ändern«, feixte der Koch und hielt seine grüne Salbe bereit.

Am Abend trafen wir andere Kreuzfahrer, die genau wie wir nach Regensburg wollten. Sie erzählten von Räubern, die darauf aus waren, hauptsächlich Pilger zu überfallen, weil diese viel Geld mit sich führten. Auch sie hatten sich getarnt und sahen wie einfache Bauern aus.

Immer wieder trafen wir auf der Straße Menschen und rätselten, was für ein Ziel sie haben mochten. Oft hielten wir schon am frühen Nachmittag an und gingen auf die Jagd. In den Wäldern gab es viel Wild; doch je näher wir Nürnberg kamen, umso länger mussten wir nach einem Hasen oder Rehbock suchen.

Hans-Martin blieb mir treu, ja, er wurde mir unentbehrlich. Es blieb mir nichts anderes übrig, als ihn in mein Geheimnis einzuweihen. Mit großen erstaunten Augen und offenem Mund hörte er mir zu, wie ich ihm in kurzen Zügen meine Geschichte erzählte. Dass ich das zweite Gesicht hatte, wusste er, aber das andere erschreckte ihn mehr, als ich dachte, und einen kurzen Augenblick bedauerte ich meine Offenheit. Es fiel ihm schwer zu glauben, dass sein Idol plötzlich kein Mann sein sollte.

Aber ich konnte auf seine Verschwiegenheit rechnen. Am Abend brauchte ich jetzt nicht mehr zuzuschauen, wie die Männer baden gingen, sondern ritt mit ihm und Roller ein Stück den Fluss hinauf. Während Hans-Martin aufpasste, dass niemand in meine Nähe kam, schwamm ich mit Roller im Fluss. Es war eine herrliche Zeit; niemals hatte ich mich so frei gefühlt. Mit dem Jungen konnte ich von zu Hause reden, und wenn der Herzog nicht gewesen wäre, hätte der Kreuzzug mir gestohlen bleiben können.

Die Zeit ging dahin, und eines Tages waren wir vor Nürnberg. Schon von weitem konnten wir die Burg sehen, die hoch über der Stadt lag. Außerhalb der Stadtmauer hatte sich ein riesiges Lager von Pilgern gebildet, die hier ihre letzte längere Rast vor Regensburg machten.

Wir waren den einsamen Wäldern entronnen. Ab hier ritten wir unter Menschen, die das gleiche Ziel hatten wie wir. Die Standarte wurde hervorgeholt, die Pferde wurden gesäubert und Stiefel und gute Kleider angezogen. Überall begegneten wir den Pilgern mit dem roten Kreuz.

»Macht euch bereit, Sadi und Hans-Martin, in Nürnberg werden wir den Jungen ausstaffieren!«, rief uns Wilhelm zu. »Als anständiger Kreuzfahrer braucht er auch einen Sattel und natürlich Stiefel. Gotthilf braucht Lebensmittel und …«

»Und ein Schwert brauche ich auch!«, rief der Junge.

Alle lachten. »Wie wäre es mit einem Holzschwert, Hans-Martin?« Gottfried konnte das Spotten auf Kosten anderer nicht lassen, und seit der Junge bei uns war, hatte er in ihm sein Opfer gefunden.

Durch die Stadttore von Nürnberg zu reiten war herrlich. Es wimmelte von Menschen, und das Pflaster der Straßen hallte unter unseren Stiefeln. Überall waren Stände mit Waren aufgebaut, und die Händler riefen, wie billig und günstig es wäre, bei ihnen zu kaufen.

An einem Trödelladen blieb der Junge stehen und zog mich aufgeregt am Ärmel. »Da, Sadi, sieh dir den an!« Ein wunderschöner roter Sattel lag in der Auslage.

»Wenn ich mich nicht täusche, ist das ein Damensattel«, sagte Wilhelm, doch der Junge war schon im Laden verschwunden. Vorsichtig drängelte ich mich an allem möglichen Trödel vorbei, Wilhelm folgte mir fluchend und wickelte sich aus einem von der Decke herunterhängenden Pferdegeschirr.
»Das ist kein Damensattel«, hörte ich ein Männchen mit langer Nase sagen. »Das war einmal der Sattel eines Paschas.«
Hans-Martin drehte sich zu mir um. »Was ist ein Pascha, Sadi?« Ich hob verlegen die Schultern, denn ich hatte keine Ahnung.
»Ein Türke, meint ihr«, ließ sich Wilhelm vernehmen und sah den Spitznasigen an.
»Ja, ein echter Türkensattel. So etwas findet ihr kein zweites Mal in der Stadt. Der stammt noch vom ersten Kreuzzug. Die Türken sind kleine und wendige Männer, sie reiten wie der Teufel und schießen im Reiten ihre Pfeile ab. Mit ihren krummen Säbeln hauen sie die Menschen in Stücke, und die die fliehen, werden von ihren schaurigen Rufen wahnsinnig.«
»Guter Mann«, sagte Wilhelm, »mir scheint, Ihr wart bei dem ersten Kreuzzug zugegen.«
»Nein, das nicht, aber der Mann, der mir dieses Prachtstück verkauft hat, war dabei.«
»Was soll er kosten?«
Der Mann nannte einen viel zu hohen Preis, und der Junge fing an zu feilschen. Während ich mich unter den Schätzen umsah, hörte ich weiter zu.
»Ich kann ihn nicht billiger hergeben, ich musste selber einen hohen Preis dafür bezahlen.«
»Natürlich«, sagte Wilhelm, »wenn Ihr ihn einem Wahnsinnigen abgekauft habt ...«
»Ich will ihn nicht haben!«, rief der Junge. »Er ist an den Rändern morsch und passt auf kein anständiges Pferd.« Dabei zwinkerte er mir zu.
»O Gott, o Gott«, jammerte das Männchen, »ihr ruiniert mich«, und er nannte endlich einen Preis, der akzeptabel war.
Wir hatten gut eingekauft. Hans-Martin bekam seine Stiefel und

seine Kleider mit dem roten Kreuz. Stolz und zufrieden trafen wir die anderen in einer Schänke.

Sie waren wütend. Die Lebensmittel waren viel zu teuer, und der Koch hatte sich Mehl mit Maden andrehen lassen. Xaver betrachtete den roten Sattel von allen Seiten. »Nicht schlecht, aber Benjamin kann diesen Sattel nicht tragen. Das Pferd ist viel zu groß für dieses Spielzeug. Hebe ihn auf, Junge, und schenke ihn später deiner Herzensdame.«

Hans-Martin wurde wütend. »Er ist nicht für Benjamin, der Sattel ist für Roller. Benjamin hat seinen Sattel. Sadi ist der Einzige, der Roller reiten kann. Ich habe ihn für Sadi gewollt.«

»Roller ist das Packpferd, Junge, und braucht keinen Sattel.«

»Du willst was von Pferden verstehen, Xaver, und hast nicht bemerkt, wie unglücklich er sich als Packpferd fühlt?«

»Ja, weil ihr ihn verwöhnt und ein Wunderpferd aus dieser hässlichen Kreatur machen wollt.«

Der Junge war den Tränen nahe, und ich musste eingreifen. »Lass nur, Hans-Martin, Roller bekommt den roten Sattel, und ich werde ihn in Zukunft reiten. Das Pferd, das du mitgebracht hast, nehmen wir als Packpferd.« Der Junge schniefte und wischte sich die Nase an seinem Ärmel ab. Er war eben doch noch ein Kind, sonst hätte er sich von Xaver nicht provozieren lassen.

»Morgen geht ihr mit dem Jungen Lebensmittel einkaufen. Er kann handeln wie zehn Juden, und ich bin sicher, dass er sich nicht übers Ohr hauen lässt«, sagte Wilhelm, und damit kehrte langsam wieder Ruhe ein.

Wir tranken unser Bier, als draußen ein Tumult ausbrach, der uns aufscheuchte. »Hängt ihn auf! Ja, hängt ihn auf!« Alle rannten in eine Richtung, und ich fragte eine dicke Frau, was los sei.

»Sie haben einen Mörder gefangen. Er hat ein paar Meilen von hier Pilger überfallen und einem davon den Schädel eingeschlagen.«

Als wir die Stadt durch das Südtor verließen, sahen wir den Galgen. Ein Mann hing daran, und seine Zunge hing ihm schwarz zum Mund heraus.

»Recht geschieht ihm«, sagte der Koch, »ohne Federlesens gleich aufgehängt.«

»Ich glaube nicht, dass es gerecht war, einen Mann einfach aufzuhängen ohne Richterspruch. Nein, das ist kein Recht. Wer weiß, ob sie den Richtigen gehängt haben«, sagte Wilhelm zu mir.

»Er tut mir Leid«, mischte sich Hans-Martin ein. »Er kam noch nicht einmal bis Regensburg. Sadi, glaubst du, der ist jetzt in der Hölle?«

»Ich weiß es nicht, Hans-Martin. Mit Himmel und Hölle kenne ich mich nicht aus.«

Es war heiß an diesem Tag, und als wir zwei Tage später erneut vorbeiritten, war der Galgen leer.

»Er hat gestunken«, sagte ein Mann, »normalerweise hängen sie länger«, und mir schien, als täte es ihm Leid, dass er so bald um den Anblick gebracht worden war.

Von Regensburg ostwärts

Obwohl die Straßen überfüllt waren, kamen wir schnell an unser Ziel. Was verband ich nicht alles mit der Stadt Regensburg – Friedrich, die Freiheit; Fürsten, Bischöfe und den König; das Mysterium der Pilger. Was trieb sie dazu, Haus und Hof zu verlassen? Gingen sie aus Neugier, um ferne Länder zu sehen, oder zwang sie die Not? Waren sie zu Hause in einer schwierigen Lage? Hatten sie nichts anderes im Sinn als gegen die Feinde des Kreuzes zu ziehen? Oder wollten sie kämpfen, um ihre Armut zu lindern, bei günstiger Gelegenheit gegen Freunde, die auch Christen waren, wie der Mann, den sie in Nürnberg gehenkt hatten? Wollten sie sich nur der Verpflichtung gegenüber ihren Herren entziehen, oder heuchelten sie Eifer für Gott, um der Bedrängnis zu entgehen? Ich wusste es nicht, und ich weiß es bis heute nicht.

Dachte ich schon, das Lager in Nürnberg wäre groß, so platzte Regensburg aus allen Nähten vor Menschen. Zwanzigtausend Pilger, Ritter und kampferprobte Männer sollten es sein; wer hat sie gezählt? Waren es mehr, waren es weniger? Jeden Tag kamen neue hinzu, und ich fragte mich: Wie kann sich dieser Knäuel jemals entwirren?

Den ganzen Abend suchten wir einen Platz zum Lagern. Aufpasser liefen umher, mit den Nerven völlig am Ende. Sie schickten uns von einem Ort zum anderen. Zelte, Wagen, Pferde und Menschen. Alles rief und schrie durcheinander. Es war die Hölle. Eine Frau hielt sich an meinem Bein fest und rief: »Habt Ihr einen Mann mit einer Glatze gesehen?« Ich verneinte und schüttelte sie ab.

Der Aufenthalt hatte mich von meinen Kameraden getrennt; zum Glück hielt Wilhelm die Standarte hoch, und ich konnte wieder aufschließen. Die Donau, ein Fluss, der blau und majestätisch dahinfließen sollte, war eine einzige Kloake. Es schwammen Dinge darin herum, und es war besser, nicht so genau hinzuschauen, geschweige denn Wasser zum Waschen oder Kochen zu entnehmen. Ein Glück, dass wir unsere Lebensmittel in Nürnberg gekauft hatten, denn in Regensburg stiegen die Preise ins Unermessliche.

Nach einer schlaflosen Nacht zwischen all den hustenden Männern, Frauen und Kindern, den schreienden Säuglingen und bellenden Hunden stöhnte ich vor Verzweiflung auf. Denn wenn ein Hund im Osten zu bellen anfing, fiel der zweite im Süden und der dritte im Westen ein. Dazwischen schrien Männer um Ruhe, und kleine Kinder riefen nach ihrer Mutter. Ich stand auf und fand mich zwischen den Beinen des grasenden Roller, der sich in der Nacht von den anderen Pferden entfernt und bei mir Zuflucht gesucht hatte.

»So geht das nicht, Sadi. Du musst ihm die Beine zusammenbinden, sonst ist er eines Morgens verschwunden«, ächzte Wilhelm und legte sich auf die andere Seite.

Er kannte Roller nicht; der würde nie verschwinden.

Am Tag durchquerte ich mit Hans-Martin das Lager und suchte das Zelt des Königs. Es gab weder einen König, noch gab es hohe Fürsten: Die Herrschaften waren schon vor Tagen mit einem Schiff die Donau abwärts gefahren. Ich konnte nur schlecht meine Enttäuschung verbergen, und Tränen stiegen mir heiß in die Augen.

»Irgendwann wirst du ihn schon erwischen, Sadi«, tröstete mich der Junge.

»Ja, irgendwann und irgendwo. Wer weiß, ob ich dann noch lebe.«

»Wir sind doch erst in Regensburg, Sadi, und ein Mann hat gestern erzählt, bis nach Jerusalem muss man durch fünf Länder.«

Ohne Friedrich wäre es mir vorgekommen, als müsste ich um die ganze Welt reiten.

Zwei Tage später wurden an allen Ecken und Enden Messen abgehalten, Trompeten erschallten, und der Moloch Lager kam langsam in Bewegung. Wie eine sich entrollende Schlange entwirrte sich der Knoten, und Wagen auf Wagen quälte sich über zerstampfte Wiesen.
»Macht langsam! Wir haben Zeit«, bremste uns Wilhelm. »Lasst die Schleudermaschinen und Sturmböcke vorbei.«
Ich konnte ihn nicht verstehen. Endlich war es so weit, und ich hätte am liebsten Roller die Sporen gegeben und mich an den Anfang des Zuges gesetzt.
»Warum müssen wir so weit zurückbleiben?«, fragte auch Xaver verdrießlich.
»Die Donau fließt abwärts, nicht wahr? Bis wir wieder lagern, ist der Fluss sauber. Später, wenn wir durch Ungarns Tiefebene reiten, können wir uns immer noch an die Spitze setzen.«
Der große Wilhelm kümmerte sich kaum um unsere Truppe, die ihn doch eigentlich zum Anführer gewählt hatte. Er ritt ununterbrochen längs des Zuges vor und zurück, suchte dessen Umfang zu erkunden und dessen mögliche Marschgeschwindigkeit festzulegen und wirkte wie ein Schäferhund, der seine Herde begleitet.
Schwer war diese Tätigkeit insofern nicht, als der Zug nur kriechend vorankam. Die Menschenschlange war viele Meilen lang; sie stampfte gemächlich durch den Staub. Die Ritter gaben das Tempo an, man rastete nach Belieben, wartete auf Nachzügler, schöpfte Wasser aus Brunnen an der Straße. Ein gutes Drittel der Tiere war Tragtiere – Ochsen und Zelter, die ein ganzes Waffenarsenal auf ihren Rücken trugen.
An diesem Tag kamen wir nur wenige Meilen weit. Die Straße wand sich zwischen niedrigen, mit dornigem Gestrüpp bestandenen Hügeln hin. Es war vorherzusehen, dass an manchen Tagen noch geringere Entfernungen zurückgelegt würden, und als wir uns am Abend berieten, war uns klar, dass es Monate, vielleicht gar über ein Jahr dauern würde, bis wir unser Ziel erreichten.
Diese Aussicht bedrückte mich nicht im Geringsten, denn ein

Nomadenleben im Freien mit ständigem Szenenwechsel entsprach durchaus meinem Geschmack. Und dass ich mein eigener Herr war, empfand ich als belebend.

Ungarns Tiefebene – ich hätte mir gewünscht, allein zu sein, und zwang mich, die Menschen in meiner Umgebung zu vergessen. Ich hörte den Wind, wie er über die unendliche Weite wehte, die nur ab und zu von niedrigen Büschen und Bäumen durchbrochen wurde. Wo waren die Einheimischen, wo Städte und Dörfer? Öfters begegneten wir Hirten mit riesigen Herden, die schnell wieder im Dunst des Horizontes verschwanden.
Wie Wilhelm uns versprochen hatte, ritten wir jetzt an der Spitze. So konnten wir diejenigen, die zurückblieben, nicht sehen. Gebrochene Wagenräder, ein krankes Kind, ein sterbender Vater – es gab viele Ursachen aufzugeben. Es stimmte: Jerusalem lag nicht hinter Regensburg. Wo die Stadt der Verheißung in Wirklichkeit lag, wussten die wenigsten, und wenn sie es gewusst hätten, wären noch mehr von ihnen umgekehrt. Sie hätten keinen triftigen Grund gebraucht und hätten auf den viel gepriesenen Ablass verzichtet.
Von ungarischen Hirten hatte Wilhelm drei große Weinschläuche gekauft. Der Wein war schnell in unseren durstigen Kehlen verschwunden, und wir füllten sie, sobald wir an einen Brunnen kamen, mit Wasser. Da wir an der Spitze ritten, brauchten wir nicht lange zu warten, bis wir an der Reihe waren. Zum Waschen reichte es nicht, und an den Tiertränken standen die Pferde Leib an Leib. Viele Pilger waren krank geworden: Voller Ungeduld hatten sie sich zwischen die Pferde geworfen und von der Brühe getrunken. Kranksein bedeutete aufgeben, und das wollte keiner von uns.

Eines Tages war plötzlich der König bei uns. Von Mund zu Mund lief die Nachricht. Es war, als wehte ein frischer Wind über uns. Der König war da und mit ihm die Fürsten, mit ihm Friedrich, der Herzog von Schwaben.

Ein paar Tage später hörten wir, dass sich König Konrad mit dem ungarischen und dem byzantinischen Gesandten traf, um die Weiterfahrt auszuhandeln.
Immer weiter ging die Reise. Ich hatte nicht die geringste Möglichkeit, nahe genug an die fürstlichen Zelte zu gelangen, denn sie lagerten abseits und wurden von der königlichen Leibgarde bewacht.
Wochen waren vergangen, als wir endlich Sofia erreichten. Wir freuten uns auf die Stadt. Eine längere Ruhepause war angesagt, und wir hatten endlich wieder Zeit, uns zu waschen und die zur Neige gehenden Vorräte aufzufüllen.
Ich hatte nicht vor, mit den Kameraden in die Stadt zu gehen, denn ich wollte versuchen, in das Königslager zu kommen. Von weitem beobachtete ich die Zelte, die viel größer und bunter als unsere waren. Viele Standarten waren im Kreis aufgestellt und flatterten im Herbstwind.
Von der ersten Wache wurde ich lachend davongeschickt, als ich den Wunsch äußerte, den Herzog zu sprechen. Lange stand ich in der warmen Sonne und sah ihnen zu, bis die Wache abgelöst wurde und ich den neuen Männern meinen Brief wie eine Trophäe entgegenhalten konnte. Das Wunder geschah, der eine Krieger verschwand und kam mit einem gut aussehenden Mann zurück. Er nahm mein Dokument, überflog es kurz, nickte mir freundlich zu und verschwand wieder. Das Warten fiel mir nun bedeutend leichter. Nach kurzer Zeit kam er zurück und forderte mich auf, ihm zu folgen.
Aufgeregt stolperte ich hinter ihm her. Das Glück sprengte mir fast die Brust. Endlich, endlich war es so weit, und alle Mühe hatte sich gelohnt.
Das Zelt, in das mich der junge Mann führte, war zwar größer als unser eigenes, aber genauso spartanisch eingerichtet. Nur eine schmale Liege gab es, ein paar Kisten und einen Tisch mit zwei Stühlen. Es war ziemlich dunkel, und nur vom Zelteingang drang ein Sonnenstrahl herein.
Friedrich saß auf einem Stuhl und ließ mich stehen wie ein unmündiges Kind. Seine Stiefel und Kleider waren voller Staub.

Weder sein Haupthaar noch sein Bart sahen so gepflegt aus wie bei unserer ersten Begegnung.
»Du bist also der Enkel des alten Ortenberg und willst Page werden.« Er lachte, als wäre mein Anliegen ein schlechter Witz. »Hast du deinem Großvater des Öfteren geholfen im Jagdhaus zu Gelnhausen? Es kommt mir so vor, als hätte ich dich schon einmal gesehen.«
Ich nickte mit dem Kopf; ein dicker Kloß saß mir im Hals, und das Sprechen fiel mir schwer.
Lange sah er mich schweigend und forschend an. Plötzlich rief er: »Simon!«, und der Mann, der mich zum Zelt des Herzogs geführt hatte, erschien. »Simon, brauchen wir einen Pagen?«
Flehend sah ich den Mann an, von dem mein ganzes künftiges Glück abhing.
Er übersah mein Flehen. »Nein, Herr, wir brauchen eigentlich keinen Pagen.«
Am Boden zerschmettert und alles verloren, nahm ich meinen ganzen Mut zusammen, zeigte auf Friedrichs Stiefel und sagte: »So wie Eure Stiefel aussehen, würde ich glauben, dass ein Page nicht fehl am Platze wäre.«
Er hob seine Beine und besah sich die schmutzigen Stiefel. »Er hat Recht, Simon, wir brauchen tatsächlich einen Pagen. Sieh zu, dass du ihn unterbringst. Und du, Bürschchen, geh und hol dein Bündel.«
Ich war entlassen und hätte einen Freudentanz aufführen können. Doch dann fiel mir auf: Er hatte mich nicht erkannt – er hatte mich einfach vergessen!
Na gut, bei Gelegenheit würde ich ihm schon seine Erinnerungen auffrischen.

Merkwürdige Ruhe lag an diesem Nachmittag über dem Lager, fast eine Todesstille. Irgendetwas war geschehen. Ich wunderte mich, dass die Männer schon zurück waren und bedrückt ihren Wein tranken.
»Was ist los? Ihr sitzt hier drinnen und blast Trübsal, während mich der Herzog von Schwaben in seinem Zelt empfangen hat.«

Keiner fragte mich, warum und wieso. Alle stierten in ihre Weinkrüge, als sähen sie Gold auf dem Grund.
»Sadi, es ist etwas Schreckliches geschehen.« Hans-Martin hatte Tränen in den Augen, und die beiden Brüder sahen mich verstört an. Bis auf Xaver waren sie alle anwesend, den Wilhelm hatte ich draußen bei den Pferden gesehen, und der Koch kramte in seinen Lebensmitteln.
»Wir waren in der Stadt in einer Schänke. Viele warteten noch am Tor, denn die Stadtgarde wollte die Männer nur einzeln hereinlassen. Die aber wollten nicht abwarten, stürmten das Tor, erschlugen die Männer der Garde und stürmten durch die Straßen. Sie waren wie in einem Blutrausch, drangen in die Häuser ein, taten den Frauen Gewalt an und warfen kleine Kinder wie Puppen aus dem Fenster. Sie raubten und plünderten, als wären sie wilde Tiere.
Wir traten aus der Schänke und wollten dem grausamen Tun ein Ende bereiten. Wir trennten uns und liefen in verschiedene Gassen. Die Bande hatte schon ein paar Häuser angesteckt, und das Schreien der Eingeschlossenen war mörderisch. Wilhelm und ich konnten ein paar retten. Xaver und die Brüder liefen der neuen Garde in die Arme. Die Brüder kamen wieder frei, Xaver haben sie erwischt.«
»Ist er tot?«
»Nein, nur gefangen, Sadi.«
»Sie müssen ihn wieder laufen lassen, er ist unschuldig!«
»Wir werden sehen, aber ich habe nicht viel Hoffnung«, sagte Wilhelm, der soeben in das Zelt trat.
Was sollte ich tun, was sagen? Alle waren wir wie gelähmt. Ich konnte ihnen nicht helfen, auf mich wartete Friedrich, der war mir wichtiger als Xaver.
Schweigend packte ich meine Kiste, nahm meine Waffen und belud Roller.
»Was ist, Sadi? Wo willst du hin?«
»Ich habe es euch vor langer Zeit schon erzählt, als Hans-Martin das Schreiben von meinem Großvater brachte. Ich werde ab heute Page bei unserem Herzog.«

»Jetzt, in dieser Situation, willst du uns verlassen? Das kann nicht dein Ernst sein.« Wilhelm war aufgestanden und ragte drohend über mir.
»Hör gut zu, Wilhelm, seit zwei Jahren warte ich auf diesen Tag. Xaver und alle anderen Unschuldigen tun mir in der Seele Leid, aber ich werde mir von keinem in mein zukünftiges Leben eingreifen lassen, weder von dir noch von Xaver.«
»Ist das dein letztes Wort, Sadi?«
»Ja, das ist mein letztes Wort.«
»Gut, dann verschwinde. Ein Mann, der seine Kameraden im Stich lässt, hat unter diesem Dach nichts mehr zu suchen.« Vom Eingang rief er mich noch einmal zurück. »Sadi, du hast etwas vergessen. Hier, fang auf! Vielleicht wirst du das noch brauchen.«
Die Standarte mit meinem Wappen flog durch die Luft, und mit einer Hand fing ich sie geschickt auf. Sie war nicht schwer, sie wog genau so viel und so wenig wie unsere Freundschaft, die in diesem Moment in Stücke brach.
Ohne zurückzuschauen und ohne mich zu verabschieden, nahm ich Roller am Zügel und führte ihn durch die Zeltstadt meinem neuen Herrn entgegen.

»Der Todesengel geht durch die Stadt.«
»Was? Ach ja; ja, natürlich.«
Ob ich mich je an Engel, Teufel und all die Heiligen gewöhnen würde, die am Hof des Herzogs ständig in aller Munde waren? Der blonde Mann mit den zusammengebundenen Haaren blickte starr über die Zelte der Pilger hinüber auf die Stadt Sofia. Was hatte das Morden und Plündern vor fünf Tagen mit Engeln zu tun? Die Leichen waren begraben, das Feuer gelöscht. Die Tore waren geschlossen, niemand von den Kreuzfahrern durfte die Stadt betreten. Der Magistrat von Sofia hatte König Konrad die fünfundzwanzig Verbrecher ausgeliefert, und der König hat sie gnadenlos zum Tode durch das Schwert verurteilt. Im Morgengrauen sollten sie enthauptet werden – darunter Xaver, der unschuldig war. Vielleicht waren noch mehr Unschuldige dar-

unter, und die wahren Täter saßen mit ihren Familien bei der Abendsuppe. Es spielte keine Rolle. Mitgefangen, mitgehangen – heißt so nicht ein Sprichwort?

»Gehst du mit, Konrad?« Der blonde junge Mann, Ottmar von Gillertshausen, der zweite Knappe des Herzogs, sah mich fragend an. Ich zuckte zurück, als seine feuchten Hände mir freundschaftlich über den Nacken fuhren. Ich konnte es nicht leiden, angefasst zu werden. Ottmar, den ich heimlich für mich Otter nannte, konnte nicht an mir vorübergehen, ohne mich zu streifen. Seine Hände fassten meinen Arm und hielten mich ohne Grund fest. Er setzte sich so nahe an meine Seite, dass ich die Wärme seines Oberschenkels spürte. Diese Annäherung war mir unbegreiflich; er konnte doch unmöglich wissen, dass ich eine Frau war.

»Morgen ist der Richttag, und am Nachmittag gehen wir beide auf die Jagd.« Es war unser freier Tag, und wir konnten tun, was wir wollten. »Du gehst doch mit, Konrad. Das wird eine feine Sache.«

»Glaubst du wirklich? Ist denn das Jagen hier erlaubt? Schließlich gehört das Wild den Einheimischen, und sie haben schon genug Schaden durch uns erlitten.«

»Ach Konrad, mach dir nicht die Hosen voll. Kein Mensch wird nach der Aufregung morgen früh nach zwei Jägern fragen. Jetzt im Herbst ist die beste Jagdzeit, und ich bin ein leidenschaftlicher Jäger. Der Koch wird dem König und dem Herzog unser Wildbret servieren, und es wird ihnen so gut schmecken, dass sie mich endlich zum Ritter schlagen. Und dich, Konrad, mache ich zu meinem Knappen.« Er grinste anzüglich, und sein grinsendes Gesicht missfiel mir.

Die Jagd reizte mich, und ich musste an die Jagd zu Hause denken, an der ich nicht teilnehmen konnte. Was war in dieser kurzen Zeit alles geschehen! Ich war Page des Herzogs, stolzierte in meinen neuen Samtkleidern durch die Gegend, putzte Stiefel, versuchte, jedes kleinste Stäubchen zu finden – und wurde von Friedrich vollständig übersehen.

In einer Kiste, in der die guten Kleider des Herzogs lagerten, fand ich einen Spiegel. Noch nie hatte ich mich in einem Spiegel gesehen! Es war, als sähe ich mein zweites Gesicht. Wenn Friedrich nicht da war, öffnete ich die Kiste und betrachtete mein Gesicht. Mein Haar war gewachsen und glänzte wie Friedrichs Stiefel, wenn ich sie frisch geputzt hatte. Mein braunes Gesicht, meine Nase, die schwarzen Augen – für einen Mann war das alles ganz schön, aber für eine Frau?

Simon erwischte mich, als ich die Zunge herausstreckte und den Spiegel ableckte. »Was machst du da?«

Erschrocken sah ich auf. »Nichts! Was soll ich schon machen? Da war ein Fliegenschiss.«

Erstaunt sah er mich an, murmelte etwas in seinen Bart und verschwand wieder.

Ich mochte den Knappen Simon. Er war ruhiger und gesetzter als der Otter, nur verstand er überhaupt keinen Spaß. Niemals würde er ein Verbot übertreten wie Ottmar. Aber Friedrich hatte an Ottmar einen Narren gefressen. Er konnte sich viel mehr erlauben als Simon, denn Ottmars Scherzen und seinem fröhlichen Gelächter konnte keiner widerstehen.

Alle am Hof des Herzogs waren fromm. Sie gingen jede Woche zur Beichte und nahmen im Morgengrauen an der heiligen Messe teil. Auch ich musste mich ihnen anschließen, denn ich fand keine Ausrede, und nach ein paar Tagen fand ich die Gesänge gar nicht so übel.

Seit ich meine Kameraden verlassen hatte, war ich nicht mehr in der Zeltstadt gewesen. Wilhelm oder den anderen zu begegnen hätte ich nicht ertragen; obwohl ich im Recht war, quälte mich mein Gewissen. Ich liebte den Schmied genau wie Nans und Hans-Martin. Doch für Xaver konnte ich nicht das Geringste tun, wollte ich meine Existenz bei Friedrich nicht aufs Spiel setzten. Ich fragte mich, wie ein Mann sich fühlt, den nur noch eine Nacht vom Tode trennt. Ich war ein Ungeheuer, das nur an sich dachte; doch damit konnte ich leben. Steckt nicht in jedem von uns ein Ungeheuer?

Die Jagd mit Ottmar war genau das Richtige, um trüben Gedanken keinen Raum zu geben. Ich würde meinen Bogen neu spannen und nachsehen, ob die Pfeilspitzen in Ordnung waren. Morgen würde ich Ottmar zeigen, was ein flinker Jäger alles kann.

In der Nacht wachte ich in Schweiß gebadet auf. Wie konnte ich Xaver in sein Unglück rennen lassen? Wo war mein zweites Gesicht? Während ich mich ruhelos herumwälzte, kam mir die Erleuchtung: Nur bei Menschen und Tieren, die ich liebte, die mir nahe standen, sah ich die Gefahr voraus – bei Nans an der dicken Tanne, bei Friedrich am See. Bei dem Hund, mit dem ich als Kind gespielt hatte, bis ihn mir August weggenommen hatte, damit er für die Jagd nicht verdorben wurde.
Wilhelm und Hans-Martin waren nicht in Gefahr gewesen, und Xaver mochte ich noch nie, deshalb hatte ich nichts gesehen. Auch für Friedrich sah ich in nächster Zeit keine Gefahr voraus. Und mein eigenes Leben? Zum Teufel, mitten in der Nacht, anstatt zu schlafen, an diesen Blödsinn zu denken! Wütend legte ich mich auf die Seite und zwang mich in den Schlaf.
Nach der Messe im Morgengrauen wurde ich vom Otter zur Hinrichtung eingeladen. Ich sagte ab – noch war ich nicht blutrünstig, bis jetzt jedenfalls nicht – und verabredete mit ihm die Jagd nach dem Blutgericht.
Das Wetter war in den vergangenen Tagen einigermaßen beständig gewesen, doch im fahlen Licht der Morgendämmerung konnte ich dunkle Wolken ausmachen, die sich drohend am Horizont zusammenballten und einen jener heftigen Regengüsse ankündigten, für die diese Gegend berüchtigt ist. Der scharfe Wind, der von den Bergen herunterblies, durchdrang meine Kleider und ließ mich frösteln. Der Wind trug den Rauch der Feuer, die von den Pilgern entzündet worden waren, zu mir her. Alle waren zum Richtplatz aufgebrochen, nur ich verrichtete meine tägliche Arbeit. Einige Zeit später schüttelte ich die Schlafdecke meines Herrn aus und bemerkte, dass sich der Wind gelegt hatte. Eine bleiche Sonne stieg am Himmel empor, und die dunklen Wolken verschwanden. Das Wetter war einfach unberechenbar.

Kurz vor Mittag kam Ottmar allein zurück. Er hatte einen günstigen Augenblick abgepasst, um zu verschwinden. »Was willst du mit den vielen Pfeilen, Konrad? Wir ziehen auf die Jagd und nicht in den Krieg.«

Schweigend schulterte ich Bogen und Köcher; die vielen Pfeile nahm ich trotz seines Spottes mit. Auch ich wusste, dass ich keine fünfzig Pfeile brauchte, um ein Reh zu schießen, aber ich wollte sie dabeihaben; wofür, wusste auch ich nicht. Wir versahen uns mit Essen und Wein, holten unsere Pferde und nahmen einen Umweg in Kauf, um ohne Aufsehen in die Berge zu verschwinden. Mir ging durch den Sinn, dass kein Mensch, seit ich am Hof des Herzogs lebte, Roller, das hässliche Pferd, verspottet hatte, nicht einmal der Otter, der niemals davor zurückscheute, seinen Herrn auf Kosten anderer zum Lachen zu bringen.

Wir brachen in das Dickicht ein, und schon nach kurzer Zeit standen wir vor den Mauern eines Klosters, das wir links liegen ließen. Mönche arbeiteten im Garten, und irgendwo wurde ein Ross beschlagen; der beißende Geruch von verbranntem Horn drang über die Mauer. Das Kloster lag an einem kahlen steilen Berg, auf dem ein Weg zu erkennen war.

Wir waren von der verkehrten Seite gekommen, da wir auf Umwegen aus dem Lager geschlichen waren. Vor uns gabelte sich der Weg, und ein Pfad führte wieder in den Wald. Schon bald fanden wir Spuren von Wildtieren und schlichen uns an.

Bevor ich noch den Rehbock sah, zischte ein Pfeil an mir vorbei, und das getroffene Tier schrie klagend auf.

»Na, war das ein Schuss, Konrad?«

Ich war verblüfft und ein bisschen beleidigt. Er hätte mir ruhig eine Chance geben können. Beide stiegen wir gleichzeitig vom Pferd, und ich beugte mich über das Tier – ein glatter Halsdurchschuss. Dazu wollte ich Ottmar gratulieren.

Ein merkwürdiges Röcheln ließ mich aufschnellen. Ottmar war auf den Waldboden gesunken, und ein Pfeil ragte aus seinem Rücken. In diesem Moment waren meine Sinne geschärft wie die Klinge eines Schwertes und nahmen die Flüchtigkeit dieses Augenblicks mit schmerzhafter Bewusstheit wahr.

Niemand war zu sehen. Der Wind fuhr durch die Baumwipfel, die leise stöhnten, als wären auch sie getroffen. Mein einziger Gedanke war: Rettung ins Kloster. Anstatt meinem Pferd die Sporen zu geben und in der anderen Richtung mein Heil zu suchen, preschte ich mitten durch den erschrockenen Feind. Dieses absurde Vorgehen brachte die Männer so durcheinander, dass ich bis an die Klostermauer herankam, bevor die ersten aus dem Wald kamen und die Sehne ihres Bogens spannen konnten. Ein Regen von Pfeilen schwirrte an mir vorbei, traf aber nicht. Aufatmend sah ich das Klostertor. Wie wild hämmerte ich mit der Faust: »Aufmachen! Hilfe! Hilfe!« Nichts rührte sich, und der Pfeilhagel wurde stärker und kam näher. Mein Blick schweifte hinauf auf den Berg, wo plötzlich Reiter erschienen – viel zu weit weg, um mir zu helfen. Warum machten diese verdammten Mönche die Türe nicht auf?

Gleich daneben lag ein großer Stein. Ich schlug Roller auf die Hinterbacke, und er verschwand. Es war höchste Zeit, denn immer mehr Pfeile schlugen gegen die verschlossene Tür und klangen hell, wenn sie den Stein trafen. Ich wusste, dass ich nicht davonkommen konnte, die Übermacht war zu groß. Doch bevor ich mich nach Walhall begab, würde ich noch ein paar mit in die Grube nehmen.

Ich spannte die Sehne meines Bogens und hörte den Schrei, als mein Pfeil traf. In dieser Kampfart war ich immer schon gut, doch noch nie war ich gezwungen gewesen, meine Waffen an Menschen auszuprobieren.

Ich schoss in Todesangst, trotzdem war meine Hand ruhig. Noch nie hatte ich öfter als zehnmal hintereinander geschossen. Ich arbeitete wie eine Wurfmaschine, mein Denken war ausgeschaltet, nur meine Arme und Hände agierten – Spannen, Zielen und Loslassen. Ein Rausch hatte mich ergriffen, ich konnte nicht mehr aufhören. Jeder Schrei von der anderen Seite gab mir neue Kraft. Meine Pfeile gingen zur Neige, nur noch drei standen im Köcher.

Verzweifelt sah ich mich um und entdeckte die feindlichen Geschosse, die rund um mich verstreut lagen. Bevor ich sie zusammenklauben konnte, knarrte die Klostertür und öffnete sich einen Spaltbreit. Mit einem langen Satz wollte ich die Tür erreichen, doch der Schmerz in meiner Brust schleuderte mich in ein dunkles Loch, und die Helligkeit des Tages verlosch.

Thrakien im Sturm

Durch grauen Nebel tauchte ich an die Oberfläche. Ich lag in meinem kleinen Zelt, und die linke Seite schmerzte, als hätten mich zehn Hornissen an der gleichen Stelle gestochen. Ich lebte, und ganz langsam fing auch mein Gehirn wieder zu arbeiten an.

Noch zweifelte ich, ob das Vergangene Traum oder Wirklichkeit war, als Simon an mein Lager trat. »Hast du Schmerzen, Konrad?«

Ich schüttelte den Kopf, was ich besser unterlassen hätte, denn eine Schmerzwelle raste durch meinen Körper. Die Neugier, zu erfahren, wie ich auf mein Lager gekommen war, übertraf die Sehnsucht nach Ruhe und Schlaf.

Simon flößte mir kühlen Wein ein, und ich sah ihm an, dass er unbedingt einiges loswerden wollte.

»Was ist, Simon? Wie bin ich hierher gekommen?«, ächzte ich.

»Der Herzog war sehr zornig, als er zurückkam und Ottmar nicht da war. Er fragte die Schildwache, und sie erzählten, dass ihr beide zur Jagd aufgebrochen seid, obwohl er ausdrücklich verboten hatte, dass jemand das Lager verlässt. Ich glaube, er spürte die Gefahr; er hatte diesen steinernen Ausdruck, der nichts Gutes verheißt.

Wir sind den Kahlen Berg hinaufgeritten, sahen das Kloster unter uns liegen und einen Mann, der gegen eine Übermacht von Feinden kämpfte, weil die feigen Mönche das Tor nicht aufmachten.

Wir waren noch zu weit weg, um einzugreifen. Wir wussten, dass der Mann keine Chance hatte, wenn das Tor geschlossen bliebe. Als wir unten ankamen, fanden wir dich schwer verletzt und brachten dich zurück, nachdem wir die Bande vertrieben hatten. Wir fanden auch Ottmar neben dem Rehbock. Er war tot. Doch er war nicht der einzige Tote, Konrad. Am Waldrand fanden wir siebenundzwanzig Männer von deinen Pfeilen durchbohrt.

Für einen kleinen Pagen eine ganze Menge. Die Hälfte deiner Pfeile haben getroffen.«

»Das ist sehr wenig. Nans wäre unzufrieden mit mir gewesen.«

»Wer ist Nans?«

»Mein Lehrmeister.«

Simon war beeindruckt, und ich schwieg erschöpft. Meine Hände fuhren unter der Wolldecke zu dem festen Verband an meinem Körper. Siedend heiß fiel mir mein Geheimnis ein.

»Simon! Wer hat mich verbunden?«

»Der Leibarzt des Königs.«

»War noch jemand dabei?«

»Ja, natürlich, der Herzog. Uns andere hat er nach draußen geschickt, als hätten wir noch nie einen Verletzten gesehen.«

Friedrich – jetzt wusste er, dass ich Sadi war. Am liebsten hätte ich mich nach diesem Schock unter der Decke vergraben. Geschwächt vom Blutverlust und von der Angst, was noch alles auf mich zukommen würde, schlief ich ein.

Als ich das nächste Mal aufwachte, ging es mir schon viel besser. Der Leibarzt des Königs, ein kleiner, schmächtiger Mann mit einem Spitzbart, zu dem ich sofort Vertrauen hatte, stand an meinem Lager und verband mich, ohne eine Anspielung auf meine Brüste zu machen. Er half mir wieder in mein Hemd und gab mir eine bittere Flüssigkeit zu trinken. Danach kam Friedrich.

Er hatte sich einen Stuhl an mein Lager stellen lassen und ließ sich aufseufzend hineinfallen. Schweigend die Stirn in Falten gelegt, sah er auf mich herab. Seine Stiefel waren staubig, und ich konnte mich nicht enthalten, darauf hinzuweisen.

»Lass meine Stiefel, Sadi! Was habt ihr beide euch dabei gedacht, trotz meines Verbotes das Lager zu verlassen?«

Ich rutschte ein Stück tiefer. Ich wollte ihm nicht sagen, dass ich von diesem Verbot nichts gewusst hatte. Ottmar war tot, und ich wollte ihm nicht die ganze Schuld in die Schuhe schieben. Doch meine Anwesenheit im Lager schien Friedrich noch mehr zu beschäftigen.

»Warum bist du im Kreuzzug? Bist du mir nachgereist? Konntest du nicht abwarten, bis ich wiederkomme? Es war eine ganz schlechte Idee, dich als dein Bruder auszugeben. Für wie dumm hältst du mich, so eine Scharade aufzuführen?« Er sah mich an wie damals am See, und ich spürte seine Blicke bis zu den Fußzehen.

»Ich musste dir nachreiten, ich muss dich beschützen – bitte, Friedrich, hör mich an, bevor du urteilst.« Es fiel mir nicht leicht, ihm von meinem zweiten Gesicht zu erzählen, und an seiner skeptischen Miene sah ich, dass er mir nicht glaubte.

»Aber das ist doch verrückt! So etwas habe ich noch nie gehört. Wegen eines Traumes?«

»Nicht nur deshalb habe ich das Kreuz genommen, Friedrich.«

Er ließ mich nicht ausreden. »Du willst gegen die Türken kämpfen? Sadi, mein armes kleines Mädchen, es ehrt dich, dass auch du das Grab Jesu befreien willst.«

Er hatte nichts verstanden, nicht das Geringste von dem, was ich sagen wollte.

»Eigentlich wollte ich euch beide bestrafen, als ich merkte, dass ihr mein Verbot einfach missachtet habt. Der König, mein Onkel, hat sich für dich eingesetzt. Für ihn war das eine Heldentat, die du vollbracht hast, und er ist der Ansicht, ich sollte dich dafür gar zum Knappen schlagen. Doch ich glaube, das wäre ein bisschen auf die Spitze getrieben, findest du nicht auch?«

Ich fand gar nichts, ich wollte nur endlich geküsst und in die Arme genommen werden.

»Da ist noch etwas, das du wissen musst, Sadi. Nachdem ich dich schwer verletzt zurückgebracht hatte, gab ich den Befehl, die feigen Mönche zu bestrafen. Wir haben das Kloster geschleift und dem Erdboden gleichgemacht. Diese Mönche werden keinem Menschen mehr den Eintritt verweigern.«

Das durfte nicht wahr sein! Ich hatte mich so schnell aufgesetzt, dass der Schmerz mich fast zerriss. »Sag, dass es ein Scherz ist!«
»Es ist kein Scherz. Die Mönche haben das einfache Gastrecht missachtet. Die Kirche muss jedem Verfolgten Asyl gewähren. Das haben sie nicht getan. Sie haben sich geweigert, dir zu helfen.«
»Aber die Tür stand einen Spalt offen, Friedrich. Wenn der Pfeil mich nicht getroffen hätte, wäre ich gerettet gewesen.«
»Das war eine Falle, Sadi. Sie haben dir eine Falle gestellt, damit du aufstehst. Wärst du hinter dem Stein geblieben, wärst du in Sicherheit gewesen, bis wir zu Hilfe kamen. Sie haben den Tod verdient.«
»Wie viele Mönche haben deine Krieger getötet?«
»Vierzehn Mönche. Einundvierzig, mit Ottmar zweiundvierzig Menschenleben hat eure Jagd gekostet.«
Wie konnte Friedrich so grausam sein? Unfassbar – er, der an Gott glaubte, der jeden Tag zur Messe ging. Vierzehn Mönche, die auch Christen waren – unfassbar! Er schien keinerlei Gewissensbisse zu haben. War das der Mann, den ich liebte?

Am nächsten Tag kam der König und machte dem kleinen, tapferen Pagen seine Aufwartung. Er lobte meinen Mut und meinen Kampfgeist. Nicht ein Wort verlor er über Ottmar, der sein Leben gelassen hatte. Er sah auch nicht aus wie ein König, sondern eher wie ein Onkel – väterlicherseits? Oder eher mütterlicherseits?
Danach kam der Bischof, der morgens immer die Messe las und, wie ich wusste, Friedrichs Beichtvater war. Er nahm auch mir die Beichte ab, und ich gestand den Ungehorsam gegen meinen Herrn, den Herzog. Danach sprach er mich von allen Sünden frei und gab mir das Abendmahl. Stoisch ließ ich alles über mich ergehen; was konnte ich schon dagegen tun? Sollte ich ihnen sagen, dass ich kein Held war, sondern aus Angst um mein Leben gekämpft hatte? Sie hätten es nicht verstanden. Der König war stolz auf seinen tapferen Vasallen, der eine Heldentat vollbracht hatte – und Friedrich?
Hätte er spontan gehandelt, ich hätte es verstehen können. Aber

er war mit mir davongeritten und hatte dann erst seinen Kriegern befohlen, ein blühendes Kloster mitsamt den Mönchen zu vernichten.

»Sie hatten ihr Leben sowieso verwirkt«, tröstete mich Simon.

»Aber weshalb denn?«

»Hätten sie dich eingelassen, wären deine Feinde später zurückgekommen und hätten das Gleiche getan wie wir. Also mach dir keine Gedanken.«

Aber die machte ich mir – ja, ich konnte an nichts anderes mehr denken. Friedrich, mein Herzog von Schwaben, war von seinem Podest, auf den ich ihn gestellt hatte, ein großes Stück heruntergerutscht. Der Glanz seiner herzoglichen Krone war blasser geworden. Es tat mir Leid, doch ich konnte es nicht ändern; es machte mich verdammt traurig.

Darauf zu warten, ob er endlich etwas in unserer Beziehung unternehmen würde, wurde mir schwer. Doch nichts geschah, alles blieb beim Alten.

Als ich mich wieder einigermaßen bewegen konnte, führte mich mein erster Gang zu den Pferden. Simon hatte mir erzählt, dass Roller allein zurückgefunden hatte, was mich kein bisschen wunderte. Roller war kein Pferd, das man unbedingt besitzen musste, und wenn es jemand gewagt hätte, sich seiner zu bemächtigen, wäre er bald eines Besseren belehrt worden. Ich streichelte über seine struppige Decke und flüsterte Liebesworte in seine spitzen Ohren. Freundschaftlich biss er mir, als ich mich umdrehte, in den Hintern.

Er war für seine Art eine hohe Stufe hinaufgeklettert, und ich war stolz darauf, dass er neben den kostbaren Pferden des Herzogs stand.

Endlich zogen wir weiter. Sofia werde ich in meinem ganzen Leben nicht vergessen.

Simon teilte sich nun mit mir die Arbeit, die er früher mit Ottmar verrichtet hatte. So kam es des Öfteren vor, dass ich den Wein einschenkte oder das Essen servierte, wenn der König mit Friedrich zusammensaß. Ich spitzte die Ohren.

Auch wenn ich nicht alles verstand, merkte ich doch, wie viele Sorgen sich der König um das Reich machte. Ich hörte von abtrünnigen Fürsten, und immer wieder fiel der Name Heinrichs des Löwen. Ich hatte diesen Namen schon einmal gehört und wusste, dass er ein Vetter Friedrichs war. Der Herzog liebte diesen Vetter sehr, und immer wieder nahm er ihn in Schutz, ja er entschuldigte all die Dummheiten, die dieser in den Augen des Königs beging. Weiter hörte ich vom Kaiser von Byzanz, der dem Kreuzfahrerheer wegen des Vorfalls in Sofia Schwierigkeiten machen könnte. Ich wunderte mich, wie der Kaiser in Konstantinopel davon hätte wissen sollen, da doch alles erst ein paar Tage zurücklag. Gerüchte flogen anscheinend schneller als ein Vogel.

Eines Abends hatte der Herzog außer König Konrad auch den Bischof Otto von Freising zu Gast. Sie sprachen von König Ludwig von Frankreich, der ebenfalls das Kreuz genommen hatte, und alle hofften, dass wir früher in Jerusalem wären und den Ruhm der Befreiung nicht zu teilen bräuchten. König Konrad, der Ludwig anscheinend kannte, brachte nicht viel Sympathie für den Franzosen auf; warum, konnte ich nicht herausfinden. Doch die Frömmigkeit Ludwigs erklärte eigentlich schon alles.

»Ich mag Eleonore von Aquitanien«, sagte Friedrich. »Sie tut mir Leid mit diesem Gatten, der besser Mönch geworden wäre.«

Den Krug in der Hand, ging ich von Fürst zu Fürst. Plötzlich stand der Bischof auf, und unter den erstaunten Blicken der anderen Herren tätschelte er meine Wange und sagte: »Er ist also unser tapferer Bube, und wie ich sehe, ist Er wieder völlig genesen. Komm, erzähl uns, wie das gewesen ist. Hat Er sich nicht in die Hosen geschissen?«

»Der König braucht Wein, Konrad!« Mit diesen Worten half mir der Herzog aus der Verlegenheit, und ich dankte ihm mit einem innigen Blick.

Ein paar Tage später ließ der Herzog mich rufen und fragte mich, ob ich ihn auf einem Kundschaftsritt begleiten wolle.

Leider waren wir nicht allein, als wir aufbrachen. Drei bis an die Zähne bewaffnete Krieger begleiteten uns. Trotzdem war ich sehr glücklich, als ich unter den spöttischen Blicken des Herzogs Köcher und Bogen schulterte und für alle Fälle auch mein Schwert in die Scheide steckte.

Es war schön, das Lager zu verlassen und durch eine fast menschenleere Gegend zu reiten. Die Berge rückten enger zusammen, und erst als wir kurz davor standen, sahen wir den Einschnitt, den wir durchreiten konnten. Plötzlich lag ein Tal vor uns – die Ebene Thrakiens. Ein schmaler Fluss schlängelte sich von Norden nach Süden, an dessen Ufern herrlich saftiges Gras wuchs. In der Mitte des Tales erhob sich ein Hügel; der war unser Ziel.

»Auf diesem Hügel werden wir lagern. Von dort aus kann man das ganze Tal überblicken«, sagte der Herzog zu mir.

Ein fruchtbares Tal und völlig unbewohnt – seltsam. Nicht einmal verlassene Hütten waren zu sehen. Ängstlich schaute ich mich um. Vielleicht war dieses Tal verhext – oder lag ein Fluch darauf? Friedrich merkte nichts von meinen zwiespältigen Gefühlen; für ihn war es das richtige Tal für unser Heer. Die Menschen und Pferde würden für das klare Flusswasser und das saftige Gras der Weiden dankbar sein.

Wir hatten den Hügel erklommen, und es verschlug uns die Sprache, so schön war der Ausblick. Von oben sahen wir die drei Kundschafter in verschiedene Richtungen davonreiten.

»Wo reiten sie hin?«

»Sie suchen die Umgebung ab, ob diese Leere nicht trügerisch ist und hinter den Bergen der Feind auf uns lauert. Bedenke, Sadi, wir sind nicht mehr weit von Konstantinopel entfernt, und wenn ich an Kaiser Manuel denke, ist mir nicht ganz wohl. Die Abgesandten haben uns zwar in Ungarn freien Durchzug versprochen, doch nichts ist weniger wert als das Wort eines Byzantiners.«

»Es wird schon alles gut werden, Friedrich. Schau, wie wunderschön es hier ist! Glaubst du, wir könnten hier oben unsere Zelte aufstellen?«

»Möchtest du das gern, Sadi? Eigentlich gebührt der höchste Platz dem König. Doch ich glaube, der Wind ist für meinen Onkel zu stark, und er wird lieber den windgeschützten Ort da unten wählen.« Er blinzelte mir verschwörerisch zu, und ich streckte sehnsuchtsvoll meine Arme aus. Er ließ sich nicht lange bitten, schnallte sein Schwert ab und warf sich neben mir ins Gras.

Wie viele Monde hatte ich darauf gewartet! Alles Schreckliche, was zwischen der Nacht am Kinzigsee und dieser wunderschönen Nacht auf dem Hügel in der Ebene Thrakiens passiert war, hatte der Wind verweht. Es hatte einen Anflug von Gewalt an sich, wie er mich an sich zog und hungrig küsste. Ich schob es der langen Enthaltsamkeit zu, der er sich unterworfen hatte, und war mir sicher, dass diese Enthaltsamkeit nicht gesund sein konnte. Es dauerte ihm zu lange, bis er mich und sich selbst aus den klirrenden Kettenhemden befreit hatte, und fluchend wie ein gewöhnlicher Fuhrknecht riss er den Eisenkragen herunter und warf ihn auf den Haufen aus Stahl. Weder Zärtlichkeit noch Koseworte konnten ihn zu einer langsameren Gangart verführen. Ich hatte das Gefühl, als würde er von hundert Teufeln gejagt, denen er entkommen musste. Zum Glück war die Nacht lang, und auch ich kam noch zu meinem Recht.

In dieser Nacht war ich kein Mann und kein Page. Ich war eine liebende, glückliche Frau, die in den Armen ihres Geliebten einschlief und frierend erwachte – allein. Friedrich war verschwunden. Doch ich beruhigte mich wieder, als ich ihn am Fuße des Hügels mit den Kundschaftern reden hörte. Die Nacht ging zu Ende. Friedrich hatte die drei Männer verlassen und kam den Hügel herauf. Die aufgehende Sonne tauchte den Himmel in orangefarbenes Licht. Die Entfernung und das Spiel des ersten Sonnenlichts ließen seine Gestalt vor dem Himmel hinter ihm fast schwarz und unwirklich wirken. Er schien sich wie ein gottgleicher, unbesiegbarer Krieger aus der Erde zu erheben, als er sich mit bedächtigen Schritten auf mich zubewegte.

Eng umschlungen sahen wir dem Sonnenaufgang zu.

»Das erinnert mich daran, wie Moses seine Israeliten in das

gelobte Land führte, Sadi. Moses durfte dieses Land nicht betreten, denn Gott zürnte ihm und allen anderen, die gesündigt hatten. Doch Gott war gütig und hat ihm von einem Hügel das Land gezeigt. Ein Land, in dem Milch und Honig fließen und das von einem Fluss durchschnitten wird, genau wie hier. Der Jordan und seine Ufer sind ebenso grün und fruchtbar wie dieser Fluss hier unten. Ich glaube, Moses war der erste Pilger der Welt.« Er sah mich an. Die Sonne ließ sein Haar und den Bart noch röter erscheinen, und ich dachte nicht an Moses, sondern an Wotan, wie er seine feurigen Blicke über die Welt gleiten lässt.

Friedrich hatte weitergesprochen, und ich hatte Mühe, ihm zu folgen; mit meinen Gedanken war ich in einer anderen Welt.

»Jetzt weißt du, warum ich mich die ganze Zeit so zurückgehalten habe.«

»Verzeih, Friedrich, ich war in Gedanken und habe nicht zugehört.«

»Ich wollte dir nur erklären, warum ich mich zurückgehalten habe, als du zu mir gekommen bist. Es hat nichts mit meiner Liebe zu dir zu tun, aber wir sind auf einer Pilgerreise, und was soll ich meinem Beichtvater sagen? Dass ich mit einem Pagen schlafe?«

»Warum musst du das beichten? Weder ich noch du sind verheiratet. Es kann dem Bischof doch gleich sein. Für mich ist unsere Liebe keine Sünde und wird nie eine sein. Im Gegenteil, für mich ist sie das Natürlichste von der Welt.«

»Ach Sadi, du bist so unverdorben und naiv. Trotzdem sündige ich gern mit dir, und diese Nacht wird uns beiden unvergesslich sein.«

Ich dachte ernsthaft über seine Worte nach; sie schienen ein Geheimnis zu verbergen, das ich nicht verstand. Klangen sie nicht so, als wäre das unsere letzte gemeinsame Nacht gewesen? Ach was, seine Sehnsucht nach mir würde immer stärker sein als die frommen Worte seines Beichtvaters. Ich würde schon dafür sorgen, dass alles so blieb, wie es war, und mich unentbehrlich machen.

Es war später Vormittag; die Sonne stieg langsam höher. In wenigen Stunden würde es sehr heiß sein. Friedrich war wieder zu seinen Kundschaftern zurückgegangen, und ich machte mich allein auf, die Gegend zu erforschen.
Ich hatte ein merkwürdiges Gefühl. Alles um mich wurde grau und verschwamm wie in einem Nebel. Das Gras wurde zu Wasser, der Wind türmte kleine Wellen auf, und weiße Gischt schwappte über meine Füße. Ein kurzer Moment nur, doch ich wusste, es hatte irgendetwas zu bedeuten. Es war ungeheuer wichtig, dass wir unsere Zelte auf den Hügel stellten, egal wie stark der Wind auch blasen mochte! Dazu musste ich den Herzog überreden.
Mein Pferd und ich fanden eine wunderschöne Blumenwiese, und es reizte mich, diese Blumen zu pflücken, die so ganz anders waren als diejenigen, die ich von zu Hause kannte. Leider wurde nichts daraus, denn Roller fand es herrlich, trotz meines Schimpfens die Blumen platt zu wälzen. Ich legte mich neben ihn und starrte in den blauen Himmel. Mein unruhiges Pferd hatte ein neues Spiel erfunden: Es schnappte nach Schmetterlingen, die, ohne sich um ihn zu kümmern, vor seiner Nase herumflogen.
Am Horizont ballten sich dicke Regenwolken zusammen, und wir kehrten zu unserem Herrn zurück. Die Spitze des Heeres kam in Sicht, und bald war das ruhige Tal ein emsiger Ameisenhaufen. Friedrich hatte trotz des starken Windes seine Zelte auf dem Hügel errichtet, und ich war überzeugt, dass die Pilger ein paar ruhige Tage in diesem friedlichen Tal verleben durften.
Dem Wunsch der Bischöfe und Fürsten folgend, wurde das Lager aufgebaut. Es wurde bekannt gegeben, dass man mindestens drei Tage verweilen wolle – eine Rast, die allen willkommen war, weil sie Gelegenheit bot, Wäsche zu waschen, Mahlzeiten zu bereiten und an Zelten, Zaumzeug und Gurtwerk Reparaturen auszuführen. Schon sah man Wäscherinnen am Ufer, Reiter führten ihre Pferde zum Tränken, eine Jagdgesellschaft machte sich auf, in den Bergen zu jagen.
Die Nacht brach mit Schnelligkeit herein, was uns, seit wir im

Süden waren, immer wieder überraschte. Tausende Lagerfeuer, über die ganze Ebene verstreut, blitzten wie Glühwürmchen auf. Der Himmel war schwarz, und es sah aus, als wären die Sterne auf die Erde gefallen.
Noch hatten wir genug Wein und Proviant. In Konstantinopel würden wir unsere Truhen wieder auffüllen; so brauchten wir nicht zu sparen, und zur Feier dieses wunderschönen Tages hatte Friedrich ein Festmahl nur für Simon und mich herrichten lassen. Wir aßen, tranken und scherzten – ein Abend, den ich nie vergessen würde.
Unsere Blicke schweiften vom offenen Zelt hinab zu den vielen Lichtern. Lachen und Rufen klangen durch die Nacht zu uns herauf, und wir merkten, dass auch die Pilger den gut überwundenen Abschnitt der Reise feierten.
Müde und glücklich kroch ich trotz der leichten Proteste seitens Friedrich unter seine Decke. Der Teufel sollte alle Kleriker holen, die mir das Glück in seinen Armen vergällen wollten!

In der Nacht hatte der Wind aufgefrischt und sich zu einem Sturm entwickelt. Ich war mir sicher, hätte er eine Lücke gefunden, so wäre er hineingefahren und hätte alles mit sich gerissen und fortgeweht. Es war stockdunkel, und ein heftiger Regen prasselte auf das Zelt.
Im Halbschlaf sah ich die wilde Jagd der germanischen Götter über das Tal sausen. Friedrich rührte sich neben mir, grunzte, drehte sich um und schlief weiter. Ich musste meinem inneren Schweinehund einen Tritt geben, um aus der warmen Höhle herauszukriechen. Drei Schritte um das Zelt, und ich war durchnässt bis auf die Haut. Mühsam suchte und fand ich in der Dunkelheit ein trockenes Hemd und zog es über meinen Kopf. Auch mein Brustverband war nass geworden, doch daran war nichts zu ändern. Zitternd vor Kälte kroch ich unter die klamme Decke und brauchte eine ganze Weile, bis ich warm wurde und endlich einschlafen konnte.
Es dämmerte, als ich von einem grässlichen Krach geweckt wurde. Mit einem Schwung warf ich die Decke zurück, und erst

nach vielen Versuchen gelang es mir, eine Kerze anzuzünden. Meine Kleider lagen griffbereit. Ich war überzeugt, ein Angriff der Türken bräche über uns herein. Mein Kettenhemd machte mir Schwierigkeiten, und als ich zu meinem Schwert griff, verlöschte die Kerze mit wildem Flackern. Jemand öffnete den Eingang, und im letzten Aufbäumen der Flamme erkannte ich Simon, den Knappen des Herzogs.

»Simon – was ist los? Was soll das Geschrei?«

»Komm heraus, Konrad! Sieh dir das an!«

Im schwimmenden Licht der Morgendämmerung sah ich ins Tal hinab. Noch immer regnete es in Strömen. Im Tal ging's drunter und drüber: Zelte, Wagen, alles stand unter Wasser. Der kleine Fluss war zu einem wilden Strom geworden, der alles mit sich riss. Menschen waren geflüchtet und klammerten sich an aufragende Felsbrocken, die wie schlafende Riesen über das ganze Tal verstreut lagen. Unser Hügel war schwarz von Menschen. Fassungslos schauten sie auf das Wasser, das all ihr Hab und Gut mitgerissen hatte.

Auch die Zelte des Königs standen fußhoch in der Brühe, und ich sah Fürsten und Knappen, die Kisten und Säcke aus der Flut hoben, um zu retten, was zu retten war. Der König und die Kleriker hatten sich in Friedrichs Zelt versammelt, dem einzigen, das nicht bedroht war.

Man sprach von einem Wunder und dass Gott wohlgefällig auf den Herzog von Schwaben herabgesehen habe, obwohl er das Blutbad in Sofia angerichtet hatte. Siedend heiß fielen mir Wilhelm und die Kameraden ein. Wie mochte es ihnen ergangen sein? Lebten sie noch? Hatten auch sie wie so viele ihr Lager am Ufer des heimtückischen Flusses errichtet und waren in der Nacht mit fortgerissen worden? Ich hatte keine Ruhe mehr. Das große Zelt des Herzogs wurde gerade in eine Kirche verwandelt, und alle wollten zur Ehre Gottes eine Messe abhalten, obwohl es immer noch Pilger gab, die um ihr Leben kämpften.

Ohne mich um die Halleluja singenden Christen zu kümmern, zwängte ich mich zwischen nassen, frierenden und verzweifelten Menschen hindurch, nahm Roller am Halfter und führte ihn den Hügel hinab. Zum Glück stand das Wasser auf der Nordseite weniger als fünf Fuß hoch, und vorsichtig umging mein Pferd versteckte Löcher, die mir zum Verhängnis hätten werden können.

Nach einiger Zeit gelangten wir an ein Wäldchen. Wenn Wilhelm seinen Prinzipien treu geblieben war, musste ich ihn im Norden finden. Immer weniger Menschen begegneten mir, und ich schlug wieder die Richtung zum Fluss ein. Das Wasser war hier oben etwas zurückgegangen und hatte die herrlich bunten Wiesen in eine graue Schlammwüste verwandelt. Zerbrochene Wagen, Zelte, Kochtöpfe und von Schlamm bedeckte Waffen lagen im Weg. Die Menschen hatten bemerkt, dass mit Jammern und Wehklagen nichts besser wurde, und aufzuräumen und zu säubern begonnen, was noch brauchbar war.

Gegen Mittag endlich fand ich die Kameraden. Der Einzige, der jammerte, war der Koch, der seinen verdorbenen Proviant beklagte. Alle anderen waren damit beschäftigt, das Zelt zu trocknen und die Waffen zu reinigen.

»Da bist du ja, Konrad.« Wilhelm begrüßte mich, als wäre ich nie im Streit gegangen.

»Wie ich hörte, ist der Herzog als Einziger mit trockenen Füßen davongekommen. Und ihr, Wilhelm? War das Unwetter sehr schlimm?«

»Nun, es hat ja schon des Öfteren geregnet, aber mit dieser Flut hat niemand gerechnet. Gestern Abend haben wir in diesem kleinen Fluss noch gebadet. Zum Glück haben die großen Steine da drüben das Wasser etwas abgehalten. Weiter unten muss es schlimm aussehen. Fünfunddreißig Menschen sollen ertrunken sein.«

»Aber der Proviant, Wilhelm! Bis Konstantinopel ist es noch ein ganzes Stück.«

»Mach dir nur keine unnützen Gedanken. Der König hat uns erlaubt zu jagen; wir werden schon nicht verhungern. Wenn wir etwas Ordnung geschaffen haben, gehen wir zurück in die Berge; ich glaube, da gibt es eine Menge Wild.«

»Und wahrscheinlich auch Banditen, Wilhelm.«

»Sorge dich nicht um uns; wir werden schon aufpassen. Doch um etwas möchte ich dich bitten, Konrad: Kannst du nicht den Jungen irgendwo unterbringen? Ich möchte mit den Kameraden zu den Kriegern gehen. Du bist nicht mehr da, und nur deinetwegen sind wir hier bei den Pilgern. Wir möchten aber kämpfen und nicht wie Weiber beschützt werden, wenn es gegen die Türken losgeht, und um den Proviant brauchen wir uns dann auch nicht mehr zu kümmern. Die Verantwortung für den Jungen möchte ich aber nicht auf mich nehmen – kannst du mich verstehen, Konrad? Vielleicht braucht der Herzog noch einen Pagen; schließlich ist er ein schlaues und gewitztes Bürschchen, unser Hans-Martin.«
»Wo ist er eigentlich, ich habe ihn hier noch nicht gesehen?«
»Er ist drüben auf dem Trockenen und lässt die Pferde grasen. Deinem Roller geht es gut, wie ich sehe.« Der Schmied lachte aus vollem Hals und zeigte auf Roller, der sich trotz meiner entsetzten Rufe mit seinem roten Sattel wie ein Hund im dicksten Schlamm wälzte.
»Das werde ich ihm wohl nie abgewöhnen können.«
»Ach, lass ihn doch! Hauptsache, er fühlt sich dabei wohl, und dass er sich wohl fühlt, kann man ja sehen. Noch etwas, Konrad. Kannst du uns deine Standarte wiedergeben? Du brauchst sie doch nicht, und für uns wäre es schön, unter der Fahne der Ortenbergs in den Kampf zu reiten.«
»Natürlich, Wilhelm, bringe ich dir die Standarte.« Ich hätte für diesen Mann alles getan, wenn er nur nicht mehr böse auf mich war.
»Du bist ja eine große Berühmtheit im Heer geworden. Tagelang wurde in Sofia von nichts anderem geredet als vom Pagen des Herzogs.«
»Erinnere mich nicht daran, Wilhelm. Dieses Blutbad in Sofia wird mich mein ganzes Leben lang verfolgen. Das wollte ich nicht.«
»Natürlich nicht, Junge. Ich habe gleich zu den Kameraden gesagt: Konrads Schuld war das nicht, er ist da in etwas hineingerutscht.«

»So war es auch, Wilhelm, aber ich möchte nicht mehr davon sprechen.«
»Der Herzog – behandelt er dich anständig?«
»Ja, Wilhelm. Er ist kein gewalttätiger Mensch, das musst du mir glauben.«
»Das glaube ich unbesehen; wäre ihm sonst dieses Wunder geschehen?«
»Was für ein Wunder?« Ich verstand Wilhelm nicht.
»Nun, er und seine Mannen sind als Einzige mit trockenen Füßen davongekommen.«
Ich schwieg; was sollte ich auch zu solchem Unsinn sagen? Ein Wunder war das bestimmt nicht. Eher war wieder einmal mein zweites Gesicht im Spiel. Woher kam die Flut so plötzlich, und woher wusste ich, dass oben auf dem Hügel der sicherste Platz war? War es Gott, der die Menschen strafen wollte? War es der Teufel? Ich glaube, eher waren es die germanischen Götter. Donar wollte wieder einmal zeigen, was er auf dem Kasten hatte. Ihm wäre das zuzutrauen. Oder gab es noch jemanden, den wir noch nicht kannten, der irgendwo hinter einem Busch saß und sich über das ganze Durcheinander ins Fäustchen lachte?
Spätestens in Konstantinopel wusste ich, dass sich die alten germanischen Götter verabschiedet hatten. Sie wollten mit diesem gottlosen Haufen nichts zu tun haben und hatten sich grollend in die dunklen Wälder meiner Heimat zurückgezogen und Allah, Mohammed oder weiß der Teufel, wie sie alle heißen mochten, das Feld überlassen.

Konstantinopel

Die Perle am goldenen Horn – oder war es ein Diamant?
Die rötlichen Stadtmauern mit ihren dreihundert Türmen, von denen jeder eine kampfbereite Besatzung hatte – uneinnehmbar die Stadt, gebaut für die Ewigkeit. Die Mauern in einem Dreieck errichtet, zwei davon ragten vom Meer auf, ein dreifacher Wassergraben sicherte die dritte.
Wir lagerten vor den rötlichen Mauern und schauten sehnsuchtsvoll auf die vielen Türme und Kuppeln der Paläste. Kaiser Manuel hatte uns zwar Proviant bringen lassen, aber verboten, die Stadt zu betreten. Endlich konnten wir uns nach der Flutkatastrophe wieder einmal so richtig den Bauch voll schlagen. Zu Lammfleisch, Früchten und Fisch gab es Tee mit Zimt und Zitrone – Köstlichkeiten des Ostens, die wir mit Vorsicht zu uns nahmen aus Angst, man könnte uns vergiften. Wir konnten in Ruhe ausschlafen, und am nächsten Tag wurden der König und ein paar Fürsten zum Kaiser geladen.
Eisenbeschlagene Truhen wurden geöffnet und Staatskleider herausgeholt. König Konrad, Herzog Friedrich von Schwaben und Bischof Otto von Freising waren die geladenen Gäste.
Ich riss verwundert die Augen auf – wie schön sie waren! Aus Samt die Kleider und mit Gold bestickt. Der König mit seiner goldenen Krone, das Schwert mit Edelsteinen am Griff und an der Scheide. Mein Herzog ganz in Blau. Der Bischof übertraf alle, noch prächtiger war er mit Mitra und langer Schleppe an seiner Bischofsrobe. Ein Ring mit riesigem rotem Stein schmückte seine rechte Hand, die er jedem zum Kusse reichte, der ihm zufällig in die Quere kam. Die schweren Halsketten

aus purem Gold glänzten in der Sonne, als wollten sie mit ihr wetteifern. Die Pferde bekamen Schabracken in der jeweiligen Farbe des Fürsten angelegt, und auch wir Pagen und Knappen waren herausgeputzt wie Pfingstochsen, wie Nans gesagt hätte. Hans-Martin, den ich seit der Flut beim Bischof von Freising untergebracht hatte, konnte ich einen schnellen Blick zuwerfen. Er zwinkerte zurück und formte mit seinem Mund unhörbar: Heilige drei Könige! Als Antwort verdrehte ich meine Augen, und als ich wieder normal schauen konnte, sah ich, dass Friedrich uns beobachtet hatte. Nun verdrehte er die Augen, sodass ich ein Kichern nicht unterdrücken konnte, was mir einen gehörigen Tadel vonseiten des Bischofs eintrug. Dann mussten wir uns zum Fürstenzug formieren.

Die Stadt war so prachtvoll, wie ich sie mir in meinen kühnsten Träumen nicht ausgemalt hätte. Die mehrstöckigen Häuser leuchteten in verschiedenen Farben, als hätten auch sie Staatsgewänder angezogen. Viele winzige Fenster, die mit kunstvoll geschmückten Gittern versehen waren, davor Balkone mit Rund- und Spitzbögen, von denen in Kaskaden Blumen und Farne herabhingen.

Wenn ich da an unsere einheimischen Städte und Dörfer mit ihren ungeschmückten grauen und ockerfarbenen Hausfassaden denke … Selbst die Straßen waren hier sauber, weder Hunde noch Schweine streunten, und die Pferdeäpfel wurden von Straßenreinigern zusammengekehrt. Man hörte ein Gewirr von vielen unverständlichen Sprachen, und auch die Menschen selber sahen anders aus als wir. Sie trugen Turbane, groß wie Kürbisse, und weite Pluderhosen aus glänzender Seide. Viele Goldringe an Armen, Hals und Fußknöcheln klirrten bei jedem Schritt und machten ihre eigene Musik, die meine ganze Aufmerksamkeit in Anspruch nahm. Ein fremdländischer Duft hing über den Palästen, nach Blumen, Leder, Essen, Weihrauch und Gewürzen; der sich nur hob, wenn vom Meer eine leichte Brise heranwehte.

Schon das Meer hatte mich fasziniert, dieses wunderschöne türkisfarbene Wasser. Gleich nach unserer Ankunft lief ich durch den weißen Sand zum Ufer. Voll kindlicher Freude wusch

ich mir das Gesicht und stellte enttäuscht fest, wie salzig das Wasser war. Dabei sah es aus wie frisches Quellwasser.
Das Tamtam der Trommel schwieg, als wir uns dem Kaiserpalast näherten. An seiner Statt fingen von hundert Türmen die Glocken zu läuten an. Es war kein unbekannter Klang für mich, doch nie zuvor hatte ich Glocken so volltönend läuten hören wie in Konstantinopel. Einen großen Platz, den die Einheimischen Augusteum nannten, mussten wir überqueren, bis wir, einer Basilika gegenüber, den Kaiserpalast erreichten. Rechts und links hatte die Palastgarde sich aufgestellt. Immer hatte ich geglaubt, ich wäre schwarz, doch als ich diesen hoch gewachsenen Männern ins Gesicht sah, wusste ich, was Schwärze wirklich ist. Auch sie trugen diese Pluderhosen mit goldenen Gürteln, doch ihre Oberkörper waren nackt. An ihren Ohren baumelten Goldreife, und die gefährlich aussehenden Krummsäbel trieben nicht nur mir eine Gänsehaut über den Rücken.
Später einmal erzählte mir Simon, dass in dieser Palastwache nur Eunuchen dienten.
»Was ist ein Eunuch, Simon?«, fragte ich neugierig.
Er lachte und sagte: »Ein Eunuch ist ein Mann, der kein Mann ist. Sie haben ihn entmannt, damit er keine Gelüste nach einer Frau hat und deshalb nur dem Kaiser diene und ihn beschütze bis zu seinem Tod.«
So ganz hatte ich die Sache nicht verstanden, nahm mir aber vor, ihn bei nächster Gelegenheit noch einmal zu fragen. Irgendwie fühlte ich mich mit ihnen verbunden. Auch ich sah aus und lebte wie ein Mann, war aber keiner. Oder war das doch etwas anderes?
Wir kamen in den Palasthof, der noch prächtiger war als die Außenfront. Wir stiegen von den Pferden, und die Ritter übergaben uns ihre Waffen. Danach verschwanden sie durch eine reich verzierte Tür, und wir Knappen und Pagen mussten warten. Bei dieser Gelegenheit sah ich mich nach Hans-Martin um, doch der war verschwunden.
»Wo ist Hans-Martin?«, fragte ich Simon. Doch auch er wusste nicht, wo der Page des Bischofs war.

Zwei Jünglinge schlenderten auf uns zu. »Der Page des Bischofs ist mit hineingegangen; er musste dem Bischof die schwere Schleppe tragen.«
»Das sind die Knappen des Königs, Alexander von Tönitz und Manfred von Almrege. Das, meine Herren, ist der Page des Herzogs, Konrad von Ortenberg«, stellte Simon uns vor. Auf den ersten Blick sah ich, dass sie beide hochnäsig und eingebildet waren.
»Du bist also der Knabe, dem wir die Scheiße in Sofia zu verdanken haben?«
Du meine Güte, ich war wirklich nicht stolz auf das, was in Sofia geschehen war. Doch den beiden Schnöseln wollte ich es zeigen. »Wie lange seid ihr schon Knappen bei König Konrad?«, fragte ich honigsüß.
»Fünf Jahre«, sagte Alexander stolz.
Fünf Jahre, das war mir klar, waren keine allzu lange Zeit, um zum Ritter geschlagen zu werden, und viele Knappen hofften ein ganzes Leben lang umsonst, denn der Aufstieg war hart. Doch um sie zu ärgern, sagte ich: »In Sofia war ich erst ein paar Tage Page, und da hat mich König Konrad zum Knappen vorgeschlagen. Sehr tapfer könnt ihr ja die ganze Zeit über nicht gewesen sein, oder?«
Vor Zorn liefen sie rot an, und Simon studierte höchst interessiert einen Steinlöwen mit eingezogenem Schwanz. Ob ihn meine Großschnäuzigkeit genierte, war schlecht zu erkennen.
Plötzlich wurde es heiß und feucht zwischen meinen Beinen. Am Tag zuvor hatte ich meine Tage bekommen, und es war allerhöchste Zeit, dass ich das Lammfellstück auswechselte. Vorsichtshalber hatte ich mir ein sauberes mitgebracht, denn man konnte nie wissen, wie lange so ein Staatsempfang dauerte. »Simon! Wo kann ich austreten?«
Der Knappe sah sich um. »Probiere mal die Tür, vor der keine Wache steht.«
Ich übergab Simon die große Lanze des Herzogs, überquerte den Hof und riss die schwere Tür auf. Sie führte einen langen Gang entlang, an verschiedenen teils bewachten, teils unbe-

wachten Türen vorbei, doch in wie viele Türen ich auch hineinschaute, immer tat sich ein neuer Gang auf. Eine Wache, die nicht ganz so abschreckend aussah wie die meisten, fragte ich nach dem bestimmten Raum, den ich so notwendig brauchte. Sie verstanden mich nicht und bleckten nur ihre großen weißen Zähne. Ich machte eine eindeutige Geste, wie Männer sie machen, wenn sie sich einen Baum als Ziel ausgesucht haben. Er hob seine Schultern, und wie es aussah, verstand er auch das nicht. ›Na ja, wenn er kein richtiger Mann ist –?‹, dachte ich flüchtig und lief weiter. Nicht eine einzige Frau gab es in diesem Palast, jedenfalls habe ich keine gesehen. Ich weiß nicht mehr, wie viele Türen und Gänge ich durchschritten hatte, als ich wieder ans Tageslicht trat.
Ein riesiger ovaler Platz tat sich vor mir auf, eine Pferderennbahn, so gewaltig, dass wohl hunderttausend Zuschauer darin Platz fanden. Eine glänzende Mauer mit herrlichen Bildern fasste ihn wie ein Bilderrahmen ein, und als ich näher trat, sah ich, dass diese Bilder aus kleinen bunten Steinen zusammengesetzt waren. Hinter einem Pferd aus Eisen konnte ich erledigen, wozu ich hergekommen war. Ich steckte das schmutzige Vlies zwischen die Hinterbeine des Rosses und konnte aufatmend den Rückweg antreten.
Die Tür war verschlossen, und so viel ich auch rüttelte, sie ging nicht auf.
Ratlos sah ich mich um und ging die Mauer entlang. Bärtige Männer mit Turbanen auf ihren großen Köpfen schauten von den Bildern auf mich herab, und ich fühlte mich wie eine Maus, die in der Falle saß. Mit der Hand wischte ich den Schweiß von meiner Stirn, denn die Sonne stand im Zenit. Große Schweißflecken breiteten sich unter meinen Armen aus, und sehnsuchtsvoll schaute ich auf den Marmorfußboden, der sich mit bloßen Füßen bestimmt wundervoll kühl angefühlt hätte. Da versperrte ein Eunuch mir den Weg, streckte seine Arme aus und hielt mich fest.
Als ich zu diesem Mann aufschaute, erschrak ich. Seine Haut glänzte wie Teer, das Weiße in den Augen war gelb und von

kleinen roten Äderchen durchzogen, und als er den Mund aufmachte und sprach, sah ich Zähne, groß wie die eines Pferdes. »Wohin?«

»Zu den Kreuzrittern«, stammelte ich und war glücklich, dass mich endlich jemand verstand. Gemeinsam traten wir den Rückweg an, und ich bin überzeugt, andernfalls würde ich noch heute als Geist durch dieses Labyrinth irren.

In der Zwischenzeit war die Audienz beim Kaiser beendet, und die Fürsten kamen zurück. Im letzten Moment erreichte ich Simon und ließ mir die Lanze aushändigen.

»Wo bleibst du, verdammt noch mal?!«, zischte er mir zu. »Ich stehe hier wie auf heißen Kohlen, und du wolltest nur mal schnell pissen gehen.«

»Entschuldige«, wisperte ich zurück. »Ich habe mich verlaufen.«

»Na gut, komm jetzt, bevor der Herzog etwas bemerkt.«

Wieder läuteten die Glocken, und ich verdrehte mir den Hals, um noch mehr Ansichten von der herrlichen Stadt zu erhaschen.

Am Nachmittag wurden wir von unseren Aufgaben entbunden. Die Fürsten gingen ins Zelt des Königs, um eine Lagebesprechung abzuhalten.

Schnell entledigte ich mich der warmen Staatskleidung, als mich Simon abfing. »Wo willst du schon wieder hin, Konrad?«

»Zu Hans-Martin, wohin sonst? Du willst doch auch wissen, wie der Kaiser war und was besprochen wurde.«

»Ich kann abwarten«, sagte Simon. »Der Herzog wird mir schon erzählen, was ich wissen muss.«

War dieser Knappe wirklich kein bisschen neugierig, oder tat er nur so? Simon war schwer zu durchschauen. Da er wusste, dass ich ihm alles haarklein erzählen würde, konnte er ja getrost abwarten und sein Desinteresse pflegen.

Hans-Martin war nirgends zu finden. Enttäuscht verließ ich das Zelt des Bischofs, als er mir doch noch über den Weg lief. »Da bist du ja!« Wir hatten beide dasselbe ausgerufen, und lachend gingen wir hinunter zum Meer. »Ich dachte schon, du wärst auch bei der Besprechung der Fürsten dabei, und der Bischof würde dich ganz in Beschlag nehmen.«

»Und ich wollte dich besuchen, um dir alles zu erzählen. Ich weiß doch, dass du vor Neugierde platzt.«

»Na komm, erzähl mir, wie war's bei dem Kaiser?«

»Sie haben Latein gesprochen.«

»Was! Und du hast kein Wort verstanden?«

»Nicht alles, Sadi, tut mir Leid, obwohl ich jeden Abend bei einem jungen Geistlichen Latein lerne.«

»Komm, erzähl endlich, mach es nicht so spannend.«

Der Junge ließ sich neben mir in den Sand fallen. »Der Kaiser hat dem König geraten, die zum Kampf unfähigen Pilger nach Hause zu schicken.«

»Aber warum? Wir haben es bis jetzt doch geschafft!«

»Dieser Meinung sind die Fürsten auch. Ich habe darüber nachgedacht, Sadi. Vielleicht weiß Kaiser Manuel mehr, als er uns sagen wollte. Der Bischof hat gesagt, das käme nicht in Frage, wir alle wären Pilger vor dem Herrn. Wer nicht kämpfen kann, soll beten, und am Ende wird allein der König entscheiden, wer in die Heimat zurückgeschickt wird und wer dableibt.«

Das kalte, klare Wasser an den Füßen war eine Wohltat, und ich seufzte vor Behagen. Ich mochte den Bischof nicht, seit er mich in Sofia einen Hosenscheißer genannt hatte, doch in dieser Sache musste ich ihm Recht geben. Pilger, die nicht kämpfen konnten, nach Hause zu schicken, wäre zu einfach gewesen. Sie hatten diese Reise vor vielen Monden begonnen, und jetzt sollten sie nicht einmal Jerusalem sehen?

Hans-Martin sah mich an und erriet meine Gedanken. »Jerusalem liegt nicht hinter Konstantinopel, Sadi, vergiss das nicht.«

Empört setzte ich mich auf und starrte ihm ins Gesicht. »Glaubst du, der Kaiser hat Recht?«

»Er lebt lange genug in diesem Land und weiß, was er sagt. Schau, Sadi, da drüben liegt Kleinasien, ein anderer Kontinent. Europa geht hier zu Ende. Kein Mensch weiß, was uns erwartet.«

»Du hast Schiss, Hans-Martin. Gib es zu, Junge!«

»Nein, hab ich nicht. Auch ich bin der Meinung des Bischofs: Alles liegt in Gottes Hand.«

In Gedanken versunken starrte ich hinüber zum anderen Ufer, das sein Gesicht in Nebel und Dunst verhüllte. Kleinasien – war dieses Land wirklich so anders als die Länder, durch die wir gezogen waren? Ich fragte mich, in was für einer Hand wohl mein Geschick lag. Trotz Beichte und Abendmahl zählte ich mich nicht zu den Christen. Was dann? Ich war auf der Suche. Die germanischen Götter hatten mich verlassen. Wen oder was würde ich finden? Würde es mich glücklich oder unglücklich machen – oder auch nur zufrieden?

Der Junge riss mich aus meinen Gedanken, indem er Steine übers Wasser hüpfen ließ und mich aufforderte mitzumachen.

»Hans-Martin, wie war der Kaiser?«

Er sagte: »Der Kaiser war längst nicht so prächtig gekleidet wie unsere Fürsten. Er trug ein weißes Unterkleid und eine weiße Tunika darüber, die mit einer einfachen Goldborte eingefasst war. So ähnlich wie die alten Griechen.«

»Aha«, sagte ich, denn ich hatte keine Ahnung, was die alten Griechen trugen. »Und wie war der Empfangsraum?«

»Du hast dich doch bestimmt schon mal gefragt, was sich hinter der Tür eines Tabernakels verbirgt, des größten Heiligtums in einer Kirche. Genau so ist mir dieser Raum vorgekommen. An den Wänden Bilder verschiedener Heiliger aus Gold, Silber und Edelsteinen, tausend Kerzen spiegelten sich darin. Riesige Vorhänge aus reiner Seide, und auf dem Marmorfußboden lagen Teppiche, so dick, dass ich glaubte, ich liefe über eine Blumenwiese im Frühling.«

Zweifelnd sah ich den Jungen an. Einen Tabernakel hatte ich noch nicht einmal von außen gesehen, jedenfalls habe ich nie darauf geachtet. So langsam glaubte ich, dass der Bischof und seine frommen Freunde auf Hans-Martin abfärbten. Doch ich sagte nichts. Seine Beschreibung des Empfangsraumes fand ich schön, und ich hätte mein Schwert dafür gegeben, einmal durch diese Räume zu wandeln.

Die Krieger und die Pilger murrten. Sie wollten in die Stadt, ihren Proviant auffüllen. Doch noch immer gab der Kaiser keine Erlaubnis.
Endlich, nach drei Tagen, wurde die Genehmigung erteilt. Lange Schlangen standen vor den großen Toren, denn man ließ die Kreuzfahrer nur zu zweit hindurchgehen.
Auch ich wollte in die Stadt, doch weder Hans-Martin noch Simon wollten mich begleiten. Jeder hatte etwas anderes vor.
»Geh ich halt allein.«
»Das wirst du schön bleiben lassen, Konrad. Du hast dich schon im Palast verlaufen. Ich habe keine Lust, dich irgendwo zu suchen oder tot aus dem Meer zu ziehen.«
»Ist schon gut, Simon, gehe ich halt hinunter zum Strand.«
»Ja, tu das. Das ist bei weitem nicht so gefährlich.«
Natürlich ging ich in die Stadt, und gleich hinter dem Tor fand ich einen kleinen Laden mit Schmuckstücken aus Gold. Ein kleiner Dolch hatte es mir angetan, sein Griff mit Perlmutt eingelegt und die Spitze gebogen, wie ich es bei der Palastwache gesehen hatte. Es war ein hübsches Geschenk für Friedrich, und da Hans-Martin nicht dabei war, musste ich selber handeln, was gar nicht so einfach war.
Der kleine Mann mit seinem roten Fez sah mich lächelnd an: »Macht Euch keine Mühe, ich sage Euch den Preis, und Ihr werdet ihn akzeptieren.«
»Ihr sprecht deutsch?«
Er lachte und kratzte sich am Hals. »Natürlich, deutsch und französisch, bin schließlich ein echter Lothringer. Weinrad ist mein Name.«
»Wie kommt Ihr nach Konstantinopel?«
»Mit einem Kreuzzug, genau wie Ihr. Nur bin ich hier hängen geblieben.«
»Dann habt Ihr Jerusalem nie gesehen?«
»Natürlich war ich auch in Jerusalem. Doch vorher habe ich mich hier in Faradhye verliebt, und auf dem Rückweg habe ich Huri geheiratet und den Laden aufgemacht.«
»Eine ziemlich komplizierte Geschichte, wie mir scheint.«

»Überhaupt nicht, ich habe sie nur etwas verworren erzählt. Also passt auf:

Zuerst habe ich Faradhye geliebt, bin weitergezogen bis nach Jerusalem. Als ich wiederkam, waren zwei Jahre vergangen, und meine große Liebe war verheiratet. Dann habe ich eben ihre Schwester Huri geheiratet, so blieb alles in der Familie.«
Er servierte mir einen Minztee, entschuldigte sich und schaute besorgt zum Vorhang, hinter dem immer wieder merkwürdige Geräusche ertönten. Eine kleine, fette Hand teilte den Vorhang, und zwei schwarze Knopfaugen sahen mich neugierig an. Die Haare waren unter einem gelben Schleier versteckt, doch ich nahm an, dass sie schwarz waren. Ihr Kopf saß ohne Hals auf dem Rumpf, was ihr ein merkwürdig krötenhaftes Ausehen verlieh.
»Meine Frau. Sie kann sehr schlecht laufen, deshalb wird sie jeden Tag dicker.«
»Wie ist ihre Schwester?«
»Noch dicker«, grinste er. »Muss erblich sein«, sagte er bekümmert.
»Wie war der erste Kreuzzug, Herr Weinrad, ich meine, der Weg durch Kleinasien?«
»Ihr habt einen dornenreichen Weg vor Euch, mein Junge: Gebirge, Salzwüsten, Steine und nochmals Steine. Wenn Ihr das Gebiet ohne Überfälle der Osmanen durchquert habt und endlich in Syrien, Antiochia, Damaskus seid, werdet Ihr glauben, Ihr hättet es geschafft. Doch das habt Ihr noch lange nicht. Es sind nicht die Überfälle, es ist das Land, das Euch auslaugt, das Euch verbrennt. Nirgends ist die Sonne so heiß, sind die Nächte so kalt. Wenn es regnet, werdet Ihr kein Loch finden, das trocken ist und wo Ihr unterkriechen könnt. Doch das Schlimmste ist: Die Menschen verändern sich. Man sollte meinen, wenn man in das Land kommt, wo Jesus geboren wurde, auf der Erde wandelte, von Liebe predigte, für die Menschen den Tod auf sich genommen hat, das würde selbst schlechte Menschen in gute verwandeln; dem ist aber nicht so. Je näher sie der Stadt Davids

kommen, mein Junge, umso grausamer werden sie. Das Gute in den Menschen fällt von ihnen ab wie Putz von den Wänden.
Kalt und grausam werden sie ihrer Wege gehen. Es gibt kein Zusammenhalten mehr, sie gehen über Leichen, und Liebe ist ein fremdes Wort.
Ich habe Wunder gesehen, doch das hat uns nicht demütig gemacht. Ich habe gesehen, wie sie zweihundert Gefangenen die Köpfe abgeschlagen und diese mit Wurfmaschinen über die Stadtmauer katapultiert haben. In manchen Nächten höre ich heute noch das Wehklagen der Frauen, als ihnen die Köpfe ihrer Männer vor die Füße fielen. Einen Bischof, der noch am Morgen das Tedeum sang, sah ich am Abend einem Menschen bei lebendigem Leib die Haut abziehen. Es war kein Feind, mein Junge, dem dies geschah, es war einer aus den eigenen Reihen, der ein Gebot übertreten hatte. Nicht die Osmanen haben die heiligen Stätten in Jerusalem verunreinigt; wie man uns erzählte und worüber empört wir zu diesem Kreuzzug aufgebrochen sind. O nein, für den Islam gilt, dass fremde Heiligtümer in Ruhe gelassen werden; es wäre Sünde, sie zu zerstören. Aber für den Christen gilt nur das Christentum. Jeder andere Glaube muss ausgerottet und vernichtet werden.
Wir waren einfache Bauern mit dem Kreuz auf der Schulter und wollten für unseren Glauben alles tun und erleiden. Doch ich frage Euch, worauf errichtet sich der Glaube? Wer weiß das schon? Ich meine, die Antwort muss jeder Einzelne in seinem Herzen finden. Ich war wegen meiner Sünden aufgebrochen. Lächerliche alltägliche Sünden. Doch als ich die Grenze nach Kleinasien überschritten hatte, wurde ich genau so ein Ungeheuer wie alle anderen. Der Hunger und der Durst, die vielen Krankheiten – all das lässt den Menschen nur an sich selbst denken. Wir wurden keine Menschenfresser, wie man es von den Normannen sagt, doch viel hätte nicht mehr gefehlt. Das Wasser war verseucht und mit grünem Schleim bedeckt. Wir haben es trotzdem getrunken und wurden krank. Nichts konnten wir mehr bei uns behalten, und die meisten sind daran gestorben. Ich sah eine Frau, die jeden Tag ein bisschen Blut aus ihrem Arm

abzapfte und mit Wasser verdünnt ihrem Mann zu trinken gab. Der Mann hat überlebt, jedenfalls bis zum nächsten Überfall; die Frau ist am Blutverlust gestorben. Es war das einzige Mal in dieser Zeit, dass ich noch Liebe sah. Diese Frau hatte sie noch nicht verloren. Doch bald gab es weder Frauen noch Kinder mehr. Sie waren die ersten Opfer; die Männer folgten ihnen.

Am Wegrand lagen rechts und links Schädel und Gebeine von einem Pilgerzug, der ein paar Jahre vor uns dort sein Ende gefunden hatte. Kein Fetzen Fleisch war mehr an den Knochen, Geier und wilde Hunde hatten gute Arbeit geleistet. Meile um Meile Eisen und menschliche Überreste, dazwischen wuchsen Disteln, Dornen und dürres Gras. Manchmal war der Sand gnädig und hatte sie zugeweht; nur Armknochen ragten heraus, als wollten sie ein Zeichen geben.

Endlich, nach tagelangen Sandstürmen, kamen wir vor Jerusalem an. Wir kletterten auf einen Berg, um einen ersten Blick auf die Stadt Davids und Salomons zu werfen. ›Freudenberg!‹, riefen die Kreuzfahrer, warfen sich zu Boden und beteten. In der Ferne erblickten wir die Heilige Stadt auf einem der Kämme, die sich über die Hochtäler erheben. Die Zitadelle des Davidsturms glänzte im Licht der Abendsonne, und auf dem höchsten Punkt schimmerte der sich breit hinlagernde Felsendom mit seiner goldenen Kuppel.

Kein Mensch sprach ein Wort, es herrschte vollkommene Stille. Alle Augen waren auf die Stadt gerichtet, auf diesen heiligen Ort. Ein merkwürdiges Licht verklärte die verhärmten Gesichter. Es war, als stünden sie vor dem Angesicht Gottes. Bärtige Männer, die meilenweit von ihrem Zuhause entfernt waren, die gemordet und geplündert, gehungert und die schlimmsten Krankheiten überstanden hatten, knieten wie Kinder auf dem steinigen Boden, weinten, beteten und schwiegen.

Jerusalem verfügt über gute natürliche wie auch von Menschenhand gefertigte Verteidigungsanlagen. Im Osten schützt das Kidrontal die Stadt und im Süden der lange Steilabfall ins Tal Ge-Hinnom. Eine immer währende Rauchwolke steht über diesem Abhang, und der Gestank ist grauenhaft. Nähern konnten wir

uns nur an der Nordseite und im Südwesten, wo die Doppelmauer über den Zionsberg verläuft. Immer wieder sahen wir dunkelhäutige Krieger in weißen Gewändern, die oben auf der Stadtmauer standen und uns mit unverständlichen Schmährufen überhäuften.
Wir hatten gerade unser Lager errichtet, als es zu regnen anfing. Es regnete tagelang aus vollen Kübeln, und alles versank im zähen Schlamm, der kein bisschen heilig war.
Als der Regen aufhörte, berannten wir die Mauer mit ihren scharfen Zinnen. Wir bauten Belagerungstürme auf, so hoch wie die Berge. Das Wasser wurde knapp, die Gihon-Quelle war vergiftet, und einige Krieger schwammen mit den Gesichtern nach unten darin. Jordanwasser wurde mit Kamelen herbeigeschafft, und wir gaben unser Letztes für einen Schlauch Wasser. Tiere, die wir nicht mehr brauchten, wurden geschlachtet und gehäutet, das Blut in Töpfen aufgefangen, versiegelt und mit Katapulten in die Stadt geschleudert.
Ihr könnt Euch denken, wie das Blut an den Hausmauern und Dächern herablief. Auch die Köpfe der geschlachteten Tiere wurden hinübergeschossen, und wir hofften, dass das den Verteidigern den Mut nehmen würde. Sie verloren nicht den Mut, sie standen sicher hinter der Stadtmauer, verhöhnten uns und warfen Kruzifixe, Andachtsbilder und Rosenkränze über die Brustwehr. Es war ein merkwürdiger Krieg, der die Seelen verwüstete. Das dumpfe Geräusch eines Rammbockes lag Tag und Nacht über der Stadt und hämmerte in unserem Gehirn bis in den Schlaf.
Jeden Tag geschahen Wunder. Den Kriegern begegneten Heilige und Märtyrer, was ganz natürlich war, denn wir alle sahen aus, als wären wir aus der Bibel herausgestiegen, barfuß und mit Leintüchern umwickelt, die uns vor dem Sandsturm schützen sollten, der in alle Öffnungen eindrang, die ein Menschenleib hat.
Nach Wochen war es endlich so weit. Die meisten Krieger lagen von Felsbrocken zermalmt oder von Pfeilen durchbohrt an der Mauer Jerusalems. Unsere Zelte brannten vom griechischen

Feuer der Türken, und Brandpfeile steckten in den Wurfmaschinen, die unsere Krieger mit bloßen Händen herausrissen. Die Feinde auf den Zinnen kämpften mit allem, was sie hatten. Steine, Felsbrocken und Brandpfeile prasselten auf uns herab. Die Brandpfeile jagten wir, wie sie waren, über die hohe Mauer zurück. Überall in der Stadt stiegen Feuer und Rauch auf. Das griechische Feuer hinterließ einen Gestank nach Schwefel, und man wähnte sich in der Hölle und nicht in der Heiligen Stadt. Ein markerschütterndes Gebrüll zeigte uns an, dass Herzog Gottfried den Durchbruch geschafft hatte. Binnen einer Stunde waren wir Herr über Jerusalem. Der Kampf war beendet, doch das Morden fing erst an.

Sie tobten durch die Stadt und töteten alles, was sich bewegte: Männer, Frauen und Kinder. Selbst vor Tieren machten sie nicht Halt. Christen, Moslems und Juden, alle waren dem Mob zum Opfer gefallen, niemand blieb verschont.

Fünfzigtausend Menschen haben durch uns ihr Leben verloren. Berge von Leichen wurden Tag und Nacht auf Scheiterhaufen verbrannt. Die überlebenden Krieger knieten überall an den heiligen Stätten und riefen Gott an und priesen ihn. Sie weinten und küssten die Steine, auf denen sie gemordet hatten. Alle Moscheen und Synagogen wurden niedergebrannt. Die Reliquien wurden geraubt und wie Brot und Wein getauscht. Auf einen großen Platz wurden griechische Mönche geschleppt, gefesselt und nackt; sie hatten sich die ganze Zeit um das Heilige Grab gekümmert und wollten nicht verraten, wo die Balken des Heiligen Kreuzes versteckt waren. Bischöfe fingen an, die Mönche zu foltern, bis ein junger Mönch aus Angst die Stelle verriet. Alles im Namen des Herrn, des Gottes, der Liebe und Güte predigte.

Ich habe das Heer verlassen und bin von Jaffa aus mit einem griechischen Schiff nach Konstantinopel gefahren.

Könnt Ihr nun verstehen, dass ich nicht mehr in meine Heimat zurück wollte? Ich wollte keinem Mörder mehr in die Augen sehen, der das Kreuz genommen und im Namen Gottes mit dem Schwert getötet hat.«

Erschöpft nahm Herr Weinrad einen Schluck Minztee. »Ich habe Euch Angst eingejagt, nicht wahr? Ihr dürft mir glauben, ich habe noch nie jemandem davon erzählt. Mir war, als hätte man ein Weinfass angestochen und den Pfropfen verlegt. Ein Kreuzzug muss nicht so ausgehen wie unserer. Viele Jahre sind vergangen; vielleicht haben sich die Menschen verändert. Möglich ist alles.«

Hinter dem Vorhang kam die kleine Hand der dicken Frau wieder zum Vorschein und winkte ihrem Mann. Er verschwand, und die Laute einer fremden Sprache drangen an mein Ohr.

Als er zurückkam, schob mir der kleine Mann ein verschnürtes Päckchen über den Tisch.

»Für mich?«

Er nickte und sah mich mit einem merkwürdigen Blick an. Vorsichtig wickelte ich sein Geschenk aus. Ein wunderschöner großer Türkis an einer zierlichen Goldkette kam zum Vorschein.

»Er ist aus Jerusalem. Nehmt ihn als Talisman. Meine Frau sagt, der Türkis ist der richtige Stein für Euch, er spiegelt Eure Seele – blau wie das Meer, mit kleinen schwarzen Punkten.«

»Die schwarzen Punkte zeigen wohl meine Sünden an«, meinte ich lachend.

»Nein, diese schwarzen Punkte sind nicht Eure Sünden, sondern sie bedeuten das Unverständliche in Eurer Seele, das Unergründliche, die Tiefen, die auch das Meer aufweist.«

Ich bedankte mich für sein kostbares Geschenk und hängte es mir um den Hals. Es war spät geworden, als ich das Geschäft der Weinrads verließ, und ich musste mich sputen, denn die Stadttore wurden geschlossen.

Nikäa

Am nächsten Tag geschah, wovor uns Kaiser Manuel gewarnt und was er befürchtet hatte: Kreuzfahrer überfielen den Basar und die kleinen Läden. Geblendet von den vielen Schätzen Konstantinopels, plünderten und raubten sie, töteten unschuldige Menschen, darunter auch meine Freunde, das Ehepaar Weinrad hinter dem Tor. In der Nacht weinte ich um den kleinen Mann und seine gütige dicke Frau. Wie viele Jahre hatte er seine Vergangenheit in sich verschlossen! Als er sich endlich öffnete, wurde er von einem habgierigen Ritter erschlagen. Die Gegenwart hatte ihn eingeholt.
Die Menschen hatten sich nicht verändert, die Grausamkeit lebt weiter und wird nie aussterben. Doch die größte Grausamkeit ist die, welche im Namen Gottes geschieht.
Den Türkis habe ich mit dem gekauften Dolch weggeschlossen; ich konnte ihn nicht mehr sehen und mochte ihn nicht mehr tragen.
Die Plünderer von Konstantinopel wurden nicht wie die von Sofia zur Rechenschaft gezogen. Der König hatte es eilig, die Stadt zu verlassen, und ich war der Meinung, dass der König nur deshalb Rücksicht genommen hatte, weil es sich dieses Mal um Ritter und nicht um Pilger gehandelt hatte.
Zwei Tage später überquerten wir mit Schiffen den Bosporus. Kaiser Manuel war bestimmt erleichtert, als er uns am Horizont verschwinden sah.

Unser neues Ziel hieß Nikäa, die nächstgelegene größere Stadt in Westanatolien. Das Land war unfruchtbar, dürr das Gras, voll verstreuter Felsbrocken. Es war Herbst, und das Wetter blieb

freundlich. Am Abend wurden keine Zelte aufgestellt, da wir schon in aller Frühe weiter wollten. Wir rollten uns in die Wolldecken ein und schliefen den Schlaf der Gerechten, nur vom Klirren der Waffen unterbrochen, die ein paar Wache haltende Krieger gegen die Steine schlugen.
In der Öffentlichkeit sprachen der König und der Herzog wie Herrscher und Vasall miteinander; waren sie jedoch allein und niemand konnte sie hören, redeten sie wie Onkel und Neffe.
Wie immer lag ich in der Nähe, stellte mich schlafend und spitzte die Ohren.
Der König hatte Angst. Er sprach von seinen Sorgen: Von der politischen Lage habe er nicht die geringste Ahnung, und der Nachschub von Proviant könne bei der Durchquerung der anatolischen Halbinsel ein großes Problem werden. Es waren die Sorgen eines Familienvaters um seine Kinder – so hörte es sich jedenfalls an. Friedrich beruhigte ihn und erinnerte den König daran, dass von zwanzigtausend aus der Heimat aufgebrochenen Menschen nur noch die Hälfte am Leben war. Auch ich hatte bemerkt, dass unser Zug nicht mehr dieselbe Länge hatte wie in Regensburg, doch ich hätte nie gedacht, dass er auf die Hälfte geschrumpft war, obwohl wir nicht einmal in Konflikt mit Türken geraten waren.
Weinrads Geschichte ging mir im Kopf herum. Nachts wachte ich in Schweiß gebadet auf, weil in meinen Träumen die schrecklichsten Dinge passierten. Seit wir die Grenze von West nach Ost überquert hatten, hatte ich nicht nur meine germanischen Götter verloren, sondern auch mein zweites Gesicht. Ich konnte den Unterschied zwischen Zukunft und Vergangenheit nicht mehr erkennen. Die Gräuel des ersten Kreuzzuges gingen mir nicht aus dem Sinn.
Einmal sah ich in der Ferne meine Standarte, und ich muss gestehen, dass ich stolz auf meinen Namen und mein Wappen war. Alles verändert sich, hatte Weinrad gesagt. Vielleicht hatte sich das Blut meines Vaters gegen das Blut der Fremden durchgesetzt. An diesem Tag drückte ich meinen Brustkorb heraus und trug meinen Kopf höher. Stolz war doch eine merkwürdige

Sache, und die eigene Standarte im Tross des Herzogs zu sehen erinnerte mich wieder an das Bild vom Ritter.

Der König ließ jetzt früher am Tag anhalten und schickte Krieger aus, um Wild zu jagen. Gern hätte auch ich meine Fähigkeiten unter Beweis gestellt. Doch ich traute mich nicht, den Herzog zu fragen, und ich wollte ihn auch nicht an meine letzte Jagd erinnern; ich zweifelte allerdings nicht daran, dass auch mein Tag kommen würde.

Es kam vor, dass die Jäger ohne Beute zurückkehrten; dann aßen wir trockenen Mehlbrei, der am Feuer zu Fladen gebacken wurde, angeblich nach Art der Einheimischen. Ein paarmal hatten wir Glück und trafen auf Hirten, denen wir die Herde abkaufen konnten. Da sich viele Ritter in Konstantinopel mit Gold und anderem Gut eingedeckt hatten, waren sie um die Bezahlung nicht verlegen. So landete manch kostbarer Teppich, manch goldenes Schmuckstück in den Hütten einfacher anatolischer Hirten.

Das Bild vom Rittertum, das ich mir ein ganzes Leben lang vorgehalten hatte und dem ich nacheifern wollte, hatte sich verändert. Nicht im Äußeren, o nein: Die Ritter trugen noch die gleiche eiserne Rüstung, dieselben glänzenden Schwerter und hielten nach wie vor ihre Fahne hoch. Doch ein Kreuzzug nach Jerusalem war kein Turnier. Hier schieden sich die Geister in Gut und Böse.

Wie hatte der kleine Herr Weinrad gesagt? Die Menschen verändern sich! Hatte auch ich mich verändert? Würde einmal der Tag kommen, da ich Plünderung und Mord als alltäglich ansah? Ich durfte nicht darüber nachdenken, denn mit diesen Gedanken manövrierte ich mich in etwas hinein, aus dem es keinen Ausweg mehr gab.

Nikäa blieb mir deshalb so stark im Gedächtnis, weil ich den ersten und größten Streit mit dem Herzog hatte. Anlass dazu war eine Entscheidung des Königs, dass sich der Kreuzzug teilen müsse. Die Pilger, die nicht kampffähig waren, sollten unter Bischof Otto von Freising den sicheren Weg an der kleinasiatischen Küste entlangmarschieren. Das Hauptheer folgte der alten Marschroute, die schon von den Kreuzfahrern im Jahre 1097 eingeschlagen worden war.

Friedrich ließ mich zu sich rufen und teilte mir seine Entscheidung mit. »Ich möchte dich in Sicherheit wissen, Sadi, und nicht von der Angst um dein Leben behindert sein, wenn meine ganze Aufmerksamkeit in Anspruch genommen wird.«

»Das verstehe ich nicht. Habe ich dich schon einmal behindert? Ich kann kämpfen, wenn es sein muss. Habe ich das nicht bewiesen? Was ich nicht verstehe ist, warum wir nicht alle den sicheren Weg gehen. Sucht Ihr den Kampf? Oder warum sonst wählt Ihr die Route der ersten Kreuzfahrer? Es ist kein guter Weg, Friedrich. In Konstantinopel habe ich einen Mann gesprochen, der damals dabei war, und er ...«

»Du warst in Konstantinopel nicht in der Stadt. Was erzählst du da?«

»Denke an die Tiefebene von Thrakien, Friedrich. Ich war es, der dich bat, deine Zelte auf dem Hügel zu errichten.«

»Es geht nicht um ein Zelt, sondern um ein Heer. Der Weg, für den ich mich entschieden habe, ist der kürzere. Verschone mich in Zukunft mit deinem zweiten Gesicht, Sadi! Meine Entscheidung ist gut überlegt, und du wirst gehorchen. Gehe jetzt, Sadi. Wir treffen uns an der Küste wieder.«

Das war sein letztes Wort und sein Abschied zugleich.

Der Zug mit Bischof Otto von Freising an der Spitze entfernte sich. Ein kleines Stück ritt ich mit, hatte aber meine Kiste mit meinen Kleidern zurückgelassen. Nach einer kurzen Wegstrecke verabschiedete ich mich von Hans-Martin, der mich erstaunt ansah.

»Du willst zurück, Sadi?«

»Ich hatte nie etwas anderes vor, Hans-Martin.«

»Aber ist das nicht zu gefährlich?«

»Das spielt keine Rolle, Junge. Ich bleibe an der Seite des Herzogs; da ist mein Platz.«

»Du bist verliebt, Sadi, nicht wahr?«

»Nein, Hans-Martin. Ich liebe ihn. Das ist ein Unterschied.«

Der Junge staunte mich an. »Aber ich …«
»Du bist in Sicherheit. Ihr werdet eine ruhige Zeit haben, und wir sehen uns bald wieder. Mach dir keine unnötigen Gedanken, es lohnt nicht.« Ich schaute in sein sommersprossiges Gesicht und schwor mir in diesem Augenblick, was immer auch geschehen mochte, ich würde den Jungen wieder zurück nach Gelnhausen bringen. Mit Wilhelm und den Kameraden würden wir die Jubelrufe der Daheimgebliebenen einheimsen und stolz meinem Großvater die Standarte überreichen, das Symbol von Tapferkeit, Kampfesmut und Heldentum. Man würde sie in der Kirche aufstellen. Eine Standarte, die Jerusalem gesehen hat und den weiten Weg zurückfand, genauso wie Hans-Martin, die Kameraden und ich.

Langsam entschwand der Pilgerzug meinem Blick. Die wenigen Krieger des Bischofs würden ihnen Schutz gewährleisten. Ich brauchte mir keine Sorgen zu machen, denn sie waren auf sicherem Weg.
Der Nachmittag zog sich in die Länge, und ich drückte mich im zurückgebliebenen Heer herum, suchte Wilhelm und die Kameraden auf, nur um dem Herzog aus dem Wege zu gehen. In Gegenwart anderer würde er sich zusammennehmen. Das Schlimmste, was er mir antun konnte, war, mich aus seinem Leben zu verbannen und zu einem anderen Fürsten zu schicken. Doch das würde er nicht wagen: Die Gefahr, dass jemand unser Geheimnis lüftete, war zu groß. Der Herzog von Schwaben mit einer eingeschleusten Mätresse – das würde seinem Ruf nicht eben gut bekommen.
Am Abend war es dann so weit.
Zum Glück waren Simon und ein paar Lothringer Fürsten zugegen. Friedrich schleuderte Blitze aus seinen Augen wie Donar in seinen besten Zeiten. Er drehte mir den Rücken zu und sprach von diesem Tag an kein Wort mehr mit mir.
Fast tat er mir Leid; er kam mir vor wie ein Vater, der über seinen missratenen Sohn die Gewalt verloren hatte, während der dabei war, sich zum Landstreicher zu mausern.

Warum war Friedrich so böse auf mich – nur weil ich nicht das getan hatte, was er wollte?
Ich hatte nicht vor, ihn zu provozieren oder zu verärgern. Ich hatte nur getan, was ich immer tat, und das war's, was ich wollte. So weit ich zurückdenken konnte, hatte ich mich nie um andere gekümmert oder gar ihnen gehorcht. Zu Hause auf dem Schlosshof war das in Ordnung. Keinem von meiner Familie wäre es eingefallen, mir etwas aufzutragen und etwa noch zu erwarten, dass ich es täte. Irgendetwas stimmte nicht. Offenbar war es an der Zeit umzudenken. O verdammt! Langsam entwickelte ich mich auf diesem Kreuzzug zu einer Denkmaschine. Und ich konnte darüber nachdenken, sooft ich wollte, es gefiel mir nicht. Nein, es gefiel mir ganz und gar nicht.

Die fruchtbaren Felder lagen hinter uns. Wir ritten durch eine trostlose Gegend – Ödland, bestreut mit Felsbrocken und durchzogen von Schluchten, wo außer rauen Gräsern und Kameldorn nichts wachsen wollte. Vor uns sahen wir das Gebirge, nun nicht mehr als undeutlichen Umriss am Horizont. Nah, blau und massig ragten die Berge in den Himmel. Die vom Staub gesättigte heiße Luft barg gelegentlich schon den Duft von Kiefernadeln.
Die Strecke zwischen Nikäa und Doryläum war noch aufreibender als der Ritt von Konstantinopel hierher. Meile um Meile zogen wir dahin, und niemand, den ich fragte, wusste, wie weit die beiden Städte auseinander lagen.
Wild gab es wenig, da viele Bäche und Flüsse im heißen Sommer ausgetrocknet waren. Die Tiere litten genau wie die Menschen an Durst, leckten am frühen Morgen den Tau von Ästen und Moos, bis die Sonne herauskam und das Wenige trocknete. Am Abend fraßen sie Rinde und ausgedörrtes Gras, legten sich nieder, um neue Kraft zu schöpfen, und standen, wenn sie Glück hatten, am nächsten Morgen wieder auf, um sich weiterzuschleppen. Immer wieder kam es vor, dass ein Pferd einfach liegen blieb. Entweder es war an Erschöpfung gestorben und wurde geschlachtet, oder es verendete an einem Schlangenbiss,

und wir ließen es einfach liegen, um uns nicht mitzuvergiften. Nachdem auch ein paar Krieger gebissen worden waren, drehten wir den Spieß um und machten Jagd auf Schlangen, töteten sie und brieten sie abends am Lagerfeuer.

Simon gab mir einen Kieselstein, den ich mir unter die Zunge legte. Er half nicht gegen den Durst, doch wenigstens trocknete mein Mund nicht ganz aus. Wenn ich mit der Zunge über meine aufgeplatzten Lippen fuhr, schmeckte ich den salzigen Schweiß, der sich mit dem Staub festgesetzt hatte. Es war das erste Mal, dass ich mich nach den grünen Hügeln und dem gemäßigten Klima des Kinzigtals sehnte.

Was tat ich eigentlich in diesem verfluchten Land?

Friedrich gönnte mir noch immer kein Wort, geschweige denn einen zärtlichen Blick. Ich hatte weiter nichts zu tun als mich an mein Pferd zu klammern und zu reiten. Wir zogen uns am Abend nicht mehr aus, und so brauchten wir uns am Morgen auch nicht anzukleiden. Wir wollten nichts weiter als so schnell es ging die Stadt Doryläum erreichen.

Noch hatten wir einen Pass zu überwinden, und jeder hoffte, dass es auf der Höhe weniger Schweiß treibend wäre. Es war eine übermenschliche Anstrengung, und nur die Aussicht auf ein paar geruhsame Tage, ein bequemes Zelt und die Aussprache und Versöhnung mit Friedrich ließen mich meine letzten Kraftreserven zusammenkratzen. Mühsam hob ich ein Bein und setzte es vor das andere, kletterte über Steine und Geröll in die Höhe, im Schlepptau Roller, der alles tat, um mir die Mühe zu erleichtern; trotzdem kam es mir vor, als schleppte ich ihn ohne Beine über den Pass. Dass es anderen Menschen noch schlechter ging, merkte ich kaum. Die großen Streitrosse trugen Zelte, Säcke und Kisten, eiserne Rüstungen hingen an den Seiten herab und ließen sie wie urzeitliche Ungeheuer aussehen.

Wir bogen in eine schmale Schlucht ein, und ich musste mich mit einer Hand am Boden abstützen, um das Gleichgewicht nicht zu verlieren. Die Schlucht führte steil bergauf, und stellenweise wurde es so gefährlich, dass ich mich auf allen vieren vorwärts bewegen musste. Rollers Zügel hatte ich um meinen

Bauch gebunden; wenn er abstürzte, risse er mich unweigerlich mit. Meine nass geschwitzten Kleider klebten mir am Körper, und ich atmete in kurzen, dampfenden Stößen. Die anderen Krieger strebten unermüdlich vorwärts, ohne ein einziges Mal zurückzublicken.

Es war ein langer, tückischer Aufstieg, und als wir das hoch gelegene Plateau endlich erreichten, sanken wir auf die Knie und schnappten keuchend nach Luft. Ein starker Wind blies über uns hinweg, und meine Lungen schmerzten wie meine Hände, die zerkratzt waren und bluteten.

Noch konnten wir nichts sehen, denn das ganze Tal lag im Nebel vor uns.

Nebel versprach Feuchtigkeit und vielleicht Regen. Das war die Hoffnung, die uns wieder auf die Beine half und den Abstieg zügig vorantreiben ließ.

Je tiefer wir kamen, umso dichter wurde der Nebel. Er erinnerte mich an meine Heimat, an Gertruds Waschküche im Winter, aus der sie ab und zu mit feuchter Haube auftauchte.

Steine kollerten, Männer fluchten, und immer wieder hörte ich einen Schrei von Kriegern oder Pferden, die vom steilen Pfad abgekommen waren und in die Tiefe stürzten. Plötzlich gewahrte ich die goldene Krone der Sonne, und ein schimmerndes Band schwebte über dem Nebel. Ich hielt den Blick darauf gerichtet, bis das grelle Licht meinen Augen wehtat und ich mich abwenden musste.

Der Nebel lichtete sich, Bäume und Büsche ließen sich ausmachen, und ein Wasserfall rauschte über Fels und Gestein und klatschte mit Gebrüll in einen kleinen See. Wir waren aus der Hölle ins Paradies gelangt. Männer und Pferde hasteten darauf zu und warfen sich in das herrlich kühle Wasser. Andere warteten oder ritten den Ablauf entlang auf der Suche nach einer Stelle, wo sie ungehindert trinken konnten. Auch ich machte keine Ausnahme, zu lange hatten wir unter Flüssigkeitsmangel gelitten; nur Roller blieb schnaubend stehen und weigerte sich, unverständlich für mich, sich in das köstliche Nass zu stürzen. Nachdem ich getrunken hatte, führte ich meinen störrischen

Gaul vom großen Tross weg zu einem kleinen Hügel, nahm ihm den roten Sattel ab und ließ ihn nun in Ruhe trinken und sich im seichten Wasser wälzen. Durch die vielen Männer und Pferde war das Wasser hier unten aufgewühlt und schmutzig; trotzdem beugten sich auch hier Krieger über die braune Brühe, als wäre es das klarste Quellwasser. Noch immer kamen Krieger den Pass herunter. Erst jetzt, da sich der Nebel aufgelöst hatte, konnten wir sehen, wie steil und gefährlich der Weg gewesen war.

Nachdem ich den nassen Roller wieder gesattelt hatte, ritt ich zurück, um den Herzog und seine Leute zu suchen. Kundschafter waren zurückgekommen und bahnten sich auf der Suche nach dem König einen Weg durch das große Durcheinander, um Neuigkeiten zu berichten.

Die Krieger begannen ihre eisernen Rüstungen anzulegen, was mit viel Geschrei und Fluchen vonstatten ging. Endlich sah ich Simon, der dabei war, Friedrich seine Waffen zu reichen. Mit einem knurrenden »Wo treibst du dich wieder herum« reichte er mir mein Kettenhemd. Der Gedanke, dass ich auf dem gefährlichen Pass verunglückt sein könnte, war weder ihm noch dem Herzog gekommen.

Bevor ich mich schmollend zurückziehen konnte, kam Bewegung in die Masse von Kriegern, die mich so einengten, dass ich einen Moment Angst bekam, erdrückt zu werden. Ich verstand nicht die Erregung noch das Rufen und Schreien, und da ich kleiner war und neben Roller stand, konnte ich nicht sehen, was das alles bedeuten sollte. Doch dann sah ich die berittenen fremden Krieger, die aus den Hügeln im Westen auf uns zurasten.

Das Blitzen der Sonne auf ihren Krummsäbeln tat meinen Augen weh. Lange weiße Tücher wehten auf ihren Helmen – ein Bild wild und schön, und einen Moment vergaß ich zu atmen. Weithin hallte der Aufprall, als Eisen auf Eisen stieß, und bevor ich mich von dem Schauspiel erholt hatte, merkte ich, dass wir mitten im Getümmel waren.

Die gewaltigen Schwerter klirrten, Funken sprühten gegen-

einander, und der Klang von Stahl schmerzte in den Ohren. Das Geräusch hallte laut über uns hinweg und übertönte das Schreien der Pferde und der getroffenen Männer.
Es war mein erster Kampf auf Leben und Tod in einer richtigen Schlacht. Mein Schwert lag fest in meiner Hand, und wie im Traum folgte ich den Anweisungen Nans': ›Nicht schwingen, Sadi, sofort zustechen! Lass deinem Gegner keinen Raum, du musst schneller sein!‹ Immer wieder fuhr mein Schwert in weiche Leiber, und wenn ich es mit einem Ruck herauszog, folgte ein Schwall von Blut.
Langsam hatte ich mich auf den kleinen Hügel zugearbeitet. Ich wollte zu den Bäumen, um in ihrem Schutz Pfeil und Bogen zu benutzen. Doch noch immer standen mir kämpfende Männer im Weg. Vor mir erhob sich ein mächtiger Krieger und hielt schützend einen großen Schild über meinen Kopf. Ein dumpfer Schlag – der Schild zerbarst. Ein Sprung aus dem Sattel, und ich hatte die rettenden Bäume erreicht. Während ich eingeklemmt zwischen zwei Bäumen stand und meinen Bogen spannte, merkte ich, wie der große Krieger rechts und links sein Schwert schwingen ließ und den Ansturm auf den Hügel zurücktrieb.
Die Schlacht tobte an vielen Fronten. Beide Heere waren ineinander verkeilt. Alle Versuche des Königs, eine Verteidigungsfront aufzubauen, schlugen fehl. Ich sah, wie die Türken immer mehr Angriffen standhielten und wie sie unsere Krieger einzuschließen und in die Zange zu nehmen trachteten.
Es war entsetzlich zu sehen, wie sie sich den Weg freizukämpfen versuchten, nur um auf der anderen Seite niedergemacht zu werden. Panik breitete sich aus wie eine Welle: Die abendländische Kavallerie war nicht imstande, den dauernden Angriff der Türken aufzuhalten. Ich konnte es kaum glauben – jene stolzen und im Angriff so mutigen deutschen Krieger verloren den Kopf.
Edle Ritter schwangen sich in den Sattel und ergriffen mit ihrem König die Flucht. Alle, die nicht im Stande waren zu folgen, wurden erbarmungslos ihrem Schicksal überlassen. Auch die

Feinde hatten das Schlachtfeld verlassen und nahmen die Verfolgung auf.
Langsam ließ ich meinen Arm mit dem Bogen sinken. Noch war ich zu benommen, um das Geschehene zu begreifen, als ich hinter mir den großen Krieger bemerkte, der mit langsamen Bewegungen seinen Helm mit dem Nasenschutz abnahm.
»Wilhelm!«
»Wen hast du denn erwartet, Konrad, den Erzengel Gabriel?«
»Du hast mir das Leben gerettet.«
»Was blieb mir denn anderes übrig, als ich dich halb nackt zwischen den Muselmanen sah?«
»Ach was, von wegen halb nackt! Ich hatte keine Zeit mehr, den Helm aufzusetzen. Hast du gesehen – der König, die Fürsten – sie sind einfach davongeritten. O Gott, Wilhelm! Wie ist das möglich?«
Unsere Blicke schweiften über hingeschlachtete Pferde und Menschenleiber, die sich zu kleinen Hügeln auftürmten. Dazwischen lagen zerbrochene Waffen, aufgeschlitzte Zelte, kleine Kampfwagen. Ihre zerbrochenen Räder drehten sich knarrend im aufkommenden Wind. Schreie von Verwundeten durchbrachen nach dem Kampf grausam die Stille, doch schlimmer war das Schreien und Stöhnen der Pferde.
Nichts Heroisches war an diesem Bild, nur Grauen und Angst, die mich erzittern ließen. Ich fror und schwitzte zur gleichen Zeit und bemerkte an der Feuchtigkeit meiner Beine, dass meine Blase sich von allein entleert hatte.
»Wo sind sie hingeflohen, Wilhelm?«
»Sie haben den Weg nach Norden eingeschlagen. Wahrscheinlich sind sie zurück nach Nikäa.«
»Aber da müssten sie wieder über den hohen Pass.«
»Glaub ich nicht; der Weg führt um die Berge herum. Wir haben den Pass genommen, weil der Weg kürzer war.«
»Wo hast du die Kameraden gelassen?«
»Den Koch habe ich schon ein paar Tage nicht gesehen, und die Brüder ...« Wilhelm zuckte mit den Schultern, und ich fragte nicht weiter. Er war hier, bei mir, das war das einzig Wichtige;

ohne ihn würde ich bestimmt nicht mehr leben. Vorsichtig löste er seine Rüstung, und erst jetzt bemerkte ich sein blutverklebtes Hemd. »Du bist verletzt.«
»Ja, ich habe was abbekommen. Ist nicht schlimm, nur einen Kratzer.«
Wir gingen zum Bach, der voller Leichen war, und Wilhelm zog sein Hemd aus. Vorsichtig wusch ich ihm das verkrustete Blut ab. Die Wunde war nicht tief, doch sie blutete immer noch ein wenig, und so schnitten wir aus den Umhängen der Türken Verbandsmaterial, und ich umwickelte Wilhelms breite Brust.
Den ganzen Nachmittag zimmerte der Schmied aus den leichten Kampfwagen der Türken einen Karren, während ich die Packtaschen, die auf die toten Pferden geschnallt waren, nach Essbarem absuchte. Es war eine grausige Arbeit, und oft schreckte ich entsetzt zurück, wenn sich herausstellte, dass die Leichen sich noch bewegten. Wilhelm hatte mir verboten, mich um Verletzte zu kümmern. »Suche nach allem, was man essen und trinken kann, und kümmere dich nicht um die Verletzten und Sterbenden. Du tust ihnen damit keinen Gefallen und verlängerst nur ihre Qualen. Wir können niemanden mitnehmen, und einem Sterbenden den Gnadenstoß zu versetzen, bringst du doch nicht fertig.« Damit hatte Wilhelm Recht, und ich war froh, als er wenigstens die Pferde erlöste. Die gefundenen Lebensmittel packten wir auf den Handwagen, legten Kettenhemden und Schwert dazu und verließen den Ort des Grauens.

Wir nutzten die späte Nachmittagsstunde und zogen um die Berge, bis wir in ein Tal kamen, wo wir Rast machen und die Nacht verbringen wollten. Während Wilhelm seinen Verband untersuchte, fasste ich die gelbbraune Einöde ins Auge, die sich bis zum Rand eines Gebirgszuges in der Ferne erstreckte.
Wie gern hätte ich mich in dieser ersten Nacht nach dem Kampf an den großen Wilhelm gekuschelt, meinen Kopf an seine Brust gelegt und seine Arme um meinen Körper gefühlt. Ich kam mir weder heldenhaft noch stark vor; in diesem Augenblick war ich nur ein kleines, verängstigtes Mädchen. Aber in seinen Augen

war ich ein Junge, und so lag jeder in einen weichen türkischen Umhang gewickelt und lauschte auf den Wind, der düster durch das Tal heulte.

Am nächsten Morgen sah die Welt schon wieder etwas freundlicher aus. Da fiel mir Roller ein. »Ob er tot ist, Wilhelm, und am Bach bei den Leichen liegt?«

»Glaub ich nicht, Junge. Er wird sich an die Fersen der Fürsten geheftet haben und ohne Reiter bis nach Nikäa laufen. Deinem Pferd passiert schon nichts, kein Türke würde einen Pfeil an diesen hässlichen Frosch verschwenden.« Er hatte Recht, dem Tier würde nichts passieren, dazu war es viel zu schlau.

Der Tag ging genauso monoton zu Ende, wie er am Morgen angefangen hatte. Die Landschaft blieb gleich bleibend hässlich, braun und kahl. Am nächsten Tag gegen Mittag verspürte ich das erste Mal ein Stechen an der Ferse, das von Stunde zu Stunde schlimmer wurde. Gegen Abend humpelte ich von einem Dornenstrauch zum nächsten, schleppte mich hinter Wilhelm her, der, ohne sich umzusehen, seinen kleinen Wagen über alle Hindernisse hinwegzog. Endlich steuerte er auf einen Felsen zu, um Rast zu machen. Mit langsamen Bewegungen ließ er sich auf der Erde nieder und schaute mir seelenruhig entgegen.

»Was ist, Konrad, hast du den Wolf?«

Aufatmend ließ ich mich neben ihn fallen und seufzte. »Du sagst es, aber dieses Mal habe ich ihn an den Füßen.«

»Da gibt's keinen Wolf, höchstens Blasen.«

»Ich glaube, da ist alles rohes Fleisch, so weh tut es.«

»Zeig mal her.« Mit einem unsanften Ruck zog er mir die Stiefel von den Füßen.

»Ah!«

»Stell dich nicht so an, ist doch nur eine Blase.«

»Aber eine große, und die tut verdammt weh.«

»Das sind auch keine Stiefel zum Laufen.«

»Das weiß ich, Wilhelm. Ich hatte auch nicht vor zu laufen«, sagte ich bissig.

»Bei den Fressalien war ein Päckchen mit feuchten Blättern. Leg dir etwas darauf. Bis morgen ist es besser.«

»Woher weißt du, dass diese Blätter gut für Wunden sind?«
»Das weiß ich nicht, aber meine Mutter hat auf Wunden immer Blätter gelegt, und die haben prima geholfen.«
»Ach, und warum hast du sie bei deiner Wunde nicht benutzt?«
»Weil ich mich nicht vergiften wollte. Wer kann schon sagen, was für ein Zeug das ist?«
»Ob ich mich vergifte, ist dir wohl egal. Ich weiß, ich bin nur ein Klotz an deinen Füßen«, muffelte ich.
»Nein, ist mir nicht egal, Junge. Deine Wunde ist nur eine kleine Blase, also kann nicht viel passieren, und sie ist weiter weg.«
»Wieso, sie ist doch hier.« Ich hielt ihm meinen verletzten Fuß vor die Nase.
»Sie ist vom Herzen weiter weg, verstehst du? Das meine ich.«
»Na gut«, gab ich nach und legte mir die feuchten Blätter auf die Blase. »Ist ja auch kein Wunder. Wir müssten endlich den Weg suchen. Vielleicht könnten wir uns von Hirten einen Esel kaufen.«
»Und wovon, bitte schön?«
»Davon natürlich.« Und ich leerte meine Tasche mit Goldmünzen aus.
»Verdammt noch mal, Konrad! Habe ich dir nicht gesagt, nur Proviant? Bist du von allen guten Geistern verlassen?«
»Brüll mich nicht so an! Als ob so ein bisschen Gold den Toten noch wehtäte.«
»Das nicht, mein Lieber, aber uns könnten diese Goldstücke den Kopf kosten, verstehst du! Die Hirten riechen das Gold meilenweit.«
»Es gibt keine Hirten in dieser Gegend.«
»Das glaubst du nur, weil du sie nicht siehst, Konrad. Aber ich spüre, dass sie in der Nähe sind. Diese Landschaft ist nicht so leer, wie sie aussieht.«
»Aber sie haben doch auch ihre Herde verkauft!«
»Notgedrungen, blieb ihnen ja nichts anderes übrig.«
»Du meinst, mit Gewalt?«
»Sagen wir mal, freiwillige Gewalt.«

»Was mache ich jetzt mit dem Gold?«
»Wirf es da drüben in eine Felsspalte, dann bist du es los.«
Es tat mir weh. Doch Wilhelm hatte Recht, kein Hirte würde mit versprengten Soldaten verhandeln; sie würden uns das Geld abnehmen und uns umbringen.

Die Nacht war windstill, nur die Sterne standen einsam am Himmel und blinkten uns zu. Am frühen Morgen zogen Wolken auf, und ich starrte wie gebannt auf die Figuren, die über den blauen Himmel zogen. »Wilhelm, bist du wach?«
»Ja, Konrad.«
»Siehst du das Kreuz am Himmel – ein Kreuz aus Wolken?«
»Ich sehe nur Stiefel, Konrad.«
»Nein, es ist eindeutig ein Kreuz. Wo siehst du denn einen Stiefel?«
Doch dann sah ich sie auch. Sie standen über uns, und an den Stiefeln hingen Hosenbeine und merkwürdig ausgefranste Kleider. Mit einem Satz schossen wir in die Höhe und standen sechs Hirten gegenüber, die drohende, einschüchternde Gebärden machten.
»Bleib ganz ruhig, Konrad. Wenn sie bemerken, dass du Angst hast, werden sie aggressiv.«
Angst hatte ich eigentlich keine, denn sie hatten weder Schwert noch Pfeil und Bogen, nur glatte lange Stöcke, die als Waffe nicht in Frage kamen. Mit ihren kehligen Lauten forderten sie uns auf, mitzukommen.
Ohne sich zu beeilen, zog Wilhelm seine Stiefel an, und mit einem Blick gab er mir zu verstehen, dass wir beide keine andere Wahl hatten als ihnen zu folgen. Gewissenhaft belud er den kleinen Wagen, und von den abgerissenen Männern eingerahmt, marschierten wir durch das öde Land.
Die Dunkelheit brach herein, als wir auf einen Hügel kletterten und in eine Mulde starrten, in der die kleinen grauen Zelte der Hirten standen. Doch unsere ganze Aufmerksamkeit gehörte dem blauen Zelt mit dem goldenen Wappen. Ein bisschen windschief aufgerichtet, stand das Zelt unseres Königs wie ein

Fremdkörper auf der Wiese an einem Graben, in dem Wasser floss. Mehr als das königliche Zelt interessierte uns in diesem Augenblick das köstliche Nass, denn wir hatten den ganzen Tag weder gegessen noch getrunken, und meine Zunge fühlte sich trotz des Steins im Mund wie ein alter Lappen an.

Sie schoben uns samt dem kleinen Wagen in das blaue Zelt, und hier erlebten wir eine Überraschung. Sie mussten den Unglücksplatz kurz nach unserem Weggang aufgesucht haben, denn im Zelt des Königs fanden wir aufgestapelt an die fünfzig Umhänge von Türken. Auf einem anderen Haufen lagen Sättel in allen Größen und Farben, daneben Rüstungen und Waffen, vom Morgenstern bis zur längsten Lanze, vom Krummschwert bis zum kleinsten Dolch. Doch dann stockte mir das Blut in den Adern: Unter einem schweren schwarzen Sattel in der hintersten Ecke hervor lugte ein kleiner roter Sattel!

Auch Wilhelm hatte ihn bemerkt und zerrte ihn unter dem schwarzen Ungetüm hervor. »Es ist ein anderer, Konrad. Sieh, er hat auf der Rückseite eine andere Prägung.«

Vorsichtig stieß ich die Luft aus, die ich schmerzhaft eingesogen hatte. Wilhelm hatte Recht, Roller war nicht tot, alles andere würde sich finden.

Sie gaben uns zu essen und zu trinken und wiesen auf den Stapel Umhänge; darauf sollten wir die Nacht verbringen. Zu ihrer Sicherheit banden sie uns an Händen und Füßen, und trotz der ungewohnt weichen Unterlage verbrachten wir eine unruhige Nacht.

Am Morgen brachten sie uns wieder zu essen, und gleich darauf hörten wir, wie sie sich entfernten. Den ganzen Tag blieb es ruhig, und als sie am Abend zurückkamen, machten sie einen viel lebhafteren Eindruck als am Tag zuvor.

Wieder bekamen wir zu essen und zu trinken; sie vergaßen aber, danach unsere Hände zu binden. Der Feuerschein warf Schatten an den Zeltwänden, und wir rochen gebratenes Fleisch. Nach ihrem Schmatzen und Rülpsen zu urteilen, veranstalteten sie ein Festgelage, und Wilhelm flüsterte mir zu, dass er Alkohol roch. Er hatte sich vorsichtig in die Ecke des Waffenhau-

fens gerollt und durchschnitt mit einer scharfen Klinge seine Fußfesseln. Danach kam er leise zurück und befreite mich.
Lange mussten wir bewaffnet hinter dem königlichen Eingang warten, bis endlich Ruhe eingekehrt war. Sie lagen um das Lagerfeuer, wie sie betrunken hingesunken waren, und einige hielten noch den halb abgenagten Knochen in der Hand. Vorsichtig fuhren wir mit dem kleinen Wagen davon. Die Räder hatten wir vorsichtshalber mit Stoff umwickelt, denn wir wollten in letzter Minute kein Risiko eingehen.
Wir hatten schon eine längere Strecke zurückgelegt, als Wilhelm stehen blieb. »Warte hier auf mich, Konrad. Ich habe noch etwas vergessen.«
Ich verstand nicht und sah meinem Kameraden verständnislos nach.
Die Warterei zog sich in die Länge; voller Unbehagen lauschte ich in die unruhige, von fremden Lauten durchdrungene Nacht. Ein Lichtschein am Horizont erschien, und gleich darauf hörte ich Wilhelms Schritte.
»Du hast Feuer gelegt?«
»Ja, das wird ihnen den Hintern ein bisschen wärmen und sie abhalten, uns zu verfolgen.«
Wieder waren wir Tage unterwegs. Irgendwann brach der kleine Wagen auseinander. Wir ließen alles liegen, zu essen hatten wir schon lange nichts mehr außer den kleinen Schlangen, die wir vom Hinweg schon kannten und über dem Feuer rösteten. Es war ein Wunder, dass wir endlich den Weg nach Nikäa fanden. Seit ein paar Stunden hatte der lang ersehnte Regen eingesetzt, und wir liefen mit offenem Mund und herausgestreckter Zunge, bis zu den Knöcheln im Schlamm versinkend, auf dem Weg zu einer Stadt mit Häusern und Menschen.
Bauern begegneten uns. Wir fielen nicht weiter auf, da wir schon genauso abgerissen aussahen wie sie, und als wir an die Stadttore kamen, konnte ich mich nicht zurückhalten und fiel Wilhelm um den Hals vor Freude und Erleichterung.

Nie fand ich eine Stadt schöner, und nie fühlte ich mich hinter

dicken Stadtmauern geborgener als in Nikäa, obwohl dieser Ort von Menschen überlaufen war.
Ich hatte mich von Wilhelm getrennt, der einen Bekannten getroffen hatte, und lief durch den strömenden Regen zu einem Palast, in dem der Herzog wohnen sollte. An der geschnitzten Eingangstür hielt mich ein Wachmann zurück, der nicht glauben wollte, dass ich der Page des Herzogs war.
Mit tiefer Stimme rief er in den Vorraum hinein, und Simon in Begleitung der Knappen des Königs erschien ungläubig am Eingang.
»Simon! Ich bin es, Konrad!«
»Konrad? O mein Gott, du lebst? Das ist ja … Junge, ich kann es nicht glauben, es ist tatsächlich ein Wunder.«
»O ja, hier haben wir einen echten Wunderknaben. Von den Toten auferstanden und stinkend wie ein Straßenköter!« Alexander hielt sich die Nase zu, und Manfred grinste feixend hinter vorgehaltener Hand.
Ich sah Simons strahlende Augen, darin kein falscher Blick war. Er freute sich wirklich, mich wiederzusehen.
»Glaubst du, Simon, dass ein verkümmertes Gehirn auch in späteren Jahren noch wachsen kann?«, fragte ich und deutete auf die beiden Knappen.
Simon sah mich verständnislos an.
»Da hätten die beiden noch Aussicht, einmal normal zu werden.«
Ohne auf mich einzugehen, zog er mich weiter. »Ärgere dich nicht, Konrad. Komm, ich zeige dir deine Kammer. Säubere dich und schlaf dich erst mal richtig aus. Essen und etwas zu trinken werde ich dir gleich bringen; dann sieht die Welt ganz anders aus.«
»Ich muss mit dem Herzog sprechen, Simon.«
»Ich werde ihm sagen, dass du wieder da bist, Konrad. Er hat heute Abend ein Essen mit dem König von Frankreich.«
»Was! Ist der auch hier?«
»Ja, er ist vor zwei Tagen mit seinem Heer und seiner Gemahlin eingetroffen. Sehr wahrscheinlich wird er sich mit unserem

Rest vereinen, und wir werden zusammen nach Jerusalem ziehen.«

Das waren allerhand Neuigkeiten, die ich erst einmal verdauen musste. Sauber und satt fiel ich bald darauf in ein richtiges Bett und schlief zwei Tage, ohne auch nur einmal zu erwachen.

Der Herzog und sein Page

Als ich wieder zu mir kam, suchte ich den Sternenhimmel, der uns so lange Zeit die dunklen Nächte mit seinen blinkenden Lichtern verschönt hatte. Meine tastende Hand suchte nach dem Weggefährten, der so viele Morgen neben mir erwacht war. Gebannt starrte ich zum Fenster, wo prasselnder Regen wie Tränen niederrann. Ganz langsam kam die Erinnerung und mit ihr die Sehnsucht nach Friedrich.

Simon hatte mir alles zurechtgelegt; er war wie eine treu sorgende Mutter, und als ich die Kammer verlassen wollte, sah ich mich in einem großen Spiegel und erschrak. Meine Haare waren gewachsen und hingen stumpf und glatt über den weißen Kragen, der meine blaue Jacke zierte. Mein Gesicht, von der Sonne verbrannt, war genauso schwarz wie die der Eunuchen in Konstantinopel. In diesem Augenblick hätte ich alles gegeben für blondes Haar und blaue Augen.

»Bist du eitel geworden, Konrad?« Simon hatte den Raum betreten und musterte mich mit gerunzelter Stirn.

»Nein, Simon. Sieh nur, ich bin schwarz wie Kohle.«

»Wo steht geschrieben, dass ein Page nicht dunkel sein darf? Der Herzog war in deiner Kammer, aber du hast fest geschlafen.«

»Ist er immer noch böse auf mich?«

»Nein, Konrad. Ich habe ihn noch nie so außer sich gesehen wie in dem Augenblick, als dein kleines Pferd allein ankam und du verschwunden warst. Er war weiß wie die Wand und hat sich den ganzen Tag in seiner Kammer eingeschlossen. Der König hat die Totenmesse lesen lassen und Trauer angeordnet. Wir

haben ein Fünftel unserer Leute verloren und können nur hoffen, dass der Bischof gut durchgekommen ist. Bis jetzt haben wir vom Pilgerzug noch keine Nachricht, aber das muss nicht unbedingt heißen, dass auch sie überfallen wurden. Ihre Nachricht haben sie bestimmt nach Doryläum geschickt, und bis dahin sind wir ja nie gekommen. Der König und die Fürsten haben all ihr Hab und Gut verloren und Kaiser Manuel gebeten, ihnen zu helfen. Der Kaiser hat versprochen, Schiffe mit Ausrüstung und Proviant zu schicken; bis Ephesus müssen wir uns mit den Franzosen behelfen.«
Interessante Neuigkeiten von Simon, doch eigentlich hörte ich nur, dass Friedrich mich besuchen wollte und dass Roller das Massaker überlebt hatte.
Wir wollten gerade die Kammer verlassen, als Friedrich hereintrat.
Er kam mir verändert vor. Auch sein Haar war länger, und der Bart kam mir röter vor, als ich ihn in Erinnerung hatte. Sicher war das flackernde Kerzenlicht schuld daran, dass er so angegriffen aussah. Es kostete mich einige Mühe, nicht in Gegenwart Simons in seine Arme zu sinken. Aufatmend sah ich, dass der Knappe den Raum verließ.
»Sadi!« Dieser Ruf war es, nach dem ich mich so gesehnt hatte, dies unbeschreibliche Gefühl, als er mich nach so langer Zeit in seine starken Arme schloss. Sein Geruch nach Leder und Pferden. Und als ich mein Gesicht hob, spürte ich seinen Bart auf meinen Wangen. Er hatte die Augen geschlossen und wirkte entrückt. Zärtlich strichen meine Lippen über sein Gesicht, berührten seine geschlossenen Augen, seine Nase und seinen Mund.
»Sadi, Sadi!« Es waren geflüsterte Worte, doch sie erklangen mir laut, so als hätte ich seinen Ruf in den vergangenen schrecklichen Tagen vernommen.
Sein Griff wurde fester und seine Küsse leidenschaftlich fordernd. Er fuhr mit seinen Fingern über meine Wangen, ließ die Fingerspitzen über meinen Hals und meine Schultern gleiten, suchte liebkosend meine Brust, bis die Spitzen hart wurden und

sich aufrichteten. Nie in all der vergangenen Zeit brauchten wir einander so notwendig wie in diesem Moment. Wir waren Mann und Frau. Zitternd vor Verlangen entkleideten wir uns und versanken in einen Rausch von Liebe, Leidenschaft und Hingabe. Niemand störte uns, als wir verschwitzt und atemlos erreichten, wonach wir uns so gesehnt hatten und was wir beide so gut kannten.

Es war Mitternacht, als der zärtliche Sturm vorüber war. Der Mann erhob sich aus meinen Armen und zog sich an; er wurde wieder der Herzog von Schwaben und ich ein kleiner, nackter Page, der müde und glücklich in feuchten Laken ruhte.

»Sadi, ich muss mit dir sprechen. Ich muss dir so viel erklären, dass ich nicht weiß, wo ich anfangen soll.

Du bist eine Frau, wie ich nie vorher eine gekannt habe, mit all deinen weiblichen Reizen, und doch denkst du und handelst wie ein Mann, und deshalb werde ich dir die Wahrheit sagen.

Du wusstest von Anfang an, wer ich bin und dass ich nie so handeln kann, wie ein gewöhnlicher Mann und mein Stand immer an erster Stelle steht. Ich habe dich ständig beobachtet, als du dich über den Pass gequält hast. Gott habe ich angefleht: Gib ihr und dem kleinen Pferd genügend Kraft! Ich war glücklich, als ich dich sah, wie du dein Pferd am Bach tränktest, obwohl ich dir immer noch zürnte, dass du dich über meinen Befehl hinweggesetzt hattest, den ich nur gegeben hatte, um dein Leben zu schützen. Du kamst, Gott sei gedankt, unbeschadet über den Berg, und ich wollte mit dir reden, wollte mich mit dir aussöhnen, denn ich konnte diese Situation nicht mehr ertragen.

Da kam der Überfall. Ich sah dich kämpfen, und meine Hochachtung wuchs vor einer zarten Frau, die das Schwert so zu führen versteht. Danach kam dieser furchtbare Augenblick. Der König verlor die Nerven, gab Fersengeld, und alle Fürsten setzten ihm nach.

Du kannst das nicht verstehen, deshalb werde ich es dir erklären:

König Konrad ist ein guter König, Sadi, aber er ist ein schwacher König. Er wollte diesen Kreuzzug nicht anführen; er wurde mehr oder weniger dazu gezwungen. Vom Papst an erster Stelle, dann folgten die Bischöfe und die Fürsten. Auch ich bin nicht unschuldig daran und habe ihm zugeredet. Er wusste es von Anfang an, dass dies über seine Kräfte gehen würde.

Ich habe einen Eid geleistet, immer an seiner Seite zu bleiben, ihn zu beraten und zu beschützen. Es wäre unausdenkbar gewesen, dass der König in die Hände der Muselmanen fiele.

Ich musste eine Entscheidung fällen, und mir blieb nicht viel Zeit zum Nachdenken. Ich habe mich für den König entschieden und damit gegen dich. In diesem Moment habe ich unsere Liebe verraten. Ich wusste, dass ich dich dem Tod preisgab, und das Schreckliche daran ist: Ich würde genau so wieder entscheiden, wenn ich noch einmal in diese Situation käme.

Als wir wieder in Nikäa ankamen, hatte ich eine lange Unterredung mit dem König. Er hat geweint und mir gedankt. Es war schrecklich, Sadi. Mir war zum Speien übel, nicht wegen der Schwäche des Königs, sondern wegen meiner eigenen Entscheidung.

Wenn der Kreuzzug vorbei ist, will er mich zu seinem Nachfolger machen. Hörst du: Er will mich zu seinem Nachfolger machen!«

»Aber er hat doch einen eigenen Sohn.«

»Ja, einen vierjährigen Jungen. Mein Onkel ist zwar schwach, aber nicht dumm. Er weiß, dass ein minderjähriges Kind zum Spielball der Kirche und Fürsten würde. Sie würden das Reich in den Abgrund führen. In meiner Krönung sieht er den einzigen Ausweg.

Auch ich sehe das so, Sadi. Mein Vater hat gekämpft um diese Krone, doch auch er war in meinen Augen nicht stark genug. Ich werde das Land stark machen. Es hört sich vielleicht großspurig an, aber ich bin davon überzeugt, dass ich der richtige Mann bin. Wenn wir zurückkommen, muss ich mir aus den Töchtern des hohen Adels eine Frau suchen. Es hat nichts mit Liebe zu tun, Sadi, es wird ein Staatsakt sein. Doch als König brauche ich eine Frau, die alle Fürsten und Bischöfe respektieren. Sie muss

mir Söhne gebären, die Nachfolge muss gesichert sein – kannst du das verstehen?«
»Wenn sie dir Kinder schenkt, musst du mit ihr schlafen, Friedrich. Du musst sie lieben, oder?«
»Nein, das muss ich nicht. Ich muss sie achten und ehren, denn sie wird die erste Dame des Königreichs sein. Liebe hat nichts mit der Ehe zu tun. Lieben werde ich immer nur dich, mein kleines braunes Hirtenmädchen.
Aber wir können nicht mehr so zusammen sein wie jetzt. Ein König muss Vorbild sein, und ich muss den Kopf frei haben. Kannst du das verstehen?«
Ich nickte, denn wie immer, wenn es dramatisch wurde, brachte ich kein Wort heraus. Ich wollte nicht wie ein kleines Mädchen weinen und war froh, als er meine Kammer verließ. Erst dann ließ ich meinen Tränen freien Lauf.
O Gott, ich liebte ihn so. Ich liebte ihn, vielleicht gerade weil er mir die Wahrheit eingestanden hatte. Ich liebte ihn, weil er zugab, Schwäche zu kennen und zu leiden. Ja, wenn einer das Zeug zu einem großen König hatte, dann er.
Auch wenn ich bei der ganzen Angelegenheit der Verlierer sein würde, ich musste mit Anstand verlieren. Nur tat es so verdammt weh. Warum musste ich mich ausgerechnet in einen Herzog, der obendrein König werden wollte, verlieben?
Ich weinte bis in die frühen Morgenstunden, biss in mein Kissen und verfluchte die ganze Welt, einschließlich König, Fürsten und Herzog. Danach muss ich eingeschlafen sein, denn als ich zu mir kam, stand die Sonne schon hoch am Himmel.
Ich zog mich an und verließ den Palast. Die Straßen waren trocken, und ich stolperte über einen großen Platz, auf dem viele Stände aufgebaut waren und alles Erdenkliche feilgeboten wurde. Die Menschen, die mir begegneten, waren so verschieden wie die Vögel am Himmel – Juden in Kaftanen und mit Schläfenlocken, Griechen in ihren unterschiedlichen Trachten, Byzantiner und Muselmanen in ihren bunten weiten Hosen und riesigen Turbanen. Ihr Feilschen und Handeln erinnerte mich an Hans-Martin, und ich hoffte, dass er mit dem Bischof

in Sicherheit war. Das bunte Treiben lenkte mich von meinen düsteren Gedanken ab.
Warum sollte ich mich wegen einer unbekannten Frau verrückt machen, die Friedrich in fernen Zeiten heiraten wollte, wegen eines Plans, der im ängstlichen Hirn des Königs heranreifte? Ich war es, die Friedrich in den Armen hielt, jetzt und heute. Wer wusste schon, was die Zukunft für uns beide bereithielt? Wir staken mitten in einem Kreuzzug mit dem Ziel Jerusalem. Jeden Tag konnte das Schicksal zuschlagen und Friedrich oder mich treffen. Mit sauertöpfischer Miene herumzulaufen behagte mir nicht. Der Teufel mochte alle hochadeligen Damen der Welt holen – und indem ich um eine Ecke bog, übersah ich die Menschen, die mir entgegenkamen, und rannte in sie hinein.
Simon mit den beiden Knappen des Königs im Schlepptau sah mich erstaunt an. »Oh, Konrad, nicht so eilig! Hast du endlich ausgeschlafen? Heute Abend kommt das französische Königspaar zum Essen. Denke daran und komm nicht zu spät.«
»Keine Angst, Simon, ich werde pünktlich sein.«
Ich wartete auf eine dumme Bemerkung der beiden Lackaffen, doch sie übersahen mich, als wäre ich Luft. Schade, zu gern hätte ich meine aufgeheizte Seele an ihnen gekühlt. Waren sie nicht feige hinter dem König hergeritten? Doch rechtzeitig fiel mir ein, dass auch Simon mit dem Herzog davongeritten war, und Simon hätte ich um nichts in der Welt verletzen wollen. Aber ich war mir ganz sicher, der Tag würde kommen, da ich sie von ihrem hohen Ross in den Dreck stoßen würde.

Der Abend zog sich in die Länge. Simon und ich waren aufeinander eingespielt, als hätten wir nie etwas anderes getan.
Immer wieder streifte mein Blick die wunderschöne Frau an Friedrichs Seite, und die Eifersucht nagte an mir wie der Hund am Knochen. Waren alle adeligen Damen so apart, charmant und schön? Ihr helles Lachen klang wie Musik durch den Raum. Man konnte sehen, wie wohl sie sich als einzige Frau zwischen Männern fühlte, die ihr schmeichelten und galant den Hof machten. Mit aufreizender Geste warf sie ihr langes offenes Haar

zurück, so braun und glänzend wie das Fell eines Bibers. Ihr Kleid aus erlesener roter Seide mit dem gewagten Ausschnitt verhüllte kaum ihren wogenden Busen. Ihre Augen blitzten, und ein Stich traf mich ins Herz, als sie ihre weiße Hand, geschmückt mit einem kostbaren Ring, auf die Hand des Herzogs legte, die mich noch letzte Nacht liebkost hatte.
Der König von Frankreich saß ihr gegenüber und machte ein gelangweiltes Gesicht. Er sah gut aus, vielleicht eine Spur gewöhnlich. Ludwig von Frankreich, der fromme Mann – eine Soutane hätte ihm besser gestanden.
Er trug einen kurzen grauen Samtmantel, und ich konnte ihn mir beim besten Willen nicht mit Schwert oder Pfeil und Bogen in einem Gefecht vorstellen. Ein Geistlicher saß neben ihm, und nur wenn dieser sich ihm zuneigte und ihn in ein Gespräch verwickelte, hellte sich seine mürrische Miene auf.
Mit zitternder Hand schenkte ich den Wein ein und begegnete dem seltsamen Blick der Königin, die mich von oben bis unten aufmerksam musterte. Sie fragte den Herzog etwas, ließ dabei aber ihren Blick auf mir ruhen und beobachtete jede meiner Handreichungen. Sie sprachen über mich, und ich hätte sonstwas dafür gegeben, wenn ich auch nur ein Wort davon verstanden hätte. Die fremden Laute – wie melodisch sich das anhörte! Und Friedrich verstand alles und konnte sogar antworten. An diesem Abend merkte ich das erste Mal, wie groß die Kluft war, die uns trennte.
Nach dem Essen kamen bunt gekleidete Männer und spielten auf unbekannten Instrumenten. Auch wenn ich die Worte nicht verstehen konnte, sah ich an ihren Gebärden, dass es sich um ein Liebeslied handelte. Sie verherrlichten die Sehnsucht so deutlich, streckten so flehend die Hände nach der Königin aus, dass ich errötete, obwohl sie mich nicht meinten. Ich hing an ihren Lippen und verfolgte jede ihrer Bewegungen. Wie aus einem tiefen Traum erwachend, wollte ich mich zurückziehen.
Plötzlich stand die hohe Frau vor mir, legte ihre Hand an meine Wange und sagte: »*Omnia vincit Amor* – alles besiegt die Liebe. So schrieb vor langer Zeit Vergil in den Eclogen.«

Ich dachte, mich trifft der Schlag. Diese Frau hatte Deutsch gesprochen! Ich verstand den Sinn ihrer Worte nicht, denn ich kannte keinen Vergil, wer immer das gewesen sein mochte. Doch der Satz »Alles besiegt die Liebe« klang so traurig und brachte mich völlig durcheinander. Noch im Bett griff ich an meine Wange und dachte über diese Worte nach – die Worte der Königin von Frankreich, Eleonore von Aquitanien.

Endlich brachen wir auf, verließen Nikäa und zogen nach Süden weiter. Die meiste Zeit bis zum Aufbruch hatte ich mir bei Wilhelm im Lager vertrieben. Seine Mannen hießen mich herzlich willkommen; ich hatte mit Wilhelm die Einöde durchlaufen und allen Gefahren getrotzt, was sie mir alle hoch anrechneten. Sie lebten in französischen Zelten und konnten über das Vergangene schon wieder Witze reißen. Auch Roller besuchte ich jeden Tag. Obwohl ich den Verdacht hegte, dass er den Ritt ohne Reiter auf seinem Rücken genossen hatte, war ich ihm nicht böse. Wie gut, dass Tiere schneller vergessen als wir Menschen: Er war genauso frech und übermütig wie zuvor und zeigte nicht einmal Freude, als er mich nach so langer Zeit wiedersah.

Nun war das vereinte deutsch-französische Heer wieder auf dem Weg nach Jerusalem.
Die nächsten Etappen waren Pergamon, Smyrna und Ephesus. Sie nannten die Straße Küstenstraße, obwohl weder eine Küste noch das Meer zu sehen waren und der Weg sich weit im Binnenland dahinschlängelte.
Es war Spätherbst, ein kühler Wind blies vom Meer, und es gab Tage, an denen es unentwegt regnete. Obwohl wir dieses Wetter aus unserer Heimat gewohnt waren, nicht zu heiß und noch nicht zu kalt, kam es zwischen den Deutschen und den Franzosen immer wieder zu Schlägereien, bei denen nicht selten ein oder zwei Männer schwer verletzt liegen blieben. Unbegreiflich, was zum Anlass geworden war, und der König rieb sich immer mehr auf, da er zum Schlichten aufgerufen wurde.
Kurz vor Ephesus spitzte sich die Lage zu: Zwei französische

Krieger wurden in der Nacht ermordet. Doch alles Suchen half nichts, man fand keine Mörder und keine Zeugen. Die Franzosen beschuldigten die Deutschen, und die Deutschen wiesen die Tat entrüstet von sich. König Konrad erlitt einen Zusammenbruch, und Friedrich verbrachte ganze Nächte in dessen Zelt.
Das war nicht das Einzige, was den Kreuzzug zum Stocken brachte; eine neue Hiobsbotschaft erreichte uns kurz vor Weihnachten.
Bischof Otto von Freising hatte erfahren müssen, dass auch die Küstenstraße Gefahren barg. Sie gerieten in so großes Elend, dass sie, ausgedörrt vor Hunger und Durst, die Pferde, Kamele und Esel, die ihnen als Lasttiere verblieben waren, töteten und aßen. Als schließlich viele gestorben waren und die übrigen dahinsiechten, stürzten plötzlich Sarazenen hervor, zerfleischten sie, ohne auf Widerstand zu stoßen, zerstreuten sie und töteten die Älteren; die Jüngeren führten sie in Gefangenschaft, um sie zu Sklaven zu machen. Bischof Otto von Freising erreichte mit einem kleinen Rest der Abteilung die Küste und setzte mit einem Schiff die Reise fort.
Das gab dem König den Rest, wie Simon sagte, und König Konrad traf Anstalten, zurück nach Konstantinopel zu gehen.
Was sollte ich tun? Friedrich wollte bestimmt mit dem König zurückfahren. Ich wollte nicht zurück, doch vom Herzog trennen mochte ich mich auch nicht. Meine Unschlüssigkeit und Zerrissenheit machten mir mehr zu schaffen, als ich zugeben wollte. Ich ritt durch die Straßen von Ephesus, verließ die Stadt und ritt auf die mit niederen Büschen und Olivenbäumen bewachsenen Hügel.
Zwischen antiken Säulen – wie schlafende Riesen lagen sie in der Gegend herum – band ich Roller an und ging zu Fuß weiter. Der Regen der vergangenen Tage konnte das tote Gras nicht mehr erwecken. Obwohl die Sonne schien und mich angenehm wärmte, obwohl Vögel zwitscherten wie im Frühling und Zikaden ihr eintöniges Konzert veranstalteten, konnte ich die Natur nicht so genießen wie sonst.
Der weiße Stein, auf dem ich mich niederließ, war von einer

hohen Säule abgebrochen, und überall im braunen Gras sah ich Ruinen einer vergangenen Zeit. Dazwischen wuchsen Ölbäume mit ihren bizarren Stämmen und Ästen und kleine Büsche mit verhutzelten Feigen und großen Blättern, die dem Ahorn ähnelten. Wir hatten schon viele antike Stätten in diesem Land gesehen, aber Ephesus besaß nicht nur eine Tempelruine, es war eine riesige Ruinenstadt.

Weit entfernt erklang eine Flöte, lieblich und klar. Die Töne wechselten von tief zu hoch, um in einem traurig klagenden Ton zu enden. Die Augen geschlossen, gab ich mich ganz der Melodie hin, als in meiner Nähe eine körperlose Stimme flüsterte: »Ich bin Pan, kleines Hirtenmädchen, und möchte dich in meine Welt entführen!«

»Friedrich! Wer ist Pan?«

»Der Gott der Hirten, Sadi.«

»Es gibt einen Gott der Hirten?«

»Ja, natürlich. Er ist einer der vielen antiken Götter der alten Griechen.«

»Merkwürdig, ich dachte immer ...«

»... dass nur die Deutschen neben dem christlichen Gott auch noch an die alten germanischen Götter glauben?«

»Du weißt ...?«

»Ja, ich weiß, was in den heimischen Wäldern vorgeht. Der Aberglaube ist sehr schwer auszutreiben.«

»Aber die alten Griechen, wie du sagst – haben sie viele Götter?«

»Sie hatten, Sadi. Das war vor tausend Jahren.«

Ich schwieg, denn ich war wieder einmal anderer Meinung, doch wollte ich mich in diesem Moment nicht mit Friedrich streiten. »Es ist schön hier, nicht wahr? Ich kann mich an diesen Ruinen nicht satt sehen. Ich kann mir gut vorstellen, wie diese Menschen damals gelebt haben in ihren Palästen mit den herrlichen Säulen und Figuren. Da, schau! Siehst du den Arm da drüben? Er gehört zu der kopflosen Frau hinter der dicken Säule. Schade, dass man hier alles zerstört hat. Was denkst du, Friedrich, war das ein Krieg?«

»Ich weiß es nicht; könnte auch ein Erdbeben gewesen sein. Die kommen in diesem Land öfter vor. Wenn ich Zeit hätte, würde ich diese Stadt für dich aufbauen, Säule um Säule. Aber ich würde sie fester bauen, mit dicken Mauern, damit deine Stadt für alle Zeiten Bestand hätte.«

»Das möchte ich nicht, Friedrich; sie würde ihre Leichtigkeit verlieren. Ich glaube, diese früheren Menschen haben sich etwas dabei gedacht, als sie Säulen anstatt Mauern aufstellten. Vielleicht wollten sie, dass der Wind an heißen Tagen durchziehen kann. Sie haben der Schönheit gehuldigt und nicht danach gefragt, ob ihre Stadt ewig hält. In dicken Mauern hätten sie nicht das Flötenspiel von Pan gehört und nicht gesehen, wie die Feen ihren Reigen tanzen.«

»Sadi, hast du vom Bischof von Freising gehört?«

»Ja, Friedrich. Simon hat es mir erzählt. Dem Jungen geht es bestimmt gut. Er ist Page des Bischofs und weicht nicht von seiner Seite.« Ich dachte daran, dass auch ich ein Page war und nicht von der Seite meines Herrn weichen wollte, bis ich dazu gezwungen wurde. Aber vielleicht war das bei Hans-Martin anders; ich wollte es so gern glauben.

»Ich muss mit dem König nach Konstantinopel. Du wirst mit mir zurückreisen?«

»Vielleicht wäre es besser, ich bliebe hier. Schau, ich kann bei Wilhelm bleiben. Der würde sich bestimmt freuen.«

»Bei den gewöhnlichen Kriegern? Kommt gar nicht in Frage. Nicht dass ich etwas gegen deinen Wilhelm hätte, aber die Gefahr ist viel zu groß. Ich hätte keine Ruhe mehr.«

»Aber die Trennung wird uns gut tun«, sagte ich gegen meine Überzeugung. »Ein bisschen Abstand – na ja, du weißt schon.«

»Was hältst du davon, wenn du deine Zelte bei der Königin von Frankreich aufschlägst?«

»Um Gottes willen, Friedrich! Kein Mensch würde mich da verstehen.«

»Da irrst du, mein Schatz. Eleonore spricht die deutsche Sprache wunderbar. Sie ist ein warmherziger Mensch, und wenn sie nicht verheiratet wäre, würde ich glatt um ihre Hand anhalten.«

»Was?!«

Er lachte, doch mir war nicht zum Scherzen zumute.
»Sie würde mich nicht mögen, Sadi. Sie mag nicht einmal ihren eigenen Mann.«
»Den würde ich auch nicht mögen. Er wäre mir zu fromm.«
»Du sagst es. Der Königin geht es wahrscheinlich ebenso.«
Um von unserer bevorstehenden Trennung abzulenken, sprachen wir über die Zukunft. Friedrich hatte keinerlei Träume, was seine Zukunft betraf. Wie sollte er auch? War seine Zukunft nicht vom Tage seiner Geburt an vorgezeichnet gewesen? Er wollte mit aller Macht König werden, und wie ich ihn kannte, würde sein Wunsch in Erfüllung gehen.
Er lachte, als ich ihm von meinem Jugendtraum, dem schwarzen Ritter, erzählte. Nachdenklich nahm er meine Hand und drehte sie herum. »Hast du nie von schönen Kleidern, weißen, gepflegten Händen ohne Schwielen geträumt, Sadi, oder von einem Ritter, der dich auf sein Schloss entführt?«
»Ich werde niemals zulassen, dass mich ein Mann auf einen Turm schleppt wie meine Mutter, etwa noch mit einem Kind im Bauch, und sich irgendwo in einem fremden Land herumtreibt, um mich zu vergessen! Nein, ich werde nicht wie meine Mutter sein, die an gebrochenen Versprechungen und verratenen Träumen starb. Ich werde eines Tages …« Ich hatte mich in Wut geredet, und als ich sein Lachen hörte, brach ich in Tränen aus, die mich noch wütender machten. Zornig wand ich mich aus seinen Armen und sprang auf. »Niemals werde ich einen Krieger oder Ritter heiraten! Ich hasse es, wie eine Frau zu sein. Ich würde mich eingesperrt wie hinter Gittern fühlen und daran zugrunde gehen.«
»Das kannst du doch nicht wissen, du hast es ja noch nicht ausprobiert.«
Wieder hörte ich in diesem Moment das Lachen aus seiner Stimme heraus und funkelte ihn böse an. Wie konnte er sich unterstehen, mich auszulachen? Voller Wut schlug ich seine Arme nieder, die sich um mich geschlossen hatten.
»Was ist, wollen wir unseren Streit mit dem Schwert austragen?«

»Nein, ich will mich nicht mit dir schlagen. Aber ich kann es nicht leiden, wenn du dich über mich lustig machst.«
»Ach komm, Sadi, ich lache dich nicht aus. Niemand weiß so gut wie ich, dass du stark bist.« Seine Stimme drückte nun Respekt und Bewunderung aus, und mein Zorn verebbte. »Du wirst alles erreichen, wirst dich nie unterdrücken und ausbeuten lassen. In dieser Beziehung sind wir uns sehr ähnlich.« Er beugte seinen Kopf herab und küsste mich auf den Mund, und wir wussten in diesem Moment beide, dass uns nichts geschenkt werden würde und jeder seinen Preis bezahlen musste, denn es gibt nichts umsonst.
»Friedrich, gesetzt den Fall, ich gehe wirklich zu den Franzosen – wann sehe ich dich wieder?«
»Am Ende des Winters. Bis dahin seid ihr vielleicht in Antiochia. Das ist das Ziel des Königspaars. Sie werden mit einem Schiff von Antalya aus fahren, und wir reisen mit dem Schiff von Konstantinopel ins Heilige Land. Du siehst: keine Gefahren mehr.« Er fasste nach meiner Hand und lächelte mich beruhigend an. »Mach dir keine Sorgen um mich, Sadi.«
»Das tue ich aber. Ich kann nicht anders.«
Ich schaute in seine blauen Augen und wurde zusehends ruhiger, als er sich an mich lehnte und ich die Wärme seines Körpers spürte. »Du bist mein tapferer kleiner Page.«
»Ja, Majestät.«
»Du wirst alles tun, was ich anordne.«
»Das tue ich doch immer, oder zweifelst du daran?«
Seine Augen blitzten vor Vergnügen, als er mich an sich zog und lange küsste.
»Also kurz vor Mitternacht. Die letzte Nacht möchte ich mit meinem Pagen verbringen.«
Erstaunt sah ich in seine lachenden Augen. »Haben Majestät spezielle Wünsche?«
»Und ob, du Frechdachs. Du wirst mich heute Nacht noch um Gnade bitten.«
»Mit Vergnügen, Majestät.«

Freundinnen

Die wilden Nächte von Ephesus waren endgültig vorbei. Am Morgen erledigte ich meine letzte Arbeit als Page des Herzogs, begleitete ihn zur Messe, nahm mit Simon seine Waffen in Empfang und stand wie eine Statue vom Ruinenfeld hinter ihm. Er konnte jetzt wieder ohne Gewissensbisse zur Beichte und zum Abendmahl gehen und sich mit klarem Kopf und freiem Blick seiner wahren Aufgabe als Kreuzfahrer widmen.

In der Nacht zuvor hatte mir Friedrich angeboten, eine Nachricht an meine Leute in der Heimat zu schicken, da einige Krieger von Konstantinopel aus die Heimreise antreten wollten. Ich hatte dankend abgelehnt. Keiner meiner Leute, die sich für meine Gesundheit und mein Leben interessierten, konnte lesen. Auch ich hätte mir einen Schreiber nehmen müssen und scheute mich zuzugeben, dass ich weder schreiben noch lesen konnte. Der Aufwand war zu groß, nur um jemandem ein Pergament mitzugeben, der es unterwegs verlieren oder vergessen könnte. Und wenn nicht, bekäme es am Ende doch nur mein Großvater in die Hände, und der würde die Nachricht in seinen Bibelkasten einschließen.

In dieser letzten Messe mit Friedrich hörte ich das erste Mal, dass auch die Mutter Gottes mit dem heiligen Johannes in Ephesus gelebt hatte. Was sie hier wollte oder gesucht hatte, blieb mir allerdings verborgen, und um Friedrich danach zu fragen, war es jetzt zu spät.

Nach der Messe waren der König und sein Gefolge aufgebrochen und mit dem Schiff, das den Proviant und Ausrüstungen für das Heer ausgeladen hatte, abgefahren. Der König hatte

einen sehr gebrechlichen Eindruck gemacht und voller Sorgen auf seine zurückgelassenen Mannen geschaut, die nun unter dem Kommando König Ludwigs standen.
Nachdem das Schiff am Horizont verschwunden war, übersiedelte ich in die Zelte der Franzosen.
Vielleicht würde ich jetzt, da das Ziel meiner Begierde auf dem Mittelmeer nach Norden fuhr, das finden, wonach ich suchte. Vielleicht würde ich endlich den Sinn erkennen und an der christlichen Lehre Gefallen finden. Es war nicht richtig, dass ich während der Messe nur den Hinterkopf des Herzogs studierte und mit den Hinterköpfen der anderen Anwesenden verglich. Was hatte sich Gott nur dabei gedacht, eine Frau zu erschaffen und mit so vielen Zweifeln auf die Welt loszulassen? Oder war ich am Ende nicht allein, und die anderen taten nur so fromm? Ich beobachtete die Männer um mich herum und merkte an ihrer Entrücktheit, dass ich mit diesen ketzerischen Gedanken tatsächlich allein stand. Selbst die hochnäsigen Knappen des Königs waren ins Gebet vertieft.
Bevor ich mich endgültig in die Hände der Franzosen begab, führte mich mein Weg noch einmal hinaus zu den Ruinen. Merkwürdigerweise fand ich zwischen den weißen Steinen mehr Frieden als in der düsteren Kirche mit all den vielen Menschen, brennenden Kerzen und Weihrauchdüften. Ich lauschte nach dem Flötenspiel des Pan oder nach anderen unbekannten Göttern, die so lustig ihr Unwesen zu treiben verstanden, doch alles blieb still.
Eine kleine Eidechse sonnte sich auf einem Stein, und als ich mich bewegte, flüchtete sie ins braune Gras.
Das laute Rufen einiger Menschen verscheuchte mich, und lustlos machte ich mich auf den Heimweg. In der Ferne leuchtete das blaue Meer, und der Wind blies mir seinen salzigen, feuchten Atem ins Gesicht.

König Konrad, den Herzog, die Bischöfe und andere Fürsten hatte ich aus nächster Nähe erlebt, und das viele Monate lang. Die meiste Zeit gingen sie einfach gekleidet, ohne Glanz und

Prunk. Die einzige Ausnahme war der Einzug in Konstantinopel. In Doryläum hatten sie alles verloren, auch die Staatsgewänder und goldenen Kronen. Vielleicht besaß der König mehrere Kronen, so wie andere Leute mehrere Hüte haben.
Auf jeden Fall war der Prunk im französischen Königszelt bei weitem größer. Während Ludwig fast immer im vornehmen Grau erschien, glänzte seine Gemahlin in auffallenden Gewändern, mit Diamanten und Perlen geschmückt. Auch die Zelte und Einrichtungen waren königlich, und in den ersten Tagen kam ich mir sehr unbeholfen vor.
Mein Schlaflager hatte ich bei den beiden Troubadouren aufgeschlagen. Zum Glück hatten sie Humor; konnten wir uns auch nicht mit Worten verständigen, sprachen wir doch mit Händen und Füßen, was mit viel Gelächter vonstatten ging.
Zu tun hatte ich weiter nichts, deshalb schlug ich die meiste Zeit bei Wilhelm und seinen Mannen tot. Mir gefielen ihre Witze, und selbst das Biertrinken machte Spaß; auch wenn ich manchmal in der Nacht torkelnd mein Lager suchen musste, regte sich niemand darüber auf.

Weihnachten verlebten wir in Pamukkale. Das französische Königspaar wurde vom Pascha eingeladen, der über das Gebiet herrschte. Der König hoffte auf die heilsamen Kräfte der warmen Quelle in Pamukkale und die Königin auf die Bequemlichkeiten eines Palastes.
Pamukkale war wirklich sehenswert. Über die weißen Felsen, die in der Landessprache Baumwollburg heißen und deren flache Vertiefungen wie Badezuber benutzt wurden, konnte man schon staunen. Was wie Marmor oder Eis aussah, war nur eine Kalkablagerung der unterirdischen heißen Quellen. Ich wartete auf den Abend, wenn die letzten Sonnenstrahlen den Berg in ein Märchenschloss verwandelten, und sehnte mich nach Friedrich. Es tat mir Leid, dass er dieses wunderbare Schauspiel nicht sehen konnte.
Am Nachmittag war ich bei Wilhelm und seinen Mannen, die auf ihre eigene Art und Weise Weihnachten feierten. Es war

ein fröhliches Fest mit viel französischem Branntwein, doch ich musste zurück, denn an diesem Abend war ich das erste Mal an der Tafel des Königspaars eingeteilt und sollte den Wein einschenken, was mich ziemlich nervös machte.
Die Königin war diesmal ganz in Blau gekleidet; sie trug eine schwere Samtrobe mit Goldstickereien und Stehkragen. Ihr hoher Haaransatz war frisch gezupft, was eine sehr schmerzhafte Prozedur war, aber so schrieb es die Mode vor, und sich nach derselben zu richten war für die Königin oberstes Gebot. Der König wie immer in taubenblauem Samt mit allen Geistlichen im Schlepptau – ich hatte manchmal das Gefühl, er könnte keinen Schritt ohne seinen Abbé Gregor machen, und verstand den zornigen Blick in den Augen der Königin, wenn sie ihres Gatten in dessen Begleitung ansichtig wurde.
Der Pascha, ein kleiner Mann mit schwarzen, verschlagenen Knopfäuglein, glänzte in allen Regenbogenfarben, als hätte er sich für keine Farbe entscheiden können. Von Wilhelm wusste ich, dass der König dem Pascha nicht über den Weg traute und deshalb die Krieger in Alarmbereitschaft hielt. Hinter dem Pascha stand ein Mann, der alles übersetzen musste, und mir stand er beim Einschenken des Weins ständig im Weg. Simon hatte mir einmal erklärt, dass Muselmanen keinen Alkohol trinken; doch dieser machte eine Ausnahme und sprach dem Wein mehr zu, als ihm gut tat.
Irgendwann an diesem Abend sah ich, dass die schwarzen Augen jede meiner Bewegungen verfolgten. Als sich unsere Blicke trafen, sagte er etwas zu dem Übersetzer; dieser beugte sich zur Königin und flüsterte ihr etwas ins Ohr. Darauf rief sie mich zu sich, gab mir ihren goldenen Becher und verlangte einen neuen, da der benutzte angeblich schmutzig war. Während ich dabei war, die Königin zu bedienen, spürte ich plötzlich heiße Hände, die verwegen über mein Hinterteil strichen.
Erschrocken drehte ich mich um und sah in die lüsternen Augen des Paschas. Er bedrängte mich so sehr, dass ich den Krug fallen ließ und die kostbaren Gewänder der Herrschaften mit Wein beschmutzt wurden. Das zornige Gesicht der Königin

glättete sich, als sie sah, dass der Pascha seine Hände nicht bei sich lassen konnte, an mir herumfummelte und ich Mühe hatte, ihn abzuwehren.

»Komm mit, Konrad!« Mit diesen Worten, die drohend klangen, stand sie auf und verließ den Raum. In ihrem Zimmer angekommen, setzte sie sich auf einen Stuhl und sah mich merkwürdig an. Ohne ein Wort hob sie ihre Hände und fuhr über mein Gesicht.

»Kein Wunder, dass der Pascha vor Verlangen außer sich gerät, wenn wir ihm einen so leckeren Bissen vor die Augen setzen.«

»Ich verstehe nicht – Madame?«

»Nein, Junge, du verstehst wirklich nichts, du merkst nicht einmal, dass der Pascha in dich verliebt ist. Er hat mir angeboten, dich zu kaufen. Was hältst du davon, Konrad?«

»Ihr wollt mich verkaufen, Madame? Aber ich bin ein Mensch!«

»Ja, das bist du, aber im Orient spielt das keine Rolle. Hier bedeutet ein Menschenleben weniger als ein wertvoller Stein. Der Pascha liebt glatthäutige Jungen, verstehst du? Und du bist nun einmal ein hübscher, bartloser ...« Sie strich mit einer Hand über meine Wange, als fühlte sie nach Bartstoppeln. Ihre Hände glitten an meinem Hals hinunter zu meinen Brüsten. Erschrocken zuckte ich zurück.

»Du brauchst nicht zu erschrecken. Ich weiß schon lange, dass du kein Junge bist. Ich wollte mich nur noch einmal vergewissern.«

»Woher wollt Ihr das wissen, Madame?«

»Ich bin eine Frau und habe die Blicke zwischen dem Herzog und dir gesehen. Und da ich nicht annehme, dass der Herzog von Schwaben perverse Gefühle für seinen Pagen hegt, sah ich mir dich einmal genauer an. Nun, du hast deine Rolle perfekt gespielt, sodass auch ich mich manchmal von dir täuschen ließ und meine Zweifel hatte. Doch am Morgen seiner Abreise fing ich wieder einen Blick von ihm auf. Glaub mir, *mon amie,* kein verliebter Mann kann diesen Zustand auf Dauer verbergen. Es war nur ein einziger Blick, in dem alles lag, was der Herzog für dich fühlt. Aber da war noch ein Blick, von einem anderen Mann.«

»Einem Krieger, Madame?«
»Nein, von dem Knappen des Herzogs.«
»Simon?«
»Ja, ich glaube, so heißt er.«
Das war mir unverständlich; was sollte Simon für einen Grund haben ...
»Es war Eifersucht, gemischt mit Wut, in seinen Augen; doch ich weiß nicht, wen er damit meinte, dich oder den Herzog. Ich glaube, du hast mit deiner Scharade allerhand Gefühle freigesetzt – was man ja auch beim Pascha beobachten konnte. Wie ist eigentlich dein richtiger Name?«
»Sadi Konrad von Ortenberg.« In kurzen Sätzen erzählte ich der Königin von meinem Leben, ohne Friedrich und unser Geheimnis zu erwähnen.
»Gut, Sadi. Ich kann dich nicht plötzlich als Frau präsentieren. Es wird Schwierigkeiten geben, wenn wir wieder auf die Zelte angewiesen sind; du kannst unmöglich zwischen Männern schlafen.«
Du liebe Zeit, hatte diese Frau Sorgen! Mein ganzes Leben hatte ich zwischen Männern verbracht und mich wohl gefühlt. Ich verstand nicht, warum ich diesen Umstand ändern sollte. »Bitte, Madame, niemand braucht zu wissen, dass ich eine Frau bin. Bis heute hat sich kein Mensch Gedanken gemacht.«
»Ja, ich verstehe, bis eine neugierige Königin und ein verliebter Pascha alles zunichte gemacht haben.« Ihre Augen lachten, obwohl sie sich Mühe gab, ernst zu bleiben. »Na gut, lassen wir es so, wie es ist. Vielleicht solltest du diesen Flügel des Palastes nicht verlassen. Wir werden sicherlich in ein paar Tagen weiterreisen; dann sehen wir weiter. Versuche dem Pascha aus dem Weg zu gehen, sonst findest du dich doch noch im Bett dieses Mannes, oder in seinem Harem.«
Das war leichter gesagt als getan. Ständig hatte ich das Gefühl, beobachtet und verfolgt zu werden. Ich hatte Angst, die hohen Räume des Palastes zu durchqueren, und wenn ich nach draußen ging, erschrak ich vor Schatten, die sich als harmlose Gegenstände entpuppten.

Zwei Tage später schickte mich die Königin zu den Räumen ihrer beiden Hofdamen, um ein bestimmtes Tuch zu holen. Es fing schon an, dunkel zu werden, denn es war ein regnerischer Tag, und die kleinen, runden Oberfenster ließen nur spärliches Licht auf den Gang. Ein Mann von der Palastwache kam mir entgegen. Er trat zur Seite, um mich vorbeizulassen. Nervös drückte ich die Klinke der ersten Tür. Als ich im dunklen Zimmer stand und die Tür hinter mir zuschlug und abgeschlossen wurde, bemerkte ich, dass es das falsche Zimmer war.

Vorsichtig tastete ich herum und stieß gegen einen Tisch. Mehrere Gegenstände fielen zu Boden, und der Krach hätte Tote erwecken können. Ich fand eine Kerze und etwas zum Anzünden. Im flackernden Schein erkannte ich Kleider, Schuhe, Perücken, auch Turbane, die wie Soldaten auf einem Regal angeordnet waren. Ein ekelhafter Moschusduft hing in der Luft. Schnell wurde mir klar: Meine Zuflucht war der Raum, in dem die Garderobe des Paschas in Ordnung gebracht wurde.

Das Zimmer erinnerte mich an den Geruch des Besitzers, und er trieb einen Brechreiz hervor, den ich nur mit frischer Luft bekämpfen konnte. Der Blick durch ein kleines Fenster zeigte mir einen Innenhof, auf dem zwei Eunuchen die Tür bewachten. Rechts von mir lagen andere Fenster, und ich hoffte, dass sie zu den Räumen der Hofdamen gehörten.

Entsetzen packte mich, als ich Schritte vor der Tür hörte, und hastig blies ich die Kerze aus. Im Dunkeln tastete ich mich zum Fenster. Ein schmaler Vorsprung an der Außenwand war nun meine einzige Rettung. Ich hoffte, dass die beleuchteten Fenster vor mir nicht zu den Räumen des Paschas gehörten; allein beim Gedanken daran brach mir der Schweiß aus.

Voller Angst dachte ich daran, dass trotz aller Anstrengung immer noch das Bett oder der Harem für mich bereitstand. Was er wohl tun würde, wenn er hinter mein wahres Geschlecht käme?

Vorsichtig setzte ich Fuß vor Fuß auf den Sims, und ein Stein fiel mir vom Herzen, als ich die Damen der Königin, in ein Spiel versunken, erblickte.

Fassungslos sahen sie mich an das Fenster geklammert und öffneten schnell die Flügel, um mich hereinzuziehen. Ein Schwall fremder Worte überschwemmte mich.
»Bitte bringt mich zur Königin!«
Ratlos sahen sie mich an, und mir fiel nicht ein, was »Königin« auf französisch hieß. »Madame, Madame!«
Endlich hatten sie mich verstanden, nahmen mich in ihre Mitte und führten mich in die bekannten Räume der Königin. Das Tuch, das ich holen sollte, war vergessen, die Königin war nicht da, und ich flehte die beiden Damen an, mich auf gar keinen Fall allein zu lassen. Ich war am Ende meiner Kräfte angekommen, da erschien endlich die Königin mit ihren Troubadouren.
»Madame, Ihr müsst mir helfen!« Bittend sah ich sie an. »Er ist hinter mir her! Er verfolgt mich!«
»Was kann ich tun? Hier bist du in Sicherheit.«
»Nein, das bin ich nicht! In diesem Palast lauert hinter jeder Ecke die Gefahr. Bitte, ich möchte in das Lager der Krieger! Nur da kann ich mich sicher fühlen.«
»Ausgerechnet zu den deutschen Kriegern? Du weißt, dass die beiden Morde immer noch nicht aufgeklärt sind. Ich habe die Verantwortung für dich übernommen; was soll ich dem Herzog sagen, wenn dir ein Leid geschieht?« Sie räkelte sich wie eine Katze auf dem Diwan, nahm mit spitzen Fingern eine kandierte Nuss und drehte sie nach allen Seiten, um sie angeekelt in die Schale zurückzulegen.
Ich hatte nicht den Eindruck, dass sie sich sehr um mein Leben sorgte, und obwohl ich mich nicht in ihre Politik einmischen wollte, hörte ich mich sagen: »Die Deutschen haben den Verdacht, dass die Morde und Unruhen auf den Pascha zurückzuführen sind. Er ist der Bruder des Sultans von Damaskus, und dieser hat kein Interesse daran, Kreuzfahrer durch sein Land ziehen zu lassen. Unruhen im Kreuzfahrerlager würden nur ihm nützen. Es geht auch das Gerücht, dass der Sarazenenüberfall auf Bischof von Freising dem Pascha zu verdanken war.«
»Sadi, du bist ein guter Spion. Du hast Recht, so könnte es gewe-

sen sein.« Sie wusch sich ihre gepflegten Hände in parfümiertem Wasser. Nachdem sie zum Handtuch gegriffen hatte, drehte sie sich um und sah mich an. »Du kannst in das Lager gehen. Du wirst mir alles berichten, was du siehst und hörst. Damit du Ruhe vor den Häschern des Paschas hast, hängt ihr euch ein Seuchenschild an das Zelt. Kein Muselmane wird euch in Zukunft stören, denn vor Krankheiten haben sie noch mehr Angst als vor ihrem Scheitan.«

Endlich, nach langer Zeit, war ich wieder im Lager der Krieger, und mir war, als wäre ich nach Hause gekommen.
Obwohl die Nächte eisig waren und am Morgen Schnee auf den Berghängen lag, hatte ich keine Sehnsucht nach dem warmen Bett im Palast. Fürsorglich ließ mir die Königin ein paar warme Wolldecken schicken, die ich brüderlich mit meinen neuen Kameraden teilte, denn in der Nacht krochen wir zusammen und wärmten uns gegenseitig mit unseren Körpern.
Zum Glück erklang ein paar Tage später der Trompetenschall, und das ganze Lager geriet in Bewegung. Wagen für Wagen und Mann für Mann ließen wir Pamukkale hinter uns.

Nachdem endlich der letzte Wagen und das letzte Reitpferd auf der Straße waren, fing es wieder an zu regnen. Mit der Nässe von oben hatten wir uns abgefunden, doch bis zum Knöchel der Pferde im Schlamm zu reiten, war kein Vergnügen. Die schweren Wagen schnitten in die Straßen tiefe Rillen, die sich auf der Stelle mit Wasser füllten und oft einem Reiter zum Verhängnis wurden. Als ich mich auf Roller schwang, ritt mit einem braunen Wallach ein Krieger auf mich zu.
»Pass auf, dass Roller mit seinen kurzen Beinen nicht zu schwimmen anfängt!«
»Keine Sorge. Mein Pferd kann gut schwimmen.«
»Ja, das ist ein schlaues Kerlchen, genau wie mein Pilger.«
Ich mochte den Mann; so lange ich ihn kannte, immer war er gut aufgelegt und schien nie etwas ernst zu nehmen. Er lachte gern und grinste von einem Ohr zum anderen. Ein Kranz

Fältchen umgab seine Augen, und sein braunes Haar fing an den Schläfen an grau zu werden. Mit wie viel Stolz er vor dem Aufbruch sein rotes Kreuz an die Schulter geheftet hatte! In diesem Moment wünschte ich mir, mein unbekannter Vater wäre auch so gewesen.

Der Mann hatte sich trotz des Regens zu mir herübergebeugt: »Junge, wenn du noch bei der Königin wärst, könntest du im Trockenen fahren!«

»Das wäre nicht das Richtige. Denke an den Ablass, den wir uns verdienen müssen.«

»Mein Pilger und dein Roller, die haben ihn schon verdient, glaubst du nicht?«

Ich nickte nur mit dem Kopf, denn hätte ich den Mund aufgemacht, wäre ich nur am Wasserschlucken gewesen. Ich erinnerte mich, wie Wilhelm und ich damals in der Einöde nach einem Tropfen Wasser gelechzt hatten, und schon ging mir das Wetter nicht mehr so auf die Nerven.

In den Nächten lagerten wir unter Felsen, Bäumen oder einem Wagen, unter dem noch etwas Platz war, und zogen die Zeltplanen über uns. Trotz des schlechten Wetters kamen wir zügig voran.

Ein paar Tage später zogen wir am Königswagen vorbei und setzten uns an die Spitze des Heeres. Der Regen hörte auf, der Himmel war grau und von Wolken verhangen, doch es war nicht kalt. Der Wind blies von Süden und brachte einen süßlichen Duft mit, der an den nahen Frühling erinnerte.

Am Abend hörten wir von anderen Kriegern, dass immer wieder Nachzügler überfallen und ausgeraubt wurden. Die Wegelagerer waren wie Nadelstiche in unserem Fleisch. Obwohl sie nicht tödlich waren, so taten sie doch weh, und der König schickte Verstärkung an das Ende des Zuges.

Der süßliche Duft, den wir anfangs als Frühlingsluft begrüßt hatten, wurde immer stärker und Ekel erregend. Niemals hatten wir so etwas gerochen; er hüllte uns ein und kroch wie eine klebrige Masse unter die Haut und verstopfte unsere Atemwege. Steinhaufen lagen am Rande der Straße, und große Vögel mit nackten Hälsen flogen vor uns auf. Wilde Hunde lauerten zwi-

schen den Steinhaufen und zerrten an dürren Ästen. Ein Stein rollte zwischen Rollers Beine, er machte einen Satz vorwärts – und ein Totenkopf grinste mich an.
Jetzt wussten wir, woher der fürchterliche Gestank kam. Tücher wurden aus den Taschen gezerrt und um Nase und Mund gebunden. Weinrad aus Konstantinopel fiel mir wieder ein: Menschengerippe am Wegesrand, vom Sand zugeweht.
Es waren keine Gerippe, es waren Leichen – Menschen und Pferde, die vor Wochen aufgebrochen waren, um den sicheren Weg zu gehen. Unwillkürlich hielt ich Ausschau nach einem Blondschopf und hoffte, dass ich ihn nie finden würde, als Wilhelm an meine Seite ritt.
»Hör auf zu suchen, Konrad. Du machst Roller mit dem Hin- und Herreiten verrückt. Was willst du tun, wenn du den Jungen wirklich finden solltest?«
»Ich werde ihn in ein Grab betten und Steine darauf legen.«
»Ist doch egal, Junge, ob ihn nun die Würmer oder die Geier fressen.«
Irgendwie war es eben nicht egal, fand ich. Würmer waren natürlicher, und den Gedanken, dass der Leichnam des Jungen von wilden Hunden durch die Gegend geschleift würde, konnte ich nicht ertragen.
Diese Vorstellung und das Suchen brachten mich immer weiter vom Heer weg. Ich ritt einen Steilhang hinauf. Immer wieder sah ich die Haare von Hans-Martin im Wind wehen, doch als ich näher kam, entpuppte es sich als dürres Gras.

Es gab Zeiten, in denen mir die vielen Menschen auf die Nerven gingen, so auch an diesem Morgen. Roller liebte es seit je, in aller Frühe zu galoppieren, und an diesem Tag war er kaum zu bändigen. Der Lärm, der Gestank machten ihn nervös; also verdoppelte er seine Anstrengung, dem Ungemach so schnell es ging zu entfliehen. Wir verließen das Heer, und ich gab ihm die Zügel frei und ließ ihn über das offene Gelände rennen.
In der Ferne lief ein Wolf. Er blickte mir entgegen, glaubte sich aber verfolgt, beschleunigte seinen Lauf und verschwand im

dürren Gras. Für kurze Zeit vergaß ich den Kreuzzug und Hans-Martin. Ich überließ mich ganz dem Rausch der Schnelligkeit und dem Gefühl, eins zu sein mit meinem Pferd. Ich empfand eine ungeheure Erregung, die mich starr im Sattel hielt, die Hände an den Zügeln, die Schenkel fest um den Rumpf des Tieres geschlossen. Ich lebte jetzt, in diesem Augenblick, intensiv und von Freude erfüllt; und wenn es der letzte Morgen wäre, den ich erleben sollte, ich hätte ihn nicht schöner erleben können.

Eine Barriere aus Dornengestrüpp stand uns im Weg. Roller setzte mühelos darüber, berührte den Boden dahinter wie ein Vogel so flüchtig und jagte ohne das mindeste Zögern weiter. Vor uns flogen Rebhühner und Fasanen auf, eine Schlange, im Schlaf gestört, reckte sich in die Höhe und zischte den fliegenden Hufen entgegen. Doch auch ihrer achtete Roller nicht; er raste dahin, mit weit geöffneten Nüstern, Mähne und Schwanz wie eine Fahne im Wind, dem Morgen entgegen.

Auf einer Anhöhe hielten wir an. Roller hatte saftiges Gras gefunden und war stehen geblieben. Nachdenklich sah ich mich um. Der Aasgeruch war verschwunden, und ich konnte frische Luft einatmen. Unten im Tal sah ich das Heer ziehen. Der weiße Hengst der Königin leuchtete aus dem dunklen Zug von Mensch, Tier und Wagen hervor.

Diese frische Luft würde auch ihr gefallen; ihr Pferd könnte sich an dieser saftigen Weide gütlich tun. Noch bevor ich zu Ende gedacht hatte, war ich auf dem Rückweg.

Nun ritt ich langsamer, nahm die Schönheit in mich auf, die Geräusche, den Duft des anbrechenden Tages, wie jemand, der seinen Durst an rieselnder Quelle stillt. Nur wenige Menschen hätten den Anblick genossen, der sich mir bot. Den meisten wären die flache, gesichtslose Ebene und die karstigen Berge eher hässlich und beängstigend erschienen. Doch ich empfand nach dem fürchterlichen Gestank des Todes, der über der Straße hing, den Morgenhimmel, das blaue Licht, das allmählich das Land überflutete, die frische Luft, den Duft der niederen Büsche als unlösbare Bestandteile einer fremden, geheimnisvol-

len Welt. Die aufgehende Sonne ließ ihre Strahlen über den Zug gleiten, und die blauen Schatten der Morgendämmerung wichen allmählich zurück, als die Sonne höher stieg.
Ich ritt mit hängenden Zügeln, als ich wieder eintauchte in den Gestank verwesender Leichenteile und mich der Königin näherte.
Die Königin sah mich erstaunt an. Das schöne Gesicht überzog ein grünlicher Schimmer, und immer wieder musste sie sich übergeben.
»Kommt mit, Madame! Ich habe einen Platz gefunden mit frischer Luft und Gras für Euer Pferd!«
Sie band ihr Tuch fester um Mund und Nase und sprengte ohne Begleitung hinter mir her.
»Danke, Sadi. Das war die beste Tat, die du jemals getan hast. Die Luft! Ist es nicht merkwürdig, dass wir frische Luft als selbstverständlich hinnehmen? Dabei ist sie so wichtig für uns und so kostbar. Erst wenn wir sie vermissen, wissen wir sie zu schätzen.«
Die Königin war abgestiegen und sah den grasenden Pferden zu, während ich umherlief und überall nach möglichen Feinden Ausschau hielt. Der Steilhang ragte hoch über uns und war nicht zu ersteigen. Eine Spalte tat sich im Fels auf, und davor sah ich die Asche eines Lagerfeuers. Vielleicht ein Unterschlupf von Hirten? Möglicherweise hatten sie vor Wochen den Überfall auf die Pilger beobachtet oder waren dabei gewesen.
»Sadi! Komm, setz dich zu mir. Warum bist du so unruhig?«
»Ich bin nicht unruhig, Madame, habe mir nur die Gegend betrachtet.«
»Schau dir die Pferde an! Seit Tagen hat Urban nichts mehr gefressen. Nun holt er alles nach.«
»Euer Pferd heißt Urban? Ist das nicht ein Papstname?«
»Stimmt genau! Sieht er nicht aus wie ein Papst unter den Pferden – so hoheitsvoll und genauso rechthaberisch?«
Das Pferd Urban hob den edlen Kopf und wieherte, als hätte es verstanden, und die Königin brach in helles Lachen aus. Mir schien, als hätte sie die letzten Tage vergessen. Sie legte

sich zurück und sah träumend in den von Wolken verhangenen Himmel. »Am liebsten möchte ich hier bleiben und diesen ganzen Kreuzzug vergessen.«

Auch ich hatte mich auf den Rücken fallen lassen. »Ihr habt Recht, Madame. Was wird noch alles auf uns zukommen?«

»Es wird besser werden, *mon amie,* das Schlimmste haben wir hinter uns. Bald sind wir an der Küste, wo ein Schiff meines Onkels auf uns wartet. Unser Kreuzzug ist lange nicht so schrecklich wie der erste mit Gottfried von Bouillon. Er musste jede größere Stadt monatelang belagern, um sie dann im Sturmangriff zu nehmen.

Weißt du, Sadi, Papst Urban dachte um 1099, ein heiliger Krieg im Zeichen des Kreuzes, unter der Herrschaft der Kirche, würde den Machtanspruch des Papstes erheblich festigen. Wenn seine Ritter die Muslime aus dem damals geschwächten Byzanz vertreiben würden, könnte die Einheit der beiden Kirchen – Ost und West – unter der Herrschaft Roms wieder erstehen. Er wollte einen Gottesstaat auf Erden erschaffen und ist ein paar Tage nach der Eroberung Jerusalems gestorben. Er hat den Triumph der Kreuzfahrer nicht mehr erlebt.

Der heilige Augustinus hat bereits im fünften Jahrhundert den Begriff ›gerechter Krieg‹ geprägt. Er meinte damit den Selbstschutz und den Erhalt der Religion. Später hat dann Karl der Große einen ›gerechten Krieg« gegen die heidnischen Sachsen geführt, und die Christen zogen gegen Slawen und Ungarn.

Ein ›heiliger Krieg‹ mit dem Ziel, Jerusalem zu befreien, ist zu jeder Zeit ein plausibles Ziel für die Christen. Dabei verbinden viele Menschen mit Jerusalem die Vorstellung von einer Stadt, die nicht irdischen Ursprungs ist. Ein Aufbruch nach Jerusalem erweckt daher immer Ängste und Hoffnungen.

Verstehst du, Sadi, was ich damit sagen will? Dieser Papst Urban, Gott hab ihn selig, wollte etwas Großes tun und hat mehr unschuldiges Blut vergossen als die Römer mit ihrer Christenverfolgung.«

»Es fällt mir trotzdem schwer, Madame, an den Sündenablass zu glauben und dass Gott diese unfassbaren, schrecklichen Taten

vergeben kann – nur weil der Mensch sich entschlossen hat, auf Pilgerreise zu gehen. Viele sind gekommen, um ihre Sünden zu verbüßen, und andere, um zu sündigen. Die einen starben im Zustand der Gnade und die anderen als Halunken. Doch alle kommen in denselben Himmel. Aber was ist mit den Heiden, den Andersgläubigen, den unschuldigen Frauen und Kindern?«
Die Königin hatte sich umgedreht, und auf dem Bauch liegend sah sie mich an. »Da scheiden sich die Geister, Sadi! Du kannst glauben, und du kannst es bleiben lassen.
In den Augen der Kirche bist du mit diesen Gedanken eine Ketzerin. In meinen Augen wärst du ein Dummkopf, wenn du anders denken würdest. Am besten, du denkst nicht so viel darüber nach, denn bei aller Frömmigkeit: Der Papst ist auch nur ein Mensch.«
»Was würdet Ihr tun, gesetzt den Fall, wir werden gefangen, und die Muslime stellen Euch vor die Frage ›Übertreten zum Islam oder den Tod‹, Madame?«
»Ich bin keine Heilige und keine Märtyrerin, Sadi. Ich würde mich den gegebenen Umständen beugen. Und was würdest du tun?«
»Das Gleiche, Madame«, sagte ich, ohne zu überlegen.
»Horch, was ist das? Es hört sich an, als hätte der Wind gedreht.« Auch die Pferde hörten dieses ungewohnte Geräusch, hoben die Köpfe und spielten mit den Ohren. Auf allen vieren krochen wir zum Rande des Steilhangs.
»Da! Sieh nur, Sadi, das ist ein Überfall!«
Die Königin wollte sich erheben, doch mit einem Griff brachte ich sie zu Fall. »Kommt mit, Madame, beeilt Euch, wir müssen uns in Sicherheit bringen.«
»In Sicherheit – vielleicht diesen steilen Fels hinauf?«, rief sie voller Angst.
»Hinter dem Busch ist eine Felsspalte. Nehmt die Pferde mit.«
Zum Glück behielt die Frau die Nerven, griff nach den Zügeln der beiden Pferde und führte sie hinein. Schnell griff ich ein paar dürre Äste, die überall auf der Wiese verstreut lagen, um sie als Tarnung zu benutzen. Mit Steinen verschlossen wir unser

Versteck und legten die Äste so dazwischen, dass es natürlich aussah. Als ich uns schon in Sicherheit wähnte, sahen wir die Pferdeäpfel, die dampfend im Gras lagen. Ohne zu zögern, reichte mir die Königin ihr Seidentuch. Es war wohl das kostbarste Transportmittel für Pferdemist, das es je gab. Wir konnten nichts weiter tun, nur noch abwarten und beten, was die Königin auch inständig tat.
»Sadi!«
Erschreckt riss ich meine Augen auf und dachte, sie hätten uns entdeckt.
»Du warst eingeschlafen.«
»Verzeihung, Madame, ich habe nur nachgedacht.«
»Und was ist bei deinem Nachdenken herausgekommen?«
»Nichts, Madame, überhaupt nichts.«
Ich war tatsächlich eingeschlafen; in diesem Moment wäre es mir sehr peinlich gewesen, wenn sie es bemerkt hätte; um nichts auf der Welt hätte ich das zugegeben.

Bevor es dunkel wurde, verließen wir unser Versteck und schlichen wieder an den Rand des Steilhanges. Der Kampf war beendet, und wir machten uns an den Abstieg.
Es war ein furchtbarer Anblick. Je näher wir dem Zug kamen, umso deutlicher sahen wir die schreckliche Niederlage dieser Schlacht. Hauptangriffsziel war der Wagen der Königin, auch waren die Verluste an Menschen und Tieren gerade in diesem Abschnitt am größten. Die Überlebenden sahen uns mit offenen Mündern an und bekreuzigten sich, als wären wir in diesem Moment vom Himmel herabgestiegen und nicht von einem Steilhang eine Meile westlich. Wie immer in solch einer Situation wurde von einem Wunder geredet.
Die Königin traf es schwer. Die Hofdamen, die Troubadoure und viele Krieger der Leibwache, die sie persönlich kannte, waren tot.
Zum Glück ritt der König an der Spitze des Zuges, war also nicht in direkter Gefahr gewesen. Auch Wilhelm und seine Mannen waren mit dem Schrecken davongekommen und nun

eifrig dabei, Gruben auszuheben, um die Gefallenen zu begraben und die Gräber mit Steinen zu beschweren.
Am nächsten Tag wurde ein Requiem für die Toten gefeiert. Auch ohne die schwarzen Tücher an den Standarten war der Schmerz groß. Ich vermied es, der Königin zu begegnen, denn ich konnte mit ihrer Trauer nicht umgehen. Die unausgesprochene Frage, warum ich nur sie gerettet hatte, lag mir schwer auf der Seele, und ich konnte sie mir selbst nicht beantworten.
All das Unverständliche in meinem Inneren, die Trauer der Menschen, die Angst vor einem neuen Überfall ließen mich verstummen. Ich zog mich von allen zurück, und nur wenn ich in meiner Wut ein paar Pfeile auf die hässlichen Hunde und Vögel abschießen konnte, spürte ich Erleichterung.
Mein ganzes Leben war ich anders als andere Menschen gewesen, ich hatte mich daran gewöhnt; diesmal war ich in ein Loch gefallen, und so viel Mühe ich mir gab, ich kam nicht mehr heraus. Hätte ich an diesem Kampf teilgenommen und ein paar von den ungläubigen Hunden vernichtet, wäre es mir besser gegangen.
Wilhelm kam auf mich zu und unterbrach mein Grübeln. »Konrad, die Königin will mit dir sprechen.«
»Sag ihr, ich kann nicht. Sag ihr, es geht mir nicht gut. Bitte, Wilhelm, halte sie mir vom Hals.«
»Das wird er nicht tun, *mon amie!* Warum gehst du mir aus dem Weg, Sadi? Was habe ich dir getan?«
»Nichts, Madame, Ihr seid in Trauer. Wie könnte ich Euch da stören?«
»Ach, Sadi, natürlich bin ich über den Tod meiner Leute traurig. Viele davon waren aus meiner Heimat Aquitanien; mir zuliebe haben sie das Kreuz genommen. Maria del Groggo war gerade in ein Kloster eingetreten; die Äbtissin hat sie für diese Pilgerreise freigegeben. Und Berenaïs war eine weitläufige Verwandte. Sie sind für mich gestorben.«
»Nein, Madame, das glaube ich nicht. Sie sind für ihren Glauben gestorben. Sie wollten nach Jerusalem, und dieses Ziel konnten sie nur durch Euch erreichen.«

»Danke, Sadi. Du hast nicht nur mein Leben gerettet, sondern nimmst mir auch meine Schuldgefühle.«
»Ich habe Euch nicht gerettet, Madame. Es hat nichts mit mir zu tun, das müsst Ihr mir glauben.«
Die Königin nahm meine Hand und drückte sie leicht. »Ich habe von den anderen Zufällen gehört, Sadi: Sofia, das Hochwasser und die Sache in Nikäa. Möchtest du mir nicht sagen, was mit dir los ist?«
Den ganzen Nachmittag versuchte ich der Königin von Frankreich zu erklären, was ich nicht erklären konnte – was es mit dem zweiten Gesicht auf sich hatte. Ich musste ihr klar machen, dass mich eine innere Macht, auf die ich keinen Einfluss hatte, dazu trieb, bestimmte Dinge zu tun.
»Ich verstehe dich, Sadi, und weiß, dass du die Wahrheit sagst.«
Ungläubig sah ich sie an. »Ihr haltet mich nicht für verrückt oder von Dämonen besessen?«
»Aber nein, warum sollte ich? Menschen mit dem zweiten Gesicht gibt es in Aquitanien viele. Es sind meistens sehr angesehene Frauen. Alles, was sie tun und was du getan hast, ist zum Wohle der Menschen. Oder hast du damit jemandem geschadet?«
»Nein, nicht dass ich wüsste.«
»Na also. Warum machst du dir dann Gedanken darüber?«
»Ist es nicht merkwürdig, dass immer Freunde betroffen sind, wenn ich etwas sehe, und wenn ich selber in Gefahr gerate, spüre ich nichts?«
»Das ist ganz einfach zu erklären. Du hattest an diesem Tag keine Ahnung von der Gefahr, in der wir beide schwebten; irgendetwas brachte uns aus der Gefahrenzone. Du hast dementsprechend gehandelt, und wir wurden gerettet. Was hältst du von der Erklärung, dass du ein besonders guter Schutzengel bist?«
»O nein, sicher nicht!«
»Warum nicht? Ist das so abwegig? Na gut, lassen wir den Schutzengel. Du hast mich deinen Freund genannt, den du gut leiden kannst. Was hältst du von einer guten Freundin, Sadi? Eine Freundin für eine sehr einsame Königin.«
»Was sagt der König, Euer Gemahl, dazu?«

»Die letzten Tage habe ich ihn kaum gesehen. Nach dem Überfall hat er mir Vorwürfe gemacht, dass ich mich, ohne die Wachen zu verständigen, vom Heer entfernt und mich so leichtsinnig in Gefahr gebracht habe. Dass ich mein Leben dadurch gerettet habe, ist ihm völlig entgangen. Er ist nicht der Mann, der eine Frau zum Trost in die Arme nimmt, Sadi. Er ist zuallererst Christ und König, und der Mensch kommt ganz am Schluss.«

»Ihr seid verbittert, Madame.«

Sie lachte, doch es klang anders als sonst, spitzer und ein wenig hysterisch. »Nein, ich bin nichts anderes gewöhnt. Nur – in solch einem Moment den König herauszukehren ist nicht ritterlich. Nein, *mon amie,* es ist schäbig und kleinlich. Aber was soll das Klagen.«

»Es lebe der König.«

»Ich weiß bis heute nicht, warum die Herrscher glauben, sie dürften keine menschliche Regung zeigen. Mein Vater war anders. Er liebte und wurde wiedergeliebt. Dabei war er der Herzog von Aquitanien, ein großer Mann, Sadi. Er würde sich im Grab umdrehen, wüsste er, dass ich den König von Frankreich geheiratet habe, diesen frömmlerischen Eisklotz.«

»Vielleicht liebt Euch der König und kann es nur nicht zeigen, Madame.«

»Ja, das dachte ich am Anfang unserer Ehe auch. Wir waren beide noch so jung, und ich hoffte, mit etwas Mühe und Geduld von beiden Seiten könnten wir zusammenfinden. Doch dann kam die Kirche. Die Patres und Bischöfe zogen ihn auf ihre Seite. Auf uns Frauen blicken sie verächtlich herab. Es gibt Kirchenmänner, die uns für minderwertig halten. Gott aber tut das nicht, das darfst du nie vergessen, Sadi. Ich habe lange gebraucht, um das zu verstehen. Es sind die Männer, die Gesetze und Regeln aufstellen, nicht die Frauen. Sie erzählen uns, sie würden nur Gottes Gebote interpretieren, und erwarten, dass wir dumm genug sind, ihnen zu glauben. Eine Heirat ist ein geschäftlicher Vertrag und hat nichts mit der Liebe zu tun. Ein Lehen heiratet ein anderes. Fleischeslust ist auch in der Ehe verboten und gilt als sündhaft. Die Beziehung der Eheleute ist

nicht auf die Befriedigung der Lust ausgerichtet, sondern dient ausschließlich dem Zwecke, Kinder zu zeugen und zu gebären. Das hat mir ein Bischof vor unserer Eheschließung erklärt. Du kannst mir glauben, Ludwig hat sich daran gehalten.
Um die Seele zu bewahren, gilt es, sich von geschlechtlichen Freuden fern zu halten, die doch so angenehm und menschlich sein sollen. Töten hingegen, viehisch und kaltblütig, ist gestattet. Diese sonderbare Auffassung stammt aus der Religion, denn Töten dient der Kirche, die Wollust hingegen nicht.
Aber was erzähle ich dir da ... Ich bin gekommen, um dir zu sagen, dass ich deine Freundin sein möchte, und was tue ich – erzähle dir meine Eheprobleme. Es tut mir Leid, Sadi.«
»Es braucht Euch nicht Leid zu tun, Madame, dazu sind Freunde da. Habt keine Angst, niemand wird von diesem Gespräch erfahren.«
Noch lange musste ich über die Königin und ihr Geständnis nachdenken. So recht klar war es mir nicht, wie sehr sie in mein Leben und Denken eingegriffen hatte. Außer mit der Muhme Anna und der Köchin hatte ich bisher nie etwas mit Frauen zu tun, und diese beiden hatten andere Probleme als die Königin. Nun wurde ich in etwas hineingerissen, was ich eigentlich nicht wollte. Doch konnte ich mich dagegen wehren?

Je südlicher wir kamen, umso wärmer wurde die Luft. Keine Steinhaufen, Geier und wilden Hunde mehr längs der Straße. Wir konnten wieder durchatmen, und in den letzten Tagen blieben auch Überfälle aus. Bäche und Flüsse waren sauber, die Menschen optimistisch. Kundschafter kamen zurück und erzählten jedem, der es hören wollte: Das Meer ist nur noch zehn Meilen entfernt – ein Katzensprung für Berittene.
Es war die letzte Nacht, und sie war unruhig. Am nächsten Abend würden wir in Antalya unsere Zelte aufschlagen; dann würden wir bald Schiffsplanken unter den Füßen haben, dachte ich. Mir schien, nicht nur ich war voller Erwartung. Unerträglich die Luft im Zelt – ruhelos warfen sich die Schläfer von einer Seite auf die andere, und ich tastete mich hinaus ins Freie.

Mit Anbruch der Morgendämmerung sah ich die ersten dünnen Streifen eines pastellfarbenen Sonnenaufgangs, und knapp überm Horizont auf der Linie, wo sich Berge und Himmel zu berühren schienen, bemerkte ich einen Reiter; wie ein Scherenschnitt hob er sich von der Landschaft ab. Nur ein Wimpernschlag, und er war verschwunden. Während die morgendliche Brise auffrischte und mir die Haare ins Gesicht blies, beobachtete ich mit angehaltenem Atem einen Stern, der am Rande der Welt schwebte.

Die hohen, mit Schnee bedeckten Taurusberge rückten auf dem letzten Abschnitt näher zusammen. Enge Durchlässe und Hohlwege sind gefährlich; jeder im Heer wusste das. Ich machte Wilhelm darauf aufmerksam, doch genau wie der König überging er die Warnung.

Sie warteten, bis die sperrigen Wagen den Felseinschnitt passiert hatten, und griffen dann an.

Die Kreuzfahrer waren geschwächt, und auch ich spürte schon ein paar Tage, dass die vergangenen Strapazen nicht spurlos an mir vorübergegangen waren. Jeder Knochen tat mir weh, und die Hitze und Kälte, die mich abwechselnd überfielen, zeigten das Fieber an. Es war ein ungleicher Kampf so nahe bei Antalya, wo man ein paar Tage Ruhe erhofft hatte. Nur mit größter Mühe entkam das Königspaar. Zurück blieben Verwundete und Tote.

Unsere Krieger ließen sich nach diesem Überfall nicht mehr halten. Sie schwärmten aus und vernichteten alle Dörfer und kleineren Städte in dieser Gegend; wieder mussten Unschuldige ihr Leben lassen.

Antalya

Eine volle Woche lag ich auf dem Krankenlager.
Der enge Raum mit den nackten Wänden erinnerte an ein Gefängnis; doch da ich die ganze Zeit geschwächt und dumpf im Fieberwahn vor mich hindöste, war mir die Umgebung ziemlich gleichgültig. Weder Wilhelm noch die Königin durften mich besuchen, denn man wusste nicht, ob dieses Fieber ansteckend war.
Antalya war ein sicherer Stützpunkt der Kreuzritter und für die Pilger ein Platz zum Ausruhen und Sammeln neuer Kräfte.
Obwohl ich mich nach den Worten des Leibarztes der Königin schonen sollte, hielt mich nichts auf meinem Lager, sobald es mir besser ging.
Die Stadt mit ihren hohen Mauern und Türmen war ein Hort für alle Menschenrassen. Im Hafen lagen byzantinische Schiffe, nur das sehnlichst erwartete aus Antiochia war nicht in Sicht, und das Königspaar wartete voller Ungeduld.
Zwischen Gemüsekarren, Eseln und Kamelen passierte ich das Stadttor und ritt auf einem freudig wiehernden Roller am Hafen vorbei in nördlicher Richtung. Die letzten Hütten, die wie Schwalbennester an der Stadtmauer klebten, die unterschiedlichen Gerüche, das Hämmern der Schiffsbauer, all das Lachen, Rufen und Schreien ließen wir hinter uns, um einzutauchen in den Frieden der Gärten, Äcker und Wiesen.
Ich band Roller an einen Strauch und folgte einem fast zugewachsenen Pfad, der nach oben auf eine steile Klippe führte. Stoßweise ging mein Atem, als ich auf dem breiten Felsmassiv stand, das sich zu einer Landzunge verengte und sich in die Bucht wölbte. Tief unter mir umspielte das Meer mit Schaumkro-

nen die schroffen Riffe. Aus dem Gestrüpp ragten die Reste eines Walls auf, der wohl einmal zu einer Befestigung gehört hatte. Alles deutete darauf hin, dass dies ein Vorposten zum Schutz des Hafens gewesen war. Jedes Schiff, das von Osten kam, hatte den Fels umrunden müssen und war so in die Schusslinie der oben auf dem Fels postierten Bogenschützen gekommen.
Die Ruinen der Burg auf dem Hügel bezeugten die einstige Macht. Ich kletterte durch die verfallenen Gemäuer, entdeckte von Rost zerfressene Eisentore und Fenstergitter. Tief hinunter führte mich meine Neugierde, in Schächte, die einst Verliese gewesen sein mussten, wo Menschen elend verendet waren. Ein Schauder überlief mich. Selbst in der grellen Sonne war es hier dumpf und dunkel, roch es nach Tod und Verwesung.
Harte Schritte erklangen über mir. Ein Gegenstand traf auf Eisen, und das Echo warf den hellen Klang zurück. Ohne ein Geräusch zog ich mein Schwert, drückte mich gegen eine bröckelnde Mauer, an der Wasser herabsickerte.
Eine mächtige Gestalt stand am Eingang unter morschen Balken und sperrte das wenige Licht aus, das von draußen hereindrang.
»Konrad?«
»Oh – Wilhelm. Du hast mich erschreckt.« Aufatmend steckte ich mein Schwert in die Scheide.
»Was machst du hier?«
»Einen Erkundungsgang.«
»Solltest du dich nicht schonen?«
»Ich bin in Ordnung, Wilhelm.«
»Komm heraus in die Sonne und lass dich anschauen.«
»Wie hast du mich gefunden?«
»Roller steht angebunden unter einem Baum, da konntest du ja nicht weit sein. Mir scheint, du bist die letzten Tage noch dünner geworden.«
»Das täuscht, Wilhelm. Ich bin wirklich ganz gesund.«
»Konrad, die Königin hat mir ein Angebot gemacht: Sie möchte mich in ihrer Leibwache haben.«
»Und? Nimmst du an?«
»Nein, ich bleibe im Heer.«

»Dann müssen wir uns trennen. Sie will, dass ich mit nach Antiochia fahre.«
»Für dich ist das auch das Beste. Du siehst jetzt schon aus wie ein Gespenst, dünn und blass, wie du bist.«
»Das ist halb so schlimm, aber ich möchte ganz gern mit dem Schiff weiterfahren. Ich habe von all den Überfällen die Nase gestrichen voll, Wilhelm, und mein Bedarf an Abenteuern ist für die nächsten zwanzig Jahre gedeckt. Während du dich mit den Muslimen herumschlägst, werde ich mich gemeinsam mit der Königin verwöhnen lassen.«
Wilhelm lachte über meine Worte und merkte nicht, wie mir in Wirklichkeit die Beine vor Schwäche zitterten. »Komm mit in die Sonne, Konrad. Ich möchte dir von meinen neuen Freunden erzählen, die ich während deiner Krankheit kennen gelernt habe.«
»Was sind das für Leute?«
»Juden.«
»Juden? Richtige Juden?« Ich staunte. Weder Wilhelm noch ich waren jemals mit Juden zusammengekommen. Wir hatten sie gesehen und wir wussten, dass sie in den Städten lebten, als Geldverleiher, Viehhändler und Advokaten ihr Geld verdienten und nicht sehr beliebt waren. Ausgerechnet mit diesen Menschen musste er sich befreunden. Kaum ließ man die Männer allein, schon machten sie Dummheiten.
»Hör zu, Junge: Judith und Ruben wurden in Speyer geboren. Ihre Ahnen sind im zehnten Jahrhundert aus Nordafrika über Frankreich eingewandert und lebten als Tuchhändler in Speyer.«
»Weshalb sind sie nach Speyer gekommen?«
»Die Juden waren in den Augen des Königs und der Kirche gern gesehene Mitbürger, denn der König lieh sich von ihnen Geld für Kriegszüge, und auch die Kirche ließ sich gern unterstützen. Einige ihrer christlichen Nachbarn betrachteten die Juden aber gerade deswegen mit Argwohn. Dennoch, von kleinen Ausschreitungen abgesehen, lebte diese Minderheit mehr oder weniger friedlich mit der Mehrheit.

Kaum einer von ihnen ahnte damals, 1096, dass sie unmittelbar vor einer Katastrophe standen. Sie hatten den Kreuzrittern Gottfried von Bouillon und Peter dem Einsiedler ihr ganzes Silber gegeben und hofften sich damit freigekauft zu haben. Doch immer öfter zogen die christlichen Armeen auf dem Weg ins Heilige Land vorbei, und immer häufiger war die Rede vom jüdischen Feind.«

»Warum galten sie als Feinde? Was warf man ihnen vor?«

»Es hieß: ›Wir ziehen durch fremde Länder. Wir müssen gegen mächtige Heere kämpfen, wir riskieren unser Leben und unsere Gesundheit, um Königreiche zu erobern und die Stadt Davids zu befreien. Eigentlich waren es die Juden, die ihn ermordet haben.‹ Diese und ähnliche Worte bekamen sie immer wieder zu hören.

Dann hörte man davon, dass es einen päpstlichen Ablass gäbe für jeden Juden, den man tötete.«

Sadi riss erschrocken die Augen auf. »Ein Verhängsnis!«

»Verhängnisvoll wurde die Situation erst, als Emicho von Leiningen, ein Adeliger aus dem Rheinland, der für seine Grausamkeit berühmt war, sich berufen fühlte, im Zeichen des Kreuzes nach Osten zu ziehen.

Am dritten Mai 1096 erreichte er Speyer. Der Bischof half den Juden und brachte sie in Sicherheit. Er zog mit einer eigenen Armee gegen Emicho und vertrieb die Kreuzritter.

Elf Juden starben, darunter auch die Eltern meiner neuen Freunde. Emichos Soldaten plünderten das jüdische Viertel aus. Der Bischof nahm einige Soldaten fest und ließ ihnen die Hände abhacken.«

»Grausame Strafe«, entfuhr es mir. »Und wie ging es weiter?«

»Die Lage verschlimmerte sich. Man beschimpfte die Juden als Brunnenvergifter und Leichenschänder. Man stellte sie vor die Wahl, entweder zum Christentum überzutreten oder zu sterben.«

»Da fällt die Wahl nicht schwer, Wilhelm.«

Judith und Ruben überlebten bei christlichen Nachbarn, die selbst Todesängste ausstanden. Später gingen sie zu Verwandten nach Mainz und Köln. Sie verloren sich aus den Augen.

Ruben heiratete eine Jüdin aus Mainz, die bei ihrer ersten Niederkunft mit dem Kind starb.«
»Und wie trafen die beiden einander wieder?«
»Rubens Großtante erinnerte sich an Judith und brachte die beiden zusammen. Nach dem Trauerjahr wurden sie verheiratet. Sie hörten von dem neuen Kreuzzug, und bevor sie sich wie ihre Eltern abschlachten ließen, versuchten sie lieber, im Schutz des Heeres nach Palästina zu gelangen. Damit sie tatsächlich das Heilige Land erreichen, werde ich sie unter meine Fittiche nehmen.
Sie wohnen jetzt im jüdischen Viertel der Stadt bei Verwandten. Ich habe ihnen von dir erzählt, Konrad, und deine Sachen zu ihnen gebracht. Da, wo du die letzten Tage verbracht hast, kannst du nicht mehr hin. Es ist ein Leprahospiz.«
»Es ist *was?*«
»Ich wusste es auch nicht, und als ich es erfuhr, ließen sie mich nicht mehr zu dir.«
»Verdammt, Wilhelm, und wenn ich jetzt Lepra bekomme?«
»Seit einem halben Jahr haben sie keinen akuten Fall.«
»Auch ein Trost.«
»Deshalb bin ich ja so froh, dass die Juden so gastfreundlich sind und dich aufnehmen wollen.«
»Kann ich nicht zu dir kommen?«
»Wenn es dir bei den Juden nicht gefällt – natürlich. Doch lerne sie erst einmal kennen, dann werden wir weitersehen.«
Während ich hinter Wilhelm den schmalen Pfad hinablief, fragte ich ihn, wie er mich gefunden hatte.
»Aus dem Hospiz warst du verschwunden, ohne dass jemand etwas bemerkt hatte. Ich kenne dich lange genug und wusste, die Ruine auf dem Hügel würde dich anziehen wie der Speck die Mäuse in der Falle. Dann bin ich losgeritten und fand kurz darauf Roller unter einem Baum. Da wusste ich, dass ich richtig geraten hatte.«

Wir ritten zurück in die Stadt und brachten die Tiere zu einem öffentlichen Stall. Wilhelm führte mich durch ein Gewirr enger

Gassen, blieb vor einer glatten schwarzen Tür stehen und schlug den eisernen Klopfer so fest, dass rundum Gesichter an den kleinen vergitterten Fenstern erschienen und uns neugierig betrachteten. Ein älterer Mann im grauen Kaftan und mit schwarzem Käppchen auf den lockigen Haaren öffnete die Tür und hieß uns mit einer Verbeugung willkommen.

Als ich aus dem hellen Sonnenlicht in den kühlen, dunklen Flur trat, musste ich blinzeln, um meine Augen an den Lichtwechsel zu gewöhnen. Der kleine Raum, der sich vor uns auftat, war voller Menschen. Doch ich sah nur den Tisch in der Mitte, voll beladen mit allen Köstlichkeiten, die man sich nur denken konnte.

Wilhelm trat zu mir und sagte: »Sadi, darf ich dich mit Ruben und Judith bekannt machen? Alle anderen gehören der Familie Kursiva an und verstehen nur Jiddisch.«

Ruben und Judith waren ein Ehepaar mittleren Alters; sie sahen genauso aus wie andere Leute und waren auch ebenso gekleidet. Auf der Straße hätte ich sie nicht als Juden angesehen. Im Unterschied dazu trugen die Kursivas alle ihre jüdische Tracht, die sehr fremdländisch und vornehm wirkte. Nun sprachen sie alle durcheinander, und ich war froh, als mich Judith am Arm nahm und in einen Nebenraum zog.

»Ein bisschen viel Leute auf einmal, was?«

Ich nickte beklommen und sah ihr schüchternes Lächeln, das ihr ganzes Gesicht verklärte. Man konnte diese Frau nicht schön nennen; sie war groß und von knochiger Figur. Das dünne Haar trug sie am Hinterkopf zu einem Knoten gebunden, und um ihre braunen Augen hatten sich Fältchen eingegraben. Ich hatte das sichere Gefühl, dass ich ihr trauen konnte.

Sie redete mich mit »Sadi« an, und das kam mir merkwürdig vor. Sogar Wilhelm hatte mich vor kurzer Zeit »Sadi« genannt, was für ihn ziemlich ungewöhnlich war. Irgendetwas stimmte nicht; ich wurde immer misstrauischer. Keine Frau nimmt einen jungen Mann am Arm und führt ihn unter den Augen der ganzen Verwandtschaft in ein separates Zimmer. Vorsichtig sah ich mich um.

Ein hölzerner Zuber stand mitten im Raum, und eine Magd leerte abwechselnd heißes und kaltes Wasser hinein. »Das Bad ist für Euch, Sadi – für eine Frau, die so schwer krank war, die beste Medizin.«

»Für eine *Frau?*«

»Ich bewundere Euch. All die Monate unter groben Kriegern zu verbringen war bestimmt kein Vergnügen für Euch. Noch nie habe ich eine Frau, wie Ihr es seid, kennen gelernt, die mit Waffen umgehen kann und eine Bekannte der Königin von Frankreich ist.«

»Judith, woher wisst Ihr das alles?«

»Na, von Wilhelm. Er hat Wunderdinge von Euch berichtet.«

Ich wehrte mich nicht, als sie mich aus meinen Kleidern schälte und wie ein Kind in den Zuber steckte. Nie kam ich mir wehrloser vor. Meine Gedanken drehten sich im Kreis und purzelten wie ein Haufen Äpfel durcheinander. Das warme Wasser war das Beste, was mir seit Monaten geschah.

»Warum sind all die schlauen Heiler nicht darauf gekommen, dass Wasser den Leib und die Seele heilen kann?«, fragte ich Judith, die mir mit einem Schwamm über den Rücken fuhr.

»Es heilt nicht alles, Sadi. Aber für einen ausgezehrten Körper wie den deinigen ist es die richtige Medizin.«

Es gefiel mir, wie sie, ohne lange herumzureden, zum Du überging. »Nun, fett bist du auch nicht gerade.« Und ich zeigte auf ihre knochigen Hüften.

»Nein«, lachte sie. »Aber ein paar Tage in diesem gastlichen Haus werden uns beiden Fleisch auf die Knochen zaubern.«

Wie einem Kind half sie mir aus dem Wasser und trocknete mich ab, stülpte ein riesiges Nachthemd über meinen Kopf und brachte mich zu Bett. Löffel für Löffel fütterte sie mich mit einer scharf gewürzten Suppe und stupste mich immer wieder an, wenn mir die Augen zufielen. Ich hatte noch so viele Fragen, doch der Ausritt auf den Hügel und das warme Bad hatten mich geschafft. Endlich ließ sie mich in Ruhe, und ich konnte auf das Kissen zurückfallen und schlafen.

»Zwei Tage warst du nicht ansprechbar, Sadi. Wir dachten schon, du würdest nie mehr aufwachen.«
Wir saßen in einem geschlossenen Hof. In großen Töpfen standen Palmen, und ein großer Oleander entfaltete seine Blüten. Zwei Kinder spielten brav mit bunt bemalten Holzklötzen; ab und zu kam die Herrin des Hauses Kursiva vorbei, lächelte uns freundlich zu und ging ihrer täglichen Arbeit nach.
»Wie habt ihr eure Verwandten in Antalya gefunden, Judith?«
»Es sind nicht Verwandte im herkömmlichen Sinne, Sadi. Wir Juden sind eine Familie, und gleichgültig wohin wir kommen, wir werden immer freundlich aufgenommen. Als wir durch die Tore der Stadt traten, standen schon Melchert und Ruth da, als hätten sie auf uns gewartet. Wir erkannten sie an ihrer Tracht, traten zu ihnen und sprachen sie an. Da luden sie uns ein, in ihrem Haus zu wohnen und uns auszuruhen. Es ist diese Zusammengehörigkeit, die uns Juden überleben lässt, Sadi.«
»Ich fühle mich geborgen und gesund. Wie hast du das nur fertig gebracht?«
Judith lächelte. »Wir haben unser Wissen von den Arabern. Meine Vorfahren haben Jahrhunderte in der arabischen Enklave gelebt. Die Araber sind im Gesundheitswesen sehr viel fortgeschrittener als die Christen. Sie üben die sanfte Medizin aus. Sie behandeln nicht nur den sterblichen Teil des Menschen, sondern auch die unsterbliche Seele, und sie haben damit große Erfolge erzielt. Ihre Ärzte lernen in Schulen, wo sie experimentieren und das Wissen ihrer Vorfahren weiterentwickeln. Wir Juden haben viel davon übernommen, natürlich nur das, was sich mit unserer Religion vereinbaren lässt.«
»Wie kommt es dann, dass sie so grausam sind, gefangene junge Männer verstümmeln und zu Eunuchen machen, Mädchen in ihrem Harem einsperren, wo sie einem einzigen Mann zu Willen sein müssen?«
»Wie bei jedem intelligenten Volk wird auch das Töten grausamer und raffinierter. Der Harem ist ein Privileg der Fürsten. Der einfache Fellache oder der Hirte hat nur eine Frau. Eunuchen sind meistens Palastwachen des Sultans; auf sie kann er

sich verlassen. Viele Eunuchen erreichen hohe Posten, und es gibt welche, die es bis zum Herrscher gebracht haben.«

»Ach Judith, du findest an jedem Menschen etwas Gutes. Gerade du, der man die Eltern grausam ermordet hat, müsstest die Menschen hassen.«

»Aus allem kommt etwas Gutes, Sadi. Wären meine Eltern nicht gestorben, hätten Ruben und ich nicht diesen Kreuzzug mitgemacht. Aber bist du dir im Klaren, dass ihr in ein Land kommt, in dem es immer wieder Krieg geben wird? Wir gehen nicht in irgendein Land, wir gehen nach Hause. Für uns ist Palästina nicht das Heilige Land wie für euch Christen, für uns ist es Heimat, und wenn wir sterben müssen, haben wir Jerusalem gesehen und werden dort sterben und begraben sein. Es ist das Ziel jedes frommen Juden. – Aber erzähl mir etwas von der Königin! Wie ist sie?«

»Unglücklich, Judith. Sie hat all ihre Freunde verloren und versteht sich nicht mit dem König.«

»Da kannst du wieder einmal sehen, das Glück hat nichts mit Schönheit, Reichtum oder Macht zu tun. Aber sie hat dich, Sadi, und wenn sie nachdenkt, weiß sie das zu schätzen.«

»Du wärst eine bessere Freundin für sie, Judith.«

»O nein, ich könnte vor Ehrfurcht den Mund nicht aufmachen, und genau wie Wilhelm würde ich bei einem Kratzfuß stolpern.«

»Wer sagt das? Ich würde so etwas gar nicht erst versuchen.« Wilhelm stand an der Tür und mischte sich in unser Gespräch. Er freute sich über unsere Unterhaltung und dass wir uns so gut verstanden. Wieder einmal sah ich, wie groß und stattlich er war – er sprengte fast den Türrahmen.

»Wilhelm, ich habe noch ein Hühnchen mit dir zu rupfen! Warum hast du mir verschwiegen, dass du mein Geheimnis kennst?«, rief ich ihm zu.

»Greif mal an deine Nase, Kindchen. Wer hat mich denn im Ungewissen gelassen?«

»Seit wann wusstest du, dass ich kein Mann bin?«

»Seit du dich geweigert hast, auf diese verdammte Schnecke zu pinkeln.«

»Also am ersten Abend nach unserer Abreise.«
»So ist es.«
»Warum hast du nichts gesagt den langen Weg durch die Einöde vor Nikäa?«
»Du hast dir so viel Mühe gegeben, Sadi, und es hätte unser Zusammenleben nur erschwert.«
Er hatte Recht, wie immer. Als Frau erkannt, hätte ich unmöglich unter all den Männern bleiben können. Er reichte mir seine Pranke und sagte: »Frieden, Sadi.« Ich nickte und schaute in Judiths lachendes Gesicht.
Wilhelm hatte Neuigkeiten. Das Schiff aus Antiochia war an diesem Morgen angekommen, und die Königin wartete auf mich.
Ich wäre gern noch ein paar Tage bei Judith geblieben, um unsere Freundschaft zu vertiefen.
»Wir sehen uns in Jerusalem, Sadi.«
Jerusalem – das klang für mich zum ersten Mal wie eine Verheißung. Wen wollte ich nicht alles in dieser Stadt wiedertreffen – Friedrich, Hans-Martin, Judith und Ruben und natürlich Wilhelm. Verband auch ich mit dieser Stadt unsinnige Hoffnungen?

Im Morgengrauen brachte mich Wilhelm mit Roller und meiner Kiste zum Hafen. Wieder einmal ein Abschied, und gerade von Wilhelm tat er besonders weh. Trotz allem war ich auf die Juden eifersüchtig. Irgendwann hatte ich mir diesen großen Mann als Eigentum zugedacht, wollte ihn weder hergeben noch mit jemandem teilen. Der Aufstieg in königliche Gefilde reizte lange nicht mehr so wie zu Anfang. Nun, ich würde die paar Wochen in Antiochia hinter mich bringen, und die Aussicht, Friedrich wiederzusehen, versöhnte mich mit der Trennung von Wilhelm.
Bevor ich Roller auf den wackeligen Holzsteg zum Schiff führte, drehte ich mich um, zog den Kopf meines Bären zu mir herunter und wühlte mich durch das dichte Haargestrüpp zu seinem Mund. Seine Lippen waren wie Seide, und ich drückte meinen

Mund so fest darauf, dass ich dahinter seine Zähne spürte. Aufatmend ließ ich ihn los.

Röte überzog sein Gesicht, knurrend klatschte er Roller aufs Hinterteil. »Pass auf den Kleinen auf, damit ihm nichts passiert!« Drehte sich um und verschwand ohne Abschied zwischen den Menschen, die gaffend beim Schiff herumstanden.

Wieder war ein Abschnitt meiner Kreuzfahrt zu Ende.

Überfahrt

Im schwimmenden Licht der aufgehenden Sonne sah ich die Ruinen auf dem Hügel und dahinter die schneebedeckten Hügel des Taurusgebirges. Wilhelm ging mir nicht aus dem Sinn. Ich wusste nicht einmal den Ort, aus dem er stammte. Wusste nur, dass seine Brüder den elterlichen Hof bestellten und dass er sein Handwerk bei einem Schmied gelernt hatte. Obwohl wir monatelang zusammen waren, haben wir nie über die Vergangenheit gesprochen. Wenn ihm etwas zustoßen sollte, ich hätte nicht gewusst, wem eine Nachricht überbringen.

Ich liebte in ihm meinen unbekannten Vater und den Bruder, den ich nie hatte. Er war für mich Wotan und Donar. Dabei konnte ich mir nicht einmal sein Gesicht ohne das Gestrüpp von Bart vorstellen.

Trübselig blickte ich in das graue Wasser. Die Königin stand in der Nähe ihres Zeltes und fütterte Möwen mit Essensresten. Als sie mich sah, winkte sie mir zu, und wie ein gehorsamer Diener kam ich ihrem Wunsch nach und begab mich zu ihr.

»Hast du eine schöne Zeit in Antalya gehabt, Sadi?«

»Bis auf mein Krankenlager in einem Leprahospiz war es ganz angenehm. Und Ihr, Madame? War Euer Aufenthalt befriedigend?«

»Scheußlich, Sadi, einfach scheußlich. Keine Bequemlichkeit. Und das Schlimmste« – sie beugte sich zu mir herüber und flüsterte: »Ich musste mit dem König in einem Bett schlafen. Jedes Mal wenn ich aufgewacht bin, kniete er vor dem Reisealtar und betete. Bei allen guten Geistern, Sadi! Es ist äußerst deprimierend, nach jeder Nacht, in der er sich aufraffte, mir

wohl oder übel beizuwohnen, einen betenden Mann vorzufinden. Es war, als würde er eine Todsünde bereuen. Dabei hat die ganze Sache nicht länger gedauert … Ach, was erzähle ich dir da. Es ist nicht einmal wert, darüber zu sprechen. Vergessen wir alles und setzen uns da drüben in die Sonne. Diese Brise ist wunderbar. Seit dem Gestank damals, auf dem Weg nach Antalya, kann ich die frische Luft so richtig genießen.«
Irgendetwas schoss in diesem Moment aus dem Wasser. Es währte nur einen Wimpernschlag, dann war es verschwunden.
»Fliegende Fische«, sagte die Königin. Ich schaute in ihr Gesicht. Es schien kein Scherz zu sein, denn sie sagte es gleichmütig, als sähe sie tagtäglich Fische vorbeifliegen.
»Die Farbe des Wassers erinnert mich an die Flüsse in Aquitanien. Der Name meines Landes kommt von ›Wasser‹: Land der tausend Bäche und Flüsse, geliebtes und teures Aquitanien«, sang sie mir vor.
»Es hört sich hübsch an.«
»Das ist ein Lied meines Großvaters Wilhelm, des ersten Troubadours von Aquitanien. Er hat die Liebe auf ein Podest gestellt, hat sie verherrlicht. Nicht die platonische Liebe wie die Troubadoure von heute, sondern die echte fleischliche Liebe, Sadi. Mein Großvater, Herzog Wilhelm von Aquitanien und Poitou, und seine Geliebte Dangereuse, meine Großmutter – wenn Menschen je in Liebe gelebt haben, dann diese beiden.
Großmutter Dangereuse war alt und gebrechlich, sie konnte ihre Gemächer nicht mehr verlassen. Ich war zehn Jahre alt und kam zu ihr ins Turmzimmer, als ich für ein paar Tage vom Unterricht in der Klosterschule befreit war. Im zurückliegenden Jahr war sie noch gebrechlicher geworden, und ich hatte Angst, einmal heimzukommen und sie nicht mehr vorzufinden. Sie saß hoch aufgerichtet in ihrem Bett und hatte rote Rosen im Haar.
›Warum hast du dich so schön geschmückt?‹, fragte ich sie. Sie zog mich näher und sah mir in die Augen: ›Für meinen Liebhaber, Ella. Er kommt jeden Tag um diese Zeit.‹ Gleich darauf betrat Großvater den Raum. Beide hatten sie dieses überirdische Strahlen im Gesicht. Er hatte eine neue Sonate für

sie geschrieben und trug sie ihr vor. Abwesend strich er über mein Haar. Ich war in diesem Augenblick nicht mehr für ihn als jeder tote Gegenstand im Zimmer. Er sah nur sie.
Damals dachte ich: Einmal von einem Mann so geliebt, so begehrt und so vergöttert werden! Sie, die einmal die schönste Frau im Land gewesen war, hatte ihre Schönheit verloren, war eine alte, welke Frau geworden, doch sie wurde noch immer geliebt, als wäre sie jung und schön.
Heute, Sadi, singen die Troubadoure von meiner Schönheit, meinem Liebreiz. Doch ich bin eine ungeliebte Frau. Nicht einmal einen Sohn bringen wir zu Stande. Dich beneide ich, Sadi, denn du hast die Liebe erlebt. Du brauchst nicht zu erröten, dir wurde das geschenkt, wonach ich mich ein Leben lang verzehre.«
»Auch Euch wird eines Tages die Liebe begegnen, Madame.«
»Aber nicht bei Ludwig!«, rief sie laut.
Nein, dachte ich, sie hat Recht, mit Ludwig wird sie nur Niederlagen erleben.

Zwei Tage fuhren wir jetzt schon durchs Mittelmeer. Nichts als Himmel, Wasser und die ewigen Streitereien des Königspaars. Ich wusste nicht, worum es ging. Seit einiger Zeit war die Königin zum Streiten aufgelegt, und sie stritt wie eine Frau aus der Gosse. Ich hatte mich entnervt aus ihrem Dunstkreis zurückgezogen und mein Lager bei den Pferden aufgeschlagen. Die Schiffsbesatzung und die Diener schlichen verstört umher und waren wahrscheinlich neidisch auf mein Ausweichquartier, in dem Ruhe und Frieden herrschten.
Kurz vor Sonnenuntergang frischte der Wind auf, und salzige Gischt spritzte mir ins Gesicht. Ich war noch am Augenreiben, als sich eine Gestalt neben mich an die Reling lehnte.
Ich grüßte den König, der huldvoll zurücklächelte. »Ich habe Neuigkeiten von König Konrad und dem Herzog, Sadi.«
»Ihr sprecht meine Sprache, Sire?«
»Nicht so gut wie die Königin. Der König und der Herzog werden sich in den nächsten Tagen in Konstantinopel einschif-

fen. Sie haben eine angenehme Zeit verlebt, und dem König geht es gesundheitlich besser.«

»Danke für die Nachricht, Sire.«

Im Weggehen wandte er sich noch einmal um. »Fast hätte ich es vergessen: Der Herzog von Schwaben hat sich mit einer byzantinischen Prinzessin verlobt. Deshalb hat ihr Aufenthalt etwas länger gedauert als vorgesehen. Was man ja verstehen kann, nicht wahr?« Er lächelte boshaft und hinterhältig, drehte sich um und stieg die drei Stufen zum Oberdeck hinauf.

Es war ein Schock, der mich so unerwartet traf, dass sich mein Magen umdrehte, und was ich kurz zuvor gegessen hatte, spuckte ich gegen den Wind. Prompt kam es wieder zurück und klatschte mir ins Gesicht. Hinter mir wieherte ein Pferd, als wollte es mich auslachen. Ich hatte Roller im Verdacht, doch der war beschäftigt; er knabberte seinem Nachbarn an den Ohren.

»Es tut mir so Leid, Sadi, bitte, glaube mir. Ich wollte es dir schonend beibringen und warten, bis wir in Antiochia sind und du dich ganz von deiner Krankheit und dieser Schiffsreise erholt hättest. Er ist mir zuvorgekommen, und ich hasse ihn, dass er dir so wehgetan hat.«

»Es ist schon gut, Madame. Mir war immer bewusst, dass dieser Tag einmal kommen würde. Ich dachte nur, er würde sich erst nach dem Kreuzzug eine Frau suchen.«

»Du liebst ihn trotzdem – oder gerade deshalb? Es wird ein anderer Mann kommen, der deiner Liebe würdig ist, Sadi.«

»Nein, Madame, es wird nie mehr dasselbe sein. Der Schmerz wird leichter, aber er wird nie ganz vergehen. Ich kann ihn nicht vergessen, und ich will ihn nicht vergessen.«

»Verdammt sei die Liebe! Ich wünschte, sie wäre, wo der scharfe Pfeffer wächst.«

Erstaunt sah ich sie an. Dann lachten wir beide los. Wir lachten, dass die Pferde unruhig wurden und die Menschen auf dem Schiff die Köpfe hoben. Ich sah das missbilligende Gesicht des Königs, und es schüttelte mich; ich lachte Tränen, und sie brachten die erlösende Erleichterung.

Mitten in der Nacht wachte ich ohne ersichtlichen Grund auf und konnte nicht mehr einschlafen. Fiebrige Angst wütete in meinem Inneren, während ich über die Sinnlosigkeit des Lebens – insbesondere meines eigenen – nachgrübelte. Da ich zu keinem Entschluss kam, versuchte ich wieder einzuschlafen.

Das Ufer kam in Sichtweite, und mit der Königin zusammen schaute ich voller Erwartung hinüber. »Was ist Euer Onkel für ein Mann?«, wollte ich wissen.

»Wenn ich das wüsste, Sadi. Vor vielen Jahren war ich einmal sehr verliebt in ihn. Er war jünger als mein Vater und nur acht Jahre älter als ich selbst, blond mit blauen Augen und immer zu Scherzen aufgelegt.« Aufmerksam sah sie mich an. »Ich hätte dir gern ein Kleid von mir gegeben, damit du als Frau vom Schiff gehen kannst. Meine Kleider sind dir aber alle zu groß. Ich hätte da noch ein Kleid von Maria, meiner seligen Hofdame, doch das kann ich dir nicht zumuten.«

»Was wollt Ihr mit dem Kleid der Hofdame anfangen?«

»Es ist eine Reliquie, Sadi, und für das Kloster bestimmt, aus dem Maria kam. Es ist voller Blut und stinkt, aber die Nonnen werden es begeistert in Empfang nehmen, da bin ich mir ganz sicher. Schließlich ist sie eine Märtyrerin und für Jesus gestorben.«

Ich blickte in ihr Gesicht und sah das amüsierte Lächeln. Ich konnte mir gut vorstellen, wie die Nonnen das Kleid ehrfürchtig in Empfang nahmen, um es als teuren Schatz aufzubewahren. Eleonore war ohne weiteres zuzutrauen, dass sie den Tod der Novizin, ausgeschmückt mit vielen interessanten Details, den Bischöfen weitererzählte, die sie an den Papst weitergeben und für eine Seligsprechung plädieren würden. Ich staunte, dass sie trotz ihrer zur Schau gestellten Trauer und ihres Wehklagens der toten Frau das blutbesudelte Kleid kaltblütig über den Kopf gezogen hatte, um es für ihre Pläne zu nutzen.

Je länger ich mit ihr zusammen war, umso mehr spürte ich, dass sie in keiner Lebenslage je den Kopf verlieren und immer triumphieren würde. Das ganze Gejammer über ihre unglückliche

Ehe – war nicht auch das Berechnung, um Mitleid zu schinden und mich bei der Stange zu halten? Diese Frau war unberechenbar und faszinierend. In kürzester Zeit konnte sie lachen, weinen, einen Streit vom Zaun brechen und im nächsten Moment einem Mann mit ihrem bezaubernden Augenaufschlag den Kopf verdrehen.

Es war früher Nachmittag, als das Schiff in den Hafen fuhr und anlegte. Der Himmel glich pastellfarbener Seide, das Wasser hatte die Leuchtkraft eines Saphirs, und die Berge am Ufer des Meeres sahen wie alte Männer aus, denen das Leben Runzeln geschlagen hatte. Nur wenige grüne Flecken waren zu sehen. So weit das Auge reichte, verbrannte die Sonne, was sie in anderen Breiten zum Leben erweckte.
Von weitem sah ich die Begrüßung, konnte aber nicht daran teilnehmen. Roller, der immer vernünftig war und mir selten Ärger bereitete, weigerte sich, das Schiff zu verlassen. Alles gute Zureden half nichts. Er sträubte sich, bis ein paar Männer mir zu Hilfe eilten. Endlich, unter Schieben und Ziehen, setzte er die Beine auf den Holzsteg – und lief mit erhobenem Kopf über die Planken, als könnte er nicht erwarten, an Land zu kommen. Er war noch nie ein schönes Pferd. Doch jetzt, mit seinem salzverkrusteten Fell, sah er aus wie ein alter Putzlappen. Zum Glück wusste ich nicht, dass ich auch nicht anders aussah und genauso übel roch wie er.

Antiochia

Wir beide zuckelten eine breite Straße hinauf, hinter dem Königszug her, die zum Palast des Herrn von Antiochia führte. Rechts und links lagen flache weiße Häuser, wie Käsewürfel aneinander gereiht. Pferdehufe klirrten auf den Steinen, und ein Esel schrie aus einem Garten. Einwohner waren keine zu sehen; wahrscheinlich dösten sie alle hinter geschlossenen Fenstern, denn seit wir an Land waren, spürte ich die Hitze, als ritten wir an einem Backhaus vorbei.
Der Palast Raimunds von Antiochia lag wie ein Juwel zwischen hoch ragenden Palmen und fremdländischen Büschen und Bäumen. Die Fassade schimmerte in rosa Marmor, der von kunstvoll vergitterten Fenstern durchbrochen war. Im Garten säumten bunte Blumenrabatten die gepflasterten Wege. Brunnen plätscherten, Pfaue spazierten majestätisch auf gepflegtem Rasen umher und ließen ihre klagenden Rufe ertönen.
Meine Ankunft im Palast war nur einer alten arabischen Dienerin aufgefallen, die mich mit weit aufgerissenen Augen anstarrte und mich unter unverständlichem Murmeln in ein abgelegenes Gemach führte.
Das Gitter vor dem Fenster zerschnitt die Sonnenstrahlen, die auf glänzenden, kühlen Marmor fielen und ein filigranes Muster darauf zauberten. Der Raum war wie alle Räume in diesem Haus spärlich, aber kostbar mit Möbeln ausgestattet. Ein großes Bett mit dünner Seidendecke stand in der Mitte und ließ nur noch Platz für einen Spiegel mit Mosaikeinfassung. Meine Reisekiste hatten unsichtbare Geister in die Ecke gestellt, wo sie sich ausnahm wie ein großes braunes Insekt, das auf Beute lauert.

Die Dienerin sprach Französisch, und ich konnte nur mit den Schultern zucken, da ich diese Sprache genauso wenig verstand wie das Arabische. Sie half mir aus den Kleidern, hüllte mich in ein dünnes, loses Gewand und führte mich durch ein Labyrinth von Gängen in ein Bad. Hier traf ich die Königin, nackt, wie Gott sie erschaffen hatte. Sie schwamm im duftenden Wasser, plauderte mit einem fremden Mann und rief mir zu: »Sadi, komm ins Wasser! Es ist herrlich!«
Wortlos blickte ich auf den korpulenten Mann mit dem glatten Gesicht.
»Du brauchst dich nicht zu schämen, *mon amie*. Das ist Ismael, der Eunuch von Onkel Raimund; er macht sich nichts aus deinen Reizen.«
Verlegen sah ich den bartlosen Mann an. Ich wollte nicht prüde sein, doch an Männer, die keine waren, würde ich mich wohl nie gewöhnen. Die alte Dienerin nahm mein Gewand in Empfang, und ich stieg hinab in das warme Wasser.
Wenn ich je in meinem späteren Leben etwas vermisst habe, so waren es die täglichen Bäder von Antiochia. Der Duft von Jasmin, Sandelholz und Moschus, der aus dem Wasser aufstieg, der überall zu riechen war und sich auf die Haut legte, die Schalen mit Früchten am Beckenrand, der schwarze Eunuch, der uns nach dem Bade massierte und uns unter den witzigen Bemerkungen der Königin enthaarte und schminkte – all das, was mir zu Anfang furchtbar peinlich war, ließ ich später mit Wohlbehagen über mich ergehen.
Noch am gleichen Abend lernte ich Raimund und seine Frau Constanze kennen. Raimund war ein selten schöner Mann, und ich konnte Eleonore verstehen, dass sie sich nicht zurückhalten konnte und unter den Augen seiner Frau und des Königs schamlos einen Flirt anfing.
Constanze war das krasse Gegenteil der Königin, und ich war erstaunt, dass diese zurückhaltende, vornehme Dame in ihren europäischen Kleidern die Frau dieses blonden arabischen Grafen war. Außer einer kostbaren Perlenkette trug sie keinen Schmuck. Ihr elfenbeinfarbener Teint war ohne Schminke,

und die gütigen braunen Augen ruhten aufmerksam auf ihren Gästen; nur ein guter Beobachter wie ich sah, dass sie nervös war und ihre Hände leicht zitterten.
Ich trug das erste Mal in meinem Leben Frauenkleider und fühlte mich eher nackt als angezogen. Die Königin hatte, um der Umgebung gerecht zu werden, auf orientalischen Gewändern bestanden, die in diesem Hause reichlich vorhanden waren, und als ich mich in diesem großen Spiegel sah, erschrak ich vor mir selber. Wo war der Krieger, der Page oder gar der verwahrloste Junge? Was mir hier entgegensah, war eine morgenländische Prinzessin.
Ismael hatte mich nach dem Bad zu sich gebeten und mich nach arabischer Art verschönt. Fingernägel und Fußnägel waren mit Henna rot gefärbt. Was er mit meinem stumpfen Haar und dem sonnenverbrannten Gesicht gemacht hatte, konnte ich nur ahnen. Die Augen geschlossen, hatte ich auf der Bank gelegen und war mir wie ein Schlachtopfer vorgekommen.
Die alte Dienerin Murady war um mich herumgelaufen und hatte die Hände erstaunt zusammengeschlagen. Mein nun glänzendes glattes Haar war zu einem kunstvollen Knoten zusammengesteckt, aus dem wie Sterne kleine Perlen leuchteten. Murady hatte eine Tür geöffnet, die zu einem eingebauten Schrank gehörte und arabische Gewänder in allen Farben und Materialien barg. Mein Auge war auf ein blassgelbes Schleiergewand gefallen, und dass ich die richtige Wahl getroffen hatte, bemerkte ich, als mich die Dienerin zu dem Raum führte, in dem alle anwesend waren.
Das Gespräch verstummte. Sie schauten auf mich, und ich hatte das Gefühl, sie hielten den Atem an. Constanze, die Frau des Hauses, die aussah wie eine reiche Bürgerin aus meiner Heimat, nahm mich freundschaftlich um die Schultern, führte mich etwas abseits und fragte mich, wie mir der Palast gefiele. Zum Glück fingen die anderen wieder zu sprechen an; ich hörte das helle Lachen der Königin, und der Krampf um mein Herz löste sich.
»Dies war einmal das Haus eines reichen arabischen Kaufmanns. Das Zimmer, das Ihr bewohnt, gehörte zu seinem Harem.«

»Verzeiht, Madame, bin ich eigentlich richtig angezogen?«, unterbrach ich sie.
»Wie könnt Ihr so etwas fragen?«, sagte sie leise und zog mich auf einen mit Goldstoff überzogenen Diwan. »Ihr seid wunderschön, und dieses Gewand ist wie für Euch gemacht. Es war, als Ihr den Raum betreten habt, als wäre die ehemalige Herrin zurückgekehrt.«
»Ihr habt sie gekannt?«
»Nein, ich nicht. Murady hat sie gekannt und mir von ihr erzählt. Sie muss damals Euch sehr ähnlich gesehen haben. Sie war eine Sarazenin.«
»Was ist mit ihr geschehen?«
»Ihr Mann ist von Kreuzfahrern erschlagen worden. Sie hat danach den Harem aufgelöst und noch ein paar Jahre allein hier gewohnt. Eines Tages war sie verschwunden, und das Haus hat lange leer gestanden. Später haben wir es ein bisschen verändert, und seit achtzehn Jahren ist es nun unser Besitz. Ihr fühlt Euch doch wohl, Sadi?«
»Es ist wunderschön, Madame, wie im Paradies.«
»Das freut mich. Darf ich Euch meinen Gatten Raimund vorstellen?«
Der Hausherr nahm meine Hand und hauchte galant einen Kuss auf die Innenfläche, was mich sehr verlegen machte. Raimund von Antiochia war ein altersloser Mann. Blaue Augen blitzten in einem sonnengebräunten Gesicht, und ich bewunderte seine weißen Zähne und seine herrlichen blonden Locken. Er war sehr charmant und verführerisch, witzig, ohne boshaft zu sein, mitteilsam, ohne die Unterhaltung an sich zu reißen; er machte mir Komplimente, ohne unterwürfig zu werden. Er wollte alles über mich wissen, gab mir aber dabei nie das Gefühl, ausgeforscht zu werden. Trotzdem war ich misstrauisch. Männer wie diesen Grafen kannte ich nicht; er war noch schwerer zu durchschauen als König Ludwig.
Wir entdeckten soeben ein gemeinsames Interesse am Bogenschießen, als sich der König mir zuneigte und mit verstecktem Lächeln sagte: »Seid vorsichtig, *mon amie*, nichts ist gefährlicher

als ein Mann, der über Waffen spricht und dabei den Verteidigungswall der Frau auskundschaften will.«

Die Königin nutzte meine vorübergehende Sprachlosigkeit und zog Raimund wieder in ihren Bann.

Auf die Frage nach der deutschen Sprache, die sie und ihr Gatte so gut beherrschten, sagte die Frau des Hauses: »Zu uns kommen seit einigen Jahren viele ausländische Gäste. Es ist für uns so eine Art ...«

»... Höflichkeit«, half ich ihr weiter.

Sie nickte. »Ja, Höflichkeit ist das richtige Wort.«

Nach dem Essen zog ich mich zurück und war froh, als ich allein mein Gemach betreten konnte, ohne darauf achten zu müssen, was ich tat oder sagte.

In meiner Unwissenheit kam ich nicht darauf, dass es so etwas wie höfische Etikette gab. So behandelte ich alle gleich, ob Königin oder Dienerin, versuchte möglichst nicht aufzufallen und redete nur, wenn mich jemand etwas fragte. Viel später erfuhr ich, dass sie so etwas Ähnliches wie einen Hofnarren in mir sahen. Ich amüsierte die Königin, und wenn sie gut gelaunt war, vergaß sie zu streiten. Ludwig hatte früh erkannt, was für gute Dienste ich leistete, und duldete daher meine Gegenwart am königlichen Hof.

Bald fing ich an, die laszive, schwüle Atmosphäre dieser haremsähnlichen Gemächer zu fürchten. Die schleichende Auflösung meiner Seele, in die allmählich das Gift der Trägheit und Wollust eindrang, schien mich zu verändern. Die Hitze nahm mit jedem neuen Tag zu. Frühmorgens ritten die Königin und ich kurze Zeit aus, doch die trostlose Umgebung außerhalb der fürstlichen Gärten ließ uns schnell wieder umkehren.

Roller hatte in dem Araberjungen Ali einen neuen Freund gefunden. Er wurde verhätschelt und verwöhnt, und da mir Ali Leid tat, weil er bei jedem Versuch, das kleine Pferd zu reiten, in den Staub fiel, flüsterte ich meinem störrischen Freund ein paar Worte ins Ohr. Für Ali war es ein Wunder, als er endlich nicht mehr abgeworfen wurde. Dafür wurde nun er anstatt meiner mit freundschaftlichen Bissen ins Hinterteil traktiert.

Nach dem morgendlichen Ritt gingen wir ins Bad, und unter den festen Händen des schwarzen Ismael entfuhr uns manch wohliges Stöhnen. Die trägen Nachmittagsstunden verbrachte die Königin mit Schlafen, oder sie widmete sich ihrem Onkel Raimund, in dessen Gesellschaft sie zusehends aufblühte.
Mich dagegen zog es zu Constanze, der Frau Raimunds, und ihren kühlen Räumen. Genau wie die Frau hatten auch ihre Gemächer nichts Orientalisches an sich. Ihre Einrichtung hätte, ohne aufzufallen, in jedes europäische Haus gepasst. Sie besaß viele Bücher und malte kleine Heiligenbilder, die sie »Ikonen« nannte.
»Wenn Ihr Lust dazu habt, könnt Ihr Euch ein Buch nehmen, Sadi.«
»Ich kann nicht einmal Deutsch lesen, geschweige denn andere Sprachen«, sagte ich abwehrend.
»Das kann man lernen. Auch ich lerne ständig dazu. Seht her, seit einem Jahr versuche ich die Sprache der Normannen zu erlernen.« Sie deutete auf einen Packen Pergament, den sie mit winzigen Schriftzeichen gefüllt hatte. »Hier in dieser östlichen Region ist neben Arabisch die Sprache der Franken die Hauptsprache. Fast jeder auf der Straße kennt ein paar Worte. Hättet Ihr nicht Lust, solange Ihr hier seid, ein bisschen Französisch zu lernen? Ich würde Euch gern dabei behilflich sein.«
»Wollt Ihr nicht ›du‹ zu mir sagen, Madame Constanze?«
»Nur wenn wir beide das Du verwenden.«
»Also, wann fangen wir an? Heute oder morgen?«
»Jetzt gleich, wenn es dir recht ist!« Sie lachte, und ich musste an den Herrn Studiosus denken. Diese Lehrerin war mir bei weitem sympathischer. Ich war Constanze dankbar, dass sie so viel Zeit mit mir verbrachte.
Langsam fand ich zu einem angenehmen Rhythmus zurück. Der Morgen gehörte der Königin und bei unserem Ausritt natürlich Roller; danach das Vergnügen im Bad. Die Nachmittage gehörten Constanze und ihren Büchern, und da ich jeden Tag ein paar Worte dazulernte, genoss ich die abendlichen Gespräche, denn allmählich verstand auch ich ein paar Sätze

und konnte der Unterhaltung folgen. Es machte mir nichts aus, wenn keine Gäste da waren; das Lustwandeln in den abendlichen Gärten mit ihren betäubenden Düften genoss ich, als hätte ich nie etwas anderes gekannt.
Obwohl die Hitze mit jedem Tag zunahm und ich mich fragte, wann endlich der Höhepunkt überschritten wäre und es etwas kühler würde, war ich doch mit Freuden bei der Arbeit, lauschte zwischendurch dem Zwitschern und Summen von draußen und dachte immer seltener an mein Leben vor oder nach diesem Aufenthalt.
Es dauerte nicht lange, und auch hier vergifteten die ständigen Streitereien des Königspaares die Harmonie des Hauses. Der König wollte so schnell wie möglich nach Jerusalem. Raimund versuchte den König zu überreden, mit ihm Aleppo zu befreien, das von den Ungläubigen besetzt war. Das Fass zum Überlaufen brachte die Königin, als sie sich auf die Seite Raimunds stellte. Der König beschuldigte nun seine Frau, eine Liebesbeziehung zu ihrem Onkel zu haben. Constanze schlichtete den Streit und brachte die empörte Königin in ihre Gemächer. Im Hinausgehen fing ich einen Blick von Constanze auf: Ihr Schmerz und ihre Trauer taten mir körperlich weh.
Der Streit wurde am nächsten Abend fortgeführt, als wäre er nie unterbrochen worden. Zufällig sah der König, wie Raimunds Hand zärtlich über den fast nackten Rücken der Königin fuhr. Er stieß Worte aus, die ich noch nie zuvor gehört hatte, und an den erstarrten Gesichtern sah ich, dass es schreckliche Worte waren.
Die Gerüchte von Eleonores Untreue waren über den Palast hinaus zum Heer gedrungen. Jeder einfache Mann konnte sich nun das Maul darüber zerreißen, dass die Königin ein unvorsichtiges Weib sei, nicht auf ihre Würde bedacht und wenig Rücksicht auf die Herrin von Antiochia nehme. Die verwandtschaftlichen Beziehungen kümmerten sie wenig, und sie scheue nicht vor Ehebruch zurück. Diese gemeinen Unterstellungen gingen so weit, dass man vonseiten Raimunds einen Anschlag auf das Leben des Königs befürchtete.

Constanze litt, und eines Tages konnte ich mich nicht mehr zurückhalten und sagte zu ihr: »Ich kenne die Königin. Sie würde nie so weit gehen, Constanze. Ihr müsst mir glauben!«
Sie lächelte mir schmerzvoll zu und glich den Madonnen auf ihren Ikonen, die sie so kunstvoll malen konnte. »Raimund ist in den Jahren, die wir hier im Osten leben, viel mehr Muselmane geworden, als er wahrhaben will. Er kennt die Kunst, Frauen zu verführen, und den arabischen Liebesspielen kann keine Frau widerstehen. Eleonore ist die Enkelin von Dangereuse, der raffiniertesten Mätresse dieses Jahrhunderts; dazu der Großvater Wilhelm, der erste und beste Troubadour von Aquitanien, also doppelt belastet. Wusstest du, dass ihn die Kirche wegen seines Lebenswandels exkommuniziert hat? Es war ihm gleichgültig. Diese Familie hat immer nur ihre Triebe ausgelebt.«
Ich schob meine Bücher zurück und dachte nach. Die Königin war mit ihrem Leben ohne Liebe unzufrieden; sie sehnte sich danach, diesen Zustand zu ändern. Doch sie war auch eine Frau, die zwischen Liebe und Leidenschaft unterscheiden konnte, was immer diese bösen Zungen behaupten mochten. Diese arabischen Liebesspiele waren für einen schwülen Nachmittag vielleicht ganz angenehm. Aber ob Eleonore würde dafür ihre Stellung als Königin in Gefahr bringen würde?
Doch Constanze sah in diesem Augenblick nur, was sie befürchtete; deshalb war es besser, ich schwieg und mischte mich nicht ein. Wer war ich schon? In ihren Augen ein kleines, naives Mädchen, das Raimund nur wegen seiner Unschuld noch nicht verführt hatte, wie er mir eines Abends versicherte, als er mit mir allein war. Ich ließ ihn in seinem Glauben, obwohl ich diese geheimnisvollen arabischen Spielchen auch gern gekannt hätte.

Die Überraschung, die Constanze eines Tages für mich bereit hatte, brachte mich ganz schön aus dem Gleichgewicht. Ihre Dienerin Murady war davon überzeugt, dass meine Ähnlichkeit mit ihrer früheren Herrin kein Zufall sein konnte. Sie kannte eine Sklavin, die im einstigen Harem gelebt hatte und später

nach Jerusalem übersiedelte. Sie hieß Sheila und wohnte in der Nähe des Damaskustores. Constanze hatte mir nahe gelegt, diese Frau aufzusuchen, um mehr zu erfahren.
»Ich glaube nicht, dass sie meine Mutter war«, wehrte ich ab. »Meine Mutter kam aus der Lombardei.«
»Das ist schon möglich, Sadi. Ich kenne den lombardischen Menschenschlag; sie sind blond und blauäugig. Jeder, der im Osten war, kann sehen, dass arabisches Blut in deinen Adern fließt. Du hast die typischen Sarazenenaugen, und auch dein zweites Gesicht, von dem du mir erzählt hast, findest du unter den Arabern.«
»Nach den Worten der Königin findet man das auch in Aquitanien.«
»Das Land der Flüsse liegt in der Nähe der iberischen Halbinsel, und die ist seit Jahrhunderten arabisch. Du siehst also, meine Liebe, es wäre möglich.«
»Ich werde diese Frau aufsuchen, Constanze, wenn dir so viel daran liegt. Aber ob ich jemals nach Jerusalem komme?«

Eines Morgens saß ich hinter einem der Haremsgitter und sah dem Aufmarsch der deutschen Kreuzritter entgegen.
König Konrad hatte sich in Akkon mit seinem Heer getroffen und wieder vereint. Nun lagerten sie nicht weit von unserem Palast und trafen sich mit König Ludwig und Raimund von Antiochia, um mit ihnen über die Befreiung von Damaskus zu sprechen.
Da das Ziel König Ludwigs Jerusalem hieß, konnten sie sich nicht einigen. Um sie zu besänftigen, rüstete Constanze zu einem großen Fest am Abend. In jeder Ecke des großen Palastes spürte man die Erregung und Vorfreude. Bedienstete, die ich noch nie gesehen hatte, rannten geschäftig umher, und ich hatte das Gefühl, jedem im Wege zu stehen.
Ich langweilte mich. Constanze war nirgends anzutreffen, und so hoffte ich, mit der Königin über Friedrich sprechen zu können, der bisher weder nach mir gefragt noch nach mir gesehen hatte. Der Gang zu den Gemächern der Königin wirkte ver-

lassen, doch schon von weitem hörte ich den Streit und blieb stehen.
Eigentlich wollte ich nicht horchen, sondern meine neuen Sprachkenntnisse ausprobieren. Ich hätte es lieber nicht tun sollen, denn was ich zu hören bekam, war ein Tiefschlag für meine Seele: Der König verbot seiner Frau, mich zu diesem Fest einzuladen!
Bis zu dem Platz, wo ich stand, spürte ich Eleonores Zorn. »Ich werde mich nicht König Konrad beugen. Sadi ist meine Hofdame, Ludwig, und der Gast Raimunds und Constanzes. Wenn Konrad meine Hofdame nicht passt, steht es ihm frei zu gehen.«
»Es geht nicht um Konrad allein. Da sind die Bischöfe und die anderen deutschen Ritter, und der König möchte nicht, dass Friedrich von Schwaben von dieser Frau, die sich als Mann am königlichen Hof eingeschlichen hat, kompromittiert wird. Der König hat sie aus seinem Heer ausgeschlossen. Er hat mir persönlich gesagt, dass er sie nicht sehen will. Wenn du diesmal deinen Willen durchsetzt, Eleonore, kann das zu staatlichen Verwicklungen führen, und die Deutschen als Feind können wir uns nicht leisten. Also sei vernünftig und tu, was ich dir sage, sonst könnten wir das bereuen.«
»Was will dieser scheinheilige Patron eigentlich? Hat er eine Ahnung, wie viele Huren in seinem Heer mitziehen? Seine Krieger sind bekannt dafür, dass sie ohne Weiber nichts taugen. Wer war so hinterhältig, Konrad zu stecken, dass Sadi die Geliebte Friedrichs war?«
»Es war meine Pflicht. Mit dieser Sarazenin hat er eine Natter an seinem Busen gezüchtet, und jetzt hat sie sich dank deiner Dummheit bei uns eingenistet.«
Leise zog ich mich zurück. Ich hatte genug gehört.

Als ich die Eingangshalle durchquerte, hielt mich Constanze zurück. Sie wirkte wie ein Ritter in einer Schlacht, und ich sah, dass ihr diese Aufgabe gut tat. »Hier, Sadi, mein Gästeplan.«
Ich warf einen Blick darauf und sagte: »Man hat mich ausgestrichen.«

»Wo – zeig her. Tatsächlich! Das muss ein Versehen sein. Dein Platz ist hinter Eleonore, du bist die einzige Hofdame der Königin. Neben dir sitzt meine Murady; sie ist zwar alt, aber für diesen Abend wird sie meine Hofdame sein. Ismael sitzt auf der anderen Seite hinter Raimund. Du siehst, meine Liebe, wir stehen zu unserer Dienerschaft, auch wenn es den hohen Herren nicht gefällt«, sagte sie lachend und steckte vorsichtig ein paar dünne Zweige in eine kostbare Vase. Dann griff sie wieder zu ihrer Aufstellung.

»Hast du gesehen, Sadi – hinter dem Herzog steht sein Knappe, sie sind beide sehr stattliche Männer, und hinter König Konrad stehen natürlich dessen beide Knappen. Dann kommt noch Bischof Freising mit den übrigen Klerikern.«

»Der Bischof von Freising ist auch dabei?«

»Ja, kennst du ihn?«, fragte sie zerstreut.

»Ich kenne ihn flüchtig. Constanze, würdest du mir einen Gefallen tun und den Bischof fragen, was aus seinem jungen Pagen geworden ist?«

Sie sah mich prüfend an. »Es liegt dir sehr viel daran, nicht wahr?«

»Ja, es ist sehr wichtig.«

»Gut, Sadi, ich werde ihn fragen. Mach dich für heute Abend schön! Die Königin rechnet mit dir.«

Wie betäubt suchte ich mein Gemach auf. Der König hatte mich schmachvoll aus seinem Heer ausgestoßen. Nie mehr durfte ich das Lager der Krieger betreten. Ich war eine moralische Gefahr für Friedrich. Ludwig hatte Recht, ich konnte unmöglich zu diesem Fest heute Abend erscheinen. Friedrich, Simon, die Knappen des Königs, die Bischöfe und alle Ritter, die davon wussten, hatten nur Verachtung für mich übrig. Ich war eine Natter an ihrem Busen.

Zorn stieg in mir hoch. König Konrad, dieser feige, schwache König! Nicht ich war damals in Nikäa davongeritten und hatte alle im Stich gelassen. Wo war die stolze Ritterschaft damals? Seinerzeit hatte er mich zum Knappen schlagen wollen, und genau das war es, was er mir nicht verzeihen konnte – eine Frau,

mit Sarazenenblut in den Adern, wie ihm Ludwig bestimmt gesagt hatte.
An diesem Nachmittag glaubte ich wirklich, dass die ehemalige Herrin dieses Palastes meine Mutter war. Vielleicht war es mein Vater oder mein Großvater, der diesen Palast gebaut hatte. Auf meinem Bett liegend, spürte ich, wie neue Kräfte in mir heranreiften. Ich würde es ihnen zeigen und heute Abend wie eine Königin auf diesem Fest erscheinen. Mit diesem Entschluss schlief ich ein und spürte nicht, wie weit draußen in der Wüste sich ein Sturm zusammenbraute.

Behutsam hatte mich Murady geweckt, als wüsste sie über meinen heimlichen Schmerz Bescheid. Mit großer Sorgfalt, als wäre ich ein kostbares Einzelstück, salbte sie meinen Körper. Sie bürstete mein Haar, dass es einen metallischen Glanz bekam und an beiden Seiten wie die Flügel eines Raben herabhing. Mein Haar trug längst nicht mehr den Männerhaarschnitt, den mir einst Nans verpasst hatte; es floss wie Seide über meine Schultern. An diesem Tag kräuselte sie die Haarspitzen mit einem heißen Stab, was einen unangenehm brenzligen Geruch verbreitete. »Wir lassen es heute offen, damit seine Schönheit besser zur Geltung kommt.«
Ich konnte mich auf Murady verlassen und schloss die Augen. Sie suchte ein Gewand aus hauchdünner Seide aus, das ich noch nie gesehen hatte. Mitternachtsblaue Schleier umflossen meinen Körper. Die Säume an Hals und Armen waren mit Goldborten eingefasst. Das Ganze wurde auf einer Schulter mit einer Goldschnalle zusammengerafft, die andere Schulter blieb frei.
Ich trug keinerlei Schmuck, nur an den Füßen Ledersandalen mit goldenen Riemchen. Voller Erstaunen merkte ich, dass die Dienerin jederzeit eine andere Frau aus mir machen konnte.
Auch Murady sah in ihrem arabischen Gewand schön aus, und ich dachte, dass Constanze sie nicht zu verstecken brauchte. Der Gong ertönte, und wir verließen das Haus.
Allen voran schritt die Königin, auch sie in landesüblicher

Tracht. Ihre Edelsteine glitzerten mit ihren Augen um die Wette, ließen aber die hoch gewachsene Gestalt für meinen Geschmack etwas überladen erscheinen. Das Durchqueren des Gartens unter all den aufmerksamen Blicken war Schwerstarbeit, und ich war froh, als wir unsere Plätze einnehmen konnten.

Die Sitzplätze waren ähnlich wie in einem griechischen Theater aufgestellt, und als alle Gäste Platz genommen hatten, erklangen aus drei Ecken Fanfaren. Vorsichtig riskierte ich einen Blick nach rechts und blieb an den blauen Augen Friedrichs hängen, der mich erstaunt musterte. König Konrad, der neben ihm saß, neigte sich ihm zu und forderte seine ganze Aufmerksamkeit. Von Friedrich glitten meine Augen zu Simon, der hinter ihm stand. Wie in früheren Zeiten wollte ich ihm mit einer Hand freundlich zuwinken. Meine Hand fiel enttäuscht herab, denn Simons Augen glitten über mich hinweg auf die Spitzen der Palmen, die sich dem aufkommenden Wind beugten. Also auch du, Brutus! Dieser Satz des Cäsar, den mich Constanze vor ein paar Tagen hatte niederschreiben lassen, kam mir in den Sinn.

Zum Glück gab es nun Ablenkung: Akrobaten betraten den Platz. Schwertkämpfer folgten, die mit tänzerischer Leichtigkeit ihre Kunst zeigten. Eine kurze Pause, in der Getränke angeboten wurden, unterbrach die orientalische Musik, und eine Frau, in viele durchsichtige Schleier gehüllt, bewegte sich langsam und kreisend. Der Ton einer Flöte steigerte sich, wurde lauter und schneller – wie bei Salome in der Bibel fiel Schleier um Schleier.

Ich beobachtete die Ritter, Könige und Bischöfe, wie sie mit stieren Blicken auf die Enthüllung der Frau warteten. Auch ich hatte noch nie einen Bauchtanz gesehen und war fasziniert.

Plötzlich wünschte ich mir, ich hätte statt Lesen und Schreiben Tanzen gelernt. Wie hätte ich all diese verknöcherten, prüden Männer herausfordern, mit einem Hüftschwung ihre bigotte Maske herunterreißen können! Was für ein Triumph wäre das gewesen! Sie, die mich wegen meines Lebenswandels verurteilt hatten, sahen mit hervorquellenden Augen den aufreizenden kreisenden Bewegungen der Bauchtänzerin zu. Lüstern leckten

sie die Lippen, und mit gespannten Beinkleidern rutschten sie unruhig auf ihrem Platz umher.
Der Himmel hatte sich zugezogen, kein Stern war zu sehen – zum ersten Mal, seit ich in diesem Land war. Eine Böe drückte die Kronen der Palmen nieder. Die Musik wurde lauter, schriller und brach mit einem Misston ab. Wie tot lag die Tänzerin nackt zwischen den bunten Schleiern.
Eine unsichtbare Macht gebot mir aufzustehen und mit hoch erhobenem Kopf zwischen all den erstarrten Fürsten hindurchzuschreiten. Zwischen den beiden Säulen, die am Eingang standen, blieb ich stehen und drehte mich um. Kein einziger Mensch schaute auf die Tänzerin, die ärgerlich ihre Schleier zusammensuchte. Hinter den Palmen sah ich eine schwarze Wolke, die rasend schnell näher kam. Ich konnte nur noch den Arm heben, dann brach der Tumult los. Mein Schrei ging im Aufspringen der Menschen und im Sturmgebrüll unter.
Alle versuchten, so schnell es ging den Palast zu erreichen. Tische und Stühle fielen um, kostbares Geschirr wurde in den Rasen gestampft, niemand nahm Rücksicht auf Schwächere oder Frauen, nichts galt als das eigene Leben zu retten.
Die vergitterten Fenster wurden mit pergamentdünnen Tierhäuten geschlossen. Vor den Eingang schob man schwere, mit Eisen beschlagene Holztüren. Trotzdem kroch der Sand durch jede kleinste Ritze, und die Hitze im Palast wurde unerträglich. Wie in Trance lief ich durch das Durcheinander und das Geschrei zu meinem Gemach.
Dunkelheit und Ruhe umfingen mich. Murady hatte den Sturm kommen sehen und meine Fenster geschlossen. Ich ließ mein Gewand zu Boden fallen, schnickte die Sandalen von meinen Füßen und warf mich auf mein Lager. Nicht einmal den feinen Sand, der sich auf meiner Seidendecke ausbreitete und in den Falten zu Boden rieselte, nahm ich noch wahr.

Orientalische Musik hatte eingesetzt, zu der ich meine Arme bewegte. Dazwischen hörte ich die Töne einer Panflöte, die näher kamen und sich wieder entfernten. Ich wollte tanzen, mich im Rhythmus bewegen; doch meine Beine waren steif wie Holz, und wie ich mich auch abmühte, ich konnte keinen Schritt tun. Hände kamen mir entgegen, rissen an meinen Schleiern, die meinen Körper bedeckten. Ich wehrte sie ab, wollte davonlaufen, doch wie festgenagelt gelang mir noch immer kein Schritt. Plötzlich sah ich Gesichter – den König, die Bischöfe, die Ritter. Sie riefen: »Steinigt die Sünderin!« In ihren Händen hielten sie schwere Steine. Doch bevor sie werfen konnten, kam mir Raimund zu Hilfe.

Seine Augen waren lüstern auf mich gerichtet. »Komm, Sadi, ich zeige dir die arabische Liebe. Keine Frau kann ihr widerstehen.« Er kam näher, küsste meine Augen, meinen Mund, immer tiefer rutschte sein blonder Schopf, und als ich seine Haare und Zunge am Oberschenkel fühlte, wachte ich schweißgebadet auf. Auf der Konsole am Bett stand eine Öllampe, die ich mit einem Griff anzünden konnte.

Ein Kopf tauchte zwischen meinen Schenkeln auf.

»Friedrich! Was machst du da?«

»Sei leise, Sadi! Du musst nicht den ganzen Palast aufwecken.« Auch er war nackt, und abgesehen von dem wütenden Sturm, der um das Haus fegte, herrschte Ruhe.

»Wie hast du mein Gemach gefunden?«

»Ich hätte dich überall gefunden. Meine Sehnsucht hat mich geführt«, flüsterte er an meiner Wange.

Ich rückte ein Stück zur Seite. »Hast du in Konstantinopel deine Sehnsucht nicht stillen können?«

»Du meinst Isabelle. Sie könnte dir nicht das Wasser reichen – das kann keine Frau, Sadi!« Er musterte meinen Körper, und unter seinen forschenden Blicken wurde ich verlegen.

»Du warst heute Abend überwältigend. Selbst die Königin mit all ihren Diamanten ist vor deiner Schönheit verblasst.«

Ich lächelte zufrieden. Es war genau das, was jede Frau so gern hören will, gleichgültig ob es der Wahrheit entspricht oder nicht. »Was, wenn der König bemerkt, dass du die Nacht trotz seines Verbots bei mir verbringst?«

»Ich stehe ihm am Tag zur Verfügung. Die Nacht gehört mir.«

»Ich hasse deinen Onkel.«
»Ich kann dich gut verstehen, mein Schatz; doch solange du mich nicht hasst … Das tust du doch nicht, oder?«
»Nein, aber deinen Herzogtitel und den zukünftigen Königstitel hasse ich.«
»Ist mir egal, Sadi. Hauptsache, du liebst den Mann, der neben dir liegt.«
Und wie ich ihn liebte. Unser Stöhnen ging im Sturm unter. Diese Nacht stellte all die vergangenen Nächte, die wir zusammen erlebt hatten, in den Schatten. Die Trennung hatte uns noch fester zusammengeschweißt. Ich wusste: Was immer auch geschah, wie viele Monde oder Jahre vergehen würden, niemand konnte Friedrich von mir fern halten, immer würde ich auf ihn warten und für ihn da sein.

Friedrich verließ mich am frühen Morgen. Im Halbschlaf spürte ich seinen Abschiedskuss und hörte seine geflüsterten Worte: »Wir sehen uns in Jerusalem, Kleines!« Danach schlief ich wieder ein, und als ich abermals erwachte, stand die Sonne schon im Zenit.
So schnell der Sturm gekommen war, so schnell war er wieder vorbei. Aber er hatte Verwüstungen hinterlassen. Die Fenster wurden wieder geöffnet, die große Holztür wurde zur Seite gerückt und passte sich wieder der Täfelung an. Ein paar Diener waren an der Arbeit; sie kehrten den Sand zusammen und transportierten ihn in großen Körben nach draußen. Constanze stand dabei und gab Anweisungen wie ein Schlachtenlenker. Sie wirkte müde, als hätte sie die ganze Nacht kein Auge zugetan. Mein schlechtes Gewissen quälte mich, wenn ich an die vergangene Liebesnacht dachte, die andere gegen die Natur ankämpfend verbracht hatten.
»Komm, Sadi, verlassen wir den Eingang und gehen wir in meine Räume. Ich kann schon keinen Sand mehr sehen.«
Wir mussten das Haus verlassen und ein Stück durch den Garten gehen. Wie hatte er sich verändert! Wo gestern noch gepflegter Rasen von den Gärtnern gewässert wurde, lag der

Sand fußhoch über den Grasspitzen. Blumen und Zierbüsche lagen umgeknickt oder waren ganz verschwunden. Die Palmen ragten grau und zerzaust in den blauen Himmel, die Pfaue ließen bei jedem Schritt eine Staubwolke hinter sich und rannten stumm und verstört in der Gegend umher.

Constanzes Räume waren sauber und kühl wie immer, und sie lachte über meinen verwunderten Blick. »Ich lebe lange genug in dieser Gegend und habe mir die Räume ausgesucht, die am besten geschützt sind. Dieser Sandsturm ist nicht ungewöhnlich. Jedes Jahr werden wir von ihm heimgesucht. Manchmal dauert er tagelang. Diesmal hatten wir mehr Glück, und er ist weitergezogen. Nur schade – er hat unser schönes Fest zerstört.«

»Wo sind sie alle? Es ist schon spät, und ich habe noch niemanden gesehen.«

»Der König ist mit Eleonore nach einem fürchterlichen Streit nach Jerusalem aufgebrochen. Raimund ist mit den Deutschen nach Damaskus gezogen; sie wollen endlich die Stadt von den Türken befreien. Die Königin hat dir zwei Krieger dagelassen; sie sollen dich später nach Jerusalem begleiten.«

»Es war ihr wohl unangenehm, Sandkörner im Bett zu finden«, scherzte ich.

»Nein, Sadi, dem König war es unangenehm, meinen Gatten in ihrem Bett zu finden.«

»Was?! Das kann ich nicht glauben.«

»Es war aber so, und wir können es beide nicht ändern. Also finden wir uns damit ab, nicht wahr?«

Mir kam ein Verdacht, und ich musste ihn loswerden, auch auf die Gefahr hin, dass mich Constanze auf der Stelle nach Jerusalem schickte. »Kann es sein, Constanze, dass Raimund Eleonore einen Liebestrank kredenzt hat?«

»Wie kommst du darauf, Sadi?«

»Nun, mir ist aufgefallen, dass Murady, bevor sie mir den Nachttrunk hinstellt, meinen Becher genau untersucht und nochmals reinigt, gleichgültig wie spät es ist.«

»Du glaubst, Raimund hat das auch bei dir versucht?«

»Ja, das hat er. Die Anspielungen waren ziemlich eindeutig.«

»Das wäre natürlich eine Möglichkeit; dann wäre Eleonore unschuldig. Zutrauen würde ich es Raimund. Er kann keine schöne Frau in Ruhe lassen.«
»Du nimmst das ziemlich gelassen hin.«
»Ich kenne ihn seit achtzehn Jahren und liebe ihn so, wie er ist; das heißt, mit Einschränkungen. Als es das erste Mal geschah, stand ich vor der Wahl, entweder ein Leben mit Raimund und seinen amourösen Abenteuern oder Ruhe, Frieden und Langeweile ohne Raimund. Ich habe das Erstere gewählt; mehr ist nicht zu sagen.«
Ich blickte in ihre müden Augen, die ohne Tränen waren. Was hatte sie in den vergangenen Jahren nicht alles hinnehmen müssen, und doch war kein Hass in dieser Frau – unverständlich.
Roller fiel mir ein, und ich sagte Constanze, dass ich nach meinem Pferd sehen müsste.
»Geh nur, Sadi, ich lege mich ein bisschen hin. Ach, fast hätte ich es vergessen: Ich habe mit dem Bischof über den Jungen gesprochen. Er ist verschwunden, und der Bischof war der Meinung, die Sarazenen hätten ihn gefangen.«
Mein armer Hans-Martin. Aber besser ein Eunuchen-Leben als tot, und das sagte ich auch zu Constanze.
»Selten werden christliche Gefangene zu Eunuchen gemacht, Sadi. Sie werden als Sklaven verkauft, und oft geht es ihnen besser als zu Hause oder im Heer.«
Ich wollte ihr gern glauben. Ich hoffte für den Jungen, dass das Schicksal es gut mit ihm meinte.

Die Pferde standen im Schatten der Gebäude. Ali spielte mit Roller, Stallburschen reinigten den Stall, der wie alles andere voller Sand war. Es würde nicht schaden, mich ein bisschen nützlich zu machen.
So stürzte ich mich in die Arbeit, räumte genau wie die Diener den Sand nach draußen und fühlte mich wohl wie selten. Constanze kam hinzu, und als sie sah, wie viel Spaß mir diese Arbeit machte, zog auch sie sich um, und zu zweit kehrten und putzten wir bis zum späten Abend. Es war ein herrliches Gefühl.

Wir waren so richtig müde, nahmen noch ein kurzes Bad und schliefen so zufrieden ein wie Millionen Menschen auf dieser Erde, die ihr Tagwerk vollbracht hatten.
Zwei Tage später war das Haus sauber, und ich nahm meinen Unterricht wieder auf.
Die friedliche Zeit in einem Palast, der nur von ein paar Menschen bewohnt wurde, ging zu Ende, als Constanze eines Morgens abberufen wurde. Eine Zeit lang war ich allein, und als sie endlich zurückkam, sah ich, dass sie nur mühsam die Haltung bewahrte. Ohne etwas zu sagen, sortierte sie blass und nervös ihre Schriften. Als sie die Schreibflüssigkeit umstieß, brach sie in Tränen aus.
»Was ist geschehen, Constanze?«
»Er ist tot, Sadi!«
»Wer – Friedrich?«
»Nein. Raimund.«
Ich nahm sie tröstend in die Arme, und nun brach sie schluchzend zusammen. Was war geschehen?
»Sie haben Damaskus belagert, und bei einem Ausfall wurde er geköpft.«
Unfassbar, dieser lebensfrohe, schöne Mann war tot, würde nie mehr durch die Tür treten und gute Laune verbreiten. Obwohl ich wusste, wie sehr er seine Frau betrogen hatte, tat sie mir Leid, und ich weinte mit ihr.
»Was ist mit dem deutschen Heer passiert?«
»Sie sind geflohen und nach Jerusalem aufgebrochen.«
Mit Muradys Hilfe brachte ich die Frau zu Bett und flößte ihr einen Beruhigungstee ein.
Das Haus war seit dem Abzug des Königspaares noch nie so still gewesen. Es war eine Grabesstille, und trotz der Hitze war mir kalt.

Wir mussten über unsere Zukunft reden.
Constanze wehrte sich, als ich davon sprach, dass sie hier nicht allein bleiben konnte und ich sie mit nach Jerusalem nehmen wollte. »Hier in diesem Palast habe ich mit Raimund gelebt,

Sadi. Eleonore mag mich nicht; das konntest doch auch du feststellen.«

»Sie mochte dich nicht, weil du die Frau Raimunds warst und sie ein schlechtes Gewissen hatte. Sie hat in Raimund ihren verstorbenen Vater geliebt. Nun ist auch er tot, und du bist allein und die einzige Verwandte der Königin.«

Es war, als spräche ich gegen eine Wand. Doch plötzlich kam mir eine Idee. Während Constanze in ihrem Zimmer die Bücher abstaubte und ich ihr tatenlos zusah, fand ich diesen Gedanken immer besser. »Eleonore hat eine dreijährige Tochter. Hast du das gewusst?«

»Nein. Woher auch? Sie hat doch mit mir kein Wort mehr gesprochen, als sie unbedingt musste.«

»Das arme Kind hat nicht viel von seiner Mutter. Ich weiß, wovon ich spreche, Constanze, ich hatte auch keine Mutter. Du wärst die ideale Erzieherin für das Kind. Eine Frau, die zur Familie gehört, ist etwas anderes als eine bezahlte Erzieherin.«

Ich hatte nicht umsonst an ihre mütterlichen Instinkte gerührt. Endlich war sie einverstanden, setzte Ismael als Verwalter ein, und bald waren wir mit Murady und zwei Kriegern auf den Weg nach Jerusalem.

Palästina

So viele Straßen waren wir entlanggezogen, um endlich die Straße zu finden, die uns zu unserem wahren Ziel führen sollte.

Der Himmel heiß und blau, gleißende, unbarmherzige Sonne, die ohne eine schützende Wolke vom frühen Morgen bis zum späten Abend schien. Das Zirpen der Zikaden und Heuschrecken in den verlassenen Olivenhainen war unser Begleiter. Eine weiße kalksteinbestäubte Straße, von Pferdehufen aufgewühlter Staub. Kamelkarawanen und die Rufe ihrer Treiber, die uns immer wieder an die aus grauen Steinen aufgeschichteten Mauern drängten; dahinter bepflanzte Terrassen mit Ölbäumen, deren verformte Stämme an uralte Tiere erinnerten. Kleine braune Eidechsen huschten aus Felsritzen hervor oder lagen regungslos in der heißen Sonne, dass man das Pulsieren ihrer kleinen Kehlen sah.

Kein fremder Laut unterbrach das Lärmen der Heuschrecken. Ein Hirtenjunge spielte auf einer Flöte und erinnerte mich an Ephesus – das Auf und Ab einer Melodie ohne Anfang und Ende. In der Hitze immer weiter die weiße Straße entlang; Gesichter von Menschen, verwitterte braune Gesichter, Gestalten in Tüchern, Sandalen und losen Gewändern, wie vor tausend Jahren.

Ewiges Palästina, die Natur so gleich bleibend und die Politik so veränderlich. Ist es wahr, dass die Geschichte mit Blut und Wasser geschrieben wurde? Dass Straßen, Dörfer und sogar Städte verschwanden, aber die Quelle, die dem Fels entspringt, bleibt – ein beständiger Teil dieses Landes?

In Tiberias waren wir am Ende.
Constanze hing wie ein nasser Sack auf ihrem Pferd. Sie sehnte sich nach ihrem kühlen Heim in Antiochia zurück. Nur wenn ich ihr am Abend in den Herbergen die Zukunft mit Eleonores Kind ausmalte, war sie bereit, am nächsten Morgen weiterzureiten.
Auch ich hatte meine liebe Not. Antiochia hatte mich verweichlicht. Schwielen an den Händen waren besser als weiche Hände und mit Henna gefärbte Fingernägel. Längst waren der Moschus- und der Jasminduft verflogen, und wir stanken nach Schweiß.
Tiberias am Ufer des Sees Genezareth – war das der Garten Eden? Grüppchen weiß getünchter Häuser, die wie Schachteln aneinander gereiht an begrünten Hügeln lagen. Unter uns der blaue See. Flügelrauschen – in der Luft eine Schar weißer Tauben, die über das silberne Wasser gegen die kahlen, verschwimmenden Berge flog.
Zwei Tage blieben wir in Tiberias und ruhten uns aus. Die Herberge war einfach und sauber. Der Besitzer, ein Grieche, hatte der gewöhnlichen Arbeit abgeschworen; dafür setzte er seine Frau und zwei Töchter ein, die mit der Herberge das tägliche Brot verdienten. Der Hausherr meditierte, und nur wenn der Gong zum Essen erklang, war er ansprechbar.
Unsere beiden Begleiter verbrachten diese kurze Ruhezeit mit Würfeln und Kartenspielen. Constanze erholte sich im Schlaf und wachte ähnlich wie der Grieche nur zu den Mahlzeiten auf. Der See lockte mich, und ich probierte, wie Jesus auf dem Wasser zu laufen. Ich war nicht Jesus und kam hustend und spuckend an die Oberfläche, was Roller zu einem verächtlichen Wiehern veranlasste.
Am nächsten Morgen brachen wir früh auf. Die Wege wurden schlechter, schlängelten sich auf den schmalen, sumpfig grünen Gürtel des Jordans zu.
Der Jordan hat etwas Träges, Harmloses, Unbedeutendes; er kam mir nicht viel anders vor als andere Flüsse, die wir auf Brücken oder durch Furten gequert hatten, und doch hörte ich gebannt zu, wie die beiden Krieger erzählten, dass sich die

Menschen des ersten Kreuzzuges zu Tausenden in das Wasser geworfen hatten, um an die Stelle zu gelangen, wo Jesus getauft worden war. Die Ufer sind mit bizarren Bäumen und Sträuchern, von Tamarisken und Bambusrohr bewachsen, und oft führte uns der Weg durch gefährliche Sümpfe.
Die Mückenplage war unbeschreiblich, und wir waren froh, als wir Galiläa verlassen hatten und eine Zeit lang in gemäßigtes Klima kamen. Lange Karawanen, die nach Süden zu den Furten des Jordans unterwegs waren, begegneten uns.
Dank unserer Dienerin Murady konnten wir Wein, Brot und Ziegenkäse kaufen – Murady, die weder seufzte noch klagte, stoisch auf ihrem Maultier hinter uns herritt und noch die Kraft hatte, Constanze am Abend vorsichtig das sonnenverbrannte Gesicht zu kühlen. Wie ich sie und ihr Durchhaltevermögen bewunderte! Sie war genau wie dieses Land – alt, weise und durch nichts zu erschüttern.

Durch die Felsen führte der Pfad abwärts, die Tiere hatten Mühe, den nachrollenden Steinen auszuweichen. Unsere beiden Krieger ritten am Anfang und am Ende unserer kleinen Reisegruppe. Wir sichteten ein Rudel Löwen, das träge im Schatten eines Baumes lag. An den auffliegenden Geiern sahen wir, dass sie satt waren und die Reste ihrer Beute den Aasfressern überließen.
Als der Pfad breiter wurde, rückte Murady zu mir auf, und ich fragte sie, ob Constanze und Raimund schon öfter in Jerusalem gewesen seien.
»Constanze war einmal da und Raimund drei- bis viermal, aber damals sind wir andere Wege geritten. Dieser hier ist sicherer.«
»Warum sicherer, Murady?«
»An den Hauptstraßen lauern Wegelagerer. Manchmal ist es besser, einen beschwerlicheren Weg zu wählen, Sadi.«
Ja, sie hatte Recht: Der einfache Weg war meist unsicher. Man wiegt sich in dem Glauben, dass auf einer belebten Strecke nichts passieren könne, und wird leichtsinnig. Hier in diesem menschenleeren Gebiet hielt ich Schwert und Bogen immer griffbereit.

Am Berghang sahen wir eine Schafherde und einen braunen Hirten mit wallendem Keffiyeh, dem Beduinenkopftuch, gehalten durch zwei gedrehte schwarze Schnüre, Agaal genannt. Unter seinem losen Umhang trug er einen Rock aus Schaffellen mit der Wolle nach innen. Er zog vor seiner Herde über die Berge wie zu Zeiten Christi.
»Er kann in einer merkwürdigen Sprache zu seinen Schafen sprechen«, sagte Murady. Doch sosehr ich auch meine Ohren spitzte, er tat mir den Gefallen nicht, er blieb stumm.
Kurz vor einer Rast hörte ich, wie Constanze Murady ausschimpfte. Neugierig ritt ich hinzu und schaute in ihr vor Zorn gerötetes Gesicht. »Was habt ihr beide für einen Streit?«
»Sie hat in voller Absicht den Weg durch die Wüste gewählt. Wir könnten längst in Jerusalem sein!«
»Aber wir haben doch mit den beiden Männern gesprochen, Constanze, und du warst gestern Abend mit diesem Weg einverstanden.«
»Da wusste ich auch noch nicht, dass Murady hier in der Nähe ihr Heimatdorf hat und ihre Verwandten begrüßen will. Eine Unverschämtheit! Und das, nachdem ich ihr immer vertraut habe!«
»Lass doch, Constanze. Auf ein paar Tage kommt es wirklich nicht an. Du musst auch sie verstehen. Es sind bestimmt schon Jahre vergangen, seit sie in ihrer Heimat war.«
»Du nimmst sie auch noch in Schutz, weil du keine Ahnung hast, wie mir die Hitze jeden Tag mehr zusetzt.«
Ich schaute in das dankbare Gesicht der alten Frau und zwinkerte ihr zu. Wir wussten beide, dass die widrigen Umstände Constanze launisch machten; weder Murady noch ich trugen ihr das nach.
Merkwürdig, wie dieses Land mich gefangen nahm. Auch ich hatte es nicht eilig, obwohl meine Freunde und Friedrich in Jerusalem warteten, und jeden Tag drang ich tiefer in das Mysterium Palästina ein.
Am Abend kamen wir in ein Dorf mit halbzerfallenen Häusern. Während wir uns in einer primitiven Herberge für die Nacht

einrichteten, war Murady ohne ein Wort verschwunden. Zum Glück begab sich Constanze gleich nach dem dürftigen Essen zur Ruhe, und ich hatte Muße, die Eindrücke dieses Dorfes auf mich einwirken zu lassen.
An einer Zisterne füllten Frauen Wasser in ihre Krüge, um sie auf ihren Köpfen heimzutragen. Als ich näher kam, sahen sie mich mit ihren schwarzen Augen an, die den meinen so ähnlich waren, und verstummten. Ich war eine Fremde und konnte ihre Vorsicht verstehen.
Waren hier meine Wurzeln, floss in ihren Adern das gleiche Blut wie in meinen? Oder war es nur der Zauber des Heiligen Landes, von dem die Kreuzritter, wenn sie es erlebten und nach Hause zurückkehrten, ein Leben lang träumten?
Am nächsten Tag ritten wir am Toten Meer entlang. Nirgends Schatten, die Sonne brannte in den Augen und flimmerte über dem dürren Boden. Eine Eidechse eilte über den Weg und hinterließ eine Schlangenlinie im weißen Staub. Ich stieg von meinem Pferd, überkletterte einen Steinhaufen, tauchte den Finger ins Tote Meer und hielt ihn in die Sonne. Nach wenigen Augenblicken bildete sich auf meiner Hand ein feines weißes Pulver, das bitter und salzig schmeckte. Mein Blick glitt über das ruhige Wasser zu den grauvioletten Bergen Moabs hinüber. Das Wasser überspülte die Steine am Ufer mit kleinen Wellen. Man sah weder Fisch noch Vogel, es gab nichts Lebendiges, weder Schilf noch Unkraut, mit dem andere Seen so malerisch umwachsen sind. Nur verdorrte Wildnis, eingerahmt von hohen braunen Bergen und mit dem Schwefelgeruch und der Hitze der Hölle ähnlich. Aus der flimmernden Hitze lösten sich große braune Teufel, und ein Schaudern befiel mich. Ein kurzer Schreck, dann sah ich, dass es nur ein Kamel mit seinem Jungen war, das zwischen den Steinen die wenigen Disteln herauszupfte.
Ich hatte nichts dagegen, dass wir diese unwirtliche Gegend verließen. Constanzes Gesicht schimmerte grünlich; vor Erschöpfung ließ sie sogar die Vorwürfe gegen Murady sein, die wie ein Geist am frühen Morgen aufgetaucht war und ohne ein Wort ihr Maultier bestiegen hatte.

Ohne zu halten, ließen wir Jericho, die älteste Stadt der Welt, hinter uns und ritten durch die Berge. Das tat auch den Pferden gut, denn je höher wir kamen, umso kühler wurde die Luft.
Die letzte Nacht verbrachten wir in einer Karawanserei, hinter der sich der Weg kreuzte: Der eine Weg führt nach Jerusalem, der andere nach Ägypten. Auch dieses Land hatte etwas mit der Bibel zu tun, doch sosehr ich auch nachgrübelte, es wollte mir nicht einfallen. Auf die Gefahr hin, einen verständnislosen Blick von Constanze einzufangen, fragte ich sie.
Ohne zu überlegen, erzählte sie mir von der Flucht der Heiligen Familie. Sie lebte sichtlich auf und übersah den von Fliegen besetzten Kameldung, brachte, ohne die Nase zu rümpfen, ihr Pferd in den baufälligen Stall und band es an. Seit wir das Tote Meer hinter uns gelassen hatten, war sie wieder die Frau, die ich kannte und mochte. Das Mürrische war von ihr abgefallen, und zum Vorschein kam die vornehme französische Dame.

Jerusalem

Am Vormittag überschritten wir den Ölberg. Die Mittagssonne brannte über Jerusalem. Wir sahen die Stadt in den Farben eines Löwenfells hinter hohen Mauern liegen.

Meine Blicke schweiften zu Constanze und weiter zu den beiden Männern, die uns durch ganz Palästina begleitet hatten; da sie nie von sich aus ein Gespräch begonnen hatten, nannte ich sie unsere Schweigsamen. Doch jetzt sah ich, wie sie sich miteinander unterhielten, und war erstaunt über ihre Redseligkeit und die bewegten Gesichter. War dies das erste Wunder in dieser wundersamen Stadt?

Fellachen mit ihren Eseln, an denen rechts und links Körbe mit Früchten befestigt waren, überholten uns und drängten uns zur Seite.

In einem Gebirgsland gibt es nichts Älteres als die Straße. Städte mögen entstehen und vergehen, die prachtvollsten Gebäude mögen erbaut und zerstört werden, aber die kleine Straße, die zwischen Felsen dahinläuft, überdauert alles. Auf dem Ölberg, so weiß man, sind diese kleinen steinigen Pfade, die sich über die Klippen schlängeln und winden, dieselben, auf denen Jesus einst wandelte.

Die beiden Krieger stiegen von ihren Pferden und küssten den Boden, der wahrhaftiger von den Spuren seiner Füße zeugte als alle Felsen in goldenen Schreinen, die wir später in Jerusalem sahen.

Der Pfad führte hinab ins Kidrontal, wo wir eine Holzbrücke überquerten und hinaufsahen zu den Mauern Jerusalems mit ihren Zinnen, die wie eine Herausforderung in der goldenen

Mittagssonne glänzten. Aus der Talsohle stieg die Straße über die tiefen Ausläufer des Ölberges, und ein wenig rechts standen Zypressen und Olbäume hinter einer Steinmauer.
»Das ist der Garten Gethsemane«, sagte Constanze ehrfürchtig. Wir nickten, doch weder Murady noch ich fanden etwas Ungewöhnliches daran, denn ähnliche Gärten hatten wir viele auf unserer Reise gesehen. Wir ritten durch das goldene Tor wie einst Jesus auf seinem Esel, doch wurden wir nicht mit Palmwedeln empfangen. Die Straße, auf der sich grellstes Licht mit tiefsten Schatten ablöste, war von Eseln, Kamelen und Pferden, von schreienden Wasserverkäufern und Obsthändlern verstopft, sodass wir Mühe hatten, unseren Weg zu finden.
Constanze zeigte auf einen mächtigen viereckigen Turm, der als Turm Davids bezeichnet wurde, in Wirklichkeit aber die Reste vom großen Phasael-Turm darstellte. Ich wusste, dass unser Ziel die Zitadelle am Davidsturm war, doch obwohl zum Greifen nah, dauerte es noch eine ganze Weile, bis wir da waren. Immer dichter drängten sich die Menschen in der Straße.
Da gab es Fellachen aus den umliegenden Dörfern, geborene Ackerbauern, bei denen sich List und Heftigkeit vermischten. Ganz anders die Beduinen: Auch ohne vornehme Kleider wirkten sie wie Adelige. Sie verachten die Fellachen auf ihren Eseln, denn der Beduine ist ein freier Mann, der mit seinen Schafen und Rindern in einem Zelt wohnt; er nennt es »Haus aus Haar«. Unberührt von dem munteren Treiben auf den Straßen saßen teilnahmslose Männer unter schattigen Torbögen und sogen an ihren Wasserpfeifen. Ein unbestimmter Geruch nach Orangen, Zimt und verdorbenem Fisch begleitete uns bis zur Zitadelle, in der noch vor einiger Zeit die Königin Melisande mit ihrem Sohn Balduin regiert hatte. Pferdeknechte kamen gelaufen, halfen uns, die Kisten abzuladen und die müden Tiere zu versorgen.
»Geh bitte allein zu Eleonore und sprich mit ihr, Sadi. Sie wird von meinem Kommen nicht begeistert sein.«
Mit der Versicherung, dass ich alles zu ihrer Zufriedenheit

regeln würde, gab ich ihr ein Versprechen, von dem ich nicht wusste, ob ich es halten konnte. Doch wie immer verließ ich mich auf mein Gefühl und meine Überredungskünste.
Wir wurden in Gemächern untergebracht, die nichts mit dem orientalischen Flair von Antiochia gemein hatten. Vielmehr glichen sie den düsteren Räumlichkeiten meines Großvaters bei Gelnhausen. Die spartanische Einrichtung mit ungemütlichen Holzsitzen und harten Schlafplätzen, alles andere als zu schwülen Träumen einladend, wirkte abschreckend. Eine schmale, gewundene Treppe führte in den Oberstock und von dort auf ein flaches Dach.
Der Blick von oben über die Dächer Jerusalems entschädigte uns für die ungemütliche Behausung in der Zitadelle. Der Ölberg lag in Augenhöhe, und unwillkürlich glitt der Blick hinab in das steinige Kidrontal mit den uralten Gräbern, wo beim Weltuntergang das Jüngste Gericht abgehalten werden sollte, wie mir Constanze erklärte. Auf der anderen Seite die flachen Dächer der Bürger und die Zisternen, in denen in Wintermonaten das Regenwasser aufgefangen wurde. Eine Kuppel aus reinem Gold wölbte sich über den mächtigen achteckigen Felsendom, aus Steinen erbaut, die aus den Trümmern des römischen Jerusalems stammen sollten.
Mit einem Blick konnte ich die ganze Stadt umfassen, die zusammengedrängt unter mir lag – die Heilige Stadt, eingerahmt von nackten Bergen, die sich mit langen braunen Kämmen himmelwärts erheben. Im Tal darunter befand sich eine einzige Quelle – der Brunnen der Jungfrau.
Weinrad aus Konstantinopel fiel mir ein und seine Erzählung vom vergifteten Brunnen. Standen da, wo ich jetzt stand, die Sarazenen und sahen hinab auf die Kreuzfahrer? Ich wollte es mir gerade vorstellen, als ich zur Königin gerufen wurde.

Eleonore von Aquitanien war ganz in Schwarz gekleidet und hoheitsvoll wie immer. »O Gott, Sadi! Wie froh bin ich, dich zu sehen. Du hast mir gefehlt, *mon amie!*« Sie schien sich wirklich zu freuen, ein Umstand, den ich ihrer Langweile zuschrieb.

»Warum seid Ihr schwarz gekleidet, Madame? Ist jemand gestorben?«

»Ja – meine einzige Liebe«, sagte sie und fuhr mit einem winzigen Tüchlein an die Augen, um eine unsichtbare Träne wegzuwischen.

Du liebe Zeit, den Tod Raimunds hatte ich ganz vergessen. Zu viel war auf dieser Reise auf mich eingestürmt; selbst mit Constanze hatte ich kein Wort mehr über Raimund gesprochen.

»Ja, es ist furchtbar, Madame. Deshalb habe ich Eure Tante mitgebracht; sie ist genauso traurig wie Ihr«, sagte ich scheinheilig und sah ihr unschuldig in die Augen.

»*Was* hast du? Diese Frau? Was will sie hier?« Unruhig wie ein gefangenes Tier lief sie auf und ab, und fast tat sie mir ein bisschen Leid.

»Madame, sie ist Eure einzige Verwandte. Denkt an Eure Christenpflicht, gerade in dieser Stadt, wo das Grab Jesu nicht weit ist.«

»Aber sie kann mich nicht leiden, und ich mag sie auch nicht!« Mit einem Ruck riss sie den Vorhang zur Seite, als fehlte ihr in diesem düsteren Raum die Luft zum Atmen.

»Der Mann, der zwischen Euch und ihr stand, ist tot. Sie trauert um ihn, genauso wie Ihr. Großmütigkeit steht einer Königin gut zu Gesicht. Ihr braucht nicht nur so zu tun, denn ich weiß, dass Ihr großmütig seid, Madame. Und denkt daran: Alle schmutzigen Gerüchte werden vergehen, wenn Ihr Euch mit Constanze in der Öffentlichkeit zeigt.«

»Du hast Recht, Sadi, selbst Ludwig würde in diesem Fall die Luft ausgehen. Muss ich sie nur in Jerusalem ertragen, oder hat sie vor, uns nach Frankreich zu begleiten?«

»Findet Ihr nicht, dass sie eine gute Erzieherin für Eure kleine Tochter wäre? Eine Beziehung, die beiden zugute käme.«

»Na gut, ich werde darüber nachdenken. Wie war deine letzte Nacht in Antiochia mit dem Herzog?«, fragte sie hinterhältig.

Ich war verblüfft, wie schnell sie auf ein anderes Thema kam.

»Danke, gut. Habt Ihr ihm mein Gemach verraten?«

»Du hättest dich sehen sollen bei diesem wunderbaren Fest«,

sagte sie lachend. »Wie du aufgestanden bist, wie verblüfft sie alle auf dich schauten, als du über die Schleier der Tänzerin hinweggelaufen bist. Hoheitsvoll wie die Königin von Saba hast du zwischen den Säulen gestanden, ein Windstoß hatte deinen Kleidersaum gepackt und hochgewirbelt, dass man deine hübschen Beine sehen konnten und noch mehr. Wie Moses am Roten Meer hast du den Arm erhoben, doch anstatt das Wasser zu teilen, kam der Sand, und in großer Panik stürzten alle ins Haus. Ludwig hatte mich vergessen oder dachte wie immer in solchen Situationen nur an sich. Nicht einmal Raimund kümmerte sich um mich. Nur Friedrich half mir galant über umgefallene Stühle, in seinen Augen die Bitte um Hilfe – ich konnte nicht widerstehen, Sadi.« Sie lachte wieder. Es gefiel ihr, Gott Amor zu spielen; damit schob sie ihre eigene Liebesnacht in den Hintergrund.

Doch ich hatte nicht vor, es ihr leicht zu machen. Ich wollte die Wahrheit wissen, denn ich konnte immer noch nicht glauben, dass sie ihre Ehe leichtsinnig aufs Spiel gesetzt hatte. »Was geschah danach, Madame?«

»Mein Gott, Sadi, du bist ja schlimmer als die Inquisition! Na gut, ich bin schlafen gegangen. Wegen der großen Aufregung hat mir Ismael einen Schlaftrunk gebracht. Ich weiß nicht mehr, wie lange ich geschlafen habe, und als ich aufwachte, befand sich Raimund in meinem Bett.

Bitte glaube mir, Sadi, ich konnte mich nicht wehren. Noch nie ist er so weit gegangen und in mein Bett gekommen. Aber – weißt du, was? – es war herrlich, und ich bereue nichts. Leider wurden wir von Ludwig unterbrochen, der sich ausgerechnet diese Nacht für seine Ehepflichten ausgesucht hatte.

Du meine Güte, sind die beiden aneinander geraten! Dabei ist nicht das Geringste passiert. Noch in der Nacht musste ich alles zusammenpacken. Er wollte keine Nacht unter dem Dach dieses ehebrecherischen Bastards verbringen. Blutschänderin, Hure, Dirne und was nicht alles hat er mich geheißen. Dabei ist Ludwig auch mit mir verwandt.«

»Er ist mit Euch verwandt?«

»Ja, um ein paar Ecken.«
Wie ein Blitz, der mich nicht mehr losließ, durchzuckte ein Gedanke mein Hirn. Nans hatte mir einmal von so einem Fall erzählt, doch so viel ich auch überlegte, Genaueres fiel mir nicht ein. »Könnte man nicht aus dieser Verwandtschaft einen Scheidungsgrund basteln?«, fragte ich die Königin.
»Wenn die Kirche ihren Segen zu einer Ehe gibt, ist sie gültig.«
»Und hat sie zu dieser Ehe den Segen gegeben?«
»Ich weiß es nicht, es ging damals alles so schnell. Mein Vater starb, er war noch nicht in der Gruft, da schickte Ludwig der Dicke seinen Sohn nach Aquitanien, aus lauter Angst, es könnte ihm einer zuvorkommen. Dabei war ich noch keine fünfzehn Jahre alt.«
»Wo könnt Ihr Euch erkundigen, Madame, ob das damals alles seine Richtigkeit hatte?«
»In Rom. Auch der Beichtvater Ludwigs müsste es wissen.«
»Ihr müsst es ihm sagen.«
»Was, Sadi?«
»Dass Ihr keinen Thronfolger bekommt, weil Gott mit dieser Ehe nicht einverstanden ist.«
»Aber das ist ja ... Wie kann ich einen Sohn bekommen, wenn der Mann, der ihn zeugen soll, nur betet?«
»Seid froh, dass er nicht oft mit Euch schläft. Reizt ihn nicht unnötig. Geht ihm aus den Weg, setzt Eure Waffen richtig ein, jammert und klagt ihm ins Ohr, wie schlecht Ihr Euch fühlt, damit er fluchtartig Euer Schlafgemach verlässt. Ihr dürft in der nächsten Zeit nicht schwanger werden, sonst ist alles umsonst.«
»Das Merkwürdige ist nur: Seit wir Raimunds Anwesen so überstürzt verlassen haben, hat er wieder mehr Lust und kommt zu den unmöglichsten Zeiten zu mir, um, wie er sagt, seinen ehelichen Pflichten nachzukommen.«
»Wenn Ihr wollt, Madame, dass dieser Plan gelingt, müsst Ihr mitspielen.«
»Natürlich spiele ich mit, was glaubst du denn? Es ist das Beste, was uns in dieser Sache eingefallen ist. Du brauchst dir keine

Sorgen zu machen, ab heute bin ich fast immer unpässlich. Ist es nicht komisch, Sadi? Jetzt, da ich einen Gatten habe, der sich wie ein Mann benehmen will, bin ich es, die ihm einen Riegel vorschiebt.«
»Seht diese Enthaltsamkeit als Buße für Eure Sünden in Antiochia an«, sagte ich lachend.
»Oh, du hast es gerade nötig! Du warst es, die gesündigt hat, und ich muss jetzt Buße für dich tun. Aber nun ziehe ich die Trauerkleider aus und stürze mich wieder in das pralle Leben.«
»O nein, Madame, denkt an unsere Abmachung!«
»Ja, ja, ist schon gut. Wie kann man sich in diesem Palast ins Leben stürzen, wenn es überall stinkt, als würden die Gebeine des seligen Herodes noch in irgendeiner Ecke liegen?«
Es war wunderbar, die Königin wieder in meiner Nähe zu haben. Erst jetzt merkte ich, wie sehr mir ihr Klagen und ihr befreiendes Gelächter gefehlt hatten.

Zwei Tage war ich nun in Jerusalem und hatte die Zitadelle aus Angst, Friedrich oder Wilhelm zu verfehlen, noch nicht verlassen. Einmal hatte sich der Herzog nach mir erkundigt, doch das war am Ankunftstag der Königin gewesen. Von Wilhelm, Judith oder Ruben fehlte jede Spur. Die Ritter, Pilger und Krieger waren in der ganzen Stadt verteilt, und für mich, die ich aus dem Heer ausgestoßen worden war, war es unmöglich, einfach herumzufragen.
Zum Glück vertrugen sich Constanze und die Königin einigermaßen; sie hatten ihre dunklen Kleider abgelegt und in luftigen Musselinkleidern Waffenstillstand geschlossen.
Constanze machte Pläne, endlich die heiligen Stätten zu besuchen. Nachdem sie lange genug auf mich eingeredet hatte, fand auch ich mich dazu bereit. Zudem sollte in diesen Tagen die umgebaute Grabeskirche eingeweiht werden. Kurz vor unserem Aufbruch ließ ich mir schnell noch die Geschichte der Kirche erzählen, denn wie so oft hatte ich wieder einmal keine Ahnung.
»Früher war dieser Platz, auf dem heute die Kirche steht, eine Grabstätte«, sagte Constanze und nahm ihren Umhang. »331

nach Christus reiste Hellena, die Mutter Konstantins, ins Heilige Land, um das Grab zu suchen. Sie fand es und begann mit der Ausgrabung. Später fanden sie das Kreuz Jesu und die Kreuze der beiden Schächer. Helena baute eine Kirche, aber die Perser zerstörten sie im Jahr 614.

Der Wiederaufbau begann fünfzehn Jahre später, und die Kirche blieb unversehrt, bis Kalif el Hakim sie im Jahre 1009 vollständig dem Erboden gleichmachte.

Als die ersten Kreuzfahrer die Stadt eroberten, fanden sie die Kirche so vor, wie sie Konstantin Monomacos nach der Zerstörung wieder aufgebaut hatte. Den Kreuzfahrern gefiel sie nicht, und so bearbeiteten sie diese Kirche in einem grandiosen Verschönerungswerk mit radikalen Veränderungen bis heute. Wir, Sadi, haben nun das große Glück, dabei zu sein, mitzuerleben, wie das höchste Gut der Christenheit geweiht und gesegnet wird.«

Während wir die kurze Strecke zur Kirche gingen, dachte ich: ›Was kann bei den vielen Zerstörungen, nach Neubau und wieder Zerstörung eigentlich von der Einmaligkeit und Heiligkeit noch übrig sein? Warum kann man nicht alles so lassen, wie es war? Müssen denn überall Kirchen gebaut werden, protzige, prunkvolle Kirchen, mit Gold und Silber ausgestattet, damit der nächste Freibeuter sie wieder ausrauben und zerstören kann?‹ Ketzerische Gedanken, und ich bezweifelte, dass mich bei dieser Einstellung so etwas wie eine Einweihung lange fesseln könnte. Nun, vielleicht würde ich Friedrich oder Wilhelm treffen. Diese Möglichkeit wollte ich nicht außer Acht lassen.

König und Königin waren schon früher aufgebrochen, um ihre Ehrenplätze einzunehmen. Schon bald bereute ich, dass ich mitgekommen war, denn wir durften die Kirche nicht einmal betreten – sie war überfüllt.

Hunderte von Menschen aus Jerusalem und dem Umland hatten sich sich auf dem Platz vor der Grabeskirche versammelt. Sie standen dicht gedrängt im Vorhof und weit darüber hinaus. Die engen Gassen verwandelten sich in ein wahres Menschenmeer, das von beiden Seiten heranwogte und den Platz überflutete.

Auf Mauern, Terrassen und Dächern der umliegenden Gebäude hockten Trauben von Menschen, hielten Treppen und Kuppeln besetzt, und auch die Äste der nahe stehenden Bäume trugen bald ihre Last von entschlossenen Schaulustigen. Geradezu betäubend das Geräusch, das all diese Menschen erzeugten – ein sonderbar dumpfes, an- und abschwellendes Gemurmel wie von einer Riesenkatze. Staub, von rastlosen Füßen aufgewirbelt, vermischte sich mit dem Weihrauch, der aus der Kirche quoll. Von Minute zu Minute wurde es heißer, denn die Sonne erhitzte die Steine der Häuser.

Die Menge schien keinerlei Unbehagen zu empfinden. Man war an Staub und Hitze gewöhnt, auch an die zunehmende Enge; das Gedränge wurde widerspruchslos in Kauf genommen. Die Unbequemlichkeit, die es zu ertragen galt, war ein geringer Preis dafür, dass alle Anwesenden über Jahre hinaus davon würden erzählen können, auch den noch ungeborenen Enkeln, sofern sie das Glück hatten, lebend und gesund nach Hause zurückzukehren.

Der Schatten der rechten Häuserreihe reichte bis zur Hälfte des Vorhofes, die andere Hälfte war in blendend heiße Junisonne getaucht. Wir standen auf der Sonnenseite, dicht gedrängt, und um uns herum feierten alle möglichen Gerüche ein Fest, wovon Knoblauch und Schweiß die harmlosesten waren.

In den letzten Monaten hatte ich mich an die orientalische Sonne gewöhnt, doch an diesem späten Morgen brodelte auf dem Vorplatz der Grabeskirche die Hölle. Mönche sangen wunderschöne Choräle, als mir das erste Mal schlecht wurde. Ich hatte das Gefühl, mein Kleid, das mir Constanze passend verändert hatte, löste sich auf vom Schweiß, der mir unter den Armen und zwischen den Brüsten herunterlief. Ich fragte mich, was wäre, wenn ich umfiele. Würde man mich aufheben und wegtragen – oder tot trampeln? Aus dem Inneren der Kirche drangen träge Weihrauchschwaden, die den Vorhof einnebelten.

Panik erfasste mich, und mit weit ausholenden Schwimmbewegungen durchbrach ich die murrende Menge. Ab und zu tauchte ich unter und drückte mich an weichen Brüsten und fetten

Hinterteilen vorbei. So manch harter, mit Eisen bestückter Krieger ließ mich einen Moment verweilen. Nach Luft schnappend, gelangte ich fünfzig Fuß weiter an einen weniger belebten Platz und lehnte mich stöhnend an den Karren eines Wasserträgers, der mir in brüderlicher Nächstenliebe einen Becher warmen, abgestandenen Wassers an den Mund hielt.

Ich war gerettet und frei! Mein Kleid hing in Fetzen an mir herunter, und den Arm hatte ich mir bis zum Ellenbogen aufgeschürft. Mit schnellen Schritten verließ ich die Menschenmenge und bog in den Weg zur Zitadelle ein.

In meinem Gemach riss ich die feuchten Reste des einst königlichen Kleides herunter und schlüpfte in ein herrliches dünnes arabisches Gewand, das in meiner Kiste mit acht anderen von Antiochia bis nach Jerusalem gereist war. Ich machte es mir auf dem Dach bequem. Wieder einmal war ich Murady dankbar für den köstlichen Minztee, den keine so gut zubereiten konnte wie sie.

Die Zeit, bis ich hörte, dass die Königin und Constanze zurückkamen, hatte ich im Schatten des Davidsturms dösend verbracht. Wie eine Statue stand Murady am Rande des Daches an einen Sockel gelehnt und starrte hinüber auf die goldene Kuppel des Felsendoms. Sie schwankte leicht, und ich hatte Angst, sie könnte hinabfallen. Als ich näher kam, murmelte sie: »Harem el Sharif, das umhegte Heiligtum.«

Ich wusste, dass die Muselmanen in dieser Stätte ein Heiligtum sahen, den heiligsten Platz des Islam nach Mekka und Medina. Kalif Abd-el-Malik hatte den Felsendom im Jahre 691 fertig gestellt, und diese goldgekrönte Moschee war bis zum ersten Kreuzzug der Mittelpunkt moslemischer Gebete.

»Murady!« Ich zupfte die alte Frau an ihrem Gewand. Sie beachtete mich nicht. Mit starrem Blick sah sie hinüber und flüsterte von neuem: »Allahu akkbar, Allahu akkbar, Ashadu an lä ilhä'a, illa-ashdu unna. Muhammedarrasülullä – hayya'alassalä …« Sie drehte sich um, und diesmal konnte ich sie verstehen: »Allah ist groß, Sadi. Bezeuge, dass kein Gott ist außer Allah. Und Mohammed ist sein Prophet.«

»Ja, Murady, so ist es. Geht es dir gut?«
Zum Glück trat sie einen Schritt zurück, und ich konnte sie zu den Sitzkissen führen, die so malerisch herumlagen. »Ich bin nur traurig, Sadi. Es ist nicht richtig, nicht gerecht. So viele Kirchen gibt es in Jerusalem. Warum haben sie uns das größte Heiligtum genommen? Mein Volk kann seit vierzig Jahren dort nicht mehr beten – das ist nicht gerecht. Doch nichts währt ewig.« Mit monotoner Stimme, als sei sie in Trance, sprach sie weiter. »Diese Moschee wird wieder gereinigt, die Ungläubigen und das Kreuz werden entfernt. Blut wird fließen, viel Blut, und Allah wird zufrieden sein.«
»Ja, Murady, wahrscheinlich hast du Recht.« Dies war der Ort, wo Gott den Menschen aus dem Staub der Erde schuf und Mohammed mit dem Pferd gen Himmel ritt. So sah es Murady. Die Christen sahen es anders; für sie war es der Ort, wo Abraham seinen Sohn zum Opfer bringen wollte. Dort an der höchsten Stelle stand der Altar Davids, über dem Salomon seinen Tempel errichtet hatte, der später durch den Prunkbau des Herodes ersetzt worden war. Die Römer errichteten ihre heidnischen Bildwerke an der Stelle des von ihnen in Asche gelegten Tempels, und während der byzantinischen Periode war der Platz öde und leer. Später dann baute Kalif Omar die neue Moschee, die nun eine Kirche war.
Murady war vollkommen erschöpft in den Kissen zusammengesunken und döste vor sich hin. Während ich sie betrachtete, dachte ich darüber nach, ob auch sie die Gabe des zweiten Gesichtes besaß. Wenn es so war, würde in absehbarer Zeit wieder Blut fließen. Der Halbmond würde das Kreuz ablösen, und statt »Halleluja« würde Muradys »Allahu akkbar« ertönen. Wollte das Jesus – oder Allah? Ich verstand es nicht und wollte es so gern verstehen.
Und auch die Juden waren da noch, vertrieben und zerstreut in alle Welt. Auch sie sahen in Jerusalem ihre wahre Heimat und waren weder mit Jesus noch mit Allah einverstanden.
Ich war ein Zwittermensch, hin- und hergerissen, nicht nur zwischen Mann und Frau, sondern auch zwischen den Religionen.

Ich konnte nicht das eine und das andere zur gleichen Zeit sein, konnte nicht das Kreuzzeichen machen und mich dabei nach Mekka verbeugen oder auf die versteckten Synagogen der Juden schielen. Vollkommen verwirrt verließ ich die Zitadelle; ich wollte weg von Murady, wollte weder Constanze noch die Königin sehen.
Die engen Gassen der alten Stadt, in denen sich die Menschen aller Rassen und Hautfarben drängten, schufen jene merkwürdige Atmosphäre, die so charakteristisch für Jerusalem ist. So viele Male wurde diese Atmosphäre zerstört, und jedes Mal hob sich das gleiche Nervös-Gespannte aus den Trümmern. Eigentümlich, unerklärlich die Spannung in dieser Stadt, aber so wirklich, dass man es als Erlösung empfindet, wenn man aus den Mauern herauskommt, und sei es nur bis zum Ölberg.
Ich liebte den Ölberg, nicht dafür, was auf ihm geschehen war, sondern als grünes Plätzchen in diesen Bergen aus rötlichem Stein. Im Schatten einer Zypresse ließ ich mich an einer von dürrem Gras bewachsenen Mauer nieder und blickte hinüber zur brodelnden Stadt. Mauerschwalben schossen schreiend durch die Luft und erinnerten mich an Sommerabende in meiner Heimat.
Mir war, als würde ich tausend Jahre zurückversetzt. Viel anders werden die Menschen nicht ausgesehen haben: Die Frauen im Schleier, die Fellachen könnten ohne ihre Kopftücher ebenso gut jüdische Bauern sein, die Kreuzritter in Kettenhemd und Eisenhut, römische Soldaten. Merkwürdig, eher konnte ich mir Jerusalem vor tausend als vor vierzig Jahren vorstellen, als die Stadt belagert wurde und der Tod auf beiden Seiten reiche Ernte hielt.
Die Sonne war weitergewandert und der Schatten der Zypresse mit ihr. Ich raffte meinen Umhang zusammen und ging mit weit ausholenden Schritten der Stadt entgegen. Ich musste die Königin endlich nach Friedrichs Quartier fragen und wollte nicht warten, bis er sich bequemte, mich aufzusuchen. Ich spürte, dass ich keinen Tag länger warten konnte.
Schon als ich um die Ecke bog, sah ich Simon unter dem Torbogen stehen, und mein Herz fing stürmisch an zu klopfen.

»Wo bleibst du so lange? Die ganze Zeit stehe ich mir die Beine in den Leib.« Er war ärgerlich, und Schweißperlen standen auf seiner Stirn.
»Tut mir Leid, Simon, ich konnte ja nicht wissen, dass du mich besuchen kommst!«
»Bilde dir nicht ein, dass ich zu dir komme. Ich bin nur auf Befehl des Herzogs da. Er möchte dich sehen.«
»Worauf warten wir dann noch? Gehen wir!«
Du meine Güte, war der böse! Er spuckte die Worte aus, als wären sie vergiftet. Unser gutes Verhältnis war wie weggeblasen, sein Gesicht wie aus Holz geschnitzt und die Augen kalt wie Eis. Misstrauisch sah er sich mein dünnes Kleid mit dem dazu passenden Umhang an, als hätte ich es gestohlen oder als würde es sich jeden Augenblick in Luft auflösen.
Im Orient geht die Sonne sehr schnell unter; noch fiel Sonnenschein auf die oberen Kanten der Häuser, und im nächsten Moment lagen sie im Schatten, und nur die Kuppeln und Türme glänzten wie Gold. Die engen Gassen waren dunkel und fast menschenleer. An einzelnen Türen der Häuser brannten Öl- oder Talglichte, denn Fackeln waren wegen zu großer Brandgefahr verboten. Da in Jerusalem nur sehr wenige Fenster zur Straße liegen, konnte man auch mit dieser Lichtquelle nicht rechnen. So stolperte ich hinter Simon her und fragte ihn, wo der Herzog wohne. Er gab mir keine Antwort, denn fünf betrunkene Männer kamen uns singend und fluchend entgegen. Es waren Franken, wie ich an der Stimme hörte, und bevor ich noch etwas sagen konnte, hatte mich Simon in eine Hausnische gezogen.
Nun lehnte ich mit dem Rücken an den rauen Steinen einer Mauer, und Simon presste sich mit seinem ganzen Gewicht gegen mich, als hoffte er im Stillen, ich würde wie ein Geist in der Mauer verschwinden. Die Männer kamen näher und bemerkten uns. Wahrscheinlich hielten sie mich für eine Hure, denn ihre Worte klangen obszön und gemein.
Ganz langsam hob ich meine Augen; ich wollte einfach sehen, was Simon für ein Gesicht machte. Noch bevor ich wusste, wie

mir geschah, küsste er mich leidenschaftlich. Ich spürte seine Hände durch mein weites arabisches Gewand und hätte am liebsten wie ein Fuhrknecht geflucht, da ich wegen der Hitze darunter nackt war. Er knetete meine Brüste, fuhr über meinen Rücken, meinen Bauch bis hinab zu den intimsten Stellen. Nicht einmal Friedrich hatte gewagt, mich so zu küssen, ohne meinen Mund freizugeben. Als wollte er sich vergewissern, dass ich wirklich eine Frau bin, wanderten Simons suchende Hände auf meinem Körper umher. Sie entzündeten einen Brand in mir. Es war nicht richtig, und mir war bewusst, dass ich mich hätte wehren müssen, doch es war unmöglich. Nicht einmal der Gedanke, dass Friedrich auf mich wartete, brachte mich zur Besinnung.

Meine Arme hatte ich um Simons Hals geschlungen, ich spreizte die Beine, anstatt sie zusammenzupressen, und fühlte seine harte Männlichkeit an meinem Bauch.

Lange waren die betrunkenen Männern schon verschwunden. Nicht ich war es, die ihn wegstieß, Simon trat plötzlich einen Schritt zurück.

»Simon, ich …«

»Schweig!«

»Aber warum? Was habe ich dir getan?«

»Du hast mich, solange ich dich kenne, belogen und betrogen, Sadi Konrad von Ortenberg! Ich war so dumm: Ausgerechnet ich verliebe mich in einen grünen Jungen. Monatelang habe ich geglaubt, ich wäre kein normaler Mann. Meine Welt brach zusammen, als ich bemerkte, dass der Herzog mein Rivale war und keine Hemmungen hatte, es mit einem halben Kind zu treiben, der auch noch ein frecher Bub war. Die ganzen Jahre war er mein Vorbild. Ihm vertraute ich, bis du eines Tages bei uns aufgetaucht bist und alles, was uns wert und heilig war, in den Dreck gestoßen hast. Bei Ottmar wussten wir alle, dass er anders war.«

»Wieso? Was war mit ihm?«

»Er war so pervers wie du!«

»Oh, wie kannst du es …«

»Für einen kleinen Pagen hast du dich ganz schön gemausert. Nun, ist ja auch kein Wunder, bei dieser Lehrmeisterin.«
»Was für eine Lehrmeisterin?«
»Eleonore von Aquitanien, die Königshure!«
Das war zu viel. Meine Hand klatschte auf seine Wange, die sich auf der Stelle rötete. Mit einem brutalen Griff zog er mich an sich, presste seinen Mund auf meinen und biss mir in die Unterlippe. Ich zuckte nicht einmal zurück; obwohl mich seine gewalttätigen Küsse schmerzten, genoss ich sie und konnte nicht genug davon bekommen. Möglicherweise war ich wirklich pervers, wie Simon sagte. Hätte er mich nicht endlich zurückgestoßen, wer weiß, was noch alles passiert wäre.
Schweigend und bedrückt gingen wir weiter. Jetzt, da ich wieder klar denken konnte, kam die Reue. Ich fühlte mich wie Eva, nachdem man sie aus dem Paradies verstoßen hatte. In irgendeinem Palast wartete Friedrich auf mich. Meine Lippe blutete, und ich hatte einen schalen Geschmack im Mund. Er würde sofort sehen, was geschehen war. Es war nichts geschehen, Gott sei Dank; doch dass es so war, hatte ich nur Simon zu verdanken.
Gesattelte Pferde standen vor einem großen Gebäude; ein Soldat kam auf Simon zu und redete leise auf ihn ein. Es war etwas geschehen, irgendetwas Schreckliches, und Angst kroch in mir hoch.
»Es tut mir Leid, Sadi. Der Herzog ist mit dem König nach Norden geritten.«
»Was heißt das – ›nach Norden geritten‹?«
»Schiffe warten in Jaffa auf uns. Überall in der Heimat ist Aufruhr, und der König muss auf dem schnellsten Weg zurück, wenn er den Fürsten Einhalt gebieten will. Auch ich muss auf der Stelle losreiten, damit ich sie noch einhole.«
»Nun, dann werde ich zu meiner großartigen Lehrmeisterin zurückgehen. Wie du weißt, habe ich noch allerhand zu lernen bei der Königshure. Was man auch tut, man sollte es mustergültig machen, nicht wahr, Simon? Ich hoffe nur, dass ich dich nie mehr sehen muss!« Drehte mich um und trat mit hoch erhobenem Haupt auf die Straße.

Es war höchste Zeit, denn ich wollte nicht, dass er meine Tränen sah. Simon rief mir nach, und ich rannte, als wäre der Teufel hinter mir her.
Irgendwann kam ich an der Grabeskirche vorbei, die groß und unheilvoll in den nächtlichen Himmel ragte. War es erst heute Morgen gewesen, dass ich diesen Platz voller Panik verließ?
Von der Kirche bis zur Zitadelle war es nur ein kurzes Stück, und bald darauf konnte ich mein Gemach betreten. Vorsichtig betupfte ich meinen geschwollenen Mund. Der Teufel mochte Simon, Friedrich und alle Männer holen! Seine harten Worte hatten mich völlig unverhofft getroffen. Dabei musste ich mir eingestehen, dass seine Vorwürfe nicht ganz ungerechtfertigt waren. Obwohl die Königin nicht das Geringste dafür konnte, wurde sie überall verunglimpft, und jetzt schob Simon ihr auch noch meine Lasterhaftigkeit in die Schuhe.
Reue überfiel mich. Es gab Gebote, gegen die ich verstoßen hatte. Keine anständige Frau setzt sich so schnell über die Moral hinweg, wie ich es getan hatte.
Aber ich war keine Frau wie alle anderen. Ich hatte meine eigenen Regeln, und wie und wann ich gegen die verstieß, war ganz allein meine Sache. Ich wollte mich nicht wie eine christliche Sünderin fühlen und nicht wie eine arabische Sklavin.
Bevor ich einschlief, erwog ich nochmals Simons Worte. Was hatte er nur mit pervers gemeint? Irgendwie würde ich schon dahinter kommen.

In der Nacht träumte ich. Meine Tränen fielen auf die Füße des Herrn. Ich trocknete sie mit meinen Haaren wie einst Maria Magdalena. Als ich aufschaute, sah ich in die blauen Augen Friedrichs.
Er schaute mich ernst und liebevoll an und streckte seine Hand aus, als wollte er über mein Haar streichen und mich trösten. Doch er verlangte nur nach einem Becher Wein. Enttäuscht fuhr ich hoch, der Becher fiel zu Boden, und Blut spritzte über seine Hand und mein Gewand.
»Wer war das?«, fragte Friedrich.

»Judas, der Verräter«, sagte eine unsichtbare Stimme.
»Komm her, du Verräter!«
Judas kam näher, und als ich sah, dass es Simon war, schrie ich auf.
Mit zittriger Hand zündete ich eine Kerze an und schaute auf mein blutbeflecktes Nachthemd, das nach Wein roch. Murady hatte meinen Schrei gehört und säuberte unter unverständlichem Gemurmel mein Bett.
In einem frischen Hemd schlief ich den Rest der Nacht ohne Träume.

Die Templer

Der Wind hatte sich gedreht; er kam nicht mehr aus der Wüste, sondern vom Meer und brachte für die nächsten Tage feuchte, frische Luft mit.
Constanze und die Königin brachen zu einem Ausflug nach Bethlehem auf. Außer dem Geburtsort Jesu wollten sie auch das Grab der Rachel besuchen, das am Wege lag.
Sie saßen schon auf den Pferden, als Constanze sich zu mir beugte und sagte: »Da war ein Riese, er hat dich gesucht, Sadi. Er wollte heute noch einmal vorbeikommen.«
Die Vorfreude, Wilhelm zu sehen, verscheuchte den Schmerz um Friedrich.
Wie hatte er denn das zuwege gebracht? Wilhelm war ein Krieger im Heer Konrads und hätte auf dem Heimweg sein müssen. Seit ich in dieser Stadt war, geschah ständig etwas Unverhofftes. So war ich nicht erstaunt, als wenig später Wilhelm zu mir aufs Dach trat.
Wie lange hatte ich ihn nicht gesehen? Ich zählte die Wochen an den Fingern zurück. Er war verändert. Seine Kleider und Waffen waren dieselben, doch fehlten ihm die Haare – sein Kopf war kahl. Auch sein Bart trug eine andere Form, und sein Gesicht wirkte seltsam nackt.
»Was ist geschehen, Wilhelm?« Fragend schaute ich in das fremde Gesicht mit dem vertrauten Blick.
»Du meinst, mein neuer Haarschnitt?«
»Ein bisschen radikal. Hattest du Läuse?«
Er überging meine Frage und sagte: »Ich war schon einmal hier, Sadi. Dass du nie da bist, wo man dich sucht! Ich habe sehr lange auf dich gewartet.«

»Diese Worte habe ich in letzter Zeit schon öfter gehört. Aber auch ich habe dich gesucht und wusste nicht, wo du zu finden warst. Müsstest du nicht auf der Heimreise sein?«
»Warum sollte ich? Habe ich nicht den Kreuzzug in seiner ganzen Länge mitgemacht? Was man weder von König Konrad noch von dem Herzog von Schwaben noch vom Bischof von Freising behaupten kann.
Was soll ich in der Heimat, Sadi? Meine Brüder würden meine Rückkehr nicht begrüßen. Der Hof kann nicht auch noch mich ernähren. Um eine Schmiede zu gründen, bräuchte ich Geld, mit dem ich mich in die Zünfte einkaufen könnte, oder ich müsste eine reiche Frau heiraten. Dachtest du, es wartet eine auf mich?«
Vorsichtig ließ er sich in die Kissen fallen und strich sich über seinen glatt rasierten Kopf. »Gibt es noch etwas anderes zu trinken als dieses grüne Zeug?«
»Du kannst Wein und Wasser haben.« Doch wie ich mir hätte denken können, ließ Wilhelm das Wasser stehen, was Murady in Staunen versetzte, die nur die Trinkgewohnheiten des Grafen von Antiochia kannte, der mit alkoholischen Getränken vorsichtiger umging als mit Liebestränken.
»Warum kommst du erst heute, Wilhelm?«
»Ich wusste doch nicht, dass du schon in Jerusalem bist. Niemand hat dich gesehen, weder beim Herzog noch bei der Königin. Als ich mich erkundigte, hieß es, du wärst noch in Antiochia.«
»König Konrad hat mich aus dem Heer ausgeschlossen, Wilhelm.«
»Aber warum?«
»Weil ich eine Frau bin und die Mätresse des Herzogs von Schwaben.«
»Warst du das, Sadi?«
»Ja, Wilhelm.«
Seine Augen schweiften über die Stadt. Ich sah, wie es in seinem rasierten Schädel arbeitete, und war froh, dass er endlich die Wahrheit wusste. Er konnte mich nun verurteilen oder mir verzeihen, worauf ich eigentlich hoffte; aber ich hätte darauf

wetten können, dass er schweigend und gleichmütig darüber hinwegging.
»Hans-Martin ist auch in der Stadt. Er ist sehr krank, Sadi, es steht nicht gut um ihn.«
»Wie kommt er nach Jerusalem? Ich dachte, er wurde von Muslimen entführt.«
»Ja, er wurde verschleppt, mit vielen anderen jungen Männern und Frauen. Man hat sie in einer türkischen Stadt auf dem Sklavenmarkt verkauft. Wie ich aus seinen Fieberträumen herausgehört habe, wurde er mit einer jungen Christin an einen Ägypter verkauft. In Tripolis sollten sie an Bord eines Schiffes gehen, das sie nach Alexandria bringen sollte. Aus irgendeinem Grund ist das Schiff ausgeblieben, und der Mann hat sich einer Karawane angeschlossen. In Palästina hat sich der Junge abgesetzt und ist nach Jerusalem gelaufen. Er muss tagelang unterwegs gewesen sein.
Neben unserem Quartier lagen die Unterkünfte der Männer des Bischofs von Freising. Zufällig hörte ich ein Gespräch der Wache, die sich eine Geschichte von einem Araber erzählte, der am Abend durch das geschlossene Damaskustor in die Stadt wollte und sich auf den Bischof berufen hat. Der Bischof schickte zwei Männer, die nach dem Araber sehen sollten, doch der war wie vom Erdboden verschwunden.
Es ließ mir keine Ruhe, und ich ging selber zum Damaskustor. Natürlich war es viel zu spät. Die Tore standen offen, und jeder konnte herein und hinaus. Ich fragte den Torwächter, doch der wusste von nichts. Er hatte die zweite Wachschicht und erst am Morgen seinen Dienst angetreten. Mein Blick schweifte über den Abfall zwischen den Steinen, die vor der Stadtmauer liegen. Plötzlich sah ich eine Hand, die wie suchend über einen Stein fuhr. So habe ich ihn gefunden. Auf meinen Armen habe ich ihn zu Judith getragen. Ich denke, da ist er besser aufgehoben als im Lager des Bischofs.
Allzu viele Gedanken scheint sich der Bischof um die jungen Leute, die man verschleppt hat, nicht zu machen; als ich bei ihm vorsprechen wollte, um den Jungen zurückzumelden, sagte

man mir, dafür sei keine Zeit: Das deutsche Heer sei im Aufbruch. Um diese Zeit wusste in unserem Lager noch niemand von der Heimreise.«

»In diesem Punkt tust du dem Bischof Unrecht, Wilhelm. Er hatte den Befehl bestimmt eben erst bekommen. Friedrich hat mich durch Simon zu sich bestellt, und als wir ankamen, war das Heer auf dem Weg nach Jaffa, und Simon musste sich beeilen, um sie einzuholen. Ich verstehe immer noch nicht, warum du nicht mitgezogen bist. Du hast doch keine Reichtümer einzupacken.«

»Dieser Kreuzzug ist endgültig für mich abgeschlossen, Sadi. Du darfst mir glauben, er wird nicht ruhmreich in die Geschichte eingehen. Er hat viel Geld, viel Blut und viel zu viele Menschenleben gefordert. Jerusalem, das wir befreien wollten, war nicht besetzt und wird ganz gut von dem jungen König Balduin und seiner Mutter regiert. Die Belagerung von Damaskus ist gescheitert. König Konrad und die Fürsten fahren nach Hause, und Ludwig wird ihnen folgen.

Übrig bleiben Hans-Martin, eine gewisse Sadi Konrad von Ortenberg, der Schmied Wilhelm und noch ein paar andere, die versuchen werden, ihr Glück im Heiligen Land zu suchen.

Zieh dir etwas an, dann werde ich dich zu Judith und dem Jungen führen.«

Mit Wilhelm durch die Stadt zu gehen tat mir gut. Wir hatten beide wieder zu unserem altvertrauten Ton zurückgefunden, und er erzählte mir von dem langen Marsch durch Wüste, Gebirge und Sümpfe bis nach Jerusalem.

Nach Wilhelms Erzählungen war der erste Teil der Reise ein Spaziergang im Vergleich zum zweiten, bei dem die Kreuzfahrer unmenschliche Qualen litten, während ich mich in dieser Zeit in Antiochia auf türkischen Diwanen räkelte. Ich war auf Judith gespannt und hoffte, sie hatte nicht allzu sehr gelitten.

Das Haus, zu dem mich Wilhelm führte, stand mit ähnlichen in einer engen Gasse. Die glatten Hausmauern wurden nur von stabilen Türen durchbrochen und wirkten feindlich und abweisend.

»Merkwürdige Häuser haben die, findest du nicht auch, Wilhelm?«
»Es sind kleine Festungen. Die Einwohner wurden so oft ausgeplündert und ausgeraubt, dass ihnen eine sichere Mauer als Außenfront lieber ist als Luft und Sonne.«
Ruben verließ soeben das Haus und begrüßte uns freundlich. »Geht nur hinein, ich habe die Tür aufgelassen. Judith wird sich freuen. Ich habe eine wichtige Besprechung mit einem Händler aus Hebron; er will mir ein günstiges Angebot machen. Vielleicht kann ich seinen Laden übernehmen!«
»Viel Glück, Ruben!«, rief Wilhelm dem hastig davoneilenden Mann nach. »Sie haben es nicht leicht, die neu eingewanderten Juden, Sadi; aber ich denke, Ruben wird es schaffen.«
»Das hoffe ich auch!«, rief uns Judith statt einer Begrüßung zu. »Sadi – ach, ich freue mich so! Endlich hat dich Wilhelm gefunden.« Sie umarmte und küsste mich rechts und links auf die Wange, was mich sehr verlegen machte, da ich solche Begrüßungszeremonien nicht gewohnt war. Obwohl sie mir noch dünner und knochiger vorkam als in Antalya, wirkte sie zufrieden und ausgeglichen. »Allein der Gedanke, endlich angekommen zu sein, wirkt auf mich wie ein Jungbrunnen, Sadi. Hunger, Durst, schmerzende Füße – all das gehört der Vergangenheit an. Aber lass dich anschauen. Du bist weiblicher geworden, oder machen das deine Frauenkleider? Dein Haar ist länger. Du siehst einfach wunderschön aus.«
»Na na, mach mal halblang und verdreh ihr nicht den Kopf!«, sagte Wilhelm schmunzelnd und schenkte sich, ohne lange zu fragen, einen Becher Wein ein.
»Wie geht es dem Jungen, Judith? Hat er immer noch Fieber?«
»Sieh selbst, Sadi.« Sie führte mich vier Stufen hinauf und öffnete die Tür zu einem schmalen Raum.
Auf einem Feldbett, das Judith auf der langen vergangenen Reise gute Dienste geleistet hatte, lag Hans-Martin. Er sah fürchterlich aus. Sein Gesicht war von nässenden Blasen entstellt. Er schlief.
Leise führte mich Judith aus dem Raum. »Ich habe ihm einen

Mohntrank gegeben. Das Fieber ist schon etwas gesunken, und seine Füße bade ich zweimal am Tag in Rindensud.«
»Warum? Was ist mit seinen Füßen?«
Judith wandte sich an Wilhelm und sah ihn bittend an.
Er räusperte sich und nahm einen Schluck aus dem Weinkrug. »Als Hans-Martin die Karawane heimlich verließ, war er barfuß. Zu Hause ist er im Sommer bestimmt auch ohne Stiefel gelaufen, doch da war er abgehärtet, und unsere Gegend ist mit dem steinigen Palästina nicht zu vergleichen. Als ich ihn fand, waren seine Füße Blutklumpen, und er war nicht mehr fähig, einen Schritt zu tun. So etwas hatte ich noch nie gesehen, Sadi, und ich bin mir nicht sicher, ob er jemals wieder laufen kann. Wir wussten nicht, was wir tun sollten. Eine Frau hat uns dann diese Rinde gegeben, und Judith hat einen Sud daraus gekocht. Nun müssen wir abwarten. Ich glaube, es ist schon ein bisschen besser geworden.«
Während Judith und Wilhelm von der Genesung des Jungen sprachen, sah ich mich unauffällig um. Der Raum, in dem wir uns aufhielten, hatte eine offene Feuerstelle, auf der gekocht wurde. Daneben stand ein Korb mit getrocknetem Kameldung, der Holz und Kohle ersetzte und an jeder Straßenecke der Stadt von Nomaden feilgeboten wurde. Eine Kiste ähnlich meiner Kleiderkiste diente als Tisch; er war voller Küchengeräte, mit denen Judith das Essen vorbereitete. Das Licht kam von der Öffnung an der Treppe und von einer Tür, die in einen Innenhof führte.
Judith hatte meine umherschweifenden Blicke gesehen und lächelte mich an. »Für den Anfang reicht es uns. Wir hatten mit diesem Haus großes Glück. Es war nicht so teuer, wie wir dachten. Wir haben ein Dach über dem Kopf, und zum Einrichten haben wir ein ganzes Leben lang Zeit. Bis dahin leben wir ähnlich wie auf dem Kreuzzug und schlafen auf dem Boden.«
Erst in diesem Moment merkte ich, wie weit ich mich innerlich schon von diesem Kreuzzug entfernt hatte. Judith, Ruben und Wilhelm dagegen würden noch Jahre davon zehren, und ob Hans-Martin sich jemals davon erholen würde, musste sich erst zeigen.

Judith hatte uns auf das Dach geführt, wo sie mit Kisten einen Ort zum Sitzen geschaffen hatte. Das Nachbarhaus war etwas höher und schützte den kleinen Platz vor greller Sonne und kalten oder heißen Winden, je nachdem, ob sie vom Meer oder von der Wüste bliesen.
Für Judith wie für Ruben war klar: Sie hatten ihr Ziel erreicht. Jetzt konnten sie sich in Jerusalem eine Zukunft aufbauen, konnten in der Stadt ihrer Träume leben und, wenn es so weit war, auch sterben. Doch was hielt Wilhelm hier, warum blieb er in der Stadt? Die Krankheit des Jungen? Ich konnte mir nicht vorstellen, dass er meinetwegen die Heimfahrt nicht angetreten hatte.
Wilhelm sah mich an. Als könnte er Gedanken lesen, sagte er zu mir: »Du platzt vor Neugierde, Sadi, gib es zu! Du möchtest wissen, was ich vorhabe.«
»O nein«, wehrte ich ab, »so ist es nicht.«
Aber Wilhelm hatte Recht, und was er mir dann erzählte, war für mich so befremdlich, dass ich fast das Atmen vergaß.
»Ich werde in den Orden der Templer eintreten, der hier in Jerusalem seinen Hauptsitz hat.«
»Das kann nicht dein Ernst sein, Wilhelm! Du willst Mönch werden?«
»So ist es, meine Liebe, und wenn Hans-Martin wieder gesund ist, werde ich auch ihn dazu überreden.
Die armen Ritter Christi vom Salomonischen Tempel, wie sich die Mönche nennen, sind Mönchskrieger. Sie kümmern sich um die Pilger, die Jahr für Jahr hierher kommen und die heiligen Stätten besuchen. Für die ersten Pilger und Kreuzritter war das Heilige Land die Hölle. Unter glühender Sonne mussten sie Wüsten durchwandern, mit wenig Essen und fast ohne Wasser. Krankheiten befielen die erschöpften Reisenden, nicht selten die schreckliche unheilbare Lepra. Wer Jerusalem erreichte, war oft am Ende.
Um diesen Menschen zu helfen, stifteten reiche Kaufleute 1022 ein Hospiz, wo die Pilger wohnen konnten und von Benediktinermönchen gesund gepflegt wurden. Das eine Haus

reichte natürlich nicht aus, und mit der Zeit wurden in allen Häfen an der Pilgerstraße Hospize errichtet. In Antalya warst du selber Gast in so einem Haus, Sadi: Das Leprahospiz wird von den Templern geleitet. Damals schon habe ich diesen Plan gefasst und mir geschworen, wenn ich jemals Jerusalem erreiche, werde ich in diesen Orden eintreten.

Dem König von Jerusalem gefiel die Idee einer Mönchstruppe, die für Keuschheit, Armut und Gehorsam einstand. Er ließ diese Leute in einem Flügel seines Palastes wohnen, dem Tempel Salomons; daher der Name Templer.

Man lebt nicht schlecht in diesem Orden, ich habe mich erkundigt. Dreimal pro Woche kommt Fleisch auf den Tisch. Wein ist in Maßen erlaubt. Natürlich unterscheiden sich die Regeln adeliger Ritterbrüder von denen bürgerlicher dienender Brüder und diese wiederum von denen der Kaplane. Es gibt sogar ein Strafgesetzbuch, das Vergehen je nach Schwere mit öffentlicher Demütigung, Arrest, Nahrungsentzug oder Ausschluss ahndet, denn die Ordensmeister sind streng.«

»Du bist ein bürgerlicher Mann, Wilhelm, du wirst kaum zum Kämpfen zugelassen werden.« Den Einwand konnte ich mir nicht verkneifen.

»Das habe ich schon bei meinem Eintritt hingebogen, und der Großmeister hat eingesehen, dass ich zur Krankenpflege nicht tauge.«

Es war also endgültig. Auch Wilhelm würde im Heiligen Land bleiben.

Wir verabschiedeten uns von Judith, und ich begleitete ihn noch ein Stück.

»Schade, dass du kein Mann bist, Sadi. Auch du wärst ein guter Ritter geworden.«

Wilhelm hatte Recht. Doch dieser Traum war schon lange ausgeträumt, und ich hatte mich endlich damit abgefunden, eine Frau zu sein. Trotzdem freute ich mich auf den nächsten Morgen, denn Wilhelm hatte mich eingeladen, bei den Übungen der Templer zuzusehen.

Nachdenklich ging ich zurück und schaute bei Roller vorbei,

der noch immer bei den königlichen Pferden stand. Hier erlebte ich die nächste Überraschung: Ali, der Araberjunge, kam mir freudestrahlend auf Roller entgegen.
»Vor zwei Tagen ist er hier aufgekreuzt, Madame«, sagte der Stallmeister. »Das kleine Pferd bräuchte ihn, und Madame Constanze hätte ihn eingestellt. Es hat doch seine Richtigkeit, oder?«
»Ja, ja, ist schon in Ordnung.« Es war ein glatte Lüge, doch ich bewunderte den kleinen Kerl. Der Junge imponierte mir. Er hatte den weiten Weg von Antiochia nicht gescheut, um bei dem Tier zu sein, das er liebte. Lachend strich ich über sein struppiges Haar, und er grinste über sein freches Gesicht. Eigentlich gehörte Roller mehr zu ihm als zu mir.
Nachdenklich ging ich zurück in den Palast. Auf dem Dach traf ich Constanze im Gespräch mit der Königin an. Der König war mit den Fürsten und Bischöfen in einer Sitzung. Antiochia brauchte einen neuen Herrscher; anschließend sollten wir uns zur Abreise fertig machen.
»Wenn Constanze in Antiochia geblieben wäre, Madame, hätte sie nicht das Fürstentum führen können?«
»Vielleicht ja«, sagte die Königin nachdenklich, »aber nur, wenn sie einen hohen Adeligen geheiratet hätte. Für eine Frau allein wäre das unmöglich. Das wäre nicht einmal mir gelungen.« Sie stand auf und schaute, wie vor ein paar Tagen Murady, über die Dächer der Stadt. »Wir sind und bleiben ein Leben lang das schwächere Geschlecht, wenn wir nicht aufstehen und dagegen ankämpfen.«
Plötzlich erschien der König auf dem Dach. Alle waren sie sehr aufgeregt und sprachen furchtbar schnell durcheinander, sodass ich nichts verstehen konnte. Der Bischof hatte seinen Arm um Constanze gelegt und redete tröstend auf sie ein. Etwas Schlimmes musste geschehen sein. Ich zupfte am Rock eines geistlichen Herrn und fragte, was passiert sei.
»Die Sarazenen haben Antiochia besetzt.«
Mein Blick wanderte von Constanze zur Königin. In ihren Augen konnte ich lesen, was sie dachten, und es gefiel mir nicht.

Gut, ich hatte Constanze fast gezwungen, mit mir zu kommen; aber ich erwartete niemals einen Überfall. Ich nahm sie deshalb mit, weil sie allein und verzweifelt war. Doch in ihren Augen konnte ich lesen, dass mein zweites Gesicht wieder Schicksal gespielt hatte, und gleichgültig, was ich dagegenhielte, sie wären beide nicht zu überzeugen gewesen, dass es nicht so war.

Wilhelm hatte mich zu den morgendlichen Übungen der Templer eingeladen; auf seine Bitte hatte ich meine Männerkleidung hervorgeholt und angezogen.
Nach der Morgenmesse, die mit einem Tedeum endete, gingen wir über einen großen Platz, wo der Waffendrill begann. Wilhelm stellte mich dem Großmeister als Konrad Ortenberg vor, und an den Blicken dieses Mannes sah ich, dass er meine hohe Stimme und den nicht vorhandenen Bartwuchs meinem Eunuchendasein zuschrieb. Ich meinerseits hätte ihn in anderen Kleidern auch nicht für den Großmeister des höchsten Ritterordens gehalten, eher für einen Schreiberling in einem Kontor. Jeder seiner Krieger stellte mehr dar als er. Aber er war nett und höflich und gab sich Mühe, mir die Grundregeln des Ordens nahe zu bringen.
»Wir Templer sind die Elite der Ordensritter. Kein anderer christlicher Ritter kämpft so kühn wie wir. Niemals wurde für einen gefangenen Ritter Lösegeld bezahlt. Und weil der Feind das weiß, werden unsere Ordensritter nicht gefangen genommen, sondern gleich getötet.«
Noch bevor der Kampf begann, wurde der Großmeister abgerufen, und ich widmete meine Aufmerksamkeit Wilhelm und den Rittern.
»Beauseant!«, schrien die Templer, und man konnte sich gut vorstellen, wie sie auf dem Schlachtfeld den Muslimen entgegenpreschten. Der Ruf war der Name ihrer schwarz-weißen Standarte, die das Programm der Gottesmiliz versinnbildlichte. Eindrucksvoll war ihre Erscheinung: Braun gebrannte Krieger mit Bärten und kahl geschorenen Köpfen ritten in weißen Mänteln in den Kampf, auf der linken Schulter das rote Kreuz

mit acht Spitzen eingestickt. Darunter waren sie am ganzen Körper durch den Kettenharnisch geschützt.
Aber die Templer konnten nicht nur kämpfen, wie ich später erfuhr, sie bildeten zudem eine gewaltige Macht im Heiligen Land, und der Orden war reich an weltlichen Gütern. Von den kirchlichen Abgaben waren sie befreit, durften aber selbst im Namen des Ordens Gebühren kassieren. Ich war überzeugt, dass Wilhelm für sich und Hans-Martin das Beste gewählt hatte, und unterdrückte mühsam ein Gefühl, das dem Neid sehr ähnlich war.

Drei Wochen später sollten wir die Heimreise antreten. Bis dahin verbrachte ich die meiste Zeit in Judiths Haus. Hans-Martin konnte endlich wieder laufen und war zu den Templern gezogen. Kein einziges Wort hatte er mir von der Zeit bei den Türken erzählt, und ich hatte nicht den Mut, ihn danach zu fragen, um meine Neugier zu befriedigen.
Schon als er noch Page des Bischofs von Freising war, befürchtete ich, ihn an die Kirche zu verlieren. Doch jetzt, nach dieser Krankheit, da er schon äußerlich einem durchgeistigten Mönch glich, merkte ich, dass er genau wie Judith und Ruben nach Hause gefunden hatte.
Sein erster Weg nach seiner Genesung führte ihn zum Grab Jesu, und er bat mich, ihn zu begleiten. Es war mein zweiter Versuch, diese Stätte aufzusuchen; schließlich konnte nicht einmal ich Jerusalem verlassen, ohne dieses Grab gesehen zu haben, das ich einmal befreien wollte.
Diesmal gelang es, ohne von einer großen Menschenmenge behindert zu werden. Wir betraten die große, dunkle Kirche und waren sehr beeindruckt. Der Junge blieb wie festgewurzelt stehen; er wirkte so entrückt, als sähe er in einer Vision Gottvater persönlich, und nur mit Mühe konnte ich ihn zum Weitergehen nötigen. Er sah in dieser Kirche etwas, das mir völlig entging. Wie in Ekstase fiel er auf die Knie und rutschte in das Grab hinein, das einer leeren, weiß getünchten Höhle glich. Die vielen brennenden Kerzen erwärmten den Raum, und der Weih-

rauch reizte meine Nase. Irgendjemand wurde während des ersten Kreuzzuges gefragt: »Wie war das Grab?«, und er gab zur Antwort: »Leer.«
Auch ich empfand so, und meine Enttäuschung hielt sich nur deshalb in Grenzen, weil ich nicht mehr erhofft hatte. Ganz anders sah es bei dem Jungen aus. Gut, dass wir zuerst das Grab aufgesucht hatten, denn für die anderen Orte fehlte ihm nun die Kraft. Er blieb ja in Jerusalem, hatte also noch jede Menge Zeit, seine Knie zu malträtieren.
Anschließend ging ich zu Roller, der, wie mir Ali ausrichten ließ, seit dem Vortag krank war. Rollers Krankheit war mir nicht unbekannt. Sie hieß Simulieren, und das Pferd hatte unter Ali noch allerhand dazugelernt.
Mir war bekannt, dass zwei Schiffe in Acre warteten und dass wir wegen der Krieger und Pilger, die wieder zurück wollten, keine Tiere mitnehmen konnten. Auch ohne Rollers asthmatisches Schnaufen hätte ich ihn bei Ali gelassen. Doch ich wollte dem Jungen nicht den Spaß verderben und spielte mit, bedauerte Rollers Krankheit und gab Ali den Auftrag, ihn gut zu pflegen, bis ich zurückkäme. Den roten Sattel nahm ich mit und schenkte ihn Ruben für seinen neuen Laden. Wie ich Ali kannte, ritt er das Pferd, wie ich in meiner Jugend, ohne Sattel am liebsten.
Mein kleiner, hässlicher, struppiger Gefährte – wie weit hatte er mich getragen! Wie treu war er mir immer gewesen!
Wieder einmal musste ich an Weinrad in Konstantinopel denken. Alles verändert sich, der Mensch und das Tier. Hatte auch ich mich verändert, dass das kleine Pferd sich jemandem zuwandte, der unschuldiger war?

Auf dem Meer

An einem trüben Morgen ließen wir Jerusalem hinter uns. Das nächste Ziel hieß Acre, wo uns zwei normannische Schiffe erwarteten.
Was trieb mich in das kalte Europa zurück? War es der vermutliche Aufstieg am Hof des Königs von Frankreich? War es die Freundschaft der Königin oder Constanzes? Ich wusste es nicht.
Wahrscheinlich ging es der alten Dienerin Murady genauso. Für sie war es noch schlimmer als für mich. Sie war eine echte Sarazenin, und sie ging in ein Land mit eisigen Wintern und nasskalten Sommern, zu Menschen, die gegen ihre Rasse Vorurteile hegten und von denen keiner außer Constanze ihre Muttersprache verstand.
Sie wollte nicht bleiben. Sie hatte weder Verwandte noch Freunde, bei denen sie den Rest ihres Lebens zubringen konnte. Sheila, die sie aus den Tagen des Harems kannte, war kurz vor unserer Ankunft gestorben. Damit hatte sich auch die Frage, ob sie meine Mutter kannte oder nicht, erledigt. Die Spur war im Sand verlaufen. Vielleicht war sie nur eine Fata Morgana, ein Trugbild, wie es in der Wüste immer wieder auftrat und viele Karawanen in die Verzweiflung trieb.
Ich war froh, dass uns Murady begleitete, denn sie war seit Antiochia so etwas wie meine Dienerin und Vertraute geworden. Ich musste an Judith denken, die die Weisheiten der Araber so hoch einschätzte und einen Teil davon übernommen hatte. Ich spürte, dass diese Weisheit auch in Murady schlummerte, dass sie viel mehr vom Leben und vom Tod wusste, als ich je wissen würde.

In mir floss zwar das Blut der Fremden, doch es war wie ein verschlossenes Buch, das man zwar sein Eigen nannte, zu dem man aber den Schlüssel verloren hatte. Ob ich ihn einmal finden würde? Viel Hoffnung hatte ich nicht.

Laute Worte unterbrachen meine Gedanken. Die Schiffe kamen in Sicht, und wieder einmal lag sich das Königspaar in den Haaren. Sie stritten, ohne auf die Menschen Rücksicht zu nehmen, die in der Nähe ritten. Der König wollte mit seinen Geistlichen auf das erste Schiff, um während der Fahrt in aller Ruhe in Klausur zu gehen, wofür die Königin nicht das geringste Verständnis hatte. Wir Frauen waren mit den schon eingeschifften Pilgern und Kriegern dem zweiten Schiff zugeteilt. Ich verstand nicht, was Eleonore gegen diesen vernünftigen Vorschlag hatte. Dass sie eine gewisse Zeit ohne Ludwig leben sollte, war es gewiss nicht, denn jeder von uns, die Königin eingeschlossen, fühlte sich ohne den König und seinen Anhang wohler. Ich denke, es war einfach der Widerstand, der sie reizte. Hätte der König darauf bestanden, dass sie mit ihm fuhr, hätte sie alles daran gesetzt, allein zu fahren. Ihr kindisches Gezeter ließ Constanze die Augen verdrehen.

Kurz bevor wir an Bord gingen, überschüttete die Königin ihren Gemahl mit guten Ratschlägen, als wäre er völlig unselbstständig und könnte sich allein nicht die Hosen hochziehen. Fast tat er mir in diesem Augenblick Leid, als er sich mit den Geistlichen und Rittern verlegen und unsicher auf das Schiff zurückzog, um einer Messe beizuwohnen, die der Bischof kurz vor dem Auslaufen lesen wollte.

Die Königin stand mit rätselhaftem Blick an der Reling und schaute hinüber.

»Ein Königreich für ihre Gedanken«, flüsterte mir Constanze zu. Ein schwarzer Schleier wehte um Eleonores Kopf im Wind. Sie hatte etwas Unwirkliches an sich, und wenn ich sie nicht gekannt und gewusst hätte, wie hart und zielstrebig sie sein konnte, hätte ich sie für sehr verletzlich gehalten.

Wir zogen uns in einen Verschlag zurück, der unter Deck lag und einigermaßen bequem eingerichtet war. Hier unten waren wir nachts oder bei stürmischem Wetter vor den rauen Winden geschützt. Bei schönem Wetter stand uns ein Zelt an Deck zur Verfügung. Mit gewöhnlichen Pilgern oder Kriegern kamen wir nicht in Berührung; den Umgang mit ihnen hatte uns Eleonore strikt verboten.

Über uns, in einer bunt angemalten Kajüte, stand der Kapitän am Steuerrad, ein hoch gewachsener schwarzhaariger Mann. Mit seinen markanten Gesichtszügen, den dunklen Augen und der leicht gebogenen Nase war er nicht zu übersehen.

Constanze sah meinen forschenden Blick und runzelte die Stirn.

»Er gefällt dir, Sadi?«

»Ich bin mir nicht sicher, ob er mir gefällt, aber er ist ein interessanter Mann.«

»Er ist ein Dschinn!«, sagte Murady düster.

»Was ist ein Dschinn, Murady?«

»Ein Geist oder Dämon.«

»Gut oder böse?«

Sie hob die Schultern.

Nein, er sah weder wie ein Geist noch wie ein Dämon aus; eher hätte ich auf einen Tempelherrn geschlossen. Er war der Mann, der mit dem Großmeister gesprochen hatte, als ich mit Wilhelm bei den Templern war.

Seit Tagen waren wir nun auf dem Meer. Das Wetter war gut, der Wind blies von Osten, und wir kamen zügig voran.

Wir waren die einzigen Frauen auf einem Schiff voller Männer. Eine unsichtbare Grenze trennte die Geschlechter. Unser Zelt, das hoch auf dem Deck stand und nur von der Meerseite Einblick gewährte, wirkte auf mich wie der abgeschlossene Teil eines arabischen Hauses, ähnlich einem Harem. An manchen Tagen sahen wir das Schiff des Königs vor oder hinter uns. Es war das einzige, und es gab uns das Gefühl, dass wir nicht allein auf dem Meer waren.

An einem Nachmittag vergnügten wir uns mit einem Brettspiel, und da ich frühzeitig ausscheiden musste, stellte ich mich an die Balustrade und schaute hinab in das schwarzgrüne Wasser.

Das Schiff durchschnitt zügig die Wellen, denn der Wind hatte aufgefrischt. Wasser übte schon immer eine merkwürdige Faszination auf mich aus. Ich fragte mich, wie es wäre, hineinzutauchen, ohne nach zwanzig Fuß auf den Grund zu stoßen.
Der Wellengang nahm zu, und feiner Sprühregen nässte mein Gesicht. Er war warm und salzig, und ich leckte meine feuchten Lippen, als sich Constanze neben mich stellte und mir ein Tuch reichte. »Trockne dein Gesicht ab, Sadi. Salzwasser ist nicht gut für die Haut. Das Wetter ändert sich; schau dir nur den schwarzen Himmel an. Eleonore ist mit Murady nach unten gegangen.« Hinter uns räumten Männer das Zelt ab, und über uns knatterte eine losgerissene Plane im Wind.
Eine Weile sahen wir den Arbeitern zu. Es tat mir Leid, dass uns Eleonore jeden Kontakt verboten hatte; ich sehnte mich nach einem richtigen Männergespräch. Zu gern hätte ich gewusst, was der einfache Mann über diesen Kreuzzug dachte, über die Gegenwart der Königin und ihrer Damen, die sie nur von weitem ansehen durften und mit denen keine Gespräche möglich waren.
Wir verließen das Deck und kletterten die Holzstufen hinab. Zwischen Kisten und Kästen war die Luft heiß und stickig. Die Königin räkelte sich halb nackt auf ihrem Bett, während Murady versuchte, mit einem großen Fächer die Luft durcheinander zu wirbeln. Nur um etwas zu sagen, bemerkte ich: »Es gibt Sturm, Madame.«
»Na und? Er wird sich schon wieder legen«, sagte die Königin und gähnte.
Constanze versuchte die verstreuten Kleider zusammenzulegen und sagte zur Königin: »Du hast wohl keine Angst, Eleonore? Man sieht, dass du noch keinen Sturm auf dem Meer erlebt hast. Ich mag das Meer, aber nur, wenn es ruhig und sanft ist, genau wie den Sand der Wüste. Ich liebe die Weite – sie erinnert mich an die Unendlichkeit. Man kann nicht über den Horizont hinaussehen. Wenn es möglich wäre, könnten wir vielleicht das Ende der Welt erblicken.«
Ein Schlag erschütterte das Schiff, und alles, was nicht festgezurrt war, rutschte auf eine Seite, um im nächsten Moment auf

die andere Seite zu fallen. Die Kisten flogen umher, Murady saß schreiend auf meinem Schoß und fuchtelte wild mit den Armen. Der Fächer lag zerbrochen am Boden, und die Königin lachte. Sie lachte über unsere Angst, und ich fragte mich, ob dieses Lachen der Ausdruck ihrer Angst war.
Das Schiff fuhr wieder normal, Murady beruhigte sich, und Constanze fing von neuem an aufzuräumen und fragte die Königin: »Wieso hast du keine Angst vor dem Sturm, Eleonore?«
»Na, Sadi ist doch bei uns!«, rief sie triumphierend. »Solange sie bei uns ist, sind wir sicher, nichts kann uns passieren.«
Erschrocken sah ich sie an. »Das ist nicht Euer Ernst, Madame. Ich kann auf diesem Schiff nichts tun. Wenn es untergeht, bin auch ich verloren! Ich kann Euch nicht beschützen.«
»Natürlich, Sadi, das weiß ich auch. Aber das Schiff wird erst gar nicht untergehen, eben weil du an Bord bist.«
»Woher willst du das wissen, Eleonore?«
»Das verstehst du nicht, Constanze. Sadi hat mir so oft das Leben gerettet und dir doch auch, sonst würdest du jetzt bei den Sarazenen im Harem oder als Sklavin leben. Ich habe Sadis Wunder am eigenen Leib erlebt; also macht euch nicht verrückt, es wird alles glatt gehen.«
Ich hatte Angst. Nicht vor einem Schiffsuntergang, sondern vor dem, was die Königin heraufbeschwor. In meiner Heimat hatte ich das Anderssein genossen. Es war ein harmloses Spiel, das höchstens belächelt wurde. Doch hier entwickelte sich etwas, worüber ich die Kontrolle verlor. Was bezweckte sie damit? Sie konnte doch nicht ernsthaft glauben, dass ich sie aus allen Gefahren und jeder Unbill retten könnte. Ich war ein Mensch und kein Amulett, das Christen in Form eines Kreuzes und Araber als Halbmond um den Hals tragen, um sich voller Hoffnung daran zu klammern. Doch genau da lag das Problem. Was würde geschehen, wenn sich diese Hoffnung als trügerisch erwies? Würde sie mich fallen lassen, fortstoßen? Man hatte schon für Geringfügigeres die Inquisition eingeschaltet; wie schnell konnte man einen Menschen, den man los sein wollte, als Hexe oder Dämon bezeichnen!

Ich, die immer frei sein wollte, ich hatte mich in die Abhängigkeit dieser unberechenbaren Frau begeben. In diesem Augenblick schwor ich mir, sobald das Schiff in Europa anlegt hatte, zu fliehen wie Hans-Martin, und wenn es sein musste, mit blutenden Füßen.

Verzweifelt sehnte ich Wilhelm herbei. Er, der mir fast immer aus brenzligen Situationen herausgeholfen hatte, fehlte mir so sehr. Die Vergangenheit bekam einen Heiligenschein, und die Zukunft sah mir rabenschwarz entgegen.

Ein schwerer Gegenstand fiel gegen die Tür. Murady musste sich übergeben, und Constanze hielt hilfsbereit ihren Kopf über einen Eimer. Die Königin hatte sich umgedreht und die Beine angezogen und schien, ungerührt von dem Krach und Tumult, der draußen vonstatten ging, zu schlafen. An ihrer entspannten Körperhaltung sah ich, dass sie vollkommen ohne Angst war.

Diese Unbekümmertheit schürte meinen Zorn. Ich rang nach Luft und verließ auf der Stelle den engen Verschlag.

Auch auf die Gefahr hin, von einem herabfallenden Balken erschlagen zu werden, hangelte ich mich die Treppe hoch. Eiskaltes Wasser klatschte mir ins Gesicht. Der Wind riss an meinen Haaren und Kleidern. Wie ein wildes Pferd bäumte sich das Schiff auf und warf mich an eine Bretterwand. Männer riefen einander Befehle zu. Ein losgerissenes Segel flatterte wie eine Fahne im Wind. Über allem stand der schwarze Kapitän am Steuerrad und starrte in die Dunkelheit.

»Was macht Ihr hier oben? Geht sofort nach unten, es ist viel zu gefährlich!«

Ich kannte den Mann mit dem Beil, der plötzlich vor mir auftauchte; er war einer der Krieger, die uns von Antiochia nach Jerusalem begleitet hatten. »Was wollt Ihr mit dem Beil?«

»Ein Balken ist auf Eustache gefallen. Ich muss mich beeilen, es sieht nicht gut aus, Madame.«

Ich ließ mich nicht nach unten schicken, sondern hastete hinter ihm her. Plötzlich neigte sich das Schiff zur Seite, und der Mann verschwand in einem Loch. Vorsichtig kletterte auch ich

hinab. Jemand fasste mich um die Taille und hob mich die letzten Stufen hinab.
»Vorsicht, Mädchen! Tretet nicht auf ihn, er ist schwer verletzt.«
Der Mann lag stöhnend am Boden, eingekeilt zwischen der Bordwand und einem schweren Balken. Verwahrloste bärtige Gesichter sahen mich Hilfe suchend an. Ich wusste, dass viele Menschen in Acre an Bord gekommen waren, doch ich wusste nicht, dass sie wie Vieh eingepfercht im Bauch des Schiffes dahinvegetierten; dass sie nur abwechselnd an Deck frische Luft atmen durften und dass viele deshalb krank wurden und, gestorben, heimlich nachts über Bord geworfen wurden. Wieder stöhnte der Kranke, und ich beugte mich im Schein einer Laterne über ihn.
Zwei Arme, die mich wie Zangen einklemmten, umfingen mich. Ich wurde hochgehoben, und jemand warf mich wie einen Sack Getreide über die Schulter. Kalte, frische Luft drang mit einem Schwall Wasser zu mir.
Wer immer mich die schmale Leiter hinauftrug, er musste gut auf den Beinen sein. Ohne zu schwanken, trug er mich über Deck und setzte mich erst neben dem Steuerrad ab. Wortlos schaute ich in das dunkle Gesicht des Kapitäns.
Er warf mir ein Tuch an den Kopf und sagte dem Mann, der in der Zwischenzeit am Steuerrad stand, ein paar Worte, worauf dieser verschwand. Wasser tropfte aus des Kapitäns Haaren, die er zornig zurückstrich. »Was habt Ihr da unten zu suchen? Es ist den Frauen verboten, zu den Männern zu gehen.«
»Habt Ihr das Verbot ausgesprochen?«
»Es gibt nichts Schlimmeres als Weiber auf einem Schiff. Sie bringen nur Unruhe, Hass und Streit. Also haltet Euch gefälligst an die Abmachung. Ihr habt nichts bei den Männern zu suchen.«
»Der Mann war schwer verletzt. Wollt Ihr ihm nicht helfen?«
»Wir haben keinen Arzt an Bord. Er wird so oder so sein Bein verlieren, und das wird er nicht überstehen. Wir sind vom Kurs abgekommen. Ich werde Rhodos anlaufen; vielleicht hält er so lange durch.«

»Könnte man nicht den Balken zerschneiden?«, fragte ich hoffnungsvoll.
»Dann haben wir ein Leck im Schiff, und das kann ich bei diesem Sturm nicht riskieren.«
»Bitte, Herr Kapitän, wir haben eine Araberin dabei, sie kennt sich in Heilkunde aus. Sie kann ihm etwas geben, dass er die Schmerzen nicht spürt.«
»Wenn sie es versuchen will und die Königin einverstanden ist, habe ich nichts dagegen. Geht und zieht trockene Kleider an, sonst muss sie ihre Kunst auch an Euch ausprobieren.«
Die Königin hatte nichts dagegen, und mit Murady verschwand ich kurze Zeit später wieder zu den Männern in den Schiffsraum. In der Zwischenzeit hatten sie den Balken eingeschnitten und stützten ihn ab. Fachgerecht schiente Murady das gebrochene Bein und behandelte die Kopfwunde. Zum Dank versprach uns der Kapitän, uns nach unserem unfreiwilligen Aufenthalt in Rhodos eine weitere kleine Kammer zu geben, damit wir bei schlechtem Wetter nicht so beengt wären.

Das Meer war immer noch sehr bewegt, als wir am nächsten Tag in die Nähe der Insel kamen.
Gelangweilt sah ich den Männern zu, die frisch geflickte Segel hochzogen. Neben dem windgeschützten Wasserbehälter machte ich es mir bequem und konnte das ganze Schiff überblicken. Am Steuerrad stand der Kapitän und sah auf mich herab. Ich hatte zwar ein paar Worte mit ihm gesprochen, aber trotzdem war er mir immer noch rätselhaft und verfolgte mich bis in meine Träume.
Unter mir hörte ich ein Geräusch und beugte mich hinab. Ein Mann mit einem Spitzbart im verschmitzten Gesicht schaute zu mir hoch. »Seid gegrüßt! Frische Luft ist gut für Leib und Seele. Ich habe Euch letzte Nacht im Schiffsraum bei dem Verunglückten gesehen. Ist die alte Frau Eure Mutter?«
»Murady? Nein, sie ist die Dienerin der Fürstin von Antiochia.«
»So. Ich dachte nur, weil sie Euch ähnelt.«
»Wart Ihr auch beim Kreuzzug und kehrt nach Hause zurück?«

»Nein, junge Dame, ich bin ein Händler. Mein Name ist Samuel ben Rekati. Aber verratet mich nicht, denn ich habe mich heimlich zwischen die Pilger und Krieger geschmuggelt. Meine Heimat ist Rhodos. Wenn wir einlaufen, gehe ich von Bord.«
»Aber es war nicht vorauszusehen, dass wir in Rhodos Zwischenstation machen.«
»Ja, ich weiß. Dann wäre ich in Kreta von Bord gegangen und hätte auf ein Schiff nach Rhodos gewartet. Einem Händler wie mir macht das nicht viel aus; ich habe überall Geschäfte zu tätigen.«
»Da!«
»Was ist? Habt Ihr einen Kopf gesehen?«
»Nein, fliegende Fische.«
»Ach so. Ich dachte, Ihr hättet den schrecklichen Kopf gesehen, der in diesen Gewässern immer wieder mal in Erscheinung tritt. Es handelt sich um einen vornehmen Herrn aus Sidon, der sich leidenschaftlich, aber unglücklich in eine Jungfrau aus Armenien verliebt hatte. Als sie gestorben war, hat er in der Nacht nach ihrem Begräbnis das Grab geöffnet und seine Leidenschaft befriedigt. Darauf soll eine geheimnisvolle Stimme zu ihm gesagt haben: ›Kehre in neun Monaten zurück, und du wirst den Kopf deines Sohnes finden.‹ Zur angegebenen Zeit ist er zurückgekommen und hat einen menschlichen Kopf in dem Grab gefunden. Worauf die Stimme gesagt hat: ›Behüte diesen Kopf gut, denn dein Glück wird nur von ihm kommen.‹ Der Mann nahm den Kopf, wickelte ihn ein und bewahrte ihn in einem Koffer. Er wurde reich und angesehen und fuhr eines Tages über dieses Meer. Seine neugierige Amme öffnete den Koffer, worauf das Schiff in einem Sturm sank. Ein paar Matrosen sind davongekommen und haben die Geschichte erzählt. Seitdem soll kein Fisch mehr in diesem Teil des Meeres gefangen worden sein, und wenn der Kopf über dem Wasser erscheint, geht das Schiff unter, und alles Beten hilft nichts.«
»Nun, hoffen wir, der gruselige Kopf bleibt, wo er ist. Dieser Sturm heute Nacht hat mir schon gereicht«, sagte ich zu dem Händler. »Wie ist Rhodos? Ist es eine große Insel?«

»Nun, kommt darauf an, was man unter ›groß‹ versteht. Ich wohne in den Bergen in einem kleinen Nest, das Assipon heißt. Ein bisschen Landwirtschaft, eine Ziegenherde – doch die meiste Zeit bin ich auf Reisen.«
Ein Junge brachte dem Mann einen Becher Tee.
»Ist das Euer Sohn?«
»Nur mein Gehilfe. Meine Frau hat darauf bestanden, weil in letzter Zeit das Reisen gefährlich wäre; aber schlimmer als in früheren Zeiten ist es auch nicht. Für einen Juden ist das ganze Leben gefährlich.«
»Ihr seid Jude?«
»So ist es – habt Ihr etwas gegen Juden?«
»Nein, ich habe Freunde, die Juden sind. Aber sie wohnen in Jerusalem, sie haben ihre Reise hinter sich und sind endlich zu Hause.«
»Ach was, wo ist ein Jude schon zu Hause? Überall und nirgends, genau wie die Vögel unter dem Himmel. Doch gerade das ist unsere Rettung.«
»Eure Rettung?«, fragte ich, als hätte ich mich verhört.
»Im Talmud, im Traktat Berachot, heißt es: An dem Tag, als der Tempel in Jerusalem zerstört wurde, ist das Band zerrissen, das Gott mit Israel verband.«
»Wie meint Ihr das?«, fragte ich.
»Wir Juden sind Nomaden in der Wüste. Dort wurzelt unsere Religion. Ihr kennt die Geschichte vom Auszug aus Ägypten und wie lange wir in der Wüste umhergezogen sind.«
»In der Bibel steht: vierzig Jahre.«
»Ja, in der Bibel. Aber wer weiß das schon so genau? Das Buch wurde Generationen später geschrieben. *Arba im schanim* steht da, das kann vierzig oder hundert Jahre heißen. Wir waren ein Volk, und als Nomaden zogen wir von Wasserstelle zu Wasserstelle, von Oase zu Oase. Zelte waren unsere Häuser, und unser Heiligtum wurde auf einem Karren vorausgefahren. Wir sind der Wind und der Sand der Wüste, aber wir sind auch das auserwählte Volk. Zäh und beweglich, haben wir alle Widrigkeiten überlebt. Völker gehen nicht unter, weil sie schwach sind,

sondern weil sie sich für zu stark halten, und dann werden sie überheblich. Aber so ist es nun mal: Wenn ein alter Mann keine Zähne mehr hat, sagt er, das Brot ist zu hart gebacken, und gibt dem Bäcker die Schuld.« Samuel war aufgestanden und streckte sich, dass seine Glieder krachten.

Ich warf einen Blick auf unseren schwarzen Kapitän, doch am Steuerrad stand ein anderer Mann. Der Jude hatte meinen Blick gesehen und sagte im Weggehen: »Der ist auch nicht das, was er zu sein vorgibt.« Seine Worte klangen rätselhaft, und ich dachte noch darüber nach, als ich das Deck verließ und hinunter zu den Frauen ging.

»Sadi, gut, dass du kommst. Mein Schmuckkasten ist verschwunden!«

»Mit dem schönen, kostbaren Schmuck?«

»Nein, die Juwelen habe ich vor unserer Abreise herausgenommen und dem Kapitän zum Aufbewahren gegeben. Dafür habe ich das Kleid der Nonne hineingetan, und wie du weißt, ist es unersetzlich.«

»Habt Ihr den Kapitän verständigt?«

»Das möchte ich nicht. Ich müsste alles erklären, auch, wozu ich das Kleid brauche.«

Ich sah zu Constanze, und an ihrem Blick erkannte ich, dass sie alles wusste und nicht damit einverstanden war. »Wie könnt ihr beide auch nur daran denken, so etwas wie einen Handel mit Reliquien zu treiben! Das ist Gotteslästerung, und es wird euch kein Glück bringen.«

»Glück – hast du ›Glück‹ gesagt, Constanze? Wo ist das so genannte Glück? Es ist an mir vorbeigegangen, hat mich einfach übersehen. Jetzt tue ich etwas, will das Glück überlisten – und werde bestohlen.«

»Was ist Glück überhaupt?«, fragte ich, um die Königin auf andere Gedanken zu bringen. »Ist es nicht ein Schmetterling und fliegt von einer Blume zur anderen?«

Die Königin war nicht in sanfter Stimmung und entgegnete hart: »Für mich ist das Glück eine Hure und fliegt zu demjenigen, der die Beine breit genug macht.« Herausfordernd sah sie mich an.

»Das kann man am besten in Männerkleidung, wenn man die Hosen rechtzeitig herunterfallen lässt«, sagte ich anzüglich. Sogleich brachen wir beide in Gelächter aus, was jeder versteckten Kränkung die Spitze nahm.

Als wir uns unter den missbilligenden Blicken Constanzes beruhigt hatten, überlegten wir, was zu tun wäre. Der Dieb musste sich auf dem Schiff befinden. Also mussten wir die Menschen beobachten, die in Rhodos von Bord gingen. Der Kasten war nicht eben klein, der Dieb konnte ihn nicht einfach in seinen Kleidern verstecken. Wir würden ihn wiederbekommen, dessen war ich mir sicher.

Rhodos

Kurz vor dem Anlegen schlüpfte ich in meine Männerkleider und schulterte Pfeil und Bogen. Mit den ersten Menschen verließ ich das Schiff und verbarg mich hinter einem Stapel Getreidesäcke, der auf das Verladen wartete.

Zuerst wurden die Kranken vom Schiff getragen, dann folgten in kleinen Gruppen Pilger und Krieger, die den Aufenthalt für Geschäfte nutzen oder sich einfach wieder einmal auf einem Boden bewegen wollten, der nicht ständig am Schwanken war. Der Jude Samuel ging allein von Bord, und ich wunderte mich, wo sein Gehilfe abgeblieben war. Ich schaute zurück zu den Frauen, die vom Schiff aus die Menschen beobachteten, und sah im Augenwinkel den Jungen an einer Strickleiter hinabklettern und in einem kleinen Boot zum nördlichen Teil des Hafens rudern.

Mit der Hand gab ich der Königin ein Zeichen und schlich dem Juden hinterher. Mein Blick streifte die Stadttore und die hohen Mauern und blieb an einer kleinen Kate hängen, in die der Jude verschwand.

Vorsichtig schlich ich mich an und konnte einen Blick durchs offene Fenster werfen. Der Besitzer hatte Esel zu verleihen, und sie handelten einen Preis aus. Er belud das eine Tier mit seinem Sack, schwang sich auf das zweite und ritt davon. Ich war mir sicher, dass er irgendwo seinen Gehilfen mit dem Diebesgut treffen würde.

Kurze Zeit wartete ich ab, lieh mir auch einen Esel und schlug die gleiche Richtung ein. Bei dem Eselshändler hatte ich mich nach dem Dorf Assipon erkundigt.

»Es liegt in der Nähe des Berges Akramitis.« Das war alles, was ich in Erfahrung brachte. Nicht viel für jemanden, der die Insel nicht kannte, doch das konnte mich nicht zurückhalten. Ich wollte, dass die Königin mir zu Dank verpflichtet war und ich ihr unentbehrlich wurde.

Die Nacht verbrachte ich in einem Heuschober. Doch schon am nächsten Morgen musste ich erkennen, dass ich den Verfolgten aus den Augen verloren hatte.

Die Landschaft war durch den langen, heißen Sommer ausgetrocknet, und ich hoffte im Stillen, dass Assipon nicht in dem hohen Gebirge lag, das sich menschenleer und drohend vor mir erhob. Doch dann sah ich kleine Dörfer, von unüberwindlichen Schluchten getrennt, zwischen steil aufragenden Felsen liegen. Immer höher führte der Pfad. Ein Dorf mit fünf Häusern kam in Sicht, und ich fragte einen Ziegenhirten nach dem Dorf Assipon. Er zog seine mageren Schultern in die Höhe und sah mich verständnislos an. Nachdem ich zehnmal den Namen des gesuchten Dorfes geschrieen hatte, grinste er und zeigte zum Dorfausgang.

Meine Sprachkenntnisse, die ich mir bei Constanze angeeignet hatte, halfen mir nicht viel, doch ich war für jedes kleinste Dorf dankbar, das ich in dieser Felsenlandschaft fand. Man hatte mich schon ein paarmal in die falsche Richtung geschickt, bis ich herausfand, dass es mehrere Dörfer mit demselben Namen gab. Das Angebot eines älteren Mannes, mich zu begleiten, hatte ich abgelehnt; ich war einfach zu misstrauisch und wollte lieber allein weiterreiten. In verschiedenen Hütten verkauften sie mir Brot und Ziegenkäse, und an einem Rinnsal, das zwischen den Steinen herablief, konnten mein Esel und ich unseren Durst löschen.

Irgendwann stand ich an einer Felsenwand, und der Steg führte nicht weiter. Es war Abend geworden, und Gewitterwolken hatten sich schwarz und drohend zusammengezogen. Es begann zu blitzen und zu donnern; nur mit Mühe konnte ich den Esel halten. Mit Wehmut dachte ich an meinen verlässlichen Roller. Bei jedem Donnerschlag presste ich mich an die hervorstehenden Felsen, bei jedem Blitz zuckte ich zusammen. Hier in der Einsamkeit war das Gewitter kaum zu ertragen, und ich hatte das Gefühl, den Weltuntergang zu erleben – erst recht, als es stockdunkel wurde und nur zuckende Blitze den Himmel erhellten.

Ich musste aus der unheimlichen Felswildnis heraus und suchte verzweifelt einen Unterschlupf für die Nacht.

In der Dunkelheit kam ich vom Steg ab, stolperte über Geröll und zog den Esel hinter mir her. Erst als er sich wehrte, blieb ich stehen und lehnte mich an ihn. Obwohl auch er vom Regen nass war, tat es wohl, seinen Körper zu spüren. Plötzlich entglitten mir seine Zügel, und er flüchtete den Hang hinab. Schon war er in der Dunkelheit entschwunden, noch hörte ich losgetretene Steine, sein Schnauben – dann hörte ich nichts mehr. Stille umgab mich.

Ich hatte nicht vor aufzugeben und tastete mich auf allen vieren bergab. Die Nacht war kalt, meine durchnässten Kleider klebten am Körper, der einzige Laut außer meinen klappernden Zähnen war das Geräusch des Regens. Ich sehnte mich auf das Schiff und in ein warmes Bett.

Verflucht sei der Kasten mit dem Kleid der Nonne! Wäre er selbst aus reinem Gold, diese Anstrengung wäre er nicht wert gewesen. Warum musste ich mich auch in jedes Abenteuer stürzen, das mir über den Weg lief? In der Hoffnung, in ein Gebüsch zu fassen, streckte ich meine Arme aus. Ein Gebüsch hätte mir ein bisschen Schutz geben können, aber ich war längst über die Vegetationsgrenze hinaus. Hier oben gab es nur Felsen und Steine; sie waren nicht einmal mit Macchie überwuchert.

Mein Lebenswille erlosch immer mehr. Am liebsten hätte ich mich auf die Steine gelegt und geschlafen. Doch plötzlich sah ich ein Licht in der Tiefe – nur einen trüben, winzigen Schimmer, doch ein Licht in der Dunkelheit und nicht allzu weit entfernt.

Es dämmerte schon, als ich die Talsohle erreichte und ein Haus vor mir sah. Je näher ich dem Gebäude kam, umso unsicherer wurde ich. Erst jetzt sah ich, dass es sich um eine Ruine handelte. Das Dach war eingestürzt; nacktes, verwittertes Gebälk hielt sich noch auf rissigem Mauerwerk.

Enttäuscht schob ich die angelehnte Tür ein Stück auf. Sie quietschte in den Angeln. Gleichzeitig erklangen Krächzen und Flügelschlagen. Ich hatte eine Schar Bergdohlen aufgescheucht, die wohl in der Ruine nisteten.
»Hallo! Ist da jemand?«
Von der anderen Seite kam ein Geräusch. Ich drehte mich um und sah eine kleine, windschiefe Hütte, deren Dach mit Stroh notdürftig geflickt war.
Zu meiner Sicherheit spannte ich einen Pfeil in den Bogen und wartete ab. Irgendetwas schabte an der Wand entlang, und ich hörte ein unheimliches Schnaufen. Etwas Dunkles schob sich um die Mauer – erleichtert ließ ich meine Waffe sinken. Ich lachte meine Angst heraus, und das Lachen schallte durch das enge Tal und kam als Echo zurück. Mein Esel, der mich in der Nacht verlassen hatte, bog um die Ecke und gleich darauf eine junge, schwarz gekleidete Frau mit einem Krug in der Hand. Sie blieb stehen und starrte mich erschrocken an.
Unverständliche Laute kamen aus ihrem Mund.
»Ich verstehe dich nicht. Kannst du nicht Deutsch oder Französisch?« Ich glaubte nicht wirklich daran, dass wir uns verständigen könnten. Umso überraschter war ich, als sie sagte: »Natürlich spreche ich die Sprache der Franken. Ich komme aus der Stadt und bin damit groß geworden. Wer bist du? Und wo kommst du her?«
»Ich suche das Dorf Assipon.«
»Und was willst du da auf dieser Seite?«
»Ich habe mich verlaufen. Eigentlich wollte ich einen Juden besuchen, der dort wohnen soll.«
»Na, dann komm herein, du hast bestimmt Hunger und Durst. Der freche Esel gehört wohl auch dir. Er hat heute Morgen in aller Frühe ein Konzert veranstaltet, dass ich dachte, die Höllengeister wären ausgebrochen.«
Was meinen Hunger betraf, hatte sie Recht, und obwohl mir fast die Augen zufielen, fragte ich mich, was diese junge Frau aus der Stadt in dieser kargen Umgebung tat.
Während sie mir Milch in eine Schüssel schüttete, sah ich mich

heimlich um. Die Hütte sah von innen noch armseliger aus, als ich erwartet hatte: in einer Ecke ein Lager aus Berggras mit einer schmuddeligen Pferdedecke, ein alter, wurmstichiger Tisch mit dem Kerzenstummel, der mir in der Nacht den Weg gewiesen hatte.

»Schlaf dich erst mal aus, dann sehen wir weiter«, sagte sie, und sie hatte Recht; selbst wenn sie mich ermorden wollte, könnte ich nichts dagegen tun. Ich ließ mich auf ihr Lager fallen und war dankbar für ihre Fürsorge, denn ich hatte keine Kraft mehr.

Es wurde schon dunkel, als ich erwachte. Die Frau saß auf einem Hocker und sah mich an. Sie hatte ihr Tuch abgelegt, und ich bemerkte erstaunt ihre fast weißen Haare. So helles Haar hätte ich auf dieser Insel nie erwartet, und mehr denn je glich sie einem Engel. Während des Essens fragte ich sie, wie sie in diese Wildnis käme.

»Das ist eine lange Geschichte. Aber was suchst du hier oben?«

»Ich bin auf dem Weg nach Assipon und habe mich verlaufen; dort suche ich einen Juden namens Samuel ben Rekati.«

»Ich kenne ihn. Er ist viel auf Reisen.«

»Mein Name ist Sadi von Ortenberg. Ich bin eine Deutsche.«

»Und was hast du für Geschäfte mit dem Juden?«

»Er hat etwas, das ich mir holen will.«

Sie lachte und kräuselte ihre Nase. »Normalerweise haben die Frauen etwas, das die Männer haben wollen.«

»Nein, so meine ich das nicht. Er hat einen Gegenstand an sich genommen, der ihm nicht gehört.«

»Geklaut?«

»So ist es.«

»Was Großes?«

»Ja, den Schmuckkasten der Königin von Frankreich.«

»Donnerwetter, das ist ein Brocken! Hätte ich dem Alten gar nicht zugetraut.«

Ich sagte ihr nicht, dass der Kasten keine Juwelen barg, denn ich war mir nicht sicher, ob ich ihr trauen konnte.

»Morgen werde ich dir den Weg zeigen. Wenn du zurückkommst, gehe ich mit in die Stadt. Du kannst Tiki zu mir sagen.«

»Warum gehst du nicht mit nach Assipon?«
Sie lachte hart. »Sie würden mich umbringen, und diese Gelegenheit werde ich ihnen nicht geben.«
»Aber warum? Was hast du ihnen getan?«
»Es lässt dir offenbar keine Ruhe. Neugierde ist wohl bei allen Frauen in allen Ländern stark verbreitet.«
»Du irrst dich, Tiki, im Grunde ist es mir gleichgültig. Ich frage nur, damit ich nichts sage, was dir schaden könnte.«
»Du hast Recht. Entschuldige, war nicht so gemeint. Ich werde dir mein Leben erzählen, denn ich glaube, du bist ehrlich und ich kann dir vertrauen.
Ich bin in der Stadt geboren und habe dort gelebt bis vor drei Jahren. Im Hafen liegen immer Schiffe, und die Menschen auf der Insel leben von ihnen. Franken, Venezianer, Normannen, Portugiesen, Byzantiner und viele andere gehen hier an Land. Wir haben viel von ihnen gelernt, und durch den Handel gehen viele Kostbarkeiten durch unsere Hände.
Auch ich habe ein Geschäft in der Stadt. Es wird dich vielleicht schockieren: Es ist ein Freudenhaus.«
Es schockierte mich nicht. Es wunderte mich nur. Sie war die erste Hure, mit der ich in Berührung kam. Sie war weder ordinär noch vulgär, sie sah auch nicht aus wie eine Hure, sondern glich einem Engel. »Was hat dich in die Einsamkeit verschlagen?«
»Meine Ehe.«
»Dein Mann ist gestorben?«
»Nein, mein Mann ist der Dorfälteste von Assipon, und wenn er mich erwischt, wird er mich steinigen. – Schau nicht so entsetzt. Ich habe die Ehe gebrochen und bin schuldig geworden.«
Dieses Geständnis schien ihr nicht viel auszumachen, denn sie lächelte dabei. »Ich hätte diesen Mann nie heiraten sollen. Doch es ging wie immer: Wenn es einem zu gut geht, wird man übermütig.
Er war Witwer und hat drei Kinder. Ich mag Kinder, sehnte mich nach einer Familie, wollte einfach mein Leben verändern. Diese Heirat war ein großer Irrtum. Ich merkte bald, dass mir

dieses eintönige Leben nicht reichte. Das Leben besteht aus mehr als nur aus Kinder-Großziehen. Ich habe einen Mann geheiratet, der mir interessant erschien, weil er so ganz anders war als alle anderen, die ich kannte. Er sieht gut aus, ist weit über die Insel hinausgekommen und versprach mir Liebe – etwas, das ich noch nie kennen gelernt hatte und wonach sich auch eine Hure sehnt wie nach dem Paradies.
Wir waren uns sicher, das niemand in dem kleinen, abgelegenen Dorf von meiner Herkunft wusste. Das war der erste Fehler. Die Kinder lehnten mich ab, und die Dorfgemeinschaft behandelte mich auch nach Jahren noch als Fremde.«
»Aber warum wollen sie dich steinigen?«, fragte ich gespannt.
»Da war ein junger Mann im Dorf. Ihm gefielen meine weißen Haare. Er lief mir überall nach wie ein Hund einer läufigen Hündin. Bis ich nachgab. Ein ganzes Jahr ging alles gut; dann wurden wir erwischt. Sie haben ihn umgebracht, und ich musste fliehen.
Ich kannte die alte Frau, die hier gehaust hatte. Sie war auch eine Ausgestoßene, und das Tal ist verflucht. Deshalb bin ich hier sicher.«
»Wo ist die alte Frau jetzt?«
»Sie ist tot. Im Frühjahr ist sie am Steilhang verunglückt.«
»Und wovon lebst du?«
»Du wirst es nicht glauben: Ich habe im Dorf eine Freundin. Sie ist auch in der Stadt geboren und hat in das Dorf eingeheiratet. Ihr erging es so wie mir, nur – sie hat ausgehalten. Sie ist meine Schwiegermutter und versorgt mich heimlich mit allem, was ich brauche.«
»Hast du keine Angst, dass sie dich vergiften wird?«
»Nein, dann wäre ich jetzt schon tot.«

Tikis Geständnis ging mir nicht aus den Sinn; als ich am nächsten Tag den schmalen, überwachsenen Pfad zum Dorf ging, musste ich unentwegt daran denken. Von einem Bergplateau sah ich schon von weitem das Dorf.
Ich brauchte nicht nach Samuels Haus zu fragen, denn Tiki

hatte mir das Windrad beschrieben, das auf dem Dach befestigt war. Irgendwie kam es mir vor, während ich den menschenleeren Weg durch das Dorf ging, als würden die Einheimischen jeden meiner Schritte beobachten. Am Haus mit dem Windrad stand die Tür offen, und ein bunt gestreifter Vorhang blähte sich im Wind. Ein Geräusch in einer angrenzenden Hütte machte mich aufmerksam, und Samuel kam mir entgegen.

»Ihr! Fast hätte ich Euch nicht erkannt.« Sein Gesicht zeigte keine Überraschung. »Kommt ins Haus, Madame, und seid mein Gast. Hier gibt es zu viele neugierige Blicke.«

Ich folgte ihm ins Haus und war überrascht, wie schön es eingerichtet war. Samuel bemerkte meinen Blick und sagte: »Das habe ich von meinen Reisen mitgebracht. Gefällt es Euch? Wenn ich zu Hause bin, möchte ich es gemütlich haben.«

Ich hatte einen Verdacht, und während ich die weichen Teppiche an Wänden und Fußboden begutachtete und der Geruch von Sandelholz, Moschus und Ambra mich umschmeichelte, fragte ich ihn: »Seid Ihr der Dorfälteste?«

»Nein, das ist mein Bruder. Warum? Kennt Ihr ihn?«

»Ich dachte nur, weil Euer Haus so schön ist.«

Er war geschmeichelt und stellte mir seine Frau vor, die hereingekommen war und Tee in hauchdünne, gehämmerte kleine Becher einschenkte.

»Ihr kommt wegen des Schmuckkastens, nicht wahr?«

Überrascht sah ich ihn an.

»Ihr seid überrascht. Ich habe das kostbare Stück nicht gestohlen, das war mein Gehilfe. Es tut mir Leid, dass Euch der schwierige Weg in die Berge nicht erspart blieb. Ich habe den Lümmel davongejagt, denn mit einem Dieb will ich nichts zu tun haben. Es schadet dem Geschäft und ruiniert meinen guten Ruf.« Er stand auf, ging zu einer geschnitzten Truhe und holte den Sack mit dem Kasten heraus. »Wertvoller Schmuck war nicht darin, nur ein verschmutztes Kleid.«

»Dieses Kleid will die Königin wiederhaben. Es ist das Kleid einer Nonne, die auf dem Kreuzzug ihr Leben lassen musste.«

Samuel nickte und sah mich lächelnd an. »Das ist die Weise,

wie Reliquien entstehen. All die Dornen aus der Dornenkrone Jesu, die Splitter vom Heiligen Kreuz, die Steine, die seine gesalbten Füße betreten haben. Oder Finger- und Fußknochen eines gewaltsam Gestorbenen, der von Eurer Kirche als Heiliger verehrt wird. Ist es ein Wunder, dass ganze Handelsketten mit diesen obskuren Gegenständen feilschen? Mich wundert, dass kein Mensch in Europa darauf kommt, dass die Dornenkrone so viele Dornen nicht haben konnte, wie im Umlauf sind. Dass jeder Balken nach tausend Jahren zerfällt, dass die vielen Splitter, die die Kreuzfahrer mit nach Hause nehmen, von einem ganz gewöhnlichen Ölbaum stammen könnten. Die Menschen wollen betrogen sein, das war schon immer so. Aber greift zu und stärkt Euch, Ihr habt noch einen langen Weg vor Euch.«

An Tiki denkend, sagte ich zu ihm: »Meine beiden Begleiter warten am Dorfrand. Kann ich ihnen etwas zu essen mitbringen?«

»Natürlich, meine Frau wird Euch etwas einpacken.«

Tiki freute sich über das gute Essen, und als ich ihr von der Unterhaltung mit Samuel erzählte, bestätigte sie den Handel mit Reliquien und dass sie im Abendland hohe Preise erzielten.

»Du hast mir nicht erzählt, dass er ein Bruder deines Mannes ist.«

Erstaunt sah sie mich an. »Ist er das? Irgendwie sind die alle miteinander verwandt. Ich habe mich nicht erkundigt, es hat mich einfach nicht interessiert. Das Einzige, was ich jetzt noch möchte, ist, hinunter in die Stadt gehen, da weitermachen, wo ich vor drei Jahren aufgehört habe.

Als ich meinen Mann kennen lernte, arbeitete ich als Hure. Du brauchst nicht rot zu werden, Sadi, es ist eine Arbeit wie jede andere auch, solange man jung und gesund ist. Ich hatte ein gutes Leben. Die Männer, die zu mir kamen, waren alle aus der oberen Schicht. Sie bezahlten gut, bis mein Mann kam und mir das Hirn verwirrte. Ich habe diesen Mann damals wirklich geliebt. So etwas darf einer Hure nicht passieren, aber du siehst,

auch wir sind nur Menschen. Obwohl es immer noch genug Männer gibt, die ernsthaft bezweifeln, dass eine Frau überhaupt ein menschliches Wesen ist.
Frauen sind dazu da, zu dienen und zu gebären. Es hat keinen Sinn, sie zur Selbstständigkeit zu erziehen. Eine Ehe gründet sich nicht auf Zuneigung. Diese Ansicht vertritt fast jeder Mann. Adam wurde von Gott geschaffen, Eva besteht aus einer Hand voll Dreck. Nur Maria, die Gottesmutter, haben sie auf ein Podest gestellt – ein Monstrum, wie es sich nur Männer ausdenken können: unbefleckt und rein, also keine richtige Frau. Warum, frage ich dich, warum durfte sie nicht die Freude der Empfängnis erleben? Weil es in Männeraugen etwas Schmutziges ist.
Die Geburt und den Tod ihres Sohnes – diese Schmerzen gönnten sie ihr. Doch wenn sie so außergewöhnlich war, vielleicht hat sie weder bei der Geburt noch bei der Kreuzigung Schmerzen verspürt. Könnte doch sein. Was hältst du von meiner Theorie?«
»Ich weiß nicht, Tiki; darüber habe ich noch nie nachgedacht. Ich glaube nur, du solltest mit deinen Theorien vorsichtig sein, denn was du da denkst und sagst, grenzt eindeutig an Ketzerei.«
Um sie auf andere Gedanken zu bringen, fragte ich: »Kannst du denn so einfach zurück?«
»Das Haus in der Stadt gehört mir. Zum Glück habe ich es damals nicht verkauft, obwohl mein Mann darauf gedrungen hatte. Ich werde einfach diese drei Jahre vergessen und weitermachen.«
Ich bezweifelte, dass es so einfach wäre, wie Tiki sich das vorstellte. Drei Jahre waren eine lange Zeit.

Die Pest

Wir schliefen noch einmal in der alten Hütte und brachen am frühen Morgen auf. Nebel hing zwischen schroffen Felsen, und die Abgründe konnte man nur ahnen. Einen Schritt hinter Tiki hergehend, überwand ich alle Hindernisse und Gefahren. Mit dem Esel im Schlepptau erreichten wir am späten Nachmittag das Tal.

Mein Blick schweifte über das Panorama der Stadt und des Hafens und blieb an dem Platz hängen, wo vor ein paar Tagen mein Schiff vor Anker ging.

Der Platz war leer.

Fischerboote mit vielen Netzen, bereit, um am Abend auszufahren und am Morgen mit gutem Fang zurückzukehren, lagen etwas abseits und schaukelten in den Wellen. Ein Schiff mit einem fremden, unaussprechlichen Namen lag am Ende der Mole, und Tiki erkannte, dass es aus Venedig kam. Von dem Normannenschiff, das mich hergebracht hatte, keine Spur.

»Tiki, mein Schiff ist nicht mehr da!«

»Vielleicht sind sie zu einem anderen Teil des Hafens gefahren.«

Das klang ziemlich unwahrscheinlich, und spätestens als sie meinen Esel zurückgab, sah ich ihr an, dass etwas Furchtbares geschehen war.

»Die Stadt ist geschlossen, die Pest ist ausgebrochen. Dein Schiff hat gerade noch rechtzeitig den Hafen verlassen.«

»Was wird jetzt aus mir? Wo kann ich mein Schiff erreichen?«

»Das kannst du für die nächsten Wochen vergessen, Sadi. Kein Schiff wird vor dem Frühjahr Rhodos anlaufen, dazu ist die Angst viel zu groß. Alle Häfen des Mittelmeeres werden gewarnt,

niemand darf die Insel verlassen, und jeder mit ein bisschen Verstand wird die Insel umfahren.«
Ratlos blickte ich über den menschenleeren Hafen zum geschlossenen Stadttor. »Vielleicht könnten wir auf ein Schiff. Wir hätten ein Dach über dem Kopf. Oder wir gehen zurück in die Berge«, sagte ich zu meiner Begleiterin, die keinerlei Besorgnis zeigte.
»Wir werden einen Ausweg finden. Komm, wir gehen zurück zu dem Eselhändler.«
»Kann der uns helfen?«
»Wer weiß«, sagte sie geheimnisvoll.
Den Sack mit dem Schmuckkasten auf den Schultern, lief ich hinter Tiki her. Mir blieb keine andere Wahl. Ich war auf einer Insel mitten im Meer gestrandet; mein Gepäck waren die Kleider, die ich am Leib trug, meine Waffen und der Kasten mit dem Kleid der Nonne. Meine einzige Zuflucht war eine verfemte Hure, die zwar bisher recht nett und hilfsbereit gewesen war, doch wie es weitergehen sollte, wusste nur der Himmel.
Tiki führte mich zurück, und wir betraten das Haus des Händlers. Sie redete schnell auf ihn ein, und ich hätte viel darum gegeben, ein Wort zu verstehen. Nach ihrem nicht enden wollenden Wortschwall schien der Mann endlich nachzugeben und führte uns in einen Keller. Er öffnete eine Falltür und verschwand mit einer brennenden Fackel in einem Tunnel.
Wir folgten ihm schweigend in den langen, dunklen Gang. An vielen Stellen war dieser Tunnel so niedrig, dass wir uns nur kriechend fortbewegen konnten. Im schwankenden Licht der Fackel sah ich, dass die gefährlichen Stellen mit Holzstreben abgestützt waren; trotzdem rieselte überall lose Erde herab. Es wurde hell, unser Anführer hob ein Gitter am Ausgang hoch, und wir kletterten mühevoll heraus.
»Wo sind wir hier?« Fragend sah ich Tiki an.
»In einem Keller in der Stadt. Der Gang führt unter der Stadtmauer durch. Er stammt noch aus der Zeit der Türken.«
»In der Stadt? Aber was ist mit der Pest? Ist das nicht viel zu gefährlich?«

»Wir warten hier, bis es dunkel wird. Dann können wir mein Haus aufsuchen.«
Beide sahen wir zu, wie der Mann wieder im Tunnel verschwand und das Eisengitter über sich zog. Wir machten es uns bequem und setzten uns an die Wand, um die Dunkelheit abzuwarten.
»Wir hatten Glück«, sagte Tiki. »Wenn es viel regnet, steht der Gang voller Grundwasser. Aber noch ist es nicht Winter und nicht Frühjahr. Jetzt, um diese Zeit, ist er meistens trocken.«
»Woher hast du gewusst, dass man so in die Stadt kommt?«
»Nun, man kommt nicht nur herein, sondern, was wichtiger ist, man kommt hinaus. Schon als Kind wusste ich davon, aber damals war der Gang verschüttet. In den letzten Jahren wurde er wieder begehbar gemacht. In einer Hafenstadt gibt es immer etwas heimlich in die Stadt herein- oder aus ihr hinauszuschaffen.«
Endlich war es dunkel genug, um den Raum zu verlassen. Eine Glocke läutete in der Nähe. Die Stadt wirkte still, fast wie ausgestorben, als wir, vorsichtig nach allen Seiten spähend, durch die engen, dunklen Gassen eilten.
Noch konnte ich mir eine Seuche wie die Pest nicht vorstellen. Sie war – das wusste ich – eine Geißel der Menschheit, die immer wieder einmal ausbrach und ganze Landstriche entvölkerte.
Diese Stadt am Meer war Jerusalem und auch Antalya sehr ähnlich. An den Häusern gab es zur Straßenseite keine Fenster, doch überall brannten Windlichter neben den schweren Türen, die mit ihren Eisenbeschlägen uneinnehmbar aussahen. Für die Pest waren sie nicht stabil genug. Woher kam sie? Warum wurde der eine krank, und ein anderer, der die gleiche Luft einatmete, blieb verschont? Ich wusste es nicht, und Tiki, die ich fragte, konnte es sich auch nicht erklären.
Vor einem schmalen hohen Haus blieben wir stehen und klopften mit dem Eisenring an die Tür. Dumpf hallten die Schläge durch die engen Gassen. Die Tür öffnete sich, und eine rothaarige Frau fragte in unfreundlichem Ton, was wir wollten.
»Woher kommst du mitten in der Nacht? Sind die Stadttore nicht geschlossen?«

»Rede nicht so viel, lass uns lieber hinein, bevor wir Aufmerksamkeit erregen«, sagte Tiki in einem Ton, den ich noch nicht an ihr kannte. Mürrisch gab die Rothaarige den Weg frei, und wir traten ein. Ein Licht flackerte auf, und Essengerüche hüllten uns ein. Erst jetzt spürte ich Hunger, denn seit dem frühen Morgen hatten wir nichts mehr gegessen. Mit kurzen, abgehackten Worten erklärte ihr Tiki die Lage.
»Das ist Mimi, die das Freudenhaus in meiner Abwesenheit geführt hat. Und wie du siehst, ist sie nicht begeistert von unserem Kommen«, sagte Tiki zu mir.
Plötzlich sprach Mimi in der Sprache der Franken: »Du hättest mich rechtzeitig verständigen können. Wo ist eigentlich dein Mann, und was willst du hier?«
»Mach uns etwas zu essen und richte später zwei Zimmer. Das ist Sadi, eine Freundin. Sie wird vorerst bei uns bleiben.«
»Was heißt vorerst? Wer bestimmt eigentlich in diesem Haus, du oder ich?«
»Mimi, ich will keinen Krach, zieh deine Krallen ein. Das Haus gehört mir. Warum ich zurückgekommen bin, werde ich dir später erzählen, und wir werden alles zu deiner Zufriedenheit regeln. Doch jetzt bin ich müde und hungrig und Sadi ebenfalls. Also spute dich und sorge für deine Gäste, wie es sich gehört.«
Fasziniert beobachtete ich die beiden so ungleichen Frauen. Noch immer wirkte Tiki wie ein Engel auf mich, wohingegen ich Mimi ansah, was für einen Beruf sie ausübte. Fast wären sie einander in die Haare gefahren, ihre Stimmen wurden laut, als sich die Tür öffnete und ein großer, dunkler Mann auf den Gang trat, der versuchte, den Streit zu schlichten. Es war zu dunkel, und erst als wir in ein Zimmer traten und die beiden ihre Auseinandersetzung in der fremden Sprache weiterführten, sah ich, dass dieser Mann der Kapitän meines Schiffes war. Ein Schock für mich, denn ihn hätte ich in diesem Haus am allerwenigsten erwartet.
»Wo habt Ihr die Königin und ihre Frauen gelassen?«
»Wen bitte?«
»Ihr seid doch der Kapitän?«

»Ja, ich bin Kapitän, aber erst vor zwei Tagen vor Anker gegangen.«
Die beiden Frauen hatten ihren Streit unterbrochen und sahen uns neugierig an. »Sadi, das ist Kapitän Enrice del Rocco, ein Venezianer.«
»Schon möglich, Tiki; ich kenne seinen Namen nicht. Er hat uns in Palästina an Bord genommen – Pilger, Krieger und die Königin von Frankreich mit ihren Frauen.«
»Ihr müsst Euch irren, Signorina, ich war in den letzten Jahren nicht in Palästina! Und die Königin von Frankreich kenne ich auch nicht persönlich.«
Schweigend und ungläubig sah ich ihn an.
Mimi mit ihren grünen Augen strahlte eine fühlbare Abneigung gegen mich aus. Ihre Haut war weiß und makellos; ich mochte sie auch nicht, doch sie löste das Rätsel. Der dunkle Kapitän hatte sich auf ein Bett gesetzt, und Mimi drückte voller Besitzerstolz ihren üppigen Busen an seine Schulter. Sie strich ihm mit einer Hand durch sein Haar und sagte: »Vielleicht meint sie Oliver, und sie hat dich mit ihm verwechselt. War Oliver denn in letzter Zeit in Rhodos?«
Der Kapitän sah Mimi fragend an.
»Jakobo, der Fischer, war gestern Abend da und hat von einem Normannenschiff erzählt, das nur kurz angelegt hätte. Um diese Zeit wurden die Stadttore wegen der Pest geschlossen, und der Normanne wäre wieder davongesegelt.«
»Verdammt, da hat man nun einen Bruder, und er verlässt in dem Augenblick den Hafen, in dem ich ankomme.«
Tiki nahm mich am Arm. »Hast du verstanden, Sadi? Es sind Zwillinge!« Ich nickte nur, und während Tiki etwas zu essen verlangte, begrub ich endgültig die Hoffnung, zur Königin zurückzukehren.
Bis auf Carmelita, die Köchin, hatte ich die im Hause Anwesenden kennen gelernt, und bis auf die vulgäre Mimi konnte ich sie alle gut leiden. Wir richteten uns ein, denn diese Art Belagerung konnte Tage oder gar Wochen dauern.
»Die Pest tritt fast jedes Jahr auf. Letztes Jahr starben fünf Men-

schen, und jeder wartete auf die nächsten Opfer; alle atmeten auf, als es bei den fünfen blieb. In den Mittelmeerländern gehört die Pest mehr oder weniger zum Leben«, klärte mich Mimi auf. »Die Stadttore werden geschlossen, doch in der Frühe für die Fischer und abends für die Leichenwagen geöffnet. Nahrungsmittel von den Bauern werden mit dem Fang der Fischer hereingebracht. Die Menschen in der Stadt müssen ja auch leben.«

»Die Freudenhäuser werden als Erstes geschlossen«, sagte Tiki, »bis auf Privatbesucher wie uns beide.«

Enrice griff nach einem Becher, der golden schimmerte, hob ihn hoch und trank mir zu. Schadenfreude ergriff mich, als ich die stechenden Blicke Mimis sah.

Ich war froh, als ich mich endlich zurückziehen konnte. Die Zimmer waren hoch und geräumig, die Fenster, die zum Innenhof gingen, verhältnismäßig klein, weil auf Rhodos die vernünftige Überzeugung vorherrschte, dass niemand, der unter der glühenden Mittelmeersonne lebt, diese ins Hausinnere lassen sollte. Der Patio war es, wo sich das Leben abspielte.

Hier lernte ich am nächsten Tag Carmelita kennen – Köchin, Dienerin und gute Seele des Hauses. Wenn sie losging, um Lebensmittel zu besorgen, hüllte sie sich in schwarze Schleier wie eine Witwe und trug auch am hellen Tag eine brennende Fackel vor sich her. Wenn sie mit vollen Körben wiederkam, zog sie sich in die Räucherkammer zurück, die nur noch in den Zeiten der Pest benutzt wurde.

Carmelita war eine Hure im Ruhestand, wie sie mir einmal erzählte. Da sie schon immer gern gekocht hatte, aber ohne Familie war, blieb sie als Köchin im Haus, nachdem sie für Liebesdienste zu alt geworden war.

»Es gibt viele Geißeln der Menschheit, und ich bin mit den meisten in Berührung gekommen. Die schlimmste ist die Pest. Zum Glück für den Betroffenen dauert sie nur ein paar Tage, dann ist er tot. Das Antoniusfeuer ist der Pest sehr ähnlich, und oft wird es als Pest angesehen. Die befallenen Menschen leben sehr viel länger, was wiederum sehr schmerzhaft ist, denn sie faulen am lebendigen Leib, so ähnlich wie bei der Lepra. Heimtückisch

ist die Lepra, wenn der Mensch angesteckt ist, aber die Krankheit den akuten Zustand noch nicht erreicht hat.«
»Aber wenn man nichts sieht, woher weiß man, dass der Mensch Lepra hat?«, fragte ich interessiert, während sie ein Huhn tranchierte.
»Da gibt es einen einfachen Test. Man hat kein Gefühl in den Fingern, sie sind taub, verstehst du? Wie oft habe ich heißen Tee verschüttet oder einen Gast mit der Nadel gestochen, alles rein zufällig. Ein hoher Beamter hat mal zu mir gesagt, noch nie sei er jemandem begegnet, der so unachtsam wäre, und wenn ich nicht genug andere Fähigkeiten hätte, würde er unser Haus meiden.« Sie kicherte, und ihre Falten im Gesicht verzogen sich. Sie sah einer gutmütigen Großmutter so ähnlich, dass ich sie mir als Hure nicht vorstellen konnte.
Von der Pest, die in den letzten Jahren nicht so brutal zugeschlagen hatte wie in diesem Jahr, merkten wir nicht viel. Außer der Köchin verließ niemand das Haus. Jeden Abend hörten wir den Leichenwagen vorbeifahren, und von Carmelita wussten wir, dass immer mehr Stadtteile betroffen waren.
Obwohl es schon November war und viel regnete, war es immer noch warm, was den Schimmel an den Hauswänden genauso förderte wie nach Aussage von Carmelita die Pest. Interessiert sah ich dem Leichenwagen vom Dach aus zu, wenn das Totenglöckchen bimmelte und bis zur Unkenntlichkeit vermummte Männer den Wagen voller Leichen wie ein Holzfuhrwerk an uns vorüberfuhren. Auch in unserer Straße sah ich große weiße Kreuze an den Türen, was wiederum andere Betroffene dazu veranlasste, ihre Toten vor dieser Tür abzulegen, um dem zu entgehen, was sie noch mehr fürchteten als den Tod: von den Nachbarn geächtet zu werden.
Wir hatten einen Winter vor uns, der Langeweile versprach. Enrice hatte mir in Aussicht gestellt, dass er mich mitnehmen würde, wenn er weitersegeln konnte. In der Zwischenzeit wurde sein Schiff überholt, das im Herbst vor der Insel in eine Seeschlacht verwickelt worden war und einige Schäden abbekommen hatte. Die Kontrahenten waren Byzantiner und Norman-

nen, und mit Schaudern dachte ich daran, dass die Schiffe des Königs und der Königin zur gleichen Zeit in diesem Abschnitt unterwegs waren.

Rein zufällig fand ich eines Tages eine Bibel, die ein Seemann hier zurückgelassen hatte. Mit diesem Buch konnte ich meine abgebrochenen Studien wieder aufnehmen. Auch Tiki quälte die Langeweile, und sie fand sich bereit, als Lehrerin zu fungieren. Zum Dank lehrte ich sie ein paar deutsche Wörter, die sie mit viel Gelächter und grauenhafter Aussprache zerriss, was wiederum Enrice auf uns aufmerksam machte, der fand, dass auch Italienisch eine Sprache sei, die man können müsse. Zum Schluss fand sich auch Carmelita dazu aufgefordert mitzumachen. Nun sprachen und schrieben wir lateinische, französische, griechische und deutsche Sätze. Die Sprachkenntnisse meiner hohen adeligen Freunde der Vergangenheit spornten mich an. Ich lernte leicht und hatte ein gutes Gedächtnis. In einer Welt wie dem französischen Hof, wo ich jeden verstehen konnte, würde das von großem Nutzen sein. Denn noch hatte ich meine Pläne nicht aufgegeben: Obwohl ich es verabscheute, von Eleonore benutzt zu werden, wollte ich zu ihr zurückkehren.

Weder mein Großvater noch das enge dörfliche Leben konnten mich reizen, obwohl ich gerade an diesen späten Herbsttagen des Öfteren an die bunten Wälder meines Kinzigtales denken musste.

Kurz vor Weihnachten konnten wir endlich befreit aufatmen. Die Pest war besiegt, was so viel hieß wie: Die betroffenen Menschen waren tot, und seit vierzehn Tagen waren keine neuen Fälle aufgetreten.

Wir feierten die ganze Nacht, und in meinem Rausch versprach ich Mimi ewige Freundschaft. Mimi küsste und herzte mich, dass ich Angst bekam, sie würde mich mit Enrice verwechseln. Doch spätestens als sie sah, wie sich Enrice Tiki zuwendete, ließ sie von mir ab und fing mit Tiki Streit an. Zwischen Streit und Versöhnung löste sich unser Gelage auf, und jeder zog sich müde in seine Räume zurück.

In der Nacht regnete es; ich hatte einen leichten Schlaf und hörte wie im Traum das Regenwasser auf das Pflaster klatschen. Als ich aufwachte, war es schon spät am Vormittag.
Irgendein merkwürdiges Geräusch hatte mich geweckt. Aufrecht im Bett sitzend, vernahm ich komische Laute aus Tikis Zimmer, wie ich sie noch nie gehört hatte. Verschlafen dachte ich an den Streit mit Mimi, den sie jetzt wohl weiterführte. Doch dann hörte ich eine tiefe Männerstimme, die nicht die Stimme von Enrice war.
Vorsichtig stand ich auf. Mein Kopf dröhnte von dem vielen süßen Wein, den wir in der Nacht getrunken hatten. Schwindelig tastete ich mich vom Bett zur Tür und trat auf den Flur. Durch die geschlossene Tür konnte ich Tiki und den Fremden streiten hören. Auf einmal waren sie still. Dann schrie Tiki auf und sagte etwas mit schriller Stimme.
Hellwach spürte ich, dass meine Freundin in Gefahr war und dass ich ihr so schnell ich konnte helfen musste. Vorsichtig schlich ich zurück in mein Zimmer. Pfeil und Bogen waren keine Waffen für kleine geschlossene Räume, doch weder Dolch noch Messer hatte ich zur Hand. Dass Enrices Schwert neben seinem Bett stand, wusste ich von Mimi. Im Stillen hoffte ich, dass er seine Gewohnheiten in den letzten Tagen nicht geändert hatte.
Weder Enrice noch Mimi regten sich im Schlaf, als ich vorsichtig das schwere Schwert hochnahm und rückwärts den Raum verließ. Mit ein paar Schritten durchquerte ich den Flur und öffnete Tikis Tür. Ein großer, kräftiger Mann lag auf Tiki und war dabei, sie zu vergewaltigen. Normalerweise hätte ich mich zurückgezogen, denn eine Vergewaltigung war für eine Hure bestimmt nichts Außergewöhnliches. Von Carmelita wusste ich, dass so etwas vielen Männern Lust bereitet. Tiki lag ganz still und schaute mich an. Noch nie in meinem Leben hatte ich so einen verzweifelten Blick gesehen. Es war ein stiller Hilferuf, und ich konnte ihre Angst förmlich riechen.
Meine Hand mit der Waffe hob sich von allein und sauste wie das Schwert eines Scharfrichters nieder, prallte von dem

harten Schädel ab und fuhr zwischen Hals und Schulter. Eine Blutfontäne spritzte hoch in mein Gesicht. Wie ein roter Schleier verhüllte er meine Tat. Mit der freien Hand wischte ich die klebrige Flüssigkeit aus den Augen und sah, dass Tiki den Leichnam von sich gestoßen hatte.

Was sollte ich tun? Ratlos sah ich mich um und suchte nach einem Tuch, um mich und Tiki zu säubern.

»Nein, lass mich! Rühre mich nicht an, Sadi, ich muss sterben.«

»Warum solltest du sterben? Wir lassen ihn verschwinden.«

»Rühr ihn nicht an, er hat die Pest!«

»Er hat *was?!*«

»Ja, du hast richtig gehört. Es ist mein Mann. Er ist hierher gekommen, um mich anzustecken, es ist seine Rache, und sie ist ihm gelungen. Geh, verlass mein Haus, geh auf Enrices Schiff und komme nie mehr auf die Insel zurück. Hol mir Carmelita – die weiß, was zu tun ist – und geh.«

Tränen flossen über mein blutverschmiertes Gesicht. Es war nicht mein Blut, es war das verseuchte Blut eines Pestkranken. Wie in Trance ging ich in mein Zimmer und wusch das Blut ab, obwohl das keinen Sinn hatte. Mit dem Fuß schob ich das verschmutzte Nachtkleid unter das Bett, zog meine alten Männerkleider an, schulterte den Sack mit dem Schmuckkasten und verließ das Hurenhaus, ohne Carmelita oder Enrice zu verständigen.

Das Grauen hatte mich gepackt wie noch nie in meinem Leben. Zum Glück waren die Stadttore seit Tagen geöffnet. Ohne nach rechts oder links zu schauen, ging ich zum Ende der Hafenanlage an eine einsame Stelle. Ein halbzerfallenes Fischerboot, ein paar aufgehängte Netze boten Schutz vor neugierigen Blicken. Weit und breit war kein Mensch zu sehen. Schnell zog ich meine Kleider aus und stieg ins Wasser. Es war kein Tag zum Baden, das Meer war kalt. In Abständen kam eine Welle, hob mich hoch und krachte an die Hafenmole. Wie mit Nadelspitzen stach die Kälte in meine Haut, und Salzwasser drang in Nase, Ohren und Mund.

Selbstmordgedanken überfielen mich wie Heuschrecken die Ernte in Palästina. War es nicht besser, sich einfach hinaustragen zu lassen? Ein stiller, unauffälliger Tod.
Aber ich war nicht für das heimliche Verschwinden. Ich war eine Kämpfernatur. Doch wie soll man kämpfen, wenn der Feind mit herkömmlichen Waffen unangreifbar ist?
Ich musste an die Worte der Königin denken, die einmal sagte, ich hätte einen Schutzengel. Wo war dieser Schutzengel, als mein Arm mit dem Schwert auf einen Pestkranken niederfuhr? Wo war er jetzt, zwei Tage vor Weihnachten, als ich bis zum Hals im Wasser stand und mit den Zähnen klapperte?
»He, wo bist du?«, rief ich. Eine Futter suchende Möwe sah auf und starrte mich mit grausamen Augen an.
Vielleicht gibt Gott jedem den Schutzengel, den er verdient, dachte ich, während ich an der Mauer hochkletterte und meine Kleider anzog. Meiner war auf jeden Fall wasserscheu, und als ich im Freudenhaus war, hatte er sich auch woanders herumgetrieben.
Langsam, fast zögernd schlenderte ich an der Hafenmole entlang. Ich hatte weder Geld noch ein Ziel und wusste nicht, wie mein Leben weitergehen sollte. Selbst wenn es nur noch drei Tage dauerte, brauchte ich ein Dach über dem Kopf.
Die Stadttore standen offen, Bauern, Fischer, Handwerker und Hausfrauen liefen eilig dahin, als ahnten sie, dass die Tore wegen eines neuen Falles wieder geschlossen werden könnten. Auf einem Stein sitzend, dachte ich über die Ungerechtigkeit der Welt nach, als ich Enrice auf mich zukommen sah.
»Der Mensch geht in die Ewigkeit und wird zu Staub. Nur die Liebe ist ewig, weil die Liebe das zweite Gesicht Gottes ist.«
»Wenn es einen Gott gibt, Enrice, möchte ich ihm die Fenster einwerfen.«
»Warum gibt der Mensch immer nur Gott die Schuld, wenn es ihm schlecht geht?«
»Hör auf, mir ist nicht zum Scherzen zumute. Das Blut eines Pestkranken klebt an meiner Haut. Ich habe nichts, nicht mal ein Dach über meinem Kopf. Ich habe einen Mann ermordet.

Vielleicht werde ich schon gesucht; dann wäre die Herbergsfrage gelöst.«
»Mir kommen die Tränen vor Mitleid, Sadi. Wo ist dein Kampfgeist geblieben?«
»Den habe ich auf Tikis Lager zurückgelassen.«
Er warf mir einen Beutel mit Münzen zu. »Hier, Mädchen, nicht weit ist die Herberge *Zu den drei Ringen*. Berufe dich auf mich, und sie werden dir einen eigenen Schlafraum geben. Mit dem Auslaufen werde ich warten; ich habe es dir versprochen, und ich werde es halten.«
»Danke, Enrice, das werde ich dir nie vergessen.«

Die Herberge war ein Haus unter der Stadtmauer. Ein freundlicher dicker Wirt mit glänzendem Gesicht und spärlichem Haarwuchs hieß mich willkommen, als hätte er den ganzen Tag auf mich gewartet. Er kannte den Kapitän del Rocco und lobte ihn als guten Seefahrer und höchst angenehmen Gast, der immer seine Zeche bezahlt habe, was nach den Worten des Wirtes nicht selbstverständlich war.
Auf meinen Wunsch stellte er mir einen Krug gewürzten Weines und einen Krug mit Wasser in den kleinen, muffigen Raum. Aufatmend schloss ich hinter ihm ab. Endlich war ich allein und konnte mich auf meine letzten Tage einstellen.
Ich war überzeugt, mit benebeltem Kopf würde das Sterben erträglicher sein als dem Sensenmann mit klarem Blick in die Augenhöhlen zu schauen. Die Furcht vor dem Unbekannten, das auf mich wartete, saß mir in den Gliedern, und ich konnte verstehen, dass sich viele, noch bevor die Krankheit richtig ausgebrochen war, in ein Schwert stürzten.
Bilder aus meiner Vergangenheit schwammen vorüber – meine Familie im Kinzigtal, Friedrich, Simon, Wilhelm, Hans-Martin, Judith, Constanze und das Königspaar. Keinen von ihnen würde ich wiedersehen. An meiner letzten Station angekommen, fragte ich mich wie alle Betroffenen: Warum ich? Warum hatte mich Gott oder eine unbekannte Macht so weit geführt, um mich auf dieser Insel elendig sterben zu lassen?

Gegen Abend spürte ich das erste Kratzen im Hals und hatte Schüttelfrost. Arme und Beine zitterten um die Wette, und ich konnte nur mit Mühe den Wein in einen Becher schenken.
Ich kannte nicht den Verlauf der Krankheit. Doch war ich mir sicher, dass die ersten Symptome eingesetzt hatten. Ohne abzusetzen trank ich den Becher in einem Zug leer. Danach spürte ich, wie das Fieber stieg. Das Laken wurde feucht, und der Krach aus der Gaststube hinderte mich am Einschlafen. Gegen Morgen trat endlich Ruhe ein. Der letzte Rest Wein floss in meine durstige Kehle, und ich fiel in ein traumloses Nichts.

Hartnäckiges Klopfen an der Tür brachte mich endlich dazu, aufzuwachen. Noch wusste ich nicht, hatte ich Stunden oder Tage geschlafen? Vor dem Fenster sang eine Amsel, und der Lärm vor meiner Tür störte ihren Gesang. »Sadi! Lebst du noch?«
Ohne eine Antwort zu geben, fuhren meine Hände zur Achsel und hinter meine Ohren. Sie waren glatt, noch hatte ich keine Beulen, und ich fragte mich, ob das ein gutes Zeichen war. Mit krächzender Stimme rief ich: »Enrice, bist du da?«
»Ja, ich bin da. Wie fühlst du dich?«
»Nicht sehr gut!«
»Kann ich hereinkommen?«
»Nein, aber bringe mir einen Eimer mit Wasser.«
»So viel Durst hast du?«
»Ich brauche das Wasser zum Waschen, ich stinke wie ein nasser Hund.«
Enrice lachte. Es war ein befreiendes Lachen, in das ich von Herzen einstimmte.
Das laute Lachen verscheuchte die Amsel endgültig. Sie flog davon, und mit ihr verschwand der süße Gesang.
Das Leben hatte mich wieder. Ich fühlte mich wie vom Tod auferstanden und hätte die Welt umarmen, Bäume ausreißen und mit einem unüberwindlichen Feind kämpfen können, als mir Enrice sagte, dass ich fast vier Tage geschlafen hatte.
Spätestens als ich aus der Herberge in den sonnigen Tag hinaustrat, merkte ich, wie zittrig und ausgelaugt ich war. Ich lief

wie ein uralter Mann, und nur mit Mühe konnte ich die kurze Strecke zum Schiff überwinden. Ich hatte die Pest überstanden, wenn auch Enrice sagte, dass ich nur eine Erkältung ausgebrütet hätte, die ich mir im kalten, winterlichen Meer geholt hatte. Auch Tiki hatte es überstanden, was noch unverständlicher war.

»Was habt ihr mit dem Toten gemacht?«

Enrice, der vor mir herlief, drehte sich um und sah mich verständnislos an. »Was für ein Toter?«

»Dem Pestkranken, den ich umgebracht habe.«

»Ach so – den haben wir durch den unterirdischen Gang in der Nacht nach draußen gebracht und im Meer versenkt.«

Mit dieser Antwort gab ich mich zufrieden. Es war das Beste so. Hätte ich mit der flachen Seite zugeschlagen, wie es mich Nans gelehrt hatte, könnte er noch leben, und ich hätte keinen Mord begangen. Doch warum sollte ich mir Gedanken machen? Der Mann wäre auch so gestorben; ich hatte ihm nur ein paar schmerzvolle Tage erspart.

Ein merkwürdiger Gesang erklang aus der Stadt. Wir drehten uns um und schauten zurück.

Fahnenträger mit verschiedenartigen Standarten traten gebückt unter dem Stadttor hindurch. Schwarz gekleidete Menschen kamen aus ihren Häusern und den schmalen Gassen. Aus dem dünnen Rinnsal von Menschen wurde ein Strom, der auf uns zukam. Ein riesiges Kreuz, abwechselnd von zwei Männern getragen, drei Reihen von Mönchen mit spitzen Kapuzen, und dann – ich traute meinen Augen nicht – Templer!

Ich sah Enrice an. Templer, hier auf Rhodos? Der schmerzliche Ausdruck meines Begleiters war mir unverständlich. Wieder schaute ich auf die Prozession. Die Templer trugen eine lebensgroße Madonnenfigur in ihrer Mitte. Das Kreuz, schwarz und aus Silber, der Gekreuzigte mit einem scharlachroten Tuch um die Lenden, schwankte an uns vorbei. Priester, Nonnen, ein Pulk trauernder Menschen. Eine Frau schrie auf und war sofort von tröstenden Freunden umgeben. Ich suchte nach der weißhaarigen Tiki. Doch von den Frauen mit ihren schwarz verhüllten Gesichtern sah eine aus wie die andere.

Es war warm an diesem Januartag. Auch die Sonne nahm an dieser Prozession teil – oder war es das Fieber, das mir den Schweiß auf die Stirn trieb? »Wohin gehen sie?«, fragte ich Enrice leise.

»Zu den Gräbern. Später werden sie einen Holzstoß anzünden und symbolisch die Pest verbrennen. Die ganze Nacht werden sie singen und tanzen. Damit wollen sie die Trauer vertreiben und bezeugen, dass das Leben weitergeht. Ein schöner Brauch«, sagte Enrice.

»Ja, finde ich auch, aber der Schmerz eines Kindes, das seine Mutter verloren hat, wird dadurch nicht kleiner.«

Schwankend wie einen notorischen Zecher führte mich Enrice den hölzernen Schiffssteg hinauf und half mir in einen kleinen Raum, den ich in der nächsten Zeit bewohnen sollte.

Schlafen, schlafen, nur nicht mehr nachdenken! Nichts mehr hören und sehen.

Ich war zufrieden und dankbar für das weiche, saubere Lager, für das Gefühl, geborgen zu sein, auch wenn es Schiffsplanken anstatt Mauern waren, die mich umgaben. Die Rufe der Männer, die fremden, unbekannten Geräusche und etwas später ein sanftes Wiegen von einer Seite auf die andere machten meine Augenlider schwer wie Blei. Der Kasten mit den kostbaren Steinen wurde zu einem menschlichen Gesicht, aus dem mir rubinrote Augen verschwörerisch zublinzelten. In Gedanken sah ich das blutdurchtränkte Kleid der Nonne und in weiter Ferne die lachende Königin.

Der Venezianer

Die Hoffnung auf Besserung war trügerisch. Wochenlang ging es mir gut, dann kam ein Rückschlag. Das Fieber stieg. Hatte ich Glück, dauerte das Ganze zwei bis drei Tage; bei einem schlimmeren Anfall konnte es über eine Woche dauern.

Am ersten Morgen, als ich auf der Santo Paolo zu mir kam, stand Enrice mit einem fremden Mann an meinem Lager. Verschlafen nahm ich die beiden ungleichen Gestalten wahr.

»Das ist das Mittelmeerfieber«, flüsterte der Fremde Enrice zu. Worauf dieser erwiderte: »Kann man etwas dagegen tun?«

»Warm halten, Ruhe und viel Flüssigkeit. Weiter nichts.« Die beiden Männer verschwanden aus meinem Gesichtskreis, und ich hörte das Schließen der Tür.

Mittelmeerfieber – das klang lange nicht so schlimm wie die großen Geißeln der Menschheit. Fieber konnte man überwinden, und ich dachte an die Erkältungen während meiner Kindheit zu Hause. Zufrieden schlief ich wieder ein.

Als ich wieder erwachte, kroch die Dämmerung wie ein Dieb durch das Fenster. Ich hatte mich an das Auf und Ab des fahrenden Schiffes gewöhnt. Langsam setzte ich mich auf und sah, dass die Tür einen Spalt offen stand. Irgendwo läutete ein Glöckchen. Der helle Klang hatte mich geweckt, und schlurfende Schritte oberhalb der Holzdecke sagten mir, dass Essenszeit war. Doch das war eine Täuschung. Die kleine Glocke läutete zur Messe, und an den Gesängen hörte ich, dass sie schon bei der Wandlung waren.

Meine Unterkunft grenzte an die des Kapitäns; im Unterschied zu meiner Kammer war die seine mit kostbaren Hölzern ausgeschlagen. Tische und Stühle waren am Boden verankert, was die Ordnung auch bei größtem Sturm bewahrte. Die Schlafdecken waren ordentlich zusammengerollt, und an einer Wand hing ein Bild, das eine Landkarte darstellte, wie mir später Enrice erklärte.

Auf einem Bord lag eine schwere goldene Kette mit einem Medaillon. Es war eine recht kunstvolle Arbeit, und spielerisch öffnete ich den Verschluss. Lange schaute ich auf das winzige Bild, das bis auf die Frisur mein Ebenbild war. In diesem Moment fuhr ich schreckhaft herum: Ein kleiner Mann in einer Priestersoutane betrat den Raum.

»Guten Morgen. Na, habt Ihr ausgeschlafen? Wie ich sehe, geht es Euch besser.«

»Danke, Pater. Ihr habt mich erschreckt.«

»Das tut mir Leid. Ich bin Vater Barnabas, aber jeder hier auf der Santo Paolo sagt Vater Barni. Ein schönes Stück, das Ihr da in der Hand haltet.«

»Habt Ihr das Bild gesehen?«

»Nein. Was ist damit?«

Gespannt auf seine Reaktion reichte ich es ihm.

»Aber das seid ja Ihr!« Erstaunt sah er mich an. »Merkwürdig. Aber da kommt der Kapitän, er wird das Rätsel lösen.«

»Enrice, wer ist die Frau auf diesem Medaillon?«, rief ich ihm aufgeregt entgegen.

»Meine Mutter, warum? Was ist damit?«

»Hast du es dir in letzter Zeit angesehen?«

»Warum sollte ich? Ich weiß, wie sie ausgesehen hat. Was soll der Unsinn?«

Er war an diesem Morgen ziemlich schlecht gelaunt; ich hatte mir keine gute Zeit für meine Frage ausgesucht. Trotzdem bohrte ich weiter: »Erzähl mir von deiner Mutter. War sie auch Venezianerin?«

»Warum fragst du? Habe ich nach deiner Familie gefragt? Worauf zielen deine Fragen?«

Verdammt soll er sein, dachte ich. Er war so unglaublich selbstsicher und arrogant noch dazu. Doch ich konnte ihn nicht

unsympathisch finden. Mit Mühe versuchte ich, meine Fassung wiederzugewinnen, und war Vater Barni dankbar, dass er mir helfen wollte: »Das Bild in diesem Medaillon gleicht der jungen Dame aufs Haar.«
»Nein, Vater Barni, nicht die Haare, sie hat eine andere Haartracht«, sagte ich und reichte ihm das Kleinod.
Enrice warf einen Blick darauf und runzelte die Stirn. »Reiner Zufall, aber eine gewisse Ähnlichkeit ist vorhanden.«
Wütend klatschte ich mein Haar mit Wasser aus der Stirn.
»Lass diesen Unsinn, Sadi. Dadurch siehst du ihr auch nicht ähnlicher. Was willst du eigentlich beweisen?« Es klang wie eine Zurechtweisung, noch dazu eine recht deutliche. Irgendwie war ich da gehörig auf etwas gestoßen, wovon Enrice nichts wissen wollte. Aus einem Krug schüttete er Wein in einen Becher und trank. Doch dann erzählte er endlich, und wir hörten ihm gespannt zu.
»Meine Mutter kam aus Konstantinopel. Sie war Sarazenin. Ihr Name war Sayda Kamarinh, Tochter eines Kaufmanns, der ein enger Geschäftsfreund meines Vaters war.
Als mein Vater sie von einer Reise als seine Frau mitbrachte, waren alle seine Freunde entsetzt. Sein Beichtvater riet zur Trennung. Doch dazu liebte er sie zu sehr und wurde von nun an ziemlich gemieden.
Nach einem Jahr kamen mein Bruder und ich auf die Welt. Die Standhaftigkeit meines Vaters hatte Früchte getragen, und bis auf die Geistlichen hatten sich alle mit der schönen Araberin abgefunden. Doch dann wurde er krank. Er legte ein Gelöbnis ab: Sobald es ihm besser ginge, wollte er eine Wallfahrt nach Santiago de Compostela machen.
Es ging ihm besser, und er rüstete zur Reise. Meine Mutter war dagegen, und als er es sich nicht ausreden ließ, entschloss sie sich, die Pilgerreise mitzumachen. Wir kamen als fünfjährige Buben in ein Kloster in der Nähe von Florenz. Es war ein trauriger Abschied, als hätten wir gespürt, dass wir unsere Mutter nie mehr sehen würden.
Bei Mailand wurden sie überfallen: Vater schwer verletzt, viele

der Begleiter tot; meine Mutter blieb trotz Suchens verschwunden. Vater kehrte um, gab seine Geschäfte auf und zog sich auf das Land zurück, wo er vor ein paar Jahren starb.
Wir Brüder wurden in diesem Kloster erzogen, bis wir alt genug waren und unsere eigenen Wege gehen konnten.«
Schweigen herrschte im Raum.
Nun erzählte ich den beiden Männern von meiner Geburt und was ich von meiner Mutter wusste.
»Es könnte die gleiche Frau sein«, sagte Vater Barni und strich sich über das Haar. In diesem Augenblick dachten wir alle dasselbe, doch niemand sprach die Worte aus: Enrice und ich könnten Geschwister sein.
Doch reichte ein Medaillon? Es war ein ziemlich dürftiger Beweis. Gab es solche Zufälle? Seit Antiochia war ich vorsichtig geworden. Doch möglich wäre es schon: Meine Mutter kam aus der Lombardei. Genau daher, wo um die gleiche Zeit Enrices Mutter verschwand.
Die Beurteilung wurde mir aus der Hand genommen, denn jeder auf der Santo Paolo sah mich in kürzester Zeit als Schwester des Kapitäns. Nicht einmal Vater Barni hatte etwas dagegen, dass ich den Raum neben Enrice bewohnte, was für eine Fremde an sich unmöglich gewesen wäre. Auch hätte die Mannschaft auf längere Zeit keine Frau an Bord geduldet, und ich brachte es fertig, dass sie mich nach wenigen Wochen als Mann beziehungsweise als Jungen ansahen.
Wären meine wiederholten Fieberanfälle nicht gewesen, hätte ich die nächsten Jahre zufrieden und glücklich auf diesem Schiff verbracht. Wir fuhren vom Libanon an den Nil, von den Säulen des Herkules zu den Ruinen Karthagos, zurück zum Heimathafen Venezia, und es fiel mir im Traum nicht ein, Enrice zu verlassen und nach Paris zu gehen.
Während in Alexandria unsere Männer Kisten verluden, schlenderte ich durch die Basare und entdeckte Händler, die getrocknete Krokodilshäute als Häute von Lindwürmern anboten. Überall sah ich am Nil das Zuckerrohr wachsen; in großen Häusern wurde das Rohr in fingerlange Stücke zerteilt, in einen

großen steinernen Bottich gelegt und mit Mühlsteinen gemahlen. Diese Maische kochte man in einem Kessel aus, schöpfte den Schaum ab und goss die dickflüssige Masse in Tonnen oder Fässer. Die unteren Reste des nahezu festen Sirups wurden in spitzkelchige Gefäße, in Zuckerhüte, geschüttet und abgekühlt. Hühnerfleisch gab es in großen Mengen, und es war sehr preiswert. Wir wunderten uns, bis wir darauf kamen, dass sie die Eier in Backöfen ausbrüten ließen, die mit runden Kachelröhren versehen waren. In jede Röhre wurden Eier gelegt und die Gefäße mit Mist verschlossen. Der Kachelofen wurde mit Kameldung beheizt, was zusammen mit dem erhitzten Mist und der Sonnenwärme bewirkte, dass innerhalb von drei Wochen die Küken ausschlüpften.

Wir sahen die Pyramiden, wir sahen Tiere, die wir nicht einmal dem Namen nach kannten. Schwer beladen mit Schätzen aller Art fuhren wir zurück.

Als hätten die Muselmanen den Braten gerochen, kreuzten sie in unserer Nähe und versuchten uns in Gefechte zu verwickeln, die dank unserer Schleudermaschine und der guten Armbrustschützen fast immer zu unseren Gunsten ausgingen. Viel gefährlicher war es, zwischen die Streithähne verschiedener Länder zu geraten; Enrice versuchte, einer Seeschlacht aus dem Wege zu gehen.

Immer noch hielt ich Konstantinopel für die schönste Stadt der Welt; doch als ich das erste Mal Venedig sah, kannte meine Begeisterung keine Grenzen. Schwer zu glauben, dass diese Stadt von Menschenhand erbaut worden war. Eine Stadt im Meer, glitzernd und protzig wie der Schmuckkasten der Königin. Die Paläste so unwirklich im Sonnenuntergang, dass ich mit den Augen zwinkerte, weil ich dachte, sie wären eine Fata Morgana.

Nirgends sah ich Männer und Frauen in so prachtvollen Gewändern: Kapuzen, die mit ihren Spitzen fast auf dem gepflasterten Boden schleiften; die Hauben der Frauen spitz und hoch, mit langen Schleiern oder wie die Hörner einer Kuh, mit goldenen Bändern umwickelt. Die Kleider waren oben eng, und

um die Beine wallte viel Stoff, der beim Gehen graziös mit der Hand hochgerafft wurde. Nur die Mäntel, weite Umhänge, die mit großen Schließen über der Brust zusammengehalten wurden, waren bei Männern und Frauen gleich.
Die Beinlinge der Männer lagen eng an; waren jene fleischfarben, sahen ihre Träger wie nackt aus. Darüber trugen sie weite kurze Kleider, mit kostbaren Gürteln gebunden. Lange saß ich auf einer Mauer und wartete darauf, dass einer der eitlen Gecken über seine spitzen Schnabelschuhe fiel. Doch leider waren sie sehr vorsichtig und taten mir nicht den Gefallen, und so trollte ich mich zu Enrices Palast.
Durch die kühlen Schluchten der Straßen, die Schutz vor der brütenden Sonnenhitze boten, drang ich langsam tief und tiefer in den Frieden ein. Oft war nicht mehr als ein Spalt des Himmels über den Gassen zu sehen, die so schmal waren, dass man dem Nachbarn die Hand reichen konnte. Zwischen diesen Palästen und Prunkbauten herrschte Ruhe. Katzen räkelten sich auf Fensterbänken und in Türnischen; sie sahen genauso wohlgenährt wie ihre Besitzer aus. Nur die Gitter an den Fenstern wirkten unerbittlich abweisend. Schlossen sie die Bewohner ein oder die Besucher aus?
Enrices Palast betrat ich durch die Hintertür. Ein alter Mann, das knorrige Gesicht von einem weißen Bart eingerahmt, der ihm ein verwegenes Aussehen gab, schloss die Tür für mich auf. Er hieß Guiseppe und verwaltete gemeinsam mit seiner Frau Gwendolina in Abwesenheit der Brüder das Haus.
Es war nicht viel zu verwalten, denn zwei Flügel waren abgesperrt, ihre Fensterläden verschlossen. Als ich das erste Mal in die dämmrige Höhle hineingelugt, die Schutzdecken über kostbaren Möbeln und die tiefe Stille wahrgenommen hatte, erwachte meine Neugierde wieder. Es musste doch mit dem Teufel zugehen, wenn ich in diesen riesigen geschnitzten Schränken und Truhen nicht eine Spur der Frau fand, die meinen Geist unablässig beschäftigte. In der Mittagszeit, wenn das Dienerpaar seine Siesta hielt, durchstöberte ich die Truhen. Es waren Anzeichen da, dass eine Frau in diesem Haus gelebt

hatte, doch nichts war darunter, was auf eine Muselmanin hinwies. Ratlos sah ich mich um. Ich konnte mir nicht vorstellen, dass sie nicht einmal zwischen ihren eigenen Wänden ihre gewohnten bequemen Kleider getragen hatte. Wenn die Hausherrin wirklich aus dem Osten war, musste sie alles, was mit ihrer Herkunft zusammenhing, abgeleugnet und vergessen haben. Ob ihr Ehemann das von ihr verlangt hatte, um den Geistlichen kein Öl ins Feuer zu gießen?

Am Abend vor unserer Abfahrt hatte Enrice einen deutschen Kaufmann eingeladen, und ich sollte als seine Schwester dem Mahl beiwohnen, um zu übersetzen.

Glücklich, wieder einmal etwas aus meinem Heimatland zu hören, machte ich mich besonders schön. Eine solche Gelegenheit gab es nicht oft, und ich suchte mir aus einer Truhe ein besonders hübsches gelbes Kleid. Überrascht stellte ich fest, dass dieses Kleid so gut passte, als wäre es extra für mich angefertigt. Meine kurzen Haare versteckte ich unter einem Schleier, und das Bild, das mir der Spiegel zurückwarf, zeigte mir, dass die Ähnlichkeit mit dem Medaillon nicht hätte größer sein können.

Die Kerzen in silbernen Haltern warfen ein warmes Licht auf die kunstvoll gedeckte Tafel, die sich unter den Platten mit den verschiedenerlei Gerichten bog. Zum ersten Mal hielt ich einen der fein geblasenen Kelche in der Hand, auf die Enrice als Venezianer so stolz war und die als Murano-Kostbarkeiten berühmt waren. Meine Freude auf den Abend verging mir in dem Augenblick, als Enrice ausrief: »Um Gottes willen, Sadi, was hast du da für ein Kleid an!?«

»Gefällt es dir nicht? Ich finde es schön, und es passt mir so gut.«

Enrice war erzürnt, was ich nicht verstehen konnte. »Kleide dich auf der Stelle um, und komme mir nie mehr in einem gelben Kleid! Du siehst aus wie eine Hure.« Das fand ich nun überhaupt nicht, aber schließlich war er der Experte in Sachen Huren.

»Es tut mir Leid, Sadi, ich wollte dich nicht verletzen, aber keine anständige Frau trägt diese Farbe. Nur Dirnen, Jüdinnen und Pfarrerkonkubinen tragen Gelb.«

Gern hätte ich ihn gefragt, was eine Pfarrerkonkubine ist. Doch wollte ich diesen Abend nicht noch mehr verderben. Na gut, dachte ich und ging mich umziehen; andere Länder, andere Sitten. Für mich war die Farbe Gelb der Duft von Sonnenblumen, Wärme und Schmetterlingen.

Trotz der peinlichen Angelegenheit wurde der Abend ein Erfolg. Enrice war mit meiner Übersetzung zufrieden, und der Kaufmann, ein kräftiger kleiner Mann aus Würzburg, wunderte sich nicht im Geringsten, dass ich seine Muttersprache so gut verstand. Diskret hielt ich mich in allem zurück, nur als die Rede auf den deutschen König und den Fürsten kam, stellte ich vorsichtig das kostbare Glas auf die Tafel und verbarg meine zitternden Hände.

»König Konrad ist sehr krank; er hat sich von dem Kreuzzug nicht mehr erholt, und der Herzog von Schwaben wird der nächste König werden. Ich hoffe nur, er hat mit der Krone mehr Glück als mit seiner Ehe, denn noch immer ist kein Kind unterwegs. Die Ehe mit der spröden Adela von Vohburg war ein Fehler, den er dem herrschenden König zu verdanken hat.«

Zufrieden griff der Mann nach einem Fleischbrocken, biss mit kräftigen Zähnen hinein und riss einen großen Bissen ab. Der Saft lief ihm über das energische Kinn, doch bevor dieser seinen gefältelten Kragen erreichte, fuhr er mit dem Handrücken darüber und wischte das Fett an seiner weiten Kniehose ab. Das gab mir Gelegenheit, mich zusammenzureißen und das Gehörte zu übersetzen.

Er war also verheiratet. Wie sehr er sich beeilt hatte, mich zu vergessen! Noch vor kurzer Zeit hatte ich mit dem Gedanken gespielt, mit dem Kaufmann zurückzureisen. Enrice hob die Tafel auf, und ich konnte mich endlich verabschieden. Nichts zog mich in meine Heimat zurück. Das Kapitel Friedrich war endlich abgeschlossen. Es gab nicht die geringste Hoffnung mehr.

Ein paar Tage später gingen wir wieder an Bord, und die Santo Paolo verließ den Hafen. Es tat mir nicht Leid, als Venedig hinter einem grauen Nebelschleier versank. In dieser schönen Stadt hatte ich meine Träume begraben; aber die lockenden Abenteuer auf See löschten bald den Schmerz der Vergangenheit aus.

Ich hatte die gut gekleideten Menschen in Venedig gesehen. Es war unsere Arbeit, in langen, gefährlichen Fahrten diese wunderbaren Stoffe zu beschaffen. Was in den heimischen Werkstätten nicht produziert oder verarbeitet werden konnte, holte der Handel herbei. Vor allem die über Venedig und Genua aus dem Orient importierten luxuriösen Seiden und Samtgewebe weckten überall hohe Bewunderung. In vielen Fällen wird für ausländische Textilien und die Dinge, die daraus hergestellt sind, aus dem Herkunftsort der Name abgeleitet: Damast aus Damaskus, Baldachin von Bagdad ... Doch neuerdings wurde in Venedig, Genua und Luca Seidengewebe erzeugt, und wir stellten uns bald auf den Handel mit Gewürzen ein.

In der Zwischenzeit transportierten wir Kunstgegenstände, die auf den Kreuzzügen erobert worden waren und zu den nahe gelegenen Häfen gebracht wurden. Der Doge von Venedig konnte alles gebrauchen, und wir verluden ohne schlechtes Gewissen die in Kisten und Säcke gepackten Schätze.

Das Gewissen war etwas, was mich schon in meiner Kindheit und Jugend nicht sehr belastet hatte. Es war ähnlich wie mit der Sünde: Für so etwas hatte ich eine Extra-Kammer in meinem Herzen, die ich nach Gutdünken verschließen konnte. Obwohl ich mir im Klaren war, dass diese Schätze geraubt waren und viele Menschen das Leben oder die Gesundheit gekostet hatten, war ich derselben Meinung wie die Männer auf unserem Schiff: Wenn nicht wir, würden sich die Normannen oder die Genuesen bedienen.

Das Leben auf der Santo Paolo war genau das, was ich mir ausgesucht hätte, wenn ich die Wahl gehabt hätte: ein Dasein unter rauen Männer, das Meer, die südlichen Länder, ab und zu einen Kampf mit Muslimen, die mit ihren viel kleineren Galee-

ren gegen unsere wendige, schlanke Santo Paolo keine Chance hatten. Ich lachte in den Sturm, der mir schon lange keine Angst mehr einjagen konnte, und nicht einmal eine wochenlange Flaute konnte mich aus der Ruhe bringen.
Der einzige Dorn in meinem Fleisch war das immer wiederkehrende Fieber, das mich packte, aufs Lager warf und, wie es schien, jedes Mal etwas schlimmer wurde und länger anhielt. War alles vorbei, fühlte ich mich leer und zerbrechlich wie ein Muschelgehäuse.
Seit dem letzten Anfall lag mir Enrice ständig in den Ohren, dass ich mich richtig auskurieren und erholen sollte. Doch davon wollte ich nichts wissen. Zufällig kreuzten wir vor Malta, und wie zufällig hatte der Kapitän auf dieser Insel einen Freund, der mich gern aufnehmen wollte.
Malta war mir von den vielen Fahrten bekannt, wie alle großen und kleinen Inseln im Mittelmeerraum, und ich wusste von der Landkarte, die in Enrices Kammer hing, dass die Insel einen sicheren Naturhafen besaß.
An diesem Morgen begegneten wir drei kleinen türkischen Galeeren, und alles auf der Santo Paolo war in Bereitschaft. Es war ein blinder Alarm, die Schiffe verschwanden wieder am Horizont. Der Kapitän war nach diesem Zwischenfall sehr unruhig und besorgt; wir alle wussten, es konnte sich nur um den alten Ibrahim Hakin handeln, der sich selbst »Herr der Wellen« nannte.
Die Insel Malta war zweihundert Jahre in der Hand der Sarazenen gewesen, bevor Graf Roger sie 1090 betrat. Roger der Normanne hatte vorher Sizilien, ja ganz Süditalien von den Sarazenen gesäubert, die die Welt von Persien bis Spanien beherrscht hatten. Er stand im Ruf eines unbesiegbaren Eroberers.
Nun war Malta christlich, bis auf einige kleine Dörfer am Ufer, die noch immer dem Islam zugetan waren. In der Hauptstadt Mdina wurden aus den Moscheen Kirchen, und der Statthalter war ein Freund Enrices, der Quaid Guiseppe Almudina.
Die kleinen Inseln in der Nachbarschaft Maltas, Gozo und Comino, wurden immer wieder von den grausam barbarischen

Korsaren heimgesucht. Roger hatte Ibrahim verjagt, und die winzige Kümmelinsel Comino war seine einzige Zuflucht in diesem Gebiet. Hier wurde er vor drei Jahren von Enrice ausgeräuchert. Es war lange vor meiner Zeit, und die Mannschaft erzählte an windstillen Tagen, wenn die Langeweile sie plagte, gern von diesem Kampf. Das gesamte Unterholz der Kümmelinsel verbrannte, und Comino wurde zu einer schwelenden Wüste aus Asche und geschwärztem Fels. Ibrahim floh und schwor Rache.

Er war alt und grausam und unberechenbar. Immer wieder versenkte er Fischerboote und brachte die Menschen um. Er überfiel Dörfer oder abseits liegende Bauernhöfe in der Nähe des Ufers und machte aus den Gefangenen Galeerensklaven oder verkaufte sie nach Spanien. Durch sein hinterhältiges Vorgehen wirkte er auf die christlichen Kapitäne wie ein rotes Tuch, und sie schworen ihm Rache.

Auf der Paolo wurde an jenem Tag über nichts anderes mehr gesprochen, und auch ich wollte meine Armbrust benutzen. Vielleicht gelang es mir mit meinen scharfen Augen und der ruhigen Hand, diesem berüchtigten Piraten für alle Zeit das Handwerk zu legen.

Doch vorerst lauerte ein anderer Feind, nicht weniger grausam und nicht weniger hinterhältig. Bevor wir zwischen hohen Felsen in Malta einliefen, hatte mich das Fieber erneut auf mein Lager geworfen. In der Dunkelheit brachten sie mich vom Schiff, setzten mich in eine Sänfte und trugen mich zur Hauptstadt Mdina, wo ich hinter dicken Palastmauern verschwand.

Noch bevor ein neuer Tag anbrach, setzte die Santo Paolo die Segel und fuhr davon.

Malta

Drei Tage später erwachte ich in einem der Paläste von Mdina. Der helle Raum mit den schmalen, vergitterten Fenstern erinnerte mich an Antiochia, doch das Mobiliar wirkte gegen Raimunds Palast einfach, fast schäbig. Es war, als hätte man hastig etwas zusammengesucht, um den Raum bewohnbar zu machen. Eine Magd mit breitflächigem Gesicht brachte mir Wasser und Wein, dünne Brotfladen und süße Kaktusfrüchte.

Ohne ein einziges Wort zu sagen, staubte sie die kleinen Tische ab und fuhr mit begehrlichen Blicken über den Schmuckkasten der Königin. Jemand hatte ihn unter das Fenster gestellt, damit meine ersten Blicke auf ihn fielen. Es versetzte mir einen Stich, da ich wusste, dass es Absicht war. Enrice hatte mit diesem Schlag wieder Ordnung auf seinem Schiff hergestellt, indem er mich mit allem, was ich besaß, an Land gesetzt hatte. Kettenhemd, Kleider und Waffen lagen auf einem Haufen in der Ecke, und ich wusste in diesem Moment, dass ich ihn nicht wiedersehen würde.

Der Quaid Guiseppe Almudina, ein kleiner, dicker, kurzatmiger Mann, hieß mich in seinem Haus willkommen, verbot mir das Umherstrolchen in der Stadt, das für mich gefährlich werden könnte, und gab mir zur gleichen Zeit zu verstehen, dass er kein Freund der Araber war.

Es war eine Anspielung auf meine dunkle Haut, was ich ihm auch sagte und was er mit anzüglichem Grinsen im feisten Gesicht sogar zugab.

»Ihr braucht mich keinen Tag länger zu ertragen. Sobald die Santo Paolo zurückkehrt, werde ich den Palast verlassen.«

Sein hämisches Gesicht sprach für sich. Auch er wusste, dass mich Enrice nicht mehr abholen würde und dass mein Schicksal in Mdina besiegelt war.

Zwei Jahre war ich Gast des Quaid. Die Dienerin Celin war die Einzige, mit der ich in dieser Zeit in Berührung kam.
Hätte ich ernsthaft gewollt, wäre mir in diesen langen Jahren bestimmt etwas eingefallen, um dieser Stadt und der Insel zu entfliehen. Aber ich war die Gefangene meiner Krankheit, die mich träge an Leib und Seele machte. Es gab Tage, da mir die Schritte zum Atrium zu viel wurde. Eine Liege stand in dem mit Säulen geschmückten Innenhof, wo ich die Nachmittagssonne genießen konnte, um in den wolkenlosen blauen Himmel zu starren, ohne mich dem Wind auszusetzen. Das kühle Mosaikpflaster, der kleine Fischteich mit dem plätschernden Brunnen, die stummen Marmorstatuen waren die Zeugen einer Gefangenschaft, aus der es keinen Ausweg gab.
»Es ist schade, dass du zu schwach bist, Sadi, um dir die Stadt anzusehen«, sagte eines Tages Celin. »Mdina liegt auf einem Hügel, der von steilen Klippen geschützt wird. Diese Stadt ist schon sehr alt, und trotz der hohen Mauern wurde sie immer wieder ausgeplündert. Nicht weit von hier ist der heilige Paulus bei einem Schiffbruch gestrandet.«
»Na und? Habt ihr ihn auch eingesperrt wie mich?«
Das Mädchen sah mich verständnislos an. »Du bist nicht eingesperrt, du bist nur zu schwach, weil du so wenig isst.«
Sie hatte Recht; das Essen schob ich in mich hinein und spuckte es wieder aus. Das bisschen, das hängen blieb, reichte gerade zum Überleben, aber bestimmt nicht, um auf den Stadtwällen spazieren zu gehen.
»Komm, iss noch etwas, du hast heute kaum etwas angerührt.«
»Lass mich in Ruhe, gib es den Hunden.«
»Das darf ich nicht, es wurde mir ausdrücklich verboten. Der Herr kontrolliert persönlich deine Speisen; auch er will, dass es dir besser geht.«
In diesem Moment schrillte eine Glocke in meinem schmer-

zenden Kopf. Schon einmal hatte mir ein Hausherr den Wein persönlich hingestellt. Damals war es ein Liebestrank – und heute?

Sollte ich vergiftet werden?

»Celin, hast du den Kapitän der Santo Paolo öfter im Palast gesehen?«

»Nein, nur einmal vor ein paar Jahren, und dann, als er dich zu uns brachte.«

»Bist du sicher, dass es der gleiche Mann war?«

»Ganz sicher, Sadi, jedenfalls hat er so ausgesehen.«

Wie konnte Enrice von einem guten Freund sprechen, wenn er ihn nur einmal getroffen hatte?

Mein Geist verwirrte sich wieder, allein das Nachdenken machte mich müde.

Eines Morgens sah ich das Mädchen, wie es vorsichtig mit einem Staubtuch über den Kasten fuhr. »Er gefällt dir, nicht wahr, Celin?«

Erschrocken drehte sie sich nach mir um. »Verzeih, ich wollte nicht deinen Schlaf stören.«

Von einem Geistesblitz durchdrungen, fragte ich sie: »Celin, wenn deine Mutter schwer erkrankt wäre, was würdest du tun?«

»Einen Bader holen.«

»Und bei deinem Mann?«

»Auch den Bader holen, wen sonst?«

»Wenn aber dein Geliebter im Sterben läge, was würdest du da machen?«

Celin grinste über das breite Gesicht und flüsterte mir zu: »Dann würde ich ihn zu dem Hakim auf Gozo bringen.«

»Es gibt einen Hakim auf Gozo?«, flüsterte ich zurück. Mein Körper versteifte sich vor Spannung.

»Ja, Sadi, drüben in den arabischen Dörfern. Es ist ein guter Hakim, er hat letztes Jahr den kleinen Sohn einer Nachbarin von der Fallsucht befreit. Der Junge ist wieder ganz gesund.«

Ein Diener schlurfte an der offenen Tür vorbei, und ich sah, dass er lauschend stehen blieb.

»Sei vorsichtig beim Abstauben, Celin. In dem Kasten ist die Reliquie einer Jungfrau.«
»Was, der Mutter Gottes?«
Ich nickte mit dem Kopf, und während Celin auf die Knie sank und das Kreuzzeichen machte, hörte ich den Diener weitergehen.
»Celin, komm näher und hör mir zu: Du musst mich zu dem Hakim bringen, mein Leben hängt davon ab. Als Belohnung darfst du dir einen Stein herausbrechen. Er wird dir Glück bringen und dich vor deinen Feinden bewahren, genau wie er das Kleid der Jungfrau bewacht.«
»Nein, Sadi, das würde den Kasten verschandeln. Ich kann dich nicht nach Gozo bringen; es ist zu weit, und wir müssten eine lange Zeit mit dem Boot fahren.«
»Celin, bitte, du musst mir helfen. Ich gebe dir zwei Goldtaler, wenn du keinen Stein willst.« Zum Glück hatte ich noch den Beutel mit Geld, den mir Enrice in Rhodos für die Herberge gegeben hatte. Aufatmend sah ich die Goldstücke in Celins Schürze verschwinden.
Die nächsten Tage aß ich nur trockenes Brot und trank Wasser aus dem Brunnen. Das gute Essen schüttete ich in eine kostbare Vase und deckte es mit Celins Staubtuch ab.
Wir machten Pläne, doch das Dumme war, dass die Stadttore des Nachts verschlossen waren und ich die Stadt am Tag verlassen musste, wo mich jeder sehen konnte.
»Du musst meine Kleider anziehen, Sadi.«
»Und was ist, wenn ich angesprochen werde, weil sie denken, dass du es bist?«
»Dann wirst du eben weinend durch die Stadttore gehen, und alle denken, man hätte mich ausgeschimpft. Ab und zu schneuzt du dich in die Schürze und verbirgst deine weinenden Augen.«
Beide lachten wir leise, und ich spürte, wie meine alte Energie zurückkehrte. Alles würde gut werden, ich spürte es. Mein Blut floss schneller durch die Adern, und meine Knochen taten mir längst nicht mehr so weh. Endlich hatte ich wieder Hoffnung.

Celin hatte auf einem Holztäfelchen die Straße zum Stadttor eingezeichnet, die ich durchlaufen musste. Niemand hielt mich an, nur der Torwächter rief mir etwas hinterher, doch ich tat, als hätte ich nichts gehört.
Unter einer verkrüppelten Pinie sollte Celins Bruder mit zwei Mulis auf mich warten. Die Pinien waren da, und ich war da, doch von dem Jungen und den Eseln war nichts zu sehen.
Ob es der falsche Baum war? Nervös schaute ich mich um. Auf einem nahen Acker führte ein Mann den Holzpflug; zwei Frauen hatte er davor gespannt, die anstatt der Pferde den Pflug zogen.
»Pst, pst!« Über eine lockere Steinmauer schaute ein junger Mann hervor. Endlich war er da.
Ich schaute noch einmal zurück zu den Bauersleuten, doch sie hatten ihre Köpfe gesenkt und achteten nur auf die Geradheit der Furchen. Die schweren Röcke schürzend, kletterte ich über die Steinmauer und stand dem Jungen gegenüber.
»Wo warst du so lange?«, sagte ich ärgerlich.
»Ich konnte nicht eher kommen. Es war nicht so einfach, dem Bauern die Mulis abzuschwatzen, wo er gerade sein Feld pflügen will.«
»Wie ich sehe, ist es dir gelungen.«
Er lachte verschmitzt. »Ich konnte ihn überzeugen, dass zwei gut genährte Weiber das Gleiche tun können und dass er damit noch etwas verdient.« Lachend zeigte er aufs Feld. Da hatte ich mir ein Schlitzohr eingefangen! Im Stillen hoffte ich, dass er meine Angelegenheit nicht auch als Spiel ansah.
Eine kurze Strecke, und wir hatten das Ufer erreicht, wo das kleine Fischerboot auf uns wartete. Aufatmend setzte ich mich. Der kurze Ritt hatte mich mehr erschöpft, als ich mir eingestehen wollte, und hungrig öffnete ich das Bündel, das mir Celin mitgegeben hatte. Mein Magen rebellierte vor Hunger, doch der Junge störte mich dabei.
»Komm, halt mal das Seil. Ich muss die Segel setzen, dass wir vom Ufer wegkommen.«
»Kann ich nicht erst etwas essen?«

»Warum bist du so hungrig? Gibt es bei dem Quaid so wenig zu essen?«
»Ich hatte Angst, er würde mich vergiften.«
Entsetzt sah er mich an. »Na, zuzutrauen wäre es ihm.« Er nahm mein Bündel und warf es im hohen Bogen ins Meer. Dann warf er mir ein anderes in den Schoß. »Hier, nimm! Sicher ist sicher.«
»Danke!«
»Antoine ist mein Name.«
»Ich heiße Sadi.«
»Weiß ich doch, von Celin, sie hat mir alles erzählt.«
Mit Genuss verspeiste ich das ganze Brot, den Käse und trank den Wein dazu. Mit schlechtem Gewissen sah ich den Jungen an. »Ich habe alles aufgegessen, auch deine Portion. Tut mir Leid, Antoine.«
»Macht nichts. Wickle dich in den Mantel, auf See ist es kühl. Vielleicht kannst du etwas schlafen.«
Das konnte und wollte ich nicht. Bevor wir in See gestochen waren, hatte ich einen kleinen Vogel singen gehört. Der Gesang verschmolz mit dem Rauschen des Meeres, und ich hielt es für ein gutes Omen.
Schneller als ich dachte hatten wir die Insel Gozo erreicht, und Antoine machte das Boot fest.
»Der Hakim wohnt mit seiner Familie nicht weit von hier. Gehe den Pfad hinauf, bis du auf das Haus stößt. Ich werde warten. Beeile dich, Sadi, es wird bald dunkel sein, und wir müssen zurück, bevor sie deine Abwesenheit bemerken.«
Es war, wie der Junge sagte, und der Hakim, ein freundlicher hagerer Mann in mittleren Jahren, führte mich in sein Haus. Er fragte mich nach dem Verlauf meiner Krankheit, schaute mir in die Augen, in die Ohren und den Rachen. Er befühlte meine Haare und Fingernägel. Seine Frau brachte Tee und nickte mir freundlich zu, während er in einem angrenzenden Raum eine Arznei zusammenmischte.
An einer Sanduhr, die ich vom Schiff her kannte, sah ich, dass noch keine Stunde vergangen war, als er mich zur Tür brachte und zum Abschied sagte: »Ihr schwebt in großer Gefahr, junge

Frau. Nehmt jeden Tag zur gleichen Zeit eine Messerspitze von dem Pulver und verändert Euren Lebensraum; dann wird alles gut und Ihr werdet gesund.« Ich bedankte mich und eilte mit schnellen Schritten den Pfad hinab.
Antoine und das Boot waren verschwunden.

»Sadi! Komm schnell, beeile dich!«
»Warum versteckst du dich in einer Felsspalte?«
»Da, sieh!«
Ich drehte mich um und konnte nicht glauben, was ich sah. Heller Feuerschein rötete den nächtlichen Himmel. Das Haus des Hakims stand in hellen Flammen.
Der Junge presste mich gegen den Felsen, denn nun hörten wir auch Stimmen. Krieger in schwerer Rüstung liefen an uns vorbei und gingen am Ufer entlang.
Stille trat ein. Die Männer waren verschwunden, nur die Flammen und der Gestank verkohlten Holzes erinnerten an die grausame Tat.
»Sie haben ihr Schiff weiter oben. Zum Glück habe ich sie rechtzeitig bemerkt und konnte mein Boot in Sicherheit bringen.«
»Waren es Piraten und war es Zufall, dass sie gerade heute gekommen sind, Antoine?«
»Das waren Leute des Quaid. Vielleicht dachten sie, du wärst noch im Haus.«
»Dann hat uns Celin verraten!«
»Nein, niemals! So was tut Celin nicht. Ich glaube, sie ist jetzt in großer Gefahr – ich muss schnell zurück.«
»Und was wird mit mir?«
Der Junge sah in den sternenübersäten Himmel. »Du musst dich einen Tag in einer Felsspalte verstecken, dann komme ich wieder und versuche dich nach Sizilien zu bringen. Ich hoffe nur, das Meer bleibt ruhig und mein alter Kahn schlägt nicht leck. Aber erst muss ich nach meiner Freundin sehen.«
»Ich denke, sie ist deine Schwester.«
Antoine zog es vor zu schweigen und brachte mich weiter oben zu einer kleinen Höhle.

Der Morgen graute herauf. Außer dem Orion und dem Sirius waren keine Sterne mehr zu sehen. Ein warmer Wind blies mir die Haare ins Gesicht und bauschte den Rock. Die aufgehende Sonne zeichnete Glanzlichter aufs Wasser und warf tiefe Schatten über die Klippen. Der Wind wurde stärker und blies mit voller Kraft, sodass ich Mühe hatte zu atmen. Es war der Schirokko, der Südwind aus Afrika, der einen Sandsturm brachte und winzige Sandkörner über das Meer trieb. Ich hoffte, dass Antoine die Küste mit seiner Nussschale erreicht hatte und außer Gefahr war. Der Wind tobte mit unverminderter Stärke, das Rauschen des Meeres war zu einem wilden Heulen geworden. Staub und Sand krochen in die Höhle, wo ich zusammengekauert in Antoines Mantel saß.
Es tat mir von Herzen Leid um den Hakim und seine Familie. Was hatte ich dem Quaid getan, dass er meinen Tod wollte? Und was war mit Enrice – lebte er noch oder war er tot?
Fragen über Fragen und keine Antwort. Geschwächt von der langen, schlaflosen Nacht, der ungewohnten Bewegung und dem Schock des brennenden Hauses, fragte ich mich ernstlich, ob es etwa nur meinem geschwächten Gesundheitszustand entsprungen war, dass ich überall Feinde sah.
Den ganzen Tag döste ich vor mich hin, und als endlich Antoine und Celin vor mir standen, hätte ich beide vor Freude umarmen können.
Celin hatte in einem Sack meine Kleider, Waffen und den Kasten der Königin mitgebracht. Der Sandsturm klang ab, und bei leichter Brise segelten wir unter einem klaren Sternenhimmel nach Sizilien.
Im Hafen von Syrakus sagten wir Antoine Lebewohl. Wir hatten ein Schiff gefunden, das nach Marseille auslief, und mit den letzten Goldtalern hatten wir die Überfahrt bezahlt. Für Celin war es ein schwerer Abschied. Ich wusste nun, dass Antoine nicht ihr Bruder, sondern ihr Geliebter war; auf der Überfahrt, als Celin schlief, hatte er mir die Geschichte erzählt.
»Schon in jungen Jahren waren wir verliebt ineinander. Wir

waren Nachbarskinder, aber Celins Vater verheiratete sie mit einem anderen Mann.«

»Aber warum, Antoine, warum nicht mit dir?«, fragte ich den Jungen.

»Ich hatte keine Kuh, nicht mal ein Muli. Nur ein altes Fischerboot von meinem verstorbenen Vater. Eine Kuh ist eben viel mehr wert.«

»Bist du traurig darüber, dass Celin nun von Malta weggeht?«

»Es ist das Beste so, Sadi. Lieber lebendig in der Fremde als tot unter einem Steinhaufen.«

Ich verstand und wusste, was er damit meinte.

Frankreich

Alles schien zum letzten Mal zu geschehen – der Hafen, die Schiffe, das Meer, das so lange mein Leben bestimmt hatte. Was immer sich morgen ereignen würde, es war nicht anzunehmen, dass ich diesen Weg noch einmal gehen würde.

Es war verkehrt, an Vergangenes und an die Zukunft zu denken. Jetzt lebte, atmete, aß und trank ich. Es ging nur um das Heute und vielleicht um das Morgen. An übermorgen oder an letzte Woche zu denken war schon zu viel.

Wir liefen am Tage viele Meilen über Berge und Täler, durch Wiesen und Wälder. Unter Schmerzen stärkten sich meine geschwächten Muskeln. Noch nie war ich gern gelaufen; doch Celin hatte darauf bestanden, aus dem Schmuckkasten der Königin keinen Stein zu brechen, um Pferde oder Esel zu kaufen.

Mit dieser maltesischen Maid hatte ich keinen guten Fang gemacht. Für sie war der Kasten der Königin ein Heiligtum, das ich nicht anrühren durfte. Sie schleppte ihn auf dem Rücken wie der heilige Christophorus das Jesuskind und wehrte sich dagegen, als ich ihn ausweiden wollte, um ihn samt dem verfluchten Kleid im hohen Bogen ins nächste Gebüsch zu befördern.

Ich mochte sie nicht. Zuzeiten hasste ich sie regelrecht und hätte sie am liebsten mit meinem rostigen Schwert durchbohrt. Das Leben unter rauen Männer hatte mich geprägt. Mit einer Frau konnte und wollte ich mich nicht belasten. Wir stritten wie ehemals das Königspaar von Frankreich, um danach tagelang nur das Nötigste zu sprechen.

Seit Malta hatte ich kein Fieber mehr. Ob ich es der Arznei

des Hakim zu verdanken hatte, wusste ich nicht. Auf jeden Fall hätte ich allen Grund gehabt, Celin dankbar zu sein. Sie hatte mir auf Malta das Leben gerettet, hatte dafür gesorgt, dass ich die Insel verlassen konnte, und jetzt war sie es, die bettelnd durch die Dörfer zog, um für das tägliche Brot zu sorgen, während ich in einem Heuschober den Kasten bewachte.
Betteln oder für einen Tagelohn arbeiten war nicht meine Sache. Doch war ich geschickt im Beutelschneiden auf Marktplätzen, wo sich die Menschen drängten. Da wir jedes Mal den Ort sehr schnell verließen, wurde ich nie erwischt. Die letzten Jahre hatten mich nicht zum Besseren verändert. Ich war noch genauso undankbar, gedankenlos und nur auf mein eigenes Wohl bedacht wie vor meiner Odyssee.
Während wir in diesem Herbst mit dem Ziel Paris nach Norden wanderten, veränderte sich, ohne dass ich es recht bemerkte, unser Verhältnis. Celin hatte Angst vor den dunklen Wäldern, den wilden Tieren, und ich wusste, dass sie das Heimweh quälte.
Um der nasskalten Witterung auszuweichen, übernachteten wir des Öfteren in Kirchen, und um sie abzulenken, erzählte ich Celin von meiner abenteuerlichen Reise. Die Beschreibung Venedigs und seiner Bewohner, Konstantinopels mit seinen Palästen und Jerusalems ließen ihre Augen glänzen.
Niemals hätte ich sie von ihrer nackten, felsigen Insel wegholen dürfen. Es war ein nicht mehr gutzumachender Fehler. Wäre ich nicht gewesen, hätte sie in gewohnter Umgebung ihre Arbeit verrichten, am Abend zu ihrer Familie zurückkehren und sonntags, wenn sie niemand sah, mit Antoine am Strand schäkern können.
Celin war eine fromme Frau. Sie betete viel und sah unsere unfreiwillige Wanderschaft als Pilgerreise, als Sühne für ihre Sünden an. Mit dieser Frömmigkeit konnte ich mich abfinden, konnte sie gutheißen. Denn ich wusste, dass sie echt war. Es war eine andere Frömmigkeit als die des Königs von Frankreich, und – was wichtig war – sie half ihr, die ungewohnte Kälte und Nässe des frühen Wintereinbruchs zu ertragen.

Manchmal sprach sie zu mir, als müsste sie mich bekehren.
Eines Tages ritt mich der Teufel, und ich erzählte ihr von den germanischen Göttern. Es war ein bitter kalter Tag, und schon am frühen Morgen war mir danach, jemanden zu reizen, herauszufordern und zu streiten.
»Wie kann man als Christin an das Heidentum glauben, Sadi? Was du sagst, bedeutet doch, Bäume, Flüsse, Blitz und Donner als Götter anzusehen. Götzenbilder anbeten ist die schwerste Sünde eines Christen.«
»Ach was, die Christen beten doch auch Bilder und Statuen an, oder nicht?« Wir waren in einem Schafstall untergekrochen und verzehrten in dem Gestank, den die Tiere hinterlassen hatten, unser erbetteltes Brot. »Es sind ketzerische Gedanken, Sadi. Dafür ist Jesus nicht am Kreuz gestorben, und dir wird der Himmel verschlossen bleiben.«
»Wenn schon! Glaubst du wirklich, dass ich nach allem, was ich erlebt habe, in den langweiligen Himmel wollte?«
»Er ist nicht langweilig. Er ist friedlich und herrlich.«
»Genauso friedlich und herrlich wie der Palast des Quaid in Mdina.«
Beleidigt drehte sich Celin um, packte die Essensreste zusammen und sprach den ganzen langen Abend kein Wort mehr.
Es war mir eine Lehre, und in der nächsten Zeit hielt ich den Mund, wenn es um Glaubensfragen ging. Nichts war schrecklicher als ein langer, kalter Abend an einem kleinen Feuer, das kaum die Füße wärmte und bei jedem Luftzug ausging.
Es gab auch Abende, an denen wir friedlich miteinander umgingen. Ich erzählte dem Mädchen von meiner Reise; dabei konnte ich den Regen und die Kälte des nahen Winters vergessen. »Auch du wirst den Winter erleben, Celin. Schnee, herrlicher weißer Schnee, der in der Sonne glitzert wie tausend Edelsteine. Zehn Fuß lange Eiszapfen an den Dächern, mit denen du einen Menschen glatt erschlagen könntest. Die Gräben zugeschneit, und wenn du nicht aufpasst, wirst du wie im Wasser versinken, sodass man dich herausziehen muss.«
»Deine Beschreibung eures Winters hört sich für mich nicht

sehr reizvoll an, Sadi. Erzähl mir lieber von Jerusalem, da ist es wenigstens warm. Und erzähl mir nichts von Wölfen und Bären, sonst bekomme ich noch mehr Angst, als ich auch ohne deine Erzählungen schon habe.«

Na gut, dachte ich. Sie hatte eben keinen Mumm in den Knochen, und selbst ein Blinder konnte sehen, dass sie von Tag zu Tag weniger wurde. Das einst breitflächige Gesicht mit den vollen Wangen war schmal und knochig geworden. Sie wirkte erschöpft und teilnahmslos, und immer öfter mussten wir schon mittags unsere Wanderung beenden, weil sie nicht mehr weiterkonnte.

Ich hatte meine Träume und sah meine Freunde vor mir, die mich bei unserem Wiedersehen beglückt in die Arme schließen würden. Celin hatte nichts, nur die Angst vor der Zukunft. Der Kampf um Celins Leben machte mich stark. Sie wurde mein Kind, meine Schwester, meine Mutter. Auch ich ließ mich herab, an Kirchentüren zu betteln, denn Celin war zu schwach dazu geworden.

Nach einer langen Nacht im Beinhaus eines Friedhofes, als Celin endlich eingeschlafen war, holte ich den Kasten der Königin aus dem Sack und brach mit dem Schwert einen roten Stein heraus. Er war recht klein, und es fiel nicht auf, dass er fehlte. In der Stadt kaufte ich bei einem Händler einen alten Wollumhang und etwas zu essen und ließ einen Schlauch mit etwas Wein und Wasser füllen. Mit schnellen Schritten überquerte ich den Friedhof und freute mich im Voraus auf Celins erstaunten Blick.

Es waren nur noch ein paar Meilen bis Paris, und ich hatte ein Fuhrwerk ausgemacht, das uns in die Stadt mitnehmen würde. Im nahen Wäldchen hörte ich einen Wolf heulen. Noch schneller wurden meine Schritte, denn ich wusste um die Angst, die Celin vor wilden Tiere hatte.

Sie schlief noch. Das Feuer war heruntergebrannt, und ich suchte in der Ecke nach alten Holzkreuzen, die ich auf die Glut legen konnte. Celin rührte sich, ihre Hand fuhr suchend über die feuchten Lumpen, die sie am Leib trug. Ihre schmalen,

dünnen Hände waren wie Eis; ich nahm sie zwischen meine, um sie warm zu reiben. Vorsichtig packte ich den warmen Umhang um die zerbrechliche Gestalt.
»Sadi, du bist so gut – vergiss, was ich dir gesagt habe. Auch du wirst in den Himmel kommen.«
»Aber ich will doch nicht – Celin! Celin! Was ist mit dir, Celin? Komm, sprich mit mir. Ich habe Wein und Brot. Ein Fuhrwerk bringt uns nach Paris!«
Langsam rutschte ihr Kopf zur Seite, die Augen über dem mageren weißen Gesicht schlossen sich. Celin war tot.
Die ganze Nacht saß ich neben ihr, hielt die knochige Hand und spürte sie steif werden. Der Wein, das Brot blieben unberührt, obwohl mein Magen rebellierte vor Hunger. Das Feuer flackerte vor sich hin, und wenn ich aufschaute, sah ich die grinsenden Schädel des Beinhauses. Eine innere Leere und Verzweiflung verdammte mich zur Untätigkeit.
Gegen Morgen brannte das Feuer herunter und verlöschte. Dunkelheit umgab mich, Dunkelheit und Kälte.
Langsam wurde es hell, und als ich das Beinhaus verließ, sah ich, dass es in der Nacht geschneit hatte. Plötzlich konnte ich weinen. Celin konnte den Schnee nicht mehr sehen, und diese Tatsache traf mich tief. Auf der verfallenen Friedhofsmauer saß ein schwarzer Vogel und trällerte sein Lied. Wut und Schmerz schlugen über mir zusammen. Ich bückte mich, hob einen Stein auf und warf ihn wütend nach dem kleinen Vogel. Er flog zeternd davon. Dafür schob sich ein altes Männergesicht über die Mauer. Als er mich sah, schimpfte er, was ich bei diesem Wetter auf dem Friedhof zu suchen hätte, und zu allem Überfluss mit Steinen auf harmlose Leute zu werfen sei eine bodenlose Frechheit.
Es war der Geistliche der kleinen Gemeinde. Er half mir, Celin christlich zu begraben. Zum Dank bohrte ich einen weiteren Stein aus dem Schmuckkasten und gab ihn dem Priester. Nun schmückte ein Rubin der Königin die Muttergottesstatue einer kleinen Kirche in der Nähe von Paris.

Paris

Dachte ich früher an diese Stadt, sah ich Häuser und Paläste vor mir und Kirchen mit Türmen, die in den Himmel ragten. Die ganze Trauer, die ich um Celins Tod in mir spürte, war mit dem Bedauern verbunden, dass ich ihr diese Stadt nicht mehr zeigen konnte.

Heute aber musste ich mir den Weg zwischen baufälligen, mit fauligem Stroh gedeckten Hütten suchen. Knöcheltiefen Schlamm durchwatete ich, übersprang stinkende Kloaken und Abwässer, umging bis zu Skeletten abgemagerte Hunde und Katzen, die sich um Knochen rauften. Noch war es früh am Tag, und ich begegnete nur wenigen Menschen; doch als ich das hohe Stadttor durchschritt, empfing mich ein ohrenbetäubender Krach.

Es war Markttag, und wie es schien, hatten sich alle Menschen der Stadt hier versammelt, um sich schreiend in das Getümmel zu stürzen. Bauern vom Land feilschten mit den Hausfrauen um Hühner und Gänse. Ein geschlossener Kreis von Zuschauern applaudierte einem Zauberer mit hohem, spitzem Hut, der Spielkarten in die Luft warf und sie anschließend in seinem weiten Umhang verschwinden ließ, um kurz darauf ein Kaninchen herauszuzaubern. Plötzlich ein Schrei: Ein Dieb hatte sich an einem vornehmen Herrn bedient und war zwischen den Bettlern verschwunden, die eine Kirchentreppe umlagert hielten. Noch hatte ich mich nicht entschieden, ob ich erschreckt, enttäuscht oder fasziniert war, und ich war froh, dass Celin diese schreckliche Stadt nicht mehr erlebt hatte.

Ich wurde geschoben und beiseite gestoßen. Niemand beachtete mich. Zweirädrige, hoch mit Obst und Gemüse beladene Eselskarren bahnten sich rücksichtslos den Weg durch die Menge. Die

Fackeln, mit denen die Sänftenträger einherschritten, qualmten, und von dem beißenden Rauch musste ich husten. Dicke Fischweiber schwankten unter der Last ihrer Körbe, und wie eine Dunstglocke umgab sie der Geruch ihrer Ware. Der Boden war mit Unrat und fauligen Abfällen bedeckt. Lastenträger stapften unbekümmert durch Lachen, dass das schmutzige Wasser hochspritzte.

In der Stadt waren die Häuser spitzgieblig und höher, aber nicht weniger schmutzig als vor der Stadt. Überall auf der Welt hatte ich Bettler gesehen, doch nirgends sahen sie so abgerissen, krank und hoffnungslos aus wie in Paris.

Eine Steinbrücke führte mich über den Fluss, und ich sah die mächtige Burg der Könige von Frankreich. Mir war nicht klar, dass ich genauso abgerissen und erbärmlich wirkte wie die Bettler und Landstreicher auf der Kirchentreppe. Noch fühlte ich mich zum königlichen Hof gehörig und zweifelte nicht im Mindesten, dass mich Eleonore oder Constanze mit offenen Armen empfangen würden.

Am Eingang des Palastes standen zwei bewaffnete Torwächter, die mich davonjagten wie einen lästigen Hund, ohne mich anzuhören. Voller Empörung sah ich zwei Sänften ohne langes Bitten das Tor passieren.

Missmutig schlenderte ich am Ufer der Seine entlang. Die vergangenen Monate auf Malta und die Zeit mit Celin hatten meinen regen Geist gelähmt. Früher wäre mir bestimmt etwas eingefallen, um in die Burg des Königs zu kommen. Der Fluss spiegelte meine Stimmung wider, grau und träge floss er dahin. Ein Fischer auf einem Boot entwirrte seine Netze, ab und zu blies er auf seine roten frierenden Händen. Ein Geräusch durchbrach meine trübseligen Gedanken, und ich sah hinab auf das Wasser.

»Willst du dich umbringen, Junge?«

»Nein, wie kommt Ihr darauf?«

»Die Mauer kann jeden Moment zusammenbrechen, dann landest du in der Seine. Obwohl – wenn ich dich so anschaue, ein bisschen Wasser könnte deiner Haut nicht schaden. Was hast du da in deinem Sack?«

»Ein Messbuch!«
»Und was willst du damit?«
»Soll ich in einem Kloster abgeben!«
»Sehr kostbar, was? Pass auf, Junge, dass es dir nicht abhanden kommt und dir der Abt die Ohren lang zieht.«
Während ich aufstand und davonschlenderte, dachte ich daran, dass mir die Lügen immer noch glatt über die Lippen gingen.
Nach kurzer Zeit kam der Fischer hinter mir her und tippte auf meine Schulter. »Komm, hilf mir die Reusen tragen. Danach lade ich dich zu einem Wein ein.«
Das ließ ich mir nicht zweimal sagen und hoffte auch auf einen Kanten Brot, denn noch immer hatte ich mich nicht an das leere Gefühl in meinem Bauch gewöhnt.
Ein wüstes Grölen drang aus der Schänke. Wir stiegen drei Stufen hinab und betraten den von Wein- und Bierdunst erfüllten Raum. Im Hintergrund gewährte eine offen stehende Tür Einblick in die Küche, in der sich vor rot glühendem Feuer mit Geflügel bespickte Spieße langsam drehten.
Wir setzten uns an einen abseits stehenden Tisch unter einem Fenster, und der Fischer bestellte einen Krug mit gewürztem heißem Wein.
»Komm, trink, Junge! Es macht den Magen so angenehm warm. Um die Bezahlung mach dir keine Gedanken; schließlich habe ich dich eingeladen.« Als er meine sehnsüchtigen Blicke in Richtung Küche sah, bestellte er mir zwei kleine Rosinenbrote, die ich heißhungrig hinunterschlang.
»Woher kommst du?«
»Aus Deutschland.«
»Mach keine Witze mit mir, Junge«, sagte er ärgerlich und nahm einen großen Schluck, worauf er zu husten begann, weil er sich die Zunge verbrannt hatte.
»Mein Geburtsort liegt wirklich in Deutschland. Eine Pilgerreise hat mich in diese Gegend verschlagen.«
»Habe noch nie einen Pilger mit Waffen gesehen. Nein, wie ein Pilger siehst du nicht aus.«
»Meine Jakobsmuscheln habe ich vor zwei Tagen einem Pries-

ter gegeben. Er hat meine Mutter umsonst begraben«, sagte ich leise und verdrückte eine unsichtbare Träne.
»Eine noble Geste von dem Pfaffen.« Beim nächsten Schluck war er vorsichtiger.
»Ich dachte, wenn ich schon so nah bei Paris bin, kann ich mir auch die Königin ansehen; soll ja sehr schön sein.«
»Hoho!«, lachte der Fischer und verschluckte sich wieder. Freundschaftlich klopfte ich ihm auf den Rücken. »Danke, Junge. Aber die Königin kannst du nicht sehen.«
»Warum nicht? Zeigt sie sich den Menschen nicht?«
»Das kann sie nicht, sie ist nicht mehr in der Stadt, Gott sei Dank.«
»Wo ist sie?«
»Die Ehe wurde annulliert, weißt du das nicht? Das Luder ist über alle Berge, zum Glück für den König, denn jetzt kann er sich eine anständige Frau suchen.«
»Was ist mit der Fürstin von Antiochia?«
»Wer soll das sein?« Misstrauisch sah er mich an.
»Hat mir der Priester erzählt, bei dem ich übernachtet habe. Dass das Königspaar eine Fürstin vom Kreuzzug mitgebracht hat, und die hätte ich gern gesehen, wenn schon die Königin nicht mehr da ist. Was soll ich denn meinen Leuten daheim erzählen? Dass ich in der Hauptstadt Frankreichs war, weder den König noch seine Frau oder sonst eine adelige Dame gesehen habe? Ein ganz schöner Reinfall! Dafür bin ich nun so viele Meilen gelaufen.«
»Das tut mir Leid für dich, Junge. Manchmal geht ein Kindermädchen im Schlossgarten mit den Prinzessinnen spazieren; vielleicht hast du Glück und kannst ein Auge auf sie werfen.«
»Wieso Prinzessinnen? Der König hat doch nur eine Tochter.«
»Nach dem Kreuzzug hat die südländische Hure noch ein Mädchen geboren; erst danach ist sie verschwunden und hat den König mit den beiden kleinen Kindern zurückgelassen.«
Vorsichtig tastete meine Hand zum Weinbecher. Ich durfte diesem Mann meine Erregung nicht zeigen. Wenn Eleonores

Kinder in der Burg waren, war auch Constanze bei ihnen. Eine Nachricht, ein Brief, irgendein Zeichen musste sie auf mich aufmerksam machen. Bei diesem Wetter würden sie nicht draußen spazieren gehen, darauf konnte ich nicht hoffen.
»Warum bist du so schweigsam, Junge?«
»Die Müdigkeit sitzt mir in den Knochen.«
»Na, da kann man abhelfen. Meine Berta kann dir heute Nacht ein Lager in der Küche richten, aber zuvor hilfst du mir meine Netze aufhängen. Ist eine verflixt schwere Arbeit für einen Mann mit Kreuzschmerzen, und zu zweit wird es ein bisschen leichter.«
So kam es, dass ich dem Fischer einen ganzen Tag bei der Arbeit half. Er hatte Recht, es war verdammt schwer, die feuchten Netze aus der Seine zu hieven und über zusammengenagelte Balken zu ziehen. Nun war ich nicht nur schmutzig und abgerissen, ich stank obendrein nach Fisch, als hätte ich eine Woche in der Seine gelegen.
Berta, die Frau des Fischers, war nicht eben begeistert, als ihr Mann am Abend mit einer Weinfahne und einem stinkenden Jungen ankam. Doch alles Zetern half nichts. Murrend warf sie eine raue Pferdedecke auf eine Bank, und mit einem Blick, der ihre ganze Abscheu ausdrückte, verzog sie sich zu ihrem Mann, den ich im Nebenraum schnarchen hörte. Mit der Pferdedecke zog ich um und legte mich vor das warme Herdfeuer, um meine verfrorenen Knochen zu wärmen.

Es war noch dunkel, als ich aufwachte. Mir war kalt, und leise, um das Ehepaar nicht zu wecken, entzündete ich das Feuer. Im Schein der Flammen sah ich ein Tuch an einem Nagel hängen, wickelte meinen kostbaren Kasten hinein und verknotete ihn mit einem Lederriemen. Auf Zehenspitzen verließ ich das gastliche Haus, nicht ohne mich vorher mit einem Kanten Brot zu versorgen.
Wie am Tag zuvor führte mich mein Weg über die Steinbrücke. Der Schnee war endgültig weggetaut, und in den Rillen der Straße war das Wasser gefroren. Kein Mensch war an diesem

frostigen Wintermorgen zu sehen, und wie ein schwarzes Ungeheuer lag die königliche Burg vor mir.
Langsam näherte ich mich dem Tor. Zwei Torwächter saßen um ein kleines Feuer und unterhielten sich. Zum Glück war es dunkel genug, und sie konnten nicht sehen, in was für einem Zustand ich mich befand, als ich einem von ihnen meinen Packen übergab und ihn bat, ihn der Fürstin von Antiochia zu überreichen.
Es war noch zu früh am Morgen, und ich musste damit rechnen, dass meine Freundin noch schlief. Ich hatte mir vorher alles gut ausgerechnet; nur in der Dunkelheit konnte dieser Plan gelingen. Dankbar nahm ich den heißen Becher in Empfang, während ich auf ein Wunder wartete. Von der Seine wallte Nebel herauf und vermischte sich mit unserem Atem. Es wurde heller, und ich stieg nervös von einem Bein auf das andere und war darauf gefasst, dass man mich jeden Augenblick hohnlachend davonjagen würde.
Endlich kam der zweite Wachmann zurück, musterte mich im Zwielicht des anbrechenden Tages und sagte grimmig: »Komm mit.«
Mein Aufatmen ging in den klirrenden Schritten des Soldaten unter. Fröstelnd lief ich den schmalen, hohen, nur schwach von Fackeln beleuchteten Gang entlang. Es roch dumpf und modrig, und was ich sah, glich einem Gefängnis. Kaum zu glauben, dass diese alte, bröckelnde Steinfestung mit den verrosteten Toren, den hohen, engen Fensterhöhlen und den kalten Fluren das Herz des französischen Königreichs war. Im Schein der rußenden Fackeln sah ich eine Tür, die aussah, als wäre sie für Riesen gemacht. Wie von Geisterhand öffneten sich ihre Flügel, und der Torwächter schob mich hinein.
Der große Raum wurde von Talgkerzen erhellt, die aber viel zu schwach glommen, um auch die Ecken und Nischen ganz auszuleuchten. Ihr Licht fiel auf einen erloschenen Kamin, wo auf beiden Seiten hohe Holzstöße aufgeschichtet waren. Auf rohen Holzböcken lag eine schwere Platte, auf der schwarz angelaufene silberne Leuchter standen. Holzbänke ohne Kissen zeug-

ten nicht gerade von Bequemlichkeit. Am Ende stand ein hoher Stuhl, und ich nahm an, dass er der Sitz des Königs war. Die düstere Atmosphäre wurde durch den dunklen, abgewetzten Teppich verstärkt. An den Wänden hingen Gobelins, auf denen sich Schlachtenszenen, Märtyrer und Heilige mit feuchten, schimmeligen Flecken den Platz teilten.
»Sadi?« Eine dünne Stimme erreichte mein Ohr, und ich drehte mich um. Constanze stand an einer Tür, die ich noch nicht gesehen hatte. Die ganzen Jahre hatte ich unser Wiedersehen mit Umarmungen und lachenden Gesichtern vor mir gesehen. Nun stand ich verlegen in diesem Raum und kam mir klein und schäbig vor. Es fiel mir ungeheuer schwer, ein paar Schritte auf die schlanke Gestalt zuzugehen, die so hoheitsvoll mit langen offenen Haaren wartend dastand.
»Sadi, wenn du dich nicht beeilst, werde ich mir hier den Tod holen.« Ich schüttelte meine Beklommenenheit ab und folgte Constanze durch einen weiteren schwach beleuchteten Flur. Irgendwann erreichten wir ihre Räume, und hier wartete eine Überraschung auf mich: Die Räume waren angenehm warm. Schwere Samtvorhänge sperrten die Winterkälte aus. Das hohe Bett mit Damastbaldachin zog mich an wie einen Wüstenwanderer, der eine Oase sieht. Ich konnte mich nicht mehr erinnern, wann ich das letzte Mal in einem weichen Bett geschlafen hatte. Sich unter solch einem Federbett zusammenkuscheln, ohne Angst, sich einfach ausstrecken und wohlige Wärme in den erstarrten Gliedern spüren …
»Sadi? Du bist doch in Ordnung?« Ich hatte Constanze vergessen. Der Hunger, die Erschöpfung quälten mich mit Tagträumen, die immer dann über mich kamen, wenn ich sie nicht gebrauchen konnte. »Setz dich einen Moment, ich komme gleich wieder.«
Als sie mich weckte, war der Raum hell. Es war eine matte Wintersonne, doch für mich strahlte sie hell wie im Mai. Ihre Strahlen fielen auf den Schmuckkasten der Königin und ließen die kostbaren Steine aufblitzen, als hätte sie jemand frisch poliert.
»Komm, Kind, ziehe deine Sachen aus. Bis zum Baderaum sind es nur wenige Schritte.« Allein aufzustehen, mich auszuziehen

strengte mich fürchterlich an; doch als ich in dem warmen Wasser eines Badezubers saß, kehrten langsam meine eingefrorenen Lebensgeister zurück. Eine Dienerin half mir danach in das herrliche weiche Bett, aber ich wollte und konnte jetzt nicht mehr schlafen. Was ich wollte, war, von meinen Reisen zu erzählen und zu hören, wie es ihr und der Königin ergangen war.

Es war nicht einfach. Immer wieder fielen wir uns gegenseitig ins Wort, brachten Jahre und Geschehnisse durcheinander, bis Constanze Einhalt gebot. »So kommen wir nicht weiter, Sadi! Erzähle erst deine Reise, danach werde ich dir unsere erzählen«, sagte Constanze.

Meine geliebte feinsinnige Freundin – nie war sie mir schöner und liebenswerter erschienen. Hatte ich sie wirklich bei unserem ersten Kennenlernen mit einer gewöhnlichen Bürgersfrau verglichen? Sie war viel intelligenter als Eleonore und ich zusammen. Es wurde eine lange Geschichte; viele Begebenheiten fielen mir erst wieder ein, als ich sie erzählte. Constanze hörte zu und fütterte mich wie ein Kind mit Leckerbissen, von denen ich einen Tag vorher noch nicht einmal zu träumen gewagt hätte. Als ich endlich fertig war, konnte ich selbst nicht glauben, dass ich das war, die all diese Abenteuer unbeschadet überlebt hatte.

Danach ließ ich mich in die weichen Kissen sinken und lauschte der leisen, melodischen Stimme, die mir eine unglaubliche Geschichte erzählte.

»Als du auf Rhodos verschwunden warst, wussten wir nicht, ob du die Stadt betreten hattest. Es ging ein kühler Wind, und wir holten Umschlagtücher aus den unteren Räumen. Als wir zurückkamen, waren die Tore geschlossen. Ein Mann kam zurück auf das Schiff und erzählte von der Pest, die in der Stadt ausgebrochen wäre. Die Anker wurden hochgezogen, und das Schiff verließ den Hafen. Alles Bitten und Betteln half nichts. Eleonore drohte und verfluchte den Kapitän, der nicht auf dich warten wollte. Doch der Mann reagierte nicht auf ihr Toben. Murady …«

»He, Constanze! Wo ist Murady?« Du liebe Zeit, Murady hatte ich in all den Jahren glatt vergessen.
»Murady ist letzten Winter gestorben, Sadi.«
»Sie ist tot – o Constanze, warum ausgerechnet sie!«
»Sie war schon alt. Ich hätte sie nicht mit nach Frankreich bringen sollen, nicht in diesen feuchten, kalten Norden. Sie ist einfach eingeschlafen.
Aber nun lass mich weitererzählen.
Der Kapitän konnte nichts dafür, dass unser Schiff in eine Seeschlacht zwischen den Normannen und Byzantinern geriet. Zum Glück für uns waren die Normannen in der Übermacht, und ein anderes Schiff geleitete uns aus der Gefahrenzone. Tage danach gerieten wir erst in eine Flaute und dann in einen Sturm.
Das Schiff wurde schwer beschädigt, und wir mussten wieder eine Insel anlaufen. Zwei Monate später liefen wir in den Hafen von Palermo ein. Hier wartete eine neue Schreckensnachricht auf uns: Das Schiff des Königs war überfällig, und wir befürchteten das Schlimmste. Gerade als wir uns etwas erholt hatten, kam die Botschaft, dass Ludwigs Schiff auf der anderen Seite gestrandet war. Auch er und seine Leute waren in den Sturm gekommen und hatten nur unter größter Mühe das rettende Ufer erreicht. Wir ritten von Palermo nach Kalabrien, um uns in Brindisi mit dem König zu treffen. Dann ging es weiter nach Rom, wo wir vom Papst erwartet wurden. Ludwig, dem die quälenden Ereignisse in letzter Zeit stark zugesetzt hatten, ließ sich den Kopf scheren und den Bart abrasieren. Er ähnelte mehr denn je einem Mönch, verbrachte die ganze Zeit im Gebet, was dem Pontifex natürlich imponierte.
Was hatte Eleonore dagegenzusetzen? Die Gerüchte über ihren Lebenswandel in Antiochia waren bis zum Papst vorgedrungen. Dass sie damals in Eile waren und deshalb bei ihrer Heirat nicht den Dispens des Papstes eingeholt hatten, tat der Papst mit ein paar Worten ab. Wie hilfreich wäre eine Reliquie gewesen, um den Papst auf ihre Seite zu bringen! Das Kleid der Nonne war verloren und mit ihm die Frau, von deren Beistand die Königin viel erhofft hatte.

Es war Mitte Oktober, und das Tuskulum im südlichen Rom, wo der Papst residierte, war eine alte, zugige Burg. Der päpstliche Hof war in dieser Festung untergebracht, seit der Papst fliehen musste, als die Stadt in einem der endlosen Kämpfe zwischen dem Heiligen Stuhl und dem römischen Kaiser von feindlichen Truppen bedroht wurde. Hier herrschte nichts von dem Glanz und Prunk, den Eleonore erwartet hatte. Papst Eugenius redete gütig auf die beiden ein, unterschrieb den Dispens und bat sie, in aller Liebe miteinander zu schlafen und endlich einen Sohn zu zeugen. Die Königin litt sichtlich; sie war erkältet, und all ihre Energie, für die sie berühmt war, hatte sie nach dieser Nacht verloren.

Wir reisten zurück, und an der Grenze wurde sie mit Schmährufen empfangen. Der Ruf einer Ehebrecherin war ihr vorausgeeilt, und die Franzosen, die sie nie geliebt hatten, verachteten sie nun. Wieder in Paris, spürte sie, dass die befohlene Liebesnacht des Pontifex maximus Früchte getragen hatte – sie war schwanger.

Zuerst war sie niedergeschlagen, wollte nichts sehen und nichts hören. Plötzlich fing sie an, Tuchhändler, Maler und verschiedene Handwerker in den Palast einzuladen, und hinter verschlossenen Türen ging etwas vor, was sie weder mir noch Ludwig sagen wollte.

Eines Morgens weihte sie mich in ihr Geheimnis ein. ›Wenn ich schon verdammt bin, in dieser Burg mein Leben zu verbringen, werde ich sie auf den Kopf stellen, Constanze. Ich werde meinen geliebten Süden in das dunkle Paris bringen und ein Stück Antiochia, wo wir beide glücklich waren.‹

Eigentlich bin ich nicht unglücklich in Paris. Mariechen, die älteste Tochter Eleonores, ist für mich inzwischen wie eine eigene Tochter. Schade, dass die Königin so wenig mit dem Kind anfangen konnte. Dafür ließ sie Wände bemalen und alle Räume verändern. Keine leichte Aufgabe für eine schwangere Frau, doch sie war unaufhörlich auf den Beinen. Sie lachte dem Leibarzt des Königs ins Gesicht, wenn er sie bat, sich zu schonen. Manchmal hatte ich das Gefühl, sie legte es darauf

an, das Kind zu verlieren. Doch eines Tages war es dann so weit.
Die kleine Alix kam zu früh auf die Welt, was in der Stadt erneut böse Gerüchte auslöste. Hinzu kam, dass man Eleonore als Verschwenderin ansah, obwohl sie Geld nur aus den Überschüssen Aquitaniens verwendete. Es blieb bei den bemalten Gemächern der Königin. Nachdem sie wieder nur ein Mädchen geboren hatte, war die Hoffnung auf Trennung erneut in Reichweite gerückt, und sie verlor das Interesse an bemalten Wänden.«
Der ruhige, gleichmäßige Ton Constanzes machte mich schläfrig. Irgendwann verschwammen ihre Worte, und ich hörte nur noch ein leises Murmeln.
Nur kurze Zeit war vergangen, und es tat mir Leid, Constanze unterbrochen zu haben. Das Feuer war herabgebrannt, doch draußen war es immer noch hell, und irgendwo in der Nähe hörte ich Kinderlachen und Constanzes ruhige Stimme.
Ich verließ mein Bett, warf mir ein leichtes Gewand über und platzte mitten in eine Schulstunde. Das ältere Mädchen mit dem schönen Namen Marie hatte nicht die Schönheit ihrer Mutter geerbt; sie war schüchtern und bescheiden. Doch ihren großen, seelenvollen Augen konnte ich mich nicht entziehen. Die kleine Alix dagegen war ein Kobold mit braunen Locken und immer zu Streichen aufgelegt. Mit Kindern hatte ich nie etwas zu tun, aber diese mutterlosen Prinzessinnen schloss ich gleich in mein Herz. Ich konnte Constanze verstehen, dass sie ihr Leben ganz auf die Kinder ausgerichtet hatte. Es tat mir Leid, die lustige Gesellschaft zu verlassen, aber ich wollte unbedingt wissen, wie es mit der Königin weitergegangen war.
»Wo waren wir stehen geblieben, Sadi?«
»Bei der Geburt von Alix!«
»Nun, da hast du viel verschlafen; ich war schon weiter«, sagte Constanze und setzte sich bequem in einen Stuhl am Fenster. »Du weißt ja, Eleonore konnte mit Marie nie viel anfangen, und mit dem Säugling Alix war es nicht anders. Sie langweilte sich; da halfen auch die mit teurem Damast bezogenen Stühle und goldenen Leuchter nichts. Sie ließ Troubadoure aus ihrer

Heimat kommen, ließ sich von ihnen besingen und den Hof machen. Ludwig liebt seine Kinder. Er verbrachte viel Zeit mit ihnen, immer vor dem Nachtmahl, nach dem ich sie abholte und zu Bett brachte. So, und nun erhole auch du dich erst einmal.«

Die Gemächer, in denen wir uns aufhielten, lagen im linken Flügel. Zweimal die Woche, wenn der König sich in Paris aufhielt, tafelte er mit seiner Familie im großen Saal nahe dem Eingang. Nach Constanzes Worten wurden nur besondere Gäste eingeladen. In jener Zeit waren der König und sein Hof abwesend; so konnte ich, ohne Ludwig in die Arme zu laufen, die Vergangenheit verarbeiten. Meine Gedanken überschlugen sich, kreisten wie ein Bienenschwarm in meinem Kopf, ohne dass ich sie einordnen konnte. Fragmente der letzten Jahre kamen mir in Erinnerung, doch sie waren ohne Zusammenhang.
Eines Tages forderte sie mich auf, mit in die verschlossenen Räume der Königin zu kommen. Sie trug die Schlüssel an einem Gürtel ihres Hauskleides, und das Klirren begleitete uns durch die langen, dunklen Gänge, ebenso wie das Echo der hallenden Schritte.
Die Räume waren eisig, und Staub lag auf Truhen und Simsen. Auch hier schlossen schwere samtene Vorhänge das Tageslicht aus. Constanze zog an einer bestimmten Stelle, und Helligkeit durchflutete den Raum. Es waren wunderschöne Gemächer, genau wie die, die wir bewohnten, und man konnte die ordnende Hand der schöngeistigen Königin erkennen.
Mit vereinten Kräften zogen wir die schweren Stoffe zur Seite. Es war nicht zu übersehen: Dies war eine der Wände, die Eleonores Künstler bemalt hatten. Constanze, die Bewunderung von mir erwartet hatte, sah mich enttäuscht an.
»Was ist, Sadi? Kommt dir das alles nicht bekannt vor?«
»Bekannt – warum?« Doch dann sagte ich voller Überraschung: »Es sieht aus wie der Palast in Antiochia.«
»Das *ist* der Palast! Komm zum Fenster, sieh dir das Bild genau an.«

Sie hatte Recht. Ich sah rechts und links die hohen Säulen, im Hintergrund die kleinen, flachen Häuser. Zwei Pferde mit Reiter, ein weißes und ein … Mir stockte der Atem. »Das ist ja Roller!« Es waren die Königin mit ihrem Pferd und dicht daneben ich mit Roller.
Seit der Nacht, als Celin starb, hatte ich nicht mehr geweint. Ein Schluchzen zerriss meine Brust, und wie von ferne hörte ich die tröstenden Worte der Fürstin von Antiochia. »Kannst du noch mehr verkraften, Sadi? Ich habe noch eine Überraschung für dich.« Sie führte mich in das angrenzende Zimmer und öffnete auch hier die Vorhänge. Es war unfassbar. Vor einer schwarzen, drohenden Wolke beugten sich drei Palmen im Sturm. Viele Menschen saßen auf Bänken im Kreis. Einige waren aufgesprungen und starrten mit offenem Mund auf eine Frau, die mit nackten Beinen und hochwirbelnden Schleiern wie eine Prophetin im alten Testament die Hand ausstreckte, exakt gemalt. Ich erkannte die Fürsten und Bischöfe, Constanze, Murady, Raimund und Eleonore. Friedrich und Simon waren aufgestanden, als wollten sie sich auf mich stürzen.
»Wie ist das möglich!? Wie kann ein Maler, der nicht dabei war, so etwas vollbringen?«
»Ich weiß es auch nicht, Sadi. Es hat Monate gedauert, und Eleonore war ständig an seiner Seite. Sie muss ihm erklärt haben, wie es war und wie die einzelnen Menschen ausgesehen haben.«
»Aber weshalb so ein Mausoleum?«
»Nun, damals dachte sie, dass doch noch ein Thronfolger das Licht der Welt erblicken würde und sie für immer verdammt wäre, an der Seite Ludwigs auszuharren. Ihre ganze Schwangerschaft hat sie in diesen Räumen verbracht, als wollte sie festhalten, was für immer vorbei ist.«
»Schmerzt es dich nicht, Raimund so lebendig vor dir zu sehen?«
»Nein, eigentlich nicht, und ich muss dir gestehen, dass mich diese Tatsache selber überrascht hat. Ich bin keine Fürstin mehr und werde es niemals wieder sein. Auch mit bemalten Wänden

kann man die Vergangenheit nicht zurückholen. Ich will dir damit nur sagen, dass auch du vorwärts schauen musst; das Leben geht weiter. Der Blick zurück bringt dich nur ins Stolpern. Deshalb habe ich dir die Bilder gezeigt. Friedrich ist Kaiser von Deutschland, der Papst hat seine Ehe mit Adela von Vohburg annulliert. Jetzt kann er sich nach einer neuen Gemahlin umsehen. Das Gerücht sagt, dass Beatrix von Burgund, die Erbin der Grafschaft Mâcon, die Favoritin ist. Ein blutjunges Mädchen, vierzehn Jahre jünger als Friedrich. Auch wenn es nur ein Gerücht ist, wird die neue Gemahlin nicht Sadi von Ortenberg heißen.«

»Natürlich nicht, Constanze. Glaubst du, ich hätte jemals an so etwas gedacht? Ich bin nicht einmal Baronin, noch lebt er, der alte Mann Baron von Ortenberg, und der wird hundert Jahre alt.«

»Es ist alles Eleonores Schuld; ihr hat es immer Spaß gemacht, mit den Gefühlen anderer Menschen zu spielen, weil sie mit ihren eigenen nicht klar gekommen ist. Komm mit, ich schließe die Räume der Königin wieder ab. Wahrscheinlich wird bald eine neue Frau diese Räume beziehen.«

»Was heißt das, Constanze?«

»Die letzten Tage bist du mir aus dem Weg gegangen, sonst hätte ich dir alles erzählen können. Eleonore hat keine Zeit vergeudet: Sie ist wieder verheiratet.«

Du liebe Zeit! Da hatte sie sich wirklich beeilt.

»Du kennst ja ihre Lage: Eine Frau, die unverheiratet ein so großes Fürstentum wie Aquitanien regiert, darf nicht lange allein sein. Deshalb hat sie sich kurz entschlossen einen Mann genommen, der sie vor Entführung und erzwungener Ehe schützt: Herzog Heinrich von der Normandie, Graf von Anjou. Er ist blond, blauäugig, temperamentvoll und zwanzig Jahre alt. Das Beste kommt noch, Sadi: Sie hat ihn einmal gesehen, und beide haben sich rasend ineinander verliebt. Sechs Wochen nachdem Eleonore Ludwig verlassen hatte, waren sie verheiratet. Aber das ist noch nicht alles. Wenn König Stephan von England stirbt, wird Heinrich Plantagenet sein Erbe. Das heißt,

er wird König von England und der Normandie und durch Eleonore auch noch von Aquitanien. Unsere geliebte Freundin regiert mit ihrem Gatten mehr Land, als Ludwig je hatte.«
Mir schwirrte der Kopf. Diese Neuigkeiten waren genau das Richtige, um mich aus meinen Grübeleien herauszureißen. Ich bewunderte Eleonore grenzenlos. Sie hatte es auch ohne meine Hilfe geschafft, und mir war, als würde sie mir aus irgendeiner Ecke des Palastes zuzwinkern. »Wie hat Ludwig darauf reagiert?«
»Er hat sich tagelang eingeschlossen und wahrscheinlich gebetet. Ludwig liebt sie noch immer, trotz allem, was geschehen ist. Ihre Streitereien hatten viel mit Eifersucht zu tun. Ich bin überzeugt, dass er auch auf dich eifersüchtig war. Mit niemandem konnte Eleonore so ausgelassen lachen wie mit dir. Euer geheimnisvolles Getuschel hat ihn gekränkt; er fühlte sich ausgeschlossen, auch wenn es sich nur um Albernheiten gehandelt hatte.«
»Was wird mit den beiden Kindern, wenn Ludwig wieder heiratet?«, fragte ich.
»Ich habe versprochen, so lange zu bleiben, bis sie alt genug sind, um in einem Kloster erzogen zu werden. Dann werden wir weitersehen.«
»Eine ziemlich unsichere Angelegenheit für dich.«
»Nun, ich habe die Wahl, Sadi: Kloster oder Ehemann.«
»Wofür würdest du dich entscheiden?«
»Für einen Ehemann, meine Liebe.«
»Gibt es schon einen Kandidaten?«
»Neugierig bist du wohl gar nicht, Sadi«, sagte sie lachend. »Ja, es gibt einen, Marquis de Elville. Er ist schon etwas älter und hat erwachsene Kinder.«
»Gefällt er dir?«
»Sonst käme er ja wohl nicht in Frage. Er ist charmant, liebenswürdig und führt auf seinem Landgut kein schlechtes Leben. Eleonore hat mich eingeladen, zu ihr zu kommen, und das gilt auch für dich. Doch um ehrlich zu sein, mein ganzes weiteres Leben im Schatten von Eleonore zu verbringen und

von einem Land ins andere zu reisen, das ist mir zu anstrengend. Übrigens bin ich nicht der gleichen Meinung wie Eleonore, dass du zu ihr kommen solltest, aber es bleibt deine Entscheidung.«
»Was soll ich sonst tun? Habe ich denn eine andere Wahl?«
»Wir haben viel über dich gesprochen und auch gestritten; wir haben es uns nicht leicht gemacht, was dich betrifft, mein Kind. Friedrich hat dich auf dem Kreuzzug zu Eleonore geschickt, und sie hat die Verantwortung für dich übernommen. Du bist kein Kind mehr, sondern eine erwachsene Frau. Du musst versuchen, dein Leben endlich in die richtige Bahn zu lenken. Der Weg zu Eleonore wäre der falsche Weg. Sie hat kein Recht, dich in ihr Leben hineinzuziehen, für dich zu entscheiden. Wenn du dich in Zukunft auf sie verlassen willst, werde ich dir keine Steine in den Weg legen, dann hast du meinen Segen. Es ist deine eigene Entscheidung.«
»Wo soll ich hingehen? Ich besitze kein Haus und habe kein Geld. Nicht einmal die Kleider, die ich trage, sind meine eigenen.«
»Dafür ist gesorgt, Liebes. Eleonore hat für diesen Fall eine Leibrente für dich ausgesetzt und in Mainz hinterlegt. Du brauchst nur dorthin zu reisen und in die Apotheke *Zu den drei Bären* zu gehen, dann kannst du dir überall eine neue Existenz aufbauen.«
»Ich verstehe nicht. Warum fühlte sie sich dazu verpflichtet?«
»Eleonore mag oberflächlich und eigennützig sein, doch dich hat sie immer geliebt. Sie hat eure Freundschaft nie in Frage gestellt, und wenn man sie auch als eine leichtsinnige Frau ansieht, sie wird immer daran denken, was du im entscheidenden Augenblick für sie getan hast. Sie hätte keine ruhige Stunde mehr, wenn sie wüsste, dass es dir nicht gut geht.«
Zum Glück brauchte ich mich an diesem Tag nicht zu entscheiden; die Abwesenheit des Königs gab mir Zeit. Ich konnte also irgendwann getrost nach Hause reiten und mich in meinem Heimatort niederlassen, ein Haus kaufen oder bauen und mich zu Tode langweilen.

»Es gibt Möglichkeiten, an die du jetzt noch nicht denkst, Sadi. Wie wäre es mit einem Geschäft? Was ist mit dem Kaufmann aus Würzburg? Du kennst seinen Namen, du kannst mit ihm in Verbindung treten.«
»Wenn alle Stricke reißen, könnte ich mich auf Marktplätze setzen und Geschichten erzählen wie die Märchenerzähler im Orient«, sagte ich lachend. Constanze fiel mit ein, und allein bei der Vorstellung, wie ich den Gelnhausenern mein Leben erzählte, wurde mir wohl zumute.
Obwohl ich durch die Königin abgesichert war, stiegen immer wieder Zweifel in mir hoch, ob ich es diesmal richtig machen würde. Was, wenn ich mich in meinem Heimatort niederließ, und Friedrich besuchte mit seiner Gemahlin Gelnhausen? Musste ich als ehemalige Geliebte in die Verbannung?
Mit Grübeln kam ich nicht weiter, und ich entschloss mich, die Dinge wie immer auf mich zukommen zu lassen. Ich konnte den Winter in der Burg von Paris verbringen, in Constanzes Gesellschaft mich von den letzten Strapazen erholen.
Zu Ostern erst wurde der König zurückerwartet, und zu diesem Zeitpunkt begann ich mich auf die Abreise vorzubereiten.

Durch die Wälder

»Sadi, darf ich dir den Mann vorstellen, der dich nach Deutschland begleiten wird? Das ist Adelmar.«

Der Mann mit dem blonden Bart gab mir die Hand, als wäre ich ein Mann. Diese Geste machte ihn mir auf Anhieb sympathisch. Merkwürdig, einen Mann nur mit seinem Vornamen vorzustellen. Doch Constanze ließ mir keine Zeit zum Nachdenken.

»Ihr werdet gut miteinander auskommen; Adelmar war auch auf dem Kreuzzug. Hast du alles zusammengepackt, was du mitnehmen willst? Dein Pferd wurde eben gebracht.«

Constanze wirkte aufgeregt und hatte rote Flecken auf den Wangen; ich schob es auf meine Abreise. »Du wirst doch von dir hören lassen, Sadi? Du musst deine Nachricht nach Mainz schicken. Du weißt schon, die Bärenapotheke.«

»Ja, Constanze, beruhige dich. Es wird geschehen, wie du es willst, ich verspreche es dir.«

»Dann lebe wohl, Sadi.« Tränen rannen über ihr Gesicht, und auch ich konnte nur mit Mühe meine Haltung bewahren. Wir führten die Pferde an der Wache vorbei, und ich verbot mir, zurückzuschauen.

Wieder war ein Abschnitt meines Lebens vorbei, und wieder ritt ich auf der Straße neben einem fremden Mann. Doch schon am abendlichen Feuer kamen wir uns näher. Nach ein paar Tagen war ich sicher, Adelmar vertrauen zu können. Wir hatten genug Gesprächsstoff für die nächste Zeit, meine Kreuzzugserfahrung und die seine, eine Flut von Geschichten, die orientalische Märchenerzähler neidisch gemacht hätten. Die lauen Frühlingsnächte versetzten mich in eine romantische Stimmung.

Fest in die Wollmäntel eingewickelt, übernachteten wir im Freien. Denn genau wie ich verabscheute Adelmar die flohverseuchten Herbergen am Wegesrand.
Mit jedem Tag, der verging, sah ich in dem Mann mehr Ähnlichkeiten mit Friedrich. Mal waren es seine blauen Augen, mal der rötlich blonde Bart, dann seine Figur. Wir starrten in die Glut des Lagerfeuers und hörten dem Gesang der schwarzen Amsel zu.
»Das Lied des Frühlings«, sagte Adelmar. »Im Sommer und Herbst sind sie meine Feinde. Sie fressen die Trauben schneller, als sie reifen können.«
»Wieso, was hast du mit Weintrauben zu tun?«
Er lachte und zeigte seine kräftigen weißen Zähne. »Ich bin Weinbauer, Sadi. Ein paar Wochen später, und ich hätte der Fürstin die Bitte, mit dir zu reiten, abschlagen müssen.«
Erstaunt sah ich ihn an. Er sah nicht aus wie ein Bauer. Er trug zwar nur eine Streitaxt und gab zu, weder mit der Armbrust noch mit dem Schwert kämpfen zu können, doch das hatte nichts zu sagen. Ich hatte Männer gesehen, die mit einer Streitaxt mehr anrichten konnten als zwanzig Bogenschützen mit ihren Pfeilen. Aufmerksam lauschte ich seinen Kreuzzugerfahrungen und dem, was danach geschah.
»Damals wollte ich alles aufgeben, mein Gut, mein Land und meine Familie. Kurz zuvor war meine Frau gestorben. Auch ich wollte nicht mehr leben. Die Kinder waren erwachsen; sollten sie sich mit den weltlichen Gütern herumschlagen. Aber mit eigener Hand meinem Leben ein Ende setzen wollte ich nicht. Eines Tages hörte ich von Bernhard von Clairvaux, einem bekannten Mönch von großer Beredsamkeit. Er predigte vom Kreuzzug und davon, das Grab Jesu zu befreien, von den Ablässen, die man sich verdienen konnte.
Dieser fromme Mann hat mir den Weg gezeigt, auf dem ich in Ehren das jetzige Jammertal verlassen konnte. Wir verkauften einen Weingarten für Pferde und Rüstung, und dann ging es los. Bei jedem Kampf war ich vorbereitet, mein Leben zu lassen. Vielleicht weil ich den Tod erhoffte, hat er einen Haken geschla-

gen und ging an mir vorbei. Ja, Sadi, er hat mich einfach übersehen.«

»Ich bin froh, dass er dich übersehen hat, sonst wärst du jetzt nicht bei mir.«

»Dann wäre ein anderer an meiner Stelle.«

»Hast du dich nicht gewundert, dass das Heilige Grab nicht von den Sarazenen besetzt war?«

»Ich hatte vorher schon davon gehört. Der wahre Grund des Kreuzzuges war ein anderer. Der Pontifex wollte die östliche Kirche wieder in die römisch-katholische eingliedern. Am meisten hat den Papst geärgert, dass die östliche Kirche die Priesterehe nicht aufgeben wollte.«

»Wegen ein paar Ehefrauen und Kindern wurde so viel Blut vergossen? Das habe ich nicht gewusst und die Königin auch nicht.«

»Auch Königinnen wissen nicht alles, Sadi. In einem Punkt muss ich dem Papst Recht geben. Du hast doch gesehen, wie die Fürsten in Konstantinopel, Antiochia und Jerusalem leben. Denk an Raimund von Antiochia: Er hat wie ein Araber gelebt. Er hat gegessen, getrunken, ihre Gewänder getragen – der Prunk, die Bäder, die Sklaven und Pferde.«

Und die Liebe, konnte ich mir beizusteuern gerade noch verkneifen.

»So hielt es nicht nur dieser Fürst, auch der König von Jerusalem, auch der Kaiser von Konstantinopel. Die Gefahr besteht, dass sie eines Tages den Papst nicht mehr als Nachfolger Petri ansehen. Deshalb war der Kreuzzug wichtig und richtig, obwohl er in den Augen vieler zum Desaster wurde. Ich bin davon überzeugt, dass es neue Züge geben wird. Nur – wir beide, Sadi, werden nicht mehr daran teilnehmen.«

Muradys Worte kamen mir in den Sinn: Das Kreuz wird verschwinden, und der Halbmond wird wieder herrschen. Doch ich sagte nichts.

Stundenlang konnte ich Adelmar zuhören; er gab mir die Geborgenheit und Sicherheit, die ich ein Leben lang gesucht hatte. Nun war mein Begleiter müde und starrte schweigend in den Sternenhimmel.

Am nächsten Tag erzählte er da weiter, wo er am Abend zuvor aufgehört hatte.

»Auf der Rückfahrt kamen wir in einen bösen Sturm, und ich konnte der Fürstin und ihrer Dienerin beistehen. Es war mir eine große Ehre; sie ist eine bezaubernde Dame.«

»Was war mit der Königin?«

»Für die Königin waren andere zuständig; ich hatte genug zu tun. Als der König davon erfuhr, dass ich alles meinen Kindern überlassen hatte, um am Kreuzzug teilzunehmen, bot er mir an, in seine Garde einzutreten. Ich habe abgelehnt. Ich brauche die Natur, um atmen zu können, Vögel, die den Frühling besingen, und den hohen Himmel über der Île de France. Wenn ich schon leben soll, dann da, wo ich geboren wurde. Meine Kinder haben mich mit Freuden wieder aufgenommen, obwohl ich mich früher längst nicht genug um sie gekümmert habe. Heute bin ich stolz auf meine Nachkommenschaft.«

»Adelmar, was denkst du über Eleonore von Aquitanien?«

»Ich kenne sie nicht persönlich, Sadi, doch ich hoffe, dass sie mit Heinrich von Anjou glücklicher wird als mit Ludwig. Sie hat alles, was eine große Königin braucht, Schönheit und Verstand; und – was in ihrem Fall wichtig war – sie hatte Durchhaltevermögen. Der König von England liegt im Sterben; es ist nur noch eine Frage der Zeit, wann sie Königin von England wird. Sie hätte Ludwig nie heiraten dürfen.«

Ihre Klagen fielen mir ein, und ich sagte zu Adelmar: »Sie hat sich in Paris nie wohl gefühlt, und ich kann sie verstehen. Es ist eine grässliche Stadt, voller Schmutz und Unruhen.«

»Ja«, sagte er, »aber die deutschen Städte sehen auch nicht anders aus. Der Souverän wird wieder heiraten, und das Volk bekommt mit der neuen Frau ein neues Schauspiel. Vielleicht bekommt er endlich den lang ersehnten Thronfolger. Wieder etwas, um das Volk Hunger und Kälte vergessen zu lassen. Sie werden dem König zujubeln, und eine Zeit lang wird Ruhe herrschen.«

»Die armen kleinen Prinzessinnen werden im Kloster vergessen«, sagte ich.

»Wo denkst du hin, Sadi? Sie sind Bestandteil des Königshauses und werden bei Bedarf verheiratet.«
»Das klingt, als wären sie tote Gegenstände, die man verschachert.«
»Nun, ganz so schlimm ist es nicht; man wird schon dafür sorgen, dass sie angesehene Männer bekommen, die ihrem Stand entsprechen.«
In diesen Tagen war ich schon so verliebt in Adelmar, dass ich nicht einmal widersprach, wenn ich nicht seiner Meinung war. Obwohl es keinerlei Anzeichen gab, dass er mich auch liebte, war ich überzeugt, in die falsche Richtung zu reiten. Bäuerin auf Adelmars Weingut zu sein erschien mir als höchstes Glück. Auch wenn er mein Vater hätte sein können, Kinder in meinem Alter hatte, kam er mir begehrenswert vor wie kein anderer, und ich wartete jeden Tag auf ein Zeichen seiner Liebe.

Die Erde lag fett und braun unter den Hufen der Pferde; sie dämpfte das Geräusch und schaukelte uns elastisch beim Traben. Im Wald war es dunkel. Das zarte Licht fiel nur in dünnen Streifen zwischen die hohen Stämme. Es roch nach Moder und Feuchtigkeit, doch durch das vergilbte Laub lugte an manchen Stellen schon das frische Grün der Stauden und Gräser. Wir ritten schweigend. Die Pferde hielten die Ohren gespitzt und setzten behutsam ihre Hufe auf den weichen Waldboden. Ein jäher Windstoß bewegte die Wipfel der Bäume. Mein Pferd tänzelte plötzlich nervös und verdrehte die Augen. Ich konnte den Himmel nicht sehen. Der Wald lag dunkel und endlos. Nur das bedrohliche Sausen in den Zweigen zeigte an, dass außerhalb dieser schweigenden Dämmerung etwas geschah.
Ich warf einen Blick auf meinen Begleiter und begegnete seinen lachenden Augen. »Kein Grund zur Besorgnis«, sagte er. »Ein Wetter zieht auf.«
Die ersten Tropfen fielen schwer und noch vereinzelt. Das dichte Gewirr der Baumkronen hemmte die Wucht des Regens. Der Wald wurde lichter. Tief und grau lagen die Wolken über der Landschaft.

Wir waren nur noch wenige Meilen vom Fluss entfernt, der die natürliche Grenze zwischen Frankreich und Deutschland bildet. Der warme Frühlingswind, der uns in den vergangenen Tagen umweht hatte, entwickelte sich zu einem Sturm. Sand von der Straße, gemischt mit dürren Blättern, wirbelte uns ins Gesicht. Äste mit aufbrechenden Knospen peitschten wie Krakenarme durch die Luft, als wollten sie uns umschlingen. Adelmar drehte sich nach mir um und rief mir zu: »Wir werden heute Nacht eine Herberge aufsuchen müssen! Bei diesem Wind können wir kein Feuer machen – es wird bald regnen!« Ich nickte ihm zu, denn das Sprechen fiel mir schwer. Nur mühsam ließ sich mein Pferd bändigen. Seine Angst war spürbar, Schaum tropfte aus seinem Maul, und trotz des kalten Windes schwitzte es stark. Mein Pferd hatte keinen Namen. Niemals wieder wollte ich mich mit einem Tier so anfreunden, wie ich es mit Roller getan hatte. Es tat mir Leid, denn es war ein gutes Pferd, und ich konnte seine Angst vor der aufgewühlten Natur verstehen.

Fast hätten wir das kleine Haus unter hohen Bäumen übersehen, und als wir den Weg hinabritten, sahen wir, dass noch andere Reisende Unterschlupf gesucht hatten.

Dicht drängten sich Männer aus allen Ständen in der niedrigen Gaststube. Rauchschwaden und Küchengerüche waberten durch den Raum. Alle sprachen und schrien durcheinander, sodass man sein eigenes Wort nicht verstehen konnte. Dazwischen schob sich der Wirt hindurch, mit zerzaustem Bart und schmutziger Schürze, schenkte aus Steinkrügen Wein, reichte Schüsseln und volle Platten, und trotz seines Jammerns freute er sich sichtlich am reichen Umsatz, den ihm der Sturm beschert hatte.

Ein kräftiger Mann bahnte sich seinen Weg durch das Gewühl und hieb seine Pranke auf Adelmars Schulter. »Marquis, Adelmar de Elville! Was hat Euch in diese Spelunke verschlagen?«

Adelmar drehte sich um. »Philippe! Seid gegrüßt!«

Wie ein Schlag traf mich die Erkenntnis: Adelmar war der Marquis Constanzes.

Auch er hatte mich an der Nase herumgeführt. Ihm hatte ich

vertraut. Verdammt noch mal, gab es denn nur noch Verräter auf der Welt?
Die beiden Männer hatten sich ein Stück von mir entfernt, und ich flüchtete zum Ausgang. Eine tobende Natur empfing mich vor der Tür. Blitze fuhren wie Schwerter durch die Wolken. Ihnen folgten Donnerschläge, die nicht rollten, sondern krachten, als schlüge alles Eisen der Erde aufeinander. Obwohl der Sturm mir fast die Kleider vom Leib riss, lief ich gebückt aus dem ummauerten Hof in den nahen Wald. Gegen den Aufruhr in meinem Herzen war es ein lahmer Wind. In einem Hohlweg blieb ich stehen. Mein Herz klopfte wie rasend.
Mitten im Heulen und Toben hörte ich bekannte Geräusche: Pferdegetrappel, das Klirren von Eisen, wenn es den Stein streift, dumpfes Rollen von Kriegswagen, Rufen, Schreien und raues Gelächter, das Bellen von Hunden. Wehende Mäntel schlugen mir an Arm und Bein. Gischt von tropfenden Pferdemäulern, heißer Pferdeatem streiften mein Gesicht. Es roch nach Feuer, Rauch, nach Schweiß und Blut. Wie erstarrt stand ich da und spürte, wie die wilde Jagd der alten germanischen Götter an mir vorüberzog.
Waren es Stunden, oder war nur ein Augenblick vergangen? Adelmar hatte mich am Arm gepackt und schrie auf mich ein, ich solle zurückkommen. Die Erstarrung löste sich, der Himmel hatte seine Schleusen geöffnet, und der kalte, eisige Regen, mit Hagelkörnern vermischt, brachte mich wieder in die Gegenwart zurück. In der Ferne verklangen das Hufgetrappel und das Knarren der Wagen.
»Verdammt, Sadi! Was fällt dir ein, bei diesem Wetter in den Wald zu laufen! Was soll der Unsinn? Du wirst dir den Tod holen! Siehst du denn nicht, wie gefährlich das ist? Ein Baum hätte dich erschlagen können.«
Jetzt erst sah ich die entwurzelten Bäume, die um mich herumlagen. Der Sturm hatte eine Schneise in den Wald geschlagen, kerzengerade, als wäre sie mit der Schnur gezogen worden. Genau da, wo die wilde Jagd vorübergesaust war.
Adelmar führte mich zurück. Diesmal betraten wir die Schänke

nicht, sondern umgingen das Gebäude, wo wir auf der Rückseite einen leeren Schuppen fanden. Hier konnten wir ein Feuer anzünden und uns aufwärmen.
»Zieh deine Kleider aus und hänge sie über die Balken.« Er reichte mir ein trockenes Hemd aus seiner Packtasche, und in der dunklen Ecke kleidete ich mich um. »Was hast du dir nur dabei gedacht? Fast hätte mich der Schlag getroffen, als ich dich zwischen den brechenden Bäumen sah.«
»Es war die wilde Jagd, Adelmar. Ich habe sie gehört und gefühlt. Es waren die alten germanischen Götter. Sie wollten mich willkommen heißen. Nie waren sie mir so nahe wie heute Nacht. Sie wollen, dass ich zurück in den deutschen Wald gehe.«
»Sadi, beruhige dich. Du hast mir von deinem Unverständnis der frommen Pilger erzählt, die auf ihren Knien in das Heilige Grab rutschten, kannst du dich noch erinnern!«
Ich nickte. »Was hat das mit heute Nacht zu tun?«
»Vielleicht mehr als du glaubst, Mädchen. Schau, diese Pilger waren von Jugend an zur Frömmigkeit erzogen; als sie nun vor dem Grab Jesu standen, erging es ihnen wie dir: Sie fühlten Gottes Gegenwart. Zwischen diesen alten Steinen hat sein Leichnam gelegen, bevor er auferstanden ist. Hierher waren sie mit blutenden Füßen gewandert, um diese Steine zu berühren und mit ihren Tränen zu benetzen.«
»Gut, Adelmar, ich verstehe, was du meinst. Aber ich verstehe noch immer nicht, was die Pilger mit der wilden Jagd zu tun haben.«
»Du, Sadi, hast *diese* Geschichten mit der Muttermilch getrunken.«
»Ich hatte die Milch einer Amme, Adelmar«, unterbrach ich sein dummes Geschwätz. Doch ich verstand den Vergleich und was er damit meinte. Er war es, der nichts verstand, der keine Ahnung hatte. Ich sagte nichts weiter dazu, wickelte mich in eine warme Decke und schloss erschöpft die Augen.
»Adelmar, liebst du Constanze?«
Er saß an einem Balken und schaute abwesend zum Dach, von dem Spinnweben wie Vorhänge herunterhingen. »Wie kann ich

eine Frau lieben, die so hoch über mir steht? Auch wenn du es nicht glaubst, Sadi, ich bin ein Bauer. Mein Heim ist ein einfaches Haus, mit Menschen und Tieren bevölkert. Ich arbeite mit meinen Händen und trage keine seidenen Gewänder. Wie könnte ich eine Frau wie die Fürstin dahin bringen? Ihr ganzes Leben hat sie in Palästen gewohnt, ist mit dem König verwandt. Welten trennen uns – oder könntest du dir Constanze zwischen Weinstöcken vorstellen?«

»Du bist ein Dummkopf, Adelmar, wenn du so denkst. Zufällig weiß ich von Constanze, dass sie dich liebt und dass sie auf einen Heiratsantrag wartet. Sie weiß genau, worauf sie sich einlässt. Sie mag Paris genauso wenig wie die Königin.«

»Wie kommst du ausgerechnet jetzt auf die Fürstin?«

»Als der Mann in der Gaststube dich mit ›Marquis‹ angeredet hat, ist es mir eingefallen. Sie hat mir von dir erzählt, nur deinen Namen hat sie nicht genannt. Wirst du zu ihr gehen?«

»Ich werde es mir überlegen.«

»Überlege nicht zu lange, Adelmar. Wir werden uns morgen trennen. Bis Mainz ist es dann nicht mehr allzu weit. Ich möchte, dass du auf dem schnellsten Weg zu Constanze reitest. Man lässt eine liebende Frau nicht lange allein.«

Nun war es gesagt. Irgendwie fühlte ich mich erleichtert und verdammt großzügig und edel. Schließlich hatte ich zugunsten Constanzes auf den Mann verzichtet. Mit diesen Gedanken schlief ich ein.

Als ich am nächsten Morgen immer noch darauf bestand, allein weiterzureiten, sah Adelmar mich bekümmert an. »Was soll ich nur mit dir machen, Sadi?«

»Zurückreiten, mein Freund. Es war mein Ernst letzte Nacht.«

»Na gut, ich kann dir meine Gegenwart nicht aufzwingen, und bis zur Grenze ist es wirklich nicht mehr weit.«

Das war unser Abschied. Er stand da und sah mir traurig und verständnislos nach. Noch lange spürte ich seine Blicke, drehte mich aber nicht um. Mir wurde es schwer, mich selbst zu verstehen. Gestern noch war ich verliebt in ihn, hatte Ähnlichkeiten mit Friedrich gesucht. Heute war er für mich nur ein älterer

Mann, der mein Vater hätte sein können. Ich konzentrierte mich auf den Weg, der noch vor mir lag. Regen und Sturm waren vorbei, die Landschaft lag still und ruhig unter einem grauen Himmel.

Heimkehr

Am Abend kam ich zu einer Herberge, in der deutsch gesprochen wurde. Das Haus war ebenso wenig Vertrauen erweckend wie das auf der anderen Seite, doch die deutsche Sprache zu hören und zu sprechen hatte etwas Heimatliches an sich, und mir wurde warm ums Herz. Nach einem dürftigen Mahl zog ich mich in einen Schlafraum zurück, den ich mit noch sechs anderen Reisenden teilen musste.

Ausgeruht sattelte ich am nächsten Morgen mein Pferd. Ohne Zwischenfälle kam ich am Abend vor den Mainzer Stadttoren an. Stadtwachen kontrollierten die Menschen, was zu einer langen Wartezeit führte. Misstrauisch untersuchten sie meinen Mantelsack, als wollte ich Gold und Silber in die Stadt schmuggeln.

»Wo kommst du her?«, fragte mich barsch einer der Soldaten und starrte drohend auf mein Schwert.

»Zehn Meilen von hier hat mein Vater einen Bauernhof. Die Waffen meines Vaters müssen in die Schmiede; sie sollen gerichtet werden.«

Misstrauisch beugte er sich über mein verrostetes Schwert. Von beiden Seiten rückten und drückten die Menschen, die nach mir an der Reihe waren, und beschwerten sich über den langen Aufenthalt. Er beäugte meinen Bogen und zog einen Pfeil aus dem Köcher.

»Damit jagt er wohl Wildschweine. Sollte sich eine neue Armbrust zulegen. Dann könnte er vielleicht mal treffen, wenn er das Zielen nicht vergisst.« Er lachte über seinen Witz und hieb dem Pferd auf das Hinterteil. Die Umstehenden freuten sich über die Abwechslung, als das Pferd einen Satz nach vorn

machte und ich mich nur mit Mühe im Sattel halten konnte. Ohne mit der Wimper zu zucken, nahm ich den Spott hin.
Eine Frau kreuzte meinen Weg, und ich fragte nach der Bärenapotheke.
»Warst wohl noch nicht oft in der Stadt, Junge!«
»Nein, es ist das erste Mal.«
»Du gehst die breite Straße hinunter. Das Haus ist nicht zu übersehen, wenn du die Augen aufmachst.«
»Da oben am großen Palast?«
»Nein, das ist der Bischofspalast. Ein Stück weiter, dann kommt der Königspalast, und gleich nebenan ist ein kleines Fachwerkhaus. Da bist du richtig.«
»Ist eure Stadt immer so schwer bewacht?«
»Wo denkst du hin, Junge? Nur wenn der Kaiser in der Stadt ist, da sind die Büttel besonders scharf; vielleicht haben sie Angst, ausgerechnet in Mainz könnte ihm jemand an den Kragen gehen.«
Verständnisvoll nickte ich ihr zu. Friedrich war also auch in dieser Stadt; dieser Zufall ließ mein Herz schneller klopfen. Für mein Pferd fand ich einen Mietstall, und der Stallknecht zeigte auf ein kleines Haus neben dem Königspalast.
Mainz war, soviel ich sehen konnte, im Vergleich zu Paris eine saubere Stadt, und ich musste an die Worte Adelmars denken. Nur das kleine Fachwerkhaus passte nicht neben die hohen Palastmauern. Es sah aus, als hätte ein Kind sein Spielzeug verloren. Den Türknauf in der Hand, musste ich daran denken, dass ich in den letzten Jahren öfter in Palästen als in einfachen Häusern gewohnt hatte. Doch die meiste Zeit hatte ich auf Straßen verbracht.
Eine ältere Frau öffnete die Tür und fragte nach meinem Namen.
»Könnt Ihr Euch ausweisen?«
»Nein, tut mir Leid, Ihr müsst mir schon so glauben. Ich komme von Paris.«
»Das kann jeder sagen, nicht wahr?«
»Wollt Ihr mich nicht Eurem Herrn melden? Vielleicht denkt er anders als Ihr.«

Murrend schlurfte sie davon. Die Tür war nur angelehnt, und ich hörte, wie sie jemandem meinen Namen sagte. »Baronin von Ortenberg?«
Ein kleiner weißhaariger Mann kam auf mich zu. »Seid willkommen, Madame. Seit Jahren warte ich auf ein Lebenszeichen von Euch. Mein Name ist Burkhard. Nehmt es meiner alten Dienerin nicht krumm: Eine Frau in Männerkleidung hat sie noch nicht gesehen. Wie lange wollt Ihr in Mainz bleiben?«
»Wenn es Euch nichts ausmacht, mich eine Nacht zu beherbergen?«
»Ihr seid mein Gast und könnt so lange bleiben, wie es Euch gefällt. Charlotte! Richte der Frau Baronin das Zimmer – und gegen ein Bad habt Ihr bestimmt auch nichts einzuwenden«, sagte er schmunzelnd. »Wenn Ihr so gütig wäret, mit mir zu speisen, wenn Ihr Euch frisch gemacht habt, würde ich mich freuen.«
»Es wird mir eine Ehre sein, Herr Burkhard.«

Das kleine Apothekerhaus war gemütlicher eingerichtet als die Räume des Königs von Frankreich. Es roch angenehm nach Bienenwachs, und die damit eingeriebenen Truhen und Tische glänzten im Kerzenlicht wie matte Seide. Mein Gastgeber, der mir an diesem Abend gegenübersaß, forderte mich auf, kräftig zuzulangen. Das ließ ich mir nicht zweimal sagen. Die gebratenen Hühner und Tauben schmeckten köstlich; dazu kredenzte er mir einen herrlich süffigen Rotwein. Satt und müde fragte ich den alten Herrn: »Wie kommt es, dass die Königin Euch für das Aufbewahren meiner Leibrente ausgesucht hat, Herr Burkhard?«
Er griff nach der Weinkaraffe und schenkte erneut ein. »Es war bei meinem letzten Aufenthalt in Paris. Mein Freund Henri Beauforth hatte eine Arbeit in der Burg angenommen, und ich habe ihn begleitet. Es war ein Bild von Euch, das er malte. Jetzt, da ich Euch vor mir sehe, wird mir erst bewusst, was für ein großer Künstler er ist.«
»Ihr habt die Bilder in den Gemächern der Königin gesehen?«

»So ist es, meine Liebe. Deshalb wusste ich sofort, dass Ihr die echte Baronin Ortenberg seid.«

»Ich bin keine Baronin, Herr Burkhard. Der Baron von Ortenberg ist mein Großvater.«

»Das weiß ich, denn auch ihn habe ich kennen gelernt. Aber alles der Reihe nach, meine Liebe. Also, Henri war froh, dass die Königin so viel Interesse an mir bekundete; so konnte er endlich in Ruhe seine Arbeit verrichten. Sie bat mich in einen anderen Raum und unterbreitete mir ihren Plan.«

»Die Leibrente, nehme ich an«, unterbrach ich ihn.

»So ist es. Sie wollte, dass ich Euren Heimatort aufsuche, weil sie hoffte, Ihr hättet den Weg nach Hause gefunden. Leider war das nicht so, wie Ihr selber wisst. Niemand hatte etwas von Euch gesehen oder gehört.«

»Wie habt Ihr meinen Großvater angetroffen?«

»Nun, anfangs war er sehr leutselig, wie man so schön sagt; doch als er hörte, dass ich Euch suchte, wurde er wortkarg und verschlossen.«

»Das glaube ich Euch aufs Wort. Er und ich sind nicht die besten Freunde, müsst Ihr wissen.«

»Nun, jetzt seid Ihr da, und alles wird gut. Ihr könnt ohne weiteres bleiben; ich habe es Euch schon einmal angeboten. Jede Woche fahren Wagenkolonnen über Frankfurt nach Leipzig und Nürnberg. Damit kommt Ihr geschützt bis in Eure Heimat.«

»Sind die Straßen in Deutschland so unsicher, Herr Burkhard?«

»Nun, meine Liebe, Straßenräuber hat es schon immer gegeben, nicht wahr? Aber nach den Kreuzzügen, als die Ritter zurückgekommen sind, war plötzlich alles ganz anders. Schon vor dem Kreuzzug gab es viele verarmte Ritter, die in dieser Reise den Ausweg sahen, mit Plündern ihre eigenen Truhen zu füllen. Doch danach war man allerorts tief enttäuscht von den Kreuzzügen der Ritter, besonders von dem skandalösen Überfall auf Konstantinopel. Die Gier nach Land und Beute, nach Gold und neuen Lehen beherrschte die Kreuzfahrer mehr als der fromme Eifer, die heiligen Stätten im Morgenland unter das

Kreuz der Christen zu stellen. Sie kamen voller Enttäuschung zurück, das Leben war ohne sie weitergegangen. Es gab Ritter, die – totgesagt – plötzlich vor der Türe standen und ihre Frau mit einem anderen verheiratet vorfanden. Die Leibeigenen wussten nicht mehr, wem sie dienen sollten. Das hat viel böses Blut gegeben. Die kampferprobten Ritter fackelten nicht lange und erschlugen den Nebenbuhler. Sie hatten nichts mehr zu verlieren; also fingen sie an, auch in der Heimat zu plündern und zu morden.

Der Kaiser hat ihnen den Kampf angesagt und viele Burgen geschleift und die Burgherren gefangen gesetzt. Der Kaiser kann aber nicht überall sein, es gärt auch in seinen eigenen Reihen. Da ist der Papst in Rom, die Lombardei, die keine Ruhe gibt, Heinrich der Löwe aus dem Hause der Welfen – ein ewiger Kampf. Ich beneide den Kaiser nicht. Zum Glück zeichnet er sich durch Schnelligkeit und Tatkraft aus. Seit Friedrich der neue Herr ist, weht ein frischer Wind durch die staubigsten Winkel des Reiches. Er ist jung genug, hat einen scharfen Geist, ist rasch von Entschluss, glücklich im Kampf und immer noch begierig nach Ruhm und Gefahr. Er duldet keine Unbill, ist leutselig und freigiebig.«

»Ihr verehrt Ihn sehr, Herr Burkhard«, sagte ich und verkniff mir ein Lachen über die feurigen Worte des alten Mannes.

»Ich gestehe, ich bin ein treuer Untertan und würde für ihn durchs Feuer gehen.«

»Nun, das würde er wohl kaum von Euch verlangen.«

»Es ist nur eine Redensart, meine Liebe, aber glaubt mir: In aller Bescheidenheit, schon oft habe ich ihm gute Dienste geleistet.«

Nur mit Mühe konnte ich ein Gähnen verhindern. Der Tag war lang, und ich sehnte mich nach einem Bett.

»Ihr seid müde, Madame, und ich möchte Euch nicht länger aufhalten. Verzeiht einem alten, geschwätzigen Mann. Es kommt nicht oft vor, dass ich mein Abendmahl mit einer so reizenden jungen Dame einnehmen kann. Ich wünsche Euch eine gute Nacht in meinem bescheidenen Haus.«

Es war schon spät, als ich endlich meinen Schlafraum aufsuchen konnte. Der Blick durch das kleine Fenster zeigte eine leere, dunkle Straße, die im Schatten des Königspalastes lag. Behutsam ließ ich mich auf einen Stuhl nieder. Ein kratzendes Geräusch ließ mich herumfahren. Vor der hell gestrichenen Wand stand eine dunkle Gestalt.
»Was wollt Ihr? Wie seid Ihr hereingekommen?«
»Sadi, sprich bitte leiser, du weckst das ganze Haus auf.«
»Friedrich!!«
Ich sprang auf, dass der Stuhl krachend umfiel, flog in die Arme meines Geliebten und drückte mich so fest an ihn, als ob ich nie wieder von ihm lassen wollte. Wir lachten und weinten abwechselnd vor Glück. Dann küsste er mich, und in diesem Kuss lag alles, Liebe, Verzweiflung, Freude und Schmerz. Alles, was sich in diesen furchtbaren letzten Jahren der Trennung aufgestaut hatte. Wie hatten wir es nur so lange ohne einander aushalten können ...
»Ja, mein Liebes, ich bin es. Nein, ich bin kein Geist, ich habe nur den Geheimgang benutzt, den einer meiner Vorgänger angelegt hat.«
»Bestimmt nicht Konrad«, konnte ich mich nicht enthalten zu sagen.
Er lachte leise. »Du hast ihn nie gemocht, nicht wahr?«
»Nein, aber es beruhte auf Gegenseitigkeit.«
»Er ist tot, Sadi, und du lebst.«
»Ja, Friedrich, doch er hat alles getan, um uns auseinander zu bringen.«
»Jetzt bin ich bei dir, das konnte er nicht verhindern. Komm, sprich nicht von Konrad. Du lebst und ich lebe. Mir ist kalt; gestattest du, dass ich mich in deinem Bett aufwärme? Es spricht sich leichter.«
Lachend schüttelte ich den Kopf. »Du hast dich nicht verändert, Friedrich, obwohl du eine Ehe hinter dir hast und wahrscheinlich eine neue vor dir.«
»Du kannst dir nicht vorstellen, wie einsam man in einer Ehe sein kann, in der Liebe ein Fremdwort ist.«

»War deine Ehe mit Adela von Vohburg so schlimm?«
»Sie war nicht schlimm, es war keine richtige Ehe. Adela liebte einen anderen Mann, leider einen Mann unter ihrem Stand.«
»Und jetzt ist sie eine geschiedene Frau.«
»Nein, ich habe dafür gesorgt, dass sie den Mann heiraten konnte. Sie hat vor ein paar Wochen ihren ersten Sohn geboren.«
»Du bist sehr großzügig.«
»Das würde ich nicht sagen, Sadi. Eigentlich war ich froh, sie los zu sein; da kann man gut großzügig sein.«
»Du wirst von deinem Volk geliebt, Friedrich. Konrad hatte Recht, du bist ein großer Kaiser geworden.«
»Noch nicht ganz, erst brauche ich noch den Segen des Pontifex, was nicht ganz so einfach ist bei den herrschenden Unruhen in Rom.«
»Es wird dir gelingen, Friedrich.«
»Komm, erzähle mir, wie es dir ergangen ist in den vergangenen Jahren.«
»Sie waren nicht so ruhmvoll wie die deinen, Majestät. Einen Winter habe ich in einem Hurenhaus auf Rhodos verbracht. Du brauchst nicht zu erschrecken; zwar wütete die Pest in der Stadt, doch wir kamen mit niemand anderem in Berührung. Danach war ich zwei Jahre auf dem Meer. Die Piraterie ist sehr einkunftsträchtig, jedenfalls für den Dogen in Venedig.«
»Du warst Pirat?«
»Nun, man nannte es Handel, obwohl die Besitzer nicht gefragt wurden, ob sie handeln oder verkaufen wollten. Konnten sie auch nicht, denn ein Toter verkauft keine Ware. Ein geheimnisvolles Fieber brachte mich an die Küste Maltas, in die Hände des Quaid. Ich hegte den Verdacht, dass er mich vergiften wollte, konnte aber fliehen. Als Bettler und Beutelschneider kämpfte ich mich durchs Land bis nach Paris, wo mir die Fürstin von Antiochia weiterhalf.«
»Meine arme Sadi, mein kleiner Page als Bettler und Beutelschneider – ich bewundere dich um deine Fähigkeiten.«
»Du brauchst mich weder zu bewundern noch zu bedauern,

Friedrich. Ich habe im kleinen nichts anderes getan als Könige, Kaiser und Fürsten im großen Stil. Ein Überfall auf ein fremdes Land, die Belagerung einer Stadt sind nichts anderes. Nur habe ich es aus Hunger getan, genau wie die vielen Bettler auf Europas Straßen. Für euch bedeutet es Ruhm und Ehre. Doch im Grund ist es das Gleiche.«

»Dein freier Geist, Sadi von Ortenberg, hat schon Eleonore von Aquitanien begeistert. Du bist ihr sehr ähnlich. Genau wie sie kannst du Könige das Fürchten lehren. Doch sei vorsichtig, man könnte dir deine freien Gedanken übel nehmen und dich als Ketzer anklagen.«

»Du bist der Kaiser und würdest mir zu Hilfe eilen.«

»Natürlich würde ich das, aber ich bin nicht immer bei dir. Da ist der Papst, da sind die rebellischen Fürsten. Mein Vetter Heinrich der Löwe sitzt mir wie eine Laus im Pelz.«

»Kannst du nichts gegen ihn unternehmen?«, fragte ich.

»Wer verbrennt schon seinen guten Mantel wegen einer einzigen Laus, Sadi? Komm endlich zu mir, wir haben genug Unsinn geredet. Kommen wir zum Wesentlichen und machen wir da weiter, wo wir in Antiochia aufgehört haben.«

Er hatte Recht. Es war alles gesagt. Er wollte mich, und ich wollte ihn. Er war mein Friedrich und würde es immer sein – der einzige Mann, den ich liebte. Jeder Kuss, das Streicheln auf meiner Haut, alles war mir bekannt und gehörte in dieser Nacht nur mir allein. Zwischen den Küssen flüsterte er: »Du warst mir doch treu, Sadi?«

Ich musste lachen. Treu – diese Frage musste ja kommen! Ich war eine Diebin, aber treu war ich sicher, wenn vielleicht auch nur aus Mangel an Gelegenheit. Ja, ich war treu und würde es immer sein. Zum Glück wusste ich in dieser Nacht noch nicht, dass einmal eine Zeit kommen würde, wo mich diese Treue unglücklich machen würde.

Es wurde noch viel gesprochen in dieser Nacht; gegen Morgen, als Friedrich erschöpft in meinen Armen ruhte, musste ich daran denken, dass ich auch diese Begegnung Eleonore von Aquitanien zu verdanken hatte. Wie in Antiochia hatte sie auch hier die Hand im Spiel. Bevor mir die Augen zufielen, hörte ich ihr triumphierendes Lachen.

Willentlich einer großen Liebe endgültig entsagen gehört zum Schwersten, was ein Mensch sich auferlegen kann. Wer es je durchgemacht hat, weiß, welch inneren Kampf das kostet, welche Kraft aufgebracht werden muss, um sich innerlich von dem Geliebten zu lösen. Eine äußerliche Trennungslinie zu setzen ist relativ einfach; eine gewisse räumliche Distanz zwischen dem anderen und sich hatten wir in den letzten Jahren schon zustande gebracht. Doch diese Trennungsjahre waren unfreiwillig. Es war schwer genug, als der Mensch, den ich liebte, plötzlich nicht mehr da war, als es keinen äußeren Kontakt mehr gab, kein Wort, keine Berührung. Mit aller Macht hatte ich meine Sehnsucht bekämpft. Das Bild Friedrichs begann zu verblassen. Doch da existierte noch die Verbindung der Seelen, und diese bleibt für ewig bestehen.

Alles schien so fest gefügt in meinem Leben, freudlos und ohne wirklichen Sinn. Und doch ging ich am nächsten Morgen in die Stadt. Ein Kaufmannszug war im Aufbruch, und ich handelte mit dem Meister einen Preis aus und bat ihn, kurze Zeit zu warten.

Auch das Bitten des alten Apothekers, noch ein paar Tage zu bleiben, konnte mich nicht halten. Nur widerwillig rückte er den Geldsack heraus. Dann reichte er mir eine Pergamentrolle.

»Was ist das?«

»Eine Schenkung des Kaisers. Euch erwartet ein Haus in Gelnhausen. Einen ganzen Sommer habe ich dort verbracht und die Einrichtung überwacht. Das Haus gehörte einer Jagdgesellschaft. Nun gehört es Euch, und Ihr könnt darüber verfügen.«

Das war eine Überraschung, die ich erst einmal verdauen musste.

Der Abschied von dem alten Mann ging schnell vonstatten. Die Kaufleute wollten nicht länger warten, und bald ritt ich auf der Straße nach Frankfurt.

Die Wagen fuhren langsam und schwerfällig, die schlaflose

Nacht mit Friedrich saß mir in den Knochen. Es war eine Nacht, wie ich mir jede Nacht gewünscht hätte. Doch dann wäre es bestimmt nicht mehr das Gleiche gewesen.

Es gibt keinen Grund, um traurig zu sein. Friedrich – nein: Der Kaiser wird aufbrechen und nach Savoyen reiten und der schönen jugendlichen Beatrix einen Heiratsantrag machen. Das deutsche Reich wird sich mit Savoyen noch ein großes Stück vom Länderkuchen einverleiben. Dann wird der Kaiser mit seiner neuen Gemahlin nach Rom reisen, um sich zum zweiten Mal krönen zu lassen.

Beatrix von Savoyen wird keine große Geschichte schreiben. Schön, blond und angepasst, wird sie Friedrich die erwünschten Söhne gebären, lächelnd und schweigend im Hintergrund den langweiligen Dialogen der Fürsten und Bischöfe lauschen. Ich beneidete sie nicht, denn ich war frei.

Geld und Haus waren mir ohne besondere Anstrengungen in den Schoß gefallen. Nie war ich besitz- oder geldgierig. Geld ist dazu da, um es auszugeben, und genau das würde ich tun. Wie ich das tun wollte, wusste ich damals noch nicht, aber es würde sich finden. Ich hatte nicht vor, in dem kleinen, verschlafenen Ort Gelnhausen zu versauern. Ein kurzer Aufenthalt musste genügen. Ein bisschen Erholung, dann würde man weitersehen. Weder Eleonore noch dem Kaiser gegenüber war ich mit Dankbarkeit belastet. Warum sollte ich nicht Geld und Haus annehmen? Schließlich war ich Freundin und Geliebte, weil sie es so wollten und sich etwas dabei dachten.

Während dieser Reise in mein Heimatdorf war ich überströmend glücklich. Auf meinem Pferd ritt ich zwischen den Kaufmannswagen dahin. Die Landschaft, in herrliches frühlingshaftes Gelbgrün getaucht, war mir noch nie lieblicher erschienen. Über mir wölbte sich der Himmel in hellem Blau, und in der Ferne entdeckte ich eine große Schafherde, die sich im Tal an den goldenen Butterblumen gütlich tat. An den Hortensienbüschen in den Bauerngärten zeigten sich erste grüne Blätter, die Luft war erfüllt vom Duft des weißen und des dunklen Flieders. Das Aufblühen der Pflanzen, das mir den Kreislauf des Lebens bewusst machte, empfand ich wie ein Versprechen – als würde auch ich nach einem langen Winter zu neuem Leben erwachen. Um die verlorenen Nächte, die ich in Friedrichs Armen hätte verbringen können, tat es mir nicht Leid. Ich wollte, dass er litt. Es war das erste Mal, dass ich ihn verlassen hatte – ein gutes Gefühl, und ich lachte im Stillen, wenn ich daran dachte, wie er durch den Geheimgang kriechen und vor meinem leeren Bett stehen würde. Meine alte Sorglosigkeit war zurückgekehrt. Frei und ungebunden wie die Vögel am Himmel konnte ich in die Zukunft gehen.

Zwei Tage langweilte ich mich in Frankfurt; das Rad eines Wagens war gebrochen, und es dauerte so lange, bis ein neues montiert war und wir weiterfahren konnten.
Längst ging es mir nicht mehr so gut wie am Anfang dieser Reise; um ehrlich zu sein, es ging mir ausgesprochen schlecht. Jeden Morgen erbrach ich das Frühstück. Das Reiten ebenso wie das Fahren auf dem ungefederten Wagen glich einer wahren Tortur. Die Angst saß mir im Genick – jeden Moment konnte das alte Mittelmeerfieber wieder ausbrechen. Der oberste Fuhrknecht beugte sich über mich, als ich eines Tages zusammengekrümmt zwischen Kisten und Fässern lag.
»Ich werde sterben!«
»Das werdet Ihr nicht. So schnell stirbt es sich nicht.« Mit einem Tuch putzte er mir das Erbrochene von den Kleidern. »An einer Schwangerschaft ist noch niemand gestorben, und bis zur Geburt Eures Kindes ist noch eine lange Zeit.«
»Was sagt Ihr da!? Ich bin nicht schwanger, da täuscht Ihr Euch gewaltig! Es ist eine Krankheit, die ich schon am Mittelmeer hatte.«
»Wann wart Ihr denn am Meer?«
»Letzten Herbst«, sagte ich und setzte mich auf.
»So so, letzten Herbst. Glaubt mir, kleine Dame, ich bin Vater von neun Kindern, mir könnt Ihr nichts vormachen. Ich fresse meinen Hut, wenn Ihr nicht schwanger seid. Übelkeit, wie Ihr sie habt, tritt in den ersten Wochen auf.«

»Und wann hört das wieder auf?«
»Das ist unterschiedlich, manchmal im fünften Monat; wenn Ihr Pech habt, dauert es bis zur Geburt des Kindes.«
»Wie lange trägt man ein Kind im … äh, ich meine … Ihr wisst schon.«
»Neun Monate, dann ist es so weit.«
»Danke.«
»Gern geschehen. Wenn ich noch etwas tun kann …«
»Oh, es geht mir schon viel besser.«
Verdammt, da saß ich ja ganz schön im Dreck. Schwanger – ausgerechnet mir musste das passieren. Wie konnte er mir das antun? Jetzt, da ich mich endlich befreit hatte! Was konnte ich schon für Sprünge machen mit einem Schreihals auf den Armen? War ich zurückgekommen, um mit einem Bastard mein Leben zu fristen?
›Ich will es nicht, und ich werde es nicht haben. Den will ich sehen, der mir ein ungewolltes Kind aufdrückt!‹, dachte ich voller Zorn. Mit einem Satz sprang ich auf, schwang mich auf den Rücken meines Pferdes, und von Stund an stieg ich nur zum Essen und Schlafen aus dem Sattel. Das morgendliche Erbrechen ignorierte ich, und nach einiger Zeit ließ es nach.
»Ihr sollt Euch schonen, junge Frau. Das Reiten ist nicht gut für Euch!«, sagte der Fuhrknecht.
»Kümmert Euch nicht um mich. Ich weiß, was ich tue.« Wenn ich schon nichts daran ändern konnte, so wollte ich es wenigsten eine Weile vergessen, nach dem Motto: Was man nicht sah, war auch nicht da.

Gelnhausen

Es regnete in Strömen. Die Kinzig war angeschwollen und konnte jeden Moment über die Ufer treten. Es erstaunte mich nicht, denn ich kannte Überschwemmungen von früher. Als wir um den letzten Hügel kamen, hörte der Regen auf, und die Sonne kam heraus. Ihre Strahlen fielen nicht auf die kleinen, windschiefen Hütten, die ich zu sehen erwartet hatte, sondern auf ein hohes Tor, das zwischen imposanten, zinnenbesetzten Mauern lag. Die unbezwingbaren Stadtmauern von Konstantinopel oder Jerusalem waren es nicht, doch konnte ich mich auch nicht erinnern, dass Gelnhausen jemals zuvor belagert oder umkämpft worden wäre, was eine so hohe Mauer gerechtfertigt hätte.

Wie hatte sich der Ort verändert! Ein großer freier Platz, auf den wir fuhren und wo die Wagen abgeladen wurden, einzelne Häuser aus Stein und Fachwerk, mit Schindeln anstatt mit fauligem Stroh gedeckt. Hohe Kamine und breite Straßen. Alles war im Aufbau, viele Häuser erst halb fertig, es fehlten Fenster und Türen; doch im schwindenden Licht des Tages konnte man sehen, dass dieser Ort vorhatte, eine Stadt zu werden, die, von einer Stadtmauer eingerahmt, ein schönes Bild abgab.

Allein schon der Gedanke, dass viele reiche Fürsten und ein Kaiserpaar in diesen Mauern verweilten, konnte Feinde auf die Idee bringen, einen Überfall zu wagen.

Noch immer stand ich auf dem großen freien Platz, sah zu, wie die Pferde getränkt wurden, und überlegte, wo früher unsere Wiese gelegen hatte, auf der wir als Kinder herumgesprungen waren und Heu gemäht hatten. Die neuen Häuser und die hohe Mauer irritierten mich; auch ich tränkte nun mein Pferd, an

einem Brunnen, den es zu meiner Zeit noch nicht gegeben hatte. Mit großen Schritten kam der Fuhrknecht auf mich zu.
»Was ist los? Ihr seid ja immer noch da.«
»Ich habe keine Ahnung, wohin ich mich wenden soll.«
»Habt Ihr nicht etwas von einem Haus gesagt?«
»Ja, doch, aber ich weiß nicht, wo es ist.«
Er sah mich so merkwürdig an, als wäre ich nicht bei Sinnen.
»Wie ist Euer Name?«
»Ortenberg.«
»Wenigstens das wisst Ihr«, murmelte er und verschwand in einer nahen Schänke. Auf diese Idee hätte ich auch kommen können, dachte ich und schämte mich meines Unvermögens.
Nach kurzer Zeit erschien der Mann wieder. »Da entlang, junge Frau, genau der Nase nach, und Ihr stoßt auf Euer Heim.« Mit dem Zeigefinger wies er auf ein Fachwerkhaus, das etwas abseits stand und vom neu erbauten Kloster durch eine Wiese und einen Gartenzaun getrennt war.
»Ich danke Euch«, hörte ich mich sagen. »Hätte ich etwas Zeit, würde ich es Euch erklären.« Mit diesen Worten drehte ich mich um, nahm mein Pferd am Zügel und führte es in die gezeigte Richtung. Kopfschüttelnd sah der Fuhrknecht mir nach. Eine Katze strich um einen großen Holzstoß, ein Hund bellte, und aus einem Fenster drang ein dünner Lichtstrahl. Stall und Futterhaus waren im Nebengebäude untergebracht.
Als hätte ich nur einen kurzen Ausritt gemacht, überquerte ich den Hof, führte mein Pferd in den Stall und holte einen Arm voll Grünfutter, das in einer Ecke lag.
»Was wollt Ihr hier?« Ein Mann mit einer Mistgabel stand hinter mir. Vorsichtig drehte ich mich um. »August!«
»Was wollt Ihr hier?«
»Kennst du mich nicht? Ich bin es, Sadi!«
»Sadi! O du mein Herr und Vater, du bist es wirklich! Komm, Sadi, ich bringe dich zu Gertrud. Heiliger Bonifaz, hoffentlich trifft sie nicht der Schlag!«
Wie viel der sonst so ruhige August von sich gab! Aufgeregt ließ ich mich über den Hof führen. Fragen über Fragen stiegen in

mir hoch, doch zum Fragen blieb keine Zeit. Erst als ich am klobigen Tisch der Küche saß, ausgiebig gegessen und getrunken, alle Mitglieder des Hauses kennen gelernt hatte, erzählte mir Gertrud, die Köchin, endlich, warum sie in diesem Haus und nicht im Schlosshof wohnten.

»Suse, geh und brühe neuen Tee auf, und hol die dicke Kerze aus der guten Stube.«

Suse, eine junge, rotbäckige Magd, die Gertrud zur Hand ging, verschwand, kam aber gleich darauf wieder, um ja kein Wort zu verpassen.

»Du warst ein Jahr fort, Sadi, als die Nachricht kam, König Konrad hätte dich aus dem Kreuzzug gejagt, weil du dich am Hof des Herzogs von Schwaben als Mann ausgegeben hättest. Die Gerüchteküche brodelte. Da wir abseits wohnten, haben wir längst nicht alles gehört, was man dir im Ort angehängt hat. In den Schänken von Gelnhausen warst du Tagesgespräch. Frauen standen überall in kleinen Gruppen beisammen, und jede wusste etwas anderes.«

»Ja, ja«, brummte August, »Weiber können nie das Maul halten.«

»Jetzt, wo es der ganze Ort wusste«, fuhr Gertrud fort, »musste der Alte Farbe bekennen. Er ließ die Muhme und Nans kommen. Was oben in seinem Wohnraum besprochen wurde, haben wir nie erfahren. Weder die Muhme noch Nans haben ein Wort verlauten lassen. Wir konnten nur annehmen, dass die Muhme sich vor den alten Hirten gestellt und alles auf sich genommen hat. Schon am nächsten Tag zog sie in die Hütte am See. Dein Großvater hatte sie einfach davongejagt. Das dickste Federbett haben wir ihr gebracht, damit sie nicht frieren muss, und August hat Nans den Winter über geholfen. Sie hat nur noch das Nötigste gesprochen, konnte nicht leben und nicht sterben; so vegetierte sie dahin. In der feuchten Hütte wurde die einst so aufrechte Gestalt krumm. Ende des Winters fing sie plötzlich an zu kränkeln. Sie hustete, klagte über Schmerzen in der Brust, und eines Morgens im April lag sie kalt und starr in ihrem Bett. Sie war in der Nacht davongegangen.

Einen Tag vorher hatte ich ihr noch Hühnerbrühe gebracht. Sie

hatte sich besser gefühlt als die Tage zuvor. Doch dann sagte sie: ›Morgen, morgen gehe ich in den Wald. Frigga wartet auf mich, sie will ein Rezept von mir haben. Sage Sadi, wenn sie zurückkommt, ich gehe ihr entgegen.‹ Du weißt ja, Sadi, mit den alten germanischen Göttern hatte sie es immerfort.«
Gertrud schwieg und wischte sich die Tränen aus dem Gesicht, und August fuhr fort: »Ich kann mich noch entsinnen, wie Gertrud zu Nans sagte: ›Allmählich fängt die Muhme an zu spinnen.‹ Kein Mensch hätte geglaubt, dass sie sich einfach so in der Nacht davonstehlen würde.«
»Wo habt ihr sie begraben?«
»Draußen am See, Sadi, unter dem großen Stein.«
Das reichte mir für diesen Tag. »Komm, zeig mir, wo ich schlafen kann; mehr kann ich heute nicht vertragen.«

Die erste Nacht, die ich in Gelnhausen verbrachte, zog sich in die Länge. Unruhig warf ich mich von einer Seite auf die andere. Immer wieder kam mir die Muhme in den Sinn. Sie wollte mir entgegengehen, und sie ist mir entgegengegangen. In jener Sturmnacht an der Grenze zwischen Frankreich und Deutschland – sie war dabei. Hat mein Gesicht, meine Arme und Beine gestreichelt, und ich hatte es nicht geahnt.
Der Blick zum Fenster zeigte mir, dass die Nacht vorüberging. Draußen sang ein Vogel. Vorsichtig, ohne Lärm zu machen, öffnete ich das Fenster. Auf einer niederen Mauer saß er und schaute mich an. Das schwarze, aufgeplusterte Gefieder, der gelbe Schnabel, der Ring um die Augen – der Turdus merula, wie Constanze den Vogel genannt hatte. »Bist du mir gefolgt? Oder bist du ein Verwandter? Väterlicher- oder mütterlicherseits?«, rief ich ihm zu. Er hielt das Köpfchen schief, als lauschte er mir.
»Sadi, bist du schon wach! Hast du was gesagt?« Gertrud mit einer Schürze voller Eier kam aus dem Stall. »Schlaf noch ein bisschen, es ist noch viel zu früh.«
Ja, es war noch zu früh. Was hatte ich schon zu tun in einem Haushalt, der seit Jahren wie am Schnürchen lief? Das warme

Bett lockte mich. Im diesigen Licht des neuen Tages sah ich mich um.
Der Schock traf mich unerwartet: Der Raum war die exakte Nachbildung des Zimmers in Mainz mit der Geheimtür, in dem ich die Nacht mit Friedrich verbracht hatte. Selbst die blassblauen Bettvorhänge schienen die gleichen zu sein. Unverkennbar die Handschrift des alten Burkhard.
Vielleicht hatte er sich nichts dabei gedacht und einfach das Zimmer eingerichtet, wie es ihm gefiel. Doch inzwischen hatte ich mir abgewöhnt, an Zufälle zu glauben. Allzu oft war ich in letzter Zeit hinters Licht geführt worden. Bald kam ich mir wie eine Puppe vor, mit Fäden, an denen jeder nach Lust und Laune zog. Müde schloss ich die Augen und schlief ohne Unterbrechung bis in den späten Vormittag hinein.

Nans, der gute Hirte, saß am Küchentisch und trank ein Bier.
»Sei gegrüßt, Nans. Hast du auf mich gewartet?«
»Ja. Früher hast du nicht so lang geschlafen, Sadi.«
»Du hast Recht, aber ich habe viel nachzuholen. Die letzten Wochen habe ich größtenteils im Sattel verbracht.«
»Roller hast du nicht mitgebracht. Ist er tot?«
»O nein, Nans, er ist in Jerusalem geblieben. Als wir abreisten, konnten wir keine Pferde mitnehmen.«
»Was ist aus den Männern geworden, die dich damals begleitet haben? Der junge Hans-Martin ist auch nicht mehr zurückgekommen, nachdem er den Sparstrumpf seines Vaters geplündert hatte!«
»Die waren alle gesund und munter, als ich sie verließ. Sie sind zu den Mönchskriegern gegangen, die sich Templer nennen, und helfen kranken Pilgern, die ins Heilige Land kommen.«
Nans nahm eine Prise Schnupftabak und nieste in ein großes blaues Tuch. »Kann mir den großen Schmied beim besten Willen nicht als barmherzigen Bruder vorstellen.«
»Ist er auch nicht, Nans. Wilhelm gehört zu den Kriegern und bekämpft die Sarazenen.«
»Und du, Sadi, hast du auch gekämpft?«

»O ja.« Im Inneren wusste ich, dass ich den Kampf endgültig verloren hatte. Nicht weil ich mit dem Schwert nicht umgehen könnte, sondern weil ich als Frau geboren wurde; doch das verschwieg ich dem alten Hirten, der in seine Gedanken versunken war.
Später, als die Tage nicht mehr so hektisch verliefen, erzählte ich Nans, August und Gertrud von Wilhelm und Hans-Martin. Auch das Schicksal des Kochs und der beiden schweigsamen Brüder verschwieg ich nicht. Niemand sprach ein Wort, als ich geendet hatte, und ich wusste, dass auch in Zukunft keiner mehr ein Wort darüber verlieren würde. Das war Vergangenheit; doch meine eigene Zukunft lag mir wie ein Eisengewicht auf der Brust.
Noch konnte man nichts sehen. Jeden Morgen nahm ich mir vor, Gertrud in mein Geheimnis einzuweihen. Am Abend verachtete ich mich wegen meiner Feigheit und verschob es auf den nächsten Tag. Noch konnte ich ausreiten, streifte in der Gegend umher, ritt zu Plätzen, die ich von früher kannte und die sich außer in der Vegetation nicht verändert hatten. Die Menschen mied ich. Es gab niemanden, den ich begrüßen wollte; mir war es schon unangenehm, wenn mir adelige Damen und Herren begegneten, die mich neugierig musterten.
Als ich mich bei Gertrud beschwerte, sah sie mich erstaunt an.
»Die Pfalz zieht die Adeligen an wie der Speck die Mäuse.«
»Wieso die Pfalz?«, fragte ich erstaunt.
»Ja, weißt du denn nicht, dass der Kaiser hier bei uns eine Burg gebaut hat? Noch ist sie nicht ganz fertig. Und dein Großvater ist der Burgvogt.«
Diese Neuigkeit verschlug mir die Sprache. Bei meiner Ankunft hatte ich keine Burg auf den Hängen gesehen.
»Sie steht auch nicht auf einem Hügel, sondern auf der großen Kinziginsel«, sagte Gertrud.
»Merkwürdig, alle Burgen, die ich in den letzten Jahren gesehen habe, standen hoch auf unbezwingbaren Bergen oder schroffen Felsen; was hat sich der Kaiser dabei gedacht?«
»Steine befördern sich leichter bergab als bergauf. Vielleicht

dachte er, dass es so schneller vorangeht und der Bau früher fertig wird. Du musst dir einmal die Zugbrücke ansehen, es wurden keine Kosten gescheut. Auch wenn die Burg im Tal steht, sicher ist sie.«

Der Pfad war mit trockenem dürrem Gras bewachsen, aus dem frische grüne Spitzen hervorlugten. Das Pferd glitt alle paar Schritte aus, weil seine ungeduldigen Hufe keinen Halt fanden. Ich hielt es mit fester Hand, beruhigte es achtsam durch den bloßen Druck meiner Schenkel und zwang es voran.

Endlich erreichte ich die Höhe, und vor mir lag eine Art Plateau, über das ein leiser Windhauch strich, der den Duft von Sommer mit sich trug. Ein Buchenwäldchen zog sich in einiger Entfernung dahin, ein Meer verschwimmenden Smaragdgrüns und bläulichen Graus, worin sich die weißen Birkenstämme am Rande wie Wächter ausnahmen.

Der Ausblick überraschte mich nicht. Obwohl seit meiner Abwesenheit viele neue Häuser gebaut worden waren, gab es doch noch Äcker und Wiesen zwischen den verstreut liegenden Häusern und Höfen. Zur Linken sah ich die Burg, von der mir Gertrud erzählt hatte. Von dieser Stelle sah sie klein und unbedeutend aus.

Schade, dass der Alte da unten das Sagen hatte. Zu gern hätte ich mir das Bauwerk von nahem betrachtet. Doch meinem Großvater zu begegnen war das Letzte, was ich wollte; so blieb mir nur der Blick von weitem, und ich hätte nicht sagen können, ob er neugierig oder sehnsuchtsvoll war.

Nun hatte der Kaiser einen Sitz in Gelnhausen. Wie es aussah, hatte er vor, des Öfteren hierher zu kommen und längere Zeit zu bleiben. Deshalb war der Adel dabei, sich in Gelnhausen breitzumachen. Sie hatten Privilegien vom Kaiser, und die Pfalz der Staufer war der Garant dafür, dass sie in der zukünftigen Stadt am rechten Platz waren.

Für das gewöhnliche Volk sah die Lage, wie immer sie sich gestalten mochte, anders aus. An Hochmut und Unterdrückung waren sie gewöhnt: Sie waren nicht von vornehmer Herkunft, hatten nicht reich geheiratet, hatten keine Freunde in einflussreicher Position und waren nicht im richtigen Bett gezeugt. Sie waren für ein Leben voll Müh' und Plag' geboren, rangen ihren Äckern die Ernte ab. Sie hatten sich damit abgefunden, Befehle zu empfangen, vor den Mächtigen auf die Knie zu fallen, ihren Zehnten zusammenzukratzen, nicht aufzufallen und auf die nächste Ernte zu hoffen, die vielleicht etwas besser ausfallen könnte als die vergangene.

Anfang Juli hörten wir, dass der Kaiser Beatrix von Savoyen geheiratet hatte. Friedrich hatte keine Zeit vergeudet, seit wir einander Ende März begegnet waren. Das frisch vermählte Paar war auf dem Weg nach Rom, um sich den Segen des Papstes zu holen.

Mich quälten andere Sorgen – ich hatte noch immer nichts gesagt.

An einem sonnigen Morgen erzählte mir Gertrud, warum sie den Schlosshof verlassen hatten. »Für August war das alles viel schlimmer als für mich, denn er ist dort geboren. Ich bin erst als junges Mädchen hingekommen, und trotzdem war es für mich auch nicht einfach. Dieser alte Herr Burkhard kam eines Tages zu uns und hat sich für dich interessiert. Ob du schon vom Kreuzzug zurückgekommen wärst, ob wir etwas von dir gehört hätten. Er hätte im Auftrag des Kaisers ein Haus gekauft und wollte es nicht leer stehen lassen. Er fragte noch, ob wir nicht ein Verwalterehepaar wüssten, das Interesse hätte, das Haus bis zu deiner Rückkehr zu verwalten.

Seit der schrecklichen Sache mit der Muhme wollten wir den Schlosshof verlassen. Aber wo sollten alte Leute wie wir schon hingehen? Albert wohnte in der Burg und hatte dort auch seine Arbeit. Dieser Mann kam genau zum richtigen Zeitpunkt. Noch am gleichen Tag gingen wir zu deinem Großvater und sagten ihm, dass wir gehen würden. Er hat nicht einmal gefragt, wohin. Ich hatte das Gefühl, er war froh, uns los zu sein. Auch er übersiedelte ganz auf die Burg; wahrscheinlich ist ihm das Hin und Her zu beschwerlich gewesen.

Ja, und dann hatten wir ein Haus für uns allein. Herr Burkhard ist abgereist, und wir haben uns mit den Sachen vom Schlosshof eingerichtet.« Gertrud, die Gemüse schnitt, hielt einen Moment inne und richtete ihre verrutschte Haube.

»Ich muss dir auch etwas sagen.« Vor Verlegenheit zerriss ich einen Kohlstrunk in kleine Stücke. »Ich bekomme ein Kind.«

»Ich weiß, Sadi.«

»Du weißt es!?«

»Auch ich habe Kinder geboren. Wenn auch nur Albert am Leben geblieben ist, weiß ich doch, wohin der Hase läuft, wenn sich eine junge Frau jeden Morgen fast die Eingeweide ... na, du weißt schon, was ich meine.«

»Warum hast du nie etwas gesagt?«

»Weil es mich gekränkt hat, dass du so wenig Vertrauen zu mir hast.«

»Tut mir Leid, Gertrud. Du hast Recht, ich bin ein Schaf.«

»Das bist du, Sadi, weiß Gott. Was ist mit seinem Vater – ist er tot?«

»Nein, wie kommst du darauf? Er ist eine hohe Persönlichkeit und verheiratet.«

»Du hast ja schon viele Dummheiten in deinem Leben gemacht, aber ich kann mir nicht helfen, diese Geschichte klingt besonders faul.«

»Ist sie aber nicht. Es ist die Wahrheit, Gertrud.«

»Na ja, wir werden auch dieses Wurm noch satt kriegen.«

Sie hatte Recht und hatte die richtigen Worte gefunden. Aufatmend legte ich meinen Arm um sie und drückte sie fest an mich. Endlich gab es jemanden, dem ich vertrauen konnte, ohne dass es ausgenutzt wurde.

Der Sommer ging in den Herbst über. Ende Oktober beschwatzte mich Gertrud, weiche Wolle für das Ungeborene zu kaufen. August hatte vom Schlosshof die alte Wiege geholt, und manchmal hatte ich das Gefühl, als schwebte das ganze Haus im Wartezustand.

Nicht davon betroffen war die Magd Suse. Dass sie ausgesprochen schwatzhaft war, hatten wir schon in den ersten Wochen meiner Rückkehr bemerkt. Obwohl ich noch mit niemandem außer mit Nans, August, Gertrud und Albert gesprochen hatte, wusste der ganze Ort von meiner Rückkehr. Ich ging davon aus, dass Suse alles wusste, was im Ort vorging. Normalerweise waren es die alten Weiber mit ihrem gut funktionierenden Nachrichtennetz, die besser Bescheid wussten als der älteste Rat des Ortes. Doch Suse schien sich nahtlos in diese Gesellschaft einzureihen.

Seit wir der Magd misstrauten, warteten wir, bis sie nach Hause gegangen war, um uns zusammenzusetzen und zu bereden, was zu bereden war.

Für unseren Einkauf hatten wir uns einen ruhigen, milden Tag ausgesucht. Bis zu meiner Niederkunft waren es nur noch wenige Wochen, und nach Gertruds Worten würde mir ein bisschen Bewegung nicht schaden.

Da, wo einst die kleine Dorfkirche mit dem Friedhof gestanden hatte, blieben wir stehen. Die kleine Kirche war verschwunden, und viele Männer waren dabei, ein riesiges Loch für ein Fundament zu graben. Bauhütten standen am Rande. Männer mit Schaufeln und Pickeln liefen umher oder arbeiteten tief unten in der Grube.

»Sie haben einen großen Baumeister geholt, Sadi, einen Herrn Heinrich Vingerhut aus Würzburg. Er wohnt auf der Pfalz, hat Albert gesagt.«

»Wo halten sie die Messe, wenn keine Kirche mehr da ist?«

»In der kleinen Godobertuskapelle. Sie ist eigentlich zu klein, doch was will man machen? Die Mönche, unsere Nachbarn, haben eine eigene Kapelle, und auf der Pfalz ist auch eine. Ist doch nicht schlecht, jeder sucht sich die aus, die am nächsten liegt. Komm, Sadi, ich zeige dir den Stadtplan, wie es einmal werden soll.«

Lange standen wir vor dem großen Brett. Noch hatte das Dorf wenig Ähnlichkeit mit diesem Plan. Zwischen unseren Häusern lagen Wiesen und Gärten. Auf dem Plan, der die Zukunft anzeigte, stand Haus an Haus eng nebeneinander. Es gab Straßen für die Schmiede, für Bäcker und Metzger, für Lei-

nenweber und Stoffhändler. Jede Zunft beanspruchte eine eigene Straße. Dazwischen waren die schon bestehenden Herrschaftshäuser skizziert und andere, die nur auf dem Plan standen. Das Ganze wurde wie ein Nest von der Mauer eingegrenzt, nur von Tortürmen durchbrochen. Dort, wo jetzt eine primitive Holzbrücke über die Kinzig führte, sah ich auf dem Plan eine Steinbrücke mit fünf Bögen. Ein Stück weiter unten sah ich eine Hafenanlage eingezeichnet. Gertrud wies mit dem Zeigefinger darauf und sagte: »Sie wollen in Zukunft die Kinzig schiffbar machen, und das da ist der Hafen.«
»Seit wann kannst du lesen?«
Sie wurde rot und fuhr verlegen mit dem Fuß umher. »Kann ich gar nicht, aber ich habe schon so oft hier gestanden und den Ausführungen gelauscht, dass ich diesen Plan auswendig kenne.«
»Du bist sehr stolz auf diese zukünftige Stadt, nicht wahr?«
»Ja, Sadi. August und ich haben unser ganzes Leben in der Abgeschiedenheit des Schlosshofes verbracht. Der Ort hier ist wie ein neues Leben, und ich muss dir sagen, es gefällt mir gut.«
»Was ist das da?«
»Das Siechenhaus. Sie können die Mauer nicht weiterbauen, das Haus steht im Weg.«
»Kann man es nicht abreißen und ein neues bauen?«
»Das ist ja das Problem, Sadi. In diesem Haus leben acht Leprakranke. Wo sollen sie hin? Keiner will sie haben.«
So viele Aussätzige in diesem kleinen Ort – unfassbar! Hörte man früher davon, waren es einzelne Fälle, die von Verwandten abgeschirmt und bis zu ihrem Tod eingesperrt wurden.
»Der Kreuzzug, Sadi. Sie haben nicht nur Geld mitgebracht, sondern leider auch die Lepra. Inzwischen steht in bald jeder Stadt ein Haus, das Unreine beherbergt. Sie leben vom Betteln und von Almosen. Es fährt mir jedes Mal eiskalt über den Rücken, wenn so ein armer Kerl in seiner Kutte erscheint und sein Glöckchen bimmeln lässt. Jedes Mal muss ich an den Sohn des Alten denken.«
Plötzlich hatte ich einen wunderbaren Gedanken. »Der Schloss-

hof steht leer. Wir könnten ihn dem hohen Rat für die Leprakranken geben, dann könnten sie die Mauer fertig bauen.«
»Der alte Herr würde dich eigenhändig erwürgen«, wandte Gertrud ein.
Vorsichtshalber schwieg ich. Endlich hatte ich etwas, um mich an dem Alten zu rächen. Leprakranke im Haus der Ortenbergs – nicht auszudenken! Ein wundervoller Plan. »Komm, Gertrud, bringe mich nach Hause.«
»Aber wollten wir nicht …«
»Das kannst du morgen machen.«
»Ist dir nicht gut, Sadi?«
»Nein, nein, alles in Ordnung. Ich bin bloß müde. Dieser Weg war doch zu weit.«
Fürsorglich brachte sie mich nach Hause, wo ich meinen Plan in Ruhe überdenken konnte.

Am nächsten Tag ließ ich den Mann zu mir bitten, der in unserem Ort das Sagen hatte. Baron Waldemar von Collersbach war im mittleren Alter und trug Kopf und Barthaar nach Art des Kaisers, obwohl es ihm nicht zu Gesicht stand.
»Herr Baron, ich bin sicher, dass Ihr die Geschicke des Ortes in fester Hand haltet und dem Kaiser ergeben seid«, fing ich das Gespräch an.
»Doch, Frau von Ortenberg, ich denke, dass er mit mir und meiner Verwaltung zufrieden ist.«
»Gut, kommen wir zur Sache. Ihr braucht einen neuen Platz für die Leprakranken, und den habe ich. Schreibt einen Brief an den Kaiser und lasst Euch den Schlosshof zuweisen.«
»Den Schlosshof? Aber Madame, das ist unmöglich! Der alte Baron würde nie seine Genehmigung erteilen.«
»Schreibt einen Brief an den Kaiser.«
Er wurde blass und hob flehend seine Hände. Doch ich war unerbittlich. »Schreibt dem Kaiser, dass der Schlosshof seit einigen Jahren unbewohnt ist, also die ideale Voraussetzung für ein Siechenhaus. Schreibt ihm, dass der alte Herr in die Pfalz übergesiedelt ist und seine Enkelin ein Haus im Dorf Geln-

hausen bezogen hat. Lasst ihn wissen, dass ich diesen Schritt befürworte. Ihr braucht nur die Einwilligung des Kaisers, und Euer Problem löst sich von allein.«
»Wenn das der alte Baron erfährt!« Collersbach wischte sich die Schweißtropfen vom Gesicht.
»Er darf es nicht erfahren; ich verlasse mich ganz auf Euch. Je schneller Ihr den Kurier losschickt, umso früher habt Ihr die Antwort.«
»Aber ich habe keine Ahnung, wo sich der Kaiser aufhält und ob er von seiner Italienreise zurück ist.«
»Schickt den Kurier nach Mainz, zum Apotheker Burkhard. Er wird den Brief weiterleiten. Euer Kurier kann auch gleich zwei Briefe von mir mitnehmen.«
»Natürlich, Frau von Ortenberg.«
Nachdem mich mein ängstlicher Mitverschwörer verlassen hatte, schrieb ich erst an Eleonore und dann an Constanze einen Brief. Der Königin dankte ich für die Leibrente und teilte ihr mit, dass ich ein Kind erwartete. Auch schrieb ich alles nieder, was ich seit Rhodos erlebt hatte. Vom Vater des Kindes schrieb ich nichts; das war zu gefährlich, das Schreiben konnte in falsche Hände geraten. Dafür erzählte ich ihr von meinem neuesten Plan. Eleonore würde entzückt sein, da war ich mir ziemlich sicher. Constanze schrieb ich davon nichts. Sie würde mir diesen schönen Plan glatt als Bosheit auslegen, und auf eine Predigt hatte ich auch brieflich keine Lust.
Nun war alles getan. Irgendwie fühlte ich mich, als hätte ich eine Kerze in einen Strohhaufen geworfen.
Schneller als ich dachte war die Antwort des Kaisers da. Er war also wieder im Lande, und alles würde seinen gewohnten Gang gehen.
Die Leprakranken wurden schon am nächsten Tag umgesiedelt. Das alte Siechenhaus riss man ab, damit der Alte nichts mehr rückgängig machen konnte. Im hohen Rat klopften sie sich gegenseitig auf die Schultern vor Freude über den hervorragenden Einfall.
Mit gutem Gewissen ging ich am Abend zu Bett. Endlich hatte

ich dem Alten einmal die Zähne gezeigt. Hoffentlich ahnte er, wer dahinter steckte.

»Sadi, es ist etwas Schreckliches passiert!« Aufgeregt, mit schiefer Nachthaube, stand die Köchin an meinem Bett.
»Was ist los?«
»Der Schlosshof brennt.«
»Was!« Ohne an meinen Bauch zu denken, schwang ich die Beine aus dem Bett.
»Du brauchst dich nicht zu beeilen, August ist schon eine ganze Weile weg. Er wird bald wiederkommen, denn nach dem Feuerschein zu urteilen, ist wohl alles abgebrannt.«
Hastig zog ich mich an, um Gertrud in der Küche zu helfen.
Es wurde schon hell, als August, Nans und Albert zurückkamen.
»Es ist alles vorbei, alles abgebrannt, und die Menschen sind tot.«
»Wie konnte das nur passieren?«
»Das frage ich mich auch«, sagte Nans.
»Hast du nicht die schweren Balken gesehen, Nans, mit denen die Eingänge verbarrikadiert waren?«
»Nein, so nah war ich nicht am Brandherd.«
»Er hat die armen Teufel eingesperrt und bei lebendigem Leib verbrannt.«
»Großvater?«
»So ist es, Sadi. Niemand kann ihn mehr zur Rechenschaft ziehen, der Alte hat sich im Turm erhängt.«

Keiner der Menschen, die an diesem Morgen um den Küchentisch saßen, schaute mir ins Gesicht. Sie gaben mir die Schuld, und ich konnte es ihnen nicht übel nehmen. Sie hatten die Augen niedergeschlagen, als wollten sie mich ausschließen.
Zornig zog ich mich zurück. Der Hass auf den alten Querkopf brodelte in mir wie ein Suppentopf auf dem Feuer. Er hatte acht unschuldige, kranke Menschen getötet, um sich danach aus dem Leben zu stehlen. Ich hatte ihn nie gemocht, hatte ihn immer als harten Mann angesehen, doch für einen Feigling

hatte ich ihn nie gehalten. Er hatte meine Mutter auf dem Gewissen, die Muhme und wer weiß wen noch alles. Sollte er doch in der Hölle schmoren! Ich würde ihm keine einzige Träne nachweinen.

Im Aufruhr der Gefühle zog ich mich in meinen Schlafraum zurück und starrte aus dem Fenster. Den ganzen Herbst hatte ich die Amsel gefüttert, um sie ans Haus zu gewöhnen; vielleicht würde sie einmal zahm wie ein Huhn werden. Doch seit ein paar Tagen blieben die Körner unberührt, und der Vogel ließ sich nicht mehr sehen. Auch er hatte mich verlassen.

Ehe

Aus der Küche hörte ich eine fremde Stimme, Türen schlugen zu, ein fremdes Pferd wurde über den Hof geführt. Ohne mich zu rühren, lauschte ich nach unten. Schritte kamen die schmale Holztreppe herauf und blieben vor meiner Kammertür stehen. Ein zaghaftes Klopfen, das Öffnen der Tür. Noch immer starrte ich aus dem Fenster und konnte mich nicht rühren. Der Geruch nach Pferden, Leder und Schweiß – ein Geruch, den ich kannte und liebte. »Sadi!«
Langsam drehte ich mich um. »Was willst du?«
»Zuerst darf ich dich doch wohl begrüßen, bevor du deine Krallen ausfährst.«
Simon. Simon war da. Hatte ich einen anderen erwartet?
Ohne auf meine unförmige Gestalt zu achten, beugte er sich über mich und küsste mich auf beide Wangen. »Ich habe einen Brief für dich, Sadi.«
Er übergab mir das Schreiben, und noch bevor ich das kaiserliche Wachssiegel aufgebrochen hatte, wusste ich, dass es nichts Gutes für mich bedeuten konnte. Nach dem Wunsch des Kaisers sollte Sadi Konrad von Ortenberg mit dem Ritter Baron Simon von Münzenberg die Ehe eingehen. Das konnte und wollte ich nicht glauben. Ich sah Simon an. »Warum ausgerechnet du und ausgerechnet jetzt?«
»Der Kaiser möchte nicht, dass dein Kind als Bastard auf die Welt kommt.«
»Woher weiß der Kaiser von diesem Kind?«
»Das kann ich dir auch nicht sagen, Sadi.«
Aber ich wusste es – dieser alte, neugierige Herr Burkhard! Er hatte meine Briefe geöffnet und dem Kaiser alles berichtet. Das

Kind in meinem Bauch boxte oder trat um sich. Es hatte genug von der Aufregung des Tages, und mir ging es ebenso.
»Du siehst schlecht aus, Simon.«
»Kein Wunder! Seit der Kaiser mich losgeschickt hat, habe ich fast nicht geschlafen.«
»Ach, konntest wohl nicht erwarten, mich zu heiraten, was?«
»Sei nicht sarkastisch, Sadi. Die Ehe muss noch vor der Geburt des Kindes geschlossen werden, und es darf keine Zweifel an meiner Vaterschaft geben.«
»Ich verstehe. Du würdest für Friedrich sogar in den Tod gehen, nicht wahr, Simon?«
Jetzt stand er am Fenster und schaute hinaus. »Du würdest für ihn das Gleiche tun, Sadi.«
»Sei dir da nicht so sicher. Aber lassen wir das. Lass dir von Gertrud eine Kammer geben und schlaf dich aus.«
»Warte nicht zu lange mit deiner Antwort, Sadi; du brächtest dich und mich in große Schwierigkeiten.«
»Wenn es deinem Schlaf förderlich ist – du kannst morgen den Priester bestellen. Es ist mir im Grunde gleichgültig, ob ich verheiratet oder ledig bin. Tue, was du nicht lassen kannst.«
Ich hörte Simon die Treppe hinuntergehen und mit Gertrud sprechen. Er war im rechten Moment gekommen; durch seine Ankunft wurden meine Leute vom nächtlichen Unglück abgelenkt.
Immer wieder musste ich über Simons Worte nachdenken. Hatte er wirklich Recht, würde ich für den Kaiser in den Tod gehen? Alles in mir empörte sich gegen so eine Vermutung. Nie war Friedrich für mich so etwas wie ein Halbgott. Er war ganz einfach der Mann, den ich zu lieben glaubte. Gut, er hatte es geschafft, über ein großes Reich zu herrschen. Doch für mich war er ein Mann, nicht viel großartiger als Simon, sein Knappe. Ohne weiteres hätte ich mich wehren und Simon nicht heiraten können; den Büttel oder Scharfrichter würde er mir bestimmt nicht schicken. Und Simon war nicht irgendein Mann; schon immer mochte ich ihn, war ihm, seit wir uns kannten, freundschaftlich verbunden – wäre da nicht Jerusalem gewesen.

Am nächsten Morgen – wir schrieben das Jahr 1152 – heiratete ich den Baron Simon von Münzenberg und war von nun an die Baronin von Münzenberg. Doch niemand in Gelnhausen nannte mich so. Für alle war ich und blieb ein Leben lang Sadi Konrad von Ortenberg. Es war nur eine einfache Zeremonie. Das Wichtigste war: Wir hatten dem kaiserlichen Wunsch entsprochen. Keiner von uns war in diesem Augenblick darauf aus, die Ehe zu vollziehen, was mir eine Woche vor der Geburt meines Kindes auch unmöglich gewesen wäre.
Da in dieser Hinsicht auf beiden Seiten keinerlei Erwartungen bestanden, gab ich mir Mühe, auch Gertruds wegen, ein freundschaftliches Klima im Haus zu schaffen.
Simon übernahm den Posten meines Großvaters; es blieb also alles in der Familie. Am Abend kam er öfter in Begleitung Alberts zurück, setzte sich zu uns an den Küchentisch und erzählte von seiner Reise mit dem Kaiser.
Er war auch bei der letzten Romreise dabei gewesen, die sie gleich nach der Verheiratung mit Beatrix angetreten hatten: »Am nächsten Tag, die Sieger sangen in der wieder geweihten Sankt-Peter-Basilika das Tedeum, konnte der Kaiser seinen triumphalen Sieg über die Stadt und die Welt als Kaiser feiern, als römisches Mitglied, dessen Insignien das goldene Diadem und der grüne Mantel waren. Am dreißigsten Juli wurde der Papst Paschalis in Sankt Peter inthronisiert. Am ersten August erneuerte er feierlich die Krönungszeremonie für Friedrich, und anders als 1155 wurde diesmal die schöne, treue Beatrix an seiner Seite zur Kaiserin gekrönt.«
»Oh, mein Gott«, stöhnte Gertrud voller Entzücken.
»Ja, es war ein Triumph«, fuhr Simon fort. »*Mutatio excelsi* – verhängnisvolle Wende, wie der Bischof sagte. Es war die Hand Gottes. Ein Sommergewitter – eines jener römischen Unwetter, das den Tiber in einen reißenden Strom verwandelte, entlud sich am zweiten August, einen Tag nach der Krönung, über Friedrich und sein Lager. Es folgte eine unerträgliche Hitze – Schwüle, die aus den trägen Strudeln des Tibers aufstieg, der Gestank der Sümpfe, von denen die Stadt umgeben ist. Und das

alte Sumpffieber, das ohne sichtbaren Grund tödlich zuschlägt, das alte Übel, das sich in den Stechmücken einnistet und das die Menschen mit dem fauligen Wasser trinken.
Die Reichsbischöfe starben, die hohen Fürsten, die mutigen Krieger. Unwetter und Seuchen sind seit jeher ein Zeichen für Gottes Zorn, und der Herr, der Gott der Heerscharen, der Jahwe des Alten Testaments, hat die Hand erhoben und den neuen Cäsar geschlagen.«
Ich war nicht Simons Meinung. In Wahrheit waren es die alten germanischen Götter, die den Kaiser und sein Heer geschlagen hatten. Ich schwieg, denn ich wusste, wie fromm Simon war. Doch eine kleine Spitze konnte ich mir nicht verkneifen. »Wo warst du, Simon, als der Herr zugeschlagen hat?«
»In Friedrichs Lager, Sadi. Trostlosigkeit und Schrecken herrschten. Was sollte Gottes Schlag anderes bedeuten als Empörung? Eine militärische Niederlage wäre männlich ertragen worden. Aber das Öffnen der Schleusen des Himmels und der massenhafte Tod am Tag nach dem Sieg – das war furchtbar. Es war ein Zeichen.
Wir hatten allen Mut verloren, nur Friedrich nicht.«
Ich sah Simon in die Augen und sagte sarkastisch: »Wie sollte er auch? Eine Niederlage vor den Kriegern war für den Kaiser zu verschmerzen, aber eine Niederlage vor seiner jungen Frau verkraftet ein Mann nicht so schnell.«
»Du tust ihm Unrecht, Sadi; keiner hat Friedrich jemals so verzweifelt gesehen. Er zog sich wie ein Geschlagener nach dem Norden zurück. Nicht Menschenhand hat ihn bezwungen; doch der Tod seiner Mitstreiter, Freunde und Berater traf ihn bis ins Mark. So bald wird er keinen Fuß mehr nach Italien setzen.«
»Was hat er jetzt vor?«, wollte Nans wissen.
»Er wird sein Reich neu organisieren und befrieden. Oh, mein Gott, wie grausam das Leben sein kann!«
Das ungeborene Kind war nicht dieser Meinung und strebte dem Leben in Freiheit zu. Ein Schmerzenslaut entfloh meinen Lippen, und alle umringten mich besorgt. August und Simon

schafften mich unter Ächzen und Stöhnen die Treppe hinauf, während Albert davonlief, um die Hebamme zu holen. Gertrud machte Wasser heiß und legte Tücher zurecht. Eine neue Schmerzwelle machte mir das Atmen schwer, und das Gefühl zu zerreißen ließ mich nicht mehr los. Stöhnend und um mich schlagend schrie ich den Menschen zu, die hilflos um mich herumstanden. »Geht nach unten«, sagte Gertrud und schob die Männer hinaus.

»Ich will diese Schmerzen nicht, Gertrud, ich halte das nicht aus!«

»Dann hättest du nicht schon vor deiner Ehe mit Simon ins Bett steigen dürfen.«

»Wieso mit Simon?«

Sie sah mich merkwürdig an, doch eine neue Schmerzwelle enthob mich weiterer Erklärungen und unterbrach die Überlegungen, die sie gerade anstellen wollte.

»Ich werde sterben.«

»Ach was, so schnell stirbt man nicht. Alle Menschen kommen unter Schmerzen zur Welt. Drinnen ist noch kein Kind geblieben.«

»Und was ist mit meiner Mutter? Oder den vielen anderen Frauen, die dabei gestorben sind?«

»Du bist nicht deine Mutter, Sadi. Das Kind liegt normal, und wir sind da, um dir zu helfen. Nicht mehr lange, und du wirst die Schmerzen vergessen haben.«

Die Hebamme kam gerade zur Tür herein, als ich erneut aufschrie. Es beruhigte mich, eine Frau in der Nähe zu wissen, die wusste, was zu tun war. Sie konnte mir nicht die Schmerzen nehmen, doch ihre ruhige, sichere Art nahm mir die Angst.

Und dann war auf einmal alles vorbei. Durch den Schleier der Erschöpfung sah ich die beiden Frauen hantieren, ein Klatschen erklang, und der empörte Schrei des Neugeborenen war zu hören.

»O Gott!«

»Was ist – fehlt ihm etwas?«

»Nein, nein, alles in Ordnung. Sieh selbst, Sadi.« Sie legte mir

das winzige Bündel Mensch auf die Brust, und ich konnte sehen, was sie so erstaunt hatte. »Es ist eine zweite Sadi.«
Ja, das war es wirklich. Alles an dem Kind war dunkel. Schwarze Haare, schwarze Augen, eine gelblich olivfarbene Haut.
»Es sieht genau wie du aus, als du zur Welt gekommen bist«, sagte die Köchin. »Es hat nichts von seinem Vater und nichts von den Ortenbergs. Das Blut der Fremden wird sich immer durchsetzen.« Gertrud hatte Recht, und in diesem Fall war es ein Segen für den Kaiser, für mich und für das Kind.
»Etwas ist anders«, sagte die Hebamme und lachte. »Es ist ein Junge.«
Beide Frauen verschwanden nach unten, um den Männern Bescheid zu sagen. Ich hatte es überstanden; enttäuscht schloss ich die Augen. Wie schön wäre es gewesen, in die blauen Augen Friedrichs zu schauen, sein rotblondes Haar zu streicheln, wann immer ich Lust dazu hatte.
Mein kleiner Sarazenenjunge. Das Blut der Fremden wird immer über das andere triumphieren. Wieder öffnete ich die Augen und schaute auf den schwarz glänzenden Schopf. Keinerlei mütterliche Gefühle verbanden mich mit ihm, und als er sich anschickte, den kleinen Mund aufzusperren und zu schreien, wandte ich mich ärgerlich ab. Zum Glück kamen die Frauen wieder herein und nahmen ihn mir aus den Armen.
»Das gibt sich, das habe ich schon oft erlebt«, flüsterte die Hebamme. »Es hat nichts zu sagen.«

Sie hatte Recht. Die kommenden Tage und Nächte drehten sich nur um Hubert, wie der Kleine getauft wurde. Ich hatte es abgelehnt, eine Amme einzustellen, und stillte mein Kind selber.
Kämpfe mit Gertrud gab es nur, weil ich die festen Binden entfernt hatte, die für so kleine Kinder üblich waren. »Er wird einmal krumme Glieder bekommen und ein schwaches Rückgrat«, jammerte sie. Im Morgenland hatte ich nicht ein einziges Kind eingebunden gesehen. Keinem dieser Kinder hatte es geschadet.
Auch die Sonne war nach Ansicht der Leute schädlich, genau

wie die frische Nachtluft. Eine Baronin, die ihr Kind an die Brust nahm und auch noch liebte, anstatt mit ihrem Gemahl auf die Jagd zu gehen oder Einladungen anzunehmen, war so unüblich, dass man sich in unserem kleinen Ort die Mäuler darüber zerriss. Mit einem halben Jahr nahm ich ihn mit aufs Pferd und ritt hinaus zum See. Er lag auf einem Schafsfell im Gras, strampelte mit seinen dicken Beinchen und wurde in der Sonne jedes Mal etwas dunkler.

Der Herbst kam und mit ihm die Jagdgesellschaften. Am Fenster stehend, sah ich zu, wie Simon sein Pferd sattelte und aufstieg, um mit seinen Waffen davonzureiten. Er war ein schöner Mann, und ich spürte ein Ziehen in der Herzgegend. Kein einziges Mal, seit ich mit ihm verheiratet war, hatte er eine Annäherung versucht. Früh am Morgen verließ er das Haus, um spät am Abend zurückzukehren. Wochen vergingen, in denen wir uns kaum sahen. Ich hatte keine Ahnung, was er dachte oder fühlte. Die bösen Worte von Jerusalem standen zwischen uns wie eine Mauer, und es gab niemanden, der sie einreißen konnte.

Im Winter wurde Hubert ein Jahr alt. Nans, der alt und gebrechlich wurde, kam vom See zurück und saß den ganzen Tag neben dem Küchenherd, wo er geistesabwesend in die Glut starrte. Im Frühjahr kam ein Kurier des Kaisers, Simon griff zu Rüstung und Waffen und ritt davon.

Nun wurde es noch einsamer um mich. Die Gewissheit, dass der Mann in der Nähe weilte und am Abend zurückkam, war mir zur Selbstverständlichkeit geworden. Jetzt war er irgendwo, um mit Friedrich gegen den Feind zu kämpfen. Ich sehnte mich nach seiner Gegenwart und konnte meine Gefühle selbst nicht verstehen. Warum nur hatte ich ihn einfach so gehen lassen? Warum hatte ich mich nicht mit ihm ausgesprochen und war endlich seine Frau geworden? Es war zu spät. Dass ihm etwas zustoßen konnte, daran mochte ich nicht denken.

Briefe kamen, einer aus England von der Königin und einer von Constanze. Begierig zerbrach ich das Siegel, mit zitternden Händen entfaltete ich die Rolle.
Eleonore schrieb:

Geliebte Freundin!
Mit Freuden habe ich Deine Nachricht erhalten. Du lebst, und ich habe zehn Kerzen in der größten Kathedrale Londons anzünden lassen. Du hast von Constanze erfahren, was in der vergangenen Zeit geschehen ist. Ich habe den Mann meines Herzens gefunden, den Vater meiner Söhne, wie ich ihn mir immer ersehnt hatte. Ist er in meiner Nähe, bin ich glücklich und zufrieden; ist er fern von mir, leide ich, und sei es auch nur einen Tag.
Doch was wäre das Paradies ohne Schlangen! England ist nicht das Paradies. Es ist neblig und feucht. Die Burgen, in denen wir absteigen, sind düster, halb zerfallen und nach Meinung der Einheimischen voller Geister und Dämonen. Auch die Schlangen sind nicht weit. Die Erste ist Theobald Erzbischof von Canterbury, die andere ist Lordkanzler Thomas Becket.
Sie sehen mich als Rebellin und nennen mich das Adlerweibchen. Nun, ich bin es gewohnt, verunglimpft zu werden. Doch es ändert nichts daran: Ich bin die Königin und werde es bleiben, solange ich lebe.
Heinrich II. und Friedrich I. – diese beiden sind die einzig wahren Herrscher des Abendlandes. Doch genug von der Politik. Du fehlst mir, mon amie. Es gibt niemanden, der deinen Platz ausfüllen könnte. Du warst und bist meine einzige Freundin. Ich warte immer noch, dass du zu mir kommst. Doch wenn du deine Heimat vorziehst, wünsche ich Dir für dein weiteres Leben alles Glück der Welt.
Herzogin Eleonore von Aquitanien–Poitou
Königin von England und der Normandie
Gattin Heinrichs des Zweiten. Anno Domini 1157

Der zweite Brief kam von Constanze, und voller Erwartung brach ich auch dieses Siegel.

Liebe Sadi!
Von Adelmar habe ich erfahren, dass ihr ohne ersichtliche Zwischenfälle die Grenze erreicht habt. Als er zurückkam, hat er mir einen Heiratsantrag gemacht. Leider war es noch zu früh, denn ich konnte die Töchter Eleonores nicht allein lassen. Nun ist Ludwig wieder verheiratet, und die neue Königin scheint die Richtige zu sein, denn sie ist nach so kurzer Zeit schon schwanger. Marie und Alix sind im Kloster, und ich bin ihnen gefolgt.
Ja, Sadi, ich habe den Schleier genommen. Adelmar hatte Recht: Im Grunde passe ich nicht auf einen Bauernhof. Im Kloster bin ich besser aufgehoben, Ruhe und Frieden umgeben mich. Meine wundervolle Arbeit füllt mich ganz aus. Ich übersetze arabische Bücher in unsere Sprache. Endlich kann ich etwas Nützliches tun und das Morgenland dem Abendland näher bringen. Jeden Tag kann ich meine beiden Mädchen sehen, was mich sehr glücklich macht. Es ist schön, dass auch du ein Kind bekommen wirst, das du lieben kannst und das dir gehört. Du hast eine Aufgabe, Sadi, denke immer daran.
Als ich meine weltlichen Güter an die Armen verteilte, sind mir ein paar Sachen in die Hände gefallen, die dein Eigentum sind. Hiermit schicke ich sie dir zurück und wünsche den Segen Gottes auf dich herab.
Mein neuer Name ist Schwester Marie–Magdalene, doch für dich bleibe ich immer
Constanze Fürstin von Antiochia.

»Gertrud! Hat der Kurier ein Paket abgegeben?«
»Drüben im Stall liegt ein Sack, meinst du den?«
Mit großen Schritten lief ich über den Hof. Ich konnte mir nicht vorstellen, was Constanze geschickt haben mochte. Der Sack war schwer und umständlich zu tragen. Neugierig beugten wir uns alle darüber.
Ein einfacher Kasten, in der Größe ähnelte er dem Schmuck-

kasten der Königin, den ich so lange mit mir herumgeschleppt hatte. Doch dieser Kasten enthielt ein wertvolles Buch mit golddurchsetztem Ledereinband: die Märchen aus Tausendundeiner Nacht, ein persisches Buch, das Constanze übersetzt hatte. Ein weißes Leinenbündel enthielt den Umhang, den ich einst in Jerusalem trug, und das nachtblaue Kleid aus Antiochia. Goldschnallen und Schuhe waren extra eingewickelt. In einem kleinen Ledersack fand ich Dolch und Türkis aus Konstantinopel. Nach langer Zeit weinte ich wieder und wusste nicht, ob aus Freude, Schmerz oder Trauer. Diese wenigen Utensilien waren das Einzige, was ich von meinem Kreuzzug mitgebracht hatte. Außer dem Buch nur unnütze Sachen, mit denen ich hier an diesem Ort nichts anfangen konnte. Und doch war jedes einzelne Stück so unendlich kostbar für mich – viel kostbarer als die Leibrente der Königin, die oben in der Truhe lag. Unnützes Gold, das ich nicht brauchte und das sich von Jahr zu Jahr vermehrte.

Das Frühjahr verging ohne Nachricht von Simon. Würde er wiederkommen? Oder war sein kurzer Aufenthalt in unserem Ort nur ein Traum? Sie kämpften an der Grenze zu Ungarn; das war das Einzige, was wir wussten. Warum, weshalb – keiner wusste etwas Bestimmtes. Meine einzige Hoffnung war, dass er lebte, denn wäre er tot, hätte der Kaiser bestimmt eine Nachricht gesandt.
Keiner im Haus konnte sich an so einen heißen Sommer erinnern wie in diesem Jahr. Kalte Winter war man gewöhnt, aber diese Hitze, schon Anfang Mai, war recht ungewöhnlich. Wir hatten uns angewöhnt, das Haus nur morgens und abends zu verlassen. Über Tag hielten wir Türen und Fenster verschlossen, damit die Hitze nicht hereinkonnte.
Eines Abends sattelte ich mein Pferd und winkte Gertrud und August zu, die mit Hubert auf der Treppe saßen, um die köstliche Abendluft einzuatmen. Seit Tagen hatten wir von Nans nichts gesehen und nichts gehört, und ich machte mir Sorgen um seine Gesundheit.

Viele Blätter an den Bäumen waren gelb, und das Gras auf den Wiesen fing an zu verdorren. Wie ein blauer Diamant lag der See zwischen seinen bewachsenen Ufern. Schnell zog ich mich aus und sprang in das kühle Nass. Hier hatte ich einst Friedrich das Leben gerettet.
Mein zweites Gesicht war an diesem See ein zweites Mal in Erscheinung getreten. Doch was ich damals im Wasser gesehen hatte, war zum Glück nie wahr geworden. Der Kaiser lebte noch und erfreute sich bester Gesundheit, wie ich hoffte. Große Ruhe überkam mich. Plötzlich wusste ich, dass Simon nicht in Gefahr war. Nans fiel mir ein. Mit weit ausholenden Schwimmbewegungen erreichte ich das Ufer und zog mich an.
Den Hirten fand ich in seiner Hütte. Er stammelte Laute, die ich nicht verstehen konnte, und wie es aussah, hatte er seit Tagen weder gegessen noch getrunken. So gut ich konnte, versorgte ich den alten Mann und ritt nach Hause. Am nächsten Tag holten ihn August und Albert zu uns ins Haus, wo er anständig versorgt wurde.
Im September löste sich die Hitze im Regen auf, der zum Glück nach und nach fiel, wie man ihn sich immer wünscht, sodass er langsam ins Erdreich eindringen konnte. Die gefürchteten Überschwemmungen der Kinzig blieben aus. Die Natur konnte aufatmen, und die schwarze Amsel, die vor Wochen verschwunden war, kam zurück und sang ihr Lied klar und süß in der Abenddämmerung.

Das Fest

Auch Simon kam zurück und mit ihm Edelleute, der Kaiser mit Gemahlin und Gefolge.

Wäre ich wirklich Simons Frau gewesen, so wäre ich zur Kaiserpfalz gerannt und wäre ihm freudig um den Hals gefallen. Die Eheschließung im Kirchenbuch bedeutete nichts, weder für mich noch für Simon. Der Handkuss, die Umarmung waren Augenwischerei, um die Dabeistehenden zu täuschen.

Gertrud und August täuschten wir nicht. Sie kannten die beiden Räume im Haus und die Bewohner, von denen jeder die Nacht im eigenen Bett verbrachte. Sie sagten nichts dazu, weder zu mir noch zu Simon; es war nicht ihre Art, sich in Ehen einzumischen.

Am Abend saßen wir um den Küchentisch, und Simon erzählte.

Am nächsten Tag kam eine Einladung aus der Kaiserpfalz, die wie ein Befehl klang.

Ich benutzte die Ausrede, die allen Frauen einfällt, wenn sie keine Lust haben, einer Einladung Folge zu leisten: »Ich habe nichts anzuziehen.« Eine dumme Ausrede, jede Krankheit hätte mehr Wirkung gezeitigt. Nun war es zu spät.

Dabei hatte ich wirklich nichts anzuziehen. Mein altes Reitkleid und die Hauskleider konnte ich unmöglich auf einem Empfang des Kaisers tragen. Ratlos sah ich meinem Sohn zu, wie er in meinem Bett einen Tanz aufführte, der jedem arabischen Derwisch Ehre gemacht hätte. Mein Blick fiel auf die Kleidertruhe, und dann wusste ich, was ich anziehen konnte. Noch war es für das dünne Haremskleid nicht zu kalt. Es hatte einmal seinen Zweck erfüllt, warum nicht ein zweites Mal?

Bei dem Gedanken an das Kleid fröstelte ich plötzlich. Es war eine Herausforderung. Friedrich und Simon kannten das Kleid, und ich kannte seine Wirkung auf die Männer.

Am Tage des Empfangs zog ich mich schon am Nachmittag zurück, um mich in aller Ruhe ankleiden und frisieren zu können. Die Kunst, mich schön zu machen, ging mir seit den Haremstagen nicht leichter von der Hand. Allein die Haare kunstgerecht aufzustecken war Schwerstarbeit. Immer wieder fielen mir die Arme lahm herab und mit ihnen mein ganzer kunstvoller Haaraufbau. Voller Wut fasste ich die schrecklich sturen Haare am Hinterkopf zusammen und wickelte ein Band darum, was dem Schwanz eines Pferdes nicht unähnlich sah.
Den Türkis des seligen Weinrad hängte ich mit der Goldkette zwischen meine Augen. Wenn schon exotisch, dann richtig, dachte ich.
In diesem Moment, als ich mich im Spiegel sah, war ich die Tochter der Sarazenin. Der leichte Umhang verdeckte die Pracht. So, Simon, dachte ich, als ich das Haus verließ, du wolltest es ja so haben.
Mit hochgerecktem Kinn trat ich ihm entgegen, in der Hoffnung, zurückgeschickt zu werden. Doch ich wurde enttäuscht. Kein Muskel verzog sich in seinem Gesicht, er führte mich zur Sänfte und setzte sich neben mich. Meine ganze aufgestaute Energie fiel in sich zusammen. Ich fühlte mich elend, und auf keinen Fall war ich in der Lage, Friedrich mit Ruhe gegenüberzutreten. Neben mir saß mein Mann und wirkte so leidenschaftslos, als würden wir auf eine Beerdigung getragen; doch die Wärme, die er ausstrahlte, schien mich zu verbrennen.
Unerträglich die Stille in der Sänfte, unmöglich zu sprechen und das Eis der Gleichgültigkeit zu brechen. Ich hatte Angst, vor das Kaiserpaar, die Ritter, Bischöfe und Knappen zu treten. Plötzlich musste ich an Eleonore denken: »Komm, Sadi«, hätte sie gesagt, »zeig es ihnen! Du bist stark – eine Frau, die Könige das Fürchten lehrt.« Deutlich hörte ich ihr Lachen und fiel mit ein.
»Was ist so lustig auf einmal, Sadi?«, fragte Simon.

»Nichts, mein Lieber. Ich habe nur an etwas denken müssen.« Frische Energie strömte durch meine Glieder. Gleichgültig, wie dieser Abend ausgehen mochte, ich würde nicht in Ohnmacht fallen, sondern wie immer meinen Mann stehen.
Nur mühsam waren die vielen Schichten hauchdünnen Stoffes zu bändigen; es war nicht zu verhindern, dass beim Aussteigen aus der Sänfte meine nackten Beine zum Vorschein kamen. Simon ließ sich davon nicht provozieren. Mit beiden Händen hüllte er mich wieder ein wie einen Schmetterling in seinen Kokon.
Viele Fackeln erleuchteten den Vorplatz der Pfalz. Lakaien in blau-goldenen Uniformen standen Spalier wie die Eunuchen von Konstantinopel und empfingen die Gäste. Tausende Kerzen brannten in der Burg und machten sie zu einem Märchenschloss, wie es prachtvoller kein Erzähler beschreiben könnte. Es war ein Fest – schöner als alles, was man sich vorstellen konnte.
Der große Rittersaal gab einen herrlichen Rahmen ab für die Gäste und Gastgeber, die im Schmuck ihrer Kleider, ihrer Ketten aus Silber und Gold zu prunken verstanden. Die Augen der Damen blitzten mit ihren Juwelen um die Wette, und mit Grausen sah ich die vollendeten Verbeugungen der Ritter und den eleganten Hofknicks der Damen, als sie dem Kaiserpaar ihre Reverenz erwiesen.
Auch wir stellten uns in die Reihe, als wären wir Kälber auf dem Markt und sollten auf Schlachtreife geprüft werden. Vor uns das Ehepaar aus dem Rheinland, hinter uns Frau und Herr Baron aus Lothringen, wie mir Simon zuflüsterte. Das Ehepaar vor uns schwieg, dafür schnatterte die Frau hinter uns, wahrscheinlich aus lauter Nervosität, ohne einmal Luft zu holen.
Ein Herold schlug dreimal mit langem Stab auf den Holzboden und sagte mit sonorer Stimme: »Herr und Frau Baron von Münzenberg.« Erst jetzt merkte ich, wie still alle waren. Simon beugte sein Knie und küsste den Saum des Kaisermantels, ich starrte hinab auf seinen Hinterkopf und dachte, dass sein Haar lichter wurde. Dann schaute ich auf das Kaiserpaar, das auf erhöhten Stühlen saß, und vergaß Simon. Natürlich vergaß ich

auch, mein Knie zu beugen, und betrachtete Beatrix, die ich noch nie gesehen hatte.
Sie war wirklich eine wunderschöne Frau, blond mit sehr heller Haut und einem kleinen Grübchen am Kinn. Golddurchwirkte Stoffe kannte ich aus meiner Zeit am Mittelmeer. An diesem Abend sah ich das erste Mal, wie dieser Stoff wirken kann, wenn eine schöne junge Frau sich damit schmückt.
Weiter wanderten meine Augen und blieben an Friedrich hängen. Er war älter geworden, Fältchen umrandeten seine Augen. In zehn Jahren würde er Tränensäcke haben; wir wurden eben alle älter. Doch die Krone auf seinem Haupt stand ihm gut.
Noch immer hing eine unangenehme Stille im Raum. Jemand räusperte sich, und Simon drückte meinen Arm hinunter, als wollte er ihn brechen. Dass er mich damit auf die Knie zwingen wollte, ignorierte ich.
Der Kaiser hatte Erbarmen mit Simon, stand auf und begab sich zu uns auf dieselbe Ebene, hob meine Hand und küsste sie. Er stellte mich seiner Frau als langjährige Freundin und Kampfgenossin vor, was in Beatrix' Gesicht ein gütiges Lächeln hervorrief. Zum Glück führte er mich an die lange Tafel, wo ich meine zitternden Beine verstecken konnte. Ein Blick auf Simon – er sah etwas käsig aus, was aber auch an der Kerzenbeleuchtung liegen konnte.
Ich aß und trank, was man mir vorlegte, ohne irgendetwas zu schmecken. Die Gespräche drangen gedämpft durch den Raum. Auch Simon hatte sich wieder gefangen, und ich horchte auf seine tiefe Stimme, als er dem Kaiser etwas erklärte. Dann gab der Kaiser den Musikanten ein Zeichen. Harfe, Flöte, Geige und Laute bildeten das kleine Orchester. Der Sänger, ein Troubadour aus Beatrix' Heimat, gab witzige kleine Lieder zum Besten, mit mehr oder minder deftigen Anspielungen. Der Kaiser hob die Tafel auf und verkündete, dass er den Tanz mit seiner Frau eröffnen werde.
Immer stärker fühlte ich mich zu Simon hingezogen, und immer öfter gelang es mir, tief in seine Augen zu schauen und seinen Blick festzuhalten. Dies war eine traumhafte, unwirkliche Nacht

– die flackernden Lichter, festlich gekleidete Menschen an der prächtigen Tafel, dazu die weiche Stimme des Sängers zum Klang der Musik. Er schlug seine Laute so sanft und sang dazu ein trauriges Lied, sodass alle gerührt waren.
»Simon, ich möchte nach Hause.«
»Aber warum denn? Der Tanz fängt doch erst an. Du kannst jetzt noch nicht gehen.«
»Aber ich will nicht tanzen!«
»Was du willst, spielt heute Nacht keine Rolle.«
Da irrte er wieder einmal gewaltig. »Simon, wenn ich mich heftig bewege, stehe ich in diesem Kleid so gut wie nackt da«, flüsterte ich ihm ins Ohr, denn unsere Meinungsverschiedenheit hatte mehrere Paare aufmerksam gemacht. Entsetzt sah er mich an. »Wir müssen uns vom Kaiserpaar verabschieden.« In einem ruhigen Moment erwischte Simon den Kaiser und flüsterte auf ihn ein, während mir Beatrix ihr Bedauern aussprach, dass ich schon gehen musste.
»Ja, Majestät, es tut mir auch Leid, doch mein Junge ist noch so klein, erst ein Jahr. Er ist sehr anhänglich und fühlt sich bei der Dienerschaft nicht wohl.«
»Ihr seid zu beneiden, Madame. Es muss schön sein, ein Kind zu haben«, sagte sie betrübt.
Ich konnte sie nicht mehr trösten, denn Simon zog mich an der Hand zum Kaiser. Auch ihm gegenüber bedauerte ich unseren frühen Aufbruch, ließ aber Hubert aus dem Spiel. In Friedrichs Augen blickend, sagte ich: »Ihr wisst, Majestät, aus eigener Erfahrung: Wenn man erst so kurz verheiratet ist und der Gatte lange Zeit nicht da, sind die Nächte allzu kurz.« Er zuckte zusammen, als hätte er Schmerzen. Mein Pfeil hatte getroffen, und Simon führte mich hinaus zur Sänfte.
Triumphierend dachte ich daran, dass Friedrich sich nun den Rest dieser Nacht vorstellen musste, was ich gerade trieb. Allein der Gedanke entlockte mir ein albernes Kichern, und Simon, der wieder einmal in sich versunken neben mir saß, sagte ärgerlich: »Lach nur, du hast es wieder einmal auf die Spitze getrieben. Morgen wird ganz Gelnhausen über dich lachen und

sich die Mäuler zerreißen.« Das war ich gewöhnt, und es war mir ziemlich egal. Nicht gleichgültig war mir der Mann, der neben mir saß und ein erzürntes Gesicht machte.

»Ich verstehe nicht, wie sich eine erwachsene Frau so unmöglich benehmen kann. Wie konntest du den Kaiser so vor den Kopf stoßen und ihm die einfachen Reverenzen versagen?«

»Du meinst den Kniefall? Oh, Simon, das hatte ich glatt vergessen.«

»Dumme Ausrede! Ausgerechnet du, die du als Page beim Herzog gedient und am Hof des Königs von Frankreich und lange Zeit im Palast von Antiochia gelebt hast. Für wie dumm hältst du mich eigentlich? Meinst du, ich glaube dir, du wüsstest nicht, wie man sich bei Hof benimmt? Was du getan hast, Sadi, hat andere schon ins Gefängnis gebracht.«

»Das würde mir der Kaiser nie antun, und wenn, dann mit einer Geheimtür.«

»Wieso eine Geheimtür?«

»Damit ich Luft schnappen könnte.«

Allein der Gedanke amüsierte mich, und Simon warf mir vor, nichts ernst zu nehmen. Dabei war meine ganze Kaltschnäuzigkeit nur ein Schutzschild vor der Angst, verletzt zu werden. Im Grunde hatte ich wirklich nicht gewusst, wie man sich auf einem Empfang benimmt. Gut, ich hätte es den anderen nachmachen können und weiß bis heute nicht, was für ein Teufel mich geritten hatte. Deshalb suchte ich tausend Ausreden, um meinen Mann versöhnlich zu stimmen.

»Du tust mir unrecht, Simon. Nie wurde ich mit Zeremonien empfangen oder vorgestellt. Woher soll ich wissen, wie man einen Kratzfuß macht? Als Pagen lebten wir ständig im Kriegszustand. Der Page war der persönliche Diener des Herrn und hatte unsichtbar zu bleiben. Du müsstest das eigentlich wissen, denn du hast es mir immer wieder gesagt.

Später wurde ich der Königin überlassen. Der König von Frankreich hat mich als Hofnarren betrachtet und die Königin in gewissem Sinn als Beichtvater. Dass ich ihre Freundin wurde, hatte ich gerade meiner Unbefangenheit und dem lockeren

Umgehen der Hofetikette zu verdanken. Bei Constanze war alles leichter. Sie war zwar die Fürstin, doch in ihrem einfachen, lieben Wesen mehr Nonne und mir von Anfang an zugetan.«
»Vielleicht tue ich dir wirklich Unrecht, Sadi. Trotzdem – ich sah den Teufel in deinen Augen und wusste, dass du irgendetwas im Schilde führst. Doch dass du so weit gehen würdest und dem Kaiserpaar ... Ich dachte, du liebst den Kaiser!« Im Schein der Fackel, die außen an der Sänfte befestigt war, sah mich Simon forschend an.
Verdammt, das war genau die Frage, die ich heute Nacht nicht gebrauchen konnte.
»Du kennst nicht viele Frauen, Simon, nicht wahr?«
»Nein, Sadi, Gott bewahre mich davor. Die Frau, die ich kenne, hat in meinem Leben genug Unheil angerichtet.«
Ich schwieg. Was war dagegen zu sagen? Wäre Simon nicht mein Mann gewesen, hätte ich ihn wahrscheinlich bedauert.

Kaum waren wir zu Hause und Simon hatte die Träger der Sänfte bezahlt, verging mir der Spaß. Mein Gatte küsste mir galant die Hand, wünschte mir eine angenehme Nachtruhe und verschwand in seinem Schlafraum.
Eine ganze Weile stand ich auf der gleichen Stelle und konnte mich vor Wut und Enttäuschung kaum bewegen. Da hatte ich nun einen Mann – noch wusste ich nicht, ob ich ihn liebte, aber ich wollte ihn, und zwar noch in dieser Nacht. Niemals zuvor hatte ich etwas so sehr gewollt wie von Simon umarmt zu werden.
Ratlos sah ich mich um. Sollte ich in mein Zimmer gehen und einen günstigeren Moment abwarten? Oder sollte ich gleich den Kampf aufnehmen? Es gab nur zweierlei, siegen oder verlieren, und da ich noch nie einer Auseinandersetzung ausgewichen war, blies ich die Kerze aus und tastete mich in den dunklen Raum. Ohne irgendwo anzustoßen, schaffte ich es bis zu seinem Bett und ließ mich aufseufzend nieder. »Simon?«
»Was willst du noch?«

»Mich entschuldigen, dass ich dir den Abend verdorben habe.«
Er drehte sich herum, und ich hätte ihm in diesem Moment gern in die Augen geschaut, doch es war dunkel. »Es hat schon mit diesem Kleid angefangen. Ich möchte, dass du das Kleid nie mehr trägst, Sadi.« Er griff zur Kerze und steckte sie an.
»O Gott!« Mit großen Augen sah er mich an. Während er die Kerze umständlich anzündete, hatte ich mein Kleid von den Schultern fallen lassen und stand nackt vor ihm.
»Würdest du mich in dein Bett lassen – mir ist kalt.«
»Eigentlich hätte ich dir mehr Raffinesse zugetraut, Sadi, als einfach nackt in mein Bett zu schlüpfen.«
»Ich weiß, du hast mir immer mehr zugetraut, als ich geben konnte.« Es war ein herrliches Gefühl, an seine Brust gekuschelt die Augen zu schließen. »Weder bin ich raffiniert in Liebesdingen, wie du mir in Jerusalem unterstellt hast, noch will ich dich provozieren oder ärgern, Simon. Ich möchte ganz einfach, dass du mich in die Arme nimmst und küsst.«
Endlich hatte er verstanden. Ohne irgendetwas zu denken, gab ich mich hin. Endlich war ich wirklich heimgekommen. Bisher kannte ich nur Liebesnächte, in denen sich der Mann vor dem Morgengrauen erhebt und aus Angst vor Entdeckung verschwindet. Jetzt endlich war alles richtig: Er war mein Ehemann und mein Geliebter. Unzählige Nächte würden wir einander erfreuen und nie mehr streiten.

»Horch!«
»Was ist, Sadi?«
»Hast du nicht die Amsel gehört? Sie ist wieder da.« Mit einem Satz war ich aus dem Bett, und wirklich, da saß sie und schmetterte ihr Lied in den frühen Morgen.
»Ist was Besonderes an diesem Vogel?«, fragte Simon vom Bett aus. Gähnend setzte er sich auf.
»Am ersten Morgen, als ich nach Hause kam, hat sie mich mit einem Lied geweckt. Seit zwei Wochen war sie verschwunden. Nun ist sie wieder da. Irgendwie ist diese Amsel für mich ein Symbol geworden. Immer, wenn ich sehr glücklich oder sehr

traurig war, habe ich den Gesang der Amsel gehört. Ausgerechnet heute, wo wir uns gefunden haben, ist sie zurückgekommen, um uns ihr Lied zu singen. Ist das nicht merkwürdig, Simon?«
»Vielleicht hat sich der Vogel in den letzten Wochen ein Weibchen gesucht. Nun hat er sein Nest gebaut und ist wieder frei, um für dich zu singen.«
»Beziehst du das auch auf dich, Simon?«
»Wo denkst du hin? Ich bin doch kein Vogel!«

Von nun an waren Simon und ich fast immer zusammen. Er nahm mich mit, wenn er zur Pfalz ging, und überall, wo wir hinkamen, waren wir gern gesehen. Wir waren sehr glücklich in diesen Tagen. Ich endeckte neue Seiten an seinem Charakter, die mich entzückten. Seine Fähigkeit zum Fröhlichsein, die ich längst vergessen hatte, kam wieder zum Vorschein. Das Leben erschien uns überaus amüsant, wir lachten ständig, und es war das Lachen des Glücks.

Nach Heiligenbrunn

Die nächsten Jahre verliefen friedlich. Kinder wurden geboren, Leute starben, und das Dorf innerhalb der Mauer füllte sich im Sinne des Stadtplanes und seiner Befürworter. Der Kaiser war dabei, sein Reich neu zu organisieren, und bis auf ein paar Raubritter schien es befriedet und neu gestärkt. Er weilte in den letzten Jahren drei- oder viermal in Gelnhausen, doch persönlich traf ich ihn nicht.

Gelnhausen war längst nicht mehr das kleine, verschlafene Dorf. Der Kaiser war dabei, uns die Stadtrechte zu verleihen, was mit einem großen Fest verbunden werden sollte. Durch Friedrichs großzügig verliehene Privilegien waren wir rechtlich nur dem Kaiser unterstellt und brauchten auf den Straßen keine Zölle zu entrichten. Diese Vorteile führten zur Ansiedlung von Händlern und Kaufleuten, die Fernhandel betreiben wollten; auch geschickte Handwerker wurden gebraucht. Die unmittelbare Lage Gelnhausens an der so wichtigen Verkehrsverbindung zwischen den Messestädten Frankfurt und Leipzig, die wegen ihrer großen Bedeutung die Reichsstraße genannt wurde, brachte in der letzten Zeit bedeutenden Wohlstand in die Stadt. Doch profitierten wir nicht nur vom Außenhandel. Eine Meile hinter der Stadtmauer am Berg befindet sich der große Steinbruch, der schon seit Jahren mit Erfolg abgebaut wird. Riesige Holzstämme, die aus den Wäldern in den Ort gefahren wurden, mussten bearbeitet werden. Ziegel wurden gebrannt und Lehm mit Schilf und Stroh vermischt, um die Fachwerke der Häuser zu füllen. Auch vor der Kinzig machte der Fortschritt nicht Halt. Mühlen entstanden, immer wieder wurde der Fluss begradigt und in ein dafür gegrabenes Bett geleitet. Jahrhundertealte Sümpfe wurden trocken gelegt, und überall entstanden neue Dörfer.

Am unteren Rande des Spessarts liegt ein kleines Gebirge, der Hahnenkamm. Bei gutem Wetter ist er von uns aus als diesiger Waldgürtel zu sehen. Er erhebt sich über dem Kahltal, wo zwei stolze, trutzige Burgen stehen, als hielten sie Wache. Doch fragt man sich: Was wollen sie bewachen? Den undurchdringlichen Wald, die Sümpfe und Moore mit ihren Irrlichtern, Feen und Moorgeistern, die zu seinen Füßen liegen? Oder die kleinen verstreuten Weiler und Bauernhöfe, die mit Müh und Not ihr Dasein fristen?

Auf der Jagd, wenn wir auf der Birkenheinerstraße ritten, haben wir bewusst diesen Abschnitt des Königsforstes gemieden. Dem Gerücht nach ist der Rannenberger nach dem Kreuzzug zum Raubritter herabgesunken. Beweisen kann es niemand. Ganze Kaufmannszüge sollen in der Nähe verschwunden sein. Es hörte sich an wie ein Märchen aus Constanzes Buch, und viele schauten mit Grausen nach Osten zu den geheimnisvollen dunkelgrünen Wäldern.

Drei Jahre waren ins Land gegangen, Jahre voller Glück und Zufriedenheit. Hubert wuchs heran, wurde geliebt und verwöhnt. Wie anders verlief seine Kindheit als die meinige! Er hatte Vater und Mutter, dazu Gertrud und August, die wie Großeltern für ihn waren, Dienstboten, die ihm fast alle Wünsche von den Augen ablasen.

Auch Simon hatte sich eingewöhnt. Er verwaltete die Pfalz als des Kaisers Stellvertreter. Immer öfter kamen die Herren der Ortsverwaltung und fragten ihn um Rat. Manchmal hatte ich das Gefühl, alle Fäden von Gelnhausen liefen bei uns zusammen.

»Warum kannst du die Herren nicht auf der Pfalz empfangen?«, fragte ich ihn eines Morgens. »Dort sind die Räume größer, und Gertrud braucht die Herren nicht zu versorgen. Sie hat doch genug mit dem Haushalt zu tun.«

»Der Ort hat eine andere Verwaltung als die Pfalz. Ich kann diese Herren zu einer Feier einladen, doch niemals zu einem Gespräch, wenn es um die Belange des Ortes geht. Das sind nun mal zwei verschiedenen Schuhe; verstehst du, was ich meine?«
Ich verstand.
Auch ich hatte mich in diesen Jahren verändert. Eine Baronin von Ortenberg-Münzenberg hatte zu repräsentieren. Ständig kamen Gewandschneider und Näherinnen ins Haus und maßen mir neue Kleider an. Vorbei war die Zeit, als ich sagen konnte, ich hätte nichts anzuziehen. An Sonn- und Feiertagen blieb mir der Gang zur Messe nicht erspart, obwohl es mir noch immer schwer fiel, eine gewisse Frömmigkeit zu zeigen. Doch ich gab mir Mühe, wollte ich doch meinem Sohn mit gutem Beispiel vorangehen. Mit der Zeit lernte ich die Menschen in meiner Umgebung kennen und verstehen, obwohl ich weiterhin das Alleinsein vorzog.
Rasend schnell hatte sich meine Nachbarschaft verändert. Noch war Gelnhausen keine Stadt; aber weil wir an der großen Handelsstraße lagen, verlieh uns Kaiser Friedrich in einem hoheitlichen Akt die Marktrechte.
Ein Markt vollzieht sich selten auf unbewohntem Gelände. Selbst wo er zunächst auf leer stehenden Plätzen abgehalten wird, ist dieser sehr bald besiedelt. Der Markt beschäftigte nicht nur reisendes Personal, sondern immer mehr sesshaftes, das sich in seiner unmittelbaren Nähe ansiedelte. Dessen Unterkünfte säumen den Marktplatz und bestimmen seinen Umriss. Die Gebäude sind Speicher oder Wohnstätte oder beides zugleich. Da Gelnhausen das Stapelrecht hat, brauchte man für sehr empfindliche Ware feste Überdachungen, die schnell zu Gebäuden oder Hallen wurden.
Außer den Waren werden am Markttag Zerstreuungen und Lustbarkeiten angeboten, und so sieht man neben den Händlern und Käufern auch Gaukler, Bänkelsänger und Schausteller, die das Markttreiben beleben.
Zum Glück gab es in meiner Nachbarschaft das Kloster der Franziskaner, im Volksmund Barfüßler genannt. Die Mönche

beriefen sich auf den heiligen Franz von Assisi, der dem elterlichen Reichtum abgeschworen hatte und sein Leben in Armut verbrachte. Eine hohe Mauer schließt den meist ohrenbetäubenden Lärm aus. Die Ruhe und der Frieden der Mönche war auch für uns ein Segen. Ging man durch ein kleines Seitenportal, stand man im Klostergarten. Das entfernte Summen und Brummen hatte hier einen besonderen Reiz.
Der Prior des Klosters hatte mich mit Simon getraut und Hubert getauft. Bei schlechtem Wetter besuchten wir die sonntägliche Messe in der Klosterkapelle, wo immer ein paar Goldtaler den Besitzer wechselten, was ein Strahlen in das asketische Gesicht des Zahlbruders zauberte. Die meisten Mönche kannte ich vom Sehen. Hin und wieder wurde einer in ein anderes Kloster versetzt, und neue kamen hinzu.

Obwohl ich nun schon wieder vier Jahre in Gelnhausen wohnte, hatte ich nur wenige Freunde. Horatio von Cleve war einer von ihnen. Immer wenn er mir begegnete, tat es mir Leid, dass er dem weltlichen Leben ade gesagt hatte, um sich ganz seinem Gott zu weihen. Der große, starke Mann mit den dunklen Haaren und den blauen Augen war der Klostergärtner, und man hätte ihn eher zwischen den Höflingen des Kaisers vermutet als zwischen den Blumen und Krautköpfen des Klosters. Er war älter, als er aussah, und er war weit gereist, was mich faszinierte. Wir beide konnten uns stundenlang über die Länder des Mittelmeeres unterhalten. In Venedig war er nur kurz gewesen, doch jahrelang in Florenz. Er kannte sich aus in Flora und Fauna der südlichen Länder und war überglücklich, wenn ich ihm exotische Gewürze und Samen vom Markt mitbrachte, die ich beim Umherstreifen entdeckt hatte.
Mein Gatte hatte gegen diese Freundschaft nichts einzuwenden; lieber wäre ihm indes gewesen, wenn ich mich mit einer der vielen adeligen Damen, die es reichlich im Ort gab, angefreundet hätte. Es tat mir aufrichtig Leid, dass seine Bemühungen im Sande verliefen. Gespräche über Kleider, Schmuck und Kinder konnten mich nicht begeistern. Kein noch so gekonnt gestickter

Gobelin entriss mir mehr als eine höfliche Floskel. Bald hatte ich den Ruf, unhöflich und langweilig zu sein. Nachdem ich ein paar Verabredungen einfach nicht eingehalten hatte, nicht einmal eine Entschuldigung für nötig befand, sah Simon endlich ein, dass es besser war, mich mit Gesellschaft solcher Art in Ruhe zu lassen. Es gab einfach keinen Gesprächsstoff mit diesen Frauen. Aus meiner bewegten Vergangenheit konnte ich nichts erzählen, und die Gegenwart ging niemanden etwas an.
Oft ritt ich zur Pfalz, an der immer noch gebaut wurde. Die Steinmetze kannten mich, grüßten freundlich, und bei ihnen fiel es mir nicht schwer, ein Gespräch anzufangen.
Den Meister Willibald Guslar mochte ich besonders. Er war ein wahrer Künstler. Es war schön, ihm zuzusehen, wie aus einer exakten Zeichnung ein Kapitell wurde. Nicht einmal der Sandsteinstaub, der sich wie ein roter Schleier über Haar und Kleider legte, konnte mich zurückhalten, wenn ich dem Meister interessiert bei der Arbeit zusah.
Eines Tages lud er mich zum Essen ein, und Simon kam gerade hinzu, als ich mir das Brot und den harten Käse munden ließ. Er lachte und rief uns zu: »Euch beiden scheint es zu schmecken! Passt auf, Meister Guslar, es kommt noch so weit, dass meine Frau als Gehilfe bei Euch anfängt.«
»Ich hätte nichts dagegen, Herr Baron. Mit ihrem Interesse wäre sie kein schlechter Gehilfe«, rief der Meister zurück.
Seine Worte machten mich stolz, und auf dem Heimweg überlegte ich, ob es in dieser Richtung nicht einen Weg gab.
Am Abend erzählte mir Simon, Willibald wäre sein bester Mann. »Ich bin froh, dass er endlich seine Familie von Frankfurt kommen lässt. Ein kleines Haus außerhalb der Pfalz steht für ihn bereit. So bleibt er mir wenigstens erhalten und wandert nicht weiter, wie es die anderen immer wieder tun.«
»Das verstehe ich nicht, Simon. Sie haben ihr Wohnrecht und haben Arbeit, die nicht schlecht bezahlt wird. Was zieht sie weiter?«
»Das Abenteuer, die Hoffnung vielleicht, irgendwo das große Glück zu finden. Es zieht sie zu einer Kathedrale, wo Ruhm und

noch mehr Geld winken. Ich weiß es auch nicht, Sadi; es ist schwer, diese Menschen zu verstehen. Sie verlassen Frauen und Kinder, um das Glück in der Fremde zu suchen. Manch einer kommt reumütig wieder zurück und hofft darauf, seine alte Stelle wiederzubekommen.«

»Und? Bekommt er sie wieder?«

»Nein, er muss neu beginnen, ganz so, als wäre er nie hier gewesen.«

»Ist das nicht hart, Simon? Jeder kann doch einen Fehler machen.«

»Wenn ich einmal nachgebe, tanzen sie mir auf dem Kopf herum. Sie werden gewarnt, wenn sie gehen; mehr kann ich nicht tun.«

Über dieses Gespräch dachte ich noch lange nach. Simon war ein Mann mit vielen Facetten. Er konnte weich und zärtlich sein, doch gerade deshalb erschreckten mich seine Härte und sein Zorn, wenn es etwas durchzusetzen galt.

Er kannte mich gut, und so wusste er auch, dass ich einem abenteuerlichen Ritt nie aus dem Wege gehen würde. Eines Morgens bat er mich um einen Gefallen. Eine junge Frau, die bei einem reichen Mann im Dienst stand, war im Bett ihres Brotherrn erwischt worden.

»Vor einigen Jahren wäre sie noch hart bestraft worden. Man hätte sie aus der menschlichen Gesellschaft ausgestoßen«, sagte Simon zu mir. »Doch zum Glück machen wir Fortschritte. Johanna, die Schlichterin, hatte einen guten Einfall. Im Dorf Heiligenbrunn lebt ein Witwer mit fünf Kinder. Er braucht eine Frau, und die wird er dank der Schlichterin nun bekommen.«

Ich hatte noch nie von dieser Frau gehört und konnte mir unter einer Schlichterin nichts vorstellen.

An diesem Morgen ging alles drunter und drüber. Jemand hatte in der Nacht Stützbalken gestohlen und die frisch gemauerte Nordwand der Pfalz zum Einsturz gebracht. »Werdet ihr den Dieb finden?«, fragte ich Simon voller Mitgefühl.

»Wir werden ihn finden, verlasse dich darauf, und er wird hart, sehr hart bestraft werden. Halte mich jetzt nicht auf, Sadi. Reite nach Hause und ziehe dich warm an. Die beiden Frauen werden bald da sein. Lass sie nicht warten. Ich muss noch einmal weg.« Schon im Weggehen drehte er sich noch einmal um. »Ihr werdet es in einem Tag nicht schaffen, doch ihr könnt beim Dorfschulzen übernachten.« Dann kam er zurück und nahm mich in den Arm. »Passe auf dich auf, Sadi, und verbringe eine schöne Zeit.«

»Wo muss er hin?«, fragte ich Meister Willibald, der mir über den Weg lief.

»Fürsten haben sich angemeldet.«

»Der Kaiser?«

»Nein, nicht der Kaiser, aber Höflinge, und die machen mehr Arbeit als nötig.«

Wie der Teufel ritt ich über die Zugbrücke nach Hause. Mein Herz klopfte vor Freude und froher Erwartung. Eine weite Wegstrecke als Begleiterin zweier Frauen wurde mir nicht alle Tage angeboten. Wer Simon kannte, wusste, dass dieser Ritt harmlos war, sonst hätte er nicht seine Frau dafür ausgewählt.

Am liebsten hätte ich eine leichte Rüstung angezogen und mein Schwert genommen. Doch das ging nicht, und ich musste über meinen Eifer lachen. Schließlich ritt ich nicht in einen Kampf, sondern in ein kleines Bauerndorf, um eine Braut abzuliefern.

Im Hof sang die Amsel. Übermütig rief ich zum Fenster hinaus: »Sing, kleiner Vogel, sing dein Lied! Sadi von Ortenberg reitet in die Freiheit. Wenn sie wiederkommt, bringt sie dir ein paar Extra-Körner mit.«

»Und was bringst du mir mit, Mama?« Hubert stand an der Tür und lutschte am Daumen.

»Das, mein Schatz, wird eine Überraschung sein. Du hast jetzt zwei Tage, in denen du dich freuen kannst.«

»Ich will mich nicht freuen! Kannst du mich nicht in deine Freiheit mitnehmen?«

»Nein, Hubert, wenn er nach Hause kommt und wir sind beide nicht da, dann wäre dein Vater sehr traurig.«

Das half. Wie sehr Hubert seinen Vater doch bewunderte und liebte! Für nichts in der Welt hätte er das abendliche Ritual versäumt, das Simon jeden Abend, wenn er nach Hause kam, mit ihm veranstaltete.

Dass Hubert nicht Simons leiblicher Sohn war, schien dieser vergessen zu haben. Zum Glück hielt sich Friedrich in dieser Sache zurück. Auch ich hatte keinerlei Ambitionen, an den Hof zu gehen und mit ihm in Verbindung zu treten. Friedrich Barbarossa war der Kaiser und Simon der Vater meines Sohnes. Den Teufel würde ich tun und mein kleines Glück gefährden.
Ich zog wollene Beinkleider an, wie sie eigentlich nur Männer tragen. Seit dem Kreuzzug wusste ich sie zu schätzen. Sie wurden auf dem Markt vor unserer Haustür angeboten, und ich nutzte dieses Angebot. Darüber trug ich ein schweres braunes Wollkleid und eine Fellweste. Der Umhang wurde zusammengewickelt und auf das Pferd gebunden. Meine Lederstiefel – lange nicht so spitz, wie es die Mode vorschrieb – hatten eine Vorrichtung, in der ein Dolch verschwinden konnte. Nicht im Traum wäre mir eingefallen, ohne diese kleine Waffe irgendwohin zu gehen, und sei es nur zu einer Hochzeit. Die Kopfbedeckung war das Einzige, was an meinen Stand erinnerte – eine pelzverbrämte Kappe, die ich bei schlechtem Wetter über die Ohren ziehen konnte.
Dass mein Schatten, der unsichtbare Dämon, die Fährte wieder aufgenommen hatte, spürte ich nicht, und das war gut so. Vielleicht wäre ich dann nicht voller Lebensfreude davongeritten, sondern hätte mich in den hintersten Winkel des Hauses verkrochen.

Als ich das zweite Mal an diesem Morgen über die Zugbrücke der Pfalz ritt, sah ich auf dem Burghof die kleine Gruppe stehen, die, wie es schien, schon auf mich gewartet hatte: ein Wagen mit zwei Pferden, auf dem zwei Frauen saßen, die mir neugierig entgegensahen. Daneben ein Soldat der Burgwache in leichter Rüstung.
»Frau Baronin, darf ich Euch Johanna vom Bach, genannt die Schlichterin, vorstellen?«
Die ältere Frau nickte mir freundlich zu, und indem sie auf die neben ihr sitzende junge Frau wies, die sich in ihren Umhang gewickelt hatte und schweigsam auf den Boden des Wagens

starrte, sagte sie: »Das ist Ammelis, die wir zu ihrer Hochzeit begleiten müssen. Fahren wir los, wenn's Euch recht ist.« Sie schnalzte mit der Zunge, und die beiden Pferde setzten sich in Bewegung.

Erstaunt bemerkte ich den jungen Mann von der Burgwache, der hinter mir herritt. »Kommt Ihr auch mit, Albin?«

»Ja, Frau Baronin, Euer Gatte hat mich dazu abkommandiert. Ich hoffe, es ist Euch recht.«

»Was sollte ich dagegen haben? Bei diesem herrlichen Herbstwetter ist so ein Ritt doch angenehmer, als an der Brücke Wache zu stehen.«

Der junge Mann rückte sein Pferd näher an mich heran. »Ich verrate Euch etwas, Frau Baronin. Ich habe Euren Gatten darum gebeten, dass ich Euch begleiten darf. Er hat eingesehen, dass durch den tiefen Spessart eine zusätzliche Wache angebracht wäre, und hat mir die Erlaubnis gegeben.«

Ich sah ihn an und musste mir über sein ernsthaftes Gesicht ein Lachen verkneifen. »Glaubt Ihr, uns droht Gefahr?«

Er hob die Schultern. »Wer weiß das schon? Es ist ein langer Weg, und der Spessart ist für jede Überraschung gut.« Eine Zeit lang ritt er schweigend neben mir her.

»Frau Baronin, könnt Ihr mir einen Rat geben?«

»Was wollt Ihr wissen, Albin?«

»Was würdet Ihr an meiner Stelle tun – bei der Burgwache bleiben oder alles hinschmeißen und woanders Euer Glück versuchen? Versteht mich bitte nicht falsch. Noch nie bin ich weiter als ein paar Meilen von Gelnhausen weggekommen. Ich finde, das ist für ein Leben einfach zu wenig.«

»Niemals würde ich Euch einen Rat geben, Albin. Jeder muss für sich allein entscheiden, was gut für ihn ist. Er muss nur einfach wollen und darauf hinarbeiten.«

Der Junge senkte den Kopf und seufzte. »Ihr habt gut reden, Frau Baronin. Ihr konntet den Kreuzzug mitmachen, Ihr habt Jerusalem gesehen. Es muss einfach wundervoll gewesen sein, und ich beneide Euch.«

Ich schwieg. Was sollte ich ihm auch sagen? Sollte ich ihn

trösten, dass es eines Tages wieder einen Kreuzzug geben würde? Ich bezweifelte stark, dass er wirklich ausbrechen wollte. Er hatte seine Träume wie jeder junge Mann in seinem Alter: Abenteuer erleben, gegen Muslime kämpfen, sich selbst bestätigen und mit Ruhm und Ehre zurückzukommen. »Wie stellt Ihr Euch Eure Zukunft vor, wenn Ihr im Ort bleibt?«

»Nun, ich kenne ein Mädchen; sie möchte, dass wir bald heiraten. Ein Häuschen, nicht groß, aber genug Platz für Kinder und meine alte Mutter.«

»Das ist eine annehmbare Zukunft, Albin, und bei der Burgwache ist Euch der wöchentliche Sold sicher. Ihr habt bestimmt schon etwas gespart, was Euch den Anfang erleichtern wird. Das größte Abenteuer ist die Ehe. Draußen in der Welt könnt Ihr weiterreiten, wenn es Euch nicht mehr passt. Das kann man in einer Ehegemeinschaft nicht. Man muss seinen Mann stehen, jeden Tag von neuem kämpfen. Glaubt mir, ich weiß, wovon ich spreche. Die größten Feiglinge sind mir im Kreuzzug begegnet. Jerusalem liegt nicht hinter Regensburg.«

»Wo liegt Regensburg?«

»Irgendwo im Süden, Albin. Doch lieber möchte ich wissen, ob wir auf dem richtigen Weg sind. Kennt Ihr die Strecke?«

»Nein, aber die Schlichterin kennt den Weg, sie hat Verwandte im Dorf.«

Nun, das war immerhin etwas. Unser Weg führte über Berge und Täler, an kleinen, munteren Bächen und tiefen, geheimnisvollen Mooren vorbei. Nebelschwaden umflossen uns wie Schleier und rannen als winzige Tröpfchen von Albins Rüstung. Die Sonne hatte Mühe, den Nebel zu bewältigen, und fand erst gegen Mittag die Kraft, ihre Strahlen durch gelbe und grüne Blätter zu bohren, um ihre Grenzen im dichten Unterholz zu finden.

Dieser Ausflug gab mir seit vielen Jahren zum ersten Mal das Gefühl schrankenloser Freiheit. Der Geruch nach schwarzer Erde und Pilzen machte mich trunken, als hätte ich ein starkes, mit Alkohol versetztes Getränk zu mir genommen. Wäre nicht die Verantwortung für die Frauen und den schwerfällig rum-

pelnden Wagen gewesen, ich hätte meinem Pferd die Sporen gegeben und wäre davongeprescht.
Gegen Mittag hielten wir an einem kleinen Bach. Albin machte die Pferde los und führte sie zum Tränken. Mit ein paar Handgriffen entfaltete die Schlichterin eine Pferdedecke und lud uns ein, darauf Platz zu nehmen. Essen und Getränke holte sie aus einem Weidenkorb. Geschickt, wie nur eine Hausfrau es kann, teilte sie Brot und Käse.
Zum ersten Mal blickte ich in das Gesicht der jungen Frau, die Ammalis hieß, und war verwundert über ihre Schönheit. Ihr glattes, fast weißes Haar war in der Mitte gescheitelt und zu zwei Zöpfen geflochten, die ihr über die Schultern hingen. Das noch kindlich runde Gesicht mit den großen blauen Augen weckte Beschützerinstinkte in mir. Nun verstand ich, dass Simon dieses Kind nicht dem Büttel ausliefern wollte. Ob er sie auch gerettet hätte, wäre sie weniger schön gewesen?
Meine drei Mitreisenden unterhielten sich über Menschen im Ort, die ich nicht kannte, und ich hörte ihnen still zu. Die Schlichterin führte das Wort, und ich wunderte mich, wie schnell sie das schweigsame Mädchen aus der Reserve locken konnte. Mit ihren humorvollen Anekdoten zauberte sie gar ein Lächeln auf das schöne Gesicht. Plötzlich stand die ältere Frau auf und verschwand ohne ein Wort im Wald.
Mittägliche Ruhe breitete sich aus. Die Sonne stand im Zenit und wärmte uns mit ihren Strahlen. Albin lockerte seine Kleidung, legte sich flach auf die Decke, und sein Schnarchen zeigte uns, dass er eingeschlafen war. Auch das Mädchen schwieg in Gedanken versunken, und ich hätte viel darum gegeben, wenn ich ihre Gedanken hätte lesen können. Die angenehme Wärme des späten Herbsttages drückte auch mir die Augen zu.
Im Einschlafen dachte ich darüber nach, wem von meinen früheren Bekannten das Mädchen Ammalis ähnelte; plötzlich sah ich das Gesicht Tikis aus Rhodos vor mir. Sie hätten Schwestern sein können. Tiki war meine Freundin.
Ein kalter Wind streifte mein Gesicht, und ich erschrak. Roch es nicht hier in diesem herbstlichen Wald nach Verrat? Nein,

niemals. Was für ein absurder Gedanke! War ich nicht die Baronin, die Enkelin des alten Barons, die Frau Simons, die Freundin der Königin von England und vom Kaiser geliebt? Eine Frau, die geachtet und geliebt wird, ist vor jedem Verrat gefeit.

Schritte weckten mich auf. Die Schlichterin trat aus dem Unterholz und kam auf uns zu. Ihre Schürze beulte sich unter den schweren Brüsten. Mit einem Lachen breitete sie ihre Schätze vor uns aus. »Da, seht her, Frau Baronin! Habt Ihr schon so ein Wunder der Natur gesehen? Kleine Kobolde des Waldes mit ihren samtenen braunen Kappen.« Sie reichte mir und dem Mädchen wunderschöne feste Pilze, die ich andächtig in meinen Händen drehte.

»Sind die auch nicht giftig?«, wollte das Mädchen wissen.

»Aber nein, sie werden wunderbar in deiner Hochzeitssuppe schmecken. Es ist ein Geschenk, Ammalis, und du darfst dich bedanken.«

»Ih! Eine Schnecke – wie ekelhaft!«

»Sie war schon vor mir da und hat auch ihr Recht auf eine Mahlzeit.« Ohne auf das skeptische Mädchen zu achten, sammelte die Schlichterin ihre Schätze ein und steckte sie in den Korb. Dann stand sie auf, schüttelte ihre Schürze aus und rief: »Los, lange genug gefaulenzt! Sonst wird es dunkel, bevor wir ins Dorf kommen.«

Ohne lange herumzureden, hatte sie das Kommando über unsere kleine Gruppe übernommen. Mir war es recht. Damit hatte sie auch die Verantwortung, und ich konnte den Ausflug noch unbeschwerter genießen. Sie rief Albin für den Rest der Reise auf den Bock und schwang sich, ohne sich zu zieren, auf das Pferd. Unauffällig schielte ich hinüber und stellte fest, dass sie gut reiten konnte.

»Ich habe Euch verblüfft, Frau Baronin. Ihr habt nicht erwartet, dass eine Frau von meinem Stand so gut reiten kann.«

»Da habt Ihr Recht, es ist ungewöhnlich. Darf ich fragen, wo Ihr das Reiten gelernt habt?«

»Euer Gatte hat es mir beigebracht. Als er gesehen hat, wie sehr ich mich im Winter mit dem schweren Wagen abgemüht habe, hat er mir den Vorschlag gemacht, reiten zu lernen. Es war schwere Arbeit, doch es hat sich gelohnt, wie Ihr sehen könnt.«

»›Schlichterin‹ – wie kommt man zu einem solchen Namen?«

Sie gab ein tiefes, kehliges Lachen von sich. »Das ist eine lange Geschichte, und ein bisschen hat sie auch mit Euch zu tun.«

»Mit mir? Das kann ich nicht glauben.«

»Könnt Ihr Euch an das kleine Haus erinnern, das zwischen dem alten Forsthaus und dem Ort lag? Das war mein Elternhaus. Ich war damals ein junges Mädchen, fünfzehn oder sechzehn Jahre alt. Die Kinder vom Schlosshof hatten es auf unseren Apfelbaum abgesehen und plünderten ihn Jahr für Jahr. Erinnert Ihr Euch an die roten, süßen Äpfel?

Meiner Mutter platzte jedes Mal der Kragen; sie wollte diese Bande verjagen. Vater winkte ab: ›Lass sie doch! Ein paar Äpfel mehr oder weniger, was macht das schon?‹ Ich sah hinter den Kindern her, wie sie mit den Äpfeln verschwanden, und ein bisschen war ich schon neidisch auf ihre Freiheit, die sie so schamlos auszunutzen verstanden. Ich kannte die Geschichte des schwarzen Jungen und der fremden Frau, die im Turm starb. Der kleine verwahrloste Junge tat mir Leid.

Zwei Jahre später hatte ich das nächste Erlebnis, das mit diesem Jungen zu tun hatte. Der Schmied aus dem Ort wollte mich heiraten. Es war eine Ehre für mich, denn wir waren arme Leute, und der Schmied war in unseren Augen ein reicher Mann. Vater hatte mich mit dem Pferdegeschirr hinübergeschickt, und ich wollte die Zeit nutzen, um mit meinem Bräutigam zu plauschen.

Um die Ecke kam ein kleines, hässliches Pferd mit dem dunklen Jungen darauf. Er bat den Schmied um ein Hufeisen. Der ging zum Feuer, entnahm ein rot glühendes Eisen, trat auf den Jungen zu und tat, als wollte er das Eisen in den Hals des Pferdes stoßen. Er lachte dabei und sah nicht die Qual in den großen schwarzen Augen, aus denen die Tränen stürzten und eine Spur auf den staubigen Wangen zeichneten. Mit einem Ruck hatte das Kind gewendet, und ich sah, wie er die kleinen

Füße in den Bauch des Pferdes stieß. Nach kurzer Zeit war er verschwunden, nur das brutale Lachen des Schmiedes hallte durch die Straße, wo sich der aufgewühlte Staub setzte.
Ohne ein Wort verließ ich die Schmiede und seinen Besitzer. Es war nicht leicht, meinen Eltern zu erklären, dass ich diesen Mann nicht heiraten konnte.«
Die Erschütterung stand mir wohl ins Gesicht geschrieben. O ja, ich konnte mich gut an den Zwischenfall erinnern, doch die Frau in der Schmiede hatte ich nicht bemerkt.
»Nach einem Jahr habe ich den Flickschuster geheiratet«, fuhr die Schlichterin fort. »Er war ein ruhiger, braver Mann. Er war nicht fähig, ein Tier zu quälen, geschweige denn ein Kind.
Unsere Ehe blieb kinderlos, doch ich hatte eine Gabe, die Euer Großvater, der damals unser Herr war, zu schätzen wusste. Immer wenn es im Ort zum Streit kam, sei es zwischen Nachbarn, Freunden oder Fremden, ließ er mich rufen. Mit viel Überredungskunst versuchte ich den Streit zu schlichten. Ich muss Euch gestehen, dass ich größtenteils Erfolg hatte. Euer Großvater bezahlte mich mit Naturalien, doch wenn es Adelige waren, wanderten auch ein paar Gulden in den Spartopf.
Nach ein paar Jahren starb mein Mann, und ich zog auf die Kinziginsel, wo sie gerade die Pfalz erbauten. Da es zwischen den Arbeitern immer wieder zu Meinungsverschiedenheiten kam, war ich in der Nähe und machte mich mit meiner Gabe nützlich.«
»Die Männer am Bau haben Euch akzeptiert?«, fragte ich.
»Ja, merkwürdigerweise haben sie das, obwohl sie sich sonst von keiner Frau etwas sagen lassen. Sie wussten, dass der alte Baron hinter mir stand, und dass mit ihm nicht gut Kirschen essen war, wussten sie auch.
Euch sah ich erst wieder, als Ihr dabei wart, Gelnhausen zu verlassen. Wie schön Ihr ausgesehen habt, wie stolz Euer Großvater war! Auch ich war stolz auf Euch, auf den kleinen schwarzen Jungen, der immer noch wie ein Kind aussah und das Kreuz genommen hatte, um den weiten Weg nach Jerusalem zu reiten. Ich hatte ja des Öfteren mit dem alten Baron zu tun und sah,

wie begierig er die Geschehnisse des Kreuzzugs verfolgte, wann immer ein Kurier durch Gelnhausen kam. Irgendwann riss jede Verbindung ab, und es dauerte zwei Jahre, bis die Ersten zurückkamen. Der ganze Ort stand Kopf: Sadi Konrad von Ortenberg war eine verkleidete Frau, die sich als Mann in die Zelte des Herzogs gelogen hatte! Der König hatte sie mit Schimpf und Schande davongejagt.

Der alte Herr schloss sich ein und blieb für Wochen unsichtbar. Als er wieder herauskam, war er um viele Jahre gealtert. Es geschieht ihm recht, sagten viele, die das ganze Ausmaß der Tragödie kannten. Wie kann man sein eigen Fleisch und Blut so behandeln, wie er es getan hat? Alles Unrecht rächt sich auf dieser Welt. Andere sagten: Das hat man doch kommen sehen, das Blut der Fremden lässt sich nicht verleugnen. Als er dann die alte Muhme zur Rechenschaft zog und sie aus dem Schlosshof jagte, ging ich zu ihm.

Normalerweise kann ich einen Stein zum Leben erwecken mit meinem Gerede, doch bei ihm war alles umsonst. Er war noch härter und verbitterter geworden. Er war nicht mehr fähig, sein Herz zu öffnen. Es tat mir Leid, für ihn und für Euch, Sadi.«

Die Schlichterin schwieg.

»Ich danke Euch. Ich wusste nicht ...« Mehr konnte ich nicht sagen, denn ich war viel zu bewegt.

Eine Weile ritten wir stumm nebeneinander her. Jeder war in seine Gedanken versunken. Plötzlich streckte die Schlichterin ihre Hand aus und hielt mich am Arm fest. Ihre blauen Augen waren dunkel geworden, als sie zu mir sagte: »Freundschaft, Sadi?«

Zögernd reichte ich ihr meine Hand.

»Ich möchte, dass du Johanna zu mir sagst, kennen wir uns doch schon ein ganzes Leben.«

Noch immer war ich unfähig, etwas zu sagen, und nickte nur mit dem Kopf. Ihre Arme fuhren tröstend über meinen Rücken und erzeugten eine Wärme in meiner Brust, wie ich sie noch nie bei einer Frau empfunden hatte.

Bauernhochzeit

Wir hatten eine Brandrodung durchquert, einen weiteren Hügel erklommen und ließen nun unsere Blicke über ein enges Tal schweifen, in dessen Senke das kleine Dorf lag. Der Weg führte steil bergab, und Albin brauchte seine ganze Kraft, um den schweren Wagen abzubremsen.

Kurz darauf kam eine kleine Kirche in Sicht. Wir überquerten eine Holzbrücke, die über einen schmutzigen Bach führte, und standen gleich darauf auf dem Dorfplatz, der von kleinen Holzhäusern eingefasst war. Aus jedem Haus stieg eine steile Rauchfahne in den geröteten Abendhimmel.

Vor dem größten Haus stiegen wir vom Pferd. Ein Mann kam aus der niederen Tür und lud uns mit freundlichen Worten in sein Haus ein. Die dunkle Hütte mit dem fest gestampften Lehmboden, der offenen Feuerstelle in der Mitte und dem Loch im Dach, das als Rauchabzug diente, wirkte nicht gerade einladend auf mich.

Jakob Anward war in seinen besten Jahren. Er war der Dorfschulze und Bruder der Schlichterin. Seine Frau und vier Kinder saßen um einen groben Holztisch und sprangen verlegen auf, als sich der Raum mit lauter fremden Leuten füllte. Nachdem wir das Vorstellen hinter uns gebracht hatten, räumten die Kinder den Platz, stellten saubere Schüsseln auf den Tisch und luden uns ein, Platz zu nehmen. Der Geruch köstlicher Suppe stieg von einem großen Topf auf, der, von zwei Eisenböcken gehalten, über dem Feuer hing. Doch bevor wir der freundlichen Aufforderung nachgeben konnten, trat ein neuer Besucher herein.

Der Pfarrer, der die umliegenden Dörfer versorgte, war ein sanfter Mann von vierzig Jahren mit schütterem Haar. Er sprach zögernd, sichtlich befangen, einer leibhaftigen Baronin gegenüberzustehen. Schnell fing er sich, als man auch ihn bat, Platz zu nehmen und zuzugreifen. In der Zwischenzeit hatte die Schlichterin einen Jungen zum Bräutigam geschickt, dass er kommen solle, da die Braut warte und die Ehe noch am gleichen Abend geschlossen werden musste.

Wir waren noch nicht mit dem Essen fertig, als wieder die Tür aufging und mit einem Schwall frischer Luft ein Mann und fünf Kinder den Raum betraten. Voller Schreck sah ich von dem Neuankömmling zu Ammalis hinüber. Niemals würde sie diesen Mann heiraten! Die kleinen, eng beieinander liegenden Augen, der tiefe Haaransatz, die buschigen Augenbrauen ließen ihn primitiv und dumm aussehen. Dazu trug er den bäuerlichen Haarschnitt und grobe geflickte Kleider. Seine nackten, haarige Beine steckten in riesigen Holzschuhen, die bei jedem Schritt merkwürdige Geräusche von sich gaben.

Ammalis sah ihren zukünftigen Mann nicht an. Sie hatte das kleinste Kind auf die Arme genommen, strich den älteren über die roten Wangen und zupfte an ihren schlecht sitzenden Kleidern herum. Nach einer Weile ging sie mit dem Kind zum Pfarrer und sagte zu ihm, dass sie bereit sei und die Trauung hinter sich bringen wolle.

Ohne zu zögern und mit einer gewissen Erleichterung standen wir alle auf und gingen im Gänsemarsch über den Dorfplatz auf die kleine Kirche zu. Das Mauerwerk des einfachen Gotteshauses war nackt und kahl. Nirgendwo brannte ein Feuer, und es war, nachdem die Sonne untergegangen war, empfindlich kühl. Zum Glück dauerte die Zeremonie nicht lange, und die kleine Familie mit Ammalis in der Mitte trat den Heimweg an.

Lange sah ich ihnen hinterher. Johanna, die mit dem Pfarrer und ihrem Bruder vor mir herging, wartete auf mich. »Ob sie mit ihm glücklich wird?«

»Was ist schon Glück, Sadi? Sie wird in ihre Aufgaben hineinwachsen, den Kindern eine gute Mutter sein, und mit ihrem Mann wird sie auch klar kommen. Wenn sie die Kinder und den Mann im Griff hat, wird sie auch glücklich sein. Ihr Los ist auf

jeden Fall besser als das ihrer Vorgängerin. Noch vor ein paar Jahren hätten ihr Pranger-Stehen oder Ausgepeitscht-Werden geblüht. Danach hätte sie ihr Leben als Hexe in den Wäldern fristen müssen. So hat sie das bessere Los gezogen, meinst du nicht auch?«
»Was für eine Strafe bekommt eigentlich der Mann? Er war ja auch beteiligt.«
»Vierzig Gulden.«
»Was!? Ist das alles?«
»Er ist ein Mann, Sadi.«
»O ja, er ist ein Mann. Woher weiß man, dass nicht er der schuldige Teil war? Vielleicht hat er das Mädchen genötigt, vielleicht gar gezwungen!«
»Das glaube ich nicht. Er ist ein angesehener, gut aussehender Mann. Er braucht keine Frau zu zwingen. Im Gegenteil, er muss die Frauen abwehren. Bei der Kleinen ist er halt schwach geworden. Wenn man sie ansieht, kann man es verstehen, nicht wahr.«
»Tut mir Leid, Johanna, für vierzig Gulden kann man öfter schwach werden.«
»Du hast ja Recht, doch wir beide werden nichts daran ändern. Obwohl Simon schon viel dazu beigetragen hat, dass es besser wird.«

Der aufregende Tag war vorbei, wir alle nahmen unser Nachtlager rund um die Feuerstelle ein, und ich freute mich schon auf den nächsten Morgen.
Obwohl ich müde war, floh mich der Schlaf. Mein Gewissen ließ mir keine Ruhe. Hatten wir nicht das Mädchen wie ein Schaf zur Schlachtbank geführt? Wie konnte sie mit einem Mann, den sie noch nie zuvor gesehen hatte, die Ehe vollziehen? Ein so intimer Akt ohne Liebe und Leidenschaft, noch dazu zwischen heranwachsenden Kindern – allein schon der Gedanke daran ließ mich frösteln.
Wie dankbar ich dem Kaiser sein musste, der mir Simon geschickt hatte! Wie schön war es das erste Mal, obwohl wir uns so lange gequält hatten, und wie sehr liebte und bewunderte

ich ihn! Ebenso sehr, wie ich mich auf dic Bauernhochzeit am nächsten Tag freute, freute ich mich auch auf das Wiedersehen mit Simon und Hubert.

Trotz des harten Lagers schlief ich nach diesen Gedanken doch noch ein. Die morgendlichen Geräusche weckten mich aus tiefstem Schlaf. Dicht gedrängt lagen die Kinder an den rauen Holzwänden, und der Herr Pfarrer hatte sein Nachtlager unter dem Tisch gefunden.

Fluchtartig verließ ich das Haus. Ein feuchter, klebriger Hauch streifte mein Gesicht. Es war ein Gefühl, als wenn man im Keller in ein Spinngewebe gerät. »Das ist der Nebel. In ein paar Stunden ist er wieder verschwunden«, sagte Johanna, die mir entgegenkam.

Jetzt erst sah ich die Menschen, die wie schwarze Schemen umhergeisterten, hörte das Hämmern, Rufen, Lachen und Schreien. »Sie richten die Hochzeit aus, du wirst es erleben. Sie sind zwar arm, aber feiern können sie, das macht ihnen so leicht niemand nach.«

Johanna hatte Recht. Als der Nebel sich hob, sah ich, wie die Männer grob geschnittene Bretter auf Holzböcke legten, die sie um die Linde auf dem Dorfplatz gruppiert hatten. Alles, worauf man sitzen konnte, wurde aus den Hütten herbeigeschleppt. Kinder rannten umher und behinderten die Frauen, die Töpfe, Schüsseln, Brot und Käse brachten. Zwischen den mit Äpfeln und Birnen gefüllten Körben leuchteten Weintrauben und getrocknete Zwetschgen. Junge Mädchen mit blitzenden Augen pflückten die letzten Blumen am Waldrand und mischten sie mit Beeren und buntem Herbstlaub. Wie von Zauberhand erschienen drei Musikanten, die auf Instrumenten, deren Namen ich nicht kannte, lustige Lieder spielten und alle Menschen im Dorf in Stimmung brachten. Schon schwenkten die Mädchen ihre Röcke im Takt, eine Aufforderung an die jungen Männer, die sich diese Gelegenheit nicht entgehen ließen. Es war ein wunderschönes Bild, und gegen Mittag kam obendrein die Sonne heraus und setzte alles ins rechte Licht.

Plötzlich fühlte ich ein Frösteln. Es hatte nichts mit dem Wetter

zu tun, und das Fest ging ohne Zwischenfall lustig weiter. Es kam aus meinem Innersten, und ich dachte an eine nahende Erkältung. In der Hütte des Dorfschulzen hing mein Umhang. Dazwischen saßen, standen und tanzten so viele Menschen, dass ich lieber darauf verzichtete. Ich sehnte mich nach ein bisschen weniger Trubel und schlug den Weg durchs Dorf ein.
Rechts und links lagen Gärten, abgegrenzt durch armselige Hütten und baufällige Scheunen. Vögel stritten sich um die letzten Körner, die Sonne trocknete die nebelfeuchten Blätter, ein leichter Wind ließ die Wäsche auf den Leinen flattern. Der Herbst kam mit all seiner Magie und seiner traurigen Schönheit; es schien, als wollte sich die Natur mit ihrer goldenen und braunroten Farbenpracht gegen das Sterben wehren.
Ein Mann kam mit weit ausholenden Schritten auf mich zu. Es war zu spät, um ihm auszuweichen.
»Frau Baronin, gut, dass ich Euch allein treffe. Ich möchte mich bedanken.« Es war der Bräutigam, und ich konnte mir nicht denken, wofür er mir danken wollte.
»Durch Euch, Frau Baronin, habe ich eine so schöne und gute Frau bekommen. Sie ist noch keinen Tag bei uns, und schon hat sich alles verändert. Die Kinder vergöttern sie, und ich bin ein neuer Mensch.
Seht, da drüben steht mein Haus. Sieht es nicht furchtbar aus? Da, wo die Balken im Erdreich stecken, fangen sie an zu faulen. Es ist noch von meinem Vater, und normalerweise hält so ein Haus nur eine Generation. Für Ammalis werde ich ein neues bauen. Sobald ich mit dem Acker fertig bin, fange ich an.«
Er strahlte über das ganze Gesicht, und obwohl er seit dem letzten Abend nicht schöner geworden war, wurde er mir doch viel sympathischer.
»Habt Ihr schon so ein Fest erlebt? Es ist alles Euch zu Ehren. Keiner wollte sich lumpen lassen, wenn ein so hoher Gast bei uns ist.«
Es machte mich froh, dass der Ehemann von Ammalis ein guter Mensch war; das würde ihr vieles erleichtern. Die Sonne war hinter dunklen Wolken verschwunden.

»Das Wetter wird schlechter«, sagte der Mann und schaute sorgenvoll zum Himmel. »Schade, Frau Baronin, Ihr werdet eine schwere Heimfahrt haben. Euer Wagen ...«
»Was ist mit dem Wagen?«
»Er ist zu schwer, die Räder werden tief einsinken in morastigen Wegen und ausgefahrenen Rillen.«
Kaum waren wir wieder auf dem Dorfplatz, suchte ich Johanna. Bei den Worten des Bräutigams hatte mich Panik erfasst. Ich musste nach Hause. Nicht erst morgen, sondern noch heute. Jetzt, auf der Stelle.
»Nein, sei vernünftig, Sadi. In drei Stunden ist es dunkel. Morgen in aller Frühe werden wir losfahren. Es sieht nach Regen aus. Wenn du willst, lassen wir den schweren Wagen hier und nehmen nur die Pferde. Dann sind wir bis Mittag zu Hause.« Johanna sah mich an, als wäre ich betrunken.
Aber ich war nicht betrunken, im Gegenteil: Noch nie war ich so nüchtern und klar. »Und wenn etwas mit Simon oder Hubert ist? Ich habe so ein ungutes Gefühl.«
Johanna nahm meinen schweren Umhang und hüllte mich fürsorglich ein. »Du zitterst ja, Kind! Was ist mit dir? Schau, auf Gertrud kannst du dich verlassen. Sie hütet deinen Kleinen wie ihren Augapfel. Und dein Gatte ist auf der Jagd; du weißt doch, Fürsten haben sich angesagt. Du machst dich unnötig verrückt mit deinen Sorgen. Morgen lachst du darüber. Da, sieh, wie sich der junge Albin vergnügt, und Ammalis ist durch dich eine angesehene Frau geworden.«
Sie hatte Recht, und ich versuchte mich zusammenzunehmen. Durch den Aufbruch wäre das Fest gestört worden.
Es war aber nicht Hubert oder Simon, um den ich bangte. In meinem Innersten wusste ich, dass meine beiden liebsten Menschen in Sicherheit waren. Doch um wen sonst musste ich bangen? Mir schien das Ganze recht mysteriös. Ehrlich gestanden, ich hatte Angst – Angst nicht vor einer Gefahr, die man kommen sieht und wogegen man etwas unternehmen kann, sondern jene schleichende, beklemmende Angst vor dem Ungewissen.

Die alkoholischen Getränke taten ihre Wirkung. Junge und alte Männer torkelten zwischen tanzenden Pärchen hindurch. Viele saßen oder lagen unter den Tischen. Mütter versuchten ihre Kinder nach Hause zu bringen, die dazu nicht die geringste Lust verspürten und mit ihrem Geplärr andere Töne in die Musik mischten. Fackeln flackerten wie Schlangen im aufkommenden Wind, der immer stärker wurde. Die ersten Regentropfen fielen schwer auf den Boden. Mit ein paar anderen Frauen hatte ich mich unter das Blätterdach der Linde geflüchtet, als das Inferno losbrach.

Eisenmänner

Niemand sah sie kommen, niemand hatte etwas gehört. Plötzlich waren sie da.

Regen glänzte auf schwarzen Eisenrüstungen, und der Schein der Fackeln spiegelte sich auf ihnen, als wären sie von Flammen umgeben.

Diesen Anblick kannte ich von früher; er hätte mich längst nicht so erschreckt, wären wir auf einem Kampfplatz gewesen. Doch hier, in einem ruhigen, friedlichen Spessartdörfchen, wirkten sie wie eine Gefahr aus einer anderen Welt. Die Dörfler sprangen voller Entsetzen auseinander. Jeder suchte in Deckung zu gehen. Es war zu spät. Schwerter blitzten auf und durchbohrten die Flüchtenden.

Mit einem Satz war ich unter einem Tisch verschwunden und schlug meinen Umhang eng um mich, als könnte dieses Stück Stoff mich retten. Ohne einen Laut sanken die Frauen neben mir tot zur Erde. Wie ein Schnitter auf dem Feld schwang der Eisenmann sein Schwert. Ich konnte seinen Hass und seine Menschenverachtung durch das Eisen riechen. Er musste und wollte töten, und es gab nichts, was ihn aufhalten konnte. Grauenhafte Schreie hallten durch den Regen, der sich nun mit seiner ganzen Kraft entlud.

Niemals in meinem Leben, nicht auf dem Kreuzzug, nicht auf Malta, weder auf Rhodos noch auf dem langen Weg durch Frankreich hatte ich solch eine Angst durchlebt. Ich saß unter dem Tisch und erwartete mein Ende. Ich zwang mich, von den toten Frauen wegzusehen, und stierte auf eine Flüssigkeit, die langsam und zäh vom Tisch heruntertropfte – Suppe! Es war Johannas Pilzsuppe. Der Geruch drängte sich mir auf. Die klei-

nen braunköpfigen Kobolde des Waldes waren bei dem Festschmaus nicht so angekommen, wie sich die Schlichterin das dachte. Nun flossen sie in den Dreck und lenkten mich sekundenlang von meiner Todesangst ab, sodass ich mir ein nervöses Kichern nicht verkneifen konnte.
Der Tod stand vor mir. Riesig sahen die eisenbestückten Füße und Beine aus. War es nicht grotesk – ich erwartete den Todesstoß und kicherte über Pilzsuppe.
Der Stoß kam langsam, er war nicht tödlich. Er forderte mich auf herauszukommen. Dann stand ich ihm gegenüber.
Ängstlich starrte ich ihm ins Gesicht. Ich kannte Helme mit Nasenspangen. Einen Helm, der nur die Augen frei ließ, hatte ich noch nie gesehen. Hinter all dem Eisen suchte ich etwas Menschliches; doch da waren nur Dunkelheit und Leere, sonst nichts.
Wieder stieß er mich mit dem Schwert an. Er wollte, dass ich gehe – wohin und warum? Warum machte er kein Ende, sondern trieb mich über den Platz zur Brücke hin?
Noch immer waren die anderen dabei, Kehlen durchzuschneiden und Herzen zu durchbohren. Jeder Schrei ließ mich zusammenzucken, als hätte ich ihn selbst ausgestoßen.
An der Kirche angekommen, griff mich der harte Eisenhandschuh am Arm und hielt mich fest. Ich sah, wie zwei andere mit einem schweren Balken die Kirchentür verschlossen. Dann steckten sie das Schindeldach an allen vier Ecken an. Die Schreie in der Kirche vermischten sich mit dem Wind, dem Regen und dem prasselnden Feuer. Ich traute meinen Ohren nicht, als die Schreie in einen Choral übergingen. Kaum zu glauben: Die todgeweihten Menschen sangen Kirchenlieder.
Wieder spürte ich die Schwertspitze. Wieder wurde ich vorwärts getrieben.
Mitten auf dem Platz saß ein kleines Kind. Es war erst ein paar Monate alt und konnte noch nicht laufen. Sein Weinen löste mich aus der Erstarrung. Wie oft hatte ich den Minnesängern gelauscht, wenn sie von Tod und Heldentum sangen. Auf diesem Dorfplatz, an einem der letzten regnerischen Oktobertage, war

kein Funken Heldentum in mir. Wie eine uralte Frau mit gebeugtem Rücken stolperte ich auf das Kind zu. Mit einem einzigen Griff packte ich den Kleinen und stopfte ihn durch den Schlitz meines Umhang.

War es die plötzliche Wärme, war es der Schreck? Auf jeden Fall hörte das Weinen auf. Mit dem Kind an meiner Brust, die Schwertspitze im Rücken, lief ich weiter. Er trieb mich zur Brücke, wo dicht aneinander gedrängt ein Häuflein Menschen stand, die mir mit Grauen in den Augen entgegensahen.

Dann sah ich sie. Sie stand abseits auf einem Hügel und schaute mich an. Sie wirkte fremd, doch dann merkte ich, sie hatte ihre Haube verloren. Ihr nasses Haar war offen, und der Wind wehte lange Strähnen über ihr Gesicht – Johanna die Schlichterin.

Am liebsten hätte ich meine Arme nach ihr ausgestreckt, doch das Kind hinderte mich daran. In diesem Moment wurde meine Angst, die mich wie mit Eisenklammern umfangen hielt, schwächer. Sie war meine Retterin, meine Mutter, meine Freundin. Sie würde das Schwert zerbrechen, die Dämonen verfluchen und in die Weite der Wälder jagen.

Mühsam suchte ich mir den Weg durch die Menschen, erklomm den kleinen Hügel, doch als ich neben ihr stand, legten sich keine Arme beschützend um mich. Ihre starren Augen waren auf die Kirche gerichtet. Ich existierte nicht für sie. Sie hatte weder mich kommen sehen noch den gefährlichen Eisenmann, der mich mit seinem Schwert über den Platz getrieben hatte.

Wer war ich schon? Wer war in diesem Moment die Baronin? Sie war nicht gefährdeter als andere.

Der Eisenmann hatte sich abgewendet und war in der Dunkelheit verschwunden.

Warum war ich so enttäuscht, so verletzt und traurig? Jetzt, da ich in keiner unmittelbaren Gefahr mehr war, hätte ich mich freuen müssen, so unbeschadet davongekommen zu sein. Was hatte ich in dieser Frau gesehen, die ich noch keine zwei Tage kannte? Ich bedeutete ihr nichts, sie hegte nicht einmal freundschaftliche Gefühle für mich.

Ein lautes Krachen, und das Dach der Kirche fiel in sich zusammen.
Der Regen hatte aufgehört. Ringsum war nichts zu hören als das Brennen der Hütten und das klirrende Eisen der Feinde. Das Jammern, Schreien und Stöhnen war verstummt.

Auf unserem Wagen nahmen wir Platz, fünf Frauen und drei Kinder, die das Inferno überlebt hatten. Kaum zu glauben, dass wir erst einen Tag zuvor bei strahlendem Sonnenschein unsere Fahrt begonnen hatten: ein Junge, dem es zu langweilig geworden war, an der Zugbrücke Wache zu stehen, und der ums Mitreiten gebeten hatte; das Mädchen Ammalis – ganz so freiwillig war sie nicht auf den Wagen gestiegen. Dann sah es so aus, als hätte sich ihr Schicksal zum Guten gewendet. Jetzt waren beide tot, und ich hoffte für sie, dass sie nicht in der Kirche gestorben waren.
Johanna schwieg. Unbeteiligt am Geschehen war sie auf den Wagen gestiegen. Sie saß da und stierte auf einen Punkt, der sich im Walde verlor.
Eine Frau, die Arme über der Brust verschränkt, warf in kurzen Abständen ihren Oberkörper vor und zurück und summte ein Lied dabei. Die beiden anderen Frauen unterhielten sich leise, und als sie merkten, dass ich sie beobachtete, wandten sie sich mir zu. »Sie ist nicht bei Sinnen, sie ist verrückt geworden«, sagte die Ältere von den beiden. »Sie heißt Theres und hat ihre ganze Familie verloren. Das ist Ethel, meine Base, und ich bin Lisa Ellermann. Mein Mann und ich hatten einen kleinen Laden. Die Buben heißen Franz und Adam, sie sind Brüder.«
Ich nickte ihr zu. Vorzustellen brauchte ich mich nicht, denn es gab bestimmt keinen Mensch im Dorf, der die Baronin nicht kannte.
Vor und hinter uns ritten die Eisenmänner, die Bedrohung war noch immer da.
Der kleinere Junge hatte seine Schuhe verloren, die nassen Strümpfe ausgezogen und neben sich gelegt. Seine nackten Füße mussten eisig sein, doch er gab keinen Laut von sich. Vor-

sichtig, um das schlafende Kind unter meinem Umhang nicht zu wecken, zog ich meine Mütze vom Kopf und reichte sie dem Jungen. Erstaunt sah er mich an und steckte dann schleunigst seine Füße hinein. Die Bewegung hatte das Kind geweckt, und es fing an zu weinen.

Wie aus dem Schlaf erwacht, sah mich Johanna an. »Warum hast du das Kind mitgenommen, Sadi? Dadurch verlängerst du nur sein Leiden.«

»Aber das Kind lebt, es war allein, was hätte ich denn tun sollen?« Ich verstand Johanna nicht.

»Wie willst du es ernähren? Es wurde von seiner Mutter noch gestillt. Es wird in deinen Armen verhungern.«

In gewisser Weise hatte die Schlichterin Recht. Noch wusste ich nicht, wie dieses Problem zu lösen war. Auf jeden Fall würde ich nicht so schnell aufgeben. Noch war es nicht so weit. Ich sah hinab auf das kleine, schmuddelige Gesicht; das Kind hatte die Augen geschlossen und nuckelte an einem Finger.

Johanna stand auf, beugte sich nach hinten und zog eine Pferdedecke hervor. Sie war wieder die Frau, die ich seit kurzem kannte – fürsorglich, was andere betraf. Sie legte die Decke um die schaukelnde Frau, doch die wehrte ab und warf sie von sich. Als Nächste waren die Buben an der Reihe, die für ein bisschen zusätzliche Wärme dankbar waren. Johanna nahm die nassen Socken des Jungen, wrang sie aus und klemmte sie zwischen die Bretter des Aufbaus. »Kennt einer die Frau?«, fragte die Schlichterin. »Ihr seid doch aus dem Dorf.«

»Ja, wir sind aus dem Dorf, wir haben uns der Baronin schon vorgestellt. Was ist los mit Euch? Habt Ihr geschlafen?«

»Tut mir Leid, ich habe nichts gehört, war wohl mit meinen Gedanken woanders.«

»Also gut, ich bin Lisa, das ist Ethel, und die Verrückte ist Theres. Die beiden Buben heißen Franz und Adam. Theres hatte gerade ihren kleinen Jungen nach Hause zu ihrer Schwiegermutter gebracht und ist dann wieder zurück auf das Fest gekommen. Plötzlich schrien die Menschen entsetzt auf, das Haus stand in Flammen. Wie eine Wahnsinnige rannte sie zurück. Es war zu spät, vor ihren Augen fiel alles zusammen. Jetzt bangte sie um ihren Mann und die größeren Kinder. Doch auch hier kam sie zu spät, sie hatten sie genau wie unsere Familien in die Kirche getrieben, und was dann kam …« Lisa weinte, und Ethel hatte ihr Gesicht in ihrem Rock vergraben.

»Theres hat vor ein paar Wochen ein Kind geboren. Wir müssen sie dazu bringen, das Kleine zu stillen«, flüsterte mir Johanna zu.

»Was? Niemals! Sie wird es aus dem Wagen werfen, wie sie es mit der Decke fast getan hätte. Sie wird es töten. Bitte, Johanna, keine Versuche.«

»Uns bleibt keine andere Wahl. Ihr beide setzt euch dicht neben Theres, ich setze mich ihr an die andere Seite. Wir müssen sie erst mal beruhigen.« Vorsichtig legte die Schlichterin ihren Arm um die Frau. Heftig versuchte Theres, sich frei zu machen, doch Johanna gab nicht auf. Zärtliche Worte und beständiges Streicheln bewirkten, dass sie ruhiger wurde und das Schaukeln aufgab. Bald lag sie mit geschlossenen Augen in den Armen Johannas.

Der Himmel wurde hell, und mit dem Morgengrauen frischte der Wind auf. Irgendwo ganz in der Nähe lauerte schon der Winter.

»Jetzt, Sadi! Bringe den Kleinen!«

Auf Knien rutschte ich zu ihr hinüber und hielt ihr das schlafende Kind vors Gesicht.

Johanna nahm Thereses Hände. Sie zog ihr Brusttuch heraus und knöpfte ihr das Mieder auf. »Komm, Theres, dein Kleiner hat Hunger.« Als hätte das Kind die Worte verstanden, schlug es die Augen auf, verzog das Gesichtchen und fing an zu weinen.

Wie gebannt starrte die Frau auf das kleine Wesen. Plötzlich fielen die erlösenden Worte: »Macht Platz, ich muss mein Kind füttern.« Wir hatten es geschafft. Das Kind lag zufrieden an ihrer Brust, und ein erstes scheues Lächeln verklärte die Züge der gepeinigten Frauen.

Später erinnerte ich mich daran, dass ich, während wir warteten, ein ununterbrochenes Gebet an einen Gott gerichtet hatte, an den ich eigentlich nicht glaubte.

Theres war wieder bei uns. Sie hatte ihr verlorenes Kind zurück und nahm es an, ganz so, als wäre es ihr eigenes. Damit nahm sie mir die Verantwortung ab. Mit geübten Griffen säuberte sie den Kleinen und nutzte das Brusttuch als Windel. Lisa und Ethel rissen aus ihren Unterröcken Stücke heraus und machten ein kleines Bündel daraus.
Mit dem Regen in der Nacht waren die schönen Herbsttage endgültig vergangen. Ein bitterkalter Wind blies, der nur ein Gutes hatte, er trocknete die Strümpfe von Adam.
Während ich Johanna zusah, wie sie sich abmühte, dem Jungen die Socken überzustreifen, was bei dem Fahrstil des Eisenmannes keine Kleinigkeit war, kam mir ein wunderbarer Gedanke, den ich sofort in die Tat umsetzte. Genauso wie bei Theres und dem Kind hieß ich alle, sich eng um mich zu setzen. Den Umhang und die Lederweste hatte ich vorher ausgezogen. Vorsichtig zog ich mein Messer aus dem Stiefel und säbelte aus der Lederweste große Stücke heraus. Auch die Pferdedecke schnitt ich in zwei Teile und schnitt in jedes Stück ein kleines Loch. Spielerisch verschwand das Messer im Stiefel, und ich hörte das Aufatmen meiner Gefährten. Aus den groben Röcken zogen wir nun einzelne Fäden und flochten Zöpfe daraus. Johanna wickelte Adam die Lederstücke um die Füße und band sie fest. Aus der zerschnittenen Decke hatte nun jeder der Buben einen eigenen Umhang, den wir mit den Wollzöpfen zubanden.
Obwohl es mir jetzt eisig über den Rücken fuhr, war ich zufrieden. Wie wenig brauchen wir Frauen doch, um glücklich zu sein, und das Lächeln auf den Gesichtern der Frauen ließ mich stolz und zufrieden zurücksinken.

Solange ich denken konnte, hatte ich mich nie um andere gekümmert. Eine einzige grauenvolle Nacht hatte alles verändert. Ich war keine Außenseiterin mehr. Unser Überleben hing von jedem Einzelnen ab. Hatte ich am Anfang noch gehofft, mich bei der ersten Gelegenheit allein in die Büsche zu schlagen, war ich nun bereit, für jeden Einzelnen zu kämpfen. Wir würden

alles gemeinsam durchstehen, egal wie lange unsere Gefangenschaft auch dauern sollte.
Zum Glück war Johanna da. Sie teilte mit mir die Verantwortung für die Frauen und Kinder. Manchmal verstanden wir uns ohne Worte. Sie war keine Celin. Wie anders wäre unser Weg durch Frankreich verlaufen, hätte ich Johanna an meiner Seite gehabt. Nun, jetzt war sie da. Obwohl unsere Situation viel schlimmer war, hatte sich meine Angst verflüchtigt.
Noch immer war ich fest davon überzeugt, dass die Eisenmänner keine Menschen waren. Noch am gleichen Tag wurde ich eines Besseren belehrt.
Endlich, an einem Hügel, hielt der Wagen. Kein Knochen in meinem Körper, den ich nicht spürte. Vorsichtig einen Fuß vor den anderen setzend, erklommen wir den Pfad und standen gleich darauf vor einem großen Höhleneingang.
Es war ein Stollen, der in den Hügel führte; doch was hier einmal gefördert worden war, konnten wir nicht erkennen. Abgebrochenes und zersplittertes Holz lag herum, und staunend sahen wir zu, wie einer der Männer das Holz aufschichtete und ansteckte. Wir standen dicht gedrängt an der kalten Wand und beobachteten, wie aus den Eisenmännern Menschen wurde. Sie legten ihre Rüstungen ab, warfen sie auf einen Haufen, und daraus hervor kam weder Teufel noch Dämon. Sieben ganz normale Männer gingen nach draußen, versorgten die Pferde und stützten den Wagen ab. Bis auf den jüngsten trugen sie lange Haare und Bärte. Der junge Mann reichte uns Brot und Wasser; es war das erste Essen seit dem Überfall. Immer wieder mussten wir die Kinder anstoßen, denen die Augen zufielen.
Die Männer hatten ihr eigenes Feuer. Sie aßen, tranken und unterhielten sich leise, sodass wir trotz Bemühens kein Wort verstanden. Manchmal erklang ein verhaltenes Lachen, und wir schreckten nervös zusammen. Lisa flüsterte Johanna zu: »Sie werden uns töten, wenn wir eingeschlafen sind.«
Was Johanna darauf erwiderte, konnte ich nicht verstehen, doch ihre Worte schreckten die Jungen auf. Sie klammerten sich an mich, und Franz, der ältere von beiden, fragte mich angstvoll:

»Werden sie uns umbringen, Sadi?«
»Nein, natürlich nicht. Ihr könnt beruhigt schlafen. Kein Mensch verschleppt Frauen und Kinder, um sie einen Tag später umzubringen. Ich weiß nicht, was sie mit uns vorhaben, aber sie werden uns nicht töten. Also kommt, Kinder, wir werden uns gegenseitig wärmen und schlafen. Morgen sieht alles anders aus.« Noch bevor ich ausgesprochen hatte, waren sie, eng an mich geschmiegt, eingeschlafen. Ein gutes Gefühl, die beiden Kinderkörper zu fühlen; einen Moment stellte ich mir vor, es wäre Hubert.
Helligkeit hatte die Höhle ausgefüllt, als wir am nächsten Tag aufbrachen. Das Wetter hatte sich gebessert, und alle hofften auf einen trockenen Tag. Seit wir das zerstörte Dorf verlassen hatten, waren wir weder auf einen Ort noch auf einen einzelnen Bauernhof gestoßen. Auch die Landschaft hatte sich kaum verändert. Dicht von Bäumen bestandene Hügel, kleine Bäche und immer wieder rechts und links der undurchlässige, verfilzte Wald. Der Weg war das Einzige, was hier von Menschenhand war. Es gab Stellen, da war er mit Gras überwuchert, und der Wagen sank tief in morastige Furchen; es war schwer, da wieder herauszukommen. Die Pferde hatten eine weitere Last zu ziehen, denn außer uns Frauen und Kindern lagen auch die schweren Rüstungen darauf. Oft stiegen wir ab und halfen den Wagen anzuschieben. Das war die einzige Abwechslung, und wir waren dankbar dafür. So konnten wir die kurze Pause nutzen und in den Büschen unsere Notdurft verrichten.
Die lange Fahrt brachte mich Johanna noch näher. Sie erzählte mir viel von ihrer Arbeit als Schlichterin; manche lustigen Episoden waren dabei, sodass wir unsere Gesichter im Umhang verbargen und leise lachten, um uns gleich darauf erschrocken anzusehen.
»Du wolltest die erste Nacht fliehen, Sadi. Ich habe es dir angesehen. Ich war froh, dass dich der Kleine zurückgehalten hat.«
»Ja, du hast Recht; wahrscheinlich hätten sie mich erwischt und getötet. Ich war schon einmal auf der Flucht, quer durch Frankreich, viele Wochen, in denen wir am Rande des Todes

standen.« Nun erzählte ich Johanna, was ich noch niemandem erzählt hatte. Dem Mädchen Celin, spürte ich dabei, hatte ich noch immer nicht verziehen, dass sie mich kurz vor dem Ziel so schmählich verlassen hatte. »Wäre die Malteserin gewesen wie du, Johanna, könnte sie noch leben.«

»Wie kommst du darauf? Ihre Lebensspanne war abgelaufen, und Gott hat sie zu sich gerufen.«

»Ach was, wir hätten den verdammten Kasten ausschlachten sollen. Davon hätten wir Pferde kaufen können und wären vor dem Winter in Paris gewesen.«

»Dann wäre sie in Paris gestorben. Eine Blume aus dem Süden kann in unserem kalten Klima nicht gedeihen. Es war Gottes Wille.«

»Und wo war Gott bei Ammalis Hochzeit?«

»Gott prüft die Menschen, Sadi.«

»Ich kann auf Prüfungen dieser Art verzichten.«

»Aus dir spricht die Erziehung der Muhme Anna. Wie viele Menschen schwankte auch sie zwischen den alten Göttern und dem einen wirklichen Gott. Aber du siehst ja, Sadi, auch die alten Götter waren nicht da, kein Wotan und keine Freya sind erschienen und haben geholfen.«

Ich schwieg, denn ich wusste es besser. Hatte ich nicht den Zug der Götter am eigenen Leib gespürt? Sie würden mir auch auf dieser Flucht helfen, die wir noch vor uns hatten.

Vor uns im Mittagslicht sahen wir eine Burg. Wir alle hofften, dass sie das Ziel der Eisenmänner wäre und diese mühselige Fahrt dem Ende zuginge.

Noch bevor wir das Tor erreichten, befiel uns erneut das Grausen. Zwei aufgerichtete Balken mit Totengerippen bewachten den Weg, der zur Burg hinauf führte. Waren es wie wir Gefangene der Eisenmänner, die uns nun mit leeren Schädeln angrinsten?

Geistesgegenwärtig hatte Johanna ihren Umhang über die Gesichter der Jungen gezogen. Vergebliche Mühe: Mit schreckgeweiteten Augen sahen sie zurück, bis wir in den Hof einbogen und das grausige Bild verschwand.

Eine Frau, das Gesicht voller Narben, kam uns entgegen, und ein alter, zahnloser Mann half den Männern, die Pferde zu versorgen und die Rüstungen abzuladen.
Obwohl, wie wir sahen, die Burg stark befestigt war, bestand das Material hauptsächlich aus Holz. Der hohe Bergfried bot Unterbringung und Schutz auf engstem Raum. Er bestand aus mehreren Stockwerken, wo sich Vorräte und bei Gefahr auch Menschen unterbringen ließen. Rund um die Anlage verliefen ein Palisadenzaun, ein Erdwall und als zusätzliches Hindernis ein breiter Wassergraben. Um den Innenhof waren Viehställe, Werkstätten und Wohnräume gebaut. In so eine Unterkunft wurden wir von der hässlichen Magd geführt. Die Hütte bestand aus einem einzigen Raum, war mit Strohballen ausgelegt und unterschied sich nur durch die Feuerstelle von einem Stall. Sobald das Feuer hell aufloderte, lagen wir schon im Stroh und schliefen. Keiner von uns machte sich die Mühe, die Stiefel auszuziehen oder die klammen Umhänge abzustreifen.

Die Burg

Die pockennarbige Magd musste am Abend da gewesen sein, doch keiner von uns hatte etwas gehört oder gesehen. Am Morgen hörte ich einen Hahn krähen und wachte auf. Ein großes Brett mit Brot und Käse, ein Korb mit Äpfeln und ein Krug Milch standen neben der Feuerstelle. Wir aßen und warteten auf unsere Entführer, um zu erfahren, wie es weitergehen sollte. Schließlich musste das alles ja einen Grund haben. Wir warteten lange Zeit, und nicht nur die Kinder wurden ungeduldig.

Franz, der Ältere von den beiden, war ein ruhiger, in sich gekehrter Junge. Man sah ihm an, er hatte das Drama in seinem Dorf noch nicht verkraftet. Sobald ein Balken knarrte oder ein Geräusch von draußen kam, zuckte er schreckhaft zusammen.

Adam war ganz anders. Nur mit Mühe konnten wir ihn zurückhalten, auf Entdeckungen zu gehen. Er wollte unbedingt wissen, wer die beiden aufgespießten Skelette waren, und nervte mit ständigen Fragen, ohne dass ihm jemand eine klare Antwort geben konnte.

Gelangweilt sahen wir Theres zu, die den Kleinen säuberte und wickelte. »Ich müsste Windeln waschen, nur noch zwei saubere sind da.«

Wir sahen uns an und lachten verhalten. Es war absurd, in unserer Lage an etwas so Normales wie Waschen zu denken.

»Ihr braucht nicht zu lachen. Seht euch mal um, Adam ist verschwunden.«

O Gott, er war tatsächlich hinausgelaufen! Vielleicht hatten sie ihn schon umgebracht.

Alles horchte auf die Geräusche von draußen, und als die Tür

knarrend aufging, hielten wir den Atem an. Adam kam herein und schob sich etwas Braunes in den Mund. »Sie sind weg. Die Eisenmänner sind nicht mehr da.«
»Was isst du da?«, fragte, ohne auf seine Worte einzugehen, Ethel.
»Ein Stück Kuchen.«
»Woher hast du das?«
»Ich habe mich selber bedient. Als sich die hässliche Gesine umgedreht hat, habe ich schnell hingegriffen.«
Noch bevor der Junge den letzten Bissen geschluckt hatte, erschien die Pockennarbige und gab ihm eine kräftige Ohrfeige, dass er rückwärts ins Stroh fiel.
Im Nu fuhr meine Hand zum Stiefel. Johanna hielt mich zurück. »Lass es stecken, Sadi, es lohnt nicht.« Sie hatte Recht. Ich nahm den Jungen in den Arm und strich ihm über seine Wange, die sich rot färbte.
»Wir brauchen hier keine Diebe! Damit ihr Bescheid wisst, das Sagen habe ich. Der Graf ist mit seinen Mannen heute Morgen fortgeritten. Ihr seid hier, um zu arbeiten und nicht um zu faulenzen. Auch wenn er keine Bewacher dagelassen hat, ihr könnt nicht fliehen. Schaut euch um, meilenweit nur undurchdringlicher Wald. Kein Dorf, kein Bauernhof, der euch Unterkunft gewähren würde. Ihr seid nicht mehr im Königsforst. Selbst wenn ihr ein oder zwei Tagereisen schaffen würdet, würden sie euch einholen. Was dann geschieht, brauche ich euch nicht zu sagen. – Wir sind hier die Dienerschaft. Ich hoffe, es wird wieder so wie vor einem Jahr. Wir waren zu acht, bis diese beiden ankamen, die nun da draußen hängen.«
»Was ist vor einem Jahr geschehen?«, fragte Johanna.
»Sie haben uns eine Krankheit eingeschleppt. Bis auf den alten Nathan und mich sind sie alle gestorben. Elendig verreckt sind sie. Als auch noch Männer vom Grafen erkrankten und starben, wurden die beiden gepfählt. Leider waren sie schon halbtot, bevor sie aufgespießt wurden.« Sie drehte sich zu Adam um, drohte mit ihrem Finger. »Du weißt nun, was dir passiert, du kleiner, dreckiger Dieb!«

Das war der Beginn einer Feindschaft zwischen Adam und der pockennarbigen Gesine.
Obwohl Franz mit dieser ganzen Sache nichts zu tun hatte, verkroch er sich hinter Johannas Rücken. Dafür grinste Adam der Alten frech ins Gesicht und verdrehte die Augen, als sie verschwand.
Wir wussten jetzt, wie wir daran waren, und mit den Tagen, die vergingen, konnten wir Pläne schmieden, die, wie wir hofften, uns der Freiheit näher brachten.
Die Burg war ein Ausweichquartier der Eisenmänner. Irgendwo hatten sie noch eine Burg und lebten als ehrenwerte Ritter. Sie kamen hierher, in diese Wildnis, um ihren primitiven, ausschweifenden Gelüsten zu frönen. Dazu gehörte es, Kaufmannswagen zu überfallen und die Ware wieder zu verhökern. Ein Dorf zu verwüsten und Menschen umzubringen war für sie genauso alltäglich wie die Jagd oder ein Fressgelage.
Täglich wurden wir von Gesine zur Arbeit eingeteilt. Das konnte in der Küche, im Stall, am Webstuhl oder in der Lederwerkstatt unter der Leitung des alten, zahnlosen Nathan sein.
Der alte Mann war gar nicht so übel; es lag nicht in seiner Art, Menschen zu schikanieren. Immer wieder versuchte ich ein Gespräch mit ihm zu führen, um etwas herauszufinden, was uns weiterhelfen konnte. In vielem erinnerte er mich an Nans, obwohl er nicht weit herumgekommen war. Doch sobald ich weiterbohrte, um herauszufinden, wo wir waren, blockte er ab und schwieg.
Ein großer Fluss musste in der Nähe sein, denn die geraubte Ware wurde verschifft. Von meinen Reisen wusste ich, dass es an Flüssen immer Straßen gibt, und fragte Nathan nach dem Namen des Gewässers. Nach langem Bohren kam ich zu dem Schluss, dass auch er keine Ahnung hatte.
Das Arbeiten mit Leder machte Spaß. Schon bald hatten die Kinder wieder warme Stiefel an den Füßen. Ich nähte Beinkleider aus fellbewachsenem Leder und versteckte sie unter den Schindeln an der Decke.
Wochen vergingen, und eines Tages waren die Ritter wieder da.

Die Atmosphäre war angespannt, jede Seite beäugte die andere mit Misstrauen, und ängstlich wichen die Frauen den Männern aus.
Eines Abends verschwand Ethel und kam erst am Morgen wieder zurück. Am folgenden ging Lisa, ohne uns ein Wort zu sagen, und es dauerte nicht lange, da drückte uns Theres den Kleinen in die Arme und folgte den anderen nach.
»Ich verstehe das nicht, Johanna. Wie können sie mit Mördern essen, trinken und mit ihnen das Bett teilen?«
»Sie können es, weil sie Frauen sind. Ihr Leben verläuft wieder in geregelten Bahnen. Für sie hat sich nicht viel geändert. Die Männer sehen zwar anders aus, aber vielleicht hat gerade das einen gewissen Reiz.«
»Aber Theres – sie hat ihre Kinder verloren. So etwas kann doch eine Mutter nicht vergessen!«
»Sieh es mal so, Sadi: Theres hat mit dem Kleinen ein neues Leben angefangen. Ich glaube nicht, dass sie noch an die Vergangenheit denkt. Du hast doch gesehen, in was für einem Zustand sie sich damals befand. Wir haben sie wieder zurückgeholt. Ihre Vergangenheit und ihre Seele hat sie dabei verloren. Denke nicht darüber nach, wir werden keine der Frauen mit auf die Flucht nehmen, auch die Kinder nicht.«
»Wir können die Buben nicht dalassen. Diese schreckliche Gesine quält sie doch nur.«
»Höre gut zu, Sadi, ich sage es dir kein zweites Mal. Die Jungen bleiben hier. Wir haben nur eine einzige Möglichkeit. Die Kinder wären nur eine Last. Es ist Winter, sie würden die Flucht nicht durchstehen, denk an das Mädchen Celin. Willst du das alles noch einmal durchmachen?
Noch etwas, Sadi: Hänge dein Herz nicht an die Jungen, und bemuttere sie nicht ständig. Sie sind alt genug, um sich zu schützen und sich zu wehren. Sie sind keine verwöhnten Adelskinder, sondern Bauernjungen, die einen Pflug ziehen müssen, wenn ihr Vater keine Ochsen hat.«
»Sie haben keinen Vater, hast du das vergessen? Und Franz ist so sensibel.«

»Dazu hat er kein Recht. Wenn du ihn in Ruhe lässt, wird er ganz schnell ein Mann werden.«
Wie hart Johanna sein konnte! Aber sie hatte Recht, und ich wünschte mir nichts sehnlicher, als endlich aufzubrechen.
Seit Tagen warteten wir darauf, dass die Ritter endlich wieder verschwanden; doch die dachten nicht daran, und schuld waren die Frauen.
An diesem Morgen wurde Lisa mit mir zum Weben eingeteilt. Gegen Mittag wurden wir fertig und vernähten die Fäden an den großen Stücken. Lisa machte im Unterschied zu mir einen äußerst zufriedenen Eindruck. Es hatte zu schneien angefangen, und die dicken Flocken, die herumwirbelten, um sich auf die Erde niederzulassen, stimmten sie fröhlich. Auf mich hatte der Schnee eine andere Wirkung. Er machte mich traurig, denn er würde unsere geplante Flucht erschweren.
»Wann wollt ihr fliehen, Sadi?«
»Fliehen? Wie kommst du darauf?«
»Ach komm, halt mich nicht für gar zu dumm. Ich an deiner Stelle würde auch fliehen. Du hast einen Mann und ein Kind, die auf dich warten.«
»Auch du könntest ein neues Leben anfangen, Lisa!«
»Ich will nicht mehr. Ich spüre, wie ihr uns verachtet. Ich war auch verheiratet, genau wie Ethel und Theres. Ich hatte ein kleines Mädchen, sieben Jahre alt, mit blonden Locken. Sie war die Einzige, und sie wird die Einzige bleiben, die ich geliebt habe. Was jetzt noch kommt, ist mir gleichgültig. Die Männer sind im Grunde alle gleich, ob du nun Kebse bist oder Ehefrau.
Die schwere Feldarbeit vom Frühjahr bis zum Herbst, ständig die Angst im Nacken, dass es für den Zehnten nicht reicht. Die Krankheiten, die Schwangerschaften und die Schwiegermutter, die im Haus das Sagen hat – mit dreißig Jahren bist du alt und verbraucht.
Hier brauchen wir uns um nichts zu kümmern. Gesine ist zwar eine hässliche, hinterhältige Schlampe, doch sie kocht hervorragend und knausert nicht mit dem Fleisch. Du siehst also, noch

nie ist es uns so gut gegangen wie hier. Warum sollten wir diesen Zustand ändern?«

»Du musst mit den Mördern deines Kindes dein Lager teilen.«

»Ich muss es nicht tun, Sadi! Es ist freiwillig.«

»Aber warum, Lisa?«

»Er ist ein Mann. Es liegt in seinem Blut, zu jagen und zu töten. Jeder Mann liebt den Krieg. Sie sind Ritter und von Jugend an darauf vorbereitet. Alle haben unschuldiges Blut an den Händen. Auch meinen Ehemann habe ich mir nicht ausgewählt. Nie hatte ich eine Wahl. Jetzt hatte ich sie. Gerald ist nicht schlechter als andere Männer auch, und ich will, dass es so bleibt, wie es ist. Wenn ich euch helfen kann, ich tue es gern.«

»Das brauchst du nicht, Lisa, es ist noch nicht so weit. Du musst nur schweigen. Wir wollen euch nicht weiter belasten.«

»Schon gut, Sadi, du kannst dich auf mich verlassen.«

Noch lange musste ich an die Worte Lisas denken. Was für ein Recht hatte ich, über diese Frauen den Stab zu brechen – ich, die in einen höheren Stand hineingeboren wurde, auch wenn meine Kindheit und Jugend nicht gerade adelig waren. Wer außer Johanna konnte tun und lassen, was er wollte? Seit meiner Heirat saß ich geborgen in einem Nest, umsorgt von Simon und meinen Leuten.

Aber sie hatten Kinder gemordet. Wie konnte sie diesen Frevel verzeihen? Eine so ungeheuerliche Tat! Ich an ihrer Stelle hätte Gerald die Kehle durchgeschnitten.

Kein Tag, an dem ich nicht die Burg nach Fluchtmöglichkeiten absuchte. Man hatte uns nicht nur entführt, sie schlossen uns auch ein wie in einem Gefängnis. Das große Tor, mit Eisen beschlagen, hatte zusätzlich einen Querbalken mit einem Schloss.

Ich fragte Gesine, warum die Burg immer verschlossen wurde, da nach ihren eigenen Worten eine Flucht unmöglich war. Ihre Antwort war nicht dumm. »Was willst du draußen? Alles, was wir zum Leben brauchen, ist innerhalb der Burg.« Womit sie ja aus ihrer Sicht nicht ganz Unrecht hatte.

Der Schnee blieb nicht liegen. Er wurde matschig, und jedes

Mal, wenn wir den Hof überquerten, mussten wir die Schuhe ausziehen, damit nicht der ganze Dreck in den Schlafraum getragen wurde. Noch immer schliefen wir auf den Strohballen. Jeder hatte sich sein eigenes Nest gegraben und mit Decken ausgepolstert. Ich hatte in meinem Leben schon schlechter geschlafen, und ohne Angst vor dem kommenden Tag einzuschlafen wertete das übelste Bett auf.

Eines Abends folgte ich den Frauen und traf im Hof auf Johanna, die am Palisadenzaun lehnte und auf den Bergfried starrte. »Sie sind wieder am Feiern«, sagte ich flüsternd zu ihr. »Wir können trotz allem zufrieden sein. Sie haben uns nicht vergewaltigt und nicht versklavt. Es hätte uns schlimmer treffen können, findest du nicht auch?«

Johanna sah mich an. »Wir sind für sie nicht mehr als Gesine und Nathan. Ich bin ihnen zu alt, und du fällst nicht unter ihr Schönheitsideal.«

»Was meinst du damit?«

»Nun, sie haben drei blonde, junge, gut gebaute Dirnen. Sie haben die richtigen Kebsen gefunden. Warum sollten sie sich an einer Alten und an einer dürren Schwarzen vergreifen? Es tut mir kein bisschen Leid, Sadi. Ich bin froh, dass du ihnen nicht gefällst. Wie ich dich kenne, hättest du bei den ersten Annäherungsversuchen dein Messer gezogen, und unsere Flucht hätte sich erledigt.«

Obwohl es lächerlich war, ärgerte ich mich über die Worte. Welche Frau hört schon gern, dass sie nicht schön genug ist?

Johanna legte den Kopf in den Nacken und schaute in den schwarzen Himmel hinauf. »Kein Stern, kein Mond, nichts. Und wie still es ist. So still ist es immer, wenn der Winter kommt. Geh schlafen, Sadi, und denke nicht so viel nach.«

»Ich habe nicht vor, schlafen zu gehen. Ich warte, bis die da oben betrunken sind und sich nicht mehr rühren.«

»Was hast du vor?«

»Ich werde ihnen einen Besuch abstatten.«

»Haben dich meine Worte so getroffen, dass du freiwillig zu ihnen gehen willst?«

»Wo denkst du hin? Vielleicht fallen mir ein Bogen und ein paar Pfeile in die Hände. Wir brauchen auf unserer Flucht Fleisch, wir können nicht alles in einem Korb mitschleppen.«
»Es ist gefährlich.«
»Ja, es wird immer gefährlich sein, egal wie wir es anstellen.«
»Gehe schlafen, Sadi. Ich werde dich wecken, wenn alles ruhig ist.«
»Und was ist mit dir?«
»Ich brauche nicht so viel Schlaf.«
Frierend verkroch ich mich unter die Decke und war überzeugt, dass ich in dieser Nacht kein Auge schließen würde. Gerade weil ich mit einer langen, schlaflosen Nacht gerechnet hatte, schlief ich tief und fest, sodass mich Johanna heftig am Arm schütteln musste, bevor ich zu mir kam.
Ziemlich benommen schwankte ich im Hemd und ohne Stiefel hinaus in die kalte Nachtluft.
»Es ist alles ruhig im Turm, doch ich weiß nicht, ob es richtig ist. Was, wenn sie morgen bemerken, dass wir sie bestohlen haben?«
»Mach dir keine unnötigen Sorgen. Wer weiß, ob ich etwas finde. Ich gehe kein unnötiges Risiko ein.«
Die Treppe war vereist. In der Nacht hatte es gefroren, sodass meine nackten Fußsohlen bei jedem Schritt hängen blieben, als wollte die Stiege mich festhalten. Die Tür war nur angelehnt, und die wenigen Fackeln warfen zuckende Schatten auf die Wände. Der abgestandene Wein und der beißende Geruch nach ungewaschenen Menschen verschlugen mir fast den Atem. Zum Glück war von den Frauen nichts zu sehen; wahrscheinlich ruhten sie in den Nischen, die mit groben Vorhängen vom großen Raum abgeteilt waren. Zwei Ritter lagen über dem Tisch und schliefen. Ihre Waffen hingen an der Wand, und an der Kaminseite standen die schweren Eisenrüstungen.
Eine schmale Stiege führte nach oben. Vorsichtig löste ich eine Fackel aus der Halterung und schlich die Treppen hinauf. Der Anblick der Ware, die in diesem großen Speicher gestapelt lag, war überwältigend. Doch nicht die Stoffe, das Geschirr und die

Pelze suchte ich, sondern die Kisten mit den Waffen und atmete auf, als ich sie fand. Nur was für uns wichtig war, holte ich heraus. Einen Bogen und ein Dutzend Pfeile klemmte ich mir unter den Arm und verließ lautlos den Raum. Die Fackel steckte ich zurück an ihren Platz.

Gerade als ich den schnarchenden Ritter passierte, wachte er auf und sah mich mit rot unterlaufenen Augen an. Er machte eine Bewegung mit dem Arm, als wollte er mich festhalten. Schnell griff ich an meinem Bein hinab, um mit Schrecken festzustellen, dass ich keine Stiefel trug. Mit einem Schlag wehrte ich seinen Arm ab. Er sah mich an, rutschte auf den Fußboden, verdrehte die Augen und schnarchte weiter.

An der offenen Tür stand Johanna. Vorsichtig verließen wir den Turm. Erschöpft und zitternd vor Kälte verkrochen wir uns in die Schlafnester, nachdem wir unsere Beute unter dem Schindeldach versteckt hatten.

Es wurde schon hell, als ich endlich erwachte. Theres war gekommen und hatte den kleinen Jungen versorgt. Franz und Adam hatten die Hütte verlassen, und von draußen hörte ich Rufe, das Schnauben eines Pferdes und eine Geschäftigkeit, die nur den so lange ersehnten Aufbruch der Ritter bedeuten konnte.

Einen Kanten Brot in der Hand, verließ ich den Raum, und in der Lederwerkstatt trat ich ans Fenster. Mit einem Blick sah ich, dies war der letzte Morgen, den wir hier verbringen würden.

Der Tag zog sich hin. Wir brauchten keine Pläne mehr zu schmieden, wir waren bereit.

Flucht

Es war noch dunkel, als wir am nächsten Morgen den Raum verließen. Um niemanden zu wecken, hatten wir uns leise angezogen und die Körbe aus ihrem Versteck gezogen. Ein letzter Blick auf die Frauen und Kinder – mit Wehmut schaute ich auf die beiden dunklen Köpfe der Buben, die fast unter ihrer Decke verschwanden.
Johanna hatte Nathan am Abend eine Flasche Schnaps gebracht und nestelte dem schlafenden alten Mann den Schlüssel aus der Schürze.
Ohne zu quietschen, öffnete sich das Hoftor. ›Es geht alles viel zu glatt.‹ Noch hatte ich nicht diesen Gedanken zu Ende gedacht, als mir eine große, dunkle Gestalt mit einer heftigen Armbewegung den Weg abschnitt.
Ein schneller Griff, und ich hatte den Hirschfänger in der Hand. Nur einen Wimpernschlag später stak er im Hals des röchelnden Mannes, der unheimlich langsam zu Boden sank. Alles war lautlos vor sich gegangen. Noch bevor ich das blutige Messer abgewischt hatte, war Johanna da. »Komm, wir werfen ihn in den Burggraben, damit er nicht so schnell gefunden wird.«
Es war schwerste Arbeit, und als wir eben wieder die Körbe aufnehmen wollten, sahen wir in die aufgerissenen Augen der Buben. Da standen sie, dick angezogen und bereit, auf eine Flucht zu gehen, deren Ausgang ungewiss war. Ich sah zu Johanna, unsere Blicke kreuzten sich. Ihr Ausdruck war so eisig, dass ich fror. Ohne ein Wort drehte sie sich um und stampfte davon.
Die Buben hatten sich mir angeschlossen. Noch einmal sah ich zurück. Unwirklich verschwand im ziehenden Morgennebel

die Burg, als wäre sie nie wirklich, sondern nur ein Auswuchs meiner Fantasie gewesen. Weit vor uns deutete ein feiner heller Streifen den heraufdämmernden Morgen an.
»Los, schneller«, trieb ich die Jungen an. Sie ließen es sich nicht zweimal sagen. Mit großen Schritten eilten sie Johanna nach.
Der Aufbruch war so schnell und verwirrend vor sich gegangen, dass ich nicht hätte sagen können, was mich mehr irritierte, das plötzliche Auftauchen des Ritters oder das der Buben. Auf jeden Fall machte mich das Letztere glücklicher. Nun musste ich mich vor Johanna rechtfertigen, obwohl ich völlig unschuldig war.

Vor ein paar Tagen hatte es geschneit. An den Waldrändern und in den Vertiefungen konnte man noch weiße Flecken sehen. Als der Morgen graute, waren Bäume und Büsche bereift.
Eine Zeit lang waren wir nach Süden marschiert, als Johanna endlich stehen blieb und auf uns wartete. Wahrscheinlich hatte sie sich ihren Ärger abgelaufen, denn ihre Stimme klang wie immer, als sie zu den Buben sprach: »Ich will euch sagen, warum ich euch nicht mitnehmen wollte. Die Flucht ist äußerst gefährlich. Ich wollte euer Leben nicht aufs Spiel setzen. Nun, Sadi hat anders entschieden – machen wir das Beste daraus.«
»Sadi hat nichts damit zu tun«, nahm mich Franz in Schutz. »Wir wussten schon vom ersten Tag an, dass ihr fliehen wollt, und hatten beschlossen, mit euch zu gehen. Wir haben euch immer belauscht, und so wussten wir, wann es so weit war.«
»Wahrscheinlich wussten es die Frauen auch und haben uns verraten.«
»Nein, niemand hat etwas verraten. Als Sadi die Waffen geholt hat, wurde sie gesehen. Sie haben darüber gesprochen. Einer ist deshalb dageblieben, als die anderen zur Jagd ritten.«
»Wer hat uns noch gesehen?«, fragte Johanna Adam.
»Niemand außer mir. Franz und der Kleine haben geschlafen. Als Sadi weg war, bin ich noch mal zurück und habe mehr Pfeile geholt; du hast viel zu wenig mitgehen lassen«, sagte Adam zu mir und grinste mich an.

Es kostete mich einige Mühe, nicht zu lachen. »Warum hast du mich nicht gewarnt? Es hätte auch anders ausgehen können.«
»Dann hättet ihr gewusst, dass auch wir fliehen wollten. Aber glaub mir, wenn du den Mann nicht untergekriegt hättest, ich stand mit meinem Messer schon bereit.«
Johanna schüttelte den Kopf, und ich war erst einmal sprachlos.
»Die arme Theres. Jetzt hat sie zum zweiten Mal ihren Mann verloren.«
»Es war nicht Thereses Mann, es war der von Ethel.«
»Konntest du sie denn auseinander halten?«, fragte ich den Kleinen.
»Aber ja! Sie waren zwar alle miteinander verwandt, aber sie sahen sich nicht ähnlich.«
Nun, da war ich anderer Meinung. Diese beiden Buben hatten uns ganz schön überrascht. Die ganze Zeit hatte ich geglaubt, es wären kleine Kinder, die unseres Schutzes bedurften. Dabei waren sie schlau, gerissen und ständig auf der Hut. Adam jedenfalls hatte es faustdick hinter den Ohren.
Noch immer waren wir auf dem Weg nach Süden und gelangten an einen Fluss, von dem wir nicht einmal den Namen kannten.
»Der Fluss, den wir suchen, heißt Main«, sagte Adam so ganz nebenbei.
»Woher weißt du das?«
»Ich habe gehört, wie ihr darüber gesprochen habt. Danach habe ich Nathan am Stuhl festgebunden und ihm mein Messer an den Hals gehalten. Er hat vor Angst gezittert und alles ausgespuckt.«
Gut, das war also der Fluss, den wir auf dem Kreuzzug an einer Furt überquert hatten. Nur – wo diese Furt lag, wusste ich nicht. Die Ritter waren auf der Jagd nach Norden geritten, wir waren im Süden. »Wenn wir Glück haben, sind wir ihnen zwei Tage voraus.«
»Vergiss nicht, Sadi, sie haben Pferde und können uns in wenigen Stunden einholen.« Johanna sah mich besorgt an.

»Sie wissen nicht, dass wir geflohen sind. Ich glaube nicht, dass wir schon in Gefahr sind.«
An diesem ersten Tag fühlten wir uns noch sicher genug, um am Abend ein Feuer anzuzünden und etwas Fleisch zu braten. Das Fleisch hatte Adam Gesine gestohlen, doch keiner von uns verlor darüber ein Wort. Im Gegenteil, wir freuten uns über die zusätzliche Nahrung. Die Feuersteine und auch die Pfeile würden bestimmt noch gebraucht.
Die Stimmung an diesem ersten Abend war gut. Wir hatten zu essen, einen trockenen Platz in einer Höhle, und das Feuer wärmte uns die Füße, während wir uns fest in die Umhänge wickelten, um zu schlafen.
»Morgen müssten wir den Main erreichen.« Johanna stocherte in den Flammen und legte etwas Holz nach. »Der Main mündet irgendwo in den Rhein, und unsere Kinzig fließt in den Main; das ist alles, was ich dazu sagen kann.«
Plötzlich fiel auch mir etwas ein. »Da, wo die Kinzig in den Main fließt, müsste eine Festung liegen, ähnlich wie die Kaiserpfalz in Gelnhausen. Wir müssen den Main entlang bis zu dieser Burg; dann könnten wir mit einem Kahn die Kinzig hinauffahren.« Und wir hätten es geschafft, sagte ich in Gedanken zu mir.
Die Augen der Jungen wanderten von Johanna zu mir und wieder zurück. Sie hörten aufmerksam zu.
»Ein Bauarbeiter von der Pfalz ist auf diesem Fluss gefahren und hat davon erzählt«, sagte Johanna. »Der Main umfließt hohe Berge, er hat Windungen und Kurven und ist an manchen Stellen unergründlich tief, an anderen Stellen wiederum so seicht, dass man zu Fuß über Steine hinüberlaufen kann. Er fließt nicht nur als ein breites Band, sondern verzweigt sich in tausend Arme, und manchmal durchfließt er kleine Seen.«
»Aber was wir wissen ist doch schon eine ganze Menge, findest du nicht auch, Sadi?«
»Nun, wenn man bedenkt, dass wir heute Morgen noch nicht mal den Namen des Flusses kannten, ist es viel.«
Wir wollten den Kindern die Hoffnung nicht nehmen, obwohl unser Wissen sehr mager war. Es war meine Schuld, dass wir

so dumm wie Esel waren. Da war ich durch die halbe Welt geritten, hatte Meere und Gebirge überquert, ein großes Land wie Frankreich durchlaufen, aber das Land, in dem ich geboren wurde, kannte ich nicht. Warum hatte ich so wenig Interesse gezeigt, wenn Simon von Mooren und Urwäldern erzählte, die noch nie ein Mensch betreten hatte und die beinahe vor unserer Haustüre lagen?

Wenn er von der Jagd erzählte, von den Tieren des Waldes, war ich zum Glück aufmerksamer. So wusste ich, dass es Luchse, Füchse, Wölfe und Bären gab und dass Letztere im Winter schliefen. Doch so genau konnten wir uns nicht darauf verlassen. Wie es schien, war dieser Winter besonders mild; das könnte die Bären aus den Höhlen locken. Wir hatten nicht vor, in die dichten Wälder einzudringen. Möglich, dass wir dadurch unseren Heimweg abgekürzt hätten, doch wir konnten nicht riskieren, uns zu verlaufen. Im Wald sah man weder die Sonne am Tag noch Sterne in der Nacht, nach denen wir uns hätten richten können. Der Fluss war das Band, das uns in die Freiheit führen sollte.

Der zweite Tag war genauso trüb und grau wie der erste. Wieder schulterten wir unsere Körbe und machten uns auf den Weg. Es wurde schon dunkel, als wir an einen freien Platz kamen, auf dem ein paar baufällige Hütten standen. Und plötzlich sahen wir den Fluss.

Die Buben waren außer Rand und Band. Sie freuten sich, als läge Gelnhausen vor ihrer Nase. Kein harmloser Fluss durchfloss das Tal, sondern ein tiefes, reißendes Gewässer. Das Mondlicht schimmerte in silbrigen Flecken auf der unruhigen Oberfläche, die aussah wie ein zerschlagener Spiegel. Im Laufe des Tages war es so kalt geworden, dass das Atmen wehtat. Unter unseren Stiefeln knirschten die vereisten Pfützen.

Aus einer Hütte rissen wir ein paar lose Bretter heraus und krochen hinein. Es war auch drinnen kalt, und wir konnten nicht riskieren, ein Feuer zu machen. Immerhin waren wir vor dem eisigen Nordwind geschützt.

Voller Stolz schweifte mein Blick über unsere kleine, tapfere Gruppe. Die Buben würden durchhalten. Mit jedem Tag wurden die Körbe leichter, und – was ich großartig fand – sie hatten sich bisher nicht beklagt. Von Geburt an gesund und abgehärtet, hatten sie selbst für warme Kleidung und Stiefel gesorgt; wären Johanna und ich nicht gewesen, wären sie bestimmt allein aufgebrochen.
Wir hatten eine eisige Nacht vor uns, und die Feinde waren nicht weit. Die erste Wache übernahm ich, den zweiten Teil der Nacht würde Johanna übernehmen. Meine Gedanken überflogen die Wildnis und den unbekannten Fluss. Vielleicht wurden wir von Simon und seinen Mannen gesucht, und wir würden eines Tages aufeinander treffen. Genauso gut konnten wir ein paar Meilen an ihnen vorbeigehen, ohne dass sie uns oder wir sie bemerkten. Bei diesem Gedanken fielen mir die Augen zu, ohne dass ich mich dagegen wehren konnte.

Ein heller Tag schien durch die Ritzen der Holzwände. Die Buben waren während der Nacht fast in mich hineingekrochen, um jedes noch so kleine Quäntchen Wärme auszunutzen. Nun regten sie sich und gähnten herzhaft. Jedem von uns fiel es schwer, die starren Glieder beweglich zu machen. Adam war aufgestanden und zappelte herum wie eine Puppe an Fäden, sodass er uns ein Lachen entlockte. Es war so wichtig, ein fröhliches Gesicht zu machen, wenn man schon nicht weinen durfte.
In der Nacht war alles ruhig. Wäre es anders gewesen, keiner hätte es bemerkt. Jeder würgte sein trockenes Brot hinunter, bis die Jungen nach draußen verschwanden.
Kurz darauf hörten wir einen Schrei, ließen alles fallen und stürzten hinaus. In der Nacht hatte ich geglaubt, wir hätten uns den kältesten Platz auf der Erde ausgesucht. Hier draußen im eisigen Wind spürte ich, dass es nicht so war. Die Buben standen aufgeregt am Ufer des Flusses und starrten auf ein schwarzes Ungetüm, das halb im Wasser lag. »Ein Schiff! Wir haben ein Schiff gefunden!«

Ein Schiff war es zwar nicht, aber ein gut gebauter Kahn, der uns wie ein Geschenk erschien. Johanna kratzte an allen Ecken den Reif ab, während ich nervös die Gegend absuchte. Es schien mir nicht geheuer, dass alles so ruhig war.

»Es gibt keine Paddel. Wir werden das Boot nicht benutzen können!« Mit diesen Worten stoppte sie das muntere Treiben der Buben, die dabei waren, das Boot mit den Körben zu beladen.

»Lasst die Sachen drauf, wir müssen so schnell es geht auf die andere Seite. Sie sind ganz in der Nähe.« Von Augenblick zu Augenblick wurde ich unruhiger und nervöser.

»Ohne Paddel kommen wir nicht auf die andere Seite und mit Paddel auch nicht. Seht euch die Strömung an!«, rief Johanna verzweifelt.

»Lass das, Johanna, mache den Kindern keine Angst. Franz, bei der zweiten Hütte liegen Stangen, vielleicht geht es damit, aber beeile dich. Kommt, Adam, Johanna, wir müssen den Kahn ins Wasser schieben.«

Alles war umsonst, das Boot war festgefroren und bewegte sich nicht. Wir drückten und schoben, und als sich das Ding endlich bewegte, hatte ich mir die Hände blutig gerissen. Die Kinder bestiegen das schaukelnde Boot, dann kam Franz mit den Stangen im Arm. Mit letzter Kraft stieß ich ab und sprang auf.

Alle drei verließen sich auf mich. Hatte ich nicht mit meiner Seefahrer-Erfahrung geprahlt?

Wir waren noch nicht in der Mitte des Flusses, und beide Stangen gingen zu Bruch. Der Rest lag in meiner blutigen Hand, und die Aussicht, ohne Hilfsmittel das Boot auf die andere Seite zu bringen, hielt mich so gefangen, dass ich das Zischen an meinem Ohr ignorierte.

»Auf den Boden! Sie sind da!«

Die Jungen lagen flach, und Johanna duckte sich hinter einen Korb und reichte mir Pfeil und Bogen. Wieder zischte es über uns. Endlich hatte ich im Boot eine Stelle erwischt, die ich gut ausbalancieren konnte.

Einlegen, spannen, loslassen. Es gab kein Ziel, ich musste auf

gut Glück schießen. Gleich darauf hörte ich einen Schrei vom Ufer, und Adam kreischte: »Du hast ihn erwischt, Sadi!«
Danach ging es erst richtig los. Die Ritter verschwanden aus unserer Sicht, das Boot schoss mit einer Geschwindigkeit dahin, als wären wir mitten in der wilden Jagd. Eisige Gischt nässte mein Gesicht, und ich hatte das Gefühl, als bewürfe mich jemand mit tausend spitzen Eisennägeln. Das Ächzen des Bootes, das Aufklatschen der Wellen vermischten sich mit den Gebeten Johannas. Faszinierend, wie viele Heilige diese Frau kannte und wie sehr sie hoffte, einer wäre dabei, der uns half.
Obwohl ich wusste, dass es nur einer Kleinigkeit bedurfte, um uns in die eisigen Fluten zu befördern, hatte ich keine Angst. Tief unter uns gab es einen Flussgott. Noch wusste ich nicht, wie er auf uns zu sprechen war. Ich konnte ihn fühlen, hörte ihn lachen, sah sein langes, welliges Haar und spürte, wie er mit seinen Fingern unser winziges Boot antippte, dass es einen Hüpfer machte. Johannas Gebete hatten auf ihn keine Wirkung. Vielleicht konnte die Mutter der beiden Jungen helfen. Sie war zwar tot, doch immer noch nahe genug, um ihre Kinder zu retten.
Das Boot drehte sich im Kreis, um dann verkehrt herum weiterzufahren. Nun bekamen die anderen den fürchterlichen Wind ab, und ich konnte mich etwas erholen.
Dieser übermütige Flussgott erinnerte mich an Roller. Plötzlich wusste ich, wie er zu beruhigen war. In meinem Innern ballte ich meine ganze Kraft zusammen und schickte sie hinab in die Tiefe. Worte fielen mir ein, die ich seit vielen Jahren vergessen hatte. Meine beruhigende Stimme drang auf ihn ein. Meine Arme legten sich um seinen Kopf, und ich zupfte ihn an seiner langen Mähne. Abwechselnd schimpfte ich ihn und versuchte ihn mit lobenden Worten zu beruhigen. Es war schwer. Er bockte wie ein ungehorsames Kind, doch ich gab nicht nach.
»Warum ängstigst du uns so? Warum bist du so wild und grausam? Was haben wir dir getan?«, rief ich ihm zu.
»Es macht Spaß! Du kannst dir nicht vorstellen, wie langweilig es in dieser Jahreszeit ist. Kaum ein Schiff, das hier entlangkommt und das ich ein bisschen ärgern kann.«

»Na gut, Alter, du hast deinen Spaß gehabt, jetzt gib endlich Ruhe.«

»Sadi! Sadi, wach auf, es ist vorbei.«
Mühsam schlug ich die Augen auf und schaute in die geröteten Gesichter der Kinder.
»Wir dachten schon, du bist tot!«
»War es eine Ohnmacht? Du kannst einen in Angst und Schrecken versetzen. Geht es dir jetzt besser?«, fragte Johanna besorgt.
Das Boot hatte sich wieder gedreht. Im hellen Tageslicht sahen wir am Ufer Dörfer, mit Stroh gedeckte Hütten und kleine Kirchen. Ein Mann stand am Ufer und sah uns mit offenem Munde nach. Wir riefen um Hilfe, doch der Wind zerriss unsere Worte, bevor sie das Ufer erreichten. Gefährlich nahe trieben wir an scharfkantigen Felsen vorbei. Danach wurde der Fluss ruhiger. Die Gefahr zu kentern war vorüber, obwohl wir nicht die geringste Aussicht hatten, in die Nähe des Ufers zu kommen und endlich wieder harte Erde unter den Füßen zu spüren.
Die Sonne stand im Zenit. Johanna und die Buben waren von dem ewigen Schaukeln eingeschlafen. Die stetig wechselnde Landschaft erinnerte mich an mein Leben. Zu schnell war die Vergangenheit vorbei, und was die Zukunft bringen würde, lag im Ungewissen. Heute ärgern wir uns über Kleinigkeiten, morgen lachen wir darüber oder sind vielleicht schon tot.
Die Sonne stand schon tief, als das Boot endlich in einen Seitenarm trieb. Das Wasser wurde noch ruhiger, und als hätten wir unser Ziel erreicht, blieben wir an einer Sandbank hängen.
Keiner von uns sprach ein Wort. Wir waren von diesem sanften Ende einfach überrascht. Erst viel später, als wir das Boot zum Strand hochgezogen hatten, fiel Johanna auf die Knie und dankte Gott für unsere Rettung.
»Es war Mama, die uns geholfen hat. Ich habe es genau gespürt«, sagte Adam. »Ich habe zu ihr gebetet, und sie hat getan, was getan werden musste.«
»Ja, du hast Recht, Adam, sie hat den lieben Gott darum gebeten.«

»Nein, es war Mama selber!«
Die beiden stritten sich noch eine Weile herum, bis ich mich einmischte: »Ist doch egal, wer es war. Hauptsache, wir sind hier und liegen nicht erfroren im Wasser.«
Johanna sah mich mit merkwürdigem Blick an, und ich hatte das Gefühl, sie traute mir nicht. Sie kannte mich besser, als mir lieb war.

In dieser Jahreszeit ging die Sonne schnell unter. Noch war der Himmel rot, doch die dunklen Schatten der Nacht kamen schnell näher. Wie immer an klaren Wintertagen würde die Nacht eisig werden. Wir trennten uns, und jeder suchte nach einem Unterschlupf. Einer nach dem anderen fanden wir uns wieder am Boot ein. Keiner hatte etwas gefunden, was uns etwas Schutz gegen die Kälte geboten hätte.
Blieb nur das Boot, das wir umkippten und mit den Tragekörbe abstützten. Die Kinder sammelten Holz, das reichlich umherlag. Das Feuer war eine Wohltat. Wir hatten das Holz in den Lücken aufgeschichtet; es würde bis zum nächsten Tag reichen und zusätzlich den eisigen Wind abhalten. Eng beisammen saßen wir in dem umgekippten Boot, streckten unsere Füße und Hände dem Feuer entgegen und lauschten auf das Zischen des Fleisches, das auftaute und köstlich roch.
»Fast hätte ich es vergessen«, sagte Franz, »ich habe den Weg gefunden, der am Fluss entlangführt.«
»Wunderbar, Franz! Da können wir morgen in aller Frühe aufbrechen und brauchen nicht lange zu suchen.«
»Ich habe nur einen Adler gesehen. Ich wollte, ich wäre auch ein Adler«, sagte Adam und stocherte mit einem Stöckchen im Feuer. »Die Flügel ausbreiten und davonfliegen, das wäre schön.«
»Kannst du denn einen Adler von einem anderen großen Vogel unterscheiden?«, wollte Johanna wissen.
»Wir hatten mal ein Junges, weißt du noch, Franz? Es hatte immer Hunger und fraß zu viel Fleisch. Deshalb mussten wir es wieder freilassen. Jolly war sein Name. Ob er das war, den ich heute gesehen habe? Was meinst du, Sadi?«

»Warum nicht? Adler haben scharfe Augen, vielleicht hat er dich gekannt.«
»Der war auf Futtersuche. Auch Vögel haben es im Winter schwer, etwas zu finden«, zerstörte Franz Adams Höhenflug.
»Komm, nimm das Fleisch. Pass auf, es ist heiß!« Mit Essen ließen sich die Jungen am ehesten ablenken. Ich hatte gedacht, sie hätten ihre Vergangenheit im Laufe des Winters wenn nicht vergessen, so doch beiseite gelegt. Jetzt wusste ich, dass sie weder ihre Familie noch die Schreckensnacht vergessen würden. Sie trugen diese schwere Last wie die Tragekörbe auf ihrem Rücken. Franz litt still und in sich gekehrt, Adam versuchte es mit seiner Großschnäuzigkeit. Er war mir so ähnlich! Genau so hatte ich mich in meiner Kindheit verhalten. Mit jedem Tag, der verging, liebte ich diesen Jungen mehr. Er war so stark und doch so verletzlich. Hoffentlich konnte ich ihn gesund und unbeschadet in Sicherheit bringen.

Etwas Kaltes, Zartes streifte mein Gesicht, als ich aufwachte. Mit den Zähnen zog ich den Handschuh ab und fuhr über mein Gesicht. Es schneite. Der Schnee hatte nicht nur die Umgebung verändert, sondern auch unser Feuer gelöscht. Trotz der Kälte war ich nicht fähig, mich zu rühren.
›Ich werde mich nie mehr bewegen!‹
Mein Blick schweifte zu Johanna und den Buben, die immer noch dicht beieinander saßen und schliefen.
Es war der erste Schnee in diesem Winter, der liegen bleiben würde. Wie sehr hatte ich immer den ersten Schnee geliebt! Im warmen Bett geborgen, Simon, der das Fenster öffnet, die gedämpften Laute, die hereindringen, das Prasseln im Kamin, Gertrud, die am Treppenabkehren ist, und August, der die festgefrorenen Stollen von den Holzschuhen abklopft, bevor er das Haus betritt. Die ganze Zeit hatte ich den Gedanken an Hubert verdrängt. Nun sah ich ihn im Geiste, wie er mit seinen kleinen Füßen versuchte, in die großen Stapfen seines Vaters zu treten. Ich sah seine roten Bäckchen, die Pudelmütze, die ihm immer ins Gesicht rutscht, und wie er lachend versuchte, einen

Schneeball zu formen. Er hatte seine Mutter schon lange vergessen. Und Simon? War ich auch für ihn tot? Er war in das verwüstete Spessartdorf gekommen und hatte die unkenntlichen Leichen in der Kirche gesehen. Sie haben ein großes Grab geschaufelt und alle Toten hineingelegt. Er hat getrauert, da war ich mir sicher, denn er hat mich geliebt. Vielleicht war der Kaiser in der Zwischenzeit auf die Pfalz gekommen. Er kam ja öfter, wenn er in der Nähe war. Sie werden sich gegenseitig getröstet haben; schließlich ist es immer schlimm, wenn jemand so jung stirbt.

Auch Beatrix, die Kaiserin, wird meiner im stillen Gebet gedacht haben. In den nächsten Jahren wird die englische Königin Eleonore sich in einem Brief an den Kaiser erkundigen, ob er etwas von der Baronin von Ortenberg wüsste, sie habe schon so lange nichts von ihr gehört.

Friedrich wird ihr dann unter anderen wichtigen Staatsgeschäften schreiben, dass die Baronin Ortenberg leider verstorben ist. Oh, er wird nicht selber schreiben, sondern seinem Schreiber diktieren, doch er wird es durchlesen und seine Unterschrift darunter setzen und einen Moment an seine kleine Sarazenin denken.

Immer dachte ich, dass ich etwas Besonderes wäre. Schließlich war ich die Freundin der Königin von England, die auch die ehemalige Königin von Frankreich war. Ich war die heimliche Geliebte des großen Kaisers und mein Sohn der Erstgeborene dieses Mannes. Doch was nützte mir das alles jetzt? In den Gedanken meiner Lieben war ich schon lange tot. Es war so einfach und tat nicht weh. Einschlafen und nie mehr aufwachen. Zum Glück hatte ich keine Angst vor Himmel, Hölle oder Fegefeuer. Es war lächerlich, auch nur einen Gedanken daran zu verschwenden. Der Körper wird vergehen. Doch warum sollte man einen Geist bestrafen, der sich nun frei und losgelöst bewegen kann? Die wenigen Erdenjahre konnten keine so große Rolle spielen, ganz egal, was der Mensch getan hatte, ob er gut oder böse war. Schließlich steckt beides in jedem Menschen. Nach dem Tod ist das nicht mehr wichtig. Erst dann sind wir endlich frei.

Erst dann kann man das machen, was Spaß macht, durch die Wälder reiten, durch Flüsse schwimmen, weder Kälte noch Hitze spüren …

»Sadi, ich habe Hunger! Das Feuer ist aus! Es ist bitterkalt. Schaut mal, es hat geschneit, und der ganze Fluss ist zugefroren.«

»Bleibe da, Franz! Das Eis ist noch zu dünn, um darauf zu schlittern!«

›Verdammt!! Nicht mal sterben kann man in Ruhe.‹

Während sich die Jungen warm rannten, blies Johanna das Feuer an und stellte einen Topf mit Schnee darauf. Sie drehte sich um und sah mich an.

»Was ist mit dir, Sadi? Fühlst du dich nicht gut? Oder bist du mit dem Hintern am Boot festgefroren?«

»Ich bin mitten beim Sterben, doch ihr habt mich gestört.«

»Wenn du stirbst, müssen wir auch sterben. Wir haben kein Fleisch mehr, und ich kann nicht mit den Waffen umgehen. Komm, steh auf. Wenn das Wasser heiß ist und der Aufguss fertig, dann geht es dir besser.

Weißt du, Sadi, ich habe schon immer gedacht, die Welt ist ein Ort, an dem die größte Bedrohung des Menschen von ihm selbst ausgeht. Und ganz besonders, denke ich, trifft dies auf dich zu. Ein Mensch wie du, der so viel erlebt hat, müsste ein gläubiger Mensch sein. Wie oft hat Gott dir schon das Leben gerettet! Hast du ihm jemals dafür gedankt?«

»Woher willst du wissen, dass ich gerettet werden wollte, Johanna? Glaube mir, es ist besser, in der Hölle zu herrschen, als im Himmel zu dienen!« Mit diesen Worten sprang ich auf und wäre fast auf die Knie gestürzt. Meine eingeschlafenen Beine verweigerten den Dienst, und ich lief wie eine Schlafwandlerin auf das Ufer zu, wo die Buben trotz Johannas Warnung auf dem Eis spielten.

Was hatte mich nur getrieben, Johanna so eine patzige Antwort zu geben? Sie war meine Freundin, sie teilte alle Not mit mir. Ungerecht und aufbrausend war ich schon immer, aber nicht gegen die Menschen, denen ich in Freundschaft verbunden war.

Ich hasste es, mich zu entschuldigen; doch diesmal führte kein Weg daran vorbei.
Die Entschuldigung kam mir stockend über die Lippen, und Johanna, die mein Gesicht in ihre Hände nahm und streichelte, machte die Sache noch schlimmer. »Ach, Sadi. Es war nicht nur deine Schuld, auch ich hätte meinen Mund halten sollen. Du darfst nie mehr über das Sterben nachdenken. Eine Frau wie du, die den alten Ortenberg bezwungen hat; die als Einzige auf den Kreuzzug ging und gesund wieder zurückkam; die ein kleines Kind mit dem Schwert im Rücken aufhob und unter dem Umhang verbarg – o ja, ich habe es gesehen! Niemals hätte ich diese Flucht ohne dich gewagt. Keinen Fuß hätte ich auf den Kahn gesetzt, lieber hätte ich mich umbringen lassen und die beiden Jungen dazu.
Ich liebe dich, Kind, denke immer daran. Und wir brauchen dich.«
Die ganzen Jahre hatte ich keine Träne vergossen, doch an diesem Morgen, als ich in den Wald eindrang, der das Flussufer säumte, heulte ich mir die Seele aus dem Leib. Erst als ich an den undurchdringlichen, verfilzten Teil kam, drehte ich um und ging auf meiner Spur zurück.
Ja, ich war stark. Johanna tat gut daran, an meine Stärke zu appellieren. Nie mehr würde ich an den Tod denken. Die Verantwortung für die drei Menschen würde mir in Zukunft helfen. Weder Hunger noch Kälte sollten mich bezwingen.

Drei Tage waren wir schon unterwegs, seit wir das Boot verlassen hatten. Es gab nur den einen Weg, und der lief nicht immer am Ufer des Flusses entlang. Von Tag zu Tag nahm die Kälte zu, dafür wurde unser Essen weniger. Zum Glück hatten wir am Abend immer eine Höhle oder Wurzel gefunden, die wir als Nachtlager benutzen konnten. Noch lag der Schnee nicht allzu hoch, und das Feuer gab uns die nötige Wärme. Der Weg war wie eine Nabelschnur, die uns mit der von Menschen bewohnten Welt verband.
Wieder gelangten wir in ein Tal. Auf der einen Seite des schma-

len Einlasses ruhte ein nackter gigantischer Felsklotz. Hütten breiteten sich am Fuße eines Berges aus, der, braunrot mit weißen Schneeflecken, täuschende Ähnlichkeit mit dem in fratzenhaftem Schmerz verzerrten Gesicht eines Riesen besaß.
Die Sonne meinte es gut mit uns; wir genossen die Wärme, obwohl wir fast blind wurden vom grellen Licht.

Es kam uns vor, als hätten wir an diesem Tag nur wenige Meilen geschafft; doch schon wurde es wieder dunkel, und ich hatte Magenkrämpfe vor Hunger. Ich war so erschöpft, dass mir dies wie ein natürlicher Zustand vorkam. Bei den anderen ahnte ich die gleiche verzweifelte Müdigkeit.
Ein Rudel Rehe graste im Schutz der Dunkelheit im Schnee, doch als wir näher kamen, sprangen die Tiere behände davon. Wir ließen sie laufen, denn vor uns lag endlich ein Dorf mit Menschen in warmen Häusern, mit denen wir sprechen konnten und die uns weiterhelfen würden.
Schon beim Näherkommen spürte ich, dass mit diesem Dorf etwas nicht stimmte. Es gab kein Licht in den Fenstern, und kein Rauch kräuselte sich in den Winterhimmel. Kein Hund bellte, und kein Misthaufen dampfte, wie es in einem Dorf üblich ist.
Entsetzt sahen wir uns an. Das Dorf lag ausgestorben. Die Häuser waren verschlossen, und der Schnee davor lag bis auf ein paar Wildspuren unberührt.
Johanna bebte vor Enttäuschung, hob den Fuß und trat die Tür eines Hauses ein. Sie stellte ihren Korb in die Ecke und nahm einen Arm voll Holz, als wäre sie nie etwas anderes gewesen als die Hausfrau dieses Hauses. Schon bald brannte das Feuer, und wir legten nach vielen Tagen unsere Kleidung ab.
Doch dann fiel mir etwas ein: Ich musste noch einmal hinaus und die Rehe suchen. Jetzt waren sie noch in der Nähe, morgen konnten sie wer weiß wo sein. Auch Adam hatte seine Stiefel wieder angezogen. »Ich werde mit dir gehen und helfen.«
»Passt auf und seid vorsichtig!«, rief uns Johanna hinterher.
Der Vollmond stand rund und prall am Sternenhimmel. Der

Schnee knirschte unter unseren Füßen, und weit entfernt heulte ein Wolf. Wir liefen zurück, suchten den Platz, wo das Rudel geäst hatte. Auf ihren Spuren schlichen wir in den Wald. Das helle Mondlicht reflektierte den Schnee, und es dauerte nicht lange, da zog mich Adam am Arm und deutete schweigend auf eine Stelle, an der sich etwas bewegte.
Vorsichtig schlich ich näher. Alle meine Sinne waren angespannt. Kaum lag der Pfeil auf der Sehne, zischte er lautlos davon. Die Tiere stoben auseinander.
»Hast du eines erwischt, Sadi?«
Ja, ich denke schon. Komm, gehen wir nachsehen.« Unbeabsichtigt hatte ich einen Bock erwischt, obwohl ich ein junges Reh im Visier hatte.
Adam war erstaunt über meine unzufriedene Miene. »Was machst du für ein Gesicht? Das ist doch ein Mordsbrocken!«
»Das ist er, Junge, das ist er wirklich, nur – wie bringen wir ihn runter zum Dorf?«
Wir rissen und zogen. Jeder von uns hatte ein Bein geschnappt, und so zogen wir ihn von Baum zu Baum. Danach ruhten wir uns kurze Zeit aus, um uns weiterzuschinden.
Als wir lange genug unterwegs waren, kamen uns endlich Johanna und Franz zu Hilfe. Zu viert gelang es uns endlich, das schwere Tier zum Haus zu ziehen. Johanna wollte es einfach vor der Tür liegen lassen, um es am nächsten Tag auszunehmen.
»Nein. Was nutzt die ganze Plackerei, wenn die Wölfe kommen und sich darüber hermachen? Schau dir die Blutspur an, die wir hinterlassen haben. Glaub mir, noch vor Mitternacht werden sie da sein.«
Noch einmal strengten wir uns an und zogen das Tier ins Haus. Danach machten wir alles so dicht wie möglich. Dann raffte ich mich auf und kehrte Schnee auf das Blut. Viel Erfahrung hatte ich nicht, doch vielleicht konnte ich die Wölfe damit in die Irre führen.
Ich war nicht mehr fähig, mich auszukleiden, und ließ mich von Johanna wie ein Kind ins Bett bringen. Keiner von uns merkte,

ob die Wölfe in der Nacht da waren. Wir schliefen nicht nur in der Nacht, sondern auch am Tage. Den Bock überließ ich Johanna, die ihn am nächsten Tag zerlegte und in den Rauchfang hängte. Wie eine Mutter wachte sie über das Feuer, kochte das Essen, das hauptsächlich aus Fleischbrühe bestand, lüftete rechtzeitig den Raum, damit wir nicht im eigenen Gestank erstickten, und sorgte für Ruhe, bis die beiden Jungen endlich ausgeschlafen hatten und nach einer neuen Tätigkeit suchten.
Während ich noch überzeugt davon war, dass ich nie mehr aufstehen und mich bewegen könnte, waren die beiden dabei, alle Hütten im Dorf nach Lebensmitteln zu durchforsten. Zum Glück wurden sie auch fündig: Getreidekörner, die den Mäusen entgangen waren, gedörrtes Obst, und – o Wunder – in einem Rauchfang fand sich ein knochenharter Schinken.
»Wir können den ganzen Winter hier bleiben und erst im Frühjahr weiterziehen. Was meinst du, Sadi?« Johanna sah mich hoffnungsvoll an und wartete auf Zustimmung.
»Vielleicht sind wir näher an zu Hause, als wir denken. Du hast Recht, zunächst werden wir uns gründlich erholen. Es schneit schon wieder, und hier ist es warm. Auch das Essen wird reichen. Wir werden nichts überstürzen. Doch ich möchte wissen, was mit den Dorfbewohnern geschehen ist.«
»Ich vermute, sie wurden von der gleichen Krankheit überwältigt wie die Menschen auf unserer Burg«, sagte Johanna und rührte die Suppe um. »Der oder die Letzte hat wahrscheinlich das Haus abgeschlossen und ist zu Verwandten gezogen.«
Wir blieben zwei Wochen in diesem Dorf. Doch als sich das Wetter änderte, der Schnee schmolz und es wärmer wurde, waren wir nicht mehr zu halten. Wir suchten unsere Sachen zusammen und packten die Körbe. Wehmütig und dankbar blickten wir auf das Dorf zurück, als wir uns eines Morgens wieder auf den Weg machten.

Die Straße unter unseren Füßen war nicht mehr als ein Feldweg voller Matsch und vereistem Schlamm und von tiefen Wagenspuren durchzogen. Unsere Hoffnung, das milde Wetter würde anhalten, war trügerisch. Schon am nächsten Morgen, als wir aus einer Höhle krochen, hatte es wieder gefroren. Der Wind trieb uns Graupeln in die Augen. Der frisch gefallene Schnee ließ den Untergrund trügerisch sicher erscheinen, deckte er doch die oft fußtiefen Löcher zu, die uns zum Stolpern brachten.

Wieder hatten wir Glück. Im dichten Schneegestöber hörten wir den Klang einer Glocke. Wir hatten ein Dorf vor uns, und wie es schien, war dieses bewohnt. Wir rafften unsere letzten Kraftreserven zusammen und eilten dem herrlichen Klang entgegen.

Feuer

Unsere Freude wurde nicht kleiner, als wir merkten, dass das ersehnte Dorf ein Kloster war. Ohne zu zögern, ging ich auf die Pforte zu und klopfte. Ein kleines Sichtfenster wurde in der verwitterten, grün gestrichenen Tür geöffnet. Ein weißbärtiger Mönch musterte mich stumm.

Man fragte uns, woher und wohin, und da wir – halberfroren – kaum antworten konnten, führte man uns in die Klosterküche.

Der Abt entschuldigte sich später dafür, dass wir in der Küche essen mussten, aber erst nachdem er erfahren hatte, dass ich die Baronin von Ortenberg mit Gefolge war.

Später erklärte uns der Küchenmeister wortreich, dass es üblicherweise nur eine Mahlzeit am Tage gebe und die erst am frühen Nachmittag eingenommen werde. Zu besonderen Anlässen, so in der Festzeit zwischen Ostern und Pfingsten, fänden zwei Mahlzeiten statt, die eine mittags und die andere am Abend. Bei harter Arbeit dürfe mit Erlaubnis des Abtes auch noch eine Zwischenmahlzeit eingenommen werden. Danach führte er uns in zwei ineinander übergehende Räume, die er als eine Art Fremdenunterkunft bezeichnete. Wir sollten nicht erschrecken, wenn nach fünfstündiger Nachtruhe die Glocke zur Vigilie rufe.

Im Kloster werde sehr wenig gesprochen, und er bat uns, das zu beachten, denn es gelte das Schweigegebot. Die einzige regelmäßige Lautäußerung sei das Gebet, denn die menschliche Stimme sei gleichsam für Gott bestimmt. Hinsichtlich der Verständigung während unseres Hierseins gebe es spezielle Vorschriften, die er uns am nächsten Tag erklären werde. Auch

werde der Abt die Baronin am nächsten Tag empfangen, und zwar im Refektorium.
Damit ich gleich den richtigen Eindruck bekam, erklärte er, dass die Klosterkirche mit dem Kreuzgang, um die sich Dormitorium und Refektorium gruppierten, im Süden zu finden sei. Irgendwo dazwischen lag das Scriptorium, in dem fromme Texte verfasst wurden, auf die das Kloster besonders stolz war. Nur mit Mühe konnte ich ein Gähnen unterdrücken. Mir schien, dass dieser Mönch unsere Anwesenheit ausnutzte, um endlich wieder einmal seine eigene Stimme zu hören.
Hatten wir mit dem Glockengeläut menschliche Wärme verbunden, so wurden wir enttäuscht. Was konnte man schon mit Menschen anfangen, die im Kreuzgang eines weltabgeschiedenen Klosters schweigsam dahinhasteten? Die Wärme war eine Illusion. Die Räume waren eisig, und nicht mal eine Feuerstelle gab es, wie man sie in jeder kleinsten Hütte findet. Blieb das Essen, und das war überraschend gut. An die Kälte waren wir gewöhnt, und da wir nicht vorhatten, uns mit den Mönchen zu kasteien, legten wir uns zufrieden auf das harte Lager.

»Sadi! Sadi, wach auf!« Adam rüttelte mich unsanft aus dem Schlaf.
»Was ist los? Musst du am frühen Morgen solch einen Krach veranstalten?«
»Ich habe so viele Neuigkeiten, dass ich platze.«
»Gut, fang an, bevor du das ganze Haus aufweckst.«
»Ich konnte nicht mehr schlafen und habe mich ein bisschen umgesehen. Als ich in die Ställe kam, stand plötzlich ein Stallknecht vor mir. Er war nicht gerade freundlich, wollte wissen, warum ich herumschnüffelte. Doch als ich ihm sagte, dass wir nur im Kloster übernachten, war er ganz friedlich. Er hat mich in den Stall mitgenommen. Und da stand er vor mir.«
»Wer stand da vor dir?«
»Unser Pferd! Der Braune mit den weißen Füßen!«
»Das glaube ich nicht, Adam. Wie soll unser Pferd in das Kloster kommen?«

»Sidon, so heißt der Junge, hat es mir erzählt. Ich weiß jetzt alles. Wir müssen hier ganz schnell verschwinden! Das Kloster steht mit den Eisenmännern in Verbindung. Sie haben noch eine Burg, und wenn sie zum Main reiten, um Geschäfte zu machen, übernachten sie im Kloster.
Erst vor kurzem sind sie wieder hier gewesen, das Pferd hat gelahmt, und so haben sie es zur Pflege dagelassen. Es waren die Eisenmänner, Sadi, ich bin ganz sicher. Wir müssen verschwinden! Heute in aller Frühe ist ein Mönch davongeritten. Vielleicht soll er den Rittern Bescheid sagen, und die Mönche werden versuchen, uns aufzuhalten.«
Johanna und Franz waren nun auch wach und rieben sich verschlafen die Augen.
»Hast du gehört, Johanna? Was sollen wir tun? Ich habe heute noch ein Gespräch mit dem Abt. Ich hatte gehofft, er würde uns weiterhelfen.«
»Wir müssen weg, und zwar jetzt!«, rief Adam. »Die Mönche sind alle in der Kirche.«
Johanna hatte sich erhoben und zog sich an. »Wenn das der Wahrheit entspricht, hat Adam Recht. Dann müssen wir gehen. Komm, Franz, nimm deinen Korb.«
Na gut, dachte ich, verschwinden wir hier schleunigst, bevor die frommen Mönche ihre Litanei beendet haben.
Die Klosterpforte war am frühen Morgen nicht bewacht. Keiner von uns schaute zurück, und als wir den Waldrand erreichten, war auch Adams neuer Freund da.
Der Junge hatte Recht, das Pferd war tatsächlich unser Brauner mit den weißen Füßen. Die Begrüßung von uns allen fiel heftig aus, sodass das Pferd nur unwillig den Kopf schüttelte.
»Johanna, Sadi, dass ist mein neuer Freund Sidon. Er will nicht mehr bei den Mönchen bleiben, sondern mit uns fliehen.«
Für Adam war es selbstverständlich, wir hätten nichts dagegen, dass wir noch einen Esser mehr satt bekommen mussten.
Johanna las meine Gedanken und lächelte. »Weißt du, Sadi, da findet man in dieser Einöde einen Menschen und hofft auf Hilfe, und was kommt dabei heraus?« Auch ich musste lachen. Zum

Glück hatten wir nun Pferd und Wagen, auch wenn Letzterer nur klein war und bloß zwei Räder hatte. Wir stellten unsere Körbe darauf und liefen, nun von aller Last befreit, hinterher.

An diesem Tag kamen wir schnell vorwärts. Das Wetter war kalt und trocken, und da der Weg unter dichten Bäumen entlanglief, war der Schnee nicht allzu hoch. Gegen Mittag machten wir Rast, und Johanna teilte jedem seine Ration Brot zu.
Franz verzog sein Gesicht. »Ich habe keinen Hunger.«
»Was?« Johanna griff besorgt an seine Stirn. »Er hat Fieber, Sadi. Was machen wir jetzt? Tut dir etwas weh, Junge?« Doch der verneinte. Plötzlich wurde mir klar, dass Franz schon ein paar Tage merkwürdig ruhig war. Dass einer von uns ernstlich erkranken könnte, daran hatte bisher keiner gedacht.
»Komm, Franz! Setz dich zu mir auf den Bock, da brauchst du nicht zu laufen, und es wird dir bald besser gehen«, sagte Sidon.
»Ich glaube, mit diesem Jungen werden wir nicht schlecht fahren. Du hast doch mit ihm gesprochen; hat er dir etwas erzählt?«, fragte ich Johanna, während wir hinter dem Wagen herliefen.
»Sein Vater war ein Untertan des Rannenberger. Sie waren bei dem gleichen Kreuzzug wie du, Sadi. Hast du den Ritter nicht kennen gelernt?«
»Im Kreuzzug waren zwanzigtausend Menschen.«
»Na gut, ich dachte ja nur. Sein Vater ist in Sidon gestorben, ein Grund für seine Mutter, den Jungen Sidon zu nennen. Sie ist später auch gestorben. Die Ritter haben den Hof weiterverpachtet und den Jungen zu den Mönchen gebracht.«
»Also, glücklich kann er im Kloster nicht gewesen sein, sonst hätte er nicht die erste Gelegenheit zum Fliehen genutzt.«
»Ich mache mir Sorgen um Franz, Sadi. Was machen wir, wenn das Fieber steigt und er ernstlich krank wird?«
»Vielleicht ist es nur eine Erkältung. Gut wäre es, wir würden einen anständigen Unterschlupf für die kommende Nacht finden. Bei diesem klaren Wetter wird es wieder kalt werden.«

Sidon hielt den Wagen an und stieg vom Bock. »In der Nähe gibt es einen Eremiten. Er hat einen Stall, wo wir für die Nacht unterkommen können.«

»Du bist ein Schatz, Sidon!«, rief Johanna. Besorgt schaute sie auf Franz, der mit gerötetem Gesicht und glänzenden, fiebrigen Augen das Gespräch verfolgt hatte.

Wir fuhren noch ein Stück weiter und bogen rechts vom Weg ab. Niemals hätte ich in dieser Waldschneise, die wir nun entlangholperten, einen Weg gesehen. Der Schnee war völlig unberührt, und nach kurzer Zeit standen wir tatsächlich vor einer Hütte. Zwischen den Bäumen sahen wir die Klause des Eremiten.

Johanna half Franz vom Wagen und führte ihn in die neue Unterkunft. Wir waren nicht enttäuscht, als wir uns umsahen. Es gab einen Strohhaufen, der schon etwas muffig roch. Bestimmt lag er schon länger hier und hatte anderen Wanderern als Nachtlager gedient. Zwischen glatten Steinen lag die Asche vom letzten Feuer.

Für Franz war es ein Glück. Wir betteten ihn auf das Stroh und deckten ihn fest zu. Als das Feuer brannte, wurde der kleine Raum schnell warm. Sidon bot uns an, zu dem Eremiten zu gehen und um Kräuter und Rinde zu bitten. Mit dem richtigen Aufguss würde das Fieber schnell sinken.

Es war nicht das Fieber allein. Ein trockener Husten quälte den Jungen, und er machte uns Angst und Bange. Zum Glück hörte der Husten nach einem Becher Tee auf, und der Junge schlief ein.

Wie Verschwörer saßen wir um das Feuer und unterhielten uns leise.

Ich fragte Sidon: »Wenn wir ein oder zwei Tage hier bleiben, bis sich Franz erholt hat, werden uns die Ritter aufstöbern?«

»Ich glaube nicht, dass die Ritter die Behausung des Eremiten kennen. Nicht einmal die Mönche wissen von ihm. Nur durch Zufall stieß ich eines Tages auf ihn. Wenn wir hier bleiben, muss ich morgen die Spuren verwischen. Der Eremit ist alt; er wird zwar nicht begeistert sein, doch er ist ein Christ, und er weiß,

dass wir ein krankes Kind dabeihaben, und hat mir freiwillig die Arznei gegeben.«
»Na gut, gehen wir schlafen. Morgen sehen wir weiter.«
Noch bevor ich mich neben Adam niederließ, ergriff Johanna meine Hand. »Danke, Sadi!«
»Wofür?«
»Dass wir hier bleiben, bis es Franz besser geht. Dieser Junge bedeutet mir sehr viel. Für mich ist es so, als wäre er der Sohn, den ich nie hatte. Ich liebe natürlich auch Adam ...«
»Du sagst es, Johanna. Franz braucht deine ganze Liebe. Adam ist robuster, er kann sich besser durchsetzen, und er hat ja auch noch mich. Nun, jetzt haben wir die Jungen aufgeteilt, jetzt brauchen wir nur noch jemanden für Sidon.«
Wir lachten leise. Selbst in dieser kritischen Situation verstanden wir uns gut und konnten lachen. Im Halbschlaf hörte ich, wie Sidon neues Holz auflegte. Es war beruhigend, dass noch jemand da war, der Verantwortung übernommen hatte.

Niemals solange ich lebe werde ich begreifen, wer oder was uns so hasste, dass geschehen konnte, was in dieser Nacht geschah. Wer war der Feind, der uns in diesem Winter durch die unwegsamen Wälder jagte? Was hatten wir getan, dass er jedes Mal, wenn wir das Gefühl hatten, ein Stück dem Ziel näher gekommen zu sein, wieder alles zunichte machte?
Dicke Rauchschwaden hüllten mich ein und reizten zum Husten. Der ganze Stall stand in Flammen! Mit rudernden Armen versuchte ich ins Freie zu kommen. Die Nacht war hell erleuchtet, und ich rief nach meinen Gefährten. Es krachte, und im Funkengestöber kamen mir Johanna und Franz entgegen.
»Wo ist Adam? Johanna! Wo ist Sidon?« Ohne eine Antwort abzuwarten, rannte ich um die Hütte. Eine schwankende Gestalt kam mir entgegen und fiel vor meine Füße. »Sidon! Wo ist Adam?« Er hob den Arm und zeigte in das Inferno.
Ich ließ Sidon liegen und rannte weiter. An einen Baumstamm geschmiegt sah ich die kleine Gestalt liegen. Ein Wunder, dass sich das Kind aus der Gefahrenzone retten konnte. Der Junge

war nicht bei Bewusstsein. Die eine Gesichtshälfte war verbrannt. Auf meinen Armen trug ich ihn um den Brandplatz zu Johanna.
Mit geschwärzten Gesichtern und Händen saßen wir im Schnee und schauten auf den glimmenden, stinkenden Haufen, der all unsere Habe verschlungen hatte.
In dieser kurzen Zeit, als wir in die Glut starrten und keiner wusste, wie es weitergehen sollte, ging eine Veränderung in mir vor. Alles, was jemals weiblich und zart war, fiel von mir ab. Der wahre Kern, der schon immer in mir geschlummert hatte, kam zum Vorschein. Zum Glück waren Wagen und Pferd unversehrt. Es war ein anderer Mensch, der aufstand, Wagen und Pferd holte und zu der Behausung des Eremiten fuhr.
Hier angekommen, sprang ich ab und lief mit großen Schritten in die Hütte; dem schlafenden Eremiten setzte ich mein Messer an den Hals und warnte ihn, sein Lager zu verlassen. Danach raffte ich alle Decken und Felle zusammen, die ich fand; das Brot und die getrocknete Arznei steckte ich in einen Beutel. Was für ein Glück, einen Topf mit Salbe zu finden! Der konnte mir bei den Brandwunden gut helfen. Nicht einmal den pelzgefütterten Mantel und die Handschuhe ließ ich ihm. Noch ein letzter unbarmherziger Blick auf den Mann, der mit großen erschrockenen Augen auf seinem Lager saß und nicht wusste, wie ihm geschah. Danach fuhr ich zu meinen Gefährten zurück.
Johanna half mir, den Wagen mit Fellen auszupolstern; dann scheuchte ich sie mit den Jungen auf den Wagen. Jetzt erst fiel mir Sidon ein. Er lag noch genauso da, wie ich ihn verlassen hatte. Er hatte keinerlei sichtliche Verletzungen.
Zu viele Tote hatte ich in meinem Leben gesehen. Kein Zweifel, den Jungen hatte es erwischt. Wir hatten ihm kein Glück gebracht. Der Eremit würde ihn begraben.
Noch nie hatte ich ein Tier geschlagen oder mit einer Peitsche angetrieben. Doch genau das tat ich jetzt. Das Pferd bäumte sich auf, und kurze Zeit später waren wir auf dem Wege nach Hause.
Genauso wenig wie mich selbst schonte ich das Pferd und die

angeschlagenen Menschen auf dem Wagen. Es ging bergauf und bergab. Wir ließen Einöde und Wildnis hinter uns. Äcker und Wiesen wechselten sich ab. Dazwischen lagen Bauernhöfe und einzeln stehende Feldkirchen.
Am Mittag machte ich in einem kleinen Dorf Halt. Das Pferd brauchte Ruhe und Hafer. Menschen kamen herbei und baten uns in ihr Haus. Sie teilten ihr Essen mit uns und halfen Johanna, Adam zu verbinden. Franz schien es besser zu gehen, wenn er auch noch stark hustete. In einer fremden Bauernküche verspürte ich zum ersten Mal den Schmerz in meinem Rücken und bat Johanna, die gerade mit Adams Wunde fertig war, einmal nachzuschauen.
Es blieb still in der Küche; die fremde Bauersfrau zog entsetzt Luft durch ihre schadhaften Zähne.
»Was ist? Kannst du etwas sehen?«
»Du hast dir den ganzen Rücken verbrannt, Sadi. Mein Gott, warum hast du kein Wort davon gesagt?«
»Weil ich die Schmerzen erst jetzt spüre. Tu etwas Salbe darauf, dann fahren wir weiter.«
»Was ist mit ihr geschehen?«, wollte die Bäuerin wissen.
»Sieht so aus, als wäre ihr ein brennender Balken auf den Rücken gefallen.«
Mit einem Leinenstreifen wurde ich verbunden, dann setzten wir unsere Fahrt fort.
Es war unsere letzte Anstrengung. Nach den Worten der Bauersleute lag Gelnhausen nur noch wenige Meilen vor uns.

Kaum waren wir mit unserem Wagen aus dem Dorf, als der Schneesturm einsetzte. Das Pferd kam nur langsam vorwärts, und immer wieder musste ich nach einer Weile feststellen, dass wir vom Weg abgewichen waren und, ohne dass ich es bemerkt hatte, auf einer Wiese entlangfuhren. Also musste ich absteigen und das Tier wieder auf den rechten Weg führen. Immer heftiger blies der Wind. Äste brachen von den Bäumen und wirbelten durch die Luft. Nun wusste ich, dass es jemanden gab, der verhindern wollte, dass wir unser Ziel erreichten.

Johanna und die beiden Buben hatten sich so fest unter den Decken vergraben, dass nichts von ihnen zu sehen war. Im Heulen des Schneesturms hörte ich es lachen – es ähnelte dem Lachen der Königin von England. Wahrscheinlich war es die Erschöpfung, die mich in diesem Schneesturm riesige vor mir hertanzende Gestalten ausmachen ließ. Wie Schemen tauchten die Mauern und Tortürme von Gelnhausen auf. Noch war es nicht zu spät, noch waren die Tore offen.
Der Torwächter rief mir etwas zu, doch ich war nicht fähig zu antworten. Hubert besaß einen Spielzeugwagen mit Pferden und einem Fuhrmann darauf. Der Fuhrmann hielt seine Arme angewinkelt, und man konnte mit ihnen die Zügel bewegen. Genauso saß ich auf dem Wagen. Ich fühlte mich wie eine geschnitzte Holzfigur, festgeleimt auf dem Sitz. In mir war weder Willen noch Kraft. Schnee war am Mantel des Eremiten festgefroren, klebte an meinem Gesicht und drückte mir die Augen zu. Wir standen in unserem Hof. Wir waren zu Hause.
Johanna und die Buben hatten es geschafft. Mich hatte der unsichtbare Feind, der mir folgte, seit ich an einem wunderschönen Herbstmorgen mein Pferd bestieg, eingeholt.
Wie im Traum sah ich August aus dem Stall kommen und nach Gertrud rufen. Menschen machten sich am Wagen zu schaffen. Der Nebel, der mich umgab, wurde immer dichter, und ganz langsam glitt ich in ein weiches Dunkel hinüber.

Aus dem Hinterhalt

Es ging schon auf den Frühling zu, als ich mich wieder wie ein Mensch fühlte. In den Tagen nach unserer Heimkehr schwankte ich unablässig zwischen Leben und Tod. Später erinnerte ich mich an Bruchstücke: Simon, mit feuchten Augen, wie er seinen Kopf an meinen schmiegte; mein Hubert, wie er mit seinen kleinen Händen an meinen Haaren zog. Oft spürte ich viele Leute im Raum, doch eine Nebelwand trennte mich von ihnen – ein angenehmes Dahindämmern, in dem es keine Schmerzen gab, keinen Hunger und keine Kälte.

Johanna war es, die mich Anfang April aus dem Bett lockte. Sie hatte sich den Fuß verstaucht und scheute die steile Stiege in unserem Haus. Obwohl ich dahinter ein Komplott mit Simon vermutete, bequemte ich mich und wankte, auf Simon gestützt, hinab. Nicht zum ersten Mal kam sie mich mit den Buben besuchen, und ich freute mich immer aufs Neue, dass sie alles so gut überstanden hatten. Wir sprachen nur über belanglose Dinge, denn jeder von uns hatte Angst davor, die Vergangenheit heraufzubeschwören. Ich wusste, dass Simon gleich in den ersten Tagen nach unserer Heimkehr Johanna ausgefragt hatte. Ich wusste auch, dass sie ihm keine ausreichende Erklärung geben konnte. Es blieb einfach unbegreiflich, wie in den weiten, undurchdringlichen Wäldern Menschen verschwanden und nur mit sehr viel Glück wieder auftauchten.

»Wir haben euch gesucht, und es war, als würden wir eine Nadel im Heuhaufen suchen.« Simon räusperte sich, und ich spürte, wie sehr ihm die Erinnerung daran zu schaffen machte. »Ich habe die Arbeiter von der Pfalz abgerufen und mit in das zerstörte Dorf genommen. Sie haben die Toten begraben. Es

gab nicht einen, der wirklich davon überzeugt war, dass jemand aus diesem Gemetzel davongekommen wäre. Wir haben trotzdem alle Spuren verfolgt, doch es schien, als hätten sich die Mörder in Luft aufgelöst. Ihr seid hier zu viert. Vielleicht hat jeder Einzelne von euch etwas gesehen, das dem anderen entgangen ist. Irgendetwas, das mir weiterhelfen könnte.«
»Es war dunkel«, sagte Johanna und sah mich an.
Adam meldete sich zu Wort. »Ich hatte meine Schuhe verloren, es regnete, und es war kalt. Sadi hat mir ihre Mütze gegeben. Später hat sie mir dann aus der Lederweste Stiefel gemacht.«
»Das war am nächsten Tag«, fiel ihm Franz ins Wort.
Simon legte seine Hand auf meinen Arm. »Was ist mit dir, Sadi? Hast du nichts Besonderes bemerkt?«
Verlegen sah ich ihn an; ich hatte nicht einmal richtig zugehört, sondern die Narbe auf Adams Backe betrachtet, die in der kurzen Zeit schon gut verheilt war. »Es gab Strecken, da mussten wir den Pferden schieben helfen, weil der Weg so weich und voller Schlamm war.«
»Stimmt«, sagte Johanna, »das hatte ich ganz vergessen.«
Gertrud schenkte den Kindern Milch ein, setzte sich wieder zu August und hörte aufmerksam zu. Simon war aufgestanden und lief nervös umher.
Plötzlich blieb er stehen und schaute mich starr an. »Wieso war die Straße voller Morast? Der Monat Oktober war extrem trocken. Der Regen hatte erst an diesem Abend eingesetzt. Wie konnte da ein Weg so schlammig sein? Wir sind alle Wege, die aus dem Dorf führen, entlanggeritten. Es gab nur einen Weg, der weiterführte, und der war keineswegs morastig. Alle anderen waren Sackgassen und endeten auf Holzplätzen – bis auf eine, die führte in das große Moorgebiet.« Simon hatte sich wieder hingesetzt und hieb erregt mit der Faust auf den Tisch.
»Sie haben einen Weg durchs Moor gefunden, genau da, wo wir umgekehrt sind.«
»Es waren die Rannenberger. Sie hatten unser Pferd und handelten mit den Flussleuten, wie Sidon gesagt hat.« Adam wandte sich mir zu und sah mich fragend an. »Warum haben wir Sidon

nicht mitgenommen? Er war doch mein Freund! Ich glaube nicht, dass er tot war.«
»Er *war* tot, Adam. Ich habe schon viele Tote gesehen. Glaube mir, ich hätte ihn mitgenommen, wäre er nur verletzt gewesen, und wenn ich euch wie Holzscheite übereinander gestapelt hätte.«
»Warum können wir die Ritter nicht anklagen?«, fragte Johanna Simon.
»Weil wir keine Beweise haben. Die Ritter wohnen im unteren Kahlgrund. Es gibt nicht nur die Rannenberger. Da unten steht eine Burg neben der anderen. Viele von ihnen waren auf dem Kreuzzug dabei. Sie rauben und plündern, und keiner kann es ihnen beweisen. Jeder von ihnen kann es gewesen sein.«
Simon tat gerade so, als ob alle, die auf dem Kreuzzug waren, Verbrecher wären. Es gab auch andere, die ihr Leben wieder in die Hand nahmen, für ihre Familien sorgten oder eine neue Existenz aufbauten. Man musste schon die Spreu vom Weizen trennen. In einem hatte er Recht: Wir hatten keine Beweise.
»Was ist mit den zurückgelassenen Frauen?«, wollte August wissen. »Könnten sie nicht gegen die Ritter aussagen?«
Johanna schüttelte den Kopf und sah August beschwörend an. »Die vergessen wir lieber.« Sie hatte immer noch Angst, die Buben könnten etwas hören, was nicht für Kinderohren bestimmt war.
Ich nahm einen Schluck Wein. Es war der erste seit meiner Krankheit, und mich wunderte, dass mir Gertrud diese alkoholische Ausschweifung erlaubte. Wir kamen nicht umhin, uns einzugestehen, dass wir keine Handhabe hatten; wir konnten nichts machen. »Wir können die Ritter nicht anklagen, weil wir nichts beweisen können. Wir wissen nur, dass die Ausweichburg in der Nähe eines Flusses liegt, der wahrscheinlich der Main ist. Mehrere adelige Herren kommen für die Tat in Frage, und jeder Einzelne von ihnen wird das empört zurückweisen.
Wir brauchen nicht weiterzusprechen. Simon kann nicht seine Leute zusammenziehen und drauflosreiten, um die Burgen zu belagern und auszuhungern. Wir können nichts tun. Belassen

wir es dabei. Jetzt bin ich müde und möchte ins Bett.« Der Abend war lang geworden, und ich fühlte mich erschöpft. Dankbar nahm ich den Arm meines Gatten und ließ mich nach oben bringen.

Wie hager sein Gesicht war. Harte Linien hatten sich um seinen Mund gegraben, die ihn um vieles älter erscheinen ließen. Doch plötzlich erhellte ein Lächeln sein ernstes Gesicht, als wäre ein Sonnenstrahl durch graue Dezemberwolken gebrochen. Er beugte sich über mich, und noch bevor seine Lippen die meinen berührten, flüsterte er: »O Liebes, was wäre aus mir geworden, wenn ich dich verloren hätte? Von nun an gibt es nur noch dich und mich. Wir müssen wieder lernen zu leben. Ich hoffe, ich werde mich bald nicht mehr wie ein kranker alter Mann fühlen. Ich hoffe, ich werde eines Tages aufhören, mich schuldig zu fühlen. – Komm, Sadi, Gertrud hat etwas heraufgebracht, du musst essen. Du siehst so blass und dünn aus, und du wärst beinahe gestorben.« Er war zum Fenster getreten und hatte es geöffnet. »Hörst du die Amsel? Sie singt wieder für uns. Wir stehen am Beginn eines neuen Lebens.

Mein Gott, Sadi, was hast du? Du weinst ja!«

»Ich weiß nicht – diese schreckliche Zeit. Aber du hast Recht, jetzt fängt unser gemeinsames Leben noch einmal an, und du wirst immer bei mir bleiben, nicht wahr?«

»Ja. Wir haben Dinge erlebt, schlimmer als unsere ärgsten Alpträume. Aber wir haben sie durchgestanden. Wir haben unseren Tribut entrichtet; das Schicksal schuldet uns eine Menge. Von nun an wird alles gut werden.«

Simon küsste mich. Es wird nicht nur gut, es wird wundervoll sein, dachte ich. Er legte sich zu mir aufs Bett und sah mich an. »Wir werden noch mehr Kinder haben. Hubert braucht Geschwister. Wir werden das Haus bis zum Dach mit Kindern füllen.«

Ich lachte. »Sollen wir noch etwas warten oder gleich damit anfangen?«

Der Sommer kam, und mit jedem Tag fühlte ich mich besser. Es machte wieder Spaß, das bunte Treiben auf dem Marktplatz zu verfolgen, auf die Kaiserpfalz zu reiten, mit den Steinmetzen zu sprechen und – was ich früher nicht konnte – Johanna einen Besuch abzustatten. Die Schlichterin erzählte von ihrer Arbeit, die sie längst wieder aufgenommen hatte, von Franz, der bei den Franziskanern Latein lernte, und von Adam, der sich herumtrieb und deshalb ihr Sorgenkind war. Nie war mir der Klostergarten so friedlich erschienen, und wo gab es schon Menschen wie diese Brüder, die mich nie auf meine Abenteuer angesprochen haben?

Vier Jahre nach diesem schrecklichen Winter hatte sich wieder einmal der Kaiser angesagt.

Der ganze Marktflecken brodelte vor Erwartung. Adam wurde in diesem Sommer fünfzehn Jahre, und zum Ärger Johannas, die dafür gesorgt hatte, dass auch er zu den Mönchen ging, trieb er sich wieder auf der Kinzigwiese herum, wo fremde Fürsten ihre Zelte aufgestellt hatten. Simon hatte so viel zu tun, dass ich ihn in jenen Tagen kaum zu Gesicht bekam. Hubert war sieben Jahre alt und fieberte wie alle anderen dem Turnier entgegen. Am Abend war er kaum ins Bett zu bekommen und schlief nicht eher ein, als er von seinem Vater die Neuigkeiten erfuhr.

Ich glaube, ich war der einzige Mensch, der diesen kindischen Spielen nichts abgewinnen konnte. Ich verstand es einfach nicht. Die ganzen Jahre kämpfte der Kaiser im Süden gegen Rom, Mailand und Venedig, im Osten an den Grenzen von Ungarn. Er wütete gegen Heinrich den Löwen und musste ständig zwischen den Fürsten schlichten, die offenbar nichts anderes zu tun hatten, als sich gegenseitig zu bekriegen.

Wieso mussten sie zu alledem Kriegsspiele veranstalten, wenn er einmal bei uns weilte? Konnte er nicht in Ruhe mit Beatrix und seinen Kindern an der Kinzig spazieren gehen? Wenn er die Finger nicht von den Waffen lassen konnte, hätte er ja auch auf die Jagd gehen können. Aber nein, es mussten Turniere sein.

Es galt als heldenhaft, mit langem Stock einen Mann aus dem Sattel zu stoßen, sich zum Spaß im Schwertkampf, mit dem Morgenstern oder der Streitaxt zu messen. Auch ich hatte ein

Leben lang gekämpft, doch niemals zum Spaß. Zuerst mit Nans, später im Kreuzzug und dann immer wieder auf der Flucht.

An diesem Morgen begegnete ich – ein äußerst seltenes Ereignis – den beiden Brüdern. Adam hatte ich schon monatelang nicht gesehen. Franz sah ich meistens sonntags in der Klosterkapelle, wenn wir zur Messe gingen.

An diesem Morgen saß er auf einer Bank und schien auf mich zu warten. Voller Bewunderung musste ich ihn immerzu ansehen. Er hatte keinerlei Ähnlichkeit mit einem Bauernjungen, so groß gewachsen, fast hager, wie er war, mit wunderschönen grüngrauen Augen, die von langen Wimpern umkränzt wurden, dass eine Frau neidisch werden konnte. Seine Aussprache war gepflegt wie die eines Adeligen. Obwohl die Ärmel an seinem Wams fadenscheinig waren, bewegte er sich voller Stolz und Leidenschaft und flößte mir eine Hochachtung ein, die ich selber nicht verstand.

»Du bist die Erste, die es erfährt, Sadi. Ich werde endgültig der lauten Welt ade sagen und ins Kloster eintreten.«

»Nein, Franz, tu das nicht. Du wirst es bereuen.«

»Warum sollte ich diese Entscheidung bereuen? Ich kann das tun, was ich schon immer getan habe. Es ändert nichts an meiner Einstellung. Ich werde anstatt meiner jetzigen Kleidung die Mönchskutte tragen, das ist alles.«

Franz konnte mich nicht verstehen. Dazu war er viel zu unschuldig und rein. Er hatte nicht die geringste Ahnung von der Schlechtigkeit der Welt, und obwohl er schon Jahre zum Lernen in das Kloster ging, wusste er nicht, dass auch hinter friedlichen Klostermauern die Dämonen lauern, um eine so unschuldige Seele zu verderben.

»Hast du daran gedacht, dass du ständig beten musst? Und mitten in der Nacht aufstehen, wenn die Glocke zur Vigilie ruft?«

»Das Beten zu Gott ist eine Freude und keine Last, Sadi!«

»Kennt Johanna deine Pläne?«

»Nein, ich wollte zuerst mit dir sprechen. Ich denke, Johanna wusste es immer schon. Meine einzige Sorge ist Adam. Was

wird aus ihm werden? Am Lernen hat er keinerlei Interesse. Lieber rauft er sich mit anderen Jungen, geht Fische fangen und schwärmt von der Jagd, seit er Simon einmal begleitet hat. Obwohl er im Kloster erwartet wird, erscheint er einfach nicht. Er macht, was er will. Wären wir noch zu Hause, würde er hinter einem Pflug hergehen. Vater hätte ihm die Flausen ausgetrieben. Er wäre erst gar nicht auf dumme Gedanken gekommen.
So ganz unschuldig bist du an seiner Entwicklung nicht, Sadi. Er bewundert dich, du bist sein Vorbild, doch weder im Beten, Lesen noch Schreiben, sondern in der Art, wie du mit der Waffe umgehst.«
»Es tut mir Leid, Franz, und ich verstehe, dass du dir Sorgen machst. Doch denke daran, meine Geschicklichkeit mit Waffen hat euch des Öfteren das Leben gerettet. Weder Lesen noch Schreiben hätte uns geholfen, einen Rehbock zu erlegen. Es gibt eben verschiedene Menschen. Die einen berufen sich auf Gott und beten, die anderen nehmen die Waffe in die Hand und wehren sich.«
Zum Glück gehörte Adam zu den Letzteren. Nach meinem Gefühl würde auch er seinen Weg gehen. Er war kein Dummkopf. Eines Tages wüsste auch er, was er tun wollte, und dann würde er es tun.
Franz' arrogante Art ärgerte mich. Vielleicht lag es nicht an Adams Unzuverlässigkeit, vielleicht beneidete Franz seinen Bruder untergründig wegen seines Mutes, sich die Freiheit zu nehmen, die er wollte.
Die Zeit war um, und er verabschiedete sich von mir. Ein bisschen wehmütig sah ich der großen, schlanken Gestalt hinterher, wie sie zwischen den Büschen verschwand. Er erinnerte mich an Hans-Martin. Immer hatte ich so ein ungutes Gefühl, wenn junge, schöne Menschen der Welt entsagten, um sich Gott zu weihen. Für mich war das reine Verschwendung.

In Gedanken versunken ging ich zurück auf unseren Hof und stolperte fast über Adam, der auch auf mich zu warten schien.

»Na, was ist denn heute los? Eben komme ich von deinem Bruder.«
»Meinst du den frommen Streber, Sadi? Was wollte er von dir?«
»Er will Mönch werden. Hast du das gewusst?«
»Nein, aber wundern tut es mich nicht.«
»Was willst du eigentlich hier? Müsstest du jetzt nicht auch drüben lernen?«
»Da gehe ich nicht mehr hin. Ich habe einen anderen Lehrmeister. Seit Wochen bringt er mir das Kämpfen bei. Das macht Spaß, und – weißt du, was? – darin bin ich richtig gut. Komm mit auf die Kinzigwiese, Sadi! Ich zeige dir, wie gut ich im Bogenschießen bin.«
Er merkte mein Zögern; ich hatte nicht die geringste Lust, auf eine Wiese zu reiten, um den Künsten des jungen Mannes zuzusehen. Doch er bettelte und gab nicht nach; es schien ihm wichtig zu sein.
»Na gut«, lenkte ich ein. »Gehe in den Stall und sattle zwei Pferde; die müssen bewegt werden. Du kannst dir eins aussuchen.«
Freudestrahlend rannte er davon. Wenigstens ihn konnte ich an diesem Morgen glücklich machen.
Auf der Kinzigbrücke strömten die Menschen hinüber und herüber. Alles war in Aufruhr, da der Kaiser und sein Gefolge in den nächsten Tagen erwartet wurden.
Endlich hatten wir den Pfad erreicht, der an der Kinzig entlangführt. »Hättest du nicht eine andere Wiese aussuchen können, heute, da der ganze Ort ein einziger Menschenauflauf ist?«, rief ich dem Jungen zu, der, ohne mir Antwort zu geben, sein Pferd in Trab fallen ließ.
Auf dieser Seite war es zum Glück ziemlich ruhig; niemand kam uns entgegen. Pappeln und Weiden säumten das Flussufer, und als wir in die Nähe der Kinziginsel kamen, auf der die Kaiserpfalz stand, sah ich die Zelte der Fürsten zwischen den Weiden hervorleuchten.
Plötzlich stoppte Adam heftig, sodass sich sein Pferd aufbäumte. »Da, schau – siehst du den Mann?«

Ich stieg vom Pferd und starrte über den Fluss. »Meinst du den, der sein Pferd striegelt?«

»Genau den!«

»Was ist mit ihm?«

»Das ist einer der Eisenmänner. Der andere ist im Zelt. Vor zwei Tagen sind sie angekommen; seitdem stehen sie unter meiner Beobachtung. Der Alte war auch dabei. Er hat die beiden zum Turnier angemeldet; danach ist er wieder fortgeritten.«

»Bist du dir ganz sicher, Adam?«

»Ich schwöre es dir, Sadi. Ich war bis jetzt ständig in ihrer Nähe. Es sind die Rannenberger, und ich habe sie sofort erkannt.«

»Es ist fast fünf Jahre her, Adam.«

»Ja, ich weiß. Trotzdem habe ich ihre Gesichter nicht vergessen.«

Später habe ich mich oft gefragt, warum mir das Schicksal keinen Hinweis ... um mich zu warnen ... mich zu führen ... Aber nein, die bedeutendsten Augenblicke in meinem Leben vergehen ohne besonderes Gewicht.

»Hier, Sadi, nimm.« Er reichte mir Pfeil und Bogen. »Schieß, Sadi, räche meine Eltern! Räche alle Leute aus dem Dorf, die in der Kirche elend verbrannt sind.«

Mein Herz raste, Schweiß brach mir aus. Dann wurde mir kalt. Wind war aufgekommen, und die Weiden wedelten mir zustimmend zu. Für einen kurzen Moment verschwand die Sonne hinter den Wolken. Ruhig lag der Pfeil auf der Sehne. Irgendwo in den Zweigen zwitscherte ein Vogel.

Der Mann mit dem hellen Bart hob den Arm, und seine Hand strich über dic Nüstern des Pferdes, als der Pfeil ihn traf. Ohne einen Laut sank er zu Boden.

In diesem Moment kam ein anderer Mann aus dem Zelt. Sie sahen einander ähnlich. Er öffnete den Mund und wollte etwas rufen, doch er kam nicht mehr dazu. Ohne dass ich es wollte, war der Bogen zu Adam gewechselt. Er zögerte keinen Moment. Auch sein Pfeil traf mit tödlicher Wucht.

Rache

Wir ritten an der Kinzig entlang nach Norden. Die Pfalz und der kleine See blieben zurück. Immer enger rückten die Hügel zusammen. An einer Furt überquerten wir den Fluss und ritten auf der anderen Seite wieder zurück.

Jetzt erst spürte ich, wie heiß es geworden war. Die Pferde waren nass und keuchten. Endlich kam Nans' Hütte in Sicht. Ohne Scham rissen wir uns die Kleider vom Körper und sprangen in das kalte Wasser des Sees. Wir tauchten und spritzten herum wie die Kinder. Leicht bekleidet lagen wir lachend nebeneinander im Gras. Wir hatten einen Mord begangen, und anstatt entsetzt zu sein, alberten wir herum.

»Was glaubst du, Sadi, wenn es herauskommt, werden sie uns hängen?«

»Es darf nie herauskommen, Adam. Wir haben nur das Gleichgewicht der Welt wieder hergestellt. Wie hat damals Simon gesagt? ›Wir können nichts tun, es gibt keine Zeugen und keine Beweise.‹ Wir werden einen großen Bogen um den Ort reiten und von der anderen Seite heimkehren.

Also komm, Junge, wir haben noch einen weiten Weg vor uns.«

Es war kaum zu glauben: Ich, eine glücklich verheiratete Frau, hatte ohne Skrupel bei einem Doppelmord mitgewirkt. Weder rührte sich mein Gewissen noch hatte ich Mitleid mit einem Vater, der in kürzester Zeit zwei seiner Söhne verlor. Erst jetzt konnte ich Friedrich verstehen, als er auf dem Kreuzzug das Kloster vernichtete. In unserer grausamen Welt war keine Zeit für lange Erwägungen, denn ein kurzes Zögern konnte schon

das Leben kosten. Zu meinen vielen schwarzen Geheimnissen war ein neues hinzugekommen.
Doch diesmal hatte ich einen Mitwisser. Zum Glück konnte ich mich auf Adam verlassen. Wir hatten uns diesen Mord geteilt und trugen beide die Verantwortung dafür. Er würde weder mir noch dem Jungen schlaflose Nächte bereiten. Schon jetzt fühlte ich mich, als hätte ich mir einen Stachel aus dem Fleisch gezogen.
Die Nacht war erfüllt von leisen, geheimnisvollen Geräuschen. Drüben im Klostergarten goss ein Bruder sein Gemüse. Ich hörte, wie das Wasser aus einem Behälter in den anderen geschüttet wurde. Ab und zu rasselte die Zugkette am Brunnen. Alle Blumen erfüllten zu gleicher Zeit die Lüfte mit ihrem Duft. Es war, als erwachte die Erde nach dem grässlichen Geschehen des Tages zum Bewusstsein. Aus den Baumkronen drang eine staubige Wolke von Blütenduft, dicht wie eine Mauer.
Rechts von mir hörte ich Geschrei, das vom Marktplatz kam. Angetrunkene Burschen randalierten und warfen leere Kisten um. Hinter unserem Hof stieg der Mond auf, unförmig, groß, glühend rot gegen die Schwärze des Nachthimmels. Unter dem Fenster im Hof mischte sich der Duft der schönen Sommernacht, ein starker Geruch nach aromatischem Tee und frischem Heu. Ich hatte das Gefühl, dass sich alles im Zustand der Gärung befand; ringsum trieb wucherndes Wachstum hervor und schoss in die Höhe. Überall spürte man den magischen Sauerteig, aus dem Leben erblüht.
Der Wind kam wie eine sanfte Welle, die mich umspülte, über den Ort und über die Felder, über die Mauer und zwischen den Bäumen und Menschen hindurch, die erbebten, wenn der belebende Hauch sie traf. Um den ans Fenster brandenden Wogen zu entrinnen, flüchtete ich ins Bett und zog die Vorhänge zu.

Gelnhausen stand Kopf. Im Ort schwirrten die Gerüchte wie Bienen in einem Stock. Die Fremden, die auf die Ankunft des Kaisers warteten, fragten sich, wohin sie da geraten waren. Der Platz, der in Kürze mit herrlichen Turnieren aufwarten wollte, war von einer schauerlichen Tat herabgewürdigt worden.

Der Hohe Rat stellte Männer ab, die den Fall untersuchen sollten. Auch Simon, der vor lauter Arbeit nicht mehr ein noch aus wusste, war dabei.
Man stelle sich vor: Angesehene Ritter, die den Kreuzzug unbeschadet überlebt hatten, waren gemeuchelt worden! Eine verwerfliche Tat, wie sie noch nie in diesem Ort vorgekommen war. Rache, von Heckenschützen ausgeführt. Nein, es konnte keine Rache sein, denn diese Männer waren ohne Tadel. Dann war es Willkür, und jeder konnte der Nächste sein.
Angst hatte sich im Ort breitgemacht. Man umging einsame Stellen; die Menschen schlossen sich zusammen, wenn sie ihre Häuser verließen. Doch das Schlimmste war: Der Kaiser hatte sein Kommen abgesagt.
In den einfachen Schänken, wo nur das gemeine Volk verkehrte, kam ein Gerücht auf. Keiner sprach es laut aus. Doch hinter der Hand schwelte es und erfasste bald den ganzen Ort und seine Umgebung: »Die Rannenberger waren keine ehrbaren Männer. Sie waren Raubritter, Wölfe im Schafspelz. Sie überfielen harmlose Kaufmannswagen.« Ihretwegen mussten diese einen großen Umweg fahren, um ihre Ware ungefährdet nach Gelnhausen zu bringen.
Von den Adeligen im Ort wurde dieses Gerücht abgewürgt, was niemanden wunderte, denn wer beschmutzt schon sein eigenes Nest?

Die schreckliche Tat bescherte uns einen herrlichen Sommer. Die Zelte an der Kinzig wurden abgebaut, und die Fremden verließen Gelnhausen. Das Marktgetöse ruhte für einen Tag und ging dann weiter, als wäre nichts geschehen. Doch außerhalb des Ortes sah man kaum einen Menschen.
Ich hatte Adam unter meine Aufsicht gestellt, und da auch Simon annahm, dass dieser Mord nichts mit uns zu tun hätte, ließ er uns gewähren. Tag für Tag ritt ich nun mit Hubert und Adam an den Kinzigsee. Wir vergnügten uns im Wasser, lagen faul im weichen Gras und sahen den Wolken nach. Nur wenn uns Hubert nicht hören konnte, sprachen wir über unser Geheimnis.

»Hast du eigentlich mit Johanna über den Mord gesprochen?«, wollte ich von Adam wissen.
»Natürlich, was glaubst du denn? ›Gottes Mühlen mahlen langsam‹, hat sie gesagt. Was sie wohl damit meint?«
»Wahrscheinlich, dass Gott nicht vergisst und dass jeder mal an die Reihe kommt«, sagte ich. »Da haben wir noch allerhand vor uns, meinst du nicht auch?«
Adam riss einen Grashalm ab und kaute darauf herum. »Ach was, wenn er geschlafen hat, als sie unsere Eltern umbrachten, hat er vielleicht auch bei unserer Tat seinen Mittagsschlaf gehalten. Wie viele von den Brüdern haben wir schon abgemurkst?«, fragte er mich grinsend.
»Wenn ich damals vom Boot aus richtig getroffen habe, waren es vier.«
»Dann sind noch drei übrig. Glaubst du, die werden wir auch noch erwischen?«
»Nein, es reicht. Der eine ist zu alt, und die anderen begnadigen wir.«
Wir sahen uns an und lachten, dass es weit über das Wasser schallte. Hubert schaute zu uns herüber. Wir winkten ihm vergnügt zu und sanken wieder zurück ins Gras. Nichts konnte uns in jenen Tagen aus der Ruhe bringen, nicht einmal die dunkle Wolkenwand, die sich im Norden hoch auftürmte.
In der Nacht tobte ein Gewittersturm über das Kinzigtal. Das Brausen des Orkans mischte sich mit dem Rauschen des Platzregens, der senkrecht auf die Dächer prasselte, um im nächsten Augenblick unter den Stößen des umspringenden Windes die Straße entlangzujagen, als wollte er sie mit seinen niederpeitschenden Fluten Schritt um Schritt erobern.
Die Donnerschläge, die einander ohne Unterbrechung folgten, gingen in ein gleichmäßiges Dröhnen und Grollen über. Beim Aufleuchten der Blitze konnte ich Simons Gesicht erkennen und legte mich beruhigt wieder auf mein Kissen. Mochte sich Donar mit den Dämonen über den Mord streiten. Ich war sicher, dafür sorgte der Mann neben mir.
Das Gewitter wurde schwächer und schien sich zu entfernen.

Nur noch ab und zu fielen einzelne dumpfe Donnerschläge. Der Regen ließ für kurze Zeit nach; aber das Wasser floss noch immer leise rauschend vom Dach in den Hof. Der Widerschein des Wetterleuchtens drang herein und verweilte dort einen Augenblick, als suchte er jemanden.

Das Gewitter in der Nacht hatte die Wärme hinweggefegt. Es kamen kühle Tage, und mit dem Schwimmen war es erst mal vorbei. Nun ritten wir schon morgens mit den Waffen los, und es machte großen Spaß, mit den beiden Jungen zu üben.
Adam konnte gut mit dem Schwert umgehen. Er hatte eine Kraft in den Armen, die mich überraschte. Dafür versagte er im Bogenschießen. Nicht einmal den dicksten Baum traf er. Dass er jemals einen Menschen auf so weite Entfernung getroffen haben könnte, kam mir immer unwahrscheinlicher vor. Je länger ich seinen Bemühungen zusah, umso öfter kamen mir Zweifel. Niemals hatte dieser Bursche den Ritter getötet. Aber wenn nicht er, wer dann?
Es ließ mir keine Ruhe, und so ritt ich eines Tages allein hinaus, um die Wiese abzusuchen. Wenn Adams Pfeil nicht getroffen hatte, musste er noch irgendwo liegen.
Die Wiese war zertrampelt. Überall lagen Pferdeäpfel, schmutziges Stroh, einzelne Holzpfähle. Den verschossenen Pfeil fand ich nicht. Langsam beruhigte ich mich wieder. Es musste ein Zufallstreffer gewesen sein.

Zwei Tage später bekam ich Besuch.
Simon war noch nicht zu Hause, und ich war gerade dabei, Hubert ins Bett zu bringen. Aus der Küche hörte ich Gertrud, die sich mit Nans und August unterhielt. Es war kühl an diesem frühen Herbsttag, und ich hätte gern den Kamin im Nebenraum angesteckt. Doch wie immer war wieder einmal kein Holz greifbar.
Plötzlich stand dieser große Mann vor mir. Er war wie ein Adeliger gekleidet, und mein erster Gedanke war, er wollte zu Simon. Doch schnell wurde ich eines anderen belehrt.

»Verzeiht mir, Frau Baronin von Ortenberg, dass ich Euch unangemeldet überfalle. Mein Name ist Gisbert von Reinental. Ich muss Euch sprechen.«
Vorsichtig, um die Menschen in der Küche nicht aufmerksam zu machen, bat ich ihn in den Nebenraum. »Was kann ich für Euch tun, Herr von Reinental?«
Er räusperte sich umständlich. »Seit ein paar Tagen bin ich wieder hier in Gelnhausen, und ich habe Euch beobachtet.«
»Mich? Aber warum?« War mir am Anfang unseres Gespräches noch kalt, fing ich nun an zu schwitzen.
»Ich habe etwas, das Ihr gesucht habt. Ich habe ihn gefunden.«
»Ihn gefunden – wen?«
Ohne eine Miene zu verziehen, überreichte er mir Adams verschossenen Pfeil, als wäre es ein Blumenstrauß.
Wortlos drehte ich mich um und ging zum Fenster, an dem der plötzlich einsetzende Regen herunterrann. Noch wusste ich nicht, was ich denken oder sagen sollte. Mir fehlten einfach die Worte. Es gab einen Zeugen. Was würde er tun?
»Ihr habt uns belauscht, nicht wahr? Aber ich verstehe nicht …«
»Ich wollte Euch nicht erschrecken, Baronin, und ich werde Euch alles erklären.
Damals im Sommer kam ich nach Gelnhausen, um an dem besagten Turnier teilzunehmen. Ich wollte dieses Turnier nicht gewinnen, sondern meinen Schwager Gerald tödlich verletzen. Ihr müsst mir Recht geben, ein Verbrechen ist nirgendwo leichter auszuführen als bei einem Turnier. Man wird den Ermordeten begraben und den Mörder trösten, denn wie jeder sehen konnte, war es ein Unglück.
Nun, alles war vorbereitet. Der Zufall führte mich an diesem Tag auf die andere Seite der Kinzig, und ich beobachtete, wie mein Schwager sein Pferd striegelte. Gleich darauf sah ich Euch. Wie erstaunt war ich, als ich den Jungen hörte, als Ihr den Bogen spanntet und der Pfeil sein Ziel erreichte. Danach schoss der Junge. Ursprünglich hatte ich meinen Pfeil auf Euch gerichtet; doch warum, fragte ich mich, sollte ich eine fremde Frau töten? So flogen mein Pfeil und der des Jungen

zur gleichen Zeit, nur mit dem Unterschied, dass meiner sein Ziel traf.
Danach folgte ich Euch weiter. Ich sah Euch im See baden und wunderte mich über Eure Fröhlichkeit.«
Das Blut schoss mir ins Gesicht, als ich hörte, dass mich dieser Mann nackt gesehen hatte.
»Ich sehe Euch erröten, Baronin! Ich glaube, es ist nicht der Tod unserer Freunde, der Euch in Verlegenheit bringt, sondern der Gedanke, dass ich Euch sah, wie Gott Euch erschaffen hat. Seid versichert, dass ich selten eine so grazile Gestalt sah – Haare wie Ebenholz, eine Haut wie dunkle Seide.«
»Lasst das, mir ist nicht nach Galanterie, und Ihr seid nicht bei Hofe. Kommt zur Sache. Was wollt Ihr von mir?«
»Eigentlich wollte ich wissen, warum Ihr meinen Schwager getötet habt. Nachdem ich mich aber vor Ort nach Euch erkundigt hatte, verband ich das Gehörte mit den Worten des Jungen. Nun wusste ich, dass Ihr gute Gründe hattet, Gerald zu vernichten.
Auch ich hatte einen Grund, der Eurem sehr ähnlich war: Er hat meine Schwester geheiratet und sie zu Grunde gerichtet. Ich bin überzeugt, dass er nur auf ihre Mitgift aus war. Nun, er ist tot. Die Ritter von der Rannenburg sterben in den letzten Jahren einen schnellen Tod. Es gibt immer noch genug von ihnen – viel zu viele. Vettern und Bastarde. Wenn einer von ihnen stirbt, rückt ein anderer nach. Sie sind wie Ratten …«
»Und was wollt Ihr nun von mir?«
»Euch warnen. Sie sind gefährlicher, als Ihr glaubt. Unsere Schicksale haben sich miteinander verbunden, und es tut mir Leid, dass wir einander so spät begegnet sind.« Er verbeugte sich tief vor mir, und noch ehe ich etwas tun oder sagen konnte, hatte er den Raum verlassen.

Der Besuch ließ mir keine Ruhe. Nach langem Überlegen ritt ich eines Morgens zur Pfalz und besuchte Johanna. Wenn ich schon mit jemandem sprechen musste, dann kam nur die Schlichterin in Frage.

In der Nacht hatte es geregnet, und der Tag fing trüb und kühl an. Die Bäume waren fast kahl geworden. Wind und Regen hatten ihre Ernte gehalten, hatten die Reste des Sommers zertreten, verweht, zerschlagen. Kurze Zeit später versuchte eine blasse Sonne sich durchzukämpfen, gab aber bald wieder auf. An den Rauchfahnen, die über den Dächern standen, sah man, dass in allen Häusern geheizt wurde.

Im Unterschied zum Wetter war Johanna ausnehmend gut gelaunt. Sie hatte am Tag zuvor einen heftigen Streit zwischen den Arbeitern der Pfalz geschlichtet, was ihr außer ein paar Gulden auch die Anerkennung Simons eingebracht hatte.

Wir standen vor ihrem Haus, und unser Blick wanderte hinüber nach Gelnhausen. Der Ort am Fuß der grünen Hügel sah mit seiner Mauer wie ein Vogelnest aus.

»Hast du noch nie daran gedacht, deine Zelte hier abzubrechen und in meine Nähe zu ziehen? Schau, eines Tages wird die Pfalz fertig sein. Dann werden die Arbeiter abgezogen und an der großen Kirche eingesetzt«, begann ich unser Gespräch.

»Du könntest viel öfter kommen, Sadi. Der weite Weg um den Ort herum wäre nicht nötig, wenn du wie jeder vernünftige Mensch den kürzesten Weg reiten würdest. Es ist doch absurd, den Menschen aus dem Weg zu gehen. Denke daran, es könnte eine Zeit kommen, in der du die Leute vom Ort brauchst, in der du auf jeden von ihnen angewiesen bist. Ach ja, manchmal verstehe ich dich ja. Am schlimmsten ist der steile Weg den Ort hinauf: Schmiede an Schmiede. Der Lärm ist furchtbar, dazu der Gestank nach verbranntem Horn und der Pferdemist auf der Straße. Kommst du dann außer Atem oben an, empfängt dich das Geschrei der Marktleute. Als wenn ein Marktplatz in so einem kleinen Ort nicht reichen würde. Nein, die Bäcker und Fleischer brauchen ihren eigenen Platz. Früher hatten wir das alles nicht und haben auch gelebt.«

»Warte ab, Johanna. Wenn wir erst die Stadtrechte haben, wird es noch schlimmer. Das ist die Zukunft, und die kann und darf man nicht aufhalten. – Wie geht es Franz? Hast du etwas von ihm gehört?«

»Gut, denke ich. Er wurde nach Selbold ins Kloster versetzt. Vielleicht wird er nächstes Jahr zum Priester geweiht. Dann ist er seinem Ziel ein großes Stück näher. – Dass zwei Brüder so unterschiedlich sein können …«
»Wieso? Ist etwas mit Adam?«
»Adam wartet darauf, dass der Kaiser zurückkommt, damit er in sein Heer eintreten kann. Kannst du nicht mal mit ihm reden, Sadi? Vielleicht hört er auf dich.«
»Nein, Johanna. Ich werde nie mehr jemandem einen guten Rat geben, was er tun oder lassen soll. Als mich das letzte Mal jemand um Rat gefragt hatte, war er nach zwei Tagen tot.«
»Du meinst den jungen Albin. Er wäre auch umgekommen, wenn du ihm keinen Rat gegeben hättest. Aber wenn du mit Adam reden, vielmehr wenn du dem Jungen diese verrückte Idee ausreden könntest, würdest du ihm vielleicht das Leben retten.«
Johanna hatte noch nicht ausgesprochen, da saß ich schon auf meinem Pferd und gab ihm die Sporen. Ohne mich um ihren verständnislosen Blick zu kümmern, ritt ich davon.
Ich hasste es, wenn mich jemand dazu benutzen wollte, Schicksal zu spielen. Zu viele Menschen hatten dies versucht. Wenn Adam in den Krieg ziehen wollte, war das seine Sache. Warum sollte gerade ich ihn daran hindern?
Noch wollte ich mir nicht eingestehen, dass ich froh darüber wäre, wenn Adam aus meiner Nähe verschwinden würde. Sein komplizenhafter Blick ging mir schon lange auf die Nerven. Ich wollte meine dunklen Geheimnisse nicht mit einem grünen Jungen teilen. Ja, ich wollte, dass Adam mit dem Kaiser fortzog, und würde genau das Gegenteil von dem tun, was Johanna wollte.
Im Grunde war es nicht Adam und sein Wissen, das mir keine Ruhe ließ, sondern mein eigenes schlechtes Gewissen. Ich hatte schon viele Menschen getötet, doch noch keinen aus dem Hinterhalt. Obwohl die Tat nicht vorsätzlich war und ich ohne Adams Worte nicht den Bogen gespannt hätte, ließ mir diese Sache keine Ruhe.

Wäre ich mehr mit dem christlichen Glauben verbunden gewesen, hätte ich zur Beichte gehen können, und alles wäre erledigt gewesen. So musste ich es mit mir selber abmachen, denn die germanischen Götter waren für schlechtes Gewissen nicht zuständig.

Der Herbst zog sich in diesem Jahr bis zur Jahreswende hin. Die Bäume und Sträucher trugen Knospen, und mancher Frühlingsblüher entfaltete einzelne Blüten. Meine Amsel hatte einen Liebhaber gefunden; sie spielten Fangen und sangen am frühen Morgen um die Wette.

Mitte Januar fing es an, kalt zu werden, und ein paar Tage später war dann wirklich der Winter da. Es traf mich wie ein Schock, als ich eines Morgens ans Fenster trat und die weiße Pracht sah. Jeden Winter fürchtete ich mich davor, mit meinen Erinnerungen konfrontiert zu werden. Doch schnell hatte ich mich wieder gefasst. Der warme Raum mit dem flackernden Kaminfeuer, die vertraute Umgebung, brachte mich schnell auf den Boden der Tatsachen zurück. Es gab keinen Grund, Angst zu haben und in Panik zu fallen. Es war nun einmal Winter, und der Schnee hatte nichts mit den Erlebnissen vor fünf Jahren zu tun.

Nach der Morgensuppe ging ich mit Hubert nach draußen, um mich einer zünftigen Schneeballschlacht zu stellen. Wie herrlich war der frisch gefallene Schnee mit einer warmen Küche in der Nähe, wenn Gertrud auch über die Wasserpfützen jammerte, die wir auf dem Küchenboden hinterließen. Danach brachte ich Hubert ins Kloster hinüber, wo er seit dem neuen Jahr zur Lateinschule ging.

Dieses unbeschwerte Leben sollte uns nicht lange beschieden sein.

In der Nacht hatte ich wieder einmal geträumt. Es war der gleiche Traum, der mich schon oft heimgesucht hatte.

So merkwürdig es klingt, auch an sich wiederholende Träume kann man sich gewöhnen. So schreckte ich schon lange nicht mehr auf, wenn ich in der Nacht die schweren, klirrenden Schritte eines Eisenmannes hörte, der durch die dunkle Dorfstraße schritt. Ich hatte mich daran gewöhnt, kuschelte mich fest an Simon und fühlte mich so sicher wie nie.

An diesem Morgen weckten mich die Stimmen vieler Leute, die aus der Küche heraufklangen. Unwillig drehte ich mich auf die andere Seite, um weiterzuschlafen. Doch mit der Ruhe war es an diesem Morgen vorbei. Missgelaunt stand ich auf, schlüpfte in meinen warmen Umhang und versuchte mein langes Haar zu bändigen, bevor ich den Raum verließ, um nach dem Rechten zu sehen.

Fünf Männer umringten Simon und redeten aufgeregt auf ihn ein. Gertrud saß zitternd am Küchentisch, und August streichelte beruhigend ihre Schulter.

»Was ist geschehen?« Als wäre ich eine außerirdische Erscheinung, sahen mir die Männer entgegen. Durch die Stille klang das Schluchzen von Gertrud, die August abzuwehren versuchte. Simon kam auf mich zu und führte mich, als wäre ich krank, zu einem Stuhl. »Vor dem Südtor steht ein Wagen mit vier Toten. Jemand hat ihnen die Kehlen durchgeschnitten. Es ist schrecklich, Sadi, ich muss es dir sagen: Es ist die Familie vom Steinmetzmeister Willibald.«

»Willibalds Familie? Ich verstehe nicht.«

»Niemand versteht es, Sadi, es ist unbegreiflich.«

»Weiß Willibald ...?«

»Ja. Er ist bei den Mönchen, ist zusammengebrochen; die Männer haben ihn ins Kloster gebracht.«

»Du hast gesagt, es sind vier Tote«, sagte ich zu Simon. »Willibald hatte nur zwei Kinder und eine Frau. Wer ist der andere?«

»Das wissen wir nicht genau. Ein Fremder, der aber schon oft in letzter Zeit hier bei uns gesehen wurde.«

»Wo sind die Toten jetzt?«

»In der Godobertuskapelle sind sie aufgebahrt.«

»Bringst du mich hin, Simon? Ich möchte sie sehen.«

»Willst du dir das wirklich antun?«

»Ja, ich muss es mir antun. Ich glaube, es ist wichtig.«

Es war noch dunkel, als wir das Haus verließen. Der nächtliche Schneefall hatte allen Unrat auf den Straßen zugedeckt. In meinen Träumen war der Eisenmann auf dieser Straße gegangen. Doch der Schnee war unberührt.
Die Straße schien mir enger zu werden. Häuser und Zäune bildeten in der morgendlichen Dämmerung eine ungegliederte Masse. Die Bäume rückten aus der Tiefe der Höfe dichter an die Fenster heran, in den Lichtkreis der einzeln brennenden Kerzen.
Schweigend und in Gedanken versunken erklommen wir das letzte Stück. Die Kapelle lag außerhalb des Holztores, und nur die Spuren des Wagens und der Männer, die hier oben ihre traurige Fracht abgeladen hatten, waren zu sehen.
Laut knarrend öffnete sich die Tür. Auf dem Altar flackerten vier Kerzen im Zugwind. Ihr friedlicher Schein fiel auf verzerrte Kindergesichter.
Der Tod ist schrecklich, doch wenn er unschuldige Kinder trifft, ist er grausam und tragisch zugleich. Man hatte sie aufgebahrt, einen Jungen von zehn und ein Mädchen, zwei Jahre jünger. Daneben die Mutter, eine einfache Frau, der man die abgearbeiteten Hände wie zum Gebet zusammengelegt hatte. Wie sie gestorben waren, konnte man nicht sehen; ihre durchschnittenen Kehlen hatte jemand mit einem Schal verdeckt. Mein Blick heftete sich auf die vierte Leiche, die mit einem alten grauen Altartuch bedeckt war. Im ersten Moment dachte ich an Willibald, der selbst Hand an sich gelegt hätte.
Langsam, fast andächtig entfernte Simon das Tuch. »Du musst dir das nicht ansehen, Sadi. Es ist ein fremder Mann. Er hat nichts mit der Tat an Willibalds Familie zu tun. Wir haben festgestellt, dass dieser Mann mindestens schon eine Woche tot ist.«
Die Kälte des düsteren Raumes drang durch meine Kleider, als wäre ich nackt. Meine Zähne klapperten, doch nichts auf der Welt hätten mich vertreiben können. Jedes kleinste Detail nahm ich in mich auf. Dieser Tote war vor ein paar Wochen in unserem Haus und hatte mir gegenübergestanden; ich sah es an seinen zerissenen Kleidern. Sein Gesicht war nicht mehr zu

erkennen; es war bis zur Unkenntlichkeit zerschlagen. Hände, Füße und Genitalien hatten sie ihm abgeschnitten. Mit dem Dolch hob Simon sein Gewand hoch und zeigte mir die unzähligen Brandwunden.
»Sie haben ihn gefoltert. Er hatte einen grausamen Feind. Komm, Sadi, es reicht.« Simon nahm mich am Arm und führte mich hinaus. Mit dumpfem Geräusch fiel die Tür hinter uns zu.
»Du kanntest diesen Mann, Sadi?«
»Ja, ich kannte diesen Mann, vielmehr, ich habe ihn einmal gesehen und mit ihm gesprochen.« Ich sah Simon an. Er war ein aufrechter, gütiger Mann. Doch er konnte auch zornig werden, wenn man ihn reizte. Längst hatte ich den Bogen überspannt und mich immer mehr in Schuld verstrickt. Nun konnte ich nicht mehr länger schweigen.
Es wurde eine lange Beichte, und angesichts von Simons steinernem Gesichtsausdruck war ich auf alles gefasst. Ohne es recht zu bemerken, waren wir auf einem Pfad den Berg hinaufgestiegen. An einer schiefen Birke blieben wir stehen und sahen hinab auf das morgendliche Tal, das noch so friedlich vor uns lag.
Simon griff in seine Tasche und holte ein Stück Pergament heraus. »Du weißt also, was das bedeutet?«
Es waren nur wenige Zeilen, in einer steilen Schrift geschrieben. Der Ort Gelnhausen wurde aufgefordert, die Baronin Ortenberg innerhalb eines Tages auszuliefern, sonst würde der Ort gestürmt und dem Erdboden gleichgemacht.
Ich strich das Pergament glatt und reichte es Simon zurück. »Woher hast du das?«
»Der Fremde trug es in der Tasche. Zum Glück hat es ein Stück herausgeragt, sonst hätte ich es nicht bemerkt.«
»Hat es sonst noch jemand gesehen?«
»Nein, ich glaube nicht.«
»Sie würden mich ausliefern, nicht wahr?«
»Ja, wenn der Ort in Gefahr wäre … Du bist nicht sehr beliebt, Sadi, und du bist nicht schuldlos daran.«
»Ja, ich weiß. Was können wir tun, wenn sie den Ort wirklich belagern?«

»Keine Angst, wir sind gewarnt; so leicht sind wir nicht zu erobern. Ich habe Adam mit ein paar Männern losgeschickt. Auch wenn der Junge kein Scheunentor mit Pfeil und Bogen trifft, im Ausspionieren ist er der Beste. Es sind nur ein paar Ritter mit ihren Leibeigenen. Ich glaube nicht einmal, dass sie sich mit dir zufrieden geben würden. Seit drei Jahren ist da drüben im Kahltal die Ernte schlecht ausgefallen. Die Kaufmannswagen machen einen großen Umweg, damit sie nicht in die Hände der Raubritter fallen. Deshalb vermute ich, sie haben es hauptsächlich auf unser Getreidelager abgesehen. Ich habe angeordnet, dass alles in den Ort gebracht wird.«
»Was ist mit der Pfalz? Sie ist noch nicht richtig befestigt.«
»Wir haben genug Leute, die sie bewachen. Noch ist die Kinzig nicht zugefroren. Ich denke, sie werden unten am Südtor angreifen und hauptsächlich Brandpfeile verschießen. Ich muss jetzt los, die Menschen von Godebrechtshausen zu warnen, damit sie sich vorsichtshalber hinter die Mauer begeben.«
Als sich Simon von mir trennte, um den Ort zu retten, wusste ich, das letzte Wort war noch nicht gesprochen. Es gab keine Verständigung und kein Verzeihen.

Rüsten zum Kampf

Zum ersten Mal in unserer Ehe ging jeder seinen eigenen Weg. Ich allein war schuldig geworden. Lange sah ich ihm nach. Ich liebe dich!, schrie es aus meinem Herzen. Doch mein Mund blieb stumm.

Noch war der Ort ruhig, noch hatte sich die Gefahr nicht herumgesprochen. Menschen kamen mir von der Ansiedlung Godebrechtshausen entgegen. Sie trugen ihre bewegliche Habe auf den Köpfen und trieben schwer bepackte Esel vor sich her.

Bevor ich ins Haus ging, sah ich hinüber zum Tor. Wie klein und lächerlich war mir die Mauer vorgekommen, damals, als ich von der Reise zurückkam. Nun sollte sie unsere Rettung sein.

Auf der Treppe begegnete mir Johanna, und nach ihrem vorwurfsvollen Gesicht zu urteilen, wusste sie Bescheid.

»Komm mit in die Küche. Gertrud hat bestimmt einen heißen Tee für uns.«

»Gertrud ist drüben im Kloster; sie wollte nach Willibald sehen.«

»Am besten, wir holen ihn herüber. Unter Freunden ist er jetzt am besten aufgehoben.«

»Nein, lass das, Sadi, lass ihn da, wo er ist. Dieses Haus wird bald wie ein Taubenschlag sein.«

»Du bist also über alles informiert?«, fragte ich vorsichtig.

»Ich habe mit Simon gesprochen. Bei aller Freundschaft, ich kann dich nicht verstehen. Wie konntest du einen Mann töten, ohne Vorwarnung, einfach so, aus dem Hinterhalt?«

»Verdammt noch mal, Johanna, gerade du müsstest mich doch verstehen! Haben die Ritter jemanden gewarnt, als sie das

Dorf überfielen? Hat auch nur einer von ihnen auf Frauen und Kinder Rücksicht genommen? Hast du all die durchschnittenen Kehlen vergessen, die lebendig verbrannten Menschen?!«
»Blinde Rache hat noch nie zu etwas Gutem geführt«, sagte Johanna und zog den Topf vom Feuer.
»Ich habe schon mehr Männer getötet, und du warst dabei, Johanna. Du hast es damals hingenommen und kein Wort darüber verloren. Warum jetzt diese unangebrachte Moral?«
»Damals war es Notwehr. Es ging um unser Leben. Dieser Mann im Sommer war unbewaffnet.«
Schweigend schüttete ich das heiße Getränk in mich hinein und ließ Johannas Standpauke über mich ergehen. Was nützt schon eine Verteidigungsrede – sollte ich Adam mit hineinziehen? Sie hätte mir nicht geglaubt. Immer verführten die Frauen den Mann, wenn auch Adam noch kein Mann war; doch das spielte nun keine Rolle mehr. Alle, die von dieser Tat wussten, würden mich verurteilen. Wieder einmal war es so weit: Ich war allein und würde meinen eigenen Krieg führen.
Diese Gedanken machten mich stark. Mein Gewissen, das mich den ganzen Winter gequält hatte, war verstummt. Ich hatte nicht die geringste Lust, mich bei irgendjemandem zu entschuldigen.
Gertrud kam mit Hubert an der Hand zurück. Johannas Einzug musste organisiert werden; so verzog ich mich gekränkt und beleidigt in die Waffenkammer. Hier traf ich auf den alten Nans, der dabei war, die Waffen und Rüstungen vom Staub zu befreien.
»Hast du ihn wirklich umgelegt, Sadi?«
»Du hast gelauscht!«
»Brauchte ich nicht, ihr habt laut genug gestritten. Du hättest mich mitnehmen sollen, als du deinen Rachezug angetreten hast. Ich hätte dir geholfen.«
»Nans, du verurteilst mich nicht?«
»Nein, warum sollte ich? Schon in der Bibel steht: Auge um Auge, Zahn um Zahn. Nichts gegen Simon, Sadi, aber er ist viel zu weich, kein echter Kämpfer, kein Mumm in den Knochen.«

»Lass das Putzen, Nans. Diese Rüstung ist für Simon viel zu klein und nicht mehr auf dem neuesten Stand.«

»Sie ist für dich, Sadi – oder willst du im Kleid auf den Wall?«

»So weit sind wir noch nicht. Vorher muss Adam zurückkommen.«

»Mama!«

»Ah, Hubert. Ist dir wohl zu langweilig in der Küche geworden?«

»Mama, gibt es Krieg?«

Ich blickte auf Hubert hinab, dann nahm ich ihn in die Arme. Er war noch so klein, keiner hatte auf ihn geachtet. Wie verwirrt musste er von dem Gerede, von Schuld, Raubritter und Überfall sein! Immer bekommen Kinder mehr mit, als wir glauben, doch ihre Ängste werden kaum wahrgenommen.

»Kann ich auch kämpfen? Ich habe auch einen Bogen und viele Pfeile. Du kannst mich doch mitnehmen, wenn du auf den Wall gehst.«

»Für Kinder ist es dort viel zu gefährlich, Hubert. Überall stehen Pech und Öl herum. Ein kleiner Schubs, und du sitzt in einem Eimer mit heißem Pech.«

»Dann hast du nicht nur einen schwarzen Hintern, sondern noch einen verbrannten dazu«, sagte Nans voller Ernst.

»Und wenn Mama hineinfällt?«

»Nur keine Angst. Wir werden deiner Mutter eine Rüstung aus Eisen anziehen, dann kann nichts passieren.«

»Dafür, dass du nicht mit auf den Wall kannst, darfst du in meinem Bett schlafen. Was hälst du davon?«

»Na ja, besser als nichts.«

»Komm, du darfst mit zur Schmiedegasse fahren. Ich muss Waffen holen. Schau mal nach, ob August die Maulesel eingespannt hat.«

»Reichen die Pfeile nicht, Sadi? Drüben in der Scheune steht noch eine ganze Kiste voll.«

»Wir werden alle Pfeile brauchen, die wir kriegen können. Besser ein paar zu viel als zu wenig, Nans.«

»Wenn jeder zweite trifft, wird kein Platz mehr auf dem Friedhof sein.«

»Glaube mir, Nans, die meisten werden wegbrechen, ohne Schaden anzurichten. Sie haben Rüstungen, wie du sie noch nie gesehen hast. Manchmal glaube ich, es stecken keine Menschen darin. Hast du schon etwas von Dämonen gehört?«
»Wie kommst du denn jetzt auf so etwas? Der Brunnennatz unten am Westtor hatte eine Katze, die war vom Dämon besessen. Die sprang der Magd Dora ins Genick und hat ihr einen Fetzen Fleisch aus der Schulter herausgerissen. Meinst du so etwas?«
»Nein, Nans. Ich meine einen Dämon, der in Menschen fährt, nicht in Haustiere.«
»Es gibt Weiber, die wurden mit einem Dämon im Leib geboren. Für so was ist die Kirche zuständig, da musst du drüben den Abt fragen.«
»Na ja, ist schon gut, Nans. Komm, Hubert, fahren wir los.«

Der ganze Ort war in Aufruhr. Es wimmelte von Menschen wie in einem Bienenkorb. An der Baustelle der großen Kirche hatten die Frauen eine Küchenstelle eingerichtet. Aus großen Töpfen stieg Dampf in den winterlichen Himmel, und der Duft köstlicher Suppe ließ mir das Wasser im Mund zusammenlaufen. Schade, dass die Menschen erst in der Gefahr zusammenfanden.
Fünfmal fuhren Hubert und ich von den Schmieden zur Mauer. Dann hatte Hubert vom Krieg die Nase voll und wollte nach Hause zur Gertrud. Während ich mein Kind ablieferte, aß ich schnell einen Happen und fuhr wieder los. Das Schwerste war, die Körbe mit den Pfeilen die schmale Treppe zum Wehrgang hinaufzuschleppen. Das Zerren und Schleifen brachte mich fast um den Verstand. Wenn sie endlich oben waren, mussten sie so verstaut werden, dass niemand darüber fiel.
Plötzlich stand Willibald da. »Kommt, Frau Baronin, lasst mich Euch helfen. Das alles ist doch viel zu schwer für eine Frau.«
»Meister Willibald! Ich denke, Ihr liegt krank im Kloster.«
»Wie könnte ich, wo hier alles drunter und drüber geht?«
Während wir zusammenarbeiteten, sagte ich ihm, wie leid mir

der Tod seiner Familie täte und dass ich mich irgendwie schuldig fühlte.

Willibald stellte den Korb ab und sah mich an. »Ihr habt am wenigsten Schuld, Frau Baronin. Wenn es einen Schuldigen gibt, bin ich das. Ich frage mich ständig, warum, wieso sie nicht früher losgefahren sind. Seit Jahren steht das Haus bereit. Warum sind sie jetzt im Winter aufgebrochen? Auch ich habe Schuld. Ich hätte sie in Frankfurt abholen müssen. Seht Ihr, Frau Baronin, wenn man sucht, findet man immer einen Schuldigen.«

»Meister Willibald, ich möchte, dass Ihr mit mir nach Hause geht und so lange bleibt, bis die Gefahr vorüber ist.«

»Gut, einverstanden; dann kann ich Euch helfen, wenn es losgeht.«

Ich war froh, dass er so schnell bereit war. Er war einer meiner wenigen Freunde, und ihn in der Nähe zu haben war ein gutes Gefühl.

An diesem Wintertag wurde es früh dunkel. Als ich nach Hause kam, standen viele Pferde in unserem Hof. Es schien, als hätte Simon eine Versammlung einberufen. Gertrud hatte alle Hände voll zu tun, und Nans lief mit dem Weinkrug umher. Die Männer standen dicht gedrängt im Nebenraum und redeten ziemlich durcheinander. Niemand beachtete mich. Es ging um Palisaden und dass aus irgendeinem Grund der Wassergraben außerhalb der Mauer nicht geflutet werden konnte.

»Es ist zwecklos, die Gräben mit Wasser zu füllen; bis morgen ist alles zugefroren. Mit den Pferden über das Eis zu kommen, die Hecke anzuzünden und die Mauer zu erklimmen ist ein Leichtes. So viele gute Bogenschützen haben wir nicht, um sie abzuhalten«, hörte ich Simon sagen.

Ich räusperte mich kurz, dann hob ich meine Stimme. »Wir können nur zweierlei tun: Entweder wir bewegen das Wasser im Graben, dass es nicht zufriert, oder wir stellen die Palisaden kreuz und quer in die Gräben und fluten sie ein paar Fuß hoch, damit sie festfrieren können.«

Alle Augen sahen mich an. Wieder einmal so ein Moment, da ich nicht verstand, warum ich nicht geschwiegen hatte. Ich hasste es, im Mittelpunkt zu stehen. Doch nun war es zu spät.

»Sie hat Recht«, hörte ich ein paar Männer sagen. »Das ist eine gute Idee.«

»Nein, so ein Quatsch! Wenn Weiber schon denken.« »Hör auf, Ferdinand, du hast nicht deine Alte vor dir.«

»Morgen in aller Frühe fangen wir damit an«, rief ein Mann mir durch den Tumult zu.

»Dann ist es zu spät, ihr Dummköpfe!« Johanna stand hinter mir. Ich war erstaunt, dass sie noch zu so später Stunde da war. Nun konnte auch ich mich nicht mehr zurückhalten. »Warum sollte es zu spät sein? Adam ist noch nicht zurück.«

»Wenn Adam kommt, ist es zu spät. Sie haben sich in Marsch gesetzt, ich weiß es. Im Morgengrauen werden sie angreifen.«

»Woher will sie das wissen?«, rief jemand von hinten.

»Wenn sie es sagt, kannst du dich drauf verlassen, Alfons«, sagte Nans.

»Die Männer sind müde, sie haben den ganzen Tag gearbeitet!« Johanna klatschte laut in die Hände und bat um Ruhe. »Unser Ort ist in Gefahr. Ihr habt den ganzen Tag euren Männern das Kommando gegeben. Nun seid ihr an der Reihe. Lasst die armen Kerle schlafen und geht an die Arbeit. Tut, was euch die Baronin gesagt hat. Euer Herr Baron kann euch nicht allein retten. Ihr müsst auch euer Scherflein dazu beitragen.«

Simon war zu mir getreten und hatte seinen Arm um mich gelegt. »Meine Frau und die Schlichterin haben Recht. Seht euch ihre Hände an. Keiner von uns hat sich heute die Hände schmutzig gemacht. Sie ist eine Frau und hat den ganzen Tag Waffen an die Mauer geschafft, und sie wird morgen den ersten Bogen spannen. Denkt an eure Frauen und Kinder, wie unermüdlich sie sind. Wollt ihr hinter ihnen zurückstehen?«

Die Männer murmelten zwar unwillig, doch sie gingen an ihre Arbeit.

Ich schwankte vor Erschöpfung. Kein Knochen in meinem Leib, den ich an diesem Abend nicht spürte. »Haben wir sie überzeugen können?«, fragte ich Simon zweifelnd.

»Ihr habt sie überzeugt. Du und die Schlichterin seid meine besten Anwälte.« Dann hob er mich auf den Arm und trug mich die Stiege hinauf. Vorsichtig rückte er Hubert zur Seite und legte mich, wie ich war, auf das Bett. »Gertrud wird dich ausziehen und deine zerschundenen Hände mit Salbe behandeln. Denke daran, du bist mein bester Bogenschütze. Ich verlasse mich am Südtor auf dich.«
»Lege dich ein bisschen zu mir. Ich brauche Wärme, Simon.«
»Dazu ist keine Zeit, Sadi. Ich kann nicht meine Männer in die frostige Nacht schicken und selber ins warme Bett kriechen. Ach ja, was ich dir noch sagen wollte: Johanna wohnt so lange bei uns, bis alles vorbei ist.« Mit diesen Worten verabschiedete er sich von mir, und bevor noch Gertrud sich an mir zu schaffen machte, war ich eingeschlafen.

Die Morgendämmerung war noch nicht angebrochen, als ich aufwachte. Kein Lärm hatte mich geweckt, sondern die Stille, die nur von Huberts gleichmäßigem Atem durchbrochen wurde.
Es kostete mich einige Überwindung, das warme Bett zu verlassen und das Fenster zu öffnen. Eisiger Nebel hatte alles eingehüllt. Im Schein der Fackel sah ich einzelne verzerrte Gestalten auf der Mauer entlanggehen und Wache schieben. Hubert regte sich. Leise schloss ich das Fenster, deckte das Kind fest zu und verließ auf Zehenspitzen den Raum.
Am Küchentisch saßen August, Willibald und Johanna. Sie löffelten ihre Morgensuppe. Gertrud lief geschäftig herum. Es war fast wie immer, und es roch nach frisch gebackenem Brot.
Johanna rückte einen Hocker an den Tisch und schob mir die Schüssel zu. Mir schien es, als wären jedes Wort und jeder Handgriff an diesem Morgen von besonderer, fast mystischer Bedeutung.
Klirrendes Eisen und schwere Schritte störten die Spannung in der Küche. Alle Augen waren auf die Tür gerichtet, die sich öffnete und Nans in voller Rüstung präsentierte.
Der Aufschrei der Frauen erschreckte ihn so sehr, dass er sich leicht wankend am Tisch festhielt. »Nans!«, rief Gertrud. »Bist

du verrückt geworden? Du wirst doch nicht in deinem Alter auf die Mauer gehen!«
»Ach, halt deinen Mund. Ich bin ein Kämpfer, und keiner von euch wird mich aufhalten.«
»Du bist ein alter Mann, der sich kaum auf den Beinen halten kann. Ziehe das Zeug aus und iss deine Morgensuppe, nachher kannst du wieder ins Bett gehen. Du stehst hier nur im Wege herum.«
Nans tat mir Leid. Sein enttäuschtes Gesicht sprach Bände. »Komm, Nans, setz dich erst einmal. Ich gehe mich anziehen. Wenn ich fertig bin, nehme ich dich mit auf die Mauer.«
»Danke, Sadi. Das werde ich dir nicht vergessen.«
Um jeder Diskussion aus dem Weg zu gehen, verließ ich schnell die Küche; doch Gertrud kam mir nach und erwischte mich in der Waffenkammer. »Du wirst den alten Mann nicht mitnehmen, Sadi! Es wäre sein Tod.«
»Und wenn schon, wir alle müssen einmal sterben. Sein halbes Leben hat Nans gekämpft. Was gibt es Schöneres für einen Mann als im Kampf zu sterben? Oder glaubst du, von Schmerzen geplagt im Bett wäre besser?«
»Du versündigst dich, Sadi. Es gehört sich nun mal für einen alten Mann, dass er am Feuer sitzt und nicht draußen auf der zugigen Mauer auf den Feind wartet, damit der ihn umbringt.«
»Ach, hör doch auf, Gertrud. Hilf mir lieber, den Brustpanzer anzulegen. Wenn jemand ein Recht hat, auf der Mauer zu sein, so ist es Nans. Also gehe in deine Küche und sieh zu, dass er vor der großen Schlacht etwas in den Magen bekommt.«

Ich bekam meinen Willen und schleppte den krummbeinigen alten Mann hinüber zur Mauer. Mühselig schob ich ihn die vereiste Holztreppe hinauf. Hätte ich Hubert an meiner Seite gehabt, wäre alles einfacher gewesen. Doch kein Augenpaar strahlte an diesem Morgen heller als die in vielen Fältchen vergrabenen Augen von Nans.
Langsam lichtete sich der Nebel. Das Bild, das sich mir hier oben zwischen den Mauerzinnen bot, hätte man poetisch nennen

können, wäre nicht die sich unaufhaltsam nähernde Gefahr gewesen. Zwischen den bereiften Ästen der Bäume ging die Sonne auf. Da seit zwei Tagen das südliche Tor geschlossen war, wirkte der Schnee weiß und unberührt. Gleich daneben sah ich die Früchte der Arbeit, die unsere Männer in der Nacht getan hatten. Sie hatten nach meiner Anweisung die Palisaden in den Wassergraben gestellt und ein Stück geflutet. Eine dünne Eisdecke, die bei der Kälte mit jeder vergehenden Stunde dicker wurde, gab ihnen Festigkeit. Wenn nicht, so waren sie doch ein Hindernis, das den Feind von Hecke und Mauer abhielt.
Überall am Innenrund der Mauer brannten Feuer, an denen sich Männer in abenteuerlichsten Rüstungen aufwärmten. Trotz der Morgenstunde schien der ganze Ort auf den Beinen zu sein. Helles Lachen schallte vom Tor herüber, wo ein paar Frauen das Pech heiß machten und das Öl zum Sieden brachten. Kinder liefen mit langen Stangen zu den gefährdeten Häusern, um beim Angriff Brandpfeile vom Dach zu stoßen, bevor sie ernsthaften Schaden anrichten konnten.
Zwischen den Kisten saß Nans, den altmodischen Helm schief auf dem Kopf, und sortierte Pfeile. Nur ein paar Schritte von hier schlief mein kleiner Junge und träumte sich in den neuen Tag. Außerhalb der Mauer spielten ein paar Vögel Fangen.
In diesem Augenblick stieg ein voller, trauriger Klang in das raunende Schweigen: das Jagdhorn. Das Signalthema zeichnete sich ab, kupferne Töne, durch den morgendlichen Dunst heranschwimmend gleich Luftblasen, die sich ihren Weg suchten – das Halali!
Der Ruf wiederholte sich, herzzerreißend, wiederholte sich nochmals und wieder. Das Echo fand kaum Zeit zu verklingen. Die andere Seite, der Wald, füllte sich mit seinem klagenden Widerhall.
Im ersten Moment erstarrte ich, sah hinab auf Nans, der seinen Kopf hob. »Es geht los, Sadi, sie kommen!«, stieß er atemlos aus.

Die Steinbruchhexe

Noch immer erklang das Halali, verzweifelt, betäubend, als achte der Bläser nicht der Gefahr, dass ihm die Adern bersten könnten. Dann stürzten sie aus dem Wald, dreizehn Eisenmänner auf ihren rot- und goldbehangenen Pferden, gleich glänzenden Dämonen, aufgestachelt und berauscht, seitdem der Mensch zum Krieger geworden ist. Ein rauer Schrei, Zeugnis triumphierenden Genusses, stieg aus ihren Kehlen, während sie ihre Hellebarden gegen uns richteten. Es war so weit. Als hätte die Hölle sie ausgespuckt, preschten sie heran, erschreckend und faszinierend zugleich. Sie hielten am Rande der Bäume und starrten herüber. Sie waren sich sicher, dass kein Pfeil sie ernsthaft verletzen konnte.

Hinter ihnen das Fußvolk – normale einfache Bauern, die nichts mit einem blutigen Krieg zu tun und eigentlich nur ihre Ruhe haben wollten. Doch aufgestachelt und aufgehetzt waren sie gefährlicher als hungernde Wölfe. Auch sie waren gut bewaffnet und darauf aus, in einen Ort einzubrechen und sich alles zu Eigen zu machen. Die ersten Brandpfeile zischten in die Hecke, die dicht an der Mauer wuchs und als zusätzlicher Schutz galt. Nans reichte mir den ersten Pfeil, den ich aufgeregt einlegte. Noch konnte ich warten; es war wichtig und ein gutes Omen, wenn der erste Pfeil traf. Die Eisenmänner rückten vor. Länger warten konnte ich nicht mehr, zu groß war die Anspannung, und mit leisem Zischen flog der Pfeil einem Krieger entgegen. Der Klang Eisen auf Eisen gab mir die Gewissheit, getroffen zu haben. Der Mann schwankte und ritt weiter.

Von überall hinter den Zinnen flogen nun die Pfeile, und andere kamen zurück. Es war wie ein Spiel: Triffst du mich, treffe ich dich – ein vermaledeites Spiel, und die Eisenmänner brauchten nicht einmal Schilde, um sich zu schützen. Über unsere Köpfe flogen die ersten Brandpfeile auf die Hausdächer. Zum Glück war das Wetter auf unserer Seite. Fußhoch lag der Schnee festgefroren auf den Schindeln. Die Kinder hatten genug Zeit, mit den langen Stangen die Brandpfeile rechtzeitig herabzuholen und zu löschen. Der erste Ansturm war vorüber, und der Feind zog sich zwischen den Bäumen zurück.

Nans hatte sich mit einer Pfeilspitze an der Hand verletzt. Die Wunde blutete stark, und eine Frau, die mit ihrem Suppentopf unterwegs war, half ihn mir nach Hause zu bringen. Für den alten Mann war der Krieg zu Ende.

»Mein Gott«, schrie Gertrud laut, »konntest du nicht in Deckung gehen?«

Nans zwinkerte mir zu. Und während er sich aus seiner Rüstung schälte, erzählte er der Frau eine Schauergeschichte, die es in sich hatte.

Im Stehen trank ich schnell einen heißen Tee und eilte wieder zurück. Der Kampf war neu aufgeflammt. Ein Blick zum Tor, und ich sah, dass sich Simon und seine Männer für einen Ausbruch fertig machten. Ein Ausbruch würde vielen Männern den Tod bringen.

Simon, mein Gott, Simon – er wird sterben, von einer Lanze oder dem Schwert durchbohrt!

»Baronin, träumst du?«

»Was willst du? Lass mich in Frieden! Die Suppenstelle ist im Ort.« Eine schrecklich aussehende Frau schaute mich an. Wenn sie sprach, zischte es durch ihre schadhaften Zähne. Niemals hatte ich ein so schmutziges Wesen gesehen. Ihre Haut war wie Leder, und unter einem Helm lugten graue, verfilzte Haare hervor.

»Geh, geh, verschwinde.« Ich scheuchte sie wie ein Huhn.

Sie reagierte nicht, sah mich nur kichernd an.

»Was willst du? Wer bist du? Ich habe dich noch nie gesehen.«

»Ziehe den Kopf ein, Baronin, sonst wird dir ein Stück fehlen! Jeder kennt die Steinbruchhexe Lamia. Tue nicht so, als wüsstest du nicht, wer ich bin.«

»Ach, verschwinde! Ich muss mich konzentrieren.«
»Das nützt nichts, Baronin. Deine Pfeile können nicht durch das Eisen dringen.«
»Verdammt noch mal, halte endlich dein Maul! Wenn Simon hinausreitet, werden sie ihn töten!«, schrie ich sie an.
»Hier, Baronin, nimm diese Pfeile und ziele auf die Achselhöhlen, den Hals, und wenn du so gut bist, wie man sagt, dann triff in das Auge. Glaub mir, Mädchen, ein Kratzer genügt, und sie sind tot. Mausetot, hihi!« Sie tauchte den Pfeil in einen Topf mit roter Flüssigkeit, ließ ihn etwas abtropfen und legte ihn auf meinen Bogen. »Los, ziel richtig!«, zischte es aus ihrer stinkenden Mundhöhle.
Endlich hob einer der Eisenmänner den Arm. Ein weitmaschiges Kettenhemd kam zum Vorschein. Bevor ich zur Besinnung kam, stürzte der Krieger vom Pferd. Schon lag ein neuer Pfeil auf dem Bogen, und ich brauchte nur die richtige Stellung abzuwarten, um meine tödliche Waffe zu setzen.
»Lauf, Lamia, lauf zu Simon! Er darf keinen Ausfall machen. Sage ihm, dass es nicht nötig ist!«
Schon war die Alte verschwunden, und ich nahm den Nächsten aufs Korn. Am Tor ballten sich erneut die Feinde zusammen und versuchten mit schnell zusammengenagelten Leitern zu stürmen. Jetzt waren die Frauen am Zug. Das heiße Pech dampfte in der kalten Luft, beißend drang mir der Gestank in die Nase. Lange ließ ich mich nicht abhalten, wieder mussten zwei Eisenmänner daran glauben. Sie hatten noch immer nicht verstanden, dass das Werfen eines Speeres tödlich sein konnte. Wieder hatte die alte Hexe mich manipuliert. Meine vergifteten Pfeile waren ein hinterhältiger Tod. Ein Kratzer reichte aus, um das Gift, was immer es war, in den Körper eindringen zu lassen.
Ein Wagen kam gefahren, und in aller Eile wurden die Toten aufgeladen und davongeschafft. Unten am Tor kämpfte das Fußvolk. Die Männer auf der Kaiserpfalz kamen jetzt zu Hilfe. Genau wie Simon gesagt hatte, war nur das südliche Tor in Gefahr. Doch auch hier zogen sich die Feinde zurück in die umliegenden Wälder.

Nun fing das Warten an; das war das Schlimmste. Keiner wusste, wann der nächste Angriff losging. Am Fuße der Mauer wurden überall Feuer angezündet. Die Verletzten wurden versorgt und die Toten weggebracht.
Auch Lamia hatte ein Feuer entzündet und lud mich ein herabzukommen. Sie hatte sich zu meiner Gefährtin gemacht, ob es mir passte oder nicht. Ich nahm an, dass sie Willibald, der mir eigentlich helfen wollte, ausgetrickst hatte. »Setz dich zu mir, ich muss mit dir reden.«
»Können wir das nicht auf einen anderen Tag verschieben? Schau dir meine Hände an. Sie brennen, als hätte ich sie in den Pechtopf gehalten.«
»Da drüben steht ein Eimer Wasser. Versuche sie zu säubern, dann werde ich dir eine Salbe geben. Bis morgen spürst du nichts mehr davon.«
»Au! Kannst du nicht aufpassen? Reibe nicht zu fest!« Wir beide mussten ein merkwürdiges Bild abgeben, wie wir am Feuer saßen und miteinander sprachen.
»Du wirst es nicht glauben, Baronin, aber ich bin deine Großtante.«
»Was heißt das?«
»Dein Großvater war mein Bruder. Das heißt, er wurde nur als mein Bruder geboren, und das fünf Jahre vor mir. Benommen hat er sich wie mein schlimmster Feind. Wir hatten nicht die gleiche Mutter, waren also Stiefgeschwister. Aber wir waren beide Ortenbergs. Wir hatten beide den Stolz und die Sturheit der Familie geerbt.«
Ihre Bemerkung schien sie zu amüsieren. Ihr Lächeln war wie der Abglanz eines Sonnenstrahls auf Schnee. Es verwandelte die dreckverkrustete Maske in ein freundliches Gesicht von erstaunlicher Jugendlichkeit. In der Ruhe schien es wie aus Stein geschnitten – eiskalt. Es wirkte, als ob nichts seine starre Strenge mildern könnte, und dennoch spielte über ihre Züge im Lauf des Gesprächs leidenschaftlicher Ausdruck: Lachen, Schmerz, Zorn, Teilnahme.
»Als ich ins heiratsfähige Alter kam, suchte er mir einen Mann.

Ich dachte nicht daran, diesen Mann zu ehelichen. Mein Bruder setzte mich gefangen. Du kennst den alten Turm vom Schlosshof so gut wie ich. Ein ganzes Jahr saß ich da oben. Vier Schritte hin und vier Schritte zurück. Der Wind blies durch die schmalen Schießscharten. Der eisige Winter, der heiße Sommer – ein ganzes Jahr.

Plötzlich wurde ich erlöst. Es waren fremde Kaufleute. Sie kamen, um Geschäfte zu machen, und als sie davonfuhren, hatten sie eine Sklavin mehr auf ihrem Wagen. Wir fuhren wochenlang nach Süden, bis an das blaue Meer.

Das Haus meines neuen Herrn war prachtvoll. Zum ersten Mal seit langer Zeit ging es mir wirklich gut. Es gab noch andere Sklaven – Araber, Christen und Juden. Alle wohnten friedlich nebeneinander.

Wenn es den Menschen zu gut geht, werden sie übermütig. So erging es mir. Ich machte den Fehler, mich zu verlieben, und ausgerechnet in einen Moslem. Natürlich wusste ich, dass es Sünde ist, einen Moslem zu lieben. Vielleicht war gerade das ausschlaggebend für mich.

Merkst du, Baronin, wie sehr wir uns ähneln? In meiner Not habe ich mich meiner Herrin anvertraut. Sie gab mir ein bisschen Geld und vertraute mich einem Kaufmann an, der zurück in meine Heimat fuhr. Als ich nach zwei Jahren hier ankam, war es gerade Winter geworden, und ich war hochschwanger. Kein Haus, kein Bett, keinen Menschen, der zu mir gehörte.

Am Steinbruch stand eine Hütte, in der Handwerker ihr Werkzeug verwahrten. Des Nachts schlich ich durch den Ort und versorgte mich mit dem Nötigsten. Auch auf dem Schlosshof trieb ich mein Unwesen. Wurde natürlich von Anna erwischt.

Sie hatte nie von mir gehört und war ziemlich erstaunt, als ich ihr meine Geschichte erzählte. Sie hatte Mitleid mit mir und meinem Kind. Dass ich die Geburt und den harten Winter überlebte, hatte ich ihr zu verdanken.

Es war gefährlich, im Steinbruch zu bleiben, doch wo sollte ich hin? Zum Glück hatten die Steinhauer nichts gegen mich, als sie im Frühjahr zurückkamen. Sie bauten mir weiter oben im Wald eine neue Hütte und halfen mir, einen kleinen Garten anzulegen. Mit Kräutern und Salben konnte ich mich revanchieren. Von Anna erfuhr ich von einer neuen Gefangenen im Turm.«

»Aber sie war nicht gefangen!«, rief ich aus. Doch die Alte ging nicht darauf ein.

»Auch sie war schwanger. Niemand verstand sie, und man hatte sie auf Befehl meines Bruders auf den Turm gebracht. Glaub mir, meine Liebe, der zugige Turm war in ihrem Zustand schlimmer als jedes Verlies.

Es war nur wenig, was ich für sie tun konnte: eine warme Decke, ein paar Kräuter ... Von Rufus hatte ich ein bisschen die Sprache gelernt, und so konnte ich mich mit ihr verständigen.«

»Du hast mit meiner Mutter gesprochen?«

»Langsam, Baronin; alles habe ich nicht verstanden.«

»Wie sah sie aus, Lamia?«

»Sie war wunderschön, viel schöner, als du je sein wirst. Du, Baronin, bist eine Ortenberg. Du bist hart, und du kannst grausam sein. Das Leben hat dich gelehrt, schlau und listig zu sein. Doch diese Gaben machen Frauen nicht schöner. Dir fehlen der Liebreiz und die Anmut, die sie besessen hat.«

»Was hat sie dir erzählt, Lamia? Sprich!«

»Dass sie aus einem fernen Land gekommen ist und dass sie zwei Söhne verloren hat. Sie war keine Christin, und du, Baronin, bist mit Gewalt gezeugt worden. Sie hat deinen Vater verflucht, und sie wusste, dass sie sterben wird. Als ich sie verließ, hat sie gebetet. Vielleicht hast du das schon einmal gehört, Baronin: La Illa-ah ha! Ill-ah ho!«

»Hör auf, Lamia, ich kenne das Gebet. Wir müssen wieder hinauf, es geht weiter.«

Obwohl ich an diesem Nachmittag noch viele Krieger vom Pferd holte, war ich mit meinen Gedanken ganz woanders. Die Nacht brach herein, und es wurde ruhiger. Obwohl es nicht so aussah, dass die Feinde noch einmal angreifen würden, blieben wir auf dem Posten.

Um die Zeit zu vertreiben, erzählte die alte Frau weiter.

»Am gleichen Tag, als du das Licht der Welt erblicktest, habe ich mein Licht verloren. Am Morgen brannte meine Hütte, und mein achtjähriger Sohn lag tot im Steinbruch.«

»Mein Großvater?«

»Ich weiß es nicht. Es gab keine Zeugen, und es gab keine Spur, die auf ihn hinwies. Mein Junge wurde am gleichen Tag wie deine Mutter begraben. Sie hätten Mutter und Kind sein können, denn beide hatten die dunkle Haut und Sarazenenblut in den Adern. Doch als hätte der Teufel seine Freude daran, gab es einen neuen schwarzen Jungen im Tal. Aber dieser war anders; er hatte nicht vor, sich zu ducken und unterkriegen zu lassen. Er war nicht ruhig und schüchtern wie mein Junge, er konnte sich behaupten, und er hatte das zweite Gesicht, wie man sich überall erzählte. Da wusste ich, mein Bruder würde endlich besiegt – besiegt von seinem eigenen Blut.

Ein menschliches Wesen ist vieler Dinge fähig. Sie bilden das Gewebe seines Lebens, in dem sich Böses und Gutes, Auflehnung und Unterwerfung, Sanftmut und Gewalt verknüpfen.«

Sie murmelte: »Geboren werden und sterben … vernichten und heilen … weinen und lachen, hassen und lieben.«

»Warum bist du im Steinbruch geblieben? Warum hast du deinen Namen verleugnet? Du hättest mir das alles schon vor Jahren erzählen können. Glaub mir, auch wenn ich hart bin, ich hätte dir geglaubt, und ich hätte dir geholfen.«

»Genau das wollte ich nicht. Kein Mitleid und keine Almosen, weder von meinem Bruder noch von dir, Baronin.

All diese prachtvollen männlichen Ortenbergs. Wie gut, zu sterben und zu wissen, dass es in dieser verfluchten Familie eine Frau gibt, die alle besiegt hat. Und was mir am meisten Freude bereitet: Das fremde Blut hat triumphiert. Sieh dich an, Baronin, eine Frau in Rüstung, eine Frau, die das Böse besiegt.

Hilf mir auf, Baronin. Dies ist der letzte Winter, in dem ich mich plagen muss. Der Tod kann eine Erlösung sein. Du wirst einmal an mich denken, wenn du alt bist.«

»Wir werden erfrieren, wenn wir in der Nacht hier oben bleiben.«

»Deshalb werde ich jetzt gehen. Kann ich ein Maultier haben?«
»Da drüben am Tor; sag ihnen, ich hätte dich geschickt.«
Die Alte entfernte sich; noch lange tönte das Klappern der müden Hufe auf dem gefrorenen Boden durch die kristallinische Luft. Das Knacken der froststarren Bäume auf der anderen Mauerseite erinnerte an das klirrende Geräusch zerbrechendes Glases, und die mit jeder Minute zunehmende Kälte durchdrang mich mit schneidender Schärfe. Unbeweglich an die Mauerzinnen gelehnt, spürte ich sie bis in die Knochen. Der Atem verdichtete sich vor meinem Mund zu bereiftem Brodem.
Immer wieder lauschen, von einem Augenblick zum anderen auf das Ende hoffen. Immer wieder hörte ich Pferdegetrappel. Aber nur das Knistern und Krachen der Zweige erregte meine Aufmerksamkeit.
»Komm nach Hause, Sadi, sonst bist du bis morgen früh erfroren.«
Johanna hatte Recht. Nicht einmal der schlimmste Feind würde bei dieser Dunkelheit und Kälte angreifen. In der Küche nahm ich meinen Helm und den Brustpanzer ab. Alles andere ließ ich an und legte mich auf die Ofenbank. Ich fühlte mich seltsam ruhig und zufrieden, vermochte sogar ein paar Stunden traumlos zu schlafen.
Nach kurzer Zeit schon hörte ich auf, mich mit Gedanken über meine Vergangenheit zu beschweren, darüber, was hätte sein können oder nicht hätte sein dürfen, und über die Fülle der dramatischen Geschehnisse, mit denen mich die alte Lamia obendrein noch versorgt hatte. Vor dem hoch auflodernden Feuer der Küche fühlte ich mich behaglich und geborgen. Ich hörte nur das leisen Tappen von Gertruds Schritten und das Knacken des Feuers, in dessen Glut sie noch zwei dicke Reisigbündel geworfen hatte.

Am Morgen kam Simon mit der frohen Botschaft: Die Eisenmänner hatten den Rückzug angetreten.
Langsam normalisierte sich das Leben in Gelnhausen wieder. Die Männer begruben die Toten und bewachten weiter die

Mauer. Obwohl alles ruhig blieb, musste man doch noch mit weiteren Überfällen rechnen.
In diesen Tagen musste ich oft an die alte Frau im Steinbruch denken. Ihr Werk war getan, sie hatte erreicht, was sie sich vorgenommen hatte. Sie hatte ihre Lebensbeichte weitergegeben. Nichts ist schlimmer, als wenn ein Leben vergeht und kein Mensch sich jemals daran erinnert, dass es dieses Leben gegeben hat. Was wäre aus all den germanischen Göttern geworden, oder aus Jesus und seiner Mutter, wenn man sie einfach vergessen hätte? Auch ich hatte nicht vor, sang- und klanglos zu verschwinden. Ich will, dass sie noch viele Jahre nach meinem Tod von mir erzählen. Dafür werde ich sorgen, bis zu meinem letzten Atemzug.

Doch schon in der nächsten Stunde wurde ich aus meinen Gedanken gerissen. Adam war zurück und suchte mich in der Waffenkammer auf, wo ich dabei war, meine Waffen zu verstauen. »Da bist du ja endlich! Hast dich ganz schön herumgetrieben. Ich dachte eigentlich, dass man sich auf dich verlassen könnte.«
»Lass nur, spar dir deine Worte; ich habe meinen Anschiss schon von Simon bekommen. Du würdest gut daran tun, mich erst einmal anzuhören, bevor du mich verurteilst.«
»Also gut, was war los?«
Adam hatte es sich bequem gemacht und biss in einen Apfel. Ich sah ihm an, dass er es genoss, meine Neugierde bis zum Äußersten zu strapazieren.
»Wir haben die Ritter lange beobachtet, und als sie die Bauern und Knechte zusammengetrieben und mit Waffen ausgerüstet hatten, haben wir Markus zurückgeschickt, um euch zu warnen. Niemand konnte voraussehen, dass Markus ermordet werden würde, bevor er den Ort erreichte. Wir haben ihn gestern Abend zwei Meilen von hier erschlagen gefunden.
Als sie losgeritten sind und außer Sichtweite waren, sind wir in ihre Burg eingebrochen, haben die Frauen und Kinder davongejagt und ihren ganzen Plunder angezündet. Die Burg der

Rannenberger ist nur noch eine Ruine«, sagte Adam und biss genüsslich in seinen Apfel. »Nun werden sie am eigenen Leib erfahren, wie es ist, kein Dach über dem Kopf zu haben. Stell dir vor, Sadi, dabei habe ich Theres getroffen. Du weißt doch, die irre Theres, der du das gerettete Kind gegeben hast.«

»Wie geht es ihr, und was macht der Kleine?«

»Nun, er ist groß geworden. Du kannst ihn selbst begutachten. Wir haben die beiden mitgebracht.«

»Wo sind sie jetzt?«

»Bei der Schlichterin. Sage nichts – sie ist froh darüber. Jetzt hat sie wieder jemanden, den sie bemuttern kann, und ich kann sie ohne Gewissensbisse verlassen, wenn endlich der Kaiser kommt.«

»Aber jetzt erzähl mir, wie bist du den Eisenmännern in den schweren Rüstungen beigekommen?«

»Die alte Frau vom Steinbruch hat mir dabei geholfen, die Hexe Lamia.«

»Schade, dass ich nicht dabei war. Du kennst diese Frau?«

»Natürlich kenne ich sie, jeder kennt sie.«

»Es scheint so, nur ich habe sie nicht gekannt.«

»Sie hat mir das Leben gerettet.« Adam hatte es sich auf einer Kiste bequem gemacht und einen weiteren Apfel aus der Tasche gezogen. »Es war im ersten Sommer nach unserer Flucht. Ich hatte mich mit den Jungen von Gelnhausen zu einer richtigen kleinen Bande zusammengetan – was nicht so einfach war, so schnell akzeptieren sie keine Fremden. Der Steinbruch war verbotenes Gebiet, doch gerade das war das Reizvolle daran. Wir kannten auch die alte Frau und ihre Hütte ganz in der Nähe. Ihr kleiner Kläffer war eigentlich unser Ziel; wir bewarfen ihn mit kleinen Steinen, und da er angebunden war, tobte er wie ein Irrer. Darauf kam die Hexe heraus, schimpfte und fluchte, und wir liefen davon. Dabei kam ich zu nahe an den Abgrund, verfing mich in einem Draht und stürzte ab. Nach ein paar Fuß hielt mich ein Bäumchen auf. Da hing ich nun zwischen Himmel und Erde.

Die anderen Buben waren verschwunden. Plötzlich sah ich eine

Hand über dem Abgrund und gleich darauf den Kopf mit den abstehenden Haaren. ›Fass zu, Junge, halte dich fest, ich ziehe dich hoch.‹ Und das tat sie auch. Sie lag bäuchlings auf dem Boden und zog mich Elle um Elle auf die feste Erde zurück. Danach nahm sie mich mit in ihre Hütte, gab mir etwas zu trinken und versuchte mich zu beruhigen, was ihr auch gelang. Von da an wurden wir richtig gute Freunde.
Sie wollte immer etwas aus meinem Leben erfahren, und da sie mir Leid tat, habe ich ihr viel erzählt. Zum Schluss hat sie jedes Mal die Rede auf dich und deine Familie gebracht. Sie war ziemlich neugierig, aber irgendwie konnte ich sie auch verstehen. Da lebt sie seit ewigen Zeiten hoch über dem Ort und vermeidet, mit den Menschen in Kontakt zu kommen.«
»Hat sie auch von sich selbst erzählt, Adam?«
»Was gab es da zu erzählen? Sie hat ja nie etwas erlebt. Gut, sie hatte einen Sohn; er starb mit acht Jahren. Am gleichen Tag wurde sie durch einen Brand schwer verletzt. Das war auch schon alles. Sie kann sehr gut kochen und hat ihren Spaß daran, wenn ich tüchtig zugreife, was mir bestimmt nicht schwer fällt, wenn es mir schmeckt.«
»Hat es dich nicht geekelt? Sie ist doch so schmutzig.«
»Was? Ich glaube, wir reden nicht von derselben Frau! Da müsste sie sich aber im letzten Jahr sehr verändert haben. Ich habe nie eine bessere Hütte gesehen, und die von Lamia war noch dazu sauber. Allerdings muss ich zugeben, seit dem Mord war ich nicht mehr oben bei ihr. Die Frau konnte in meine Seele schauen und darin lesen wie mein Bruder in seinen Messbüchern. Sie sah mir an, wenn etwas nicht stimmte, und unser Geheimnis wollte ich ihr nicht preisgeben.«
»Du darfst mir glauben, Junge, noch nie habe ich einen schmutzigeren Menschen gesehen.«
»Ach, *das* meinst du«, sagte Adam lachend. »Jetzt verstehe ich dich. Damals, als ihre Hütte in Flammen aufging, wurde sie schwer verletzt. Große Teile ihrer Haut verbrannten, hauptsächlich da, wo sie keine Kleidung trug: im Gesicht, an den Armen, Händen und Beinen. Noch Jahre danach hatte sie

so große Schmerzen, dass sie ihrem Leben sogar ein Ende setzen wollte.
In dieser Zeit kam ein Mann an der Kinzig ums Leben. Er wollte ein Schaf aus dem Sumpf retten, ging unter und wurde niemals mehr gesehen. Lamia dachte, dass dies ein besserer Tod wäre als vom Steinbruch zu springen. Sie suchte sich eine Stelle im Moor und wollte sich hinabsinken lassen. Doch was immer da unten im Moor lebte, es wollte sie nicht haben. Also mühte sie sich wieder heraus auf festen Boden, ließ sich ins Gras sinken und schlief von Schlamm bedeckt ein. Sie muss furchtbar erschöpft gewesen sein, denn sie hat sehr lange geschlafen. Als sie aufwachte, war der Schlamm zu einer festen Kruste getrocknet. Doch noch etwas war geschehen: Sie war seit Jahren das erste Mal wieder schmerzfrei. Sie ging nach Hause, kam am nächsten Tag zurück und füllte ihre Kiepe mit dem zähen schwarzen Schlamm. Das ist die ganze Geschichte. Wahrscheinlich hatte sie sich gerade wieder eingerieben, als du mit ihr bekannt wurdest. Die Menschen, die sie kennen, sehen darüber hinweg, auch wenn sie manchmal etwas streng riecht.
Was hast du, Sadi? Du bist ja ganz käsig. Ist dir nicht gut?«
»Ich weiß nicht. Es war alles etwas viel die letzten Tage; ich muss an die frische Luft.«
Vierzehn Tage später erzählte mir August, dass sie die Steinbruchhexe tot in ihrer Hütte gefunden hatten. Zu lange hatte ich überlegt, ob ich sie aufsuchen und mich entschuldigen sollte. Nun war es zu spät.

Schwarz gefiederter Pfeil

Der Winter ging seinem Ende zu, und die Karwoche brach an; damit war das Ende der großen Fastenzeit nahe. Schwärzlich schimmerte der Schnee auf den Straßen und kündigte das einsetzende Tauwetter an, während der Schnee auf den Dächern noch weiß schimmerte.

1170 war es so weit: Gelnhausen wurden von Friedrich Barbarossa, wie er nun auf der ganzen Welt genannt wurde, feierlich in einem aufwändigen Zeremoniell die Stadtrechte verliehen.
Das Fest dauerte drei Tage und drei Nächte. Aus den Brunnen floss der Wein. Auf den beiden freien Plätzen, auf denen an normalen Tagen Märkte abgehalten und Kaufmannszüge entladen wurden, drehten sich Ochsen am Spieß.
Auf den flachen Wiesen an der Kinzig hatte man eine Stadt aus Zelten und Holz aufgebaut. Ritterspiele wurden veranstaltet, und man ehrte den Kaiser mit seiner hochschwangeren Gemahlin, die ihr drittes Kind erwartete.

Im Dezember wurde Hubert zehn Jahre alt. Im darauf folgenden Sommer gaben wir ihn an den kaiserlichen Hof.
Simon tröstete mich in diesen Tagen; er blieb zu Hause, und wir redeten bis weit in die Nacht hinein: »Eines Nachts sah ich dich aus dem Bett des Herzogs kommen. Allein der Gedanke, dass der Mann, den ich am meisten verehrte, in die Fänge des Satans geraten war, machte mich krank vor Enttäuschung. Das Schlimme daran war, dass auch ich mich mit diesen schrecklichen Vorstellungen herumquälte; selbst nachts im Traum suchten sie mich heim.

Es traf mich wie ein Schlag, als ich erfuhr, dass du eine Frau bist. Nun, da ich wusste, dass ich wie jeder normale Mann empfand, konnte ich auch wieder Achtung vor meinem Herrn haben. Immer tiefer verstrickte ich mich in eine Liebe, auf die ich kein Anrecht hatte. Ich wusste, dass der Herzog die Nacht in Antiochia mit dir verbracht hatte, und ich beneidete ihn glühend. Als wir dann nach dem schrecklichen Feldzug, bei dem Raimund von Antiochia sein Leben verlor, nach Jerusalem zogen, war ich froh, dass du noch nicht da warst. Wenn ich dich nicht haben konnte, dann sollte dich auch der Herzog nicht haben. Schon deshalb, weil ich wusste, dass König Konrad ganz andere Pläne mit ihm hatte und in Konstantinopel schon eine passende Frau gesucht hatte.

Meine Erleichterung dauerte nicht lange. Als Friedrich ausgerechnet mich zu dir schickte, um dich in sein Bett zu holen – du kannst dir kaum vorstellen, in was für einer Verfassung ich mich damals befand. Ich war verzweifelt, habe mich selbst verachtet, ja ich stellte mir einen Kampf vor, in dem ich den Herzog besiegen würde, um dich zu gewinnen. Dieser Kampf spielte sich nur in meinem Inneren ab. Ich wusste, dass ich nicht die geringste Chance bei dir hatte und dass du den Herzog liebst.

Jetzt kannst du dir denken, wie ich mich damals fühlte; fast hätte ich dich auf der Straße genommen.«

»Hättest du es nur getan, Simon, wie viel wäre mir erspart geblieben«, sagte ich und schmiegte mich an seine Brust.

»Danach«, fuhr er fort zu erzählen, »habe ich viele Jahre nicht an dich gedacht, hatte versucht, dich zu vergessen. Es ist mir nie ganz gelungen, eine andere Frau wollte ich nicht. Obwohl ich wusste, dass du den Kaiser liebst, wollte ich dich haben. Ich habe dich auch bekommen, Sadi, und mit dir unseren Sohn Hubert. Wir haben ein schönes Leben, nicht wahr? Und Hubert steht die Welt offen. Er wird seinen Weg gehen und ein richtiger Mann werden. Schon dir zuliebe wird der Kaiser jetzt öfter nach Gelnhausen kommen, und wir können unseren Sohn in die Arme schließen.«

»Es stimmt, Simon, ich habe den Kaiser sehr geliebt und werde ihn immer lieben. Doch ich kann ohne ihn leben, verstehst du? Er gehört nicht unmittelbar zu meinem Leben wie Hubert und du. Ohne dich, Simon, könnte ich nicht existieren. Der Kaiser ist wie ein Bild, an dem man sich erfreut, aber er ist nicht real; man sieht das Bild an und legt es wieder in die Schublade zurück. Du bist allgegenwärtig in meinem Leben. Ich liebe und brauche dich. Hoffentlich wirst du nie an mir zweifeln.«
»Nein, Sadi, ich vertraue dir. Du bist nicht der Mensch, der einen anderen betrügt.«

Zwei Jahre später, 1172, kam unsere Tochter Anna Elisabeth auf die Welt – blond und rosig, mit blauen Augen; selbst Gertrud war von dieser Laune der Natur überrascht. Diesmal hatte das Blut der Fremden nicht triumphiert.
Simon vergötterte seine kleine Tochter, und da er den langen Namen für sein kleines Mädchen nicht mochte, nannte er sie Betani.
Im Mai starb Nans, mein alter Kampfgenosse. Kein Mensch wusste, wie alt er geworden war. Er lag nur drei Tage im Bett, als er eines Abends einschlief und nicht mehr erwachte.
Im Herbst darauf starb August an Blutvergiftung. Er hatte sich an einer Grabschaufel verletzt, und die Wunde hatte sich entzündet. Wir trösteten Gertrud, so gut wir konnten. Sie war alt geworden und verbrachte noch immer die meiste Zeit in der Küche. Suse hatte uns kurz zuvor verlassen, und wir stellten die Witwe Lene ein, mit der wir einen guten Fang gemacht hatten, wie Gertrud immer wieder betonte. Sie war treu und verschwiegen, worauf wir großen Wert legten.
Jetzt, da August an allen Ecken und Enden fehlte, fing der Garten an zu verwildern. Das Haus brauchte Reparaturen, und wir verkleinerten unseren Pferdebestand. Die viele Arbeit in Gelnhausen ließ die Löhne höher schießen, und die Waren wurden teurer. Wir waren nicht eben reich, doch dank Eleonores Leibrente und der Fürsorglichkeit des Kaisers ging es uns besser als anderen.

Nach langem Überlegen kam Albert auf den Wunsch seiner Mutter ins Haus und übernahm nun die Arbeit seines Vaters. Albert hatte die Art Augusts geerbt. Sehr schnell hatten wir uns daran gewöhnt, sodass es kaum einen Wandel gab. Nichts hatte sich verändert. Außer für Gertrud, die immer noch um ihren Mann trauerte, ging das Leben seinen gewohnten Gang, und es schien, als wäre jeder zu ersetzen.

Gelnhausen hatte nun seine Stadtrechte, feierte drei Tage, und ich überlegte mir, ob ich am nächsten Tag den Jagdausflug mitmachen oder mir nach diesen anstrengenden Feiern lieber einen ruhigen Tag gönnen sollte.
Ein inneres Umgetriebensein quälte mich die ganze Nacht. Es war Jahre her, dass ich diese Unruhe verspürt hatte. Sie kam mir vor wie eine alte Bekannte: Gefahr hieß die Botschaft.
Doch wer war in dieser warmen Sommernacht in Gefahr? Simon, der neben mir im Bett lag? Hubert in der Pfalz bei den Getreuen des Kaisers? Betani hatte sich gestern nicht wohl gefühlt; ob sie krank wurde? Vorsichtig verließ ich meinen gewohnten Platz an Simons Seite, zündete eine Kerze an und versuchte, mit möglichst wenig Geräusch in Betanis Zimmer zu kommen.
Sie schlief. Gleichmäßig atmend hob sich ihre Brust; die beiden Zöpfe, in die das blonde Haar geflochten war, standen wie Pfeile von ihrem Kopf ab. Ein kleiner Kranz von wirren Löckchen umrahmte das runde Gesichtchen. Behutsam strich ich ihr über die im Schlaf geröteten Wangen. Nein, meiner kleinen Tochter fehlte nichts.
Aufatmend suchte ich wieder den Platz an Simons Seite. Im Schlaf legte er seinen Arm um mich und zog mich näher. Der Morgen kündigte sich an, und mit dem Gesang der schwarzen Amsel verschwanden meine nächtlichen Ängste.
Ich hatte mich entschieden. Zu oft hatte ich mich schon dem Kaiser verweigert, hatte weder Jagdgesellschaften noch Empfänge noch Bälle besucht.
Bei einer Jagd mit vielen Menschen, Pferden und Hunden

konnte ein Einzelner untertauchen. Die Vorfreude auf den kühlen Wald und darauf, einen Tag lang der heißen, geschäftigen Stadt zu entfliehen, ließ mich schon früh in hektische Betriebsamkeit fallen. In der Waffenkammer suchte ich meine alten Waffen heraus und bat Albert, meinen Bogen zu spannen. Mit geübtem Blick untersuchte ich meine Pfeile und den Köcher.
Vor einigen Jahren hatte ich alle Pfeile an ihrem Ende mit schwarzen abgeschnittenen Rabenfedern versehen. Ich musste daran denken, wie Simon und Hubert mich gehänselt hatten, als ich mit dem Korb schwarzer Federn ankam und sie zurechtzuschneiden begann: »Deine Mutter will ganz sicher gehen, Hubert, dass es ihr Pfeil ist, der den Feind getötet hat.« Hubert war damals so alt wie Betani heute. Wo war die Zeit geblieben? Damals war es eine unnütze Arbeit, denn ich brauchte seit dem Überfall der Rannenberger in den vergangenen Jahren weder Pfeile noch Schwert. Dafür konnte ich einen ganz passablen Kuchen backen und, wenn es sein musste, Kleider flicken.
Heute war der Tag gekommen, an dem ich Simon und Hubert zeigen würde, dass ich noch nicht eingerostet war. Ein Hase, ein Reh oder, wenn ich Glück hatte, vielleicht sogar ein wildes Schwein sollte meine Geschicklichkeit zeigen.
Gertrud hatte jedem von uns die Jagdtasche mit Proviant gefüllt; auch durch Simons belustigtes Lachen, dass wir ja nur einen Tag unterwegs sein und am späten Abend zurückkommen würden, ließ sie nicht davon abbringen.
Stattlich wirkte mein Mann in seiner Jagdkleidung aus braunem Leder. Auch ich konnte mich sehen lassen, hatte ich mir doch schon vor Wochen ein neues Reitkleid anfertigen lassen.
Die imposante Stadtmauer mit den wuchtigen Tortürmen ließen wir hinter uns. Auf unseren Pferden sprangen wir voller Übermut über hölzerne Einfriedungen, die außerhalb der Mauer Gärten und Friedhof abschlossen. Trotz der üppigen Blumenpracht des Hochsommers sehnte ich mich nach der Kühle des Waldes.
Unterwegs trafen wir auf einen Teil der Jagdgesellschaft, der schon früher von der Pfalz aufgebrochen war. Mit freundlichen

Rufen wurden wir empfangen und in die Mitte genommen. Kurz bevor wir in das dunkle Grün eintauchten, drehte ich mich um und schaute zurück. Von weitem sah die Stadt im diesigen Licht des Morgens wie ein Vogelnest aus – ein hübsches geborgenes Nest am Fuß des mit Büschen und Bäumen bewachsenen Hügels. Die Steinbrüche mit ihrem roten Sandstein wirkten so ruhig; man ahnte nicht das emsige Treiben der Handwerker und das Getöse des brechenden Steins.

Ein Pferd wieherte, und ich wandte mich wieder den anderen zu. Die meisten waren schon im Dämmer des Waldes verschwunden. Ein erkennbarer Pfad verlief unter Bäumen in östlicher Richtung.

»Wohin geht's hier?«, erkundigte ich mich bei einem Jungen, den ich vom Sehen her kannte.

»Der Pfad führt zur Birkenhainerstraße. Dort sollen wir den Kaiser treffen.«

Von Pflanzen überwuchert, zeichnete sich der Pfad immer weniger ab. Doch die Pferde folgten ihm sicheren Schritts mit dem Instinkt der Tiere für die Wege des Menschen, trotz der Hindernisse, mit denen das dichte Unterholz ihn zu verbarrikadieren suchte. Das Gras war weich und kurz, das Gesträuch licht, und die langen grünen Triebe waren biegsam und ließen sich leicht zur Seite schieben. Wir ritten einen Hügel hinauf, über einen freien schwarzen Platz, der von einem kürzlich stattgefundenen Waldbrand zeugte – nach der halbzerstörten Hütte und dem zusammengebrochenen Meiler zu urteilen wahrscheinlich ein unachtsamer Köhler.

Erneut tauchten wir unter das grüne Laubdach und sahen zwischen Espen und Birken einen kleinen Bach. Ich stieg ab, bückte mich und trank aus der hohlen Hand das köstliche frische Wasser. Die Reiter entfernten sich, die Sonne kletterte höher. Mit dem Nahen der Mittagsstunde wurde die Stille lastender; etwas wie Betäubung breitete sich aus, nur belebt vom Summen der Insekten.

Die Jagdgesellschaft war verschwunden, doch ich machte mir keine Gedanken darüber, im Gegenteil, ich fing an, das Alleinsein zu genießen. Im weichen Gras nahm ich das Mittagsmahl ein. Eichhörnchen, Ameisen und eine Blindschleiche waren meine Gäste. Ich ritt weiter, über sanfte Hügel, über Felsstufen plätscherten kleine Rinnsale hinab und formten sich am Grund zu Bächen; Anstiege führten zu steinigen, mit Buchen und Farnen bewachsenen Plateaus, von denen sich der Pfad abschüssig in das aufschäumende Grün der Baumkronen hinabsenkte, fast mit einer Art Vergnügen, wie man ins Meer taucht. Nach der Hitze des Mittags erhob sich eine sanfte Brise, ließ die Blätter auffunkeln und erfüllte das Unterholz mit raschelndem Raunen. Mein Pferd stieß gegen einen aus der Erde ragenden Stein, und ich musste meine ganze Aufmerksamkeit darauf verwenden, es zu lenken.

In diesem Augenblick war es, dass ich einen Ruf zu hören glaubte. Lauschend hielt ich mein Pferd an, doch ich begriff sofort, dass ich die Stimme nur in meinem Innern gehört hatte. Trotz der Ruhe und des Friedens in dieser herrlichen Natur kroch ein Unbehagen in mir hoch und erinnerte mich an die unruhige letzte Nacht. Beruhte es nur auf Einbildung, oder hatten die Vögel wirklich aufgehört zu singen? Irgendetwas bewegte sich in diesem Wald, ein Ungeheuer, ein gefährliches Tier. Von ferne hörte ich den Ruf des Waldhorns, im Geiste sah ich, wie die Reiter sich auf einer Lichtung sammelten. Simon würde sich Sorgen machen. Ich wünschte, ich wäre dort zwischen den Pferden und Hunden der anderen, in Sicherheit.

Vor mir brach ein Ast. Ein brauner Pferdekopf schob sich aus dem Gebüsch, zwei Hände bogen die Blätter und Zweige zur Seite. Erleichtert sah ich, dass es ein Reiter war und nicht irgendeine apokalyptische Erscheinung. Doch als ich in die blauen lachenden Augen Friedrichs sah, war ich mir nicht sicher, wer mir in diesem Moment lieber gewesen wäre. Viel zu überrascht, um etwas zu sagen, starrte ich den Kaiser an, der jetzt umständlich seine braune Lederkappe auf das ergraute Haar setzte. »Sadi, bist du allein?«

Ich konnte nur nicken, denn nach wie vor war es mir unmöglich, ein Wort herauszubringen.

Er stieg vom Pferd, nahm auch mir den Halfter aus der Hand und führte die Pferde zum Bach, um sie anzubinden. Mit einem Griff hob er mich vom Pferd und sagte: »Es tut mir Leid, ich wollte dich nicht erschrecken. Ich bin froh, dass ich dich endlich allein antreffe. Warum bist du mir die ganzen Jahre aus dem Weg gegangen?«

»Was soll das, Friedrich? War es nicht das Beste so?«

»Nein, das war es ganz und gar nicht. Ich kam so selten nach Gelnhausen, doch wenn ich kam, hatte ich die Hoffnung, dich zu sehen und zu sprechen. Du bist immer noch wütend auf mich, weil ich dich mit Simon verheiratet habe.«

»Simon war der Richtige für mich. Du hast Hubert bekommen. Was also willst du noch von mir?«, sagte ich, halb erstickt vor Zorn, weil er so unsensibel wie ein Sack voll Getreide war.

»Um auf Hubert zurückzukommen, Sadi, er hat dein Aussehen geerbt, aber zum Glück nicht dein Temperament.«

»Ja, zum Glück ist er ganz wie sein Vater«, sagte ich gedankenlos.

»Ich hoffe, das stimmt nicht, oder habe ich dich jemals enttäuscht?«

»Ach was, du weißt, was ich gemeint habe. Er war immer eher Simons Sohn, und Hubert liebt seinen Vater, und darüber bin ich sehr froh.«

»Seit wann bist du so harmoniebesessen, Sadi? Das ist ein ganz neuer Zug an dir.« Spöttisch zog er mich näher.

»Da siehst du wieder einmal, dass du mich kaum kennst, Majestät.«

»Vielleicht kenne ich dich nicht richtig«, flüsterte er in mein Haar, »aber ich liebe dich immer noch.«

»Wir sind zu alt für diesen Unsinn, Friedrich. Wir sind beide verheiratet. Lass die alten Gefühle ruhen.«

»Ja, du hast Recht, in Zukunft lassen wir die alten Gefühle ruhen. Aber wir haben das Heute, und ich will dich, Sadi. Nie habe ich dich mehr gewollt als jetzt, hier auf dieser Lichtung.«

»Du benimmst dich wie ein Holzknecht, Majestät.«

»Ich *bin* ein Holzknecht. In der Liebe gibt es keine Unterschiede;

es kommt immer auf das Gleiche heraus.« Bevor ich noch etwas sagen konnte, drückte er mich gegen den Baumstamm und küsste mich voller Leidenschaft.
Ich kannte seine Küsse, und ich wusste, welche Wirkung sie auf mich haben konnten. Wütend hämmerte ich an seine Schultern. Doch das Zittern in meinen Beinen zeigte die Kapitulation bereits an.
Ein Schatten wie ein Flügelschlag zischte hart an meinem Kopf vorbei – ein Pfeil! Und der zitternde Schaft mit der blau-weißen Holzverzierung am Ende an Friedrichs Schulter ließ mich zu Stein erstarren.
»Spring in den Farn, schnell!«, flüsterte der Kaiser.
Wie eine Schlange ließ ich mich dicht am Baumstamm hinuntergleiten und rollte zwischen die hoch gewachsenen Farne. Ein schneller Griff zu Bogen und Pfeil, und ich war bereit, mein Leben und das des Kaisers zu verteidigen.
Sechs Krieger in glänzender schwarzer Eisenrüstung umstanden die Lichtung. Mit Schwert, Armbrust und Streitaxt rückten sie näher auf den Kaiser zu, der nur mit dem Schwert in der Hand dastand und den Feind erwartete.
Ich kannte diesen Feind. Sie hatten lange gebraucht, um sich zu erholen. Doch jetzt waren sie da. Sie hatten sich einen besonderen Tag ausgesucht, und der Hass, der sie umtrieb, war nicht geringer geworden.
Die Pfeile in meinem Köcher waren stark genug, ein Wildtier zu erlegen; aber eine Eisenrüstung damit zu durchdringen war unmöglich; deshalb suchte ich nach ungeschützten Armen und Beinen. Es war schwer, auch für einen geübten Schützen, auf diese Entfernung zu treffen. Ich war längst aus der Übung, doch ich hatte keine Wahl. ›Sie werden den Kaiser töten‹ war das Einzige, was ich denken konnte, als ich den Bogen spannte, und diesmal war keine Lamia in meiner Nähe.
Der Schrei gleich darauf zeigte an, dass ich getroffen hatte. Nun konnte mich nichts mehr zurückhalten. Der Kaiser versuchte zwei Krieger, die ihn hart bedrängten, mit dem Schwert zurückzuschlagen. Wieder nahm ich einen ins Visier, und

wieder hörte ich am Schmerzensschrei, dass ich getroffen hatte. Der Kaiser wehrte verzweifelt die beiden Krieger ab, als sein Schwert durch die Luft flog und zitternd im Waldboden stecken blieb.
Alles war verloren.
Genauso überraschend wie vor kurzer Zeit die gepanzerten Krieger erschienen plötzlich Bauern mit Dreschflegeln, Sensen und Heugabeln auf der Lichtung und schlugen auf die Krieger ein. Ein schauriges Geheul klang durch den Wald, und das Waldhorn, das vor kurzem weit entfernt erklungen war, ertönte jetzt nah, als stünde der Bläser hinter dem Busch. Hunde bellten, außer sich vor Erregung. Das Geräusch von Pferdehufen zeigte an, dass die Jagdgesellschaft jeden Moment erscheinen konnte. Der Kampf war entschieden. Zwischen Farnen und Büschen zog ich mich zurück, streifte mein Pferd los und ritt davon.
Blätter und Äste schlugen mir ins Gesicht; ich raste durch den Wald, als wären mir hundert Teufel auf den Fersen. Und so kam es, dass ich schon bald jede Orientierung verlor. Vor einem Steilhang scheute das Pferd, und ich flog im hohen Bogen durch die Luft. Der Aufschlag kam schneller als mein Schrei, und ein Schmerz riss in meinem rechten Bein. Dunkelheit umfing mich.

Als ich wieder zu mir kam, lag ich an einer anderen Stelle, und kalter Regen tropfte auf mein Gesicht. Jemand hatte ein Blätterdach über mir errichtet und mein schmerzendes Bein auf eine erhöhte Unterlage gebettet.
»Seit wann liege ich hier?«, fragte ich einen bäuerlich aussehenden Mann, der mir eine Schale Milch an die Lippen hielt.
»Seit gestern Abend, Frau.«
»Und wie komme ich hierher?«
Nun fing er umständlich an zu erzählen: »Wir sind auf den Wiesen gewesen, als wir die Jagdhörner gehört haben. Kurz darauf haben wir die schwarzen Ritter in den schweren Rüstungen gesehen. Sie sahen nicht aus, als würden sie zur Jagdgesellschaft gehören. Wir ließen alles stehen und liegen und drangen hinter ihnen in den Wald ein. Schon bald sahen wir sie auf einer Lich-

tung einen Mann bedrohen, und wir griffen ein. Stellt Euch vor, dieser Jäger war der Kaiser – wir haben dem Kaiser das Leben gerettet! Nur schade, dass unser Heu jetzt nass geworden ist; aber der Kaiser hat uns versprochen, dass wir unsere Hilfsbereitschaft nie bereuen werden.«

»War der Kaiser allein oder war noch jemand bei ihm?«

»Keine Menschenseele. Er hatte die Jagdgesellschaft verloren. Der Rannenberger wurde endlich in Eisen gelegt. Das wurde auch Zeit, konnte ja unten am Ende der Kahl kein Kaufmannszug ungeschoren passieren.«

»Wo habt ihr mich gefunden?«

»Das war auf dem Heimweg. Wir haben das Pferd an der Wolfsschlucht grasen sehen und eingefangen, und dann haben wir Euch gefunden. Zuerst dachten wir, Ihr wäret tot, doch als wir Euch auf ein paar Äste gelegt hatten, habt Ihr ziemlich lebendig gestöhnt.« Er sagte es mit einem befriedigten Grinsen, und ich hasste ihn dafür.

Als er meinen wilden Blick sah, fing er an, mich zu beruhigen. »Nur keine Angst, Frau. Wir haben heute Morgen einen Jungen in die Stadt geschickt, der Bescheid sagt. Bald werden sie da sein.«

»Heute Morgen erst?« Ich dachte an die Aufregung zu Hause und wollte aufspringen. Der Schmerz riss mich zurück, und ich kämpfte erneut gegen die Ohnmacht. Der Schmerz klopfte bei jedem Herzschlag in meinem Bein, und ich knirschte mit den Zähnen. Die Bauern hatten getan, was sie konnten; hinzu kam die Erinnerung an das gestrige Geschehen. Ich konnte mich nur damit trösten, dass ich unerkannt geblieben war. Doch dann fielen mir meine markierten Pfeile ein. Hubert und Simon konnten sich denken, aus wessen Köcher sie stammten, und sich an die abgeschnittenen Rabenfedern erinnern. Verflucht sei die Idee, Pfeile zu markieren, als wäre ich eine hoch gestellte Herzogin!

Dreimal mussten die Sänftenträger sich ablösen, bis sie mich endlich vorsichtig auf mein Bett heben konnten. Der Kaiser schickte seinen Leibarzt, der mir mit vielen lateinischen Wörtern

sagte, was ich selber schon wusste: dass ich mir das Bein gebrochen hatte. Danach kam er selber.
Mein Verdacht erwies sich als richtig. Er hatte abgewartet, bis Simon durch eine dringende Arbeit auf der Pfalz zurückgehalten wurde. Es waren ein paar peinliche Minuten, wenn ich an unsere letzte Begegnung dachte, und ich gab mich ziemlich erschöpft, worauf er nicht im Geringsten Rücksicht nahm.
»Verzeiht, Majestät, dass ich keinen Kratzfuß machen kann.«
Überrascht sah er mich an. »Freut mich, dass du deinen Humor nicht verloren hast. Jedes Mal, wenn wir uns sehen, muss ich mich bei dir entschuldigen, Sadi. Hast du nicht auch das Gefühl, ein böser Geist verfolgt uns?«
»Der böse Geist heißt König Konrad. Er passt auf, dass du keine weiteren Dummheiten machst.«
»Du hast Recht, das könnte sein. Hast du große Schmerzen, Sadi?«
»Nur wenn ich an die schwarzen Federn denke, mit denen meine Pfeile markiert waren.«
»Da kannst du unbesorgt sein. Als der Spuk vorbei war, habe ich nach dir gesehen; aber nur deinen Köcher mit ein paar Pfeilen habe ich gefunden. Ich habe den Köcher an mich genommen. Niemand wird daran zweifeln, dass es meiner war.«
»Bis auf Hubert und Simon«, musste ich seinen Gedankengang durchkreuzen.
»Oh, daran habe ich nicht gedacht. Hubert war nicht am Ort des Überfalls. Simon war natürlich da. Ich kann ihm ja sagen, ich hätte dich vorher um den Köcher gebeten.«
»Nein, das möchte ich nicht. Ich werde Simon die Wahrheit sagen.«
»Du glaubst, das ist nötig?«
»Natürlich. Wir haben doch nichts zu verbergen, nicht wahr, Majestät?«
»Nein, leider nicht. Was mich nicht davon abhält, es das nächste Mal wieder zu versuchen.«
»Es gibt kein nächstes Mal. Denke an deinen Beichtvater, Majestät.«

»Der ist dazu da, mir meine Sünden zu vergeben.«
»Aber soviel ich weiß, nur die, welche du bereust«, sagte ich und sah ihn unschuldig an.
»Sadi, es ist immer herrlich, mit dir zu plaudern. Beatrix lässt dich auch grüßen und wünscht dir gute Besserung. Morgen werden wir weiterreisen, also muss ich mich heute schon verabschieden.« Er beugte sich über mich und küsste mich zärtlich. »Wir werden uns bald wieder sehen, meine kleine Sarazenin, und dann …« Was dann geschehen würde, überließ er meiner Fantasie.

»Verdammt, Simon, das Jucken wird mit jedem Tag unerträglicher, und das Schlimmste ist, ich komme so schlecht dran.«
»Hör auf zu fluchen, Sadi, davon wird es auch nicht besser. Ich mache mir genug Vorwürfe.«
»Du machst dir Vorwürfe?« Erstaunt sah ich ihn an. »Du bist doch der Letzte, der etwas dafür kann, dass ich das Bein gebrochen habe.«
»Habe ich dich nicht gedrängt, immer und immer wieder, dass du mit zur Jagd reiten sollst? Du wolltest nie mitreiten. Hättest du auf deine innere Stimme gehört, wäre das nicht geschehen.«
Wie sehr mich mein Mann beschämen konnte! Nun gab er sich noch die Schuld an meinem Unfall. Es war dieser Edelmut, der mir früher Angst gemacht hätte und dem ich unweigerlich mit Spott begegnet wäre. Aber inzwischen kannte ich Simon; er war von den Menschen, die ich kannte, der einzige, der frei von jeglichen Hintergedanken war.
Die Bauern wurden für ihre Hilfe vom Kaiser fürstlich belohnt. Er befreite sie auf Jahre hinaus von allen Abgaben. Ihre Region durften sie Freigericht nennen. Nur einmal im Jahr sollten sie einen Heuwagen in die Pfalz schicken, mit einem lebenden Hahn als Sinnbild der Wachsamkeit.
Diese Steuerbefreiung tat dem Kaiser nicht weh, konnte man doch die Familien in diesen sumpfigen Tälern an den Fingern abzählen. Die Vergünstigung sprach sich bald herum; immer

mehr Menschen siedelten sich an. Die Raubritter hatte man in Eisen gelegt und die Burg zerstört. Die Menschen legten die Sümpfe trocken und rodeten das Land. Neue Dörfer entstanden, und die Bauern konnten in Ruhe ihr Land bestellen.

Abschiede

Der Kaiser war wieder abgereist, doch Ruhe kehrte nicht ein. Das Bauen in der Stadt ging unaufhaltsam weiter. Lange Zeit musste ich das Bett hüten, und nur die Briefe des Kaisers konnten mich in dieser Zeit aufmuntern. Auch Eleonore und Constanze schrieben. Die Königin erzählte aus ihrem Leben, in dem erstaunlicherweise ihre Kinder an erster Stelle kamen.

Eleonore behauptete ihren Platz neben ihrem Gemahl. Sie war Königin von England, wenn Heinrich wegen seiner festländischen Besitzungen in der Grafschaft Anjou oder der Normandie zu tun hatte. Und sie wurde wieder die Herzogin von Aquitanien und Gräfin von Poitou, wenn er nach England zurückgerufen wurde. Genau so ein Leben hatte sie sich gewünscht: aktiv, ergiebig und voller Triumphe.

Am 17. August 1153 wurde ihr erster Sohn Wilhelm geboren. Im Dezember 1154 wurden Eleonore und Heinrich gekrönt. 1155 kam der zweite Sohn Heinrich auf die Welt, und 1156 verstarb der erstgeborene Wilhelm an einem bösen Fieber – Höhen und Tiefen, die auch einer zwiefachen Königin nicht erspart blieben. Doch meine königliche Freundin ließ sich nicht von Schicksalsschlägen unterkriegen. Ein paar Wochen nach dem Tode ihres kleinen Sohnes erblickte ihre Tochter Mathilde das Licht der Welt. 1157 wurde Richard geboren und im Jahr darauf ihr Sohn Gottfried.

Jedes Mal, wenn ich die Briefe der Königin las, konnte ich nur bewundernd den Kopf schütteln. Es müssen Jahre voller Glück gewesen sein, die sie mit Heinrich verlebte. Trotzdem beneidete ich sie nicht. Unwillkürlich kam sie mir wie eine Kampfma-

schine vor, die ständig schwere Steinbrocken auf eine belagerte Stadt warf. Mir war klar, dass eine Dynastie wie das englische Königshaus Nachkommen brauchte. Aber jedes Jahr schwanger, die unendlichen Schmerzen bei jeder Geburt ... Mit Eleonores Kindern aus erster Ehe waren es jetzt zehn. Das müsste auch für das englische Königshaus reichen.
Es sah nicht so aus, als hätten diese vielen und dicht aufeinander folgenden Geburten Eleonores Tätigkeit in irgendeiner Weise beeinträchtigt. Wenn ich mein ruhiges Leben mit dem der Königin verglich, schnitt ich bei weitem besser ab.
Es ist genau wie bei unserem Kaiser auch, dachte ich. Sie müssen von einer Residenz zur anderen ziehen, zum einen, um überall für Ordnung zu sorgen und Recht zu sprechen, zum anderen, um sich an Ort und Stelle dem Volk zu zeigen. Unser Leben in dieser Epoche, dachte ich in diesem Moment, ist alles andere als unbeweglich; man bricht leicht auf und ist viel unterwegs. Wie dankbar musste ich Constanze für ihren Rat sein, nicht zu Eleonore zu gehen, sondern einen anderen Weg einzuschlagen.
Nun griff ich nach Constanzes Brief. Sie schrieb von ihrer Arbeit, dem Leben im Kloster und dass der König seine Töchter abgeholt hatte, deren Ausbildung beendet war. Was weiter mit ihnen geschah, lag nicht mehr in ihren Händen. Sie schickte mir ein weiteres kostbares Buch, das sie übersetzt hatte und das von einem Griechen handelte. Nachlässig blätterte ich die ersten Seiten um; wieder war es ein Buch mit Märchen. Es war bestimmt sehr kostbar, doch es zu lesen hatte ich keine Lust.
Das waren die vorläufig letzten Briefe, die aus dem Ausland kamen. Wahrscheinlich war der alte Apotheker gestorben, und keiner fand sich, die nächsten Briefe weiterzuleiten.

Mein Bein war trotz aller Befürchtungen gut zusammengewachsen. Ein Bader aus der Unterstadt riet mir, viele Treppen zu steigen, um das geschwächte Bein zu stärken, und es am Abend mit einer Kräutersalbe einzureiben.
Simon hatte ein neues Pferd für mich gekauft, und dem Rappen zuliebe ritt ich jeden Nachmittag in der Gegend umher. Pater

Aloisius aus dem Kloster nebenan hatte mir den Durchgang in seinem Garten gewährt, um mir den Weg durch die Stadt zu ersparen. Mit Alberts Hilfe hatten wir einen Durchschlupf in den Zaun geschnitten, den zum Ärger der Brüder auch unsere Hühner benutzten, um im klösterlichen Garten nach Würmern zu scharren.

Vier Jahre gingen vorüber, bis ein Kurier abermals eine Einladung des Kaisers brachte. Doch lud er weder zu einem Empfang noch zu einer Jagd. Der Kaiser rüstete zu einem neuen Feldzug, diesmal gegen die Aufständischen in der Lombardei. Es klang wie eine Aufforderung zum Tanz, doch es war eine Einladung in den Tod.

Simon war über fünfzig Jahre alt, und seit seinem letzten Kriegseinsatz waren zwanzig Jahre vergangen. Er war aus der Übung, und ich fragte mich, warum tat mir Friedrich das an? Konnte er sich nicht mit meinem Sohn Hubert zufrieden geben? Warum wollte er auch noch meinen Mann? Ich haderte mit dem Kaiser und mit meinem Schicksal, als ich bemerkte, dass sich Simon nicht davon abbringen ließ; im Gegenteil, er begeisterte sich immer mehr dafür, an der Seite des Kaisers in die Schlacht zu ziehen. Mit schwerem Herzen setzte ich mich hin und schrieb eine Absage an Friedrich. Leider habe ich sie nie abgeschickt – undenkbar, Simon in seinem euphorischen Kampfgefühl zu bremsen.

»Du brauchst keine Angst um mich zu haben, Sadi. Ich stehe an der Seite Friedrichs, und der Kaiser kämpft nicht an vorderster Front. Er wird immer abgeschottet. Oft genug habe ich das mitgemacht. Mir ist nie etwas geschehen. Warum soll es diesmal anders sein? Gott wird mich beschützen.«

»Auch Gott kann nicht überall sein, Simon!«

»Sei nicht zu pessimistisch. Hubert kämpft in der Nähe; möglicherweise können wir uns gegenseitig beistehen. Wie ich dich kenne, Sadi, würdest du keine Zeit vergeuden und mit uns in die Schlacht reiten, wenn du ein Mann wärst.«

Er hatte Recht. Sollte er zu Hause bleiben und alt werden mit dem Gedanken, eine entscheidende Schlacht versäumt zu haben?

Er würde sich verachten und ein Leben lang an dem trostlosen Gefühl leiden, im rechten Augenblick versagt zu haben.

Hektisch waren die Tage des Aufbruchs; sie erinnerten mich an den Aufbruch zum Kreuzzug vor langer Zeit. Wie ahnungslos ritt ich damals davon! Simon wusste, was ihn erwartete, und da ich es auch wusste, saß die Angst tief in mir, nagte an meiner Seele wie der verdammte Schmerz in meiner Hüfte, der mich seit meinem Unfall immer wieder heimsuchte. Es war ein langer Weg nach Italien. Doch im Unterschied zu damals, als wir ins Ungewisse ritten, sind außer den steilen Bergpässen in den Alpen die Wege heute lange nicht mehr so gefährlich. Überall gibt es Hospize, wo ein gutes Mahl und ein warmes Bett auf die Reisenden warten. Oft genug war der Kaiser in den letzten Jahren im Süden gewesen. Er wird keine unnötige Gefahr heraufbeschwören, tröstete ich mich in der Zeit nach Simons Abreise.
Die Nächte waren unruhig und lang. Nach Jahren zum ersten Mal lag ich wieder allein im Bett; die gewohnte Wärme seines Körpers fehlte, der ruhige Atem, die zärtliche Hand, die nach mir griff, um mich an seine Brust zu ziehen. Der Morgen wirkte trotz Sonnenscheins und Vogelgesangs grau und trübe, und ich fragte mich, wie ich die endlos lange Zeit überstehen sollte, ohne trübsinnig zu werden. Simon und Hubert waren mit dem Kaiser fortgezogen; würde ich sie je wiedersehen?
Die Sonne ging wie jeden Morgen auf, die schwarze Amsel sang ihr Lied, als wäre nichts geschehen. Albert stampfte mit einer Karre voll Mist über den Hof, aus der Küche klangen die Geräusche, die ein anbrechender Tag mit sich bringt. Es war wie immer, und trotzdem hatte sich alles verändert, würde nie mehr so sein, wie es gewesen war. Mühselig zog ich mich an, schaute in den Spiegel und fragte mich, für wen ich mich waschen und kämmen sollte; warum blieb ich nicht einfach im Bett liegen? Vielleicht fand ich noch ein kleines bisschen Wärme, das Simons Körper zurückgelassen hatte. Es war genauso wie in der Zeit, als Hubert uns verlassen hatte. Doch damals hatte ich starke Arme, die mich festhielten und trösteten. Heute hatte

ich niemanden. Irgendwo im Haus rief Betani, und Gertrud antwortete ihr mit ihrer krächzenden Altweiberstimme.
Eine Stunde später war ich unterwegs, ritt am Fluss entlang, der von hohen Pappeln gesäumt war und zwischen saftig grünen Wiesen dahinfloss. An den schmalen Stellen rauschte das Wasser weiß schäumend auf. Kurz vor dem alten Turm, der am Rand des ehemaligen Schlosshofes stand, hielt ich an.
Die Wildnis hatte sich wie eine grüne schützende Decke über die verbrannte Ruine gelegt. Über verkohlten Balken lagen umgefallene Bäume, die ein Sturm entwurzelt hatte. Über dem Hofpflaster lag eine Schicht von faulenden Blättern und Erde, und kein Außenstehender hätte sich vorstellen können, dass auf diesem Platz so viele Generationen gelebt hatten.
All die Jahre hatte ich diesen Ort gemieden wie ein Mörder den Schauplatz seines Verbrechens. Wenn ich diese unnötige Zerstörung auch bedauerte, ich war damals im Recht gewesen. Die Verbohrtheit des Alten hatte das ganze Unglück heraufbeschworen, sein Hass auf alles, was fremd war, sein Hass auf mich. Und die Tatsache, dass sogar der Kaiser auf meiner Seite stand und auf meine Wünsche einging, hatte den Krug zum Überlaufen gebracht.
Obwohl er schon so lange tot, sein Leib schon längst verrottet war und seine Seele, wie ich hoffte, in der Hölle schmorte, drehte ich mich erschrocken um, weil ich dachte, er stände zwischen den Büschen, um mich zu beobachten. Außer Lamia war er mein einziger Verwandter gewesen, und er hatte mir nie die Hand zum Frieden gereicht. Voller Zorn trat ich gegen einen herausragenden Stein.
Der Turm war einsturzgefährdet. An einer verrosteten Angel hing die Tür und klapperte im Wind. Ein Blick ins Innere zeigte mir, dass die Stiege noch begehbar war. Brombeerranken erschwerten das Weiterkommen und rissen an meinem Reitkleid. Doch ich hatte nicht vor aufzugeben. Wie leer die Welt war! Keine Menschen mehr da, keine jedenfalls, die mich jetzt interessiert hätten.
Die alte Tür knarrte, als ich sie berührte. Die Treppe war schmal;

war sie das immer schon gewesen? Als Kind kam sie mir viel breiter vor. Ich schaute an den steilen Windungen nach oben. Die abgetretenen Stufen bröckelten hier und da. Nur spärlich fiel das Licht durch die kleinen Mauerschlitze.
Aber der Blick von der Höhe entschädigte für den ungemütlichen Aufstieg. Der Raum hier oben kam mir noch kleiner vor, als wäre er in all den Jahren geschrumpft. Hier spürte man den Wind viel mehr als unten – kein böser, harter Wind, warm war er, schmeichelnd und tröstend. Er wischte in kurzen Stößen durch das Turmzimmer. Er zerzauste mein Haar und machte mich ein wenig schwindelig. Und er verstärkte das Gefühl von Einsamkeit und Verlorenheit.
Wie aus dem Schlaf erwachend, sah ich mich um. Was suchte ich hier und ausgerechnet heute? Verdrossen ritt ich nach Hause.
Hoch oben am Himmel zog ein Habicht seine Kreise.
Die Wolken hingen tief über der Stadt. In diesem Licht wirkte der sich über die Berge ziehende Waldgürtel fast bedrohlich. In der Ferne war ein Donnergrollen zu vernehmen. Es war wieder ein sehr unbefriedigender Tag gewesen. Zum wiederholten Male sagte ich mir, dass ich Simon hätte nach Italien begleiten sollen.
Ich kleidete mich aus und ging zu Bett. Ich konnte nicht schlafen. Plötzlich glaubte ich Schritte zu hören. Es ist nichts, sagte ich mir; in diesem alten Haus knarren die Dielen manchmal. In der Stille der Nacht war es öfters zu hören.

Betani, die vor ein paar Wochen zehn Jahre alt geworden war, hatte sich mit Herrn Sandholz angefreundet, der in der Pfalz Simons Arbeit übernommen hatte. Von weitem hatte ich ihn einmal gesehen, und es beruhigte mich, dass er ein älterer Mann war.
Mein hübsches blauäugiges Mädchen hatte also doch etwas von mir. Auch ich hatte mich in meiner Jugend nur um Männerfreundschaften gekümmert. Es kam mir nicht in den Sinn, Betani den Umgang mit diesem Sandholz zu verbieten, im Gegenteil, hoffte ich doch, gerade durch ihn an die ersehnte Nachricht über den Kriegszug zu kommen.

Eines Tages lernte ich ihn kennen und war angenehm überrascht und erstaunt. Er sah Simon zwar nicht ähnlich, war kleiner und korpulenter, doch seine Art glich der Simons so sehr, als wäre er sein jüngerer Bruder. Für einen einfachen Mann ohne Adelstitel hatte er ausgesprochen gute Manieren. Er prahlte nicht, wie Menschen, die in höhere Positionen berufen werden, es oft tun, war zuvorkommend, ruhig und drängte sich nicht unangenehm auf.

Unbedenklich ließ ich Betani mit ihm ihre meiste Zeit verbringen. In all den Jahren hatte ich meiner Tochter im Sinne Constanzes Lesen und Schreiben beigebracht. In den anderen weiblichen Fertigkeiten wie Sticken und Nähen konnte ich sie nichts lehren, da war auch ich überfordert. Seit Simon fort war, ließ sie die Lernstunden schleifen und trieb sich meist in den Pferdeställen der Pfalz herum.

Obwohl ich jetzt besser schlafen konnte, wachte ich in der Nacht häufig schweißgebadet auf. In meinen Alpträumen wurde ich immer wieder in Kämpfe verwickelt; doch als ich einmal meinem Feind Auge in Auge gegenüberstand und sah, dass es sich um Araber handelte, wurde ich ruhiger. Der Alptraum hatte zum Glück nichts mit Simon zu tun, denn Lombarden trugen weder Krummschwerter noch Turbane auf dem Kopf. Es war Ende Mai, und ein paar Tage sang am frühen Morgen nicht einmal die Amsel. Doch wie schon so oft war eines Morgens alles wie sonst. Merkwürdigerweise konnte ich danach ruhiger schlafen, was dem Wohlbefinden im ganzen Haus zugute kam.

Am ersten August hörte ich von Herrn Sandholz, was ein Kurier des Kaisers, der auf der Durchreise war, erzählt hatte: Am 29. Mai waren zwischen dem Tessin und Olona auf der Straße nach Pavia die beiden Kontrahenten aufeinander gestoßen. Der Kaiser mit ein paar Getreuen war im Schlachtengewoge untergegangen, als er inmitten des Getümmels an der Seite seines Banners kämpfte. Er und seine Getreuen wurden für tot erklärt.

Daraufhin ergriffen die kaiserlichen Truppen die Flucht. Viele wurden getötet oder ertranken in den Fluten des Tessin. Nur einigen gelang es, sich in den Mauern von Pavia in Sicherheit zu bringen und die unglaubliche Nachricht zu verbreiten: »Gott steh uns bei! Der Herr der Welt ist nicht mehr. Er liegt auf dem Schlachtfeld zwischen Olona und Tessin. Alles ist verloren. Mailand hat gewonnen und sich für die Schmach vergangener Jahre gerächt. Sie haben die Lanze des Kaisers erbeutet.«

Sie hatten sich zu früh gefreut. Friedrich hatte sich mit den wenigen Gefährten vor den Siegern verborgen. Einsam und gehetzt, mit alten Lumpen verkleidet, erreichten sie Tage danach auf abgelegenen Nebenstraßen Pavia.

Die Kaiserin hatte Trauerkleidung angelegt und war auf dem Weg, um dem Requiem für den Kaiser und die Gefallenen beizuwohnen.

Friedrich war ein besiegter Mann, müde und ohne Heer; aber er, Simon und Hubert lebten. Es genügte, dass sich die Nachricht verbreitete, um die Mailänder Liga teilweise um die Frucht ihres Sieges zu bringen.

Die Niederlage machte den Kaiser nicht lange schwach. Die Aufständischen, die es gewagt hatten, ihn, den Gesalbten, anzugreifen und niederzuwerfen, hatten sich schuldig gemacht. Friedrich wollte Rache! Er nannte es wie üblich Gerechtigkeit, und der römische Codex gab ihm Recht.

Zwei Jahre gingen ins Land; nach den Briefen, die sehr spärlich kamen, ging es dem Kaiser, Simon und Hubert gut. Sie waren gesund, und ich hoffte auf ein baldiges Wiedersehen.

1177 war es endlich so weit: Der Kaiser schloss Frieden. Er zog nach Venedig. Es waren Wochen intensiver diplomatischer Verhandlungen. Schließlich brach er zu einer Erkundungsreise durch die Königreiche im Süden auf, die ihn ein ganzes Jahr in Anspruch nahm. Er durchreiste sie – und wurde fast überall triumphal empfangen: in der Romagna, den Marken, Umbrien, der Toskana, auf deren Gebiet er sich den ganzen Januar 1178 aufhielt, um dann Genua zu besuchen und von März bis Mai wieder in Pavia zu weilen.

Darauf besuchte er das Territorium des Markgrafen von Montferrat und Piemont, um sich von dort nach Burgund zu bege-

ben, wo er in der altehrwürdigen römischen Stadt Arles, der Hauptstadt des Königreichs Burgund, sich erneut die Krone des Königs von Burgund aufs Haupt setzte.
Für Simon war die Italienreise des Kaisers schon im Frühjahr beendet. Noch bevor der Kaiser seine Tour durch die Lande Italiens antrat, reiste er zurück.

Auf den ersten Blick sah ich, dass diese Reise Simons letzte gewesen war. Es war nichts Greifbares, er hatte keine Krankheit wie ein gebrochenes Bein oder Fieber. Er war stark abgemagert und trug einen Ausdruck in den Augen, als wüsste er, wie es um ihn stand.
Gertrud hatte den Kochlöffel an die Witwe Lene weitergereicht. Sie war zu alt geworden, saß in einem Lehnstuhl und wartete auf den Tod, der sie übersehen hatte, wie sie sagte.
Sie hatte Recht. Wenn schon einer sterben musste, dann waren die Alten zuerst an der Reihe und nicht Simon; er war noch viel zu jung. Den Sommer über saß er neben Gertrud im Schatten und döste vor sich hin. Das Herz tat mir weh, ihn so zu sehen. Manchmal kamen sie mir beide wie Gleichaltrige vor, dabei war Simon zwanzig Jahre jünger.
Noch hatte ich nicht vor, tatenlos zuzusehen. Kein Bader und keine Kräuterfrau in der ganzen Gegend, die ich nicht aufsuchte und ihnen Simons Krankheit schilderte. Das Kopfschütteln oder Schulterzucken trieb mich zur Verzweiflung. Constanze in Frankreich war meine letzte Hoffnung, meinem apathischen Mann, der jeden Tag an Gewicht verlor, zu helfen.
Immer hatte ich das Geld der Königin für Hubert und für Betanis Aussteuer vorgesehen. Nun griff ich hinein und füllte das Säckchen mit den Goldmünzen. Herr Sandholz besorgte mir einen verlässlichen Kurier, und ich schickte ihn auf dem schnellsten Weg zu Constanze. Aus Antiochia wusste ich, dass sie alte arabische Bücher besaß, die sie mit nach Frankreich genommen hatte. Irgendwo mussten die Krankheit und das Gegenmittel beschrieben sein.
Im Herbst 1178 war Friedrich nach der Krönung in Arles nach

Deutschland zurückgekehrt. Auch der Kurier, den ich zu Constanze geschickt hatte, kam zurück. Constanze, die Fürstin und spätere Äbtissin, war vor einem Jahr gestorben. Ihre Übersetzungen waren an verschiedene Klöster verschenkt worden. Der Kurier hatte alles abgesucht, doch ein medizinisches Buch war nicht dabei.

Am 11. November wurde in Speyer ein Reichstag eröffnet, auf dem zahlreiche Bischöfe und Fürsten Beschwerden gegen Heinrich den Löwen vorbrachten. Auch hatte sich der Herzog geweigert, dem Friedensschluss von Venedig beizutreten. Das alles galt als Verrat. Doch die große Politik interessierte uns in diesen Tagen wenig. Gleichzeitig mit dem Kurier aus Frankreich kam Hubert zurück. Abwechselnd wachten wir am Bett des Sterbenden. Kurz vor Weihnachten schloss er für immer die Augen. Simon war tot.

Für Betani war der Tod ihres Vaters ein Schock. Von diesem Tag an durften wir sie nicht mehr Betani nennen; sie bestand auf Elisabeth. Doch ich hatte nicht vor, mich daran zu halten. Das war noch nicht alles: Mit gerade vierzehn Jahren verlobte sie sich mit Herrn Sandholz, dem Verwalter der Staufenburg. Es machte mich betroffen, dass meine schöne Tochter einen Mann heiraten wollte, der ihr Vater hätte sein können.

In dieser Zeit hatte ich weder Kraft noch Lust, diese Heirat zu verhindern. Alles war mir gleichgültig geworden.

Wilde Kräuter

Bevor Hubert im neuen Jahr wieder abreisen wollte, saßen wir am letzten Abend zusammen am alten Küchentisch.

Meine Hände fuhren über die rauen Risse und tiefen Einschnitte im Holz. Was hatten wir in den vergangenen Jahren alles an diesem Platz beredet – August und Gertrud, Simon, Albert, die Kinder und ich. Wenn Hubert abreiste, war ich endgültig allein. Mit der Witwe Lene war ich nie warm geworden, und mit Gertrud war kein vernünftiges Wort mehr zu reden. Sie war senil und hatte nur noch selten lichte Momente.

»Pass auf, Mutter, ich möchte dir sagen, warum ich so dringend zurück muss. Der Vetter des Kaisers aus dem Haus der Welfen wird nächsten Januar verurteilt. In den kommenden Monaten soll über ihn gerichtet werden, auf den Reichstagen in Worms, Magdeburg, Kayna und Gelnhausen. Natürlich in seiner Abwesenheit.«

Heinrich der Löwe interessierte mich wenig. Erst als Hubert mir erzählte, dass die Frau des Löwen die Tochter Eleonores von Aquitanien war, horchte ich auf.

Ich kannte diesen Löwen, hatte ihn in der Kindheit im Hof des alten Jagdhauses gesehen. Damals hatte ich das erste Mal mein zweites Gesicht. Wie lange das alles zurücklag!

Huberts Worte rüttelten mich aus meinen Gedanken, und der Löwe fing an, mich zu interessieren und zu faszinieren. Da gab es einen Mann, der dabei war, die Grundlage jener zivilen Ordnung aus den Angeln zu heben, für deren Aufbau Friedrich ein Vierteljahrhundert gebraucht hatte. In seinen Herzogtümern Sachsen und Bayern gab er sich gleichsam als absoluter

Herrscher und ignorierte Friedrich als Kaiser des deutschen römischen Reiches.
»Hörst du mir zu, Mutter? Ich werde in den nächsten Tagen nach Würzburg reisen. Ich muss zum Kaiser, Mutter.«
»Ja, ich weiß.«
»Glaubst du, ich kann dich jetzt schon allein lassen?«
»Natürlich kannst du das, mein Junge. Irgendwann wird der Reichstag wieder in Gelnhausen sein, und wir sehen uns wieder. Also mach dir keine Sorgen, ich komme schon zurecht.«

Am 15. Januar 1180 begann in Würzburg der Reichstag, der für Heinrich den Löwen die Entscheidung bringen sollte, an der Spitze Friedrich Barbarossa, wie er seit dem Italienfeldzug genannt wurde.
Doch auch in Würzburg fehlte der Angeklagte.
Heinrich hatte den Fürsten als Kläger getrotzt. Nun trotzte er dem Kaiser selbst.
Das war sie schon, die unmittelbare Konfrontation von kaiserlicher und herzoglicher Gewalt, die nur zugunsten entweder des einen oder des anderen ausgehen konnte und jeden Kompromiss ausschloss. Gegen Heinrich standen jetzt alle Kräfte des Reiches. So weit hatte es der Herzog gebracht – oder auch der Kaiser, der ihn Schritt für Schritt in diese Lage hineintrieb.
Zum ersten Mal hatten Fürsten über Majestätsbeleidigung eines der ihren zu befinden. Schon bald stand ihr Urteil fest: Einstimmig wurde der Löwe für schuldig erklärt. Seine Lehen wurden ihm aberkannt und er selbst in die Acht getan. Dieses Urteil hielt ein Dokument fest, das drei Monate nach dem Spruch zu Würzburg in der Kaiserpfalz von Gelnhausen angefertigt wurde. Dorthin hatte Friedrich den engen Kreis der beteiligten Fürsten gebeten, und hier bei uns ging es nun nicht mehr um irgendwelche Rechtsprechung, sondern nur noch um die Aufteilung der Beute.
Es berührte mich merkwürdig, als ich davon erfuhr.
Was hatte der Löwe eigentlich getan? Was war so verwerflich, dass der Kaiser über ihn richten musste? War es die Tatsache,

dass der Herzog von Sachsen einen Status in Anspruch nahm, in den sich kaiserliche Rechte mischten und der nichts mehr mit der Herzogswürde gemein hatte? Mit Königen verkehrte er wie mit seinesgleichen. Mir schien es, als wäre er mir sehr ähnlich.

Er war mit einer Königstochter verheiratet. Seine Burg hatte er nach dem Muster einer Kaiserpfalz gebaut. Immer wieder betonte er seine Abstammung von Karl dem Großen. War das alles so schlimm?

O nein, es ging um etwas anderes. Heinrich der Löwe hatte es gewagt, innerhalb des Reiches einen Staat im Staate zu erschaffen, dessen Herr nur noch bedingt unter kaiserlichem Einfluss stand. Ich erinnerte mich daran, wie Simon und Hubert davon gesprochen hatten.

Hatten am Anfang nur Freundschaft und gegenseitige Hochachtung gestanden, so wirkte der Löwe in den darauf folgenden Jahren oft als Stellvertreter des Kaisers, wenn auch nur auf symbolische Art. Jetzt aber brauchte Friedrich keinen Stellvertreter mehr. Seine Erben würden seine inzwischen geborenen Söhne sein.

Damit begann ein weiterer Abschnitt der Freundschaft zwischen den beiden. Die Gemeinsamkeit zerbrach. Was blieb, war Rivalität. Beide Männer waren zu mächtig geworden, als dass Deutschland zwei ihres Schlages vertragen konnte.

Allein der Gedanke, dass Friedrich in der gleichen Stadt war, machte mich unruhig.

Es überraschte mich nicht, als ein Lakai kam und mich in die Pfalz einlud.

Zwanzig Jahre war ich ihm aus dem Weg gegangen. Das Zwischenspiel bei der Jagd 1170 war ein Zufall, bei dem ich eben noch glimpflich davongekommen war. Doch jetzt konnte ich mich nicht mehr verweigern.

An Huberts Arm schritt ich zur Pfalz. Friedrich weilte auf einer Sitzung, und so entließ ich Hubert und stellte mich auf eine gewisse Wartezeit ein.

Ungewohnt kam mir die Kaiserpfalz vor. In den letzten Jahren hatte sich viel verändert. Die Bauhütten waren zum größten Teil abgerissen. Anstatt der Zimmerleute, Steinmetzen, Maurer und Bildhauer begegneten mir prächtig gekleidete Höflinge, Stutzer, Minnesänger, Geistliche und Damen, nach ihren Ständen gekleidet.
Man kann sich kaum mehr vorstellen, dass am Anfang mehrere tausend Baumstämme in den Boden gerammt werden mussten. Erst dieser Pfahlrost bildete für die Bauten der Kernburg einen genügend sicheren Untergrund. Das Baumaterial stammt aus der Umgebung: grauroter, besonders feinkörniger und widerstandsfähiger Sandstein, der in den Brüchen oberhalb der Stadt bereit lag.
Die Gebäude der Pfalz stehen zwar einzeln nebeneinander, doch bleibt das Bild einer Einheit ungetrübt. Jeder Bau ist entsprechend ausgestaltet. Ringmauer, Torturm und der noch nicht ganz fertig gestellte Bergfried sind mit kostspieligen Buckelquadern verkleidet. Diese Steinblöcke sind auf der Schauseite nicht geflächt, sondern mit einer aufgewölbten Bauchung versehen. Sie bewirken ein mächtiges, wehrhaftes, aber auch herrschaftliches Bild und unterstreichen zugleich die geglätteten Wände des Palas und der Kapelle.
Obwohl die Verteidigung der Pfalz aufgrund dieser baulichen Maßnahmen leicht möglich ist, war Simons einzige Sorge, dass die Wehrhaftigkeit der starken Ringmauer sehr beeinträchtigt ist, da das Burgtor von keiner Zugbrücke und keinem Fallgitter geschützt wird.
Nun, Simon war tot, es konnte ihm jetzt egal sein; und da der Kaiser sich darauf verließ, dass die Anlage auf einer Insel liegt, war nur zu hoffen, dass der Angriff nicht im Winter käme, wenn die Kinzig zugefroren ist. In diesem Fall muss man sich eben auf den Bergfried verlassen – gesetzt den Fall, er war bis zum nächsten Überfall fertig. Der Zugang zu diesem Turm befindet sich in mehr als zwanzig Fuß Höhe und wird einmal über eine Leiter zu erreichen sein, die im Verteidigungsfall eingezogen werden kann. Im Turmstumpf kann man Vorräte lagern, sodass

die Bewohner der Pfalz einem Angriff eine gewisse Zeit lang trotzen können.
Die Wohn- und Repräsentationsräume wirken durch die geflächten Quader und ihre künstlerische Ausstattung. Schon die Hofarchitektur des Torbaus steht im reizvollen Kontrast zu dem benachbarten massigen Torturm. Besonders das Adlerkapitell, das vom Meister Willibald stammt, halte ich für gelungen; es zieht zu Recht die Aufmerksamkeit auf sich. Hier tritt dem Besucher – wie in der Antike üblich – ein Symbol der kaiserlichen Macht vor Augen.
Natürlich ist der Palas das Kernstück der Pfalzanlage. Als wichtigstes Gebäude enthält er die Wohnräume der kaiserlichen Familie sowie einen Saal, der zu Verwaltungs- und Repräsentationszwecken dient. Durch ein mit Rankenwerk verziertes Kleeblattportal kann man den Reichssaal direkt betreten und sieht einen großen offenen Kamin mit reich verzierten Kaminplatten, davor den Sitz des Kaiserpaares, an den Wänden riesige Gobelins, mächtige Eisenkandelaber, Hirschgeweihe und Wildsauköpfe, die aus den umliegenden Wäldern stammen und den Wildreichtum präsentieren. Es gibt außerdem einen kleineren Empfangsraum, einen Ruheraum, einen Baderaum, ein Gymnasium für Disputationen und verschiedene kleine Abstellkammern.
Wie stolz Simon auf dieses staufische Palastgebäude gewesen war! Obwohl im Vergleich zu anderen Anlagen klein, ragt sie doch durch die großartige Ausgestaltung heraus, und auch ihre politische Bedeutung ist nicht gering. Schließlich hielt sich Friedrich nach der Berechnung der Stadtväter achtmal in Gelnhausen auf. Dass er öfter da war, und zwar inkognito, weiß nur ich.
Der Kaiser selbst nahm seine Wohnung natürlich im Palas; schließlich wurde er bevorzugt behandelt. Im Sommer waren die Räume durch die Fensterarkaden von Licht durchflutet, obwohl der Innenhof aufgrund noch vorhandener Gebäude eng und hoch umbaut ist. Im Winter werden die Räume vor Wetterunbilden geschützt, indem man große Holzrahmen an der

Innenseite befestigt, die mit Fischblasen oder geöltem Pergament bespannt werden. Dadurch wirken die Räume im Winter leider etwas düster. Um die Rahmen dicht abzuschließen, damit der Wind nicht durch die Ritzen pfeifen kann, stopft man sie mit Schafwolle aus oder verklebt sie mit Pech und Talg. Leider wird nur im Großen Saal und in den Räumen der Kaiserin Feuer gemacht.

Einmal hatte mich Simon in die Kemenate der Kaiserin geführt, als keiner der Fürsten da war. Der Fußboden war ohne Belag, da dieser nur in Beatrix' Anwesenheit ausgerollt wurde, im Sommer mit Blüten und im Winter mit geflochtenen Matten. Die Betten waren, wie in gewöhnlichen Häusern auch, hinter dicken Vorhängen verborgen. An den Wänden hingen kostbare Seidenteppiche, und in der Ecke stand ein mit Intarsien ausgelegter Tisch.

Ihre Besucher empfing die Kaiserin in einem Vorraum, in dem nur sechs geschnitzte Wappenstühle standen, die ihr von ortsansässigen Schreinern und Holzschnitzern verehrt worden waren.

Zur Burgbesatzung gehörte außer dem Villcus, den Burgknappen und Knechten auch der Forstmeister. Er hatte die Verpflichtung, den Kaiser zur Jagd zu begleiten, und musste ihm dazu eine gute Armbrust mit eibenem Bogen, seidenen Sehnen und mit Pfauenfedern gezierten Pfeilen bereithalten nebst einem guten Hund mit hängenden Ohren, silbernem Halsband und seidenem Leitseil.

Vor einer Sandsteinplatte blieb ich stehen. Mir war, als winkten Simon und Willibald aus einer anderen Welt herüber. Ich konnte mich noch gut daran erinnern, wie die beiden von dieser Platte sprachen, die zum einjährigen Bestehen der Stadt ausgeführt werden sollte. Ich hatte sie vorher nie gesehen. Merkwürdig, dass mich mein Weg ausgerechnet hierher führte. Ich las die in den Stein gravierten Privilegien für die Bürger der Stadt Gelnhausen, den Wortlaut der Gründungsurkunde vom 25. Juli 1170, die für jene Bürger, die sich in Gelnhausen niederließen, folgende Freiheiten nennt:

- Gelnhäuser Bürger dürfen zollfrei reisen.
- Häuser und Besitzungen der Bürger sollen erblich auf Söhne und Töchter, auf Frauen und nächsten Erben übergehen.
- Grundeigentum darf nur an Stadtbewohner veräußert werden, die dem Kaiser die gleichen Abgaben entrichten müssen.
- Kein Vogt soll in der Stadt Gelnhausen Gericht halten, sondern nur der Kaiser allein oder sein Beamter (VILLCUS).

Ferner verlieh der Kaiser Freiheiten für Handel und Verkehr, wonach den Kaufleuten die ungestörte Benutzung der Handelsstraße und der Schutz von Personen und Eigentum zugesichert wurde.
Im Geiste sah ich, wie Meister Willibald den Eisenkeil hob, um sich in diesem Stein zu verewigen. Auch er war vor noch nicht allzu langer Zeit gestorben. Der Steinstaub hatte ihm die Lunge zerfressen.

Im Vorraum der Kaiserpfalz war ein ständiges Kommen und Gehen. Es ging mir auf die Nerven, von Leuten begrüßt zu werden, die ich nicht kannte. Zum Glück waren mir die Räume von früheren Besuchen bekannt und vertraut; so nutzte ich einen unbeobachteten Moment, öffnete eine Tür zur Abstellkammer und schlüpfte hinein.
Aufatmend sah ich mich um. Der Raum hatte ein Regal, auf dem Eimer, Kisten und Körbe standen. Es war dunkel darin, und nur in der Tür waren Luftschlitze angebracht, die von draußen Licht und Luft hereinließen.
Draußen hörte ich Schritte. Ob sie mich jetzt wohl aufriefen? Doch dann hörte ich, wie sich zwei Männer unterhielten. Ärgerlich – nicht einmal, wenn ich auf Zehenspitzen stand, konnte ich durch die Luftschlitze lugen. Deshalb griff ich in das Regal, nahm einen der harten Ledereimer heraus und stellte mich darauf. Ich war so in den Anblick der beiden prachtvoll gekleideten Ritter versunken, dass ich nicht bemerkte, wie eine Magd die hintere Tür öffnete und hereinkam.
Vor Schreck wäre ich fast vom Eimer gefallen, doch unsere ehe-

malige Magd hielt mich geistesgegenwärtig fest. Sie war eine junge Frau aus der Unterstadt und half immer dann auf der Pfalz aus, wenn sich der Kaiser oder Fürsten angesagt hatten.
»Kennst du die Ritter?«, flüsterte ich ihr zu.
Suse war einen Kopf größer als ich, konnte also ohne zusätzliche Hilfe hinaussehen. »Der junge ist Ritter Michel von Silberwalk. Er war Knappe beim Pfalzgrafen Konrad, dem Bruder des Kaisers. Der andere ist irgendein Bischof; er ist das erste Mal am Hofe.« Suses ehrfürchtige Stimme hätte ohne weiteres in eine öffentliche Audienz gepasst; doch es klang grotesk und fast zum Lachen, wenn dabei eine Frau auf einem wackeligen Eimer stand und von der Magd festgehalten wurde.
Wir verließen den Abstellraum durch die rückwärtige Tür und gelangten zu einer Treppe, die zu den Küchenräumen führte.
»Habt Ihr noch etwas Zeit, Frau Baronin?«
»Nein, Suse, eigentlich habe ich jetzt eine Audienz beim Kaiser.«
»Dann lasst Euch nicht aufhalten, Frau Baronin. Wisst Ihr, wenn man den Herrschaften den Nachttopf ausleert, das Bett macht und die Kleidung reinigt, sieht man viel und hört auch viel. Natürlich bin ich schweigsam wie ein Grab. Aber wenn Ihr etwas wissen wollt, ich stehe Euch jederzeit zur Verfügung. Jahrelang war der Herr Baron unser Dienstherr. Ihr könnt fragen, wen Ihr wollt, niemals hatten wir einen besseren, und so, wie es einmal war, wird es nie wieder sein.«
»Ja, Suse, ich weiß, und ich danke dir. Du hast mir schon geholfen.«
»Da, geht diese Treppe hoch. Dann kommt Ihr wieder in den gleichen Raum.«
Kaum war ich oben, kam mir der Kaiser entgegen.
Wieder einmal entwickelten sich die Dinge ganz anders, als ich gedacht hatte. Friedrich war allein und führte mich zu einem kleinen Kabinett. »Sadi, meine Liebe, du bist zu mir gekommen. Darf ich dir mein Beileid zu Simons Tod aussprechen? Er war mein bester Mann, und er war mein Freund.«
Wir schwiegen beide und dachten an den Menschen, der immer

noch zwischen uns stand. »Deshalb bin ich aber nicht gekommen, Friedrich«, sagte ich endlich.
Er musterte mich von Kopf bis Fuß und nahm mein Gesicht in seine Hände. »Wie gelingt es dir, dem Alter ein Schnippchen zu schlagen und noch so jugendlich auszusehen?« Er zog meinen schwarzen Schleier herunter und bestaunte mein Haar, das noch genauso schwarz wie in meiner Jugend war. »Merkwürdig, jedes Mal, wenn du in meine Nähe kommst, überwältigt mich ein Gefühl des Begehrens. Dabei habe ich für die Liebe so wenig Zeit, und in den letzten Jahren ist sie mir ganz abhanden gekommen. Aber du wirkst wie ein Erotikum auf mich.«
»Jemand erzählte mir, du hättest einen arabischen Hakim in deinem Tross. Vielleicht hat er dir einen Liebestrank serviert – aus Versehen natürlich, Majestät.« Ich dachte lächelnd an seinen zweijährigen Sohn. Dieser alte Heuchler! Und als er sein bärtiges Gesicht auf das meine legte und mich küsste, war ich plötzlich erleichtert. Es war ein wunderbares Gefühl, nichts zu empfinden. Er war nur ein Mann wie alle anderen auch.
Ich machte mich frei und trat einen Schritt zurück. Es gab eben Zeiten der Liebe und Zeiten der Ruhe. Nicht im Traum fiel mir ein, Simon oder Beatrix zu betrügen. Doch ich wusste auch, wie verletzlich ein Mann sein kann, besonders einer in so hoher Position. Er sollte nicht glauben, ich stieße ihn zurück, weil meine Gefühle für ihn erkaltet wären. Um mein Ziel zu erreichen, musste ich ihm nahe sein. Natürlich schmeichelte es auch meiner Eitelkeit, nach so vielen Jahren immer noch von dem höchsten Mann im Reich geliebt zu werden. Deshalb sagte ich in beschwörendem Ton: »Verzeih mir, Friedrich, aber du siehst, ich bin noch in Trauer. Warum hast du mir befohlen zu kommen?«
»›Befohlen‹ –! Ich habe dich gebeten, weil ich wissen wollte, wie es dir geht. Ich konnte es nicht ertragen, dich einsam und unglücklich zu wissen. Wenn du möchtest, komme an den kaiserlichen Hof.«
»Als was, Friedrich, als alternde Geliebte?«
»Für mich bist du alterslos, weil ich dich noch immer liebe.«
»Du liebst mich, weil ich nicht in deiner Nähe bin, Majestät,

vielleicht auch, weil ich die Einzige bin, der du nicht befehlen kannst.«
Mit seinen blauen Augen sah er mich zärtlich an. »Merkwürdig, du erinnerst mich an den Löwen, den wir heute verurteilt haben, obwohl du nicht die geringste Ähnlichkeit mit ihm hast.«
»Ja, auch er hat sich nicht gebeugt, deshalb liebst du auch ihn, wenngleich du ihn vernichtet hast.«
»Dich, mein Schatz, werde ich nicht vernichten.«
»Warum solltest du? Ich bin keine Gefahr für das Kaiserreich, ich bin nur eine arme trauernde Witwe.«
»Du könntest die zweite Dame im Reich sein, Sadi, und vergiss nicht, du bist immer noch die Mutter meines Sohnes. Wäre ich ein arabischer Fürst, wärst du meine zweite Gattin.« Ein verschmitztes Lächeln überzog sein Gesicht.
»Vorausgesetzt, ich wäre damit einverstanden, Majestät.«
»Immer in Opposition, immer rebellisch. Eines Tages werde ich dich zähmen und in die Knie zwingen, meine kleine Sarazenin.«
Er nahm mich am Arm und sagte: »Komm, Liebes, ich werde dich zu Beatrix bringen. Sie würde mir nie verzeihen, wenn ich dich ihr unterschlagen würde.«
Vor einer hohen Tür blieb er stehen. »Ich habe es mir überlegt, Baronin, und lade dich in den Reichstag ein, wenn über Heinrich den Löwen verhandelt wird. Doch ich habe eine Bitte: Verhalte dich ruhig. Bleibe einfach sitzen und höre zu.«
»Ich hatte nichts anderes vor, Majestät, oder zweifelst du daran?«
»Ich kenne dich gut genug, Madame. Du bist unberechenbar, wenn es dir gerade in den Kram passt.« Er beugte sich herab, und bevor ich etwas sagen konnte, küsste er mich wieder. Es war nur ein Hauch von einem Kuss, doch allein diese Intimität vor der Tür der Kaiserin fuhr mir wie ein Blitz durch den Körper, und ich musste um Fassung ringen.
In einer Fensternische saß die Kaiserin, schaute erstaunt hoch und legte ein Buch zur Seite. Aufmerksam stand sie auf, als wir auf sie zukamen. Ich entschuldigte mich, dass ich ihr wegen meines Hüftleidens die nötige Reverenz verweigern musste, und demonstrativ zeigte ich ihr meinen Stock.

»Aber natürlich, Baronin.« Fürsorglich geleitete sie mich zu einem Sitzplatz.
Endlich jemand, der auf mein Alter und mein Gebrechen Rücksicht nimmt, dachte ich befriedigt. Der Kaiser verließ den Raum mit einem Grinsen im Gesicht. Ob er ahnte, dass ich meinen Stock nur zur Pose benutzte?
Beatrix war noch genauso zierlich wie vor Jahren; die vielen Schwangerschaften waren ihr nicht anzusehen. Doch sie wirkte erschöpft. Auch sie sprach mir ihr Beileid aus und sagte anschließend: »Es verwundert mich immer wieder, Baronin, wie sehr Euch Hubert ähnelt.«
»Ja, Madame, aber den Charakter hat er von seinem Vater.«
»Ja, auch er war so ein wunderbarer Mensch. Wusstet Ihr, dass ihn der Kaiser, immer wenn es gefährlich wurde, zurück ins Lager geschickt hat? Er wollte natürlich kämpfen und nicht das Kindermädchen einer erwachsenen Frau spielen. Ich war selbst dabei, als der Kaiser zu ihm sagte, er brauche einen Mann, auf den er sich in jeder Lage verlassen könne und der den kaiserlichen Hof ohne Schaden zurückbringen würde. Was wäre ich ohne ihn gewesen in dieser furchtbaren lombardischen Tiefebene? Er hat mir zur Seite gestanden, mich aufgerichtet, als man den Kaiser für tot erklärt hat.«
Erstaunt sah ich sie an. Ich hatte immer gedacht, Simon wäre in den Tagen nach dem Kampf beim Kaiser gewesen. Er hatte während seiner Krankheit wenig gesprochen, und ich hatte vermieden, daran zu rühren, um ihm nicht wehzutun.
»Ihr wisst ja selber, Madame, wie viel Sicherheit dieser Mann ausgestrahlt hat«, endete Beatrix.
Sie hatte Recht. Allein daran zu denken, dass er nie mehr zurückkommen würde …
»Ich hätte nicht davon anfangen sollen. Ihr bleibt doch einige Zeit hier? Es wird Euch ablenken, und ich würde froh sein, eine so bezaubernde Frau in meiner Nähe zu haben«, sagte die Kaiserin.
Ich dankte ihr, verabschiedete mich und ging mit gemischten Gefühlen. Wie eine bezaubernde Frau fühlte ich mich nicht.

Am liebsten hätte ich mit meinem Stock die ganze Einrichtung des Palastes zerschlagen. Aber auch das hätte mir Simon nicht zurückgebracht. Kaum zu beschreiben, wie traurig und hoffnungslos mich sein Tod machte, wenn die Rede darauf kam.
Deshalb war ich froh, als der Kaiser jemanden schickte und mich zur Verhandlung über den Löwen holen ließ. Mein Platz war, abseits der Fürsten und Bischöfe, auf einem etwas erhöhten Stuhl. Einige der Anschuldigungen waren schwerwiegend, doch die meisten waren so banal, dass sie mir fast kindisch vorkamen. Wie nicht anders zu erwarten, erregten meine schwarzen Trauerkleider, der Stock und der hauchdünne Schleier, der Haar und Gesicht verbarg, ihre Aufmerksamkeit. Fast jeder kannte Simon und Hubert. Von einer Baronin hatte man nie gehört, und mein einmaliges unglückliches Auftreten in der Pfalz war längst vergessen.
Schweigend, ohne mich zu rühren, hörte ich zu. Nach ein paar Tagen des Anhörens verließ ich die Versammlung, wie ich sie betreten hatte – ohne ein Wort.
Hubert erwartete mich am Ausgangstor. Er stellte mich zur Rede. Es war ihm peinlich, mit der schwarzen Baronin in Verbindung gebracht zu werden, und er flehte mich an, daheim zu bleiben. »Ich sehe wirklich keinen Sinn darin, dass du wie eine Drohung zwischen den Fürsten und Bischöfen deinen Platz behauptest. Was bezweckst du damit, Mutter?«
»Nichts, ich möchte mir nur mein eigenes Bild von der politischen Lage machen. Der Kaiser hat mich eingeladen; das ist alles, mein Sohn. Ich muss mir ein Bild von den Verbrechen Heinrichs machen, bevor ich sagen kann, er ist schuldig oder unschuldig.«
»Wie kommst du auf die Idee, er könnte unschuldig sein? Man hat andere für viel Belangloseres, als der Löwe sich herausgenommen hat, einen Kopf kürzer gemacht. Wo bleibt da dein Aufschrei, Mutter?«
Er hatte ja Recht, und ich konnte ihm darauf keine Antwort geben. Doch den anderen Fürsten war ich nicht verpflichtet, höchstens der Königin von England und natürlich auch Fried-

rich. Deshalb war ich froh, als mich Hubert in Ruhe ließ und ging. Es war nicht einfach, in so einer verwirrenden Sache den Durchblick zu finden.
Noch einmal blieb ich vor Willibalds Sandsteinplatte stehen. Es war, als würde gerade dieser Platz mich den beiden Toten näher bringen.

»Verzeiht, Frau Baronin, würdet Ihr uns etwas Zeit schenken?«
»Exzellenz – was kann ich für Euch tun?« Mein erster Gedanke, als ich dem Bischof von Fulda ins Gesicht sah, war: Dieser Mann ist schwer krank. Ich kannte diese graue Hautfarbe, die einen Stich ins Gelbliche hat, die matten, verwaschenen Augen. Ich kannte sie von Simon. Auch die zitternden Hände, die immerzu unruhig über den roten Seidenstoff seines Gewandes strichen, erinnerten mich an die Gebärden meines verstorbenen Mannes. Noch war seine Stimme fest. Doch wie lange noch?
»Zuerst möchte ich mein Beileid zum Tode Eures Gatten aussprechen. Er war ein wahrer Ritter und ein wahrer Freund.
Nun, das war das eine, das ich Euch sagen wollte. Ihr seht, wie es um mich bestellt ist. Ich bin krank. Man hat uns zugetragen, dass Ihr ein Buch der Fürstin von Antiochia besitzt. Wir sind es nicht gewohnt, lange um den heißen Brei herumzureden. Wir sagen es Euch ganz ehrlich: Wir brauchen dieses Buch.«
»Exzellenz, was man Euch zugetragen hat, ist falsch. Als mein Gatte krank von der Reise zurückkam, habe ich alles in Bewegung gesetzt, um an das Buch der Fürstin zu gelangen. Ich habe Kuriere nach Paris geschickt. Die Fürstin und spätere Äbtissin war tot. Ihre Bücher hatte sie an verschiedene Klöster verschenkt. Das Buch, das Ihr sucht, Exzellenz, war nicht darunter. Glaubt mir bitte. Ich kannte dieses Buch, war dabei, als die Fürstin es aus dem Arabischen ins Lateinische übersetzte. Wäre es in meinem Besitz gewesen, hätte ich vielleicht Simons Leben retten können.«
»Aus Quellen, die Wir Euch nicht nennen können, wissen Wir, dass die Fürstin zwei Bücher verschenkt hat. Das eine ging an die Königin von England und das zweite an Euch.«

»Dann ist es unterwegs verloren gegangen.«
»Das ist möglich, Madame. Das zweite Buch gehörte zur Aussteuer der Tochter von Eleonore und ist jetzt wahrscheinlich im Besitz Heinrichs des Löwen.« Er sah mich an. Seine verwaschenen Augen wurden stechend. »Ihr, Baronin, werdet dem Löwen einen Besuch abstatten.«
»Aber Exzellenz! Ich kenne den Löwen nicht. Ich kann doch nicht ... Er ist ein Feind des Kaisers!«
»Ihr müsst, Baronin! Ihr kennt seine Schwiegermutter, Ihr seid mit ihr befreundet.«
»Das ist viele Jahre her.«
»Wir brauchen dieses Buch. Unser Leben hängt davon ab.«
»Und wenn ich mich weigere?«
»Ihr könnt Euch nicht weigern, denn Wir kennen Euer Geheimnis, Madame. Ihr wollt doch nicht Euren Sohn Hubert gefährden?«
Vorsichtig atmete ich aus, fasste meinen Stock fester und ging zum Fenster. Der Mann in roter Seide verschwamm einen kurzen Moment vor meinen Augen. Mit diesen Worten hatte er sich keinen Gefallen getan. Niemals würde er das rettende Buch in seiner Hand halten, wenn ich es verhindern konnte. Er hatte sich mit seinen Worten das eigene Todesurteil geschrieben.
Abgesehen davon, dass er mich zu seiner Feindin gemacht hatte, zweifelte ich daran, dass Constanze Eleonore ein so wertvolles Buch geschickt hatte. Sie kannte ihre Cousine und wusste, wie wenig Interesse die Königin daran haben würde; doch möglich war es immerhin.

Noch bevor ich die Pfalz verlassen konnte, trat mir Michel von Silberwalk in den Weg. »Baronin von Ortenberg, Seine Exzellenz der Bischof möchte mit Euch sprechen.«
»Ist schon geschehen, Herr ...?«
»Michel von Silberwalk.«
»Freut mich, Eure Bekanntschaft zu machen. Eine Frage, Herr Ritter. Ihr seid dem Bischof gut bekannt. Habt Ihr meinen Gatten gekannt?«, unterbrach ich ihn.

»Simon von Münzenberg – wer hat ihn nicht gekannt.«
»Soviel ich weiß, war er am Hof der Kaiserin.«
»Gab es viele Krankheitsfälle im Heer, die dem des Bischofs ähnelten?«
»Natürlich gibt es auf einem Kriegszug viele Tote. Doch die wenigsten sterben an einer Krankheit. Der Bischof hat viele Menschen auf seinem Gewissen. Er ist nicht gerade mein Freund. Doch es wäre mir neu, dass er an einer Krankheit schuld sein soll, die noch andere Menschen befallen hat. Dahin geht doch Eure Frage, Frau Baronin?«
»Haltet Ihr den Kaiser für einen Tyrannen?«
»Nicht ihn, er ist ein gerechter Herr. Aber jene, die an seiner Stelle herrschen, missbrauchen die Macht, die er ihnen anvertraut hat. Ein Herrscher kann nicht allein regieren; er ist immer so gut wie seine Stellvertreter, und die nutzen das aus.«
»Und der Pfalzgraf? Seid Ihr mit ihm zufrieden?«
»Nicht immer, doch er ist in vielem ehrlicher als der verschlagene Erzbischof. Es ist nur schade, dass der Kaiser mehr auf den Erzbischof als auf seinen Bruder hört.«
»Ich sehe schon, Herr Ritter, Ihr habt es auch nicht einfach. Es war also kein Fehler, dass ich mich die ganzen Jahre vom Hof fern gehalten habe.«
»Man kann es so und so sehen, Frau Baronin; am Hof ist es kein bisschen langweilig, und manchmal kann es dort sehr amüsant sein.«

Das Erste, was ich am nächsten Morgen tat: Ich holte den letzten Brief der Königin von England hervor und las ihn noch einmal durch.
Eleonore schien im Laufe ihrer Ehe nicht viel Anlass gehabt zu haben, sich über ihren Gemahl zu beklagen. Doch in diesem Brief klang alles ganz anders. Eine Frau namens Rosamunde war in das Leben des Königs von England getreten. Eleonore hatte sich daraufhin gekränkt von England abgewendet und war nun wieder die Herzogin von Aquitanien. Von nun an residierte sie fast ständig in Poitiers; nur ab und zu machte sie Rundrei-

sen durch ihre Provinzen. Die Herrschaft über ihre Vasallen und die Kinder nahm sie allein in die Hand.
Heinrich würde bald ermessen können, was es hieß, dieser Frau untreu gewesen zu sein.

Es war schon spät am Abend. Ich hatte mich in meinen Schlafraum zurückgezogen und war in Gedanken bei Eleonore in Poitiers, als ich Schritte auf der Treppe hörte.
Eine schwarze Gestalt schob sich in mein Zimmer.
Nein, ich war nicht erstaunt, im Gegenteil, ich hatte ihn erwartet, vielleicht nicht wissentlich, doch untergründig waren meine Gedanken die ganze Zeit bei ihm.
Geschmeidig trotz seines Alters kam er auf mich zu, verbeugte sich galant und ließ seine Finger durch mein offenes Haar gleiten. Schauer überliefen meinen Körper, ausgelöst durch seine Berührungen auf meiner Haut. Meine Muskeln spannten sich schmerzend im Begehren seines Körpers. »Oh, nicht, Friedrich«, bat ich, »was tust du mit mir? Wir sind zu alt für diese Spiele.«
»Hör doch mit diesem Unsinn auf, Sadi. Du bist wie flüssiges Feuer, und ich erschauere jedes Mal, wenn ich dich ansehe. Doch, ich will es so, ich will, dass du mich genauso begehrst wie ich dich.«
Ich wusste, dass es Unrecht war, was wir taten, doch ich fragte in diesem Moment nicht danach. Wir waren Mann und Frau ... Und meine alten germanischen Götter waren barmherzig; sie würden es verstehen.
»Es ist noch genauso schön wie damals in Mainz. Warum hast du mir damals eigentlich nicht vertraut, Sadi? Ich hätte einen Weg gefunden.«
Ich gab ihm keine Antwort und genoss es, wie er mit seinen Fingern meine Haut liebkoste. »Es war alles richtig. Lass die Vergangenheit ruhen«, sagte ich; doch im Stillen fragte ich mich, was nun werden sollte. Wie lange würde das dauern?
Es war noch zu früh, um unser anderes Ich zu Worte kommen zu lassen. Zeit genug, uns zu quälen mit Bedenken, Befürchtungen,

Rücksichten und Vorurteilen, die wir am Ende doch würden überwinden müssen.
»Sich vor der Liebe zu fürchten, Sadi, ist Flucht vor sich selbst. Wer fürchtet, zu viel zu geben, geizt mit seinem eigenen Leben.«
Ich fühlte, dass ich jetzt nichts mehr sagen, nicht versuchen durfte, mit Worten zu beschwören, was schon Wirklichkeit geworden war. Er war hier und hielt mich in seinen Armen. Ich durfte nicht mehr verlangen, nicht fragen, was die Zukunft mir bringen würde, die noch vor wenigen Tagen rabenschwarz vor mir lag – jetzt, da mir noch einmal das höchste Glück geschenkt wurde.
Das Glück währte bis zum ersten Lied der Amsel, und mit ihm kam der neugeborene Tag mit der Sonne, die über den Wäldern aufging und von den Bergen herab ins Tal stieg.

Der Reichstag war vorüber, der Kaiser, die Fürsten und Bischöfe waren abgereist, und ich war einsamer als je zuvor.
Die letzten Worte von Friedrich hatten mich nachdenklich gemacht: »Vergiss deine Träume, Sadi. Denke an das wirkliche Leben und komm an den kaiserlichen Hof. In deinen Augen liegt wieder dieser Ausdruck, den du immer trägst, wenn du zu nah am Abgrund stehst.«
»Weißt du nicht, dass die Aussicht am Abgrund die schönste ist, Majestät?« Es sollte ein Scherz sein, doch der Blick, den mir der Kaiser zuwarf, war nicht sehr fröhlich.
Der ganze kaiserliche Hof war abgereist, und endlich kam ich dazu, Constanzes Kiste zu suchen. Simons einstiger Schlafraum war mit der Zeit zur Abstellkammer geworden. Alte Stühle, Kinderspielzeug, Reisekisten – alles, was nicht gebraucht wurde, hatte sich hier oben angehäuft. Unter einem blinden Spiegel fand ich endlich, was ich suchte.
Zuerst holte ich das nachtblaue Kleid heraus. Gertrud hatte es gut eingepackt. Es roch nach Staub und wilden Kräutern, die mit der Zeit zerfallen waren. Erinnerungen überfielen mich wie Raben das Erntefeld. Da waren die Sandalen, der Goldgürtel

und der kleine, zierliche Dolch, den ich in Konstantinopel gekauft hatte, und da war endlich das Buch.
Ich hatte nie ernsthaft darin gelesen. Es war ein Märchenbuch und längst nicht so kostbar ausgestattet wie das Original. Orientalische Märchen passten einfach nicht in unsere Zeit. Am besten, ich schenkte es dem Kloster; die Brüder konnten es besser aufbewahren.
Was mich hauptsächlich fesselte, war Constanzes wunderschöne Schrift.
Nachdem ich mehrere Blätter vorsichtig umgewendet hatte, sah ich, dass etwas nicht stimmte. Das war die gleiche Schrift und auch das gleiche Pergament, aber Märchen waren es keine.
Ich traute meinen Augen kaum: Constanze hatte aus zwei Büchern eines gemacht! Da war das Märchen, und immer zwischen zwei Blättern fanden sich Krankheitsschilderungen und die Darstellung des Gegenmittels. Die Pflanzen waren säuberlich gemalt, genau so, wie ich es in Erinnerung hatte. Was mich am meisten überraschte: keineswegs nur exotische Pflanzen, sondern auch solche, die in unseren Gärten und auf unseren Wiesen wachsen.
Für Simon war es zu spät. Für den Bischof hingegen käme dieses Wissen gerade noch rechtzeitig. Würde ich ihm das Buch geben, hätte er sein Ziel erreicht. Er könnte vielleicht sein Leben retten und hätte mich für immer in der Hand. Bei jeder Gelegenheit könnte er auf mich zurückgreifen.
Nein, mein Lieber, nicht mit mir!

»Mutter, bist du da oben?«, rief Betani aus der Küche.
»Ja, Kind. Diesen Raum müssen wir demnächst mal ausräumen. Was sich hier alles angesammelt hat … Aber nicht heute; dazu habe ich keine Zeit. Ich muss verreisen.«
Betani war auf meine Worte hin heraufgekommen und sah mich fragend an. »Wo willst du denn hin?«
»Nach Sachsen, zu Heinrich.«
»Das ist nicht dein Ernst!«
»Doch, Betani; ich habe einen Befehl vom Erzbischof von Fulda.

Die Gattin Heinrichs besitzt ein Buch, das er unbedingt braucht und das nur ich ihm besorgen kann. Es ist das Buch, das ich damals für deinen Vater gesucht habe. Der Erzbischof vermutet es im Besitz dieser Frau.«

»Du kannst nicht tagelang reiten. Denke an deine kranke Hüfte.«

»Mach dir nur keine unnützen Gedanken. Wenn ich nicht weiterkann, ruhe ich mich eben ein paar Tage aus.«

»Ich würde meinen, der Erzbischof ist zu krank. So viel Zeit hat er nicht mehr.«

»Das ist gut möglich, Betani; dann ist es eben Gottes Wille. Ich tue nur, was er befohlen hat. Natürlich werde ich dabei meine Gesundheit nicht ruinieren.«

»Gib zu, Mutter, irgendetwas hast du doch vor, und es wird dem Erzbischof bestimmt nicht das Leben retten.«

»Wenn nicht ihm, Betani, dann vielleicht anderen. Es gibt immer Menschen, die für Hilfe dankbar sind, auch wenn es nicht der Erzbischof von Fulda ist.«

Mein ganzes Interesse galt Heinrich dem Löwen und seiner Gemahlin. Warum sollte ich nicht nach Sachsen reiten? Zeit und Geld waren da, es war Sommer, und ich konnte mit einigermaßen schönem Wetter rechnen. Hinzu kam der Wunsch, besser gesagt, der Befehl des Erzbischofs.

Von meiner Haushälterin ließ ich Simons Kleider umändern, damit sie mir passten. Ich hatte nicht vor, als allein stehende Frau durch die Gegend zu reiten. Mit Wehmut dachte ich an meinen ehemaligen Weggefährten, den großen Wilhelm, der irgendwo im Heiligen Land gegen Ungläubige kämpfte, vorausgesetzt, dass er noch lebte. Waffen und Kettenhemd wurden von einem ortsansässigen Schmied in Ordnung gebracht, und die beiden Pferde im Stall warteten genauso unruhig auf den Aufbruch wie ich.

Wie hatte ich so viele Jahre an einem Ort verbringen können?

Es kam so weit, dass ich zitterte bei dem Gedanken, irgendetwas könnte meinen Aufbruch verhindern. Fast glich ich einem

Gefangenen, der nach langen Jahren der Kerkerhaft die Freiheit vor sich sieht.

Seit Simons Tod war mir die Stadt zu eng geworden. Es gab niemanden, auf den ich warten konnte oder der mich erwartete; ich fühlte mich unnütz und unausgefüllt. Doch nun war alles anders geworden. Wieder einmal war der Ruf nach Freiheit stark, und noch war ich in der Lage, ihm zu folgen.

Heinrich der Löwe

Von meiner Tochter hatte ich mich verabschiedet, und Albert legte ich seine Mutter ans Herz. Den Aufbruch hatte ich in die frühen Morgenstunden gelegt, da ich niemandem begegnen wollte. Wie jeder, der sich für die Politik des Kaisers interessierte, wusste ich, wo der Löwe lebte.

Am frühen Morgen bestieg ich mein Pferd. Ich ritt gegen Norden und sah in den blassen Himmel, der eben den Mantel der Nacht von sich streifte. Im Osten standen die Bäume vor einem Silberstreifen; die Sonne war noch nicht aufgegangen.

Eine schwache Brise vermischte den Duft nach Heu mit der morgendlichen Feuchtigkeit. Es war eine Brise, die nicht kühlte, die nur, noch eh die Sonne aufging, warnend verkündete, dass der Tag heiß würde.

Ein Mann lag schlafend am nördlichen Torausgang. Ein Mensch, der im Freien schläft, dachte ich, sieht und spürt Dinge, die ihm vorher unbekannt gewesen sind – sieht, wie die Sterne den Himmel überschauern, wenn der Mond noch nicht voll ist, manche grell und kühn, manche scheu und ruhig, als wären sie es zufrieden, ohne großes Aufhebens da droben zu stehen und zu wissen, dass sie auf ewig dort bleiben. Man sieht, wie die Welt hell wird, eh die Sonne rot aufleuchtend steigt und das Gras, das Laub und die gefiederten Brüste der Vögel weich überglänzt. Man hört das Zwitschern der Vögel, das in den frühen Morgenstunden ganz anders klingt als sonst. Aber nicht nur die Sinne nehmen mehr wahr, auch die Gefühle werden stärker – das leidenschaftliche Erfühlen des eigenen Ichs, die Freude am Leben, eine Empfindung halb Friede, halb Sehnsucht. Die Lebensfreude. Und in die Lebensfreude war ein leiser

Hunger gemischt, den ich so nicht kannte oder vergessen hatte. Nach der ersten kurzen Rast schon zeigte sich die Sonne ein wenig über dem Horizont. Eine dicke Taube ließ sich auf einem Ast nieder, und ich sah ihr zu, wie sie für einen Augenblick stolz und wichtigtuerisch dort oben hocken blieb, als überlegte sie, ob ihr der Platz genehm wäre.

Mit Dankbarkeit dachte ich an den Abt des Franziskanerklosters, der mir auf einem Pergament den Weg nach Norden beschrieben hatte. Ich brauchte keine Rücksicht auf Herbergen zu nehmen, denn mit meinem Begleitbrief würde ich in Klöstern, Abteien und Kartausen übernachten.

Wieder musste ich an Friedrich denken und wunderte mich kein bisschen darüber. Welch merkwürdiger Wechsel von Sehnsucht und Vergessen! Das machte die Sehnsucht fragwürdig, und ich überlegte, ob der Mensch überhaupt je weiß, was er will, ob er jemals im Voraus weiß, was ihm Freude machen wird. Vielleicht weiß der Mensch es überhaupt erst, wenn er es besitzt. Vielleicht nicht einmal dann. Vielleicht weiß man es nie.

Friedrich Barbarossa – ich konnte ihn vor mir sehen. Ich wusste, wie er einen Raum betritt – die Energie, die er versprüht; die Köpfe, die sich nach ihm umdrehen, wenn er den langen Gang hinabgeht, weit ausschreitend, den Kopf vorgestreckt, als dürfe er keinen Moment verlieren. Angelangt vor seinem erhöhten Thron, verbeugt er sich kurz vor seinen Untertanen, bevor er sich seinen Ratgebern zuwendet.

O Majestät! Er, der dir das Gefühl geben kann, etwas Besonderes zu sein, bloß weil er dich am anderen Ende eines Raumes erkennt und ein zärtliches Lächeln sein Gesicht erhellt. Ich musste daran denken, wie Beatrix, die Kaiserin, ihn ansah. Sie war immer noch verliebt in ihn. Sie konnte nicht anders. Eine Menge Frauen konnten nicht anders, davon war ich überzeugt. Und soweit ich weiß, hat es keiner geschadet.

Gegen Nachmittag merkte ich, dass ein Gewitter im Anzug war. Die Luft war stickig, die Atmosphäre geladen. Bauern eilten von den Feldern nach Hause. Die Geräusche der Natur wurden von

einer unheimlichen Stille verschluckt. In den Bäumen zwitscherten aufgeregt die Vögel. Auf meine Frage nach dem nächsten Kloster gab ein Junge drei Meilen an. Es war nicht viel und noch bevor mich das Gewitter einholen würde zu schaffen.
Seit dem Nachmittag hatte ich mit steigender Erregung das heraufziehende Gewitter beobachtet: die immer drückendere Schwüle, das allmähliche Dunkelwerden des Himmels, die zunehmende Spannung in der Luft. Jetzt verfinsterte sich der Himmel, Nacht brach herein. In der Ferne rollte der Donner. Die ersten Regentropfen prasselten auf die Erde, als ich durch die Klosterpforte ritt.
Ohne das Begleitschreiben der Barfüßler von Gelnhausen hätte man mich bestimmt nicht so gut aufgenommen. Ich war der einzige Gast an diesem Abend und mit der Unterkunft zufrieden. Nach dem Abendessen führte mich mein Weg noch einmal zu meinen beiden Pferden. Doch auch hier war alles in Ordnung. Der Donner war näher gekommen, grell folgte Blitz auf Blitz. Hingerissen sah ich unter dem Scheunendach dem Schauspiel zu. Bäume wurden zerfetzt, Pflanzen niedergemäht. Die Hände der alten Götter legten sich schwer auf die Erde und kündeten von ihrem Zorn.
Es war ein kurzes, heftiges Gewitter; noch vor Mitternacht stand der Mond wieder am klaren Himmel. Der Morgen graute still und nass über dem verwüsteten Tal; die Menschen standen früh auf, um sich einen Weg durch die schlammigen Felder zu suchen, den Schaden zu beheben und die Pflanzen, die der Regen zu Boden gedrückt hatte, geduldig wieder aufzurichten.

Nach ein paar Tagen erreichte ich Braunschweig, zweifellos die Stadt, der Heinrich am stärksten verbunden war, wie man mir gesagt hatte.
Zwar ist diese zwischen Harz und Heide gelegene Siedlung schon lange vor Heinrich bekannt gewesen, doch seit er hier wohnte, war die Stadt aufgeblüht. Bei Braunschweig überschneiden sich mehrere bedeutende Straßen, und die Oker strömt als wichtiger Wasserweg vorüber. Die Stadt besitzt einen

Hafen und prächtige Kirchen, die vom Wohlstand der Bürger zeugen. Stolz genießen diese tüchtigen, unternehmensfrohen Kaufleute die Vorrechte, die ihnen ihr Herzog eingeräumt hat.
Meine Pferde am Zaum führend, erreichte ich die Residenz. Imposant die Burg, goldgelb glänzte der riesige Löwe, fast lebensecht und zum Sprung bereit. Mit einer dünnen Goldschicht überzogen, steht er im Hof der Burg Dankwarderode. Mit Gold gefüllt soll er sein, wie mir der Wirt einer Schänke voller Stolz versicherte.
Ja, stolz sind die Braunschweiger auf ihren Fürsten, und das mit Recht. Als ich auf die Stadt sah, konnte ich verstehen, dass dieser Mann sich hier wie ein König fühlen mochte. Die Residenz, die vor mir lag, schloss alles ein, was den Wohnsitz eines reichen Fürsten ausmacht: einen Repräsentationsraum, ausgedehnte Kemenaten, die von Kaminen beheizten Privaträume des Herzogs und seiner Familie; daneben Wirtschaftsgebäude, Stallungen, Wohnhäuser für Knechte und Mägde, Speicher und Vorratskammern, auch Kellergewölbe für die Gefangenen. Aus hellen Steinen ist diese Pracht gebaut, und im Geiste konnte ich mir das muntere Treiben im Palaste vorstellen.
Leider nur im Geiste, denn als ich mit meinen beiden Pferden davorstand, lag alles wie ausgestorben. Es schien, als wäre die Fürstenfamilie nicht anwesend, und Enttäuschung machte sich in mir breit.
Endlich kam ein ziemlich alter Domestike über den Hof geschlurft und fragte mich nach meinem Begehr. Kurz erklärte ich ihm, dass ich unbedingt die Frau Gräfin sprechen musste.
»Wen darf ich anmelden?«
»Sadi Konrad von Ortenberg.«
Der Alte nickte mit dem Kopf und schlurfte davon. Neuerlich legte sich Stille über den sonnenbeschienenen Hof. Meine Augen schweiften über die Burg, die als Festung gedacht und angelegt war, das Tor geschützt von einer Zugbrücke und zwei Fallgittern, mit Türmen, Mauern und Erdwall entlang der Oker.
Der alte Mann kam zurück und nickte mir zu. Vorbei am Dienstbotensaal im Erdgeschoss stieg ich die Freitreppe hinauf und

betrat den ersten Stock, eine einzige große Halle. Vierzig Meter lang erstreckte sie sich – mit bunt bemalter Balkendecke, mit Teppichen an den Wänden und auf dem Boden, mit breiten Türen und hohen Fenstern. Die Kronleuchter waren fast die gleichen wie unsere in der Pfalz. In vielen Farben schimmerte der Marmorboden, schwer hingen gestickte Vorhänge von der Decke herab, und ich konnte mir vorstellen, wie hell die Kerzen und Fackeln am Abend erstrahlten, während im Kamin das Feuer prasselte und der Hausherr sich auf den erhöhten goldenen Sessel setzte, der wie ein Thron aussah und mit roten Kissen ausgepolstert war.

Ein Geräusch ließ mich herumfahren. Eine große junge Frau kam auf mich zu und reichte mir die Hand. »Seid willkommen, Baronin von Ortenberg. Seid willkommen in einem Gebäude, in dem jedes Lachen verstummt ist.«

Mathilde, von der Eleonore in ihren Briefen nur als Maud gesprochen hatte, wirkte sehr traurig, und, wie ich wusste, sie hatte allen Grund. Ich suchte in ihren Zügen die Königin, konnte sie aber nicht finden. Dieses große, hübsche Mädchen hatte nichts von ihr. Später, als ich sie richtig kennen gelernt hatte, wunderte ich mich, dass ich nur auf Äußerlichkeiten geachtet hatte; in ihrem Wesen ähnelte Maud ihrer berühmten Mutter sehr.

Als Heinrich die Tochter des englischen Königs heiratete, wusste er, was ihn erwartete: eine große Mitgift aus Gold, Silber und Juwelen, ferner die Bestätigung und Steigerung seines Ansehens sowie politische Beziehungen.

Maud ist nicht nur die Tochter des leidenschaftlichen, tüchtigen, skrupellosen Königs von England, sondern auch Eleonores von Aquitanien, der viel gerühmten Königin der Troubadoure. Mit vierzehn Jahren einem Mann verbunden, der ihr Vater hätte sein können, mit siebzehn ihre erste Tochter, wenig später drei Söhne. Trotz ihrer Jugend spielt sie die Rolle einer jungen Frau an der Seite eines älteren Mannes in den besten Jahren mit Takt.

Die imponierende Persönlichkeit Mauds war nicht zu übersehen. Sie versuchte, einen Hauch aus dem sonnigen Poitiers nach Sachsen zu bringen, und in gewissem Maße gelang ihr das Kunststück, Kunst und Kultur hier anzusiedeln. Eine weniger starke Frau hätte resigniert.

Heinrich der Löwe war nicht in Braunschweig. Es war sein letztes Aufbegehren, er führte Krieg. Gleich nach dem Reichstag in Gelnhausen, den er in Lübeck abgewartet hatte, war er aufgebrochen, um nach Goslar zu ziehen, zur Bastion Barbarossas. Er ließ angreifen und die Mauern niederbrennen. Die wertvollen Hüttenwerke ließ er zerstören. Er wollte den Kaiser ins Mark treffen, und was tat weher, als den Quell des Reichtums rücksichtslos zu zerstören? Keiner wusste das besser als Heinrich, der Kaufmann und kühle Rechner.

Noch einmal gewann der Löwe mit seinen Holsteiner Kriegern bei Osnabrück zwei Schlachten. Heinrich konnte stolz sein und ließ sich von seinen Freunden feiern: Noch ist das Urteil nicht vollstreckt. Der Löwe brüllt. Es ist ein Triumphgebrüll, und alle Welt zeigt sich beeindruckt. Nur einer bleibt gelassen, er kennt den Löwen und spürt die Verzweiflung heraus. Immer mehr Ritter verlassen ihn. Zum letzten Mal bäumt der verwundete Löwe sich auf.

»Was soll ich tun, Sadi?«, fragte Eleonores Tochter. Schon längst waren wir Freunde geworden, waren zum freundschaftlichen Du übergegangen. Alle hatten sie verlassen. Doch ich war da. Endlich konnte ich der Königin für ihre Großherzigkeit danken, indem ich in diesem schrecklichen Sommer Maud und den Kindern beistand.

Bei jeder neuen Hiobsbotschaft fragte sie mich: »Was soll ich tun, Sadi?« Von ihrer Mutter kannte sie die Geschichte, wie ich Eleonore das Leben gerettet hatte, und Maud klammerte sich an mich. Darin erkannte ich das erste Mal, wie ähnlich sie ihrer Mutter war.

Es wäre gelogen, wenn ich sagen würde, mir hätte diese

Abhängigkeit missfallen. Also versicherte ich ihr: »Ich werde bei dir bleiben bis zum bitteren Ende.«
Ich hatte gut reden: Der Feind, der Maud und ihre Familie bedrohte, war mein Geliebter. Der Kaiser machte mir keine Angst; Angst machte mir der Herzog, den ich bis jetzt noch nicht kennen gelernt hatte.
In dieser Zeit sank Heinrichs Reich in Sachsen immer mehr zusammen. Schon blieb ihm nur noch nackte Gewalt, wenn er seine einstige Macht behaupten wollte.
Es wurde Weihnachten, und nach den Erzählungen Mauds und der Kinder war dieses Fest früher wunderschön. Die großen Säle waren festlich geschmückt, es wurde getanzt, gegessen und getrunken, und das Heimweh verbannte sie in die hinterste Ecke. Ich hörte die Sehnsucht nach dem sonnigen Süden, die Leichtigkeit der mediterranen Mentalität aus ihren Worten heraus.
Die Jahreswende 1180/81 kam. Wir zogen nach Lüneburg, weil angeblich der Herzog sich dort aufhielt und seine Familie erwartete.

Es ging schon auf Mitternacht zu, als wir in der Residenz ankamen und müde zu Bett gingen.
War es die ungewohnte Schlittenfahrt, die eisige Winterluft, deretwegen ich nicht einschlafen konnte? Seufzend zog ich mein warmes Hauskleid an und begab mich in die Schlossküche, um etwas Trinkbares zu suchen.
Auf dem Weg in die niederen Gefilde kam ich in einen kleinen Raum, der von einem riesigen Kamin beheizt wurde. Ein kleiner, korpulenter Mann stand davor und starrte in die Flammen.
»Verzeiht, mein Herr, ich wollte nicht stören …«
»Ihr seid die Baronin von Ortenberg, nicht wahr?« Mit seinen braunen Augen musterte er mich von Kopf bis Fuß.
»Und Ihr seid der Hausherr.«
»Noch bin ich der Hausherr, aber wie lange noch? Ich danke Euch, Baronin, dass Ihr meiner Frau so beigestanden habt. Jetzt, da die Ratten das sinkende Schiff verlassen, ist es schon

von besonderem Wert, eine gute Bekannte meiner Schwiegermutter begrüßen zu dürfen.«
»Echte Freunde zeichnen sich dadurch aus, dass sie zur Stelle sind, wenn Not am Mann ist.«
»Echte Freunde, Baronin, sind in meiner Lage wie kostbare Diamanten. Aber man muss den Schein wahren. Wir werden die Jahreswende mit Pomp und Glanz feiern und danach gemeinsam untergehen.«
Dumpf brütete Heinrich vor sich hin, als ich ihn verließ. Der Schein des Feuers ließ seine braunen Locken rötlich aufleuchten und erinnerte mich an jenen Tag, an dem die Sonne dieses Haupthaar beschien, das nun, vom Alter gezeichnet, lichter wurde.
Das war meine erste Begegnung mit dem Löwen, wenn man von dem Tag in Gelnhausen absah.
Sein Äußeres hatte nichts mit dem guten Aussehen Friedrichs gemein. Und doch war er mir nicht unsympathisch, im Gegenteil, ich mochte diesen kleinen, unglücklichen Mann, der so gar nichts Theatralisches, Ritterliches an sich hatte und so verzweifelt war.

Am nächsten Tag schmückten wir die Räume festlich aus. Die letzten Freunde Heinrichs hatte man eingeladen. Einer der wenigen war Bernhard von Ratzeburg, ein hochgewachsener Mann und, wie Maud betonte, ein zuverlässiger Heerführer,.
Wir hatten gut gegessen und getrunken. Wenn man es nicht besser wüsste, niemand würde glauben, dass diese Menschen dem Untergang geweiht sind, dachte ich. Man wahrte den Schein und beging das Fest so glanzvoll wie immer.
Ich weiß nicht, wie es geschah. Plötzlich, vor versammeltem Hof, überlässt sich Heinrich einem hysterischen Wutanfall. Mit Fingern weist er auf den völlig überraschten Bernhard von Ratzeburg und bezichtigt ihn, dass dieser bei diesem Fest ihn und seine Frau ermorden wolle.
Ein Tumult entstand. Stühle und Tische fielen um, Wein floss aus umgefallenen Kannen. Hunde, die vor dem Kamin geschla-

fen hatten, balgten sich kläffend um das herabgefallene Fleisch. Die Kinder, die oberhalb einer Balustrade saßen, schrien voller Angst auf. Niemand konnte den wütenden Hausherrn beruhigen.
Schon immer hatte ich Angst vor Menschen, die sich nicht in der Gewalt haben und impulsiv handeln, denen die Maske vom Gesicht gerissen wird, sodass sich zeigt, wie sie wirklich sind. Dasselbe Schwindel erregende Gefühl hatte ich in dem Moment, als mit diesem aufgestachelten Mann etwas Gefährliches geschah.
Heinrich ließ sich nicht beruhigen, und schon zerrten auf seinen Befehl hin die Knechte und Soldaten den Grafen in den Kerker.

Wenig später brach der Löwe nach Ratzeburg auf. Mitten im Winter erschien er vor den Toren der Stadt und erzwang mit Hilfe der Bürger von Lübeck die Übergabe.
Maud und ich ließen den zutiefst gedemütigten Grafen am Neujahrstag frei. Es war wohl der aufregendste Jahreswechsel, den ich in meinem Leben erlebt habe. Danach fuhren auch wir nach Lübeck, doch Heinrich hatte die Stadt schon wieder verlassen.
Während Heinrich blindwütig um sich schlug, zog der Kaiser mit einem starken Heer nach Norden. Burg um Burg fiel kampflos in seine Hände, doch niemand von uns spürte die nahende Gefahr.
Der Winter ging, es wurde Frühling, Heinrich hetzte durch sein Herzogtum, die Verfolger dicht auf den Fersen. Seit Wochen hatten wir ihn nicht mehr gesehen. Von einem Kurier hörten wir, dass er sich in Stade aufhielt. Wenig später überschritt der Kaiser die Elbe, und eines Tages stand er vor den Toren der Stadt Lübeck. Lübeck verschanzte sich, Barbarossa begann mit der Belagerung.
Wir hatten uns darauf eingerichtet, als plötzlich die dänische Flotte mit ihren schlanken Schiffen bedrohlich vor der Trave-Mündung kreuzte. Die Stadt war verloren. Wer konnte noch etwas tun außer mir? Während die Lübecker Bürger Abt Heinrich, den betagten, allseits geachteten Bischof, baten, mit dem

Kaiser zu reden, sagte ich Maud und den Kindern Lebewohl und ließ mich an das Stadttor bringen. Nun gehörte ich zu den Abgesandten der Stadt Lübeck und trat mit klopfendem Herzen dem Kaiser entgegen.

Mein Gott, fast hätte ihn der Schlag getroffen! Seine Augen warfen blaue Blitze auf mich wie weiland Donar in einer schwülen Sommernacht.
Einen Augenblick nur, und er hatte sich wieder in der Gewalt. Gütig, ganz Landesvater, beugte er sich über den greisen Bischof und tätschelte wohlwollend dessen gebeugte Schultern. Mit einer Stimme wie mit Samt verbrämt nötigte er die Herrschaften auf die Stühle um einen runden Tisch. Auch ich wollte mich setzen, doch zwei Soldaten hinderten mich daran.
»Baronin von Ortenberg, Ihr seid verhaftet.«
»Aber warum, Majestät? Was habe ich getan?«
»Wir werden Euch die Anklageschrift später vorlesen.« Ein kurzer Wink, und die beiden führten mich ab.
Als Gefangene stand ich im Zelt des Kaisers und schaute mich um. Viel hatte sich nicht verändert seit den Tagen des Kreuzzuges. Das Lager war noch genauso spartanisch und hart wie damals. Langsam ließ ich meinen Umhang von den Schultern gleiten und machte es mir so gut es ging gemütlich.
Ich musste eingeschlafen sein, denn als ich aufwachte, stand Friedrich lesend über ein Dokument gebeugt. Die Kerze flackerte, als ich aufstand und zu ihm ging.
»Du bist wie immer für jede Überraschung gut«, sagte er zur Begrüßung. »Dreimal habe ich einen Kurier nach Gelnhausen geschickt. Jedes Mal hieß es, du wärst zur Königin gereist. Und nun treffe ich dich hier oben im Lager meines Feindes. Stell dir vor, wir hätten die Stadt monatelang belagert, gestürmt und später geschleift – was hättest du dann getan?«
»Das hätte ich nicht zugelassen.«
»Was hättest du getan?«
»Mich auf die Stadtmauer gestellt und gewartet, bis du mich siehst.«

Zweifelnd sah er mich an. »Zuzutrauen wäre es dir«, sagte er lachend.

»Warum lachst du? Man lacht eine Gefangene nicht aus, Majestät.«

»Man fordert einen Kaiser auch nicht so unverschämt heraus. Hütet Euch, Madame, deine Strafe wird furchtbar sein.«

Er stand vor mir, seine Hände hingen herab, das Gesicht unbewegt, und als sich unsere Blicke trafen, warf er den Kopf mit einer herrischen Bewegung, als wäre ich seine Sklavin, nach der Richtung, wo das Bett stand. Ich spürte, dass er mir nachsah, während ich gehorsam zum Bett hinüberging. Zögernd blieb ich stehen; ich fürchtete die Ernüchterung, die für eine Frau mit der eigenhändigen Entkleidung verbunden ist. Doch schon stand er neben mir, und ich hing in der Beuge seines linken Armes, während seine kundige Rechte mit schnellen Griffen Hülle um Hülle von mir streifte.

Ohne ein Wort ließ ich alles geschehen, lag nackt und ertrug den Blick seiner Augen und wehrte nicht seinen Händen, die suchendes Feuer waren und wissendes Eis. Bis die Einsamkeit meiner Lust unerträglich wurde. Wir fielen vereint in den Abgrund unserer Leidenschaft, der ohne Zeit war und ohne Raum.

Als ich wieder in die graue Gegenwart eintrat, fragte ich Friedrich: »Ist es immer so ungemütlich in deinem Zelt? Ich dachte, ein Kaiser hätte mehr Luxus um sich herum.«

»Wir brauchen keinen Luxus – oder brauchst du noch etwas anderes als mich?«, fragte er flüsternd.

»Nein, o nein.« Weder diese Nacht noch die nächsten Nächte brauchte ich irgendetwas anderes.

Zum Glück war mein Sohn Hubert auf diesem Kriegszug nicht dabei. Er war bei Beatrix geblieben, die sich nicht wohl fühlte und den Sommer in ihrer Heimat verbrachte.

In den letzten Jahren hatte sich nicht nur die Situation im Reich verändert, sondern auch Friedrich.

Der Kaiser war nun ein Mann von sechzig Jahren, noch immer

eine blendende Erscheinung, doch nicht mehr der strahlende Jüngling. Der werbende Charme seiner frühen Jahre war distanzierter geworden, sein Pathos weniger überspannt. Mit gelassener Hoheit verkörperte er den Herrscher. Seine Fehlschläge hatten ihm nicht schaden können, im Gegenteil, sein Ansehen wuchs beständig. Seltsam, denn an seinen früheren Versprechungen gemessen, hatte Friedrich vergleichsweise wenig erreicht. Trotzdem hatte das Reich durchaus Grund, von diesem Kaiser begeistert zu sein. Das ganze große Italienspiel zwar misslang, doch war ein allgemeiner Aufschwung des Reiches nicht zu übersehen.
Die Unsicherheit, das allgemeine Gefühl von Untergang und Endzeit aus den Jahren König Konrads war endgültig vorbei. Jeder hatte das Gefühl, in einem starken Reich zu leben.

Schon bald verließen wir Lübeck und ritten nach Goslar. Im Oktober 1181 kehrte ich nach Gelnhausen zurück.
Wieder einmal quälten mich die Schmerzen in der Hüfte. Ob ich es mir eingestehen wollte oder nicht, das Alter, dem ich zu gern ein Schnippchen schlagen wollte, hatte mich endgültig eingeholt. Mein Stock, den ich so oft als Staffage benutzt hatte, war nun notwendig, damit ich überhaupt noch laufen konnte.
Der Kaiser wartete in Erfurt auf den Kniefall des Löwen. Eigens dafür war Beatrix angereist, und in ihrem Gefolge befand sich Hubert. Während ich in Gelnhausen mit meinem Schicksal haderte, vollzog sich in Erfurt Weltgeschichte. Von dem Kniefall des Löwen und wie Friedrich seinen Vetter mit Tränen in den Augen aufhob und umarmte, hörte ich erst Wochen später.
Die aufregenden Tage von Erfurt waren vorüber. Der Löwe kehrte zu seiner Familie nach Braunschweig zurück und richtete sich auf seine Abreise ein. Friedrich zog weiter nach Merseburg; er hatte sein Ziel erreicht.
Heinrich der Löwe musste mit seiner Familie in die Verbannung zu Heinrich und Eleonore. Es hätte schlimmer kommen können, dachte ich. Drei Jahre gehen rasch vorbei; dann konnte er wieder zurückkommen.

Zwei Frauen

Drei Jahre waren vergangen; man schrieb das Jahr 1184.
Gertrud war letztes Jahr gestorben. Hubert hatte geheiratet und wohnte mit seiner jungen Frau in Mainz. Betani erwartete ihr zweites Kind.
Ein Jahr zuvor war Friedrich das letzte Mal in Gelnhausen. Er kam inkognito, und wir hofften, dass er von niemandem erkannt würde. Seit diesen Tagen sieht mich Betanis Mann immer so komisch an, und ich war nicht sicher, ob er etwas wusste.
Nun, das war im Jahr zuvor. Dann, eines Tages, kam ein Bote mit einem Brief vom Kaiser. Er brachte eine Einladung zur Schwertleite nach Mainz.
Der Kaiser wollte wieder einmal aller Welt den Glanz seiner Macht vor Augen führen. Das größte Fest des Jahrhunderts, und ich, Sadi von Ortenberg, hatte eine Einladung bekommen!
Meine Schmerzen waren wie weggeblasen. Die schwarzen Kleider verschwanden in der Truhe, und zum ersten Mal seit vielen Jahren kaufte ich lauter unnötige Sachen, die ich immer für unnützen Tand gehalten hatte. Mit Kennerblick suchte ich Stoffe für Kleider aus, die Eleonore gefallen hätten. Der großzügige Schnitt hätte Constanze die Hände zusammenschlagen lassen.
Zum Glück waren meine Brüste noch straff genug. Ich hatte nicht vor, bei diesem Fest irgendetwas von meinen Vorzügen zu verstecken. Was nicht mehr so vorteilhaft aussah, wurde raffiniert kaschiert oder hinter Schleiergebilden versteckt.
Viele Tage vor Pfingsten machten wir uns auf den Weg. Diesmal reiste ich in Begleitung von Tochter und Schwiegersohn. Die beiden Enkelkinder hatten wir in der Obhut der Haushälterin

gelassen. Wir hatten allen Grund zur Freude, denn in Mainz wartete außer dem Kaiser auch Hubert mit seiner jungen Frau, die wir endlich kennen lernen wollten.
Josefa war ganz nett, wenn ich mir auch für meinen Sohn etwas Besseres gewünscht hätte. Nur eine reiche Kaufmannstochter, ohne einen Tropfen blaues Blut. Ein Abstieg für den außerehelichen Sohn Friedrichs, doch weder ich noch der Kaiser konnten etwas dagegen sagen, wenn wir unser sorgfältig gehütetes Geheimnis nicht preisgeben wollten.
Die Stadt brodelte von den vielen Gästen; teils waren sie sogar aus dem Ausland angereist. Auf der Mainwiese hatte man Zelte aufgeschlagen samt Palast, Kapelle und riesigem Turnierplatz. Der sonst so sparsame Kaiser ließ sich dieses Fest ein Vermögen kosten. Bettler und Possenreißer wurden reichlich beschenkt. Herdenweise wurde Schlachtvieh herbeigetrieben, viele Tonnen Rheinwein rollte man herbei, und die Spieße mit aufgestecktem Geflügel füllten die Lagerschuppen.
Der Gottesdienst am Morgen bildete den Anfang, dann folgte der Ritterschlag für die Kaisersöhne, und schließlich sammelten sich die Ritter zu einem glanzvollen Turnier, an dem auch der Kaiser und seine Söhne teilnehmen wollten.

Den Morgen hatte ich genüsslich im Bett verbracht. Gegen Mittag hatte ich ausgeschlafen und hoffte, das kirchliche Zeremoniell wäre endlich vorbei. Mein Logenplatz lag im Schatten, und ich sah hinüber zur Kaiserloge, die wie immer im hellen Sonnenschein lag. Durch Staub, Krach und verschiedene Gerüche kämpfte ich mich dorthin. Der Kaiser hatte sich zum Turnier gemeldet, und Beatrix saß mit ihren Hofdamen allein in der Sonne.
Der Höhepunkt stand kurz bevor, das ritterlichste aller Vergnügen. Der Kaiser selbst würde über den Platz preschen, die Lanze schwingen und der Welt zeigen, dass er immer noch der strahlende Jüngling von einst war, mit sich und der Welt im Einklang.
Es war schwer, sich durch die dicht besetzten Logen zu winden, aber irgendetwas zwang mich dazu, und ich war

schweißgebadet, als ich endlich die in helles Blau gekleidete Frau vor mir sah. Der Schleier mit dem schmalen Goldreif auf ihrem Haupt war verrutscht, das Gesicht erschreckend blass.

»Madame, ist Euch nicht gut?«

»Sadi! Oh, verzeiht – Baronin. Ja, mir ist so schrecklich heiß.« Sie zuckte zusammen, und auf ihren Armen zeigte sich eine Gänsehaut.

»Kommt, Madame, ich bringe Euch in den Schatten.«

»Das geht nicht. Der Kaiser hat gleich seinen Auftritt, und er erwartet von mir, dass ich ihm zuwinke.«

Zornesröte stieg mir ins Gesicht. Ein Blinder konnte sehen, dass diese Frau krank war. Es war heiß, und sie saß in der grellen Sonne.

»Kommt, Sadi, setzt Euch zu mir, bleibt an meiner Seite.«

Was sollte ich tun? Beatrix war eine erwachsene Frau und musste selber wissen, was sie tat. So setzte ich mich neben sie und wartete darauf, dass der Kaiser sein Spiel über die Bühne brachte. Kaum konnte ich meine Augen von dem kränklichen Gesicht wenden. Ich schaute nicht einmal auf, als der Kaiser als stolzer Sieger auf unsere Loge zuritt und Beatrix ihm ihr Tuch überreichte.

»Baronin von Ortenberg, gebt mir Euer Tuch. Ich werde auch für Euch kämpfen.«

Überrascht sah ich in seine lachenden blauen Augen. »Nein, Majestät, ich werde die Kaiserin in ihre Gemächer zurückbringen. Ihr geht es nicht gut, sie muss in den Schatten.«

»Das ist sehr freundlich von Euch, Madame. Ich werde bald nachkommen.«

»Macht Euch keine Mühe, mein Gemahl, und genießt die schönen Stunden. Es ist nicht so schlimm, nur eine kleine Verstimmung.«

O du mein Gott, diese verdammte Verstellung! Beatrix war ernstlich krank, und keiner wollte es wahrhaben. Fürsorglich führte ich die schmale Gestalt zurück. Mit viel Mühe konnte ich ihre Hofdamen abwimmeln, die sich anboten, der Kaiserin behilflich zu sein; doch in ihren Augen las ich die Enttäuschung, wenn sie das Fest hätten verlassen müssen.

In ihrem Schlafgemach angekommen, half ich ihr vorsichtig aus den Kleidern. Wie abgemagert ihr Körper war! Wie ein Kind, das keine Kraft mehr hatte, ließ sie sich von mir zu Bett bringen. Die großen Augen sahen mich traurig an. »Es tut mir Leid, dass Ihr meinetwegen das Fest verlassen musstet, Sadi – ich darf Euch doch so nennen?«
»Aber ja, Madame, es ist mir eine Ehre. Macht Euch keine Gedanken, so viel liegt mir an diesem Trubel nicht. Ihr seid schwer krank, und das nicht erst seit heute.«
»Sagt niemandem etwas davon, ich bitte Euch. Eine kranke Kaiserin ist schlecht für den Kaiser und schlecht für das Reich.«
»Verzeiht, Hoheit, wenn ich Euch da widerspreche. Wir sind Menschen, und es liegt nicht in unserer Hand, ob wir krank werden. Was sagen Eure Ärzte, was sagt der Kaiser?«
Mit ihren kleinen weißen Hände strich sie unruhig über die Seidendecke. »Die Ärzte lassen mich nur zur Ader; sie können mir nicht helfen, und der Kaiser weiß nichts davon.«
Ich war sprachlos. Was war das für eine Ehe, wenn der Mann nicht wusste, dass seine Frau schon monatelang krank war?
Die Kaiserin trank einen Schluck Wein und legte sich zurück. Erst als sie eingeschlafen war, verließ ich leise den Raum.
Ein Diener begegnete mir vor der Tür.
»Holt mir bitte den arabischen Arzt!«
»Tut mir Leid, aber soviel ich weiß, ist der beim Turnier.«
»Dann geht und sucht ihn, aber schnell, es ist wichtig. Ich werde hier warten.« Meine ganze Autorität hatte ich in diese Worte gelegt, und es wirkte; er verschwand tatsächlich und kam wenig später mit dem Hakim zurück.
Der große, dunkle Mann verbeugte sich höflich vor mir und sah mich fragend an. Aufmerksam hörte er mir zu, nickte ab und zu mit dem Kopf. Er wusste schon eine ganze Weile, dass die Kaiserin krank war; wie er mir bestätigte, hatte er es ihr angesehen. Doch da sich weder der Kaiser noch seine Gemahlin die Mühe gemacht hatten, den Hakim einzuweihen, blieb ihm nichts übrig als sich zurückzuhalten.
Noch während ich mit dem Hakim sprach, öffnete sich die Tür,

und ein strahlender Kaiser betrat den Raum. Erschrocken sah er uns an, als er unsere ernsten Gesichter bemerkte. Ich hatte nicht das Recht, dem Kaiser Vorwürfe zu machen, doch wie immer richtete ich mich nicht danach. Er wies meine Vorwürfe zurück und berief sich auf die Leibärzte, die Beatrix seit der Geburt ihres letzten Sohnes vor vier Jahren behandelt hatten.
Für mich gab es nur einen kompetenten Arzt, und das war der Hakim, der zwecks Untersuchung im Krankenzimmer verschwunden war. Ich nutzte diese Gelegenheit, mit Friedrich unter vier Augen zu sprechen. »Warum hast du den Hakim eigentlich an deinen Hof geholt, wenn er deine Frau nicht behandeln darf, Friedrich? Da lebst du mit einer Frau zusammen und bemerkst nicht einmal, wie schlecht es ihr geht, schickst ihr deine Leibärzte – Dummköpfe, die eine blutleere Frau zur Ader lassen. Ich kann dich beim besten Willen nicht verstehen.«
Er trat zu mir und legte den Arm um mich. Es war wie ein Hilferuf, und ich spürte, dass ihn meine Vorwürfe tief getroffen hatten. »Ich weiß, Sadi, du hältst von der arabischen Medizin mehr als von der europäischen; aber gerade ich als Herrscher kann unsere Ärzte nicht vor den Kopf stoßen. Adnan ben Menasse ist ein guter Arzt, doch eigentlich ist er für die Pferde zuständig.«
»Was! Du meinst, er ist ein Vieh…«
»Nein, er ist schon ein Menschenarzt. Aber meine Pferde sind kostbar.«
»Kostbarer als deine Frau? Hast du nicht bemerkt, wie sehr Beatrix abgemagert ist?«
»Sie war schon immer dünn, und bedenke, Sadi, ich bin nicht oft bei ihr. Du weißt doch selbst, wie sehr ich mit dem Löwen beschäftigt war – so viele Tage, an denen ich nur unterwegs bin.«
Mit sehr ernstem Gesicht trat der Hakim aus dem Zimmer der Kranken. Hilflos und erregt drückte Friedrich meine Hand.
»Hoheit ist sehr krank.«
»Was hat sie?«, fragte der Kaiser und sah den Hakim bittend an.
»Sie blutet, und das schon sehr lange.«
»Kann man das Blut nicht stillen?«, fragte ich hoffnungsvoll.

»Ich werde es versuchen, wenn Majestät es erlauben.«
»Natürlich, Adnan, tut, was Ihr könnt. Sadi, du wirst doch bei ihr bleiben? Ich vertraue sie dir an; sie mag dich. Und bei dir bin ich mir sicher, dass du mit deinem kühlen Verstand alles tust, was in deinen Kräften steht.«
Ich nickte beklommen. »Ja, Friedrich, egal was geschieht, ich werde bei ihr bleiben.«
Mit einem Knall flog der offene Fensterflügel zu. Draußen zogen schwarze Wolken auf, die Bäume bogen sich in einem Wind, der zum Sturm anwuchs.
Eine schreckliche Unruhe kroch in mir hoch. Hubert! Betani! Etwas Furchtbares kommt auf uns zu. Ohne auf die verstörten Blicke der beiden Männer zu achten, verließ ich eilig den Raum und rannte davon.
Menschen kamen mir entgegen. An ihren Schreien und ihren verzerrten Gesichtern merkte ich, dass etwas passiert sein musste. Abgerissene Äste und Blätter, Stofffetzen von Schabracken, Bretter von den Aufbauten der provisorischen Stadt kamen mir durch die Luft entgegengeflogen. Das Schreien und Heulen der vielen Menschen ging im Toben des Sturmes unter.
Wotan, Donar, all ihr Götter, verschont meine Kinder!
Tote und Verletzte wurden davongetragen. Der Festtrubel war in Panik umgeschlagen. Der Prunk von Mainz ging in Blut und Tränen unter.

War es eine Warnung des Himmels ob des ritterlichen Hochmuts und sündhafter weltlicher Prachtentfaltung, wie die Kleriker wissen wollten? Jedenfalls wurde das nächste Turnier in Ingelheim abgesagt.
Hubert und meiner Tochter Betani sowie ihrem Mann war nichts geschehen, sie waren mit dem Schrecken davongekommen. Nur Josefa, Huberts junge Frau, war tot.
Es waren furchtbare Tage für meinen Sohn, und als Betani nach Hause reiste, nahm sie Hubert mit. Ich blieb bei Beatrix. Ich hatte es Friedrich versprochen. Auch Hubert redete mir zu. Josefa war tot, ich konnte nichts mehr für sie tun.

Beatrix ging es nach diesen aufregenden Tagen etwas besser, und da der Kaiser weiter musste, reiste ich mit ihr in ihre Heimat zurück. Nur der arabische Arzt Adnan ben Menasse begleitete uns. Er konnte zwar die Blutung nicht stoppen, doch hatte er Mittel, ihr die Schmerzen zu ersparen.
War die Kaiserin ohne Schmerzen, wirkte sie ausgeglichen und heiter. Sie war intelligent und belesen; ihre Heimat Burgund war die Kulturbrücke, über die aus Frankreich ritterliche Kultur zum staufischen Hof geströmt war. Hinzu kamen die familiären Bindungen der deutschen Adelshäuser mit ihren Väterlicherseits und Mütterlicherseits, die mir in meiner Jugend einst Nans, der Hirte, eingetrichtert hatte und die ich trotzdem nie verstanden hatte.
Trotz meiner vielen Beziehungen zu allen möglichen Fürstenfamilien war ich eine einfache Frau aus dem Volk. Es kostete mich immer wieder Überwindung, die höfische Etikette einzuhalten, obwohl mir der Stock schon gute Dienste geleistet und mich vor akrobatischen Kratzfüßen bewahrte hatte. Friedrich konnte ich in dieser Hinsicht nichts vormachen, und wenn er in der Nähe war, spürte ich auf Schritt und Tritt sein amüsiertes Lächeln.
Es kamen Tage, an denen es der Kaiserin besser ging. Wir waren Freunde geworden, sprachen über Gott und die Welt. Ich erzählte ihr von meiner Kindheit. In ihren Ohren klang das, als käme ich von einem anderen Stern. Meine Erlebnisse mit Eleonore von Aquitanien und Constanze von Antiochia verfolgte sie staunend und amüsiert. Sie wunderte sich, dass ich Maud und Heinrich dem Löwen begegnet war, und manchmal erzählte ich ihr von meinen Kindern, denen gegenüber ich immer ein schlechtes Gewissen hatte. Auch Beatrix berichtete von ihrem Leben, und endlich erhielt ich Einblick in Friedrichs Ehe.
Kam der Kaiser überraschend zu Besuch, war sie wie ausgewechselt. Ihr Gesicht wirkte verklärt, und schwere Gewissensbisse plagten mich. Doch erst als ich beide immer wieder zusammen sah, nicht auf der Bühne der Politik, sondern privat, merkte ich, wie sie Distanz wahrten. Sie hatten sich gegenseitig auf ein Podest gestellt. O ja, sie ehrten und sie achteten einander. Nie-

mals hörte ich Beatrix in Gegenwart des Kaisers jammern oder klagen. Hatte sie mir kurz vorher gesagt, dass die Schmerzen unerträglich seien, so war sie wie verwandelt, wenn der Kaiser in ihre Nähe kam. Sie lächelte und fragte ihn Dinge, die mich nicht einmal als gesunden Menschen interessiert hätten, erst recht nicht als kranken. Der Kaiser gab ihr Antworten, als hätte er seinen Kanzler vor sich. Er küsste ihr die Hand, und sobald er den Raum verlassen hatte, fiel sie zusammen wie ein Kartenhaus und verhielt sich endlich wieder so, wie es einer Kranken zukam.
Lange konnte ich diese Reserviertheit nicht verstehen. Sie liebten sich doch, sie liebten einander beide. Wie oft sah ich Friedrich am Tisch sitzen und mit den Tränen kämpfen, wenn es ihr wieder schlechter ging.
Warum war er bei mir so ganz anders? Wenn ich an unsere Nächte dachte …
In meinem Bett war er nie ein Kaiser. Da war er ein Mann wie Millionen andere auf dieser Welt. Da gab es kein Tabu, und es knisterte vor Erotik. Wir lachten und weinten, und die Leidenschaft führte uns in ein Land, aus dem das Zurückkommen schwer und jedes Mal schwerer wurde.
Beatrix, die Kaiserin, ließ sich nur in meiner Gegenwart gehen. Es kostete sie große Überwindung, denn das war Neuland für sie. Sie war in diese anerzogene vornehme Etikette hineingeboren. Ich hatte schon viel erreicht, als sie ihre Schmerzen zugab und sich vom Hakim Adnan ben Menasse helfen ließ.
Seit ein paar Tagen las ich der Kaiserin vor, denn sie war zu schwach, ein Buch zu halten. Es war ein sonniger Morgen, vor dem Fenster hörte ich Kinderstimmen, dazwischen sang seit vielen Wochen wieder einmal eine Amsel. Lauschend hob ich den Kopf. Meine Blicke glitten über ihre eingefallenen Wangen und die bläulichen Lider mit den hellen Augenwimpern. Ohne mich zu aufzuregen, sah ich, dass Beatrix für immer ausgelitten hatte.
Bewegungslos blickte ich hinaus in die Sonne. Alles war so friedlich und ruhig. Erst als der Hakim hereinkam und ein Tuch über ihr Gesicht legte, stand ich auf und suchte meine Räume auf.

Beatrix, die Kaiserin, war tot.
Sie wurde in der Kirche aufgebahrt, und die Menschen nahmen Abschied von ihr. Ein paar Tage später kam der Kaiser mit hoch erhobenem Haupt und steinernem Gesicht. Am Abend hörte ich ihn weinen, doch ich ging nicht hinüber, um ihn zu trösten.
Beatrix war genau so gegangen wie das Mädchen Celin, wie Simon und Nans und alle, die in dieser Welt keine große Rolle gespielt hatten. Obwohl noch lange danach von ihrer großen Schönheit, von ihrem hellen Geist gesprochen wurde, von Kunst und Kultur, die sie in ihre Ehe eingebracht hatte, schrieb sie keine Geschichte. Sie hatte den Kaiser auf ein Podest gehoben und ihn als ein lebendes Denkmal verehrt. Sie hatte sich das Beste vorenthalten, die Menschlichkeit. Götter kann man anbeten und verehren, doch man kann nicht mit ihnen lachen und Blödsinn machen und sie bis zur Bewusstlosigkeit lieben.
Friedrich stand im Zenit. Er war der Mann, der Herrscher und der Kaiser. Die Welt kann ohne Beatrix leben, aber nicht ohne Friedrich Barbarossa.
Am nächsten Tag zog er wieder fort, hinaus in sein Reich, Krieg oder Frieden zu machen. Nichts hatte sich verändert, längst waren die Tränen getrocknet. Wie immer blitzten die blauen Augen herausfordernd in die Welt. Wo war der Feind? War es der Papst, irgendein Herzog, von denen es so viele gab und die immer wieder aufmuckten? Er zog hinaus, und wenn er zurückkam, würde er für Recht gesorgt oder die Aufmucker zertreten haben, genau wie weiland Heinrich den Löwen.

Seit Beatrix tot war, hatte sich unser Verhältnis verändert. Möglicherweise war es unserem Alter zuzuschreiben – die Leidenschaft ging ganz allmählich in innige Freundschaft über. Trafen wir uns, konnten wir die ganze Nacht zusammensitzen und reden oder auch schweigen.
Nicht nur unser Verhältnis hatte sich geändert, auch Friedrich: Er war fromm geworden. Die Priester und Bischöfe in seiner Nähe spielten immer öfter eine bedeutsame Rolle. Zum Glück

hatte das nichts mit mir zu tun. Wir konnten immer noch zusammen lachen und scherzen.
Manchmal sah ich ihn Monate nicht. Briefe kamen, und er schrieb mir, was ihm auf dem Herzen lag und was er sonst niemandem sagen konnte.

Jahre vergingen, und in Europa grassierte wieder einmal der Kreuzzugsgedanke. Saladin hatte Jerusalem erobert, und das Abendland war erschüttert. Friedrich horchte auf.
Am Abend seines Lebens wurde ihm noch einmal die Chance geboten, als Befreier der heiligen Stätten an die Spitze der Ecclesia zu treten – die Krönung seines Lebens.
Im März 1189 war es dann so weit. Auf einem Hoftag zu Mainz heftete sich des Kaisers Sohn Friedrich als Erster das Kreuz an die Schultern. Nun erklärte sich auch der Kaiser dazu bereit. Es dauerte ein Jahr, bis alle Vorbereitungen getroffen waren.
Der dritte Kreuzzug begann, und diesmal war mein Sohn Hubert dabei. Drei Jahre sollte er dauern. Im Sommer darauf hatte ich meine letzte Vision: Der Kaiser war tot. Doch ich hatte diesen schrecklichen Schlag überlebt.

In drei Tagen ist Ostern. Die Luft ist linder, als es der Jahreszeit entspricht. Ein Sprühnebel geht nieder, so fein, als verdampfe Wasserstaub, noch ehe er die Erde erreicht. Die Bäume im Klostergarten, die schon Knospen tragen, strecken ihre Zweige über die Mauer auf unseren Hof. Von ihnen fallen in ungleichmäßigen Abständen die Tropfen auf einen Stapel Holz.
Betani hat mich zur neuen Kirche mitgenommen. Ihr Bau hat lange gedauert, doch nun ist sie fertig und der Mutter Gottes geweiht. Wir mussten schon früh losgehen, denn meine Schritte sind langsam.
In der drangvollen Enge der Kirche ist mir schlecht geworden; und so bin ich hinaus in die frische Luft gegangen. Danach schämte ich mich, dass ich den Gottesdienst nicht durchgestanden und zudem schon das zweite Jahr weder gebeichtet noch kommuniziert habe. Zum Glück war meine Tochter so

in die Andacht vertieft, dass sie meinen Abgang nicht bemerkt hat.
Das Haus liegt gleich um die Ecke. Aber in der frischen Luft fühlte ich mich gleich wohler. Ich ging langsam, denn es zog mich nicht nach Hause in die stickige Stubenluft.
Traurige Gedanken fluteten über mich hin. Hätte ich versucht, laut zu denken, richtig der Reihe nach, so hätten mir die Worte gefehlt. Es ist schwer, alt zu werden, obwohl sich alle viel Mühe geben, mir auszureden, dass ich überflüssig und zu nichts mehr nütze bin.
Zweimal war ich nun schon um den Marktplatz gelaufen. Mein Haus liegt zur linken Hand, und ich behielt es wie immer im Auge, obwohl ich gern die Straße hinab zur Stadt gegangen wäre. Doch wie jedes Mal zauderte ich und kehrte um.
Dieser Platz, wo die Kaufleute ihre Ware abladen, hat die Größe eines ansehnlichen Feldes. Fast alle Seiten sind mit stattlichen Häusern bebaut. Wie sehr hat sich hier in den letzten Jahren alles verändert! Dabei kann ich mich noch daran erinnern, wie wir auf diesem Platz Heu gemacht haben.
Leider wurde ich hier von einer Nachbarsfrau gestört. Sie nahm mich einfach am Arm und zwang mich, nach Hause zu gehen. Konnte die dumme Vettel noch nie leiden. Möchte wissen, warum gerade sie nicht in der Kirche war. »Kommt, liebe Frau Baronin. Habt Ihr Euch verlaufen? Ja, da wird sich Eure Tochter aber sorgen!« Zum Teufel mit ihr und allen Aufpassern dieser Welt!

»Warum sitzt du im Dunkeln, Mama? Soll ich dir eine Öllampe bringen?«
»Nicht nötig, ich sehe auch so; und Öllampen stinken nur.«
»Komm, Mama, lass dir beim Auskleiden helfen.«
»Die Finger wollen nicht recht, es ist einfach zum Heulen. Aber das liegt nur an dem verdammten Kerl, dem Schneider. Man sollte ihm seine Ware um den Kopf schlagen.«
»Ach, Mama, in der Kirche wurde so schön gesungen …«
»Lass das, Betani. Ich fühle mich nicht wohl, mein Kind. Immer wieder dieses Stechen – hier. Und hier. Überall.«

»Soll ich dir den Bader holen?«
»Warum nicht gleich den Pfarrer oder Totengräber? Nein! Ich werde die ganze Nacht kein Auge schließen, aber was macht das schon … Hat die dicke Messerem was gesagt?«
»Ha, dass sie dich wieder einmal eingefangen hat, als du gerade die Reusengasse hinabgehen wolltest.«
»Eingefangen – wie einen entlaufener Hund etwa? Was ist denn die Reusengasse, Betani?«
»Die Straße, die zu der Querstraße führt, die auf dem unteren Marktplatz endet.«
»Ach so, früher war da ein Hohlweg, rechts und links standen Haselnussbüsche. Wieso denn Reusengasse?«
»Weil da die Fischer wohnen, die in der Kinzig ihre Reusen auslegen.«
»Früher gab es nur einen, den Fisch-Jakob, er hat sein Bein nachgezogen. Den haben sie damals erwischt, als der Überfall war. Heutzutage haben sie die alle zusammengepfercht.«
»Nein, Mama, die sind alle Zunftmitglieder.«
»Ach, fangen sie deshalb mehr Fische? Betani, wenn du Meister Willibald siehst, ich muss ihn sprechen.«
»Aber der ist doch schon lange tot, du warst doch bei seiner Beerdigung.«
»So, na ja. Und Johanna die Schlichterin? Sage nichts, ich weiß schon. Alle guten Menschen sind tot. Nur die fette Messerem lebt noch.«
»Sie ist auch dreißig Jahre jünger als du, Mama.«
»Steht mein Bogen noch in der Waffenkammer, Betani?«
»Was willst du denn mit diesem alten Ding?«
»Der Dicken eins aufbrettern. Lach nicht, Kind! Die Steinbruchhexe hätte da nicht lange gefackelt. Hab ich dir schon gesagt, dass sie meine Großtante war? Die hatte Mumm in den Knochen, ganz anders als die Jungen heutzutage.«
»Ich gehe jetzt und brühe dir einen Tee.«
»Minztee, wenn ich bitten darf.«
»Ja, ja, er erinnert dich …«
»Betani, du bist ein gutes Kind. Was würde ich ohne dich machen?«

»Ist schon gut, Mama, schlaf jetzt ein bisschen, oder ruhe dich wenigstens aus.«

Gott sei Dank bin ich endlich allein. Endlich kann ich in die Freiheit flüchten. Mit meinen schwachen Beinen natürlich nicht; aber in Gedanken und in meinen Träumen.
Wie öde alles gewesen wäre, hätte ich nicht so viel erlebt! Nun begegnen sie mir wieder, so, wie sie damals waren – der Kaiser, die Könige, Fürsten, Krieger, Huren und Hexen. Und mittendrin ich: Konrad Sadi von Ortenberg.
Ich war kein braves Kind, auch als Jugendliche nicht. Nie war ich so, wie andere mich gern gesehen hätten. Ich konnte mich nicht so benehmen, und ich sah nicht so aus, wie man aussehen sollte. Nun, ich war keine angepasste Frau. Es gibt nichts, was ich in meinem Leben bereuen müsste, und sollte es etwas gegeben haben, habe ich es vergessen.
Gestern habe ich meiner Enkelin – oder ist es meine Urenkelin? – den Türkis geschenkt. Die Goldkette ist zerrissen, und sie hat mich erstaunt angesehen. Wie könnte es anders sein? Für sie ist er nur ein Stein, nichts Besonderes und schon sehr alt. Sie hat keine Ahnung von dem kleinen Herrn Weinrad in Konstantinopel, und sie weiß nichts von einem Pferd namens Roller. Das wird auch schon lange tot sein. Seine Gebeine modern in Palästina, genau wie die vom großen Wilhelm. Ihre Seelen sind zurück in die heimischen Wälder gekehrt. Sie warten auf mich. Nachts, wenn der Wind durch die Bäume fährt, höre ich sie rufen. Wie freue ich mich darauf! Ich kann es kaum abwarten, meinen morschen Leib zu verlassen, mich auf Roller zu schwingen und in der Gesellschaft des Kaisers durch die Spessartwälder zu jagen. »Betani! Betani!«
»Ja, Mutter, was ist denn schon wieder?«
»Mach das Fenster auf, ich will die Amsel hören!«
»Es ist Nacht, Mutter, die Vögel schlafen noch.«
»Ach so, ja dann …«

Nachwort

Die Reise ins Heilige Land ist lang und voller Gefahren. Das gilt für die Alten noch mehr. Die Menschen des zwölften Jahrhunderts waren obendrein zutiefst davon überzeugt, dass die Welt altert und das Jüngste Gericht nahe wäre. Und endlich – hatte es denn einen Sinn, zurückzukehren, nachdem man die Schritte nach Osten zum Hause des Vaters gelenkt hatte?

Das vom Kaiser angeführte Kreuzfahrerheer setzte sich am elften Mai 1189 von Regensburg aus in Bewegung. Die Glocken läuteten, überall wurden Messen gefeiert. Man hatte den Landweg gewählt, denselben wie beim ersten Kreuzzug. Der Seeweg wäre zu kostspielig gewesen, und für eine so große Flotte hätte die Vorbereitung zu lange gedauert.

Die Byzantiner und die Sarazenen kontrollierten das östliche Mittelmeer, während alle Häfen Syriens, bis auf Tyrus, in der Hand Saladins waren. Vor dem Aufbruch hatte der Kaiser Freundschaftsbotschaften an die Fürsten gesandt, durch deren Gebiet er ziehen würde: an den König von Ungarn, an den Fürsten von Serbien, an Isaak II. Angelos, an den Sultan von Ikonium, der einen neuen Kreuzzug nicht für übel hielt, weil er auf Saladin eifersüchtig war und ihm nicht traute.

Der Kaiser hatte angeordnet, dass an dem Unternehmen nur teilnehmen dürfe, wer sich für zwei Jahre auf eigene Kosten ausrüsten und erhalten konnte. Mit den Minnesängern und Spielleuten waren es zwanzigtausend Mann, die den Kreuzzug mitmachten.

Durch Ungarn ging alles glatt. Der Kaiser schmiedete Pläne für

seinen Sohn, den er mit der ungarischen Königstochter verheiraten wollte.
Über Belgrad, Nisch und Sofia gelangten die Deutschen am 24. August nach Philippopel. Hier begannen die Dinge schwierig zu werden. Serbische und bulgarische Banden versuchten, die Kreuzfahrer am Weitermarsch zu hindern.
Der Marsch über den Balkan war langsam vor sich gegangen; Friedrich wusste gut, wie hart der Winter in Anatolien ist. Er quartierte sich daher in Adrianopel ein, wo das Heer eine ständige Gefahr für die Byzantiner bildete, falls diese es sich anders überlegen und ihre Unterstützung aufkündigen sollten. Erst im Februar 1190 brachen sie nach Gallipoli auf und ließen sich genau zur Zeit der Frühlings-Tagundnachtgleiche von griechischen Schiffen nach Kleinasien übersetzen.
Über Bitynien setzten sie ihren Weg landeinwärts fort. In den ersten Maitagen ritt Friedrich nach einem Zusammenstoß mit den Türken von geringfügiger Bedeutung – man hatte den heiligen Gregor und den heiligen Viktor in den Reihen der Kreuzfahrer kämpfen sehen – durch die Ebene von Myriokephalon. Dort schienen noch die Gebeine jener Soldaten des Manuel Komnenus, die vierzig Jahre vorher, in dem Unglücksjahr von Legnano, in dieser Ebene hingeschlachtet worden waren, in der Frühlingssonne zu schimmern.
Türkische Bogenschützen hielten den Marsch auf und erschwerten die Versorgung in einem ohnehin unfruchtbaren Land. Ikonium wurde am 18. Mai in harter Schlacht erobert.
Nach kurzer Erholung stieß Friedrich in Richtung Taurusgebirge vor. Ende des Monats war er in Karaman, von wo aus er zum Übergang über die Bergkette nach Süden an die Küste ansetzte. Er hatte große Pläne und freute sich auf Jerusalem. *Salve, mundi domine!*

Der Frühling in Anatolien ist warm. Auch nahe der Küste, im Anblick der blauen, tiefen Wasser des Golfes von Alessandretta ist schon der nahe Sommer zu spüren. Die Menschen des 12.

Jahrhunderts badeten gern, und hier zwischen den Schluchten des Taurus stürzt wie ein Sturzbach ein kleiner Fluss zu Tal. Sein Name ist Saleph. In seinem Oberlauf ist das Wasser sehr kalt und weist heftige Strudel auf – eine Einladung zu erfrischender Abkühlung nach dem staubigen Weg in der trockenen Bergluft.
Da erhebt Gott der Heerscharen die Hand und sagt zu seinem Diener: »Halte ein!«
Es ist Sonntag, der 10. Juni 1190. Man weiß nicht genau, wie es geschehen ist. Wahrscheinlich stieg Friedrich, angelockt von der Kühle des Wassers, vom Pferd, das Tier glitt aus und riss den schon betagten, von der Reise ermüdeten und mit der Last der Waffen beschwerten Kaiser in die Fluten.
Es kann sein, dass er ertrunken ist; es kann aber auch sein, dass sein Herz durch den plötzlichen Temperaturunterschied versagte, umso mehr als der Kaiser unmittelbar zuvor sein Essen eingenommen hatte.
Saladin konnte erleichtert aufatmen.
Was für die Christenheit eine weitere harte Prüfung war, galt den Muslimen als ein Wunder Allahs. Unter den deutschen Kreuzfahrern machte sich tiefste Niedergeschlagenheit breit, wenn auch der Sohn des Kaisers, Herzog Friedrich von Schwaben, das Kommando der Unternehmung übernahm und sein Bestes gab, als er das Heer nach Seleukia und von dort nach Tarsus und weiter nach Antiochia führte. Der Herzog war krank und vom Fieber geschüttelt. Das Heer war auf einen armseligen, verwirrten Haufen von Männern zusammengeschrumpft, die jede Gelegenheit ergriffen, um abzufallen. Herzog Friedrich starb bald darauf, im Januar 1191.
Friedrichs plötzliches Verschwinden in den Wassern des Saleph war das Ereignis, das die Zeitgenossen am meisten beeindruckte. Was für ein Gegensatz zwischen dem ruhmreichen Leben und dem sang- und klanglosen Tod! Andererseits glaubte man, es mit einem Zeichen der Vorsehung zu tun zu haben, wegen des geheimnisvollen und sakramentalen Symboles des Wassers.

Weitere Bücher von Doris Riedel

Julie

Roman aus dem Dreißigjährigen Krieg
3. Auflage

Der Dreißigjährige Krieg wütet in Europa, auch im Herzen Deutschlands, im Spessart. Julie, eine kluge, mitfühlende, mutige Frau träumt von einem schönen feien Leben ohne Haube, Holzpantinen und Hexenverbrennungen, von einem tüchtigen Ehemann und gesunden Kindern. Doch es kommt alles anders. Ihr wechselvolles Schicksal in diesen wirren, schrecklichen Zeiten heißt: lieben wie eine Frau, kämpfen wie ein Mann. Heißt: fliehen vor dem Hexenjäger, vagabundieren mit einer Räuberbande. Heißt immer wieder: sich verstecken in den Wäldern. Und heißt am Ende doch: Sieg der Liebe und der Menschlichkeit.

480 Seiten · Pb · EUR 14,90 · SFr 27,50 · ISBN 3-89774-036-2

Als Fortsetzung zu »Julie« – der zweite
Roman aus dem turbulenten Leben der Julie Schönborn

Julies Heimkehr

Historischer Roman
2. Auflage

Trotz der Wirren und Schicksalsschläge des Dreißigjährigen Krieges ist Julie zur Frau herangereift, die weiß, was sie will und oft genug tut, was sie will: eine Frau vorm Scheiterhaufen retten, den Mann ihrer Träume heiraten oder mit dem Hexenjäger in eiskalter Nacht ihren Sohn suchen. Natürlich kommt sie in Teufels Küche oder vielmehr auf den Platz der Wölfe ...

432 Seiten · Pb · EUR 14,90 · SFr 27,50 · ISBN 3-89774-127-X

Der kleine Rabe Eli

Gelnhäuser Geschichten
2. Auflage

Raben sind kluge Vögel. Das ist bekannt. Einige lernen sogar sprechen. Dass aber ein Rabe mit Mauern, Türmen und Straßen spricht und sich von ihnen spannende Geschichten erzählen lässt, geschieht höchst selten. Dem Vernehmen nach nur in Gelnhausen und Umgebung! Endlich kommen einmal die Birkenhainerstraße persönlich zu Wort, der Limes, die Müllerwiese, die Peterskirche und andere mehr. Begeistert erzählen sie dem kleinen Raben Eli ihre Histörchen und Anekdötchen ... Vergnüglicher Ausflug in die Gelnhäuser Heimatgeschichte.

88 Seiten mit zahlreichen Illustrationen
Hardcover · EUR 9,90 · 19,00 SFr · ISBN 3-89774-074-5

Ingrid Ganß

Der Spielmann

Historischer Roman

3. Auflage

Während sich in Frankreich am Hof des Sonnenkönigs Ludwig XIV. jede erdenkliche Pracht entfaltet, leiden die deutschen Lande unter den Folgen des Dreißigjährigen Krieges. In dieser bewegten Zeit begeistert sich die behütet aufgewachsene gebildete Fürstentochter Elisabeth für die aufkeimenden Gedanken von der Gleichheit von Mann und Frau.

In dieser Variation des Grimmschen Märchens vom „König Drosselbart« wird das Leben der Frauen im 17. Jahrhundert unterhaltsam und spannend dargestellt.

680 Seiten · Pb. 15,25 EUR · 27,60 SFr · ISBN 3-89774-121-0

Horst Kratzmann

Das Vermächtnis des Keltenfürsten

Ein historischer Kurzroman aus der Zeit der Kelten am Glauberg
2. Auflage

Hoch über dem Tal der Nidda, im Oppidum des Glaubergs, regiert um 500 v. Chr. der mächtige Keltenfürst Boutasages. Als Boutasages im Sterben liegt, setzt er seine beiden Kinder, die besonnene, schöne Sequenna und den kriegerischen, eroberungswütigen Pratusicagus zu gleichberechtigten Erben ein.
Aber Pratusicagus missachtet das Vermächtnis des Vaters und überfällt Sequenna. Besiegt nach einem harten Kampf, flieht diese nach Attika, in das Heimatland ihrer Mutter. Jahre später übt sie blutige Rache.
Eine spannungsvolle fiktive Erzählung, in die reale historische Schauplätze und vorzeitliches Leben kunstvoll verwoben sind.

134 Seiten · Pb · EUR 8,00 · SFr 14,50 · ISBN 3-89774-294-2

Heinz Fielers

Swanahild

Eine wagemutige Frau im Ränkespiel der Mächtigen – Band 1
Historischer Roman

Dreizehn Jahre ist Swanahild alt, als sie dem mächtigsten Mann des Frankenreiches begegnet: Karl Martell, genannt der Hammer. Die junge Swanahild, couragiert und unerschrocken, verzaubert den despotischen Mann: Sein Leben lang wird er nicht von ihr lassen können und nimmt sie sogar mit in die Schlacht bei Tours und Poitiers gegen die Sarazenen.
Dieser historische Roman beleuchtet die politischen Schachzüge rivalisierender Machthaber im 8.Jahrhundert und die Widersprüchlichkeit zwischen christlicher Lehre und weltlichem Besitzstreben der Kirche; vor allem aber legt er Zeugnis ab vom aufrechten Leben einer in den Geschichtsbüchern nahezu vergessenen Frau.

384 Seiten · Pb · 14,90 EUR · 26,70 SFr · ISBN 3-89774-131-8

Heinz Fielers

Swanahild

Schicksal einer mutigen Frau – Band 2
Historischer Roman aus der Zeit des frühen Mittelalters

Das Schicksal hat Swanahild, die couragierte zweite Ehefrau des toten Frankenherrschers Karl Martell, von ihrem Sohn Grifo und ihrer Nichte getrennt. In kriegerischer Zeit macht sie sich auf die Suche nach Sohn und Lebenssinn. Liebenden verhilft sie zu neuer Heimat, heilt Pestkranke, widersetzt sich Sittenstrolchen und bietet selbst dem König die Stirn.
Dieser Band des breit angelegten Historiengemäldes gewährt Einblick in heidnische Gebräuche ebenso wie in die Praktiken der Herrschenden. Vor allem aber entwirft er ein realistisches Bild weiblicher Lebensverläufe zur Zeit der blutigen Schwertmissionen gegen die Heiden.

436 Seiten · Pb · 15,50 EUR · 27,60 SFr · ISBN 3-89774-259-4